Federico Axat • Eine vorbildliche Tochter

Federico Axat

Eine vorbildliche Tochter

Psychothriller

Aus dem Spanischen
von Matthias Strobel

btb

Die Originalausgabe erschien unter dem Titel »La hija ejemplar«
bei Ediciones Destino, Barcelona.

MIX
Papier | Fördert
gute Waldnutzung
FSC® C014496
FSC
www.fsc.org

Penguin Random House Verlagsgruppe FSC® N001967

1. Auflage
Deutschsprachige Erstausgabe Juli 2025
btb Verlag in der Penguin Random House Verlagsgruppe GmbH,
Neumarkter Str. 28, 81673 München

produktsicherheit@penguinrandomhouse.de

Umschlaggestaltung: SemperSmile | München
unter Verwendung eines Motivs von © Trevillion/Natasza Fiedotjew
Satz: Uhl + Massopust, Aalen
Druck und Einband: GGP Media GmbH, Pößneck
MSP · Herstellung: han
Printed in Germany
ISBN 978-3-442-77520-0

www.btb-verlag.de
www.facebook.com/penguinbuecher

Für Sole

When the night has no end
And the day yet to begin
As the room spins around
I need your love

U2, »Hawkmoon 269«

Erster Teil

1

In einem anderen Leben hatte Camila Jones zwei Emmys für ihre investigativen Fernsehbeiträge gewonnen, und nun war sie nicht einmal imstande, ein Rote-Bete-Pflänzchen zu ziehen.

Sie betrachtete eine Weile die verkümmerten Blätter und die kaum fünf Zentimeter langen Stängel. Dann holte sie ihr iPhone aus der Schürzentasche und machte ein Foto. »Das sieht übel aus«, schrieb sie auf WhatsApp an Marshall, der sich auf der Insel um die Gärten kümmerte. Der Mann, der in den letzten Jahren das geworden war, was einem Freund am nächsten kam, antwortete mit einem Smiley: »Ich hab's Ihnen ja gesagt.«

Camila ließ ihren Blick von der Anhöhe erst nach Westen über den Atlantik schweifen und dann über die Kanäle und Sümpfe, die dieses Stück Land mit dem hochtrabenden Namen vom restlichen North Carolina trennten. Es stimmte, dass Marshall sie gewarnt hatte: »Sie können sich noch so viel gute Erde kommen lassen, Ms. Jones, hier vermischt sich die Meeresluft mit der Landluft, und das ist nicht gut.« Marshall pflegte die Gärten der Häuser schon seit über zwanzig Jahren und wusste, wovon er sprach. Wehmütig erzählte er immer von diesen besseren Zeiten, als sich rund dreißig wohlhabende Familien auf der Insel niedergelassen hatten in der Hoffnung, sie würde sich zu einer exklusiven Gegend entwickeln, was aber nie geschah.

Das Haus, das Camila sich nach ihrem Rückzug aus dem

Journalismus gekauft hatte, war ein Sinnbild dieser verheißungsvollen Vergangenheit. Das Glashaus, wie die Ortsansässigen es nannten, stand auf dem höchsten Punkt der Insel und war ein modernes zweistöckiges Gebäude mit einem atemberaubenden Ausblick. Die reinste Verschwendung für eine alleinstehende Frau und ihren Hund.

Während Camila kopfschüttelnd dastand, sah Bobby von der anderen Seite des Gartens zu ihr herüber. Der Beagle, der mit hündischem Bedauern den Umzug von einer luxuriösen Wohnung in New York in … *das hier* hatte erdulden müssen, hatte ein Faible dafür entwickelt, alle botanischen Katastrophen seiner Herrin genauestens zur Kenntnis zu nehmen. Bobby war ein alter Hund – und Bewegung war noch sie sein Ding gewesen –, was ihn aber nicht daran hinderte, jedes Mal aufzutauchen, wenn sich die Gelegenheit ergab, und sie darauf hinzuweisen, dass früher alles besser war.

Camila war gerade zweiundfünfzig geworden, und auch sie vermisste gelegentlich ihr altes Leben.

»Na, Bobby? Du hast Hunger, oder?«

Sie gingen die Anhöhe hinunter und dann den Kanal entlang, der das Grundstück begrenzte. Marshall hatte einmal gesagt, er habe seit Jahren keinen Alligator mehr gesehen, doch Bobby blieb manchmal stehen und starrte aufs Wasser, als lauere unter der Oberfläche eines dieser Reptilien. Diesmal beschränkte er sich darauf, sorglos neben seinem Frauchen herzutrotten.

Gut gelaunt stieg Camila die Stufen zur hinteren Veranda hinauf. Auf der Insel gab es gute Tage und schlechte Tage, und dieser Tag schien einer der guten zu werden trotz der missratenen Rote-Bete-Pflanze. In der Küche stand Camila eine Weile da und überlegte, ob sie Frühstück machen oder in den Keller gehen sollte, um den härtesten Teil ihrer täglichen Routine zu absolvieren. Manchmal erledigte sie es gleich, dann wieder quälte sie sich den ganzen Tag mit dem Gedanken, dass es irgendwann sein musste.

Nie, nicht einmal in ihren dunkelsten Momenten, hätte Camila gedacht, dass es ihr so schwerfallen würde. Als sie die Entscheidung getroffen hatte, ihren Job zu kündigen und aus New York wegzuziehen, war sie überzeugt gewesen, dass es so am besten war. Sie würde ihre Fähigkeit, tief ins Leben anderer Leute einzutauchen, auf ihr eigenes Leben anwenden. Sie glaubte, genügend Erfahrungen gesammelt zu haben, um sich selbst zum Objekt ihrer Nachforschungen zu machen, doch sie hatte unterschätzt, welche Schwierigkeiten dies mit sich brachte. Jahrelang hatte sie sich eingeredet, sie habe nur deshalb keinen Blick auf sich selbst geworfen, weil die Zeit dafür fehlte. Sie hatte es tatsächlich geglaubt.

Als sie sich endlich dazu durchgerungen hatte, hatte sie zu Richard Ambrose, ihrem Produzenten und guten Freund, gesagt, sie brauche eine Auszeit. Eine unbefristete Auszeit. Richard war nicht überrascht gewesen, schließlich hatte er ihr einige Male beigestanden bei ihren Panikattacken und die Folgen abgefedert, die sich daraus ergaben. Er war es auch gewesen, der ihr sein Haus auf Queen Island angeboten hatte, damit sie in Ruhe nachdenken konnte. Zu seiner großen Überraschung hatte Camila ihm vorgeschlagen, das Haus zu kaufen und alles hinter sich zu lassen. »Alex wird bald studieren, der Zeitpunkt ist also perfekt.«

Für Richard bedeutete es eine Erleichterung, sich von dem Haus zu trennen. Nach seinen Erfolgen als Produzent hatte er es aus einer Laune heraus gekauft. Schlimmer wog der Verlust seiner Ankerfrau von *Das Gewicht der Wahrheit*, der wichtigsten Investigativsendung landesweit.

Camila war in das Glashaus gezogen und hatte in den ersten Monaten nur eines getan: lesen. Lesen, Filme schauen, Gemüse ziehen, sogar ein bisschen selbst schreiben. Das hatte sie sich verdient. In den vergangenen Jahren hatte sie praktisch durchgearbeitet. Als sie sich schließlich ihren eigenen Geistern hatte stellen wollen, waren die Attacken zurückgekehrt, so stark wie nie zuvor. Vielleicht war sie es zu überstürzt angegangen, hatte sie überlegt. Kurzerhand hatte sie die Zeitungsausschnitte und wenigen Habseligkeiten, die sie noch aus ihrer Jugend aufbewahrte, im Keller verstaut, und schon war es etwas besser geworden.

Sie hatte noch drei weitere Anläufe mit dem gleichen Ergebnis unternommen und war schließlich zu dem Schluss gelangt, dass es vielleicht doch keine so gute Idee war, in ihrer Vergangenheit herumzuwühlen.

Zu Alex hatte sie gesagt, sie habe sich vom Fernsehen verabschiedet, um alte Projekte wieder aufzunehmen, doch sie hatte ihm nie gestanden, dass sie selbst im Mittelpunkt stehen sollte. Ihr Sohn studierte Jura an der Universität von Boston, und einmal die Woche skypten sie. Wenn sie nach diesen Gesprächen das Display zuklappte, brach sie manchmal in Tränen aus. Es lag nicht daran, dass sie ihm nicht die ganze Wahrheit sagte – was hätte das für einen Sinn? –, sondern daran, dass er so weit weg war und sie ihn nicht jeden Tag umarmen konnte. Camila war stolz auf ihren Sohn, den sie großgezogen hatte mit dem schlechten Gewissen, nie genug Zeit für ihn gehabt zu haben. Jetzt hatte sie alle Zeit der Welt und war allein.

Bobby sah sie an. Camila hatte sich gehen lassen. Manchmal hatte die Einsamkeit diese Nebenwirkung.

Hör mal, du hast doch mich! Und soweit ich mich erinnern kann, wolltest du mir eine Portion Royal Canin geben.

Camila stellte Bobby das Fressen hin und ging dann in Richtung Kellertür. Es war schon merkwürdig, wie das Universum tickte. Sobald sie diese Tür öffnen wollte, zog irgendetwas draußen ihre Aufmerksamkeit auf sich. Auch jetzt wieder, als sie gerade noch den Mann bemerkte, der mit einem Stapel Aktenordner in den Händen den Vorgarten durchquerte. Er war um die dreißig und hatte lange Haare. Camila kannte ihn nicht.

Es klingelte, und Camila überlegte ernsthaft, ihm nicht zu öffnen. Sie mochte keine Besuche, schon gar keine unerwarteten.

Missmutig machte sie die Tür auf. Der junge Mann spürte offenbar, dass sie schlecht gelaunt war, denn sein Gesicht fiel in sich zusammen, und die Worte stürzten ihm regelrecht aus dem Mund.

»Guten Tag, Ms. Jones, ich bin Tim Doherty, Journalist und Direktor des *Hawkmoon Overfly*, der Zeitung von …«

»Ich kenne das Lokalblatt.«

Ein nervöses Lächeln zuckte um seinen Mund.

»Ich muss mit Ihnen über das Verschwinden von Sophia Holmes sprechen. Ich muss …«

»Woher wissen Sie, wo ich wohne?«

Der Journalist wollte antworten, als er bemerkte, dass einer der drei Aktenordner gleich herunterfallen würde. Schnell stellte er sich auf sein linkes Bein und schob mit dem rechten Knie den Aktenordner an seinen Platz zurück. Camila betrachtete das Manöver mit einem gewissen Mitgefühl.

»Wir von der Zeitung haben gute Quellen«, antwortete Tim

schließlich. »Wir wussten vom ersten Tag an, dass Sie hier wohnen. Wir haben es nur nie gestreut.«

Camila nickte nur.

Tim holte Luft.

»Ich finde, Sie sollten sich mit dem Fall Sophia Holmes beschäftigen«, sagte er mit einem feierlichen Ernst, der einstudiert wirkte. Dann tippte er mit dem Kinn auf den obersten Aktenordner. »Niemand hat so ausführlich dazu recherchiert wie ich, Ms. Jones.«

Camila warf einen kurzen Blick auf den Ordner. Die Ausschnitte waren unterschiedlich groß, also handelte es sich vermutlich um Zeitungsartikel, Notizblätter, Fotos und Kopien mit relevanten Informationen. Camila gehörte zur alten Schule, daher erregte ein solcher Aktenordner automatisch ihr Interesse. Sie fragte sich, ob Doherty dies geahnt und sie deshalb mitgeschleppt hatte. Er hätte sie auch gut im Auto lassen können.

»Ich werde mich an keiner Recherche beteiligen«, sagte sie schließlich. »Tut mir leid, dass Sie den Weg hierher ganz umsonst gemacht haben.«

Tim seufzte.

»Sind Sie in dem Fall auf dem neuesten Stand?«

Tatsächlich wusste Camila nur wenig darüber. Sie hatte absichtlich kaum etwas dazu gelesen, weil sie sich nur zu bewusst war, dass der Fall Sophia Holmes alle Zutaten enthielt, um sie zu packen. Sie wusste, dass Sophia mit einigen Freunden ins Kino gegangen war und ihnen kurz vor Beginn des Films gesagt hatte, sie habe noch etwas zu erledigen, und dann nicht wieder zurückgekehrt war. Später war sie in der Nähe der Catenary-Brücke gesehen worden, und die Polizei hatte Fetzen ihres Kleids am Flussufer entdeckt, was die These untermauerte, sie habe Selbstmord begangen. Allerdings hielten alle, die Sophia kannten – ein vierzehnjähriges Mädchen, dem es an nichts mangelte –, dies für absolut undenkbar.

»Ich weiß das, was alle wissen …«, sagte Camila und versuchte, sich an den Namen ihres Gegenübers zu erinnern. »Hören Sie, Tim, ich bin nicht interessiert, nicht an diesem Fall und auch an sonst keinem. Deswegen bin ich überhaupt hierhergezogen. Das verstehen Sie doch sicherlich?«

»Natürlich.«

»Dann würde ich Sie jetzt bitten zu gehen.«

Tim sah sie entgeistert an.

»Vor fünf Tagen ist etwas passiert«, sagte er verzweifelt. »Wir haben es noch nicht veröffentlicht. Caroline Holmes, die Mutter von Sophia, hat an ihrer Haustür eine Nachricht entdeckt. Nachbarn haben diese Nachricht auch gesehen, waren aber nicht nah genug dran, um sie zu lesen. Kurz darauf ist die Mutter vom Balkon gestürzt. Sie liegt im Koma.«

Das sah nun wirklich nach einem Selbstmordversuch aus, dachte Camila.

»Das wusste ich nicht. Sehr traurig.« Camila sah ihn streng an.

Tim rückte die Ordner zurecht, die erneut herunterzufallen drohten.

»Verzeihen Sie, dass ich Sie belästigt habe, Ms. Jones. Darf ich Ihnen meine Nummer hinterlassen, für den Fall, dass Sie es sich anders überlegen?«

»Das ist nicht nötig. Wenn ich mit Ihnen sprechen will, weiß ich, wo ich Sie finde.«

»Ich wünsche Ihnen noch einen schönen Tag, Ms. Jones.«

»Gleichfalls. Vorsicht mit den Stufen.«

Camila schloss die Tür. Auf dem Weg in die Küche zog sie ihr Handy aus der Schürze und stellte eine kurze Nachforschung zu Tim Doherty an. Sie ergab, dass es sich bei dem Mann eben wirklich um Tim Doherty handelte. Eine Notiz erregte ihre Aufmerksamkeit: »Mutter und Tochter sterben bei einem seltsamen Unfall.« Sie hob den Blick und sah Tim nach, der ging, als balancierte er auf einem lockeren Seil. Camila wusste schon, was passieren würde, noch bevor Tim mit dem rechten Fuß an der Rasensprengerdüse hängen blieb und hinstürzte.

2

Camila Jones bat Tim Doherty nicht aus Mitleid herein, obwohl sie durchaus Mitleid empfand, als er, rot wie eine Tomate, eilig aufstand und die auf dem Rasen verstreuten Ordner einsammelte. Und auch nicht wegen ihrer schnellen Recherche im Internet kurz zuvor. Sicherlich spielte beides eine Rolle, aber der eigentliche Grund war ein anderer: Camila vertraute ihrem Instinkt. Ihr Spürsinn hatte sie während ihrer erfolgreichen Karriere nie getäuscht – im Gegensatz zu ihrem Privatleben, aber das war eine andere Frage –, und was sie bei diesem jungen Journalisten gespürt hatte, war ein aufrichtiges Angebot. *Das Gewicht der Wahrheit* hatte mit seinen spektakulärsten Fällen über zehn Millionen Zuschauer erreicht. Warum also sollte sie jetzt mit einem unbekannten Lokalblatt zusammenarbeiten? Es war lächerlich und verlockend zugleich.

Kaum hatten sie das Haus betreten, wurde Tim von Bobby überschwänglich begrüßt. Dem Hund war jeder Unbekannte recht, Hauptsache, er konnte in alten Zeiten schwelgen, als er, umringt von Dutzenden Fremden, im Boston Common herumgetollt war.

»Sind Sie sicher, dass Sie sich nicht den Knöchel verstaucht haben?«

Tim schüttelte energisch den Kopf. Er hinkte nicht beim Gehen. Zumindest noch nicht.

»Setzen Sie sich. Ich hole Eis.«

»Das ist wirklich nicht nötig. Vielen Dank.«

Tim legte die Ordner auf dem Couchtisch ab, neben ein Buch, in dem ein Lesezeichen steckte, bei etwa der Hälfte. Es war ein Roman von Bioy Casares mit spanischem Titel: *La invención de Morel*. Er setzte sich in einen Sessel, und Camila nahm auf dem Sofa gegenüber Platz.

»Wenn ich mir dieses Leben ausgesucht habe«, sagte sie und machte eine ausladende Geste mit dem Arm, »dann deshalb, weil ich meine Privatsphäre überaus schätze.«

»War mir klar.«

»Und trotzdem sind Sie hergekommen.«

»Weil ich wirklich glaube, dass Sie mich anhören sollten.«

»Und ich bin bereit. Das habe ich wohl inzwischen mehr als deutlich gemacht.«

Tim setzte sich aufrecht hin.

»Es ist bald ein Jahr her, dass Sophia Holmes verschwunden ist«, begann Tim. »Die Polizei hat den Fall noch nicht zu den Akten gelegt, weil es nicht genügend Beweise gibt, doch ist man dort überzeugt, dass Sophia im Lake Gordon ertrunken ist. Aber wenn sie den Fall bis jetzt nicht gelöst haben, werden sie es nie tun. Das wissen Sie selbst am besten.«

Camila zuckte mit den Schultern.

»Wenn Sie das sagen.«

»Da ist also der Fall Sophia Holmes«, fuhr Tim fort und machte eine Geste, als hielte er in seiner linken Hand eine unsichtbare Kugel. »Und da sind Sie, Ms. Jones.« Nun schien er auch in seiner rechten Hand eine unsichtbare Kugel zu halten. Tim wog beide Kugeln in den Händen und hielt sie sich vor die Augen. Vermittelte, sie seien real. »Für mich ist die Sache klar.

Ich weiß nicht, warum Sie beschlossen haben, hier zu leben, aber ich sehe jetzt einen besonderen Sinn darin.«

Camila nickte bekümmert.

»Sie kennen bestimmt die Statistiken darüber, wie viele Kinder täglich ausreißen«, sagte Camila. »Ich hätte mir jeden Ort dieses Landes aussuchen können und hätte keinen Deut daran geändert.«

»Der Fall von Sophia ist etwas Besonderes«, sagte Tim kopfschüttelnd. »Zu viele Fragezeichen. Ein toter Jugendlicher. Die Mutter im Koma. Jemand irgendwo da draußen weiß etwas. Man braucht nur den Faden zu finden, an dem man ziehen muss, um das Knäuel aufzulösen, davon bin ich überzeugt. Und damit dies geschieht, gehört der Fall wieder in die Schlagzeilen. Wenn Sie ihn aufgreifen, wäre das wie ein Elektroschock.«

»Sie sind ziemlich jung für einen Zeitungschef.«

Tim schien der Themenwechsel aus der Fassung zu bringen.

»Es ist nicht mein Verdienst, Ms. Jones, das kann ich Ihnen versichern. Der vorherige Chef ist in Rente gegangen, und wie so oft wollte keiner die Verantwortung übernehmen.«

»Sie sind bescheiden.«

»Und Sie sind eine Meisterin in der Kunst des Themenwechsels.«

Camila lächelte.

»Bin ich das? Dabei geht es doch gerade darum, mich davon zu überzeugen, dass ich mit Ihrer Zeitung zusammenarbeite.«

Tim schien ihre Bemerkung zu kränken. In seinen Augen lag eine Traurigkeit, die nun deutlicher zum Vorschein trat. Oder täuschte sich Camila und ließ sich nur von dem beeinflussen, was sie gerade über ihn gelesen hatte?

»Ich würde nie auf die Idee kommen, dass Sie sich dazu

herablassen können, für den *Overfly* zu arbeiten. So dumm bin ich nicht. Ich bin hier, weil Sophia Sie braucht, egal, ob sie noch lebt oder schon tot ist. Und ich weiß über den Fall wirklich alles.«

Tim beugte sich vor und legte seine Hand auf den Ordner, als wollte er vor Gericht einen Schwur ablegen.

Sie sah ihn so neugierig wie erstaunt an. Tim Doherty hatte etwas durch und durch Naives, und gleichzeitig war er äußerst selbstsicher.

»Ich weiß nicht, warum Sie alles aufgegeben haben, ich weiß nur, dass Integrität und Engagement nie wirklich verloren gehen. Zumindest ist dies meine Überzeugung. Sophia braucht jemanden, der ihren Fall vorantreibt. Was wollen Sie denn überhaupt hier, Ms. Jones?«

Tims Gesicht verriet, dass ihm bewusst war, wie dreist er vorging. Trotzdem wich er nicht zurück.

Camila erhob sich. Eine angespannte Stille trat ein, was vermutlich Absicht war. Tim dachte sicher schon, sein Besuch sei damit zu Ende.

»Darf ich Ihnen einen Kaffee anbieten?«, fragte Camila.

Tim sah sie perplex an.

»Ja, gern.«

Camila ging in die Küche, kehrte einige Minuten später mit einem Tablett zurück und stellte es auf den Couchtisch. Tim beobachtete sie neugierig. Neben dem Kaffee stand eine Thermosflasche, und neben dieser Thermosflasche ein hölzernes Gefäß in Form einer Birne. Darin war etwas, das aussah wie Dung, und etwas ragte daraus hervor wie eine zehn Zentimeter lange Antenne: ein Trinkhalm aus Metall.

»Das ist ein Mate.« Camila hatte diese Situation schon zigmal erlebt. »In Argentinien trinken das praktisch alle, und wie Sie vermutlich wissen, bin ich dort aufgewachsen. Und das hier ist eine Bombilla.«

Tim stand die Verblüffung nach wie vor ins Gesicht geschrieben. Camila machte mit der Bombilla kleine kreisende Bewegungen und schlug mit dem Mategefäß leicht auf den Tisch. Dann nahm sie die Thermosflasche und schenkte ein Rinnsal heißes Wasser ein.

»Es darf auf keinen Fall kochen«, erläuterte sie und füllte das merkwürdige Gefäß bis zum Rand.

»Was ist da drin?«

»Yerba mate. Diese Pflanze wächst nur in Südamerika. Die Blätter werden gemahlen, und das ist auch das, was Sie hier sehen. Das Getränk schmeckt bitter.«

Camila sog am Trinkhalm und erzeugte ein schlürfendes Geräusch. Dann füllte sie den Mate wieder mit Wasser auf und reichte ihn Tim.

»Mal probieren?«

Camila liebte die entsetzten Gesichter, wenn sie jemandem zum ersten Mal einen Mate anbot. Bevor Tim sich irgendeine Ausrede überlegen konnte, erklärte sie, dass es in Argentinien normal sei, den Mate zu teilen, ja, dass es sogar als unhöflich galt, ihn abzulehnen. Sie verstehe aber, wie merkwürdig dieser Brauch einem Ausländer vorkommen müsse.

Für Tim war dieser Brauch offenbar wie von einem anderen Stern, denn er sah Camila weiterhin argwöhnisch an, als glaubte er, man wolle ihn auf die Probe stellen. Er nahm Zuflucht zu seiner dampfenden Tasse Kaffee und genoss ihn als das, was es war: ein köstliches Getränk. Wer um alles in der Welt wollte gemahlene Blätter trinken, die auch noch bitter schmeckten?

»Bevor ich mir anhöre, was Sie zu sagen haben, Tim, sollten Sie wissen, dass ich nicht vorhabe, meine Meinung zu ändern«, erklärte Camila. »Ich werde Ihnen nur sagen, was ich über den Fall denke, und vielleicht kann ich Ihnen irgendeinen nützlichen Hinweis geben, aber das ist dann alles, ja?«

Tim war einverstanden. Was blieb ihm sonst übrig?

»Vielleicht ändern Sie Ihre Meinung, wenn Sie mich erst mal angehört haben.«

»Das kann ich praktisch ausschließen«, entgegnete Camila. »Und jetzt erzählen Sie mir endlich, was mit der Mutter des Mädchens passiert ist.«

Tim beugte sich vor und nahm einen der Ordner. Er stellte fest, dass es nicht der war, den er brauchte, und griff sich den nächsten. Bobby, der die beiden aus der Ferne beobachtet hatte, fand Tims Bewegungen interessant und schnüffelte an dessen Fingern. Camila bemerkte, dass er einen dicken Silberring trug.

»Eine Nachbarin hat sie auf der Terrasse entdeckt. Sie war vom Balkon ihres Schlafzimmers gestürzt.«

Tim machte eine Pause und zog ein großformatiges Foto aus dem Ordner. Camila warf kurz einen Blick auf den Körper, der verrenkt auf dem roten Keramikboden lag.

»Das muss ich nicht sehen.«

Er steckte das Foto sofort wieder zurück.

»Am Tag des … Unfalls ging Caroline Holmes nicht wie üblich joggen, sondern blieb zu Hause. Philip Holmes, ihr Mann, sagte später aus, er habe sich am Vorabend mit seiner Frau gestritten, und womöglich habe sie sich deshalb anders verhalten als sonst. Caroline hatte mit Vince Naroditsky gesprochen und ein Interview vereinbart, womit Phil ganz und gar nicht einverstanden war.«

Beim Namen Naroditsky runzelte Camila die Stirn. Sie hatte ihn seit Jahren nicht mehr gesehen – was gut für das Universum war –, aber allein die Erinnerung an ihn verursachte ihr Brechreiz. Vor langer, langer Zeit, in einer sehr, sehr fernen Galaxie waren Vince und sie Freunde gewesen. Oder etwas Ähnliches. Es war schwierig, eine Freundschaft aufzubauen, wenn einer der Beteiligten ein Ego so groß wie der Felsen von Gibraltar hatte. Camila und Naroditsky waren Kollegen. Sie waren nie beim selben Sender angestellt gewesen, aber die Welt war klein, und so hatten sie doch gelegentlich miteinander zu tun gehabt. Menschen wie Naroditsky waren der Grund, warum Camila sich aus ihrem Beruf zurückgezogen hatte.

»Da haben Sie doch jemanden, der den Fall von Sophia vorantreiben will«, sagte Camila.

Tim hörte die Ironie sofort heraus.

»Darf ich Ihnen einen Auszug der Aussage vorlesen, die Naroditskys Sekretärin gemacht hat?«

Tim schlug einen Ordner auf und zog ihn zu sich heran. Er blätterte um.

»Karin Moldow hat ausgesagt – und ich zitiere wörtlich –, dass ›Caroline Holmes mir die ganze Wahrheit sagen wollte, einschließlich der Dinge, die sie bislang verschwiegen hatte. Sie habe zwar viele Gründe, einen Rückzieher zu machen, aber sie werde es nicht tun‹.«

Tim klappte den Ordner wieder zu.

»Ich habe einen Halbbruder«, erklärte Tim. »Er heißt John, ist zwölf Jahre älter als ich und lebt jetzt in Colorado. Phil Holmes war zu Schulzeiten sein bester Freund. Inzwischen haben sie den Kontakt etwas verloren, schon allein wegen der Entfernung. Ich kenne also Phil Holmes und habe mehrmals mit ihm gesprochen. Man könnte sagen, dass er mir vertraut. Phil ist überzeugt, dass seine Frau nichts hatte, was sie in dem Interview mit Naroditsky hätte enthüllen können, sondern einfach nur den Fall irgendwie am Leben erhalten wollte.«

»Und was glauben Sie?«

Tim zögerte.

»Ich glaube Phil insoweit, dass er nicht wusste, was Caroline sagen wollte. Aber Caroline ist eine intelligente Frau, daher bin ich sicher, dass sie in diesem Exklusivinterview sehr wohl etwas Wichtiges enthüllen wollte. Sie scheint mir nicht der Typ zu sein, solche Erwartungen einfach so zu schüren.«

»Dann lassen Sie sich gesagt sein«, erwiderte Camila, »dass ich schon unzählige Angehörige von Opfern erlebt habe, die alles dafür getan hätten, um ihre Geschichten wieder ins Rampenlicht zu rücken. Das ist sogar, zumindest für mich, einer der schmerzlichsten Aspekte meines Jobs.«

»Haben Sie sich deshalb zurückgezogen?«, fragte Tim.

»Es gibt nicht den einen Grund. Fahren Sie fort.«

Camila bereitete sich noch einen Mate zu.

»Keiner weiß, ob Caroline in diesem Interview etwas enthüllen wollte oder nicht«, sagte Tim, »auch die Polizei nicht. Eines jedoch wissen wir mit Sicherheit: An dem Morgen, als Caroline vom Balkon stürzte, ist etwas Merkwürdiges passiert. Caroline fand diese Nachricht an ihrer Haustür und war danach sehr aufgeregt. Dafür gibt es mehrere Zeugen, darunter eine Nachbarin, die sie ziemlich gut kennt.«

»Und keiner hat diese Nachricht gelesen, sagen Sie?«

»Richtig. Alle haben sie nur aus der Ferne gesehen. Übrigens war sie mit einem Nagel befestigt, ein nicht ganz unwichtiges Detail.«

Camila dachte kurz nach. Die neuesten Entwicklungen in dem Fall kannte sie zwar nicht, doch wusste sie sehr wohl von der Verbindung zu dem Mord an Dylan Garrett, der mit einem Hammer erschlagen worden war. Garrett war der typische Schulrowdy gewesen, und Sophia und ihre Freunde hatten in der Vergangenheit immer wieder Probleme mit ihm gehabt. Manche Leute verstiegen sich sogar zu der abstrusen Theorie, dass es sich bei dem Mord an Garrett um einen sorgfältig ausgeheckten Racheplan von Sophia handelte.

»Dass ein Nagel benutzt wurde, ist kein Zufall«, sagte Tim.

Camila spürte diesen typischen Drang, der sich bei ihr immer dann einstellte, wenn sie versuchte, Puzzleteile einzufügen, die nicht passen wollten.

»Wurde dieses Detail veröffentlicht?«

Tim schüttelte den Kopf.

»Aber es wird bald durchsickern.«

Erstaunt stellte Camila fest, dass sie eine Vertrautheit zu diesem Tim Doherty entwickelt hatte, als würde sie ihn von irgendwoher kennen.

»Glauben Sie, dass Sophia noch am Leben ist?«, fragte sie ihn aufs Gesicht zu.

Der Journalist seufzte.

»Ich sage Ihnen erst einmal, was ich nicht glaube.« Er machte eine Pause. »Ich glaube nicht, dass Sophia von der Catenary-Brücke gesprungen ist. Das heißt aber nicht, dass ich mich auf die Seite der Verschwörungstheoretiker geschlagen habe. Sophia läuft von zu Hause weg, versteckt sich monatelang weiß Gott wo und erschlägt dann Dylan Garrett mit einem Hammer? Das ergibt überhaupt keinen Sinn.« Tim rieb sich am Kinn, was er seit seiner Ankunft bereits mehrmals getan hatte.

»Ich stimme Ihnen zu, dass mir das völlig an den Haaren herbeigezogen scheint. Außerdem meine ich, gelesen zu haben, dass die Polizei den Mörder von Garrett längst gefasst hat.«

»So ist es. Das Einzige, was die Polizei gut gemacht hat.«

Tim legte eine Hand auf die Ordner, als fänden sich dort die Antworten.

»Alles, was ich recherchiert habe, ist hier drin. Die Nachricht an Carolines Haustür zeigt, dass wir etwas übersehen haben. Caroline wollte ein Interview geben, und plötzlich erhält sie diese Nachricht, gerät in helle Aufregung, und Stunden später stürzt sie vom Balkon und überlebt wie durch ein Wunder. Für die Polizei war es nur ein schlichter Haushaltsunfall.«

»Man fällt nicht einfach so vom eigenen Balkon. Entweder man springt, oder man wird gestoßen.«

»Was soll ich sagen, Ms. Jones? Die Frau lebt. Die Polizei wird kaum groß ermitteln, wo sie doch eine Person haben, die aufklären kann, was passiert ist, sobald sie erwacht.«

»Wie geht es Caroline Jones?«

»Sie ist in einem kritischen Zustand.«

Camila dachte kurz nach. Sie ließ den Blick durchs Wohnzimmer schweifen und sah durch eines der großen Fenster.

»Ich würde Ihnen gern etwas zeigen«, sagte er.

Beunruhigt sah Camila, wie Tim erneut den Ordner aufschlug.

»Keine Angst«, beruhigte er sie, »nichts schwer Verdauliches.«

Tim suchte drei Fotos heraus und legte sie auf den Tisch. Sie zeigten ein großes, geschmackvoll eingerichtetes Wohnzimmer. Camila betrachtete sie, wusste aber nicht, worauf sie achten sollte.

»Diese Bilder wurden bei den Holmes gemacht und sind Teil

der Ermittlungen«, erklärte Tim. »Bisher hat ihnen niemand wirklich Aufmerksamkeit geschenkt. Die Polizei hat sich auf den Garten und den Balkon konzentriert.«

Camila betrachtete erneut die Fotos. Ihr fiel nichts Außergewöhnliches auf. Tim deutete auf einen Gegenstand auf dem kleinen runden Tisch neben dem Sofa.

»Eine Fernbedienung«, sagte Camila.

»Und auf der Sofalehne liegt eine Decke«, erklärte Tim. »Caroline mixt sich abends gern einen Drink, kuschelt sich in diese Decke und sieht eine Serie auf Netflix. So auch am Vortag. Sie hat sich die ersten Folgen von *The Sinner* angeschaut.«

Camila schwieg. Sie wusste genau, worauf Tim hinauswollte, trotzdem sprach er es laut aus.

»Wer wählt die ersten Folgen einer Mystery-Serie, wenn er sich am nächsten Tag das Leben nehmen will?«

Jetzt schwiegen sie beide.

»Die Nachricht an der Tür hat Caroline Holmes' Pläne durcheinandergewirbelt«, sagte Tim.

»Woher wissen Sie, dass Caroline am Vorabend diese Serie geschaut hat?«

Tim rieb sich erneut am Kinn.

»Wie gesagt, ich habe einen guten Draht zu Philip Holmes. Ich habe ihn gebeten, den Netflix-Verlauf zu prüfen. Anfangs wollte er nicht, hat es dann aber doch getan.«

Camila dachte nach.

»Sie haben recht, an dem Fall ist so einiges merkwürdig«, sagte Camila schließlich. »Die Argumente, die für einen Selbstmord sprechen, sind eher schwach. Das Kleid kann genauso gut jemand in den Fluss geworfen haben, damit die Polizei es findet. Die Nachricht, die die Mutter erhalten hat, und das, was danach passiert ist, muss irgendwie mit Sophias Verschwinden zusammenhängen. Aber das wissen Sie ja. Ich kann nur eines sagen: Wenn Naroditsky sich dieses Falls angenommen hat, dann bestimmt nicht, um die Wahrheit herauszufinden.«

»Das hatte ich schon befürchtet«, sagte Tim.

Der Journalist seufzte.

»Da ist noch etwas, das Sie wissen sollten, Ms. Jones. Bevor Sie eine Entscheidung treffen.«

»Meine Entscheidung ist bereits getroffen.«

»Ich möchte es Ihnen trotzdem sagen. Ich weiß mit Sicherheit, dass Sophia nicht von der Catenary-Brücke gesprungen ist, um sich das Leben zu nehmen. Ich weiß es, weil ich sie an diesem Tag selbst gesehen habe.«

3

Camila Jones besuchte Eduardo Olguín deshalb so gern, weil der alte Mann sie nie nach ihrer Arbeit beim Fernsehen fragte. Offenbar wusste Ed nicht einmal davon. Oder er tat so, als ob er es nicht wüsste.

Camila war nicht Jennifer Lopez, die Leute stürzten sich nicht sofort auf sie, wenn sie einen Fuß vor die Haustür setzte. Sie hatte zwar ein markantes Gesicht, das eine gewisse Neugier weckte, aber in der Vergangenheit war es nie zu Situationen gekommen, die aus dem Ruder gelaufen waren. An einem guten Tag konnte sie mithilfe einer Sonnenbrille problemlos unerkannt bleiben und im Meer der Anonymität schwimmen wie ein Fisch im Wasser. Sie wurde höchstens ein- oder zweimal angesprochen, was eine verträgliche Dosis Berühmtheit war. Außerdem waren es meist freundliche Begegnungen, sie musste nur einige Fragen beantworten – in letzter Zeit immer die gleichen –, das war's.

»Warum haben Sie sich zurückgezogen? Sind Sie mit jemandem liiert? Kehren Sie irgendwann zu *Das Gewicht der Wahrheit* zurück?«

Feindselige Reaktionen gab es kaum. Einmal war eine Frau in einem Restaurant an sie herangetreten und hatte gefragt, ob es stimme, dass sie Krebs habe. Als Camila sich geweigert hatte, die Frage zu beantworten, war es mit der Freundlichkeit der Frau schlagartig vorbei gewesen, und sie hatte auf einer Erklärung bestanden mit dem Argument, Camila sei schließlich eine öffentliche Person, und die Zuschauer hätten ein Anrecht darauf, es zu erfahren. Die Situation war eskaliert und in gegenseitiges Geschrei ausgeartet, was Camila zu der Entdeckung verholfen hatte, dass sie nur schlecht damit umgehen konnte, wenn jemand dreist ihre Privatsphäre verletzte.

Bei Ed hingegen musste sie nicht auf der Hut sein. Für ihn war Camila eine *Landsfrau* wie jede andere, die ab und zu seinen Laden aufsuchte, um Matetee und Dulce de Leche zu kaufen. Ed lebte seit fast vierzig Jahren in den USA. Er war mit fünfundzwanzig aus Argentinien geflüchtet und nie wieder zurückgekehrt. Schwierige Zeiten damals, sagte er mit traurigem Blick manchmal zu Camila. »Du warst noch zu klein, aber deine Eltern haben es bestimmt miterlebt.«

Camila hatte den Laden *Sabores Argentinos* auf Facebook entdeckt. Ein Enkel von Ed gab dort regelmäßig bekannt, wenn neue Produkte eintrafen. Als Camila erwogen hatte, mit ihrem Hund auf eine winzige Insel zu ziehen, hatte sie nur wenig bedenken müssen. Doch eine Frage hatte sie beunruhigt: wie sie weiterhin an die argentinischen Produkte herankommen konnte, die ihre Assistentin ihr immer in einem exklusiven Geschäft in New York besorgt hatte. Ed war ihre Rettung gewesen.

Camila genoss die dreißig Kilometer lange Fahrt nach Leland, einem kleinen Örtchen in Brunswick County westlich von Wilmington. Wenn Ed ihr Mercedes Cabriolet vor dem Laden halten sah, leuchteten seine Augen. Vielleicht freute er sich über jeden Argentinier, der ihn aufsuchte, aber Camila wollte gern glauben, dass sie eine besondere Verbindung hatten. »Willkommen am Arsch der Welt«, sagte der alte Mann immer und kam ihr mit ausgebreiteten Armen entgegen.

Ed hatte ihr gegenüber einmal angedeutet, dass er nicht nach Argentinien zurückkehrte, weil ihm der Mut dazu fehlte, und Camila hatte dafür größtes Verständnis.

»Camila, meine Liebe!«, sagte er diesmal.

Ed hinkte ein wenig, hüpfte aber trotzdem irgendwie vor Freude.

»Wie geht's meinem Lieblingsporteño?«, begrüßte sie ihn in einem Spanisch, das längst nicht mehr perfekt war.

Sharon, die Frau, die ihm im Laden half, hatte sich schon seit geraumer Zeit an den Singsang ihrer Unterhaltungen gewöhnt, von denen sie kaum eine Handvoll Wörter verstand.

Wie immer bat Ed Camila ins Hinterzimmer. Dort stapelten sich zwar die Kisten, aber es gab auch eine kleine Küche. Der alte Mann setzte den Wasserkessel auf und bereitete den Mate vor. Bevor er die Teeblätter einfüllte, zeigte er ihr stolz das Päckchen.

»Neue Marke?«

»Die beste«, sagte er, der jetzt mit dem Rücken zu ihr stand und das Päckchen sanft schüttelte, damit genau die richtige Menge Blätter ins Gefäß rieselte. »Hühnchen bereit und Henne gerupft.«

Ed benutzte gern seine argentinischen Redewendungen.

Während das Wasser sich erhitzte, setzte er sich. Sie saßen am Eck eines Tisches, auf dem sich alle möglichen Dinge stapelten.

»Entschuldigen Sie die Unordnung«, sagte Ed. »Hier sieht's aus wie in einer Räuberhöhle. Heute kam eine Lieferung, und Sharon hatte den ganzen Vormittag über Kunden und musste außerdem Bestellungen bearbeiten. Ich selbst kann nicht mehr so gut mitanpacken wie früher.«

»Wieder mal der Rücken?«

»Ja. Ich habe bessere und schlechtere Tage. Heute ist eher ein schlechterer.«

Als das Wasser heiß genug war, goss Ed es in das Mategefäß und reichte es Camila. Sie ließ den Mate ein bisschen ziehen, während sie über dies und das plauderten, und sog dann an dem Trinkhalm. Sie schmeckte dem bitteren Gebräu nach und nickte dann zustimmend. Das Wasser in dem Kessel, mit dem Ed seine Besucher bewirtete, reichte für acht Runden, also dauerte das Gespräch rund eine halbe Stunde. Der Mate war ein fabelhaftes Metronom.

»Darf ich Sie was fragen, Ed?«, sagte Camila, als sie ihm den Mate zurückgab.

Sie sagte es so ernst, dass Ed eine Augenbraue hob.

»Bitte.«

»Warum sind Sie nie zurückgekehrt?«

»Ah, Sie wollen es heute wissen!« Die Frage schien ihn jedoch nicht zu stören. »Na gut, aber dann werde ich Sie anschließend das Gleiche fragen.«

Sie lächelte.

»Also, mal überlegen«, sagte Ed. »Vielleicht bin ich nicht zurückgekehrt, um mir nicht eingestehen zu müssen, dass ich mich womöglich geirrt habe. Manchmal träume ich … vom Stadtviertel Flores, von der Plaza im Block um die Ecke, wo wir immer Fußball gespielt haben, von kleinen Details wie dem Pfiff des Messerschärfers, der jeden Sonntag vorbeikam, oder vom Geruch nach Choripán. Noch so ein Beispiel, ich habe nie wieder eine Chorizo im Brot gegessen … weil sie nicht besser sein durfte als das Choripán in meiner Erinnerung.«

Camila fiel ein, dass auch sie nie wieder diese große Wurst zwischen zwei Brothälften gegessen hatte.

»Warum fragen Sie mich das? Überlegen Sie, ob Sie zurückkehren wollen?«

Camila verzog das Gesicht.

»Nein, überhaupt nicht. Das hier ist jetzt meine Heimat. Alex hat gerade sein Studium angefangen.«

Ed nickte.

»Warum dann?«, fragte er.

»Weiß nicht. War nur so ein Gedanke, als ich hergefahren bin. Belügen Menschen wie wir, die ihr Land zwangsweise verlassen müssen, sich nicht selbst? Um nicht zu leiden?«

Ed starrte sie an.

»Sie haben mir nie gesagt, dass Sie ihr Land zwangsweise verlassen mussten.«

»Na ja, zwangsweise ist ein großes Wort. Aber das erzähle ich Ihnen ein andermal.«

Er nickte.

Camila reichte ihm den Mate, und Ed füllte ihn wieder auf.

»Ich sage Ihnen jetzt mal was«, erklärte Ed, hielt den Kessel schräg und befeuchtete die Teeblätter mit einem Rinnsal Wasser. »Als ich hierherkam, las ich gerade *Herz der Finsternis*. Ich musste Hals über Kopf aufbrechen, mit nur dem Nötigsten. Also habe ich schnell ein paar Sachen in einen kleinen Koffer gepackt, darunter auch ein paar Bücher, und eines davon war der Roman von Conrad. Ich habe ihn nie zu Ende gelesen. Er steht immer noch bei mir im Bücherregal, mit einem Eselsohr genau dort, wo ich war. Damals hat man noch keine Lesezeichen benutzt.«

»Und Sie haben das Buch wirklich nie zu Ende gelesen?«, fragte Camila verwundert.

»Nein. Fragen Sie mich nicht, warum. Manchmal habe ich es mir vorgenommen, aber es wurde nichts draus. Das Eselsohr ist immer noch an der gleichen Stelle wie seit all den Jahrzehnten. Sie haben also vermutlich recht: Das Exil hinterlässt eine Narbe.«

»Die verhindert, dass wir zurückschauen«, vollendete Camila.

Ed nickte, während er ein letztes Mal an seinem Mate zog.

Die Unterhaltung plätscherte noch eine Weile so dahin, aber beide sorgten dafür, dass es bei Small Talk blieb. Bevor sie das Hinterzimmer verließen, kramte Ed zwischen den Kisten und überreichte Camila ein kleines rechteckiges Päckchen.

»Das ist ein frischer Alfajor von Havanna. Siebzig Prozent Kakao. Schenke ich Ihnen.«

Camilas Gesicht hellte sich auf, als sie den gefüllten Doppelkeks sah.

»Der muss köstlich sein.«

»Der ist köstlich. Wussten Sie schon, dass man diese Alfajores jetzt überall kaufen kann?«

»Nein. Früher musste man ans Meer fahren, um eine Schachtel zu ergattern, und die hat ein Vermögen gekostet.«

»Sehen Sie? Der alte Ed ist immer auf dem neuesten Stand.«

Sie gingen nach vorne in den Laden, und Sharon übergab ihr, was sie bestellt hatte. Matetee für vier oder fünf Wochen.

Zum Abschied umarmte Camila Ed. Auf hoffentlich bald, sagte der Mann, und löste sich dann hastig von ihr. Als er wieder ins Hinterzimmer ging, zog er sein linkes Bein nach. Mit einer gewissen Besorgnis starrte Camila noch eine ganze Weile die geschlossene Tür an.

Sharon wartete schon hinter der Theke. Camila zog ihre Kreditkarte durch das Lesegerät, und während sie auf die Bestätigung wartete, fiel ihr Blick auf einige Lokalzeitungen. Zerstreut nahm sie eine zur Hand. Unten links war ein Foto von Sophia Holmes mit der Bildunterschrift: »Engel oder Teufel. Was erfuhr ihre Mutter vor dem tragischen Unfall?«

Camila betrachtete das Foto von Sophia. Als sie den Blick wieder hob, stellte sie fest, dass Sharon sie beobachtete. Offenbar wusste sie ganz genau, wer da vor ihr stand.

4

Camila war immer eine Nachteule gewesen. Während der Uni hatte sie entdeckt, dass sich ihr Verstand nach Mitternacht schärfte. Etwas Magisches geschah, wenn die Eulen schrien, die Fledermäuse mit den Flügeln flatterten und die Grillen zirpten. Schon als kleines Mädchen, als sie noch bei ihrer Großmutter wohnte, hatte sie sich schlafend gestellt und war spät in der Nacht aufgestanden und durchs Haus geschlichen. Damals lebte ein orangeroter Kater namens Coso bei ihnen. Tagsüber war er träge und lieb, aber nachts verwandelte er sich in ein mit allen Wassern gewaschenes Biest, das nur eines im Sinn hatte: auf die Dächer zu klettern und mit anderen Katern zu kämpfen. Von diesen Gefechten kehrte er mit geknickten Barthaaren und zerzaustem Fell zurück, und Camila wartete meist beim geöffneten Fenster auf ihn. Wenn es warm war, schlich sie sich sogar in den hinteren Garten, setzte sich auf einen Plastikstuhl und wartete auf Coso, in der einen Hand eine Taschenlampe, in der anderen ein oder zwei Kekse. Wenn Coso schließlich kam, schwankend, als wäre er betrunken, die Lider auf Halbmast, begleitete sie ihren Katzenfreund zu seinem Weidenkorb und betrachtete ihn, bis er eingeschlafen war und von neuen Schlachten hoch über den Dächern träumte.

Auf Queen Island hatte Camila ihren nächtlichen Rhythmus wieder aufgenommen. Nachdem sie zwanzig Jahre lang in einer Wohnung mit Rund-um-die-Uhr-Überwachung und einer Warnanlage der neuesten Generation gelebt hatte, war sie sich anfangs nicht sicher gewesen, ob sie es allein aushalten würde. Alex gehörte zu den Leuten, die glaubten, dass es ihr nicht gut bekommen würde. Er hatte sie angefleht, ihre Entscheidung, sich so sehr von allen abzusondern, noch einmal gründlich zu überdenken. Camila konnte ihrem Sohn schlecht vorwerfen, dass er sich Sorgen machte, schließlich war Alex in einem Betonblock aufgewachsen, der hundert Prozent Schutz bot, und konnte sich überhaupt nicht vorstellen, dass man sich an etwas anderes gewöhnen konnte. Für sie war es wie eine Rückkehr zu ihren Wurzeln.

Einen Tag nach Tim Dohertys Besuch saß Camila abends auf der Veranda und las die Zeitung, die sie bei Ed im Laden gekauft hatte. Bobby, der nur widerstrebend mit ihr nach draußen gekommen war, hob jedes Mal den Kopf, wenn er den Schrei eines Seetauchers hörte, und sah Camila so genervt wie flehend an. *Nun hast du doch ein so großes und so gemütliches Haus – warum sitzt du dann hier draußen in dieser Wolke aus Insekten?*

Wenn Camila ein Buch las, dann meist im Licht einer kleinen batteriebetriebenen Lampe, die man einfach irgendwo hinhängen konnte. Für das Lesen der Zeitung aber hatte sie das Deckenlicht angemacht und damit jede Menge Insekten angezogen. Camila wedelte sie weg, ohne sich dessen bewusst zu sein.

Neben der Zeitung lag der Ordner, den Tim Doherty dagelassen hatte, obwohl Camila sich nicht hatte erweichen lassen. Der Journalist hatte sie gebeten – oder vielmehr angefleht –, einen Blick darauf zu werfen.

Die erste Seite des Ordners fasste zusammen, was in den

Stunden vor Caroline Holmes' Sturz geschehen war, mit Bleistift, ohne größere Details. Neben einer Zeile stand eine Notiz: »Wo ist die Nachricht, die Caroline an der Tür entdeckt hat?«

Sie begann, die Dokumente zu lesen. Die Wolke aus Insekten wurde immer dichter, und die Grillen veranstalteten einen höllischen Lärm.

Ihr Handgelenk vibrierte, auf dem Display ihrer Uhr war eine Nachricht von Alex: »Reden?«

Camila lächelte. Sie hatte gelernt, keine Helikoptermutter zu sein, aber dieser Lernerfolg war noch relativ neu. Als Alex mit seinen Freunden auszugehen begann, rief sie ihn vor lauter Sorge meist irgendwann an, um sich zu vergewissern, dass alles in Ordnung war. Es gibt kein besseres Rezept, einen Jugendlichen gegen sich aufzubringen, als ihn mehrmals täglich anzurufen, um zu fragen, was er gerade mache. Es war eine unfehlbare Methode. Camila hatte sich so sehr in ihre Angst hineingesteigert, dass sie sie nicht mehr hatte kontrollieren können. Es liege wohl an dem Horror, mit dem sie es bei ihren Recherchen täglich zu tun habe, hatte er daraufhin gemeint, und vielleicht hatte er recht. Sie solle ihm einfach vertrauen. Und Camila vertraute ihm. Trotzdem malte sie sich ständig die schlimmsten Szenarien aus.

Mit der Zeit hatte sie es geschafft, diese apokalyptischen Gedanken im Zaum zu halten. Inzwischen freute sie sich einfach, wenn Alex ihr vorschlug, mal wieder zu telefonieren.

Sie ging ins Wohnzimmer und rief ihn an. Alex war in seinem Zimmer auf dem Campus der UMass. Er hatte seine Lesebrille auf.

»Hallo, Mama.«

Alex hielt das Handy näher ans Gesicht. Er hatte die gleichen mandelbraunen Augen wie sie, sonst war er ganz der Vater. Er schien etwas zu suchen.

»Hier ist er«, sagte Camila und kam damit der Bitte ihres Sohns zuvor. Sie hob ihr Handy in die Höhe und neigte es so, dass Bobby zu sehen war.

»Hallo, mein kleiner Freund!«

Der Beagle wedelte mäßig begeistert mit dem Schwanz.

»Hast du die Alarmanlage eingeschaltet, Mama?«

»Ja. Ich bin seit vier Uhr nachmittags in diesem Haus eingesperrt.«

»Sehr witzig. Was machst du gerade?«

»Ich lese ein bisschen. Und du?«

»Ich versuche zu lernen«, antwortete er und schüttelte den Kopf. »Langweiliges Zeug.«

Camila nickte. Alex studierte Jura, wie sein Vater. Er war im ersten Jahr, und die Dinge liefen nicht ganz glatt.

»Ich will dich nicht nerven, aber du weißt ja, was ich denke. Du musst die Antworten in dir selbst suchen.«

»Ja, das ist mir klar. Ich habe sie nur noch nicht gefunden. Und du?«

»Ich? Was?«

Alex deutete ein Lächeln an.

»Was hast du auf dieser Insel zu suchen, Mama?«

Diese Frage hatte er längst unzählige Male gestellt. Alex scherzte gerne, er müsse nur hartnäckig bleiben und sie irgendwann kalt erwischen, dann würde er die Wahrheit schon noch herausfinden. Sie antwortete stets das Gleiche, sie habe es satt, sich ständig an vorderster Front mit alten, nicht gelösten Fällen zu beschäftigen. Es war immerhin die halbe Wahrheit.

»Ich habe hier jede Menge zu tun. Meine Pflanzen …«

Jetzt grinste Alex.

»Das ist jetzt wirklich witzig.«

»Ich lerne kochen.«

»Und das ist sehr witzig«, sagte Alex belustigt. »Hör mal, Bobby sieht aus wie ein Kriegsgefangener.«

»Er will einfach nicht aufgeben.« Camila bückte sich, hob Bobby hoch und hielt ihn vor die Kamera. Er wirkte tatsächlich wie ein Kriegsgefangener.

»Es wird immer schlimmer«, sagte er. »Jetzt sieht er schon aus, als würde er gleich die tödliche Spritze erhalten.«

Camila setzte Bobby ab. Als sie sich wieder dem Display zuwandte, wirkte Alex verändert.

»Manchmal fragen mich meine Freunde, warum du weggezogen bist, und dann weiß ich nicht, was ich ihnen antworten soll.« Alex sah zur Decke, als müsste er seine Gedanken ordnen. »Dabei ist es gar nicht so wichtig, was ich meinen Freunden oder sonst wem sagen soll, vielmehr bin ich derjenige, der es nicht wirklich versteht. Du magst deinen Job, bist erfolgreich …«

Camila seufzte.

»Ich musste es einfach tun, Alex. Das habe ich gemeint, als ich eben sagte, du musst die Antwort in dir selbst suchen. Mag sein, dass es die anderen nicht verstehen, aber es zählt allein, dass man selbst es versteht.«

Alex beließ es dabei. Sie sagten sich mit Blicken, was zu sagen war. Camila überlegte, ob sie ihn nach Cassie fragen sollte, die Frau, mit der Alex seit einigen Monaten zusammen war – und von der Camila vermeintlich nichts wusste, sah man einmal von ihren ausführlichen Recherchen auf Facebook ab –, doch auch hier galt die Prämisse, möglichst wenige Fragen zu stellen. Camila biss sich auf die Lippe und nahm sich vor, ihn beim nächsten Mal dazu zu bringen, es von sich aus zu erzählen.

Sie redeten noch ein bisschen und verabschiedeten sich dann. Wie immer, wenn sie ihr Notebook zuklappte, fühlte Camila eine Leere in sich. Es waren schreckliche Momente, in denen sie sich vorstellte, sie hätte keinen Sohn.

Eine halbe Stunde später kehrte sie auf die Veranda zurück, jetzt mit einem heißen Kaffee und Tim Dohertys Ordner in der Hand. Bobby sah sie entsetzt an und kam diesmal nicht mit.

5

Am nächsten Morgen rief Camila Tim um neun Uhr an.

»Tim, hier ist Camila Jones.«

Eine Pause.

»Ms. Jones! Wie schön, von Ihnen zu hören!«

»Ich habe einen Großteil Ihrer Recherchen gelesen«, sagte sie ohne Umschweife. »Das war sehr gute Arbeit. Vielleicht war meine Antwort etwas überstürzt.«

Im Hintergrund hörte sie Straßenlärm und dann das Geräusch einer sich schließenden Tür.

»Kommt mein Anruf ungelegen?«, fragte Camila.

»Nein, gar nicht. Ich komme gerade in die Redaktion und bin einfach nur überrascht.«

»Verstehe. Gestern war ich noch wild entschlossen, mich rauszuhalten, und heute rufe ich an und sage genau das Gegenteil. Glauben Sie mir, das kommt normalerweise nicht vor.«

»Ich finde es großartig, dass Sie einsteigen wollen.«

Bevor Tim weitersprechen konnte, sagte Camila schnell:

»Ich habe meine Art zu arbeiten, und die ist nicht verhandelbar. Ja, ich werde mich an dem Fall beteiligen, aber erst muss ich richtig eintauchen. Dann werde ich entscheiden, wie wir weiter vorgehen. Vorher werde ich mit meinem Produzenten reden und ihm sagen, dass ich an dem Fall der verschwundenen Sophia interessiert bin. Er wird begeistert sein, aber ich werde ihm nichts versprechen. In der Zwischenzeit arbeiten wir beide zusammen, und das bedeutet, dass wir alles, was Sie veröffentlichen, absprechen. Ich werde mir Ihre Meinung anhören, weil Sie wesentlich besser in dem Fall drin sind und außerdem Hawkmoon und seine Eigenheiten besser kennen, aber am Ende behalte ich das letzte Wort. Haben Sie damit ein Problem?«

Keine Antwort. Eine Tür ging auf und wieder zu, dann hörte man, wie ein Schlüsselbund auf den Boden fiel. Camila stellte sich vor, wie Tim sich bückte, um ihn aufzuheben.

»Ich dachte eigentlich, wir wären … mehr ein Team«, sagte er.

»Wir sind ein Team, aber ich treffe die letzte Entscheidung, wenn wir uns nicht einigen können, was, wie ich schon mal ankündige, auf jeden Fall irgendwann passieren wird.«

Selbst am Telefon konnte Camila Tims Unbehagen spüren.

»Sehen Sie, Tim, Sie müssen mir nicht gleich eine Antwort geben. Denken Sie in Ruhe darüber nach.«

»Das ist es nicht. Glauben Sie wirklich, dass Ihr Produzent interessiert sein wird?«

Davon war Camila überzeugt. Richard hatte immer wieder versucht, sie zur Rückkehr zu bewegen.

»Mir geht es im Moment vor allem darum, dass wir die Story, falls nötig, landesweit platzieren können.«

»Sicher, verstehe.«

»Treffen wir uns doch morgen und legen fest, was wir als Nächstes unternehmen werden.«

Tim schwieg.

»Sind Sie noch dran?«

»Ja, tut mir leid, aber morgen ist kein so guter Tag dafür«, sagte Tim mit einer Stimme, aus der seine anfängliche Begeisterung fast gänzlich gewichen war. »Vielleicht übermorgen? Mittagessen im Molly's?«

»Das ist mir ein bisschen zu öffentlich«, erklärte Camila. »Kann ich nicht einfach in der Redaktion des *Overfly* vorbeikommen?«

»Natürlich.«

»Sehr schön! Dann sehen wir uns dort. Um zehn.«

»Okay.« Tim zögerte. »Darf ich Sie was fragen, Ms. Jones?«

»Nur zu.«

»Warum haben Sie Ihre Meinung geändert?«

Camila wollte ihre berufliche Zusammenarbeit nicht mit einer Lüge beginnen, aber das, was sie antwortete, war so kryptisch, dass es fast wie eine Lüge war.

»Ich habe an dem Fall etwas entdeckt, was mich persönlich betrifft.«

Tim schwieg erneut. Vermutlich überlegte er, ob er fragen sollte, was sie damit meinte. Er entschied sich dagegen.

Als sie aufgelegt hatten, sah Camila aus dem Fenster. Marshall mähte in seinem blauen Overall und mit einem Strohhut auf dem Kopf den Rasen. Er winkte zum Gruß, Camila winkte zurück. Ihr Gehirn arbeitete auf Hochtouren. Noch war ihr nicht vollständig bewusst, was sie getan hatte. Das Gespräch mit Doherty hatte *etwas* in ihr ausgelöst. Sie drückte die Zwei auf ihrem Handy und wählte damit direkt die Nummer von Richard Ambrose.

»Camila?«

»Hallo, Richard.«

»Habe ich heute Geburtstag?«

»Haha, sehr witzig.«

Richard Ambrose war sechsundsechzig Jahre alt. Er hatte zwei Seelen in seiner Brust: Die eine war maßvoll und vernünftig, die andere temperamentgeladen, impulsiv. Dass sie sich irgendwie miteinander arrangierten, war sein Erfolgsgeheimnis. Ein Motto von ihm lautete: »Neunzig Prozent Hirn, zehn Prozent Wagemut und Dummheit.« Richard schwamm in den multimedialen Gewässern wie in seinem natürlichen Element. Er hatte ihr viel beigebracht.

»Ich will wieder loslegen, Richard. Hast du von dem Fall Sophia Holmes gehört?«

Richard schwieg. Eine unmerkliche Veränderung war in ihm vorgegangen, die Camila trotz der fast tausend Kilometer Entfernung nicht entging.

»Was ist los, Richard?«

»Den Fall kenne ich gut«, sagte er nur.

Camila hielt das Handy etwas von sich weg, um zu überprüfen, ob die Leitung noch stand.

»Sagst du mir jetzt endlich, was los ist?«

Richard schnaubte.

»Camila, ich bin überglücklich, dass du wieder loslegen willst, und sei es für ein zehnminütiges Special. Aber es gibt da etwas, das du wissen musst.«

»Ich höre.«

»Zunächst einmal muss ich dich um Verschwiegenheit bitten. Wenn das durchsickert, kostet mich das den Kopf. Wir verhandeln gerade mit Vince Naroditsky über eine Zusammenarbeit bei *Das Gewicht der Wahrheit.*«

Camila spürte einen Stich in der Brust und setzte sich instinktiv auf den Stuhl, der neben ihr stand. Sie atmete tief durch.

»Camila, alles okay?«

Nein, es war nicht alles okay. Sie sammelte all ihre Kräfte und stand wieder auf. Mit dem Telefon in der Hand trat sie hinaus auf die Veranda. Der Stich in der Brust ließ nicht nach. Camila sah zum Himmel.

Richard fragte noch einmal, ob alles okay sei, diesmal dringlicher.

»Ja, alles okay«, sagte sie schließlich an eine der Holzsäulen gelehnt.

Marshall hatte den Rasenmäher ausgestellt und sah zu ihr herüber. Sie hob den Daumen.

»Bist du sicher? Entschuldige, dass ich es dir noch nicht erzählt hatte. Es ist alles ganz frisch.«

»Naroditsky?«, sagte Camila, die aus ihrem Erstaunen nicht herauskam.

»Tut mir leid, Camila. Wir müssen das Ruder herumreißen, und dafür brauchen wir einen bekannten Ankermann. Ohne dich war das Schiff am Sinken.«

»Das verstehe ich. Aber … Naroditsky? Du kennst Vince besser als jeder andere.«

»Es ist nicht allein meine Entscheidung, Camila. Die Verhandlungen sind weit fortgeschritten, fast schon beendet.«

»Lass mich raten. Der Fall von Sophia Holmes steht ganz oben auf der Agenda.«

»So ist es«, sagte Richard. »Er ist unser Flaggschiff. Naroditsky versichert, er wird einschlagen wie eine Bombe. Und die Verantwortlichen haben es ihm abgekauft.«

Camila schloss die Augen und schüttelte den Kopf.

»Bist du noch dran, Camila?«

»Ja.«

»Tut mir leid. Hättest du mich früher angerufen … Vielleicht finden wir einen Weg, um …«

»Du weißt, dass das nicht geht, Richard. Vince und ich können nicht beim selben Sender arbeiten. Wir können ja nicht mal in derselben Stadt wohnen.«

»Tut mir wirklich sehr leid.«

Sie verabredeten, in ein paar Tagen noch einmal zu telefonieren und eine Lösung zu suchen, dann beendeten sie das Gespräch.

Camila ging ins Haus und suchte nach Bobby, aber der Hund war nirgends zu sehen.

»Der Fall wird einschlagen wie eine Bombe …«, murmelte sie, als sie die Küche betrat.

Eines war jedenfalls klar: Sie würde ihre Entscheidung nicht von Vince Naroditsky abhängig machen. Diesen Fehler würde sie kein zweites Mal begehen.

Entschlossen öffnete sie die Tür zum Keller und blieb vor der dunklen Höhle stehen. Sie holte tief Luft und schloss die Augen.

Die ersten Schritte setzte sie langsam und klammerte sich dabei fest ans Geländer. Je mehr sie an Selbstsicherheit gewann, desto schneller ging sie, bis sie schließlich den Absatz erreichte, an dem die Treppe eine Neunziggradkurve nach rechts machte.

So weit ganz gut, beglückwünschte sie sich selbst.

Auf dem zweiten Abschnitt der Treppe spürte sie wieder einen Stich in der Brust. Diesmal war er nicht einfach lästig wie während des Gesprächs mit Richard, sondern äußerst schmerzhaft, als hätte ein Pfeil sie auf Höhe des Brustbeins durchbohrt. Sie krümmte sich und musste einen Schrei unterdrücken. Für Camila war es das Vorzimmer des Todes.

Leise begann sie zu zählen: »Eins, zwei, drei …«

6

Fünf Monate und vierzehn Tage vor dem Verschwinden

Sophia stritt sich auf dem Heimweg von der Schule mit Janice. Alles hatte anfangen, als Janice sie gebeten hatte, sie zum verlassenen Autokino zu begleiten. Sie wollte sich dort mit Dylan Garrett treffen, einem Jungen aus der elften Klasse, in den sie verliebt war.

Sophia, die ihre Meinung über Garrett schon unzählige Male geäußert hatte, fing wieder damit an: Er sei eingebildet, er wäre schon längst von der Schule geflogen, wenn sein Vater nicht über so gute Beziehungen verfügen würde, er gehe allen auf die Nerven, nur um die Aufmerksamkeit auf sich zu lenken. Der Typ sei ein wandelndes Klischee. Und dabei sehe er nicht mal gut aus!

Janice schien das egal zu sein, sie stellte ihrer Freundin ein Ultimatum.

»Kommst du nun mit oder nicht?«

»Natürlich nicht!«

Alle in der Schule wussten, was im verlassenen Autokino abging. Die älteren Schüler trafen sich dort, um Musik zu hören, zu trinken und zu rauchen. Wenn ein Junge und ein Mädchen mehr Privatsphäre brauchten, mussten sie nur mit dem Auto hinter die Mauer fahren, die früher als Leinwand gedient hatte. Die Polizei ließ sich in diesem Teil des Waldes nie blicken.

»Ich gehe trotzdem hin«, sagte Janice.

Sophia konnte sich nicht erinnern, sich jemals so hilflos gefühlt zu haben. Sie war vierzehn, und Janice war noch nie mit einem Jungen zusammen gewesen, nicht mal mit einem in ihrem Alter. Sie war gerade in einer rebellischen Phase und wollte tun und lassen, was sie wollte, ohne darüber nachzudenken, ob sie eine Dummheit beging oder nicht. Sich mit Dylan Garrett in dem verlassenen Autokino zu treffen, war die größte Dummheit, die man sich vorstellen konnte. Wieso sah Janice das nicht ein?

»Und was machst du, wenn Dylan dich in sein Auto einlädt?«

»Man muss nicht immer alles planen, Sophia. Vielleicht steige ich ein, vielleicht nicht.«

»Spinnst du? Du darfst da nicht hin. Und du weißt, dass ich recht habe.«

»Klar, du hast ja immer recht!«

An der Kreuzung blieben sie stehen. Hier war die Abzweigung hinein in den Wald.

»Da gehe ich nicht mit«, sagte Sophia.

»Na gut.« Janice machte auf dem Absatz kehrt und stapfte los.

Sophia wollte ihr schon hinterherlaufen und sie an den Schultern packen, sie so lange schütteln, bis sie wieder zur Vernunft kam. Sie tat es nicht, weil sie wusste, dass es nichts bringen würde. In dem Moment drehte Janice sich noch einmal um und schrie, sogar wütender als eben, sie habe es satt, dass Sophia dauernd so tue, als hätte sie die Weisheit mit Löffeln gefressen. Außerdem sehe Dylan sehr wohl gut aus!

Das tat weh.

Als Sophia nach Hause kam, war sie immer noch wütend, aber auch besorgt. Sie stellte ihren Rucksack auf einen Sessel und suchte ihre Mutter. In ihrem Arbeitszimmer war sie nicht, dort war es dunkel, und auch der Computer war ausgeschaltet. Sophia fiel ein, dass ihre Mutter an diesem Mittwoch ins Büro gehen wollte. Normalerweise arbeitete sie von zu Hause aus, doch manchmal traf sie ihre Kollegen und aß mit ihnen zu Mittag.

Sie ging in ihr Zimmer, das wie ein bunter Musterkatalog für ihre vielfältigen Interessen war. Es gab ein Regal mit Büchern über alle möglichen Themen – darunter viele über Naturwissenschaften –, einen Globus, ein Poster von Taylor Swift – neben Stephen Hawking ihr absolutes Idol –, ein Profimikrofon mit dazugehörigem Verstärker, ein Teleskop und jede Menge vollgeschriebene Hefte. Wenn etwas sie interessierte, stürzte sich Sophia regelrecht darauf.

Sie warf sich aufs Bett und sah aus dem Fenster. Ihr Zimmer war das einzige, das im Erdgeschoss lag. Von dort aus konnte sie einen Teil der Clayton Street und der Nachbarhäuser überblicken.

Janice' Vorwurf hallte noch in ihr nach. Sie hasste es, wenn jemand behauptete, sie hätte die Wahrheit für sich gepachtet. Schon von klein auf hatte sie damit zu kämpfen, seit ihre Eltern bemerkt hatten, dass sie überdurchschnittlich intelligent war.

Bereits mit drei Jahren redete Sophia praktisch wie eine Erwachsene, mit vier konnte sie lesen, und auch ihre analytischen Fähigkeiten waren außergewöhnlich. Als sie in die Schule kam, war sie ihren Mitschülern haushoch überlegen. In der zweiten Woche bestellte Ms. Coleman die Eltern zu sich ein, weil sie verblüfft und alarmiert war, vor allem alarmiert. Sie erzählte ihnen, was passiert war. Am Vortag hatte sie den Kindern die Grundlagen der Addition erklärt, und Sophia hatte bereits alles gewusst. Um sie zu beschäftigen, bat Ms. Coleman sie, alle Zahlen von eins bis hundert miteinander zu addieren, und dachte, so könne sie den Unterricht in Ruhe fortsetzen. Sophia sah sie nur fünf Sekunden an und gab dann mit triumphierendem Blick die Antwort: »Fünftausendfünfzig.« Ms. Coleman musste zugeben, dass sie selbst das Ergebnis gar nicht wusste, und fragte Sophia, wie sie die Lösung so schnell gefunden hatte. Caroline, die einen Abschluss in Business Administration hatte und gut mit Zahlen umgehen konnte – allerdings bei Weitem nicht so gut wie Sophia –, ahnte bereits, wie ihre Tochter es so schnell hatte ausrechnen können. Dass Sophia hundert Zahlen tatsächlich in fünf Sekunden addiert hatte, war natürlich unmöglich. Stattdessen hatte sie, wie Ms. Coleman fasziniert erklärte, jeweils die erste und die letzte Zahl addiert! »Die Summe der jeweils ersten und letzten Zahl ergibt immer 101. Also 1 + 100, 2 + 99, 3 + 98 und so weiter. Es kommt immer 101 heraus! Also musste Sophia nur 101 mal 50 rechnen, schon hatte sie das Ergebnis.« Nebenbei war damit noch etwas anderes klar geworden: Sophia hatte sich das Multiplizieren selbst beigebracht.

An diesem Tag hatte Sophia auf dem Weg nach Hause kaum ein Wort gesagt. Erst kurz vor der Ankunft erklärte sie, sie habe eines verstanden: Es sei nicht gut, die Schlaueste sein zu wollen, schließlich müssten alle lernen, nicht nur sie. Sie würde es nie wieder tun. Und sie tat es auch nie wieder.

Seither war Sophia nach wie vor ein Mädchen mit ausgezeichneten Noten, aber besonders glänzen wollte sie nie wieder. Sie begriff, dass sie ihre besondere Begabung außerhalb der Schule ausleben musste. Alle Lehrer waren entzückt von ihr.

Sophia drehte sich auf die andere Seite und betrachtete das Aquarium, in dem Tony schwamm.

»Du bist so dumm«, schimpfte sie mit sich selbst.

Auch ihren Freunden und Liebsten gegenüber hatte sie sich an ihren Vorsatz gehalten. Menschen mochten es nicht, wenn man sie auf ihre Fehler hinwies. Außerdem wusste Sophia inzwischen, dass es absolut nichts brachte. Man lernte am besten aus eigenen Fehlern.

Sich mit Janice anzulegen, war ein Fehler gewesen. Sie hätte sie mit geduldigem Reden zur Vernunft bringen müssen.

7

Fünf Monate und vierzehn Tage vor dem Verschwinden

Einige Häuserblocks weiter hatte sich Janice wieder beruhigt, sie überlegte sogar, ob sie zurück zu Sophia gehen sollte. Doch sie tat es nicht. Sophia und sie kannten sich seit der ersten Klasse und stritten oft, das gehörte einfach zu ihrer Freundschaft dazu. Sie lebten in sehr unterschiedlichen Welten, und trotzdem war Sophia ihre beste Freundin. Sophia sagte, die Freundschaft zwischen ihnen sei eine *Singularität*, was Janice nie so ganz verstanden hatte, zumindest nicht im Sinne des Begriffs, den ihre Freundin benutzte. Immer wenn Sophia es ihr erklären wollte und etwas von Parallelen mit dem Universum faselte, tat Janice so, als schlafe sie ein und schnarchte, und dann brachen sie beide in Gelächter aus. Es war zu einer Art Running Gag geworden. Sophia analysierte die Dinge immer aus allen nur erdenklichen Blickwinkeln, während Janice eine gewisse Lust am Ungewissen empfand. Mit ihren vierzehn Jahren begann Janice zu entdecken, dass es sich manchmal lohnte, ein bisschen vom normalen Weg abzuweichen, zum Beispiel wenn sie in einem ihrer Songs einen merkwürdigen Akkord ausprobierte und etwas besonders Schönes dabei herauskam. Es hatte etwas Tröstliches, nicht immer alles zu wissen und sich einfach treiben zu lassen.

Wenn sie auf Dylan Garrett stand und Lust hatte, ihn zu sehen, und sei es, dass sie ihm aus der Ferne nachspionierte, warum sollte sie das nicht tun? Er musste ja nicht die Liebe ihres Lebens sein. Er war ein Typ, der ihr gefiel – der erste Typ, der ihr gefiel –, mehr war es nicht.

Sie ging in den Wald hinein. Nach einer Weile gelangte sie zu einem trostlosen Rastplatz. Sie setzte sich an einen Tisch, legte ihren Rucksack ab und holte ihre Schminksachen und ihre Schachtel mit den Piercings heraus. Schnell legte sie sie sich an: einen in der Nase, einen in der Zunge und einen in der Augenbraue. Als sie die Schachtel wieder in den Rucksack packte, knackte etwas in ihrem Rücken, und sie erschrak. Mit pochendem Herzen drehte sie sich um und entdeckte zwei Eichhörnchen, die aus den Büschen gekommen waren und sie interessiert beobachteten.

Janice atmete schnaubend aus.

»Ich habe nichts zu fressen. Tut mir leid.«

Die Tiere sahen einander an und schnupperten in der Luft. Janice erklärte ihnen, sie dürfe nicht geschminkt in die Schule gehen, also bleibe ihr nichts anderes übrig, als ihren Pausenhof zum Schminken zu benutzen. Mithilfe eines Taschenspiegels trug sie schwarzen Lidschatten auf und zog einen dicken Strich unter die Augen. Für ihre Lippen wählte sie einen natürlichen, nicht sonderlich auffallenden Ton.

Irgendwann verschwanden die Eichhörnchen wieder, und Janice fühlte sich einsam und verletzlich. Sie musste so schnell wie möglich weiter. Sie zog sich die Lederjacke an und eilte los, aber die Ketten an ihrer Hose verkündeten schon von Weitem, dass sie im Anmarsch war, also steckte sie sie sich in die Hosentasche. Als Mädchen allein im Wald unterwegs zu sein, war keine gute Idee. Und dass sie die Abkürzung durch diesen besonders einsamen Teil genommen hatte, erst recht nicht.

Das verlassene Autokino lag im Norden der Stadt. Janice versteckte sich hinter einem dicken Baumstamm und ließ ihren Blick erst über den Platz und dann über die riesige graue Leinwand schweifen, von der schon der Beton abbröckelte. Manchmal trieben sich auch Jungs in ihrem Alter auf dem Platz herum, fuhren wild mit dem Skateboard, ließen sich von der Wand abprallen oder benutzten frei liegende Rohre für Kunststückchen. Wenn allerdings die größeren Jungs mit ihren Autos und ihrer Musik eintrafen, mussten sie sich meistens verziehen.

Der unverwechselbare 4Runner von Dylan Garrett stand mitten auf dem Platz. Dylan selbst lehnte an der Motorhaube des Pick-ups, trank Bier und sah verträumt zur Leinwand, als liefe dort ein Film, den nur er sehen konnte. Er hielt sich abseits der anderen, und Janice überlegte, ob sie mit dem Handy ein Foto von ihm machen und ihre Sammlung erweitern sollte, aber er war zu weit weg. Die anderen, das waren Casey Flechner und Steve Camp, zwei von Dylans besten Freunden. Aus einem der Autos dröhnte furchtbarer Rap.

Die gute Nachricht war, dass die Jungs allein waren. Von Maggie Gill, dieser hohlen Nuss, die behauptete, Dylans Freundin zu sein, war nichts zu sehen, und auch nicht von Sally O'Donnell oder irgendeinem anderen Mädchen. Wären sie da gewesen, hätte sie sich Dylan auf gar keinen Fall nähern können, und auch jetzt, wo sie freie Bahn hatte, war Janice wie gelähmt. Sie hatte sich die Situation schon tausendmal ausgemalt. Sie musste einfach nur locker hinschlendern und ein Gespräch mit Dylan beginnen, ihn vielleicht fragen, ob sie einen Schluck Bier haben könne. Janice hatte schon mal Bier probiert. Manchmal ließen ihre Eltern und deren Freunde ihre Gläser halb ausgetrunken stehen, und sie musste dann alles aufräumen. Aus

Neugier hatte sie an einem Bier genippt. Sie hatte es scheußlich gefunden, aber sie war sich jetzt sicher, dass sie einen Schluck vertragen würde.

In ihren Tagträumen hatte sie immer genügend Mut, um zu ihm hinzugehen. Jeder Satz brach womöglich das Eis. Sie könnte zum Beispiel sagen, dass ihr Vater eine Harley aus den Achtzigern hatte, die er selbst in seiner Werkstatt reparierte, das würde Dylan garantiert beeindrucken. Dylan mochte Autos, er wollte sogar mal Rennfahrer werden. Also, was sollte schiefgehen? Wenn er sie nicht ernst nahm, konnte sie einfach wieder gehen.

Doch Dylan nahm sie ernst. Denn da war etwas, was Janice instinktiv erfasste: dass sie nämlich beide verkannte Rebellen waren. Aus einem merkwürdigen Grund hatte sie das Gefühl, Dylan Garrett gut zu kennen, obwohl sie doch kaum ein paar Worte mit ihm gewechselt hatte.

Geh jetzt endlich los!

Sie konnte nicht.

Warum konnte sie nicht?

Dann fand sie die perfekte Ausrede, um zu bleiben, wo sie war. In der Ferne, auf der gegenüberliegenden Seite des Platzes, sah sie eine Gruppe Jungs in ihrem Alter. Sie hatten sich seitlich hinter dem Bau versteckt, die den Projektor beherbergte, und warteten darauf, dass sich die älteren Jungs verzogen. Einen der Jungs erkannte Janice auf Anhieb: Er war schwarz, spindeldürr und so hoch wie das Empire State Building. Sogar auf die Entfernung wusste sie, dass es nur Tom sein konnte. Und wenn Tom da war, dann war auch Bishop da, und schon zeigte er sich, in prekärem Gleichgewicht auf seinem viel zu langen Board. Tom und Bishop waren Freunde von ihr, und sie verspürte den unwiderstehlichen Drang, sofort zu ihnen zu rennen.

Nur dass sie doch hergekommen war, um endlich Dylan anzusprechen.

Und wenn Tom und Bishop sie sahen?

Janice wusste, dass sie nur weitere Ausreden suchte. Was war so schlimm daran, dass sie sie sahen? Nichts. Sie war ein freier Mensch und konnte tun und lassen, was sie wollte. Außerdem würden ihre Freunde nicht mehr lange bleiben. Bishop wohnte bei seiner Mutter, die eher locker war bei der Frage, wann er zu Hause sein musste, aber die Johnsons hatten ein strenges Auge auf Tom, der außerdem der Jüngste in der Gruppe war, noch keine dreizehn.

Janice beschloss zu warten. Sobald Bishop und Tom weg waren, würde sie mit ihrem Plan fortfahren. Dylan würde nirgendwohin gehen, er stand immer noch da, den Blick versonnen auf die rissige Wand gerichtet.

Janice setzte sich auf einen Felsen, gleich hinter einem Baum, der ihr Schutz bot. Sie setzte die Kopfhörer auf und suchte ihre Lieblingsplaylist, echte Musik, nicht dieses disharmonische Computergedudel, das aus einem der Autos dröhnte. Der kraftvolle Schmalzrock von Aerosmith hatte eine beruhigende Wirkung auf sie, versetzte sie in die Sicherheit ihres Zimmers, wo sie sich diesen Moment bis ins kleinste Detail ausgemalt hatte und mutig genug gewesen war, auf Dylan zuzugehen. Die Minuten verrannen, Aerosmith wurde abgelöst von den Guns N' Roses, und sie verharrte, wo sie war. Sie schaute nicht einmal nach, ob Bishop und Tom noch da waren. Es war längst egal, weil sie tief in ihrem Inneren wusste, dass sie nicht genügend Mut aufbringen würde, um hinter diesem Baum hervorzutreten und die tausend Kilometer zurückzulegen, die sie von dem 4Runner trennten.

Nicht weinen, sonst verläuft dein ganzes Make-up.

Noch eine vertane Chance.

Wenn Sophia bei ihr wäre, sähe die Sache anders aus. Sophia würde sich in Nullkommanichts einen Plan ausdenken, sie würde genau wissen, wie man sich einem Jungen überzeugend nähert. Über Sophia würden Dylan und die anderen sich nie lustig machen.

Zwanzig Minuten später hatte sie einen kalten Hintern, der so platt war wie ein Brett. Es war erst drei Uhr, aber es schien viel später zu sein. Am Himmel waren dunkle Wolken aufgezogen, ohne dass sie es bemerkt hatte. Als sie hinter dem Baum hervorspähte, sah sie, dass eines der Autos die Scheinwerfer anhatte.

Tom und Bishop waren weg, ebenso alle anderen Jungs in ihrem Alter. Dylan lehnte noch immer an der Motorhaube, jetzt mit Casey an seiner Seite. Sie hielt Ausschau nach Steve Camp, entdeckte ihn aber nirgends. Sie begann, unruhig zu werden. Da knackte hinter ihr ein Zweig.

»Spionierst du uns nach?«

Janice drehte sich um. Sie musste den Kopf weit in den Nacken legen, um Steve Camp ins Gesicht sehen zu können.

Camp war der Älteste der drei. Außerdem trug er eine riesige, zeltartige Jacke. Er hatte ein rundes Gesicht, eine kleine Nase und zwei Augen, die so eng beieinanderlagen wie die Läufe einer Flinte. Janice kannte ihn kaum; sie wusste bloß, dass er an einer anderen Schule sitzen geblieben war und von allen »der Bär« genannt wurde.

»Ich habe nur gewartet«, sagte Janice. Der Satz war einfach so aus ihrem Mund gekommen und ergab überhaupt keinen Sinn.

»Gewartet?«

Diesmal fiel Janice nichts ein, was vielleicht auch besser war. Ihre Hände zitterten.

»Wer zum Teufel bist du?«, blaffte Camp sie an.

»Ja… Janice. Janice Hobson.«

Aus irgendeinem Grund fand Camp das so lustig, dass er lachte.

»Dann sag mir jetzt mal schön, warum du uns nachspionierst, Ja… Janice Hobson.«

Camp machte einen Schritt auf sie zu. Er war etwa dreihundert Meter groß und würde sich gleich auf sie stürzen. Instinktiv hielt Janice sich die Hände vors Gesicht und senkte den Kopf.

»Ich wollte zu Dylan«, sagte sie kaum hörbar.

»Zu dem?«

Janice zitterte. Jetzt brachte sie wieder kein Wort heraus.

»Was ist los, Bär?«, rief jemand.

»Dylan?«

Es war tatsächlich Dylan. Er schob Camp beiseite, oder vielleicht machte Camp ihm auch freiwillig Platz. Jetzt starrten zwei Gestalten das ganz in Schwarz gekleidete Mädchen an.

»Sie sagt, sie wollte zu dir. Kennst du sie?«

»Wie soll ich das wissen, wenn ich ihr Gesicht nicht sehen kann?«

Langsam hob Janice den Blick und strich sich die Haare aus dem Gesicht.

Dylan betrachtete sie neugierig. Blitzte in seinen Augen ein Wiedererkennen auf? Janice kam es so vor. Dass Dylan sie erkannte, gab ihr etwas von ihrem Selbstwertgefühl zurück.

»Hallo, Dylan. Ich bin …«

»Ja… Janice«, sagte Steve Camp und lachte.

»Schnauze, Steve.«

Der Bär gehorchte sofort.

»Du wolltest zu mir?«

Janice nickte. Sie fühlte sich unbehaglich, wie sie da auf dem kalten Felsen saß, aber sie traute sich nicht aufzustehen. Dylan schien es zu bemerken, denn er schickte Steve weg.

»Bär, geh zurück zu Casey.«

»Im Ernst?«, fragte Camp halb belustigt, halb empört.

»Verzieh dich.«

Bevor er aufbrach, warf Camp Janice noch einen wütenden Blick zu, als wäre Janice diejenige, die in Wahrheit die Situation kontrollierte.

Als sie allein waren, hielt Dylan ihr die Hand hin. Janice ergriff sie und ließ sich von ihm hochziehen. Es war das erste Mal, dass sie körperlichen Kontakt hatten. Dylans Hand war warm, und Janice zog die Berührung in die Länge.

»Danke.«

»Ich habe dich in der Schule gesehen«, sagte er.

Es war keine Frage. Janice nickte. Sie hätte sagen können, dass auch sie ihn in der Schule gesehen hatte, aber dies schien ihr zu offensichtlich, also schwieg sie lieber. Endlich dachte sie wieder klarer. Dylan hatte eine beruhigende Wirkung auf sie. Alles wurde allmählich so, wie sie es sich immer ausgemalt hatte. Dylan war kein Monster, sie konnte mit ihm sprechen, natürlich konnte sie das.

»Möchtest du einen Schluck?« Dylan bot ihr die fast leere Flasche an. »Ist nicht mehr viel drin, aber im Auto habe ich mehr.«

Sie nahm die Flasche an und trank einen Schluck.

»Dein Piercing gefällt mir«, sagte er. Er trank die Flasche aus und warf sie achtlos weg.

»Habe ich mir vor ein paar Monaten stechen lassen. Ich habe noch eins, in der Zunge.«

Dylan nickte mit abwesendem Blick. Dann schüttelte er den Kopf, als wollte er einen unangenehmen Gedanken loswerden.

»Dir ist ja eiskalt. Wie lange hockst du denn hier schon?«

Sie zuckte mit den Schultern.

»Warte hinter der Leinwand auf mich, ich komme mit dem Wagen hin. Die Heizung wird dir guttun.«

Janice zögerte.

»Schaffst du es allein, oder soll ich dich begleiten?«

»Das schaffe ich allein.«

»Super. Dann warte dort auf mich.«

Dylan ging los. Kaum war er weg, fühlte sich Janice wie in einem Traum. Hatte er tatsächlich gerade ihre Hand genommen? Er kannte sie nicht nur aus der Schule, sondern hatte sie sogar gut behandelt, ganz anders als der schreckliche Steve Camp.

Sie ging am Waldrand entlang. Die Wolken wurden immer dichter, und zwischen den Bäumen war es mittlerweile unheimlich. Nachdem sie den Platz umrundet hatte und hinter der Leinwand angelangt war, wurde es nicht besser. Sie war noch nie in diesem Teil des Autokinos gewesen, der einen stark heruntergekommenen Eindruck machte. Die riesige Mauer war nicht verputzt, man sah die unterschiedlich großen Ziegelsteine. Verbogene Eisenstangen ragten hervor wie verrostete Pfeile, Graffiti waren darauf gesprüht, und Kletterpflanzen suchten ihren Weg nach oben. Am Boden sah es noch schlimmer aus: Fässer voller Müll, Flaschen, platt getretene Dosen, ein Haufen Schutt. Janice rümpfte die Nase, als sie an die Mauer herantrat. Der Uringestank war unerträglich. Sie ging zu einer

Stelle, an der ein Auto Reifenspuren hinterlassen hatte. Vermutlich würde Dylan dorthin kommen.

Die Hände um die Riemen ihres Rucksacks geklammert, stand sie da und wartete. Sie wusste nicht, ob sie zur Mauer sehen sollte, wo sie garantiert unappetitliche Dinge wie benutzte Spritzen oder Schlimmeres entdecken würde, oder zum Wald, der ihr immer bedrohlicher erschien. Allein der Gedanke, den Heimweg allein antreten zu müssen, deprimierte sie. Ein Teil von ihr wollte am liebsten weglaufen, sich in ihrem Zimmer einschließen und Bass spielen. Was hatte sie hier zu suchen? Dylan würde nicht kommen. Bestimmt war er zu Camp und Flechner zurückgegangen, und die drei lachten sich halb tot über das auf »dark« geschminkte Mädchen, das allen Ernstes geglaubt hatte, es könnte mit Dylan anbändeln, einem der hübschesten und beliebtesten Jungs der Schule. Warum sollte jemand wie er sich für jemanden wie sie interessieren? Obwohl sie stand, fühlte sie sich kleiner als vorhin, als sie hinter dem Baum gekauert hatte. Maggie Gill, die verrückt nach Dylan war, hatte den Körper eines Models, und ihre Eltern hatten ihr zum fünfzehnten Geburtstag eine Brustvergrößerung geschenkt. Trotzdem sträubte sich Dylan dagegen, ihr offizieller Freund zu sein. Janice war das genaue Gegenteil von Maggie Gill. Hatte sie deswegen gedacht, eine Chance zu haben? Wie wollte sie ihn denn erobern? Mit ihrer schwarzen Target-Jacke und ein bisschen billiger Schminke? Sie schlang sich die Arme um die Brust, ihr war zum Heulen zumute.

Und sie hätte auch geheult, wenn in diesem Moment nicht links der Mauer die hellen Scheinwerfer des Pick-ups aufgeleuchtet wären.

Janice hielt den Atem an. Sie wollte lächeln, aber es gelang ihr nicht recht.

Der bullige Wagen rollte langsam auf sie zu. Er machte eine Kehre und kam so zum Stehen, dass die Hintertür genau vor ihr war. Die Scheiben waren dunkel, sodass sie nicht ins Innere blicken konnte. Wie von Zauberhand schob die Tür sich auf. Auf dem Rücksitz saß natürlich niemand, und die Luft, die aus dem Wagen strömte, umschloss sie wie eine warme Wolke.

Dylan stieg aus und ging zu ihr. Die Mauer schluckte alle Geräusche von der anderen Seite.

»Steig ein. Sonst frierst du hier noch fest.«

Ohne zu zögern, folgte Janice seiner Aufforderung. Sie glitt auf den Rücksitz und stellte den Rucksack zwischen ihre Füße. Schnell spürte sie, wie ihr Körper wieder auf Normaltemperatur kam. Dylan setzte sich neben sie und schloss die Tür.

Das leise Brummen des Motors hatte eine beruhigende Wirkung auf sie.

»Zeit, uns endlich richtig vorzustellen. Dylan Garrett, sehr erfreut.«

Er streckte ihr die Hand hin, und sie schlug ein. Jetzt lächelte sie auch richtig.

»Janice Hobson.«

Dylan zog sich die Jacke aus, Janice tat es ihm nach. Sie trug ein T-Shirt der Sex Pistols, das sie extra ausgesucht hatte, weil es ihr ein bisschen zu eng war. Dylan betrachtete es einige Sekunden lang.

»Kennst du die?«, fragte sie.

Er sah sie verständnislos an.

»Nicht wirklich. Sind die gut?«

»Die waren gut. Mein älterer Bruder hat sie mir vorgespielt.«

Dylan starrte noch immer auf das T-Shirt. In seinem Blick war etwas Irres, eine Art tiefe Trance. Plötzlich kam seine Hand wie aus dem Nichts und legte sich auf Janice' Brust. Anfangs war sie erschrocken. Dylans Hand öffnete und schloss sich.

»Bist du das erste Mal mit einem Jungen zusammen?«

»Nein«, log sie.

»Ganz ruhig«, flüsterte er.

Dylan rückte etwas näher an sie heran. Er saß jetzt fast in der Mitte der Rückbank. Die Scheiben des Autos waren komplett beschlagen.

»Tolles Make-up.«

»Danke.«

Janice konnte sich nicht entspannen. Sie machte die Augen zu und versuchte, ihre Atmung zu kontrollieren. Sie war aufgeregt, dass sie mit Dylan zusammen war – endlich! –, ja, wie benommen. Ein Traum war wahr geworden.

»Schau mal.«

Janice öffnete die Augen.

8

5 Monate und 10 Tage vor dem Verschwinden

9 Uhr

Tom kannte die Gegend, weil seine Familie in der Avery Street gewohnt hatte. Immer wenn er Bishop abholte, ging er an seinem früheren Haus vorbei und sah nach, was sich verändert hatte. Insgesamt hatte es sich eher verschlechtert. Die Pflanzen ihrer Mutter zum Beispiel, um die sie sich mit so viel Liebe gekümmert hatte, waren zu einer Art botanischer Version von *The Walking Dead* mutiert. Die Farbe der Wände war verblasst, die Fensterläden hingen schief, und im Garten stand ein prähistorisches Motorrad ohne Räder. Tom fragte sich, ob Janice' Vater es reparieren könnte, auch wenn es unrettbar verloren schien.

Er fühlte sich immer noch verbunden mit dem Haus und ertrug es kaum, es in diesem Zustand zu sehen. Sie wohnten inzwischen in einer besseren Gegend, in einem viel größeren und viel schöneren Haus, doch er war irgendwie der schwarze Junge geblieben, dazu bestimmt, im ärmeren Teil der Stadt zu leben. Bishop sagte zwar oft, er werde einmal der neue Lebron James sein und in einer Riesenvilla wohnen, doch ein Teil von ihm würde immer Teil der Avery Street sein.

Tom lächelte. Vielleicht vermisste er auch nur, in der Nähe seines besten Freundes zu wohnen, aus dem Fenster zu klettern und mit ihm Videos auf YouTube zu schauen oder irgendein Computerspiel zu spielen.

Um neun stand er vor Bishops Haustür, viel früher als vereinbart. Der Grund dafür war ihm zutiefst peinlich, und er dachte lieber nicht daran.

Er wartete eine Weile, und erst als er Geräusche hörte, traute er sich einzutreten. Er hatte noch nie geklingelt und würde es auch jetzt nicht tun. Drinnen stolperte er erst einmal über drei Puppen, die gerade Tee tranken, und wäre beinahe gestürzt. Er mochte vielleicht der nächste Lebron James werden, aber vorher sollte er sich besser an seine neue Größe gewöhnen.

Aus der Küche drang gedämpft die Stimme von Bishops Mutter. Tom freute sich, dass Lena noch zu Hause war, und musste lächeln. Gerade sagte Lena etwas zu Tilly, Bishops jüngerer Schwester, und rannte mit erhobenem Föhn durchs Wohnzimmer. Als sie Tom bemerkte, blieb sie abrupt stehen.

»Oh, Tom, du hast mich zu Tode erschreckt!«

Lena streckte ihm die Zunge heraus und zog eine Grimasse. Dann entspannte sie sich und lachte. Tom liebte natürlich seine eigene Mutter, aber Lena war die coolste Mutter, die man sich vorstellen konnte. Sie kam auf ihn zu, wich unterwegs weiteren Spielzeugen und zwei Kisten voller Weihnachtsschmuck aus und gab ihm einen schmatzenden Kuss auf die Wange.

»In diesem Haus wird der Weihnachtsbaum spät geschmückt«, sagte sie kopfschüttelnd und bückte sich, um ein wenig aufzuräumen. »Du weißt ja, Tom, alleinerziehende Mutter.«

Tom sah sie an. Sie drehte sich zu ihm um, als wäre ihr etwas eingefallen, und deutete mit dem Föhn auf ihn.

»Tom! Du bist meine Rettung. Komm mal mit.«

Tom folgte ihr wie ein Zombie. Dieses Haus war sogar noch kleiner als das, in dem er einmal gewohnt hatte. Außerdem war es vollgestopft mit allen möglichen Sachen.

In der Küche stand Tilly auf einem Stuhl, um an die Arbeitsfläche heranzukommen. Sie war fünf und hantierte gerade mit einer Cornflakes-Schachtel herum.

»Matilda, schau mal, was du angerichtet hast.«

»Ein Berg.«

»Ja, ein Berg.« Lena fegte die Cornflakes mit der Hand zusammen und kippte sie zurück in die Schachtel.

Tilly lachte.

»Hast du schon gefrühstückt, Tim?«

»Nein.«

»Super. Dann mach du doch Tilly das Frühstück. Cornflakes und Rührei. Keine Schokolade. Du kannst natürlich essen, was du willst. Okay?«

»Ja, klar.«

»Super. Dein Freund ist gerade erst aufgewacht und im Bad, also kein Stress. Du bist ein Engel!«

Noch ein schmatzender Kuss auf die Wange. Tom hätte Frühstück für die ganze Nachbarschaft gemacht, wenn Lena ihn darum gebeten hätte.

Lena ging zu Tilly, zog ihr das Kleid zurecht und putzte ihr mit einer Papierserviette die Nase. Tom hatte nun die Gelegenheit, die Mutter seines Freundes näher zu betrachten. Sie hatte eine weite schwarze Hose an und nicht wie üblich Jeans, dazu ein Hemd, das Tom etwas eleganter vorkam als ihre anderen Hemden. Manchmal arbeitete Lena samstags, doch diesmal hatte sie offenbar etwas anderes vor.

Lena verließ die Küche und kam kurz darauf wieder, weil sie

den Föhn vergessen hatte. Sie nahm ihn, verdrehte die Augen und biss sich auf die Unterlippe.

»Danke, Tom!«, rief sie vom Flur.

Tom starrte mindestens zwanzig Sekunden lang in Richtung Wohnzimmer. Auch Tilly sah fragend dorthin.

»Machst du mir jetzt das Frühstück oder nicht?«

Er erwachte aus seinen Träumereien.

»Ja, klar.«

»Wir könnten einen bunten Berg aus Froot Loops bauen.«

»Nein, kein bunter Berg.«

Tom half oft im Haushalt mit, daher war es kein Problem für ihn, in fünfzehn Minuten ein gutes Frühstück auf den Tisch zu zaubern. Bei seinem Vater lief es in letzter Zeit beruflich sehr gut, trotzdem wurde bei ihnen zu Hause der Wert der Arbeit hoch geschätzt, und das galt auch für die Kinder. Schnell hatte er Rühreier, Waffeln mit Blaubeermarmelade und Orangensaft zubereitet. Tilly hatte ihm so erstaunt wie belustigt zugesehen.

Als Lena zurückkam, jetzt mit einer Handtasche um die Schulter statt eines Föhns in der Hand, machte sie ein so verblüfftes Gesicht, dass allein dies seine Mühe wert war. Sie starrte das üppige Frühstück an, als hätten fleißige Gnome gewirkt. Lena hatte sich geschminkt und frisiert, Tom hatte sie noch nie so gesehen. Bishops Mutter besaß eine natürliche Schönheit, der man nicht künstlich nachhelfen musste, doch jetzt war sie wirklich umwerfend, selbst für einen Jungen in seinem Alter.

Lena bedankte sich überschwänglich bei ihm und sagte, sie würde den ganzen Vormittag beschäftigt sein. Bishop – natürlich nannte sie ihren Sohn nicht beim Nachnamen – habe genaue Anweisungen, was er mit Tilly machen solle, er möge ihn bitte daran erinnern. Sie dankte ihm noch einmal für das

Frühstück und verabschiedete sich. Es folgte der schmatzende Kuss Nummer drei. Mein Gott, das würde der beste Tag seines Lebens werden!

Als Lena weg war, aß Tom nur ein paar Bissen von seinem Frühstück und ging dann rauf in Bishops Zimmer. Sein Freund saß auf der Bettkante, in ein Handtuch gehüllt, mit feuchten Haaren und ganz kleinen Augen. Bishop war wahrlich kein Schnellaufsteher. Die Dusche reichte nicht aus, um ihn ganz wach zu machen, und oft nicht einmal der Fußweg zur Schule. Samstags war es noch schlimmer.

Tom blieb einfach vor Bishop stehen, bis der schließlich den Kopf hob. Sie grüßten sich per Faustschlag.

»Deine Mutter sagt, wir sollen Tilly irgendwohin bringen.«

Bishop nickte schwerfällig und versuchte, mitten im Gähnen zu sprechen.

»Ooooownnnn.«

Ms. Bowen, schlussfolgerte Tom.

In der nächsten halben Stunde vollzog sich ihr morgendliches Ritual: Tom versuchte mehrmals, ein Gespräch zu beginnen, und Bishop antwortete einsilbig, während er die mühevolle Aufgabe des Anziehens in Angriff nahm. Wie nebenbei fragte Tom, warum seine Mutter sich so schick gemacht und das Haus so eilig verlassen hatte. Ein neuer Freund? Bishop, der nun ganz nackt war, runzelte nur die Stirn und betrachtete eine Unterhose wie Hamlet den Totenschädel. Nachdem er entschieden hatte, dass die Unterhose in den Wäschekorb gehörte und nicht an seinen Körper, zuckte er mit den Schultern und ließ Toms Frage unbeantwortet. Vermutlich wusste er gar nicht, was seine Mutter vorhatte. Jedenfalls war seine Mutter bestimmt nicht das Thema, das den Morgenmuffel in ihm besänftigen konnte. Bishop liebte seine Mutter, aber er erzählte praktisch nie etwas von ihrem Job oder aus ihrem Privatleben. Lena war Geschäftsführerin des *Squeezer*, einem Nachtclub am Stadtrand von Wilmington. Angefangen hatte sie als Tänzerin, wenige Monate nach der Geburt ihres ersten Sohnes. Sie hatte ihm genau erklärt, worin ihre Arbeit bestand und dass manche Frauen im *Squeezer* noch ganz andere Dienstleistungen anboten, aber er fühlte sich bei diesem Thema nach wie vor unbehaglich.

Bishop zog sich ein Hemd an, sein Kopf blieb im rechten Ärmel stecken. Ein Ball zuckte in alle Richtungen, bis schließlich der Kopf seinen Weg fand und ein triumphierend lächelnder Bishop zum Vorschein kam.

»Hallo, Tom!«

Tom lachte. Bishop war sein Freund, aber er war auch sein größtes Vorbild. Er war ein Jahr älter als er und hatte ihm alles beigebracht, was er wusste.

Bishop war nun auf Betriebstemperatur. Sie brachten Tilly zu Ms. Bowen, einer Rentnerin aus der Nachbarschaft, die das kleine Mädchen liebte wie ihre eigene Enkelin. Anschließend traten sie den Heimweg an, ohne viel zu reden.

Schließlich war Tom derjenige, der die Frage stellte, die sie in den vergangenen beiden Tagen vermieden hatten.

»Sollen wir Sophia das mit Janice sagen?«

Bishop hatte einen Zweig aufgehoben und schlug damit beim Gehen leicht auf den Bürgersteig.

»Weiß nicht. Wenn Janice ihr es nicht selbst gesagt hat …«

»Sie hat es ihr nicht gesagt, weil es ihr peinlich ist. Es Sophia nicht zu sagen, ist unfair. Sie sollte selbst entscheiden.«

Bishop schlug mit dem Zweig gegen einen Baumstamm.

»Okay, du hast gewonnen«, sagte er. »Reden wir mit dem Superhirn.«

»Wenn du sie nachher bei ihr auch so nennst, stecke ich dir den Zweig in den Arsch.«

»Vielleicht gefällt's mir ja.«

Beide brachen in Gelächter aus.

9

5 Monate und 10 Tage vor dem Verschwinden

10:15 Uhr

Nikki besuchte Sophia für ihr Leben gern. Nicht nur, weil sie so gut befreundet waren und es noch lange bleiben würden – zumindest empfand Nikki es so –, sondern weil sie die Atmosphäre in der Familie liebte. Manchmal suchte sie einen Vorwand, um allein durch das große Haus schleichen zu können. Dann spähte sie in alle Zimmer wie eine Spionin und malte sich aus, sie würde dort wohnen. Sie ging sogar noch weiter und tat so, als wäre sie tatsächlich dort zu Hause. Wenn sie auf diesen heimlichen Rundgängen Phil Holmes begegnete – der allerdings fast nie da war –, stellte sie sich vor, sie wäre seine Tochter und würde zu ihm sagen, er sehe sehr gut aus in seinem Anzug oder sie möge sein Parfüm oder etwas in der Art.

Und dann war da dieser Geruch, der so anders war, so elegant, und der alles durchdrang. Es war kein künstlicher Duft, kein Lufterfrischer oder Putzmittel, auch keine Pflanze. Es waren die Holmes selbst. Nikki wusste, dass jeder Mensch einen eigenen Geruch hatte – nur deshalb konnten Spürhunde die Witterung von jemandem aufnehmen –, aber sie hatte nie zuvor einen als so besonders und so schön empfunden. Es war ein Geruch, den sie für immer mit Erfolg verbinden würde, auch Monate später noch, als die Familie Holmes schon in Ungnade gefallen war und nicht einmal Hunde Sophia aufspüren konnten.

An jenem Nachmittag waren Caroline und Phil Holmes nicht zu Hause. Dies bedeutete, dass Sophia und Nikki tun und lassen konnten, was sie wollten. Sie konnten die Musik aufdrehen oder aus vollem Hals singen oder von einem Zimmer ins andere tanzen. Manchmal wollte Sophia unbedingt die Singübungen machen, die ihnen Ms. Wilson beibrachte, dann tat Nikki so, als würde sie einschlafen, oder schoss sich mit einer fiktiven Pistole in den Kopf.

An diesem Tag war Sophia allerdings nicht in Stimmung, um zu singen.

»Ich wusste es!«, sagte sie mit diesem argwöhnischen Blick, der anzeigte, dass ihr Gehirn auf Hochtouren lief. »Janice war gar nicht krank.«

»Lies mir die Nachricht noch mal vor«, bat Nikki.

Sophia sagte sie auswendig auf, Wort für Wort.

»›Tom und ich kommen gleich zu dir. Es ist wegen Janice. Wir wissen, warum sie nicht in der Schule war. Sie ist nicht krank. Es ist was anderes.‹«

»Typisch Jungs …«, sagte Nikki. »Immer nur das Nötigste rauslassen. Das klingt wie ein Telegraf.«

»Telegramm«, korrigierte Sophia sie sofort.

Nikki sah sie mit dem Blick einer Serienmörderin an.

»Entschuldige. Ich mache mir Sorgen.«

»Keine Antwort?«

Sophia sah aufs Display ihres Handys – sie war die Einzige in der Gruppe, die ein gutes Modell hatte – und schüttelte den Kopf.

»Sie müssten eigentlich schon …«

Es klingelte. Beide sprangen auf und waren in Rekordzeit an der Haustür. Sophia gab den Code der Alarmanlage ein.

»Weißt du den auswendig?«, fragte Nikki.

»Sehr witzig.«

Als sie die Tür öffnete, sah sie zuerst Bishop, der seine übliche grüne Tarnjacke und eine Wollmütze trug. In der Hand hielt er einen Zweig. Tom stand hinter ihm und machte ein bedrücktes Gesicht.

Bishop warf den Zweig weg und trat unaufgefordert ein. In Hawkmoon schneite es zwar nie, aber an manchen Tagen froren einem fast die Ohren ab, und dies war ein solcher Tag. Sie begrüßten sich. Tom blieb auf der Schwelle stehen. Da er als Letzter zu der Clique gestoßen war, war sein Umgang mit den Mädchen noch nicht so vertraut. Manchmal konnte er es kaum glauben, dass sie ihn aufgenommen hatten.

»Komm schon, Tom«, sagte Sophia, »sonst frierst du noch ein.«

Sophia nahm ihn bei den Händen und zog ihn ins Haus. Wie auf einer Wolke schwebte Tom hinein.

Tom und Bishop hängten ihre Jacken an den Kleiderständer, dann gingen alle vier in die Küche, vorneweg Sophia und hinter ihr Nikki, die Nummer zwei in der Rangordnung.

»Sophias Eltern sind nicht da«, verkündete Nikki und drehte sich leicht zu ihnen um.

Die beiden Jungs nickten, ohne zu wissen, warum sie dies so ausdrücklich erwähnte. Tom entspannte sich etwas. Manchmal hatte er den Eindruck, dass sich Mr. Holmes in seiner Gegenwart unbehaglich fühlte.

Sie setzten sich an den quadratischen Tisch, jeder an einer Seite.

»Was ist los mit Janice?«, fragte Sophia ohne Umschweife. »Seit zwei Tagen geht sie nicht in die Schule, und seit gestern beantwortet sie meine Nachrichten nicht.«

Bishop und Tom sahen sich an.

»Bishop!«, drängte Sophia ihn.

Er nickte und machte eine beschwichtigende Geste.

»Habt ihr in der Schule denn gar nichts mitgekriegt?«

»Nein!«, antworteten Sophia und Nikki unisono.

»Okay, okay. Janice war am Mittwochnachmittag *allem Anschein nach* mit Dylan Garrett zusammen.«

»Was heißt das, *war zusammen*?«, blaffte Sophia.

Bishop sah sie eindringlich an, als versuchte er, die Antwort telepathisch zu geben.

»Das ist doch lächerlich!«, sagte Nikki. »Dylan ist in der Elften und außerdem ein Idiot.«

»Janice steht voll auf diesen Typen«, sagte Bishop.

»Stopp!«, rief Sophia. Es wäre nicht das erste Mal, dass an der Schule haltlose Gerüchte die Runde machten. Manche Jungs und Mädchen schienen die perfekte Zielscheibe dafür zu sein, darunter auch Janice. »Tom, sag mir jetzt *ganz genau*, was du in der Schule gehört hast.«

Tom schluckte mühsam. Er sah zu Bishop, um sich seine Zustimmung einzuholen. Bishop nickte.

»Wir haben die beiden gesehen«, sagte Tom ernst.

Sophia musterte sie mehrere Sekunden lang. Nur Gott wusste, was ihr in diesem Moment durch den Kopf ging.

»Wenn das einer deiner unverständlichen Scherze ist, Bishop …«, warnte sie und deutete mit dem Zeigefinger auf ihn.

»Es ist kein Scherz«, schaltete sich Tom ein.

»Was habt ihr gesehen?«, fragte Nikki kaum hörbar.

Bishop ergriff wieder das Wort.

»Am Mittwoch waren Tom und ich im Autokino. Nicht auf dem Parkplatz, den hatten Garrett, Flechner, Camp und der komplette Planet der Affen besetzt, sondern etwas abseits, um abzuwarten, dass die Typen endlich gingen. Plötzlich hat jemand Richtung Bäume gezeigt, und wir haben Dylan gesehen, zusammen mit einem Mädchen. Keiner hat sie erkannt, außer uns.«

»Es war Janice«, sagte Tom. »Sie trug ihren Rucksack, ihre Jacke, ihre Ketten, alles.«

»Janice ist allein hinter die Leinwand gegangen«, fuhr Bishop fort, »daher konnten wir sie nicht mehr sehen. Dann kam Dylan mit seinem Pick-up und fuhr auch in diese Richtung.«

Sophia und Nikki waren wie zu Salzsäulen erstarrt.

Bishop verstummte.

»Und?«, fragte Nikki ungeduldig.

Bishop zuckte mit den Schultern.

»Es ist nicht das erste Mal, dass Dylan sich mit einem Mädchen im Autokino trifft. Es dürfte eher so das tausendste Mal gewesen sein.«

»Moment«, unterbrach ihn Sophia. »Habt ihr etwa gar nicht nachgesehen, was hinter der Leinwand vor sich ging?«

»Sophia, bitte«, verteidigte sich Bishop. »Du weißt doch, dass Janice total in Garrett verknallt ist. Ihr findet, er ist ein Idiot, wir finden, er ist ein Idiot, aber für sie ist er ein griechischer Gott. Offensichtlich war sie nur wegen ihm da. Und außerdem hat niemand sie gezwungen, hinter die Leinwand zu gehen. Tom kann es bezeugen.«

Tom sagte nichts.

Sophia sprang auf.

»Ich fasse es nicht, Bishop!«, rief sie und tigerte in der Küche umher. »Du hast es doch selbst gesagt! Garrett ist ein Idiot. Wenn Janice das schon nicht kapiert, dann müsst ihr doch wenigstens nachsehen, ob bei ihr alles okay ist.«

»Jetzt mach mal halblang, Sophia«, mischte sich Nikki ein. »Bishop hat recht. Letztlich ist sie absolut freiwillig dahin gegangen.«

»Er hat überhaupt nicht recht!«, rief Sophia, die noch immer in der Küche umhertigerte. »Ob sie freiwillig hin ist oder nicht, spielt keine Rolle. Fakt ist, dass er die Situation ausgenutzt hat.«

Bishop wollte etwas sagen, überlegte es sich aber anders. Tom schielte zu ihm hinüber. Der Gedanke, Janice könnte in dem Pick-up etwas Unangenehmes passiert sein, quälte ihn schon seit Stunden.

»So haben wir das nicht gesehen«, sagte er kleinlaut.

»Wichtig ist jetzt vor allem eines«, sagte Sophia. »Wir müssen herausfinden, was in diesem Pick-up passiert ist. Was habt ihr in der Schule gehört?«

Nachdem er mit Tom Blicke getauscht hatte, ergriff Bishop das Wort:

»Peter, der jüngere Bruder von Steve Camp, erzählt überall herum, Dylan und Janice hätten es in dessen Auto *getan*.«

Eine peinliche Stille trat ein. Sie sprachen sonst nicht über Sex. Tom hatte noch nie ein Mädchen geküsst, alles, was er darüber zu wissen meinte, war reine Fantasie. Bishop behauptete, schon zwei Mädchen geküsst zu haben, aber er hatte nie Namen genannt und war auch nie ins Detail gegangen, also konnte es bloße Show sein. Nikki war eine Idealistin, die nach unerreichbaren Jungs, berühmten Schauspielern, Sängern und dergleichen schmachtete. Sophia hatte in ihrem Leben ein einziges Mal jemanden geküsst, nämlich Jeremy Olsen auf einem Schulfest, aber dabei sei es nur zu einer schwachen Berührung ohne Zunge gekommen.

Das erste Mal lag bei allen vieren noch jenseits des Vorstellbaren.

»Meinst du, das stimmt, Tom?«, fragte Sophia. »Du kennst Peter.«

»Peter übertreibt manchmal«, überlegte Tom. »Vielleicht hat er was aufgeschnappt, als er sich mit seinen Freunden unterhalten hat. Und dann hat er es größer gemacht, als es war.«

»Wenn dieses Arschloch ihr etwas angetan hat …« Sophia setzte sich wieder.

»Tut mir leid«, sagte Bishop. »Du hast recht, wir hätten nachsehen müssen, ob sie okay war.«

»Es sind schon mehrere Tage vergangen«, sagte Sophia, ohne ihn zu beachten. Wenn ihr Gehirn Fahrt aufnahm, war es wie eine Lokomotive. »Wir müssen sofort zu Janice.«

»Wenn wir es ihrem Bruder sagen«, erklärte Tom, »reißt er Garrett den Kopf ab und spießt ihn auf einen Pfahl, wie in *Der Herr der Fliegen*.«

10

5 Monate und 10 Tage vor dem Verschwinden

11:10 Uhr

Die fünf Freunde hatten eine Rockband gegründet, die sie, weil sie noch keinen endgültigen Namen gefunden hatten, einfach *Die Band* nannten. Bishop hatte sie *Die Esoteriker* taufen wollen, aber die anderen waren sich einig, dass *Die Esoteriker* ein Scheißname war, und so blieb die Frage vorerst unbeantwortet. Janice, die in Sachen Musik immer als die Erfahrenste galt – und die vielleicht die Einzige mit echtem Talent war –, meinte, der Name würde sich von selbst ergeben, wenn sich erst mal herauskristallisiert hatte, welche Musik sie spielen wollten. Es war eine diplomatische Art, den anderen zu verstehen zu geben, dass sie noch viel zu lernen hatten. Sophia und Nikki zum Beispiel mussten ihrer Ansicht nach aufhören, ständig Taylor Swift, Katy Perry und Ed Sheeran zu hören, und sich stattdessen auf die großen Rocklegenden der Sechziger und Siebziger konzentrieren.

Janice hatte dank der beeindruckenden Plattensammlung ihres Vaters schon viel Musik gehört. Für sie war Musik, seit sie denken konnte, ein wichtiger Bestandteil ihres Lebens. Harlan Hobson war ein brillanter Musiker, der mehrere Instrumente beherrschte. Um sich seinen Lebensunterhalt zu verdienen, spielte er in einer Vielzahl von Bands, darunter auch welche mit ähnlich schlechtem Namen wie *Die Esoteriker*. Er trat auch schon mal nur für die Spesen auf und war monatelang auf Tournee, führte ein Leben zwischen Wohnmobil, Tourbus und drittklassigen Bühnen. Er gab zu, dass er es weit hätte bringen können, wenn er sich etwas mehr angestrengt hätte. Jetzt war es zu spät, und er musste sich damit begnügen, sich irgendwie über Wasser zu halten. Seine beiden Kinder hatte er praktisch allein großgezogen, worauf er sehr stolz war. Sowohl Keith als auch Janice waren bessere Versionen seiner selbst – sehr viel bessere Versionen.

Keith Hobson spielte Gitarre und strebte eine Karriere als Profimusiker an. Gleichzeitig war er geerdet und jobbte in einer Tankstelle, um seine Ausgaben zu decken und zum bescheidenen Familieneinkommen beizutragen. Janice wiederum war, na ja, Harlans größte Schwäche. Wenn Harlan Hobson sich nicht ganz seinen Exzessen hingab, sich nicht vollständig gehen ließ, wenn er es immer wieder schaffte, die nächste Liane zu ergreifen und nicht abzustürzen, dann wegen Janice. Er liebte seine Tochter abgöttisch, und seine Tochter brauchte ihn.

Auch Janice konnte mehrere Instrumente spielen, wenigstens ein bisschen, aber ihre Liebe galt dem Bass. Es war nur eine Frage der Zeit, bis sie, Nikki und Sophia in der Schule auf das Thema Musik zu sprechen kamen. Janice war wie ein Kind aus einer anderen Zeit, weil sie The Who, die Sex Pistols, The Clash und andere prähistorische Bands hörte, die sonst niemand in ihrem Alter kannte. Ihr verdankte Nikki, die eine tolle Stimme hatte, die Erkenntnis, dass es noch etwas anderes gab, als Christina Aguilera zu imitieren.

Eines Tages hatte Janice Nikki zu sich nach Hause eingeladen. Sie wolle ihr etwas zeigen, was ihr Leben für immer verändern werde, hatte sie gesagt. Sie führte sie in das Zimmer, das als Probenraum diente, und spielte ihr eine zerkratzte Platte aus der Sammlung ihres Vaters vor: *Pearl* von Janis Joplin. »Ich bin nach ihr benannt«, sagte Janice jedem, der es hören wollte. Bei *Cry Baby* flippte Nikki regelrecht aus. Noch nie hatte sie eine so herzzerreißende Stimme mit so viel Power gehört. »Es kommt nicht immer darauf an, jede Note richtig zu treffen«, hatte Janice ihr an diesem Tag gesagt, als verrate sie ihr ein gut gehütetes Geheimnis.

Janice und Nikki hatten ein ähnliches Naturell, und manchmal gerieten sie aneinander. Sophia war das perfekte Amalgam: Versöhnerin und Anführerin, die es problemlos mit jeder von ihnen aufnahm und sie wieder zur Vernunft brachte. Die drei waren wie die Atome eines sich im Gleichgewichtszustand befindlichen Moleküls. Musik war schon immer ein ausgleichendes Element gewesen, weil jeder seine klar definierte Rolle hatte. Anfangs sang Sophia nur die Zweitstimme, bis sie entdeckte, dass sie auch komponieren konnte. Sie hatte gelernt, wie man Musik las, und mit zwölf hatte sie den ersten Song für die Band geschrieben.

Manchmal probte Keith oder sogar Harlan selbst mit ihnen, doch irgendwann war der Wunsch, weitere Mitglieder für die Band zu gewinnen, immer dringlicher geworden. Janice hätte am liebsten eine Frauenband wie The Runaways gegründet, aber es ließ sich nicht bewerkstelligen: An der Schule fanden sie niemanden dafür, außer älteren Mädchen, die sie partout nicht ernst nehmen wollten. Janice war empört, doch nach einigen Monaten überzeugte sie sich selbst, dass sie die Suche auch auf Jungs ausdehnen mussten, und Nikki und Sophia stimmten sofort zu.

So kam es, dass sich ihnen Bishop anschloss, mit dem sie praktisch nichts zu tun gehabt hatten, der aber Gitarre spielte. Bishop war ein Sonderling, Sohn einer Ex-Tänzerin des *Squeezer*, jemand, der keine Freunde hatte außer diesem dünnen Lulatsch. Eines Tages sah Janice auf Bishops Schließfach einen Aufkleber der Foo Fighters und konnte gar nicht anders, als ihn deswegen anzusprechen. Sie unterhielten sich äußerst angeregt und kamen irgendwann darauf, dass Bishop eine Stratocaster besaß, die ihm ein entfernter Verwandter geschenkt hatte. Eine Reliquie. Nach kurzer Diskussion beschloss die Band, ihn zu einem Vorspiel einzuladen. Bishop, der sich das Gitarrespielen per YouTube-Videos beigebracht hatte, beeindruckte sie. Er wurde sofort aufgenommen. Mit Bishop an der Gitarre, Janice am Bass und Nikki und Sophia für den Gesang war die Band fast komplett. Sie brauchten nur noch einen Schlagzeuger.

Bishop hatte die Idee, es mit seinem Freund Tom zu probieren. Tom war ein begabter Basketballspieler, aber er war auch gut im Schwimmen und im Baseball. Alles fiel ihm leicht. Schlagzeug sei auch eine Frage der Koordination, hatte Bishop ihm versichert, so wie Dribbling, Körpertäuschungen oder Freiwürfe. Tom war alles andere als überzeugt und hatte Angst, sich lächerlich zu machen. Bishop flehte ihn an. Seit er Teil der *Esoteriker* war – er benutzte unbeirrt diesen Namen, wenn die Mädchen es nicht hörten –, hatte sich sein gesellschaftlicher Rang radikal verändert. Auf einmal war er mit Sophia Holmes und Nikki Campbell befreundet und dadurch nicht mehr unsichtbar. Manchmal unterhielten sich die beiden auf dem Schulflur mit ihm, machten Scherze über irgendwas, was von den anderen genau registriert wurde. Mehrere Jungs, die ihn bis dahin höchstens im Vorbeigehen angerempelt hatten, wollten plötzlich seine Freunde sein. Bishop versicherte Tom, dass die Mädchen super seien, sogar Janice, wenn er sie erst einmal kennengelernt habe.

Schließlich willigte Tom ein. Eine Woche lang übte er zu Hause mit zwei Löffeln und einem Kissen, alles unter Bishops Aufsicht. Sein Freund hatte ihm gesagt, er brauche mindestens zwei Songs, und Tom hatte *Starlight* von Muse ausgesucht, weil es die Lieblingsband eines seiner Cousins war und weil er auf YouTube eine Menge Videos gefunden hatte, in denen erklärt wurde, wie man es spielen musste. Als zweiten Song hatte Bishop ihm *Walk This Way* von Aerosmith vorgeschlagen, weil er das Gitarrenriff gut beherrschte.

Tom war noch nie so nervös gewesen wie an dem Tag, als er zu Janice ging, um die Band kennenzulernen. Die Mädchen begrüßten ihn freundlich, aber auch so feierlich, dass ihm mulmig zumute wurde. Offenbar nahmen sie die Sache sehr ernst. Die Sequenzen der beiden Songs hatte er ziemlich gut drauf, aber in seinem Zimmer auf zwei Kissen einzutrommeln, war etwas ganz anderes, als auf einem echten Schlagzeug zu spielen.

Ein Zimmer im hinteren Teil des Hauses war der Probenraum. Außer den Instrumenten und Verstärkern gab es dort ein abgewetztes Sofa, bunt zusammengewürfelte Stühle und einen niedrigen Tisch. Auf diesem Tisch standen sechs Bierdosen, die Janice schnell in eine Tüte steckte, während sie leise vor sich hin fluchte. Niemand sagte etwas dazu.

In der Ecke stand das Schlagzeug. Als Tom es sah, hätte er sich beinahe in die Hosen gemacht. Es war so groß wie eine futuristische Stadt.

Nimm entschlossen Platz, hatte Bishop ihm geraten. Und dies versuchte Tom nun, wäre aber auf dem Weg dorthin beinahe über die Becken gestolpert, weil er einem Glas neben dem Hocker ausweichen musste. Er konnte sich gerade noch fangen. Das Glas erwähnte er lieber nicht, zumal es sowieso niemand gesehen hatte. Janice schien sich über die Unordnung ziemlich zu ärgern.

Der Plan sah vor, die Mädchen erst einmal in ein Gespräch zu verwickeln, damit Tom sich an das Schlagzeug gewöhnen konnte. Er solle sich ein bisschen einspielen, während sie sich unterhielten, das sei bei Musikern so üblich. Bishop hatte seine Gitarre mitgebracht, die er noch stimmen und an den Verstärker anschließen musste, das würde ihnen ein wenig mehr Zeit verschaffen. Als Tom die Drumsticks in die Hände nahm, erfasste ihn erneut Panik. Was tat er da nur? Er würde gleich vorspielen, ohne je hinter einem Schlagzeug gesessen zu haben! Er hatte sich von Bishop da hineinmanövrieren lassen: außergewöhnlich gute Koordination, phänomenale Geschicklichkeit, Beherrschung des Raums, bla, bla, bla.

Was folgte, war eine surrealistische Sequenz. Plötzlich erzählte Bishop, er habe vor einigen Tagen einen Wahnsinnshorrorfilm gesehen, über Rieseninsekten, die in New York einfielen. Die Mädchen sahen ihn an, als hätte er den Verstand verloren, während er ausführlich die ersten Minuten von *Panik in Manhattan* beschrieb. Gleichzeitig stimmte er mit nervtötender Langsamkeit seine Gitarre. Tom nutzte den einschläfernden Monolog, um die Basedrum anzutesten. Er setzte sich auf den Hocker und trat auf das Pedal. Weil er sich verschätzt hatte, dröhnte es dermaßen laut, dass alle erschraken, einschließlich Bishop, der ihn entsetzt ansah.

Nach dieser kurzen Verunsicherung nahm Bishop seine Schilderung wieder auf, als wäre nichts gewesen, und erzählte, wie eine Heuschrecke von der Größe eines Busses einem dicken Mann den Kopf abbiss.

Janice stoppte ihn mit einer Geste. Geduld war nicht gerade ihre Stärke, und an diesem Tag hatte sie noch weniger Geduld als sonst. Sie deutete mit ihrem langen, dünnen Zeigefinger auf Tom.

»Du hast in deinem ganzen Leben noch nie Schlagzeug gespielt, stimmt's?«

»Wie kommst du denn darauf?«, empörte sich Bishop.

»Stimmt«, gab Tom sofort zu.

Bishop starrte ihn mit offenem Mund an.

»Nein, das stimmt nicht«, sagte Bishop. »Natürlich kann er Schlagzeug spielen. Er ist nur bescheiden.«

»Er hat gerade gestanden, dass er es nicht kann«, sagte Sophia.

Bishop wollte etwas erwidern, aber überlegte es sich anders.

»Meinst du, du lernst es schnell?«, fragte Nikki.

Tom war noch immer rot vor Scham. Die Frage munterte ihn ein wenig auf.

»Ja, glaube schon. Ich habe zu Hause Trockenübungen gemacht.«

»Mein Bruder kann dir die Grundlagen beibringen«, sagte Janice. »Hast du Geld für ein paar Unterrichtsstunden bei ihm?«

Tom nickte eifrig.

»Was meint ihr, Mädels?«

»Wir brauchen einen Schlagzeuger«, befand Sophia.

»Ich finde, wir sollten es versuchen«, stimmte Nikki ihr zu.

Und so wurde Tom ein offizielles Bandmitglied.

Als sie bei den Hobsons eintrafen, bemerkten sie sofort, dass etwas nicht stimmte. Das Fenster von Janice' Zimmer im ersten Stock war geschlossen, was ihrer Erinnerung nach noch nie vorgekommen war. Sie klingelten erst gar nicht, sondern gingen gleich ums Haus herum nach hinten. Harlans Auto, das sonst immer vor der Garage stand, weil wegen seiner Motorräder in der Garage kein Platz war, war nirgends zu entdecken. Tom spähte durch ein Fensterchen der Haustür, und die anderen warteten auf seine Rückmeldung.

»Niemand da«, sagte er.

Neben der Garage lag der Probenraum. Sie nahmen den Schlüssel, der unter einem Blumentopf versteckt war, und schlossen auf.

Es war Nikki, die bemerkte, dass Janice' Bass fehlte. Alle vier starrten auf den Ständer, wo sie ihn normalerweise abstellte, gleich neben den Gitarren ihres älteren Bruders.

»Da ist der Verstärker«, sagte Tom und deutete auf das Gerät von Marshall.

Das Fenster zu, der Bass weg. Es sah nicht gut aus.

»Wisst ihr, ob ihr Vater gerade auf Tour ist?«, fragte Sophia.

Alle sahen sich an.

»Wer geht denn eine Woche vor Weihnachten auf Tour?«, fragte Tom.

»Weihnachtlich sieht's hier nicht gerade aus«, sagte Bishop.

Sie betraten das Haus durch die Hintertür. Absolute Stille.

»Janice!«, rief Bishop. »Wir sind's!«

In der Küche standen schmutzige Teller herum, und es roch leicht muffig.

»Sollten wir nicht jemanden … anrufen?«, fragte Tom.

»Wen denn?« Nikki sah ihn an, als wäre dies die dümmste

Idee aller Zeiten. In gewissem Sinne war sie das auch, denn normalerweise traten sie bei Janice immer ein, ohne sich vorher anzukündigen.

»Weiß nicht«, sagte Tom. »Jedenfalls ist Janice nicht da.«

»Es ist überhaupt niemand da«, sagte Sophia. Sie schritt voran wie eine Wikingerkriegerin.

Auf dem Wohnzimmertisch standen die Reste des gestrigen Abendessens herum: zwei Schachteln von einem chinesischen Imbiss und zwei Dosen Bier. Bishop rief noch einmal den Namen ihrer Freundin, obwohl längst klar war, dass er keine Antwort erhalten würde. Sie überlegten kurz und beschlossen dann, nach oben zu gehen und in den Schlafzimmern nachzusehen. Sie gingen zwar auch sonst aus und ein, als wären sie hier zu Hause, aber was sie nun vorhatten, fanden selbst sie ein bisschen fragwürdig. Tom war der Erste, der seine Bedenken äußerte.

»Vielleicht sollten Bishop und ich hier warten, bis Mr. Hobson zurückkommt.«

»Nicht nötig«, sagte Sophia, die bereits die Treppe hinaufstieg. »Alle mir nach.«

Nikki folgte ihr entschlossen. Bishop und Tom sahen sich erst an, folgten ihr dann aber auch.

Sie gingen direkt in Janice' Zimmer. Als sie das Licht anschalteten, fielen ihnen mehrere Dinge gleichzeitig auf. Erstens, dass ihr Bass nicht einmal hier stand, ein Anzeichen dafür, dass Janice irgendwo hingefahren war und nicht so schnell wieder zurückzukehren gedachte. Zweitens, dass sie ziemlich eilig aufgebrochen sein musste. Das Bett war nicht gemacht, zwischen den Laken lag Wäsche, auch auf dem Boden verstreut. Bishop und Tom, die noch nie in Janice' Zimmer gewesen waren, setzten sich aufs Bett, möglichst weit weg von dem Büstenhalter auf dem Kissen, und beobachteten, wie die Mädchen einfach so Janice' Schrank durchsuchten.

»Der Rucksack ist weg«, sagte Sophia, die auf Knien die unteren Fächer inspizierte. Sie holte Schuhe, Kisten und leere Tüten hervor.

»Es fehlt Kleidung«, sagte Nikki, die Schubladen auf- und zuschob.

»Ich schaue mal nach, ob ihre Schminksachen noch da sind«, verkündete Sophia. Sie ging ins Badezimmer. Ein paar Minuten später kam sie zurück. Ihre Schminksachen waren weg – ein weiteres starkes Indiz dafür, dass Janice abgereist war. In letzter Zeit benutzte sie den schwarzen Eyeliner geradezu obsessiv.

Tom und Bishop sahen sich derweil die Poster an den Wänden näher an: lauter Rockbands von vorgestern. Sie hatten nichts zu tun und hätten lieber unten gewartet, wie Tom es vorgeschlagen hatte. Es war das erste Mal, dass sie Sophia so nervös erlebten, so außer Kontrolle.

»Wollen wir uns nicht mal alle beruhigen?«, sagte Bishop.

Die Mädchen hielten inne und sahen ihn entrüstet an.

»Lasst uns kurz nachdenken.«

Genau in diesem Moment hörten sie unten Geräusche. Toms Augen verwandelten sich in zwei Pingpongbälle.

Die Haustür wurde zugeknallt. Dann fiel etwas zu Boden. Waren da Stimmen? Ja, es schien so. Sophia wollte zur Tür rennen, aber Bishop hielt sie zurück. Mit der anderen Hand gab er ihr zu verstehen, dass sie abwarten sollte. Nikki war wie erstarrt.

Eine Weile hörten sie gar nichts, was ihnen etwas Mut machte. Sie traten auf den Flur, außer Tom, der sitzen geblieben war. Sophia, Nikki und Bishop standen da, starrten auf den Treppenabsatz und horchten auf Geräusche. Nach einigen Sekunden hörten sie eine Art Klirren – vielleicht Geschirr – und das Schleifen von Stühlen. Nikki erschrak so sehr, dass sie sich hinter Bishop versteckte.

Schritte ertönten auf der Treppe. Sie klangen nicht entschlossen, eher tapsig und unsicher. Vielleicht waren es auch mehrere Personen. Waren das Stimmen und Gelächter?

Ein monströser Schatten zeichnete sich an der Wand der Treppe ab. Im Licht, das durch das Fensterchen einfiel, hatte er scharfe Konturen, zog sich bis zur Decke und schrumpfte dann wieder zusammen, während gleichzeitig die Schritte immer lauter wurden. Der Schattenwerfer – oder waren es mehrere? – musste bereits den Treppenabsatz erreicht haben. Ein dünnes Ärmchen kam um die Ecke. Ein Ärmchen voller Tattoos. Sophia erkannte als Erste, wem es gehörte, und machte einen Schritt nach vorne.

»Ich bin's, Sophia Holmes«, sagte sie genau in dem Moment, als die spindeldürre Gestalt von Keith Hobson auf dem Flur erschien.

Der Bruder von Janice erschrak so sehr, dass er rückwärts stolperte und beinahe hingefallen wäre. Er konnte sich nur auf den Beinen halten, weil zwei weibliche Arme sich abmühten, ihn aufzufangen, und weil er bloß gut sechzig Kilo wog bei einer Körpergröße von fast einem Meter achtzig.

»Verflucht noch mal!«, krächzte Keith und fasste sich an die Brust. Sein Hemd flatterte wie eine Fahne, so schnell ging seine Atmung.

Die Frau, die ihn aufgefangen hatte, war Debbie, seine Freundin.

»Was macht ihr hier?«, fragte er.

Keith Hobson hatte sechsundzwanzig Tätowierungen auf dem Körper, die meisten an den Armen, den Schultern und am Hals. Ein Tattoo pro Lebensjahr, scherzte er manchmal. Die Band schätzte ihn sehr.

»Wir suchen Janice«, sagte Sophia.

Keith musterte die drei – Tom war noch immer nicht aus dem Zimmer gekommen –, aber an Bishop musste ihm etwas besonders aufgefallen sein, denn er konzentrierte sich nun ganz auf ihn.

»Was ist los, Bishop?«

Auch Debbie musterte die drei. Sie war zweiundzwanzig, hatte ein Engelsgesicht und lange schwarze Haare.

»Es ist etwas … passiert«, sagte Bishop, bevor er von Nikki einen Ellenbogencheck erhielt und von Sophia mit Blicken getötet wurde. Er verstummte.

Genau in diesem Moment kam Tom aus dem Zimmer geschlichen wie ein geprügeltes Kind.

»Jetzt reicht's mir aber«, sagte Keith verblüfft. »Wer ist denn sonst noch alles hier in unserem Haus? Jetzt gehen wir schön runter, und ihr erklärt mir, was zum Teufel los ist.«

Sophia rührte sich nicht.

»Wo ist Janice?«

»Bei Tante Patricia in Jacksonville. Sie ist gestern hingefahren, um Weihnachten bei ihr zu verbringen. Zufrieden? Und jetzt runter mit euch, und zwar dalli.«

Keith machte auf dem Absatz kehrt und ging, gefolgt von Debbie, die Treppe hinunter.

Als sie außer Hörweite waren, sahen Nikki und Sophia sich an. Beide dachten das Gleiche, aber Nikki sprach es laut aus:

»Janice hasst Weihnachten bei ihrer Tante Patricia.«

Keith wartete in einem Sessel. Die vier setzten sich ihm gegenüber auf das Sofa, die Jungs außen, die Mädchen innen. Debbie hielt sich abseits, wie um klarzustellen, dass sie die Angelegenheit nicht sonderlich interessierte.

»Janice hat uns nicht gesagt, dass sie zu ihrer Tante wollte«, sagte ihm Sophia auf den Kopf zu.

»Sie hat sich erst im letzten Moment entschieden, ich selbst habe sie hingefahren.«

Auf beiden Seiten war keinerlei Feindseligkeit zu spüren. Die vier Eindringlinge waren bloß besorgt, und auch Keith begann, sich Sorgen zu machen.

»Warum? Ging's ihr nicht gut?«

Keith musterte Sophia.

»Nein, es ging ihr ganz und gar nicht gut«, erklärte Keith. »Ich dachte, sie hätte sich mit einem von euch gestritten.«

Nikki schüttelte den Kopf.

»Was ist dann los?«

»Das wissen wir nicht«, sagte Sophia bestimmt. »Wir haben seit Tagen nichts mehr von ihr gehört. Keiner von uns. Deswegen sind wir auch hergekommen.«

»Das Fenster in ihrem Zimmer ist geschlossen«, sagte Nikki.

»Also was steckt dahinter?«, fragte Keith, der allmählich die Geduld verlor.

Bishop senkte den Blick. Tom sah aus, als würde er gleich losheulen. Nikki öffnete den Mund, um etwas zu sagen, doch Sophia legte ihr sanft die Hand auf die Schulter. *Lass mich.*

»Janice macht mit einem Jungen rum«, sagte Sophia. »Wir haben in der Schule davon gehört. Sie selbst hat uns nichts erzählt.«

Keith hörte zu. Sophia war es, als hätte sie einen Vulkan vor sich. Was sie jetzt sagte, würde entweder zu einem heftigen Ausbruch führen oder aber zu einem kontrollierten Lavastrom, der ihnen genügend Zeit ließ, um sich zu retten.

»Wer?«

Wenn Keith erfuhr, dass es sich um einen Jungen aus der Elften handelte, wäre das Gespräch augenblicklich beendet. Er würde losrasen und ihn zu Brei schlagen, ohne auch nur ein einziges Wort mit ihm zu wechseln.

»Wer?«

»Das spielt keine Rolle«, sagte Sophia. »Ein Mitschüler. Es ist nur so, dass …«

Nikki vollendete den Satz:

»… dass es für sie eine größere Rolle spielte als für ihn.«

Keith nickte.

»Dieser Junge, hat er sie schlecht behandelt?«

»Das wissen wir nicht«, sagte Sophia.

»Wenn er ihr etwas angetan hätte«, erklärte Bishop, »hätte ich ihn mir persönlich vorgeknöpft.«

Nikki wäre beinahe in schallendes Gelächter ausgebrochen, aber sie riss sich zusammen.

Keith stand auf.

»Wahrscheinlich ist gar nichts passiert«, sagte Sophia. »Wir werden mit ihr sprechen, sobald sie zurück ist.«

»Nichts da«, sagte Keith. »Ich fahre jetzt zu ihr und spreche selbst mit ihr.«

»Jetzt?« Sophia und Nikki sprangen gleichzeitig auf.

»Wir müssen zurück zur Tankstelle«, wandte Debbie ein.

»Scheiß auf die Tankstelle. Richte Billy aus, es gab einen Notfall mit meiner Schwester. Ich setze dich unterwegs dort ab.«

Sichtlich verärgert ging Debbie zu ihm.

»Übertreibst du nicht ein bisschen, Keith? Warum rufst du sie nicht einfach an?«

»Eine halbe Stunde Fahrzeit wird mich nicht davon abhalten, meine Schwester persönlich zu fragen, ob sie wegen eines Arschlochs so down ist.«

11

4 Monate vor dem Verschwinden

Der Tag, an dem Keith zu Janice nach Jacksonville fuhr, läutete das Ende der Band ein. Janice stritt alles ab und nannte ihre Freunde Lügner, die dummen Gerüchten auf den Leim gegangen seien. Keith glaubte ihr.

Nach den Winterferien ging Janice ihrer ehemaligen Clique aus dem Weg und schloss sich stattdessen einer Gruppe rebellischer Mädchen an, die zwei Jahre älter waren als sie. Eines Nachmittags traf Nikki sie zufällig, wie sie rauchend bei ihren neuen Freundinnen stand und über irgendeinen Blödsinn lachte. Da brach es aus ihr heraus.

Es war ein hässlicher Streit. Nikki und Janice warfen sich alles Mögliche an den Kopf. Manches davon dachten sie wirklich, anderes stammte aus der dunklen Kammer der menschlichen Erfindungsgabe, die jeder in sich hat. Janice warf Nikki vor, sie sei Sophias Marionette, sie tue nie etwas aus eigener Initiative, sie könne gar nicht selbstständig denken. Und Nikki erwiderte, wenigstens sei sie kein Flittchen, das mit jedem ins Bett steige, darauf sei sie übrigens ganz alleine gekommen.

Sophia und Bishop, die geglaubt hatten, Janice käme mit der Zeit wieder zur Vernunft, klappte die Kinnlade herunter, als sie von dem Streit erfuhren. Jetzt war Nikki genauso eingeschnappt oder noch eingeschnappter als Janice. Stundenlang mussten die anderen auf sie einreden, um sie nun ihrerseits zur Vernunft zu bringen und ihr begreiflich zu machen, dass Janice sich verraten fühlte und es ihre Freundespflicht sei, ihr beizustehen, sobald sie es zulasse. Keiner von ihnen wisse, was Garrett an jenem Tag mit ihr angestellt und wie sich das auf sie ausgewirkt habe.

Dylan Garrett wiederum tat so, als wäre nichts passiert. Sophia hatte ihn einmal scharf angesehen, und er hatte sie nur dreist angemacht. Er verhielt sich wie immer, war süchtig nach Aufmerksamkeit und stolzierte in der Schule durch die Gänge, als gehörte ihm die Welt.

Schließlich war Sophia diejenige, die es schaffte, vernünftig mit Janice zu reden. Sie trafen sich nach der Schule und gingen wie früher gemeinsam nach Hause. Sophia versprach ihr, dass sie über nichts sprechen würden, was sie nicht wollte, und sie hielt sich daran.

Sophia erzählte ihr, dass ihre Eltern Stress miteinander hätten. Weihnachten sei nicht wie Weihnachten gewesen.

»Ich meine damit keinen Streit«, erklärte sie. »Eher im Gegenteil. Jeder führt sein eigenes Leben. Sie beschränken ihren Umgang auf das Nötigste und tun so, als wäre alles in Ordnung, wenn ich in der Nähe bin.«

Janice war überrascht. Für sie, die ihre Mutter nie kennengelernt hatte und deren Vater ständig unterwegs war und den Haushalt kaum auf die Reihe bekam, waren die Holmes die perfekte Familie. Janice hatte oft das Gefühl, dass Sophia die Probleme zu Hause ein bisschen aufbauschte.

Sie gingen gerade die Clayton Street entlang, eine der schönsten Straßen von Hawkmoon. Traumhafte Häuser mit Gärten so schön, dass man sich damit jederzeit für eine Ausschreibung hätte bewerben können. Sophia war Teil dieser Idylle mit ihrem italienischen Wollmantel und ihren Familienproblemchen. Janice hatte es noch nie so klar gesehen wie in diesem Moment und empfand deshalb nicht das geringste Mitleid. Schließlich musste sie jeden Morgen die Bierdosen wegräumen, die ihr Vater überall hatte herumliegen lassen, oder so tun, als mache sie sich nichts aus ihrem Geburtstag, nur weil nie Geld da war für eine Feier.

»Was hast du zu Weihnachten bekommen, Sophia?«, fragte Janice plötzlich.

»Verschiedene Sachen. In dieser Hinsicht sind meine Eltern ziemlich einfallslos. Ein paar Bücher, ein digitales Mikroskop, zwei Kleider, ein Nachthemd und Bluetooth-Kopfhörer. Als hätten sie sich gegenseitig überbieten wollen.«

»Ich habe ein Bügeleisen bekommen«, fuhr Janice ihr ins Wort. »Von meiner Tante.«

Sophia wurde rot. Sie hatte sich nicht mit ihren Geschenken brüsten wollen, sondern nur auf das Verhalten ihrer Eltern aufmerksam machen.

»Ein Bügeleisen?«

»Ein Scheißbügeleisen«, sagte Janice. »Und außerdem eines, das nicht einmal für mich gedacht war. Ich habe durch Zufall erfahren, dass meine Tante es einige Tage davor gekauft hatte. Und weil ich ohne Vorankündigung bei ihr aufgetaucht bin, hat sie vermutlich einfach nach irgendwas gegriffen. ›Das kannst du doch bestimmt gut gebrauchen, oder? Für deine Kleider‹, hat sie gesagt. Ich habe kein Kleid mehr getragen, seit ich vier war.«

Normalerweise hätten sie sich totgelacht. Jetzt aber konnte Sophia nur sagen, dass es ihr leidtue. Janice zuckte mit den Schultern und kramte in ihrem Rucksack nach einer zerdrückten Zigarettenschachtel. Sie zündete sich eine an und zog kurz daran.

»Entschuldige. Ich weiß, dass die letzten Tage hart waren«, sagte Sophia. »Dieses Bügeleisen, ist das wenigstens eins mit Dampf?«

Zum ersten Mal deutete Janice so etwas wie ein Lächeln an.

»Keine Ahnung.«

Es war ziemlich kühl geworden, daher freuten sie sich, als sie bei den Holmes ankamen, wo es schön warm war. Sie hängten die Mäntel in den Eingangsflur und gingen in die Küche, um sich ein heißes Getränk zu machen. Dort stießen sie auf Phil Holmes, der in einer Ecke stand und telefonierte. Es war seltsam, dass Sophias Vater um diese Uhrzeit zu Hause war. Außerdem schien er sich von ihnen gestört zu fühlen. Er hob die Hand zum Gruß, lächelte flüchtig und suchte sich dann ein stilleres Plätzchen. Sophia bekam einige Gesprächsfetzen mit, bevor ihr Vater das Wohnzimmer betrat, dann hörte sie nur noch undeutliches Gemurmel.

Als die Mädchen in Sophias Zimmer gingen, telefonierte Phil immer noch.

Janice beobachtete eine Weile das zuckende Hin und Her von Tony in seinem Aquarium. Sophia begriff, dass ihre Freundin einen Moment für sich brauchte, und nutzte die Gelegenheit, um ihren Schreibtisch aufzuräumen. Dort stand auch ihr nagelneues Mikroskop.

»Warum habt ihr es Keith gesagt?«, fragte Janice, ohne den Blick vom Aquarium zu lösen.

»Wollen wir wirklich jetzt darüber sprechen?«

Janice nickte, ohne sie anzusehen.

»Es war alles so verwirrend«, begann Sophia. »Wir sind zu

dir gefahren, um dich abzuholen, und als wir gesehen haben, dass dein Fenster zu war, haben wir uns Sorgen gemacht. Und dann ist unerwartet Keith aufgetaucht und hat uns Fragen gestellt, da … da kam eben eins zum anderen.«

»War es Nikki?«, fragte Janice scharf.

Jetzt erst wandte sie Sophia den Blick zu, das Unverständnis stand ihr ins Gesicht geschrieben. Offenbar hatte sie diese Frage tagelang mit sich herumgetragen.

»Das waren wir alle.«

»Hör mir auf mit diesem Quatsch von wegen ›Das waren wir alle‹. Ich bin nicht Direktor Lenderman. Nikki hat alles Mögliche unternommen, um uns auseinanderzubringen. Bei manchen Sachen bist du superschlau, aber bei anderen …«

Sophia wusste nicht, was sie antworten sollte. Tief in ihrem Inneren wusste sie, dass an Janice' Bemerkung etwas dran war. Wie in allen Freundescliquen gab es bestimmte Vorlieben, und, ja, Nikki fühlte sich mehr mit Sophia verbunden. Das bedeutete noch lange nicht, dass sie Janice und sie auseinanderbringen wollte.

»Versetz dich mal in unsere Lage«, sagte Sophia ruhig. »In der Schule gingen alle möglichen Gerüchte um. Es hätte dir wirklich was Schlimmes passiert sein können in diesem Pickup …«

Es war keine richtige Frage, aber Sophia ließ den Satz in der Schwebe und flehte Janice mit Blicken an, sie endlich ins Vertrauen zu ziehen.

Janice hielt ihrem Blick stand. Kurz schien es so, als würde etwas in ihr zerbrechen. Doch Janice war stark.

»Was an dem Tag mit Dylan passiert ist«, sagte sie in herausforderndem Ton, »ist nicht das erste Mal passiert.«

Sophia konnte nicht wissen, ob das stimmte oder nur eine Provokation war.

»Janice, bitte.«

»Nein«, erwiderte Janice. »Ich habe eure Predigten satt. Immer wollt ihr einem sagen, was gut und was schlecht ist. Immer beurteilt ihr die anderen.«

Sie wandte sich zum Gehen, aber drehte sich in der Tür zu ihr um.

»Du kannst Nikki Folgendes ausrichten: Wenn sie noch einmal zu mir kommt, um mich zu provozieren, kriegt sie von mir eins in die Fresse.«

Dann ging sie.

12

3 Monate und 3 Tage vor dem Verschwinden

Für Bishop war das Ende der Band besonders traumatisch. Freundinnen zu haben, war mit das Beste, was ihm in seinem Leben je passiert war, und zwar nicht nur wegen der sozialen Anerkennung, sondern auch, weil er wirklich geglaubt hatte, eine echte Freundschaft mit ihnen aufgebaut zu haben.

Und jetzt redete Janice nicht einmal mehr mit ihm. Ein paarmal war er auf sie zugegangen, doch sie hatte ihn behandelt wie Luft. Auch mit Sophia und Nikki traf er sich – ohne die Proben – kaum noch, und wenn, dann hing der Streit mit Janice in der Luft wie eine dunkle Wolke, selbst wenn sie gar nicht ausdrücklich über sie sprachen. Sophia, die Einzige unter ihnen, die sich einigermaßen zivilisiert mit Janice unterhalten konnte, bestätigte, dass es vorläufig zu Ende war. Nikki wiederum wollte auf gar keinen Fall klein beigeben und schob Janice die alleinige Schuld zu.

Auch Tom durchlief eine stille Trauer. Es war nur eine Frage der Zeit, bis er und Bishop den Beschluss fassen würden, etwas zu unternehmen. Und diesen Beschluss fassten sie an einem grauen Vormittag auf dem Schulhof. Später würde Sophia ihn als viel zu riskant bezeichnen und Nikki ihn als die dümmste Idee der Weltgeschichte. Die beiden Mädchen nicht einzuweihen, war ein großer Fehler, denn sie wären natürlich klug genug gewesen, das Ganze abzublasen.

Der Superplan bestand darin, Garrett die Abreibung zu verpassen, die er verdient hatte. Wie sie damit erreichen wollten, dass Janice sich mit ihnen versöhnte, war unklar, aber na gut.

Nachdem sie einige Varianten durchgespielt hatten, entschieden sie, dass sie am besten Keith hinzuziehen sollten. Natürlich mussten sie sehr vorsichtig sein mit dem, was sie ihm sagten. Wenn er den Verdacht schöpfte, und sei es auch nur für eine Sekunde, dass Dylan Garrett sich an seiner kleinen Schwester vergriffen hatte, dann konnten die Dinge von einem Moment auf den anderen außer Kontrolle geraten. Sie würden ihm sagen, dass Janice und Garrett sich geküsst hätten und er sie anschließend ignoriert und hinter ihrem Rücken Andeutungen gemacht hätte. Dies würde schon genügen, damit Keith sich der Sache annehmen würde.

Am letzten Samstag im Februar, also zwei Monate nach der Begegnung bei ihm zu Hause, fuhren sie zur Tankstelle, bei der Keith arbeitete, und sagten ihm, sie müssten mit ihm über Janice sprechen. Keith bat seinen Kollegen, für ihn die Zapfsäulen zu übernehmen, und führte die beiden hinter das Gebäude. Sie setzten sich auf zwei schmutzige, von Gras umwucherte Bänke gleich neben den Toiletten. Keith sagte, er habe schon bemerkt, dass es zwischen ihnen nicht so gut laufe. Er hatte sie nie wieder im Probenraum gesehen, und Janice sei dabei, eine Mädchenband zu gründen. Für Bishop und Tom war das ein Schlag in die Magengrube, aber sie taten so, als wüssten sie es schon. Die drei waren sich einig, dass Janice sich verändert hatte. Keith fragte mehrfach nach, ob es mit diesem mysteriösen Kerl zu tun hatte, in den seine Schwester verliebt war.

Die beiden nutzten die Gelegenheit, ihm die Geschichte aufzutischen, die sie vorbereitet hatten. Bishop erzählte sie genau so, wie sie sie einstudiert hatten. Keiths Augen weiteten sich, als er den Namen Dylan Garrett hörte. Nicht, weil er ihn kannte – so dachten sie zumindest in diesem Moment –, sondern weil er endlich einen Namen hatte. Er sagte noch, sie sollten sich keine Sorgen machen, sie würden einfach so tun, als hätte es dieses Gespräch nie gegeben, dann dankte er ihnen, sie hätten das Richtige getan.

Mit stolzgeschwellter Brust und triumphierendem Grinsen gingen Bishop und Tom an jenem Tag nach Hause. Garrett würde bekommen, was er verdient hatte, und niemand würde sich mehr über Janice lustig machen. Bald würde alles wieder so sein wie früher.

13

3 Monate und 2 Tage vor dem Verschwinden

Nichts würde so sein wie früher.

Die Garretts waren eine gut beleumundete Familie und wohnten in einem besseren Viertel. Dort fuhr Keith jetzt hin, parkte zwei Querstraßen entfernt und hörte Musik. Er rauchte eine Zigarette und stellte sich auf ein langes Warten ein, was ihm ebenso wenig ausmachte, wie gesehen zu werden.

Um elf Uhr am Vormittag kam Garrett mit seinem 4Runner herausgefahren, aber er war nicht allein, neben ihm saß noch ein Typ. Keith folgte ihnen und versuchte, auf sich aufmerksam zu machen, was ihm nicht sofort glückte. Als sie in eine wenig befahrene Straße eingebogen waren, blendete Keith die Scheinwerfer auf, und da endlich hielt Garrett an. Er und der andere Typ stiegen gleichzeitig aus und bauten sich drohend auf, taten wütender, als sie es vermutlich waren. Keith, der Steve Camp nicht einmal vom Sehen kannte, war überrascht, was für einen Hünen er da vor sich hatte. Garrett begann, Keith zu beschimpfen.

Als Keith seinerseits ausstieg, sahen Garrett und Camp sich verwirrt an. Vor ihnen stand ein Mann, der fünf oder sechs Jahre älter war. Und er war vielleicht nicht so ein Schrank wie Camp, aber doch ziemlich drahtig und irgendwie Furcht einflößend.

Keith nahm die verspiegelte Sonnenbrille ab und hängte sie in den Ausschnitt seines Sweatshirts.

»Ich bin der Bruder von Janice Hobson.«

Keith hatte erwartet, dass es bei Garrett klick machte, aber es machte nicht klick.

»Wer?« Garrett schien wirklich verdutzt zu sein.

Camp stand direkt hinter ihm, ein Bodyguard mit Akne.

Keith nickte mit dem Kinn in Richtung des Hünen.

»Vielleicht kennt Hulk sie ja.«

Garrett war nun noch verwirrter. Camp beugte sich nach vorne und flüsterte ihm etwas ins Ohr, was ihm ein Lächeln entlockte.

»Ach, so«, sagte Dylan in provozierendem Tonfall. »Die hätte ich beinahe vergessen.«

Keiths Lächeln erstarb augenblicklich. Blitzschnell fuhr er seine Faust aus und schlug diesem eingebildeten Fatzke ins Gesicht. Anschließend stürzte er sich auf ihn und bearbeitete ihn mit einer Serie von Schlägen, die so schnell aufeinanderfolgten, dass Garrett nicht mehr wusste, wo unten und wo oben war.

Als Camp einschritt, war es bereits zu spät: Sein Freund lag verängstigt und mit schmerzverzerrtem Gesicht auf dem Boden. Camp schlug von hinten auf Keith ein, der sich sofort umdrehte und sich vor ihm aufbaute. Der Hüne versuchte es ebenfalls mit einer Serie von Schlägen, die aber so unkoordiniert waren, so wenig echten Kampfeswillen zeigten, dass Keith beinahe gelacht hätte.

Keith wandte sich wieder Garrett zu, der nach wie vor mit blutendem Gesicht dalag.

»Wenn du dich meiner Schwester noch mal näherst«, sagte er und deutete mit dem Zeigefinger auf ihn, »dann bringe ich dich um.«

14

3 Monate vor dem Verschwinden

Dylan schlug Kapital aus seinem Desaster. Er schlenderte so angeberhaft wie immer über die Schulflure, nur dass er jetzt auch noch sein blaues Auge zur Schau trug, als eine Art heldenhafte Kriegsverletzung. Er und Steve sorgten dafür, dass sich die offizielle Version verbreitete, der zufolge sie mit drei Verkehrsrowdys aus Virginia aneinandergeraten waren, mit schlechterem Ende für die anderen natürlich.

Janice ahnte, was wirklich vorgefallen war. Plötzlich wärmte ihr Bruder die Geschichte über den rätselhaften Kerl wieder auf, der ihr angeblich so gut gefiel. Sie beharrte darauf, dass es da niemanden gebe und alles nur Geschwätz sei, in Umlauf gebracht von ihrer ehemaligen Clique. Keith glaubte ihr kein Wort.

Irgendwann stellte Janice Sophia und Nikki zur Rede, die jegliche Beteiligung abstritten. Sie hatte sie in der Turnhalle abgefangen, und trotz aller Bemühungen, das Gespräch in zivilisierte Bahnen zu lenken, stritten sich Nikki und Janice wieder bis aufs Blut. Schließlich griff eine Lehrerin ein und erteilte allen dreien Arrest.

Sie mussten eine Stunde in der Bibliothek verbringen und durften kein Wort miteinander reden. Janice starrte an die Wand, schloss manchmal die Augen und trommelte mit den Fingern auf den Tisch. In den letzten beiden Monaten hatte sie sich äußerlich sehr verändert. Sie war dünner geworden, hatte trockene Haut und müde Augen. Sophia fragte sich, ob das Rauchen in so kurzer Zeit so viel Schaden anrichten konnte. Vermutlich war es ein Zusammenspiel mehrerer Faktoren: schlechte Ernährung, Stress. Sophia machte sich Sorgen, während Nikki in ihrem Ärger gefangen war.

Bishop und Tom erfuhren in der Turnhalle von dem Streit zwischen den Mädchen. Mehrere Mitschüler hatten alles gesehen und schilderten, was geschehen war. Als Sophia ihnen ihre Version erzählte, trauten sich beide nicht, ihr zu gestehen, dass sie die ganze Sache ausgelöst hatten.

Bishop und Tom schworen sich gegenseitig, nie wieder über die Angelegenheit zu sprechen. Ihr Plan war krachend gescheitert.

15

2 Monate und 12 Tage vor dem Verschwinden

Der Frühling hatte begonnen, trotzdem war es nach wie vor kalt und regnerisch. Wenn Sophia morgens aufwachte und aus dem Fenster sah, erkannte sie in dem Grau ihren eigenen Seelenzustand, denn genau so fühlte sie sich, seit Janice und sie sich entfremdet hatten. Manchmal zog sie den Vorhang auf und hoffte inständig, draußen möge die Sonne scheinen, als würde sich dadurch alles wieder einrenken.

Tatsächlich machte sich Sophia da keine allzu großen Hoffnungen, zumindest was die nächste Zukunft betraf. Das hieß aber noch lange nicht, dass sie einfach die Hände in den Schoß zu legen gedachte. Sie beschloss, auf eigene Faust Nachforschungen anzustellen, und suchte das Gespräch mit den Jungs, die im Autokino immer Skateboard fuhren. Sie fand nichts Wichtiges heraus, bis sie mit Ben Gill redete, dem kleinen Bruder von Maggie, der selbst ernannten Freundin Dylans.

Sophia und Ben besuchten in der Schule einige Kurse zusammen und verstanden sich gut. Sie waren zwar keine Freunde, aber sie unterhielten sich ab und zu. Außerdem nahmen sie an einem Projekt zum Thema Klimawandel teil. Sophia führte Ben in ein Klassenzimmer, das während der Pause leer war. Als Sophia ihm sagte, sie müsse mit ihm über etwas Wichtiges sprechen, *allein*, stand ihm das Unbehagen deutlich ins Gesicht geschrieben.

»Ich muss herausfinden, was im Autokino zwischen Dylan und Janice passiert ist. Ich weiß, dass du dort warst an dem Tag, Bishop hat es mir erzählt.«

Ben wurde blass. Er erinnerte sich noch genau an diesen Tag, denn seine Schwester hatte ihn damit beauftragt, Dylan im Auge zu behalten. Dylan sah gut aus, seine Familie hatte viel Geld, also wollten alle Mädchen was mit ihm anfangen und schlichen um ihn herum. Wenn Ben eine von denen sah, die ihr den Freund ausspannen wollten, sollte er Maggie sofort Bescheid sagen.

»Ach, Sophia …«

»Ben, bitte!«

Er nickte.

»Viel weiß ich nicht. Janice hatte sich irgendwo am Rand versteckt, wo keiner sie gesehen hat, aber ich schon. Vielleicht auch noch Bishop und dieser Freund von ihm, dieser große Lulatsch, aber da bin ich mir nicht sicher. Janice hat erst mit Steve Camp gesprochen, dann mit Dylan. Und alle erzählen herum, sie hätten was miteinander gehabt.«

Sophia musterte ihn. Sie waren im gleichen Alter, doch Ben sah immer noch aus wie ein Kind und sprach mit einem sanften Singsang.

»Hast du das deiner Schwester erzählt?«

Ben schüttelte nachdrücklich den Kopf.

»Ich erzähle ihr nie was. Maggie hat's trotzdem mitgekriegt. Jemand hat's ihr gesteckt.«

»Dann ist es nicht zum ersten Mal passiert?«

»Es läuft immer gleich ab«, sagte er resigniert. »Das Mädchen kommt, allein oder mit Freundinnen, aber meistens allein. Sie hängen eine Weile auf dem Parkplatz ab und verziehen sich dann auf die Rückbank des Pick-ups.«

Sophia saß auf einem der Schultische und ließ die Beine baumeln. Ben schielte ab und zu dorthin.

»Wer sind die anderen Mädchen?«

Er wich ihrem Blick aus und starrte auf die Bilder an der Wand.

»Ich bin keine Petze.«

»Das weiß ich doch. Aber es könnte wichtig sein.«

Wieder ließ sie ihre Beine baumeln. Ben schluckte.

»Außer Janice habe ich nur ein weiteres Mädchen erkannt. Tamara heißt sie. Ich kenne sie kaum, hab sie nur ein paarmal bei Molly's gesehen. Maggie kellnert dort im Sommer. Tamara ist die Tochter einer Angestellten.«

Sophia kannte das Personal von Molly's, dem Restaurant von Nikkis Eltern. Sie war schon unzählige Male dort gewesen. Tamara musste die Tochter von jemandem sein, der noch nicht lange dort arbeitete, denn sie hatte den Namen bisher nie gehört. Sie machte sich innerlich eine Notiz, Nikki zu fragen, sobald sie sich sahen.

»Sonst niemand?«

Ben schüttelte den Kopf.

»Vielleicht noch Mädchen aus der Oberstufe«, sagte er und zuckte mit den Schultern.

Plötzlich ging die Tür des Klassenzimmers auf. Beide erschraken, aber Ben mehr als Sophia.

»Da bist du ja!«, rief Maggie. Als sie bemerkte, dass ihr Bruder nicht allein war, verwandelte sich der Ärger in ihrem Gesicht schlagartig in Verblüffung.

Sophia grinste breit und hob grüßend die Hand.

»Ben«, sagte Maggie nun in einem ganz anderen Tonfall, »ich kann auch auf dich warten.«

»Nicht nötig«, sagte er, packte Rucksack und Mantel und verabschiedete sich von Sophia. Sichtlich niedergeschlagen schlurfte er zum Ausgang. Maggie stand nach wie vor in der Tür und machte ein Gesicht, als hätte sie gerade mitansehen müssen, wie ein geliebter Gegenstand auf den Boden gefallen und in tausend Stücke zersprungen war.

Sophia blieb noch sitzen. Sie dachte an Dylan Garrett, an Janice, an Tamara und an die anderen Mädchen, die sie nicht kannte. Bens Bericht entnahm sie, dass jene Treffen im 4Runner nicht zufällig zustande kamen – wie sie ursprünglich angenommen hatte –, sondern im Voraus geplant waren.

Sophia erinnerte sich an den Tag, an dem Janice sie gebeten hatte, sie zu Dylan zu begleiten. Sie hatte damals nicht gesagt, dass Dylan auf sie wartete. Sophia hatte in dem Moment geglaubt, es sei eine spontane Sache. Wäre sie nicht wütend geworden und hätte stattdessen Janice begleitet, wäre die Sache ganz anders ausgegangen.

Sophia rutschte von der Schulbank und verließ das Klassenzimmer.

Der Flur war verwaist. Es war so still, dass sie nervös wurde. Schnell ging sie zu ihrem Spind, um noch ein paar Sachen zu holen, bevor sie aufbrach.

Am Spind ragte etwas aus dem Türschlitz. Nicht viel, bloß ein, zwei Zentimeter. Es war ein mehrfach gefalteter Zettel, den jemand dort hineingesteckt hatte. Langsam zog sie ihn heraus. Sie blickte in alle Richtungen, um sich zu vergewissern, dass niemand da war. Dann entfaltete sie den Zettel. Die Handschrift war krakelig, aber lesbar:

IN DEM PICK-UP IST NICHT DAS PASSIERT, WAS DU DENKST. ES IST ALLES VIEL KOMPLIZIERTER. HALTE DICH DA RAUS.

16

2 Monate und 12 Tage vor dem Verschwinden

Offensichtlich kannte der Absender Sophia schlecht. Denn hätte er sie auch nur ein bisschen gekannt, hätte er gewusst, dass sie *niemals* einfach untätig blieb, schon gar nicht, wenn sie eine so rätselhafte und unterschwellig bedrohliche Nachricht erhielt.

Auf dem Weg nach Hause grübelte sie ununterbrochen über diese Nachricht, zerlegte sie in ihre Einzelteile und spielte alle Möglichkeiten durch, und seien sie noch so unwahrscheinlich.

IN DEM PICK-UP IST NICHT DAS PASSIERT, WAS DU DENKST.

Der Absender wusste offenbar, was in dem Pick-up passiert war, lautete die banale Schlussfolgerung. Beunruhigend für Sophia war jedoch etwas, das sich indirekt daraus ableiten ließ, nämlich dass er wusste, was ihr durch den Kopf ging. Das war wirklich verwirrend – ja fast beleidigend –, denn sie hatte tatsächlich stundenlang über das Treffen zwischen Janice und Dylan nachgedacht. Hatten sie sich geküsst? Waren sie noch weiter gegangen? War es einvernehmlich gewesen?

ES IST ALLES VIEL KOMPLIZIERTER.

War Sophia so vorhersehbar? So leicht durchschaubar? Für jemanden wie sie war eine solche Behauptung eine totale Provokation.

HALTE DICH DA RAUS.

Eines war ihr auf dem Weg nach Hause jedenfalls klar geworden: Sie würde Himmel und Hölle in Bewegung setzen, um herauszufinden, wer diesen Zettel geschrieben hatte. Sie konnte es kaum abwarten, sich in ihr Zimmer zurückzuziehen und alle Personen durchzugehen, mit denen sie in den letzten Tagen gesprochen hatte. Jemand war durch ihre Fragerei offenbar nervös geworden.

Aus ihrem schönen Plan wurde nichts. Zu Hause saß ihre Mutter auf dem Sofa und reckte den Hals, als sie sie sah. Sie trug bequeme Kleidung und hatte ihr Haar zu einem Dutt gesteckt, was ein sicheres Zeichen dafür war, dass sie nicht ins Büro fahren würde. Das Szenario wurde endgültig beunruhigend, als Sophia auch noch ihren Vater entdeckte, der mit einer Tasse Kaffee in der Hand am Kamin lehnte.

Die beiden lächelten so gezwungen, dass es fast schon komisch war.

»Hallo, mein Engel«, sagte ihr Vater. »Wir haben auf dich gewartet.«

Sophia zog ihren Mantel aus. Dann stellte sie den Rucksack ab und ging zu dem Sessel, der ihrer Mutter gegenüberstand. Sie setzte sich und legte ihre Arme auf die Lehnen. Ihre Eltern sahen sich an wie zwei Schauspieler, die plötzlich ihre Rollen vergessen hatten.

»Werdet ihr euch trennen?«

»Was? Natürlich nicht«, antworteten die beiden wie im Chor. Nervöses Lachen, noch mehr Blicke.

»Das wäre zwar traurig«, sagte Sophia, »aber ich würde es verstehen.«

»Deine Mutter und ich werden uns nicht scheiden lassen«, erklärte Phil. Er setzte sich neben Caroline, als würde dies beweisen, dass er sie immer noch liebte.

»Was dann?«

»Papa zieht in das Schlafzimmer am Ende des Flurs«, sagte Caroline.

Sophia sah beide abwechselnd an.

»Mama und ich schlafen ab jetzt in getrennten Zimmern«, erklärte Phil. »Ich schnarche so laut, und das Haus ist ja so groß, dass …«

»Ich bin keine acht mehr, Papa. Du schnarchst wie ein Rhinozeros, das stimmt, aber daran hat sich Mama längst gewöhnt. Wäre es nicht vernünftiger, sich scheiden zu lassen? Schließlich geht es euch finanziell so gut, dass ihr nicht deswegen zusammenbleiben müsst, oder etwa nicht?«

Phil schwieg.

»Du bist ein sehr kluges Mädchen«, sagte Caroline. »Und danke, dass du unsere finanzielle Situation mit im Auge behältst. Es ist tatsächlich keine Frage des Geldes. Dein Vater und ich durchlaufen eine schwierige Phase, das passiert schon mal, wenn man so lange zusammen ist.«

»Und getrennte Schlafzimmer helfen da?«

»Das wissen wir nicht«, sagte Caroline. »Jedenfalls brauchen dein Vater und ich gerade etwas Abstand voneinander. Also haben wir diese Entscheidung getroffen und wollten sie dir mitteilen.«

»Sophia, denk nicht, deine Meinung interessiert uns nicht«, übernahm Phil das Wort. »Deine Mutter und ich haben uns das gut überlegt, und wir glauben einfach, dass es das Beste ist. Du bist die Erste, die davon erfährt.«

Sophia zuckte mit den Schultern.

»Sei nicht unfair, Sophia«, sagte Caroline. »Wir verlangen ja gar nicht von dir, dass es dir gefällt. Morgen baut jemand einen Schrank ein, und anschließend kommen die Möbelpacker wegen des Umzugs.«

Sophia wandte den Blick ab. Sie sagte innerlich die Primzahlen bis 47 auf, um sich zu beruhigen.

»Ich bin nicht unfair«, sagte sie schließlich. »Ich finde es nur Blödsinn.«

»Sophia …«

»Entschuldigung, aber so empfinde ich es nun mal, Mama. Was soll das bringen, ob Papa in dem einen oder in dem anderen Zimmer schläft? Es hat seinen guten Grund, warum normale Menschen sich nicht auf so einen Quatsch einlassen: Entweder sie leben zusammen, oder sie lassen es bleiben.«

Caroline erhob sich.

»Es reicht.«

Phil packte Caroline sanft am Arm und bat sie, wieder Platz zu nehmen. Sie verweigerte sich.

»Wir debattieren nicht.«

»Vielleicht …«, begann Phil, hielt aber inne.

»Vielleicht was?«, blaffte Caroline und warf ihrem Mann einen wütenden Blick zu.

Plötzlich war aus dem Gespräch ein Streit zwischen den beiden geworden. Sophia schwieg. Sie wusste, dass ihre Eltern Probleme hatten. Tatsächlich war sie sich fast sicher, um welche

Art von Problemen es sich handelte. Es tat ihr weh, mitansehen zu müssen, wie sie sich von Tag zu Tag weiter voneinander entfernten, wie sie immer weniger miteinander sprachen, wie die Gesten der Zuneigung seltener wurden.

Sollte es eine brillante Lösung sein, sich auch räumlich weiter voneinander zu entfernen, jeder in seinem eigenen Zimmer am jeweils anderen Ende des Hauses?

»Es ist immer das Gleiche«, sagte Sophia. »Ich verstehe nicht, warum ihr mich einweiht, wenn meine Meinung sowieso nicht zählt. Ich bin vierzehn, nicht fünf, und ich wohne in diesem Haus, da werde ich doch eine Meinung haben können, die weiterhilft, oder nicht?«

Caroline seufzte. Sie setzte sich wieder, beugte sich nach vorne und legte beide Hände auf die Knie ihrer Tochter.

»Sophia, ich wollte damit nicht sagen, dass deine Meinung nicht zählt. Mag sein, dass du recht hast und getrennte Schlafzimmer Unsinn sind. Aber dein Vater und ich halten es im Moment für die beste Lösung.«

Sophia sah lange ihre Mutter an und ließ ihren Blick dann kurz zu Phil wandern. Das Gesicht ihres Vaters sagte etwas ganz anderes.

»Manchmal muss man seiner Intuition folgen«, erklärte Caroline Holmes, »auch wenn man denkt, es könnte vielleicht ein Irrtum sein. Wenn es sich tatsächlich als Irrtum erweist, dann hat man es wenigstens versucht. Findest du nicht auch, dass es nicht immer darum geht, was *objektiv* richtig ist, sondern dass man manchmal auf seine innere Stimme hören muss?«

Sophia antwortete nicht. Nicht, weil diese Erklärung sie intellektuell überforderte – sie hatte schon anspruchsvollere Gespräche mit ihrer Mutter geführt –, sondern weil sie abwog, welche Konsequenzen es haben könnte, wenn sie weiterhin sagte, was sie dachte. Sie tauschte rasch einen Blick mit ihrem Vater und meinte, für den Bruchteil einer Sekunde einen Anflug von Verständnis zu erkennen, der sofort wieder erlosch.

»Wir werden es versuchen«, sagte Phil. »Und keine Sorge. Deine Mutter und ich gedenken nicht, ein Leben lang in getrennten Zimmern zu schlafen.«

Sophia nickte.

»Verstehe. Es ist eine Art letztes Mittel.«

»So in etwa«, sagten ihre Eltern im Chor.

17

2 Monate und 11 Tage vor dem Verschwinden

Sophia wachte früher als üblich auf und verrichtete ihre Morgenroutine im Rekordtempo. Sie machte sich Frühstück – Rührei und Toastbrot – und verschlang alles, bevor ihre Mutter nach unten kam. Normalerweise frühstückten sie gemeinsam, und Sophia tat es leid, dass sie ihre Mutter diesmal versetzen musste. Sie kritzelte eine Verlegenheitslüge auf einen Zettel und klebte ihn an den Kühlschrank.

Zügigen Schrittes legte sie die elf Blocks bis zur Schule zurück. Um Viertel nach sieben war sie da, eine Stunde vor ihrer Zeit. Erfreut stellte sie fest, dass der rote Chevrolet Caprice von Ms. Morgan noch nicht auf dem Parkplatz stand. Dorothy Morgan war die Verwaltungsdirektorin. Wenn etwas sie charakterisierte, dann ihre Pünktlichkeit, daher war Sophia nicht überrascht, dass um genau halb acht ihr riesiges Auto einbog.

Sophia, die sich strategisch günstig in der Nähe des reservierten Parkplatzes postiert hatte, hob grüßend die Hand, als Ms. Morgan den Wagen abstellte. Die Verwaltungsdirektorin stieg aus und ging direkt auf Sophia zu. Ihre Lockenpracht war wilder denn je, ihr Mund so rot wie ihr Auto.

»Ist was passiert?« Ms. Morgan blickte sich um und wandte sich dann wieder Sophia zu.

»Ich bin mit Nikki Campbell verabredet, aber sie hat verschlafen.« Wie zum Beweis hob sie das Handy in die Höhe.

Ms. Morgan runzelte die Stirn und schüttelte missbilligend den Kopf.

Sophia zuckte mit den Schultern.

»Komm, lass uns reingehen. Du frierst dich hier sonst noch zu Tode.«

Sie gingen zu einer Seitentür, die dem Schulpersonal vorbehalten war. Ms. Morgan zog ihre Karte durch das Lesegerät. Sie traten ein und folgten einem engen Flur zu einem Gemeinschaftsbereich, wo mehrere Schreibtische standen. An einer Seite lagen mehrere Büros. Das letzte an der Ecke war das von Ms. Morgan.

Sophia war schon oft dort gewesen. Ms. Morgan hatte sich um sie gekümmert, als sich in den ersten Klassenstufen herausgestellt hatte, dass sie hochbegabt war. Mit der Zeit hatten sie ein herzliches und vertrauensvolles Verhältnis zueinander entwickelt.

Ein Teil von Sophia fühlte sich unbehaglich wegen dem, was sie vorhatte.

Der andere Teil redete ihr ein, dass es doch ganz harmlos sei.

Ms. Morgan legte ihre Sachen ab und verließ das Büro, um Kaffee zu machen. Als sie wiederkam, stand Sophia mit abwesendem Blick am Fenster.

»Willst du in der Bibliothek warten, bis der Unterricht anfängt?«

Sophia überlegte.

»Gute Idee.«

Ms. Morgan sprach nicht von der Hauptbibliothek, sondern von einem kleineren Ableger, in dem ältere Bücher und einige wertvollere Sammlungen untergebracht waren. Den Weg kannte Sophia gut, weil sie schon mehrmals dort gewesen war.

Doch statt in die Bibliothek zu gehen, folgte sie dem Flur bis zum Ende. Bevor sie die letzte Tür öffnete, drehte sie sich noch einmal um und vergewisserte sich, dass Ms. Morgan ihr nicht gefolgt war. Erst dann trat sie ein.

Drinnen tönte ihr das typische Brummen von Servern entgegen. An einer der Wände waren kleine Monitore angebracht, die Bilder der Überwachungskameras zeigten. Der Monitor in der Mitte war größer als die anderen.

Es war nicht das erste Mal, dass Sophia sich an die Konsole setzte. Sie drückte mehrmals auf einen bestimmten Knopf. Das Bild des Hauptmonitors wechselte.

Die Bedienung war ziemlich intuitiv.

Sie steuerte mit der Kamera den Hauptflur der Schule an. Zufrieden stellte sie fest, dass ihr Spind gut zu sehen war. Sie spulte in zwanzigfacher Geschwindigkeit zurück. Der Flur wurde dunkel, dann wieder hell. Nach fünf Minuten hatte Sophia genau die Stelle erreicht, die sie interessierte: den Moment, als sie den Zettel an ihrem Spind entdeckte, herauszog und sich umschaute, ob jemand sie beobachtete.

Von dort spulte sie eine weitere Stunde zurück. Schüler kamen und gingen wie Superhelden, die sich blitzschnell bewegen konnten.

Sie hielt das Bild an. Der Zettel war noch nicht da.

Sie spulte eine halbe Stunde vor. Wie von Zauberhand war der Zettel aufgetaucht.

Sophia ließ das Video in normaler Geschwindigkeit laufen. Schüler kamen und gingen, manche machten halt an ihrem Spind, andere nicht. Viele von ihnen kannte sie. Auch Bishop erschien kurz und blieb an der Tür zum Klassenzimmer stehen, als wartete er auf jemanden, nicht lange, vielleicht zwei oder drei Minuten, dann ging er weiter.

Auf dem Flur war viel los, doch von dem Zettel war noch nichts zu sehen. Wenn Sophias Berechnungen stimmten, würde der Absender der Nachricht in knapp zwei Minuten auftauchen. Sie hätte in doppelter Geschwindigkeit weiterspulen können, aber sie behielt lieber die Normalgeschwindigkeit bei.

Gleich neben den Spinden lag das Klassenzimmer 5. Genau in diesem Moment öffnete sich die Tür, und ein ganzer Pulk von Schülern strömte heraus. Sophia befürchtete schon, dass sie in diesem Durcheinander nicht erkennen würde, wer den Zettel in ihren Spind steckte. Zwei ältere Schüler blieben direkt vor der Kamera stehen und versperrten die Sicht. Sophia raufte sich die Haare.

»Los, bewegt eure Hintern.«

Es war nicht nur so, dass die beiden Jungs sich nicht von der Stelle rührten, sondern es gesellte sich noch ein Mitschüler hinzu. Sie stießen sich gegenseitig und lachten. Jetzt standen drei Leute zwischen Kamera und den Spinden, ein menschlicher Vorhang.

Da tauchte hinter dem Jungen ganz rechts eine Hand auf oder vielmehr ein weißliches Etwas, das versuchte, den Zettel in den Schlitz zu zwängen. Zu wem diese Hand gehörte, konnte Sophia nicht erkennen, ja nicht einmal, ob es die Hand eines Erwachsenen oder eines Jugendlichen war, eine männliche oder weibliche. Vielleicht würde sie mehr sehen, wenn sie das Bild anhielt und näher in Augenschein nahm, aber vorerst ließ sie das Video weiterlaufen. Wenn die Jungs sich nur ein bisschen bewegten, nur ein kleines bisschen.

»Verdammt«, murmelte sie.

Die Jungs gingen langsam los, aber die Hand verschwand. Bloß noch ein paar Sekunden, dann …

Die Tür des Serverraums schwang auf, Sophia hätte beinahe geschrien.

»Ich dachte, du wolltest in die Bibliothek«, sagte Ms. Morgan. Ihrem Tonfall nach war sie ziemlich verärgert.

Sophia lächelte gezwungen.

»Das wollte ich auch, Ms. Morgan, aber dann habe ich gesehen, dass die Tür hier offen stand, und da war ich einfach neugierig.«

Das Bild lief weiter. Die Jungs zerstreuten sich und gaben den Blick frei. Sophia schielte zu dem Bildschirm, während sie ihre Aufmerksamkeit auf Ms. Morgan gerichtet hielt.

Die Verwaltungsdirektorin rührte sich nicht. Sie forderte Sophia nicht ausdrücklich auf, den Raum zu verlassen, aber das war auch so klar.

Sophia stand auf. Ohne es zu verhehlen, näherte sie ihre Hand dem Knopf, mit dem man zum Livebild zurückschalten konnte. Bevor sie ihn drückte, erkannte sie noch die Gestalt, die sich von ihrem Spind wegbewegte.

Was sie sah, ergab keinen Sinn.

18

Die Büros des *Hawkmoon Overfly* waren wie eine vom Aussterben bedrohte Tierart, die immer weiter aus ihrem natürlichen Habitat vertrieben wurde. Ursprünglich hatte die Zeitung das gesamte Gebäude an der Ecke Main Street und Bernard Street belegt. Die Lage gleich gegenüber dem Rathauspark und die zweistöckige Backsteinarchitektur zeugten von diesen glorreichen Zeiten, in denen einmal über siebzig Leute dort gearbeitet hatten. Der *Hawkmoon Overfly* war der Stolz der ganzen Region gewesen. Während der Neunzigerjahre, als die Zeitung noch immer gut in Form gewesen war, hatten die Besitzer der Verlockung des Geldes nachgegeben und das Erdgeschoss des charismatischen Eckgebäudes an Walgreens und einen Teppichladen verkauft.

Für den *Overfly* war dies kein Problem gewesen, weil die Belegschaft schon damals merklich geschrumpft war. Das Archiv hatte man digitalisiert, die Büros waren verkleinert worden – nur ein bisschen –, und die Welt hatte sich weitergedreht.

Zu Beginn des neuen Jahrtausends beschleunigte sich der Niedergang. Tim hatte gerade als Jungredakteur angefangen und musste mitansehen, wie die Situation sich von Tag zu Tag verschlechterte. Der *Hawkmoon Overfly* teilte das Schicksal vieler anderer mittelgroßer Zeitungen und war wie ein Boxer, der aufsteht, nur um den nächsten Kinnhaken verpasst zu kriegen.

Wie lange würde er noch durchhalten? Die Verkaufszahlen sanken Jahr für Jahr, die Geldgeber suchten nach neuen Wegen, bekannter zu werden. Die Online-Ausgabe schien einen verheißungsvollen Ausweg zu bieten, kam aber nie so recht zustande. Die Familie Romani, der die Zeitung seit ihrer Gründung gehörte, versuchte, das Schiff irgendwie flott zu halten. Die Anwaltskanzlei Bentley and Little, eine der mächtigsten und einflussreichsten der Stadt, zog in den ersten Stock ein und belegte erst fünfzig Prozent der Fläche, dann fünfundsiebzig Prozent.

Die Zukunft stimmte Tim nicht gerade zuversichtlich. Zu den Schwierigkeiten der letzten Jahrzehnte hatte sich ein weiteres Unheil gesellt, das er nicht vorausgesehen hatte, eine heimliche Gefahr, die immer näher kam. In seinem Büro hatte Tim einen Wahlspruch hängen, der noch von Frank, seinem ehemaligen Chef, stammte. Er lautete: *DIE WAHRHEIT IST KOSTBAR, DESHALB SETZEN WIR SIE HIER DOSIERT EIN.* Für Frank war dieser Satz so lustig gewesen, dass er ihn bei jeder Gelegenheit zitiert hatte, als stamme er von ihm. Tim hatte das Bild dort belassen, weil es schöne Erinnerungen heraufbeschwor an eine Zeit, in der die Wahrheit noch so sehr Wahrheit war, dass man sich sogar Scherze darüber erlauben konnte. Heute war die Wahrheit ein gebrechliches Wesen, das man in ein Altersheim abgeschoben hatte. Für Tim war dies das endgültige K. o.: die Entwertung der Wahrheit.

Mit einem Kaffee in der Hand betrat er sein Büro. Er ließ seinen Blick durch den Raum schweifen und schüttelte den Kopf, weil ihn das, was er sah, nicht zufriedenstellte. Er hatte fast eine Stunde damit zugebracht, die Regale und den Schreibtisch aufzuräumen, und trotzdem sah es weiterhin verwahrlost und heruntergekommen aus. Seit Jahren war nichts mehr in die Einrichtung investiert worden. Das Einzige, was der *Overfly* sich gönnte, war ein neuer Anstrich dann und wann.

Er stellte die Tasse auf den Schreibtisch und ließ sich auf den Stuhl fallen, der quietschend auf und ab ruckelte wie ein Kind, das bockig tut, was es tun nicht darf. Er seufzte und nahm einen Schluck von dem heißen Kaffee. Kurz fühlte er sich besser. Er betrachtete das Foto von Ingrid und Brenda, das er selbst vor fünf Jahren und einem Tag gemacht hatte. Erst hatte er es wegräumen wollen, doch dann hatte er sich anders entschieden.

Genau dreizehn Minuten später ging die Tür auf, und Marsha Haenwick kam hereingestürmt. Marsha arbeitete schon wesentlich länger als Tim beim *Overfly*, schrieb über alle möglichen Themen – außer Gewaltverbrechen, dafür sei sie zu alt, sagte sie –, und zwar verblüffend schnell und effizient. Sie hätte längst in Rente gehen können und kündigte auch jedes Jahr an, es würde ihr letztes sein. Doch die Zeitung war ihr Leben. Sie respektierte die Arbeit von Tim und hegte für ihn eine fast mütterliche Zuneigung.

»Camila Jones ist hier!«, rief Marsha aufgeregt, als hätte sie gerade eine Begegnung der dritten Art gehabt. Und dann fügte sie wie für sich selbst hinzu: »Ich fasse es nicht.«

»Ich habe dir doch erzählt, dass sie uns heute besucht«, erwiderte Tim locker und erhob sich.

Marsha stand noch immer in der Tür und schüttelte fassungslos den Kopf.

»Sag ihr doch bitte, sie soll reinkommen.«

Fünf Minuten später betrat Camila das Büro. Als Tim sie leibhaftig vor sich sah, verstand er Marsha ein bisschen. Camila hatte sich auf dem Höhepunkt ihrer Karriere zurückgezogen.

Dass sie jetzt hier war, in diesem Lokalblättchen, das um sein Überleben kämpfte, war wirklich kaum zu fassen.

»Sehr interessant«, sagte Camila und deutete auf den Satz an der Wand.

Tim zuckte mit den Schultern.

»Stammt noch von meinem alten Chef. Früher war der Spruch lustig.« Nach einer kurzen Pause fügte er hinzu: »Vielleicht sollte ich ihn lieber abhängen. Setzen Sie sich doch.«

Sie setzte sich und ließ ihren Blick weiterhin durch das Büro schweifen.

»Möchten Sie einen Kaffee? Mate kann ich Ihnen leider nicht anbieten.«

Sie lächelte.

»Gern einen Kaffee.«

Als Tim mit einer Tasse Kaffee für Camila zurückkam, sah sie sich gerade das Foto seiner Familie an.

»Das mit Ihrer Familie habe ich erst erfahren, nachdem wir telefoniert hatten«, entschuldigte sie sich. »Sonst hätte ich nicht vorgeschlagen, uns ausgerechnet gestern zu treffen. Tut mir leid.«

»Kein Problem. Sie konnten ja nicht wissen, dass es der Jahrestag des Unfalls war.«

28. März 2014, ein Datum, das Tim nie vergessen würde. Seine Frau war in den Bergen unterwegs gewesen, als sie die Kontrolle über den Wagen verloren hatte und einen Abhang hinabgestürzt war. Das Auto war in Flammen aufgegangen. Bei dem Unfall starben sie und ihre kleine Tochter Brenda, die auf dem Beifahrersitz saß. Sie waren über hundert Kilometer von zu Hause entfernt gewesen, und Tim wusste bis heute nicht, wohin sie gewollt hatten.

»Als der Unfall geschah, saß ich genau hier«, sagte Tim. »Am Jahrestag gehe ich immer auf den Friedhof und rufe mir stundenlang alle Erinnerungen ins Gedächtnis, um ja nichts zu vergessen. Es ist der einzige Tag im Jahr, an dem ich mir erlaube, mit den beiden zu sprechen, ich meine, so mit ihnen zu sprechen, als würden sie noch leben. Ich weiß, das klingt seltsam …«

»Gar nicht. Niemand kennt die Zauberformel gegen den Schmerz.«

Er nickte.

Im Nachbarbüro ging es lauter zu als üblich. Bestimmt hatte Marsha überall herumerzählt, dass Camila Jones da war, und die spärliche Belegschaft hatte sich versammelt, um nachzusehen, ob es stimmte. Tim stand auf und machte die Tür zu. Als er sich wieder an seinen Schreibtisch setzte, fühlte er sich so, als hätte ihm jemand eine Dosis Mut gespritzt.

»Sagen Sie es mir jetzt, Ms. Jones? Warum Sie mein Angebot angenommen haben?«

Sie musterte ihn.

»Vince Naroditsky recherchiert zu Sophia. Er wird mich bei *Das Gewicht der Wahrheit* ersetzen.«

»Oh, das wusste ich nicht. Ich meine, ich wusste schon, dass er an dem Fall sitzt, aber ich dachte, es wäre für ihn nur einer unter vielen. Dass er *Das Gewicht der Wahrheit* übernimmt, ist mir neu.«

»Niemand weiß es. Und da meine Wertschätzung für Vince Naroditsky sich sehr in Grenzen hält, bitte ich Sie um Diskretion.«

»Selbstverständlich.«

Camila war nicht bereit, ihre wahren Gründe zu offenbaren.

Außerdem war es eindeutig so, dass Naroditskys Einmischung ihr einen kleinen Stoß in die richtige Richtung gegeben hatte, also hatte sie nicht gänzlich gelogen.

»Tim, als Sie bei mir waren, haben Sie gesagt, Sie wüssten, dass Sophia nicht von der Brücke gesprungen ist, weil Sie sie an jenem Tag gesehen hätten. In Ihren Aufzeichnungen finde ich keinen Vermerk dazu.«

Tim seufzte. Er dachte einige Sekunden nach, bevor er antwortete.

»Zwei junge Base-Jumper haben Sophia gesehen. Einer von ihnen, Anthony Charms, trug einen Helm mit einer GoPro-Kamera. Auf den Aufnahmen kurz vor einem seiner Sprünge sieht man einen Augenblick lang ein Mädchen in einem hellen Kleid, hellblau so wie das, was Sophia an jenem Tag anhatte. Phil Holmes hat Sophia identifiziert, einige ihrer Freunde ebenfalls. Caroline Holmes hingegen hat ausgesagt, sie könne nicht bestätigen, dass dieses Mädchen ihre Tochter sei.«

Tim schob sein Notebook beiseite und räumte seinen Schreibtisch frei. Er nahm einen Bleistifthalter, einen Tacker und einige Post-its und legte sie mit gleichmäßigen Abständen nebeneinander.

»Wenn der Bleistifthalter das Shoppingcenter ist, wo Sophia sich mit ihren Freunden traf, dann ist der Tacker die Catenary-Brücke.«

Tim ließ den Finger von dem Tacker zu den Post-its gleiten.

»Ich habe Sophia an dem Tag hier gesehen, also etwa dreihundert Meter von der Brücke entfernt. Möglicherweise ist Sophia kurz stehen geblieben, um die Base-Jumper zu beobachten. Danach ist sie weitergegangen.«

»Haben Sie mit ihr gesprochen?«

»Nein. Ich habe sie vom Auto aus gesehen. Ich wohne in der Nähe.«

Camila dachte nach.

»Weiß Kommissar Holt davon?«

»Ja.«

»Und trotzdem hält die Polizei an der Selbstmordthese fest«, sagte Camila. »Interessant.«

Sie holte ein Notizbuch aus ihrer Tasche und blätterte darin.

»Erzählen Sie mir mehr vom Ehepaar Holmes«, forderte Camila Tim auf. »In Ihrem Artikel haben Sie großen Respekt vor deren Privatsphäre.«

War das ein Kompliment oder eine Kritik?

»Phil und Caroline Holmes haben sich vor fünfzehn Jahren kennengelernt«, begann Tim. »Sie wurden ziemlich schnell ein Paar. Enge Freunde beschreiben ihre Liebesgeschichte als die Begegnung zweier Seelenverwandter.«

»Trotzdem hatten sie im letzten Jahr eine Krise.«

»So ist es. Sie haben beschlossen, getrennt zu schlafen. Soweit ich weiß, blieb es erst einmal dabei. Es war ein Versuch, die Ehe zu retten.«

»Im Internet bin ich auf einige Artikel gestoßen, die über eine außereheliche Beziehung zwischen Phil Holmes und einer gewissen Tina Curtis berichten. In Ihren Aufzeichnungen findet sich nichts dazu.«

Mit sichtlichem Unbehagen rutschte Tim auf seinem Stuhl hin und her.

»Diese Beziehung gab es tatsächlich«, erklärte er. »Das habe ich verifizieren können. Damals aber hielt ich es für irrelevant. Und das tue ich nach wie vor. Wir Journalisten werden immer mehr zu Archäologen, die alles aus der Vergangenheit der Leute ausgraben und es öffentlich zur Schau stellen. Wirklich alles. Ehrlich gesagt habe ich die Nase voll davon. Phils Seitensprung wurde ausschließlich dafür benutzt, einen Schatten des Zweifels auf ihn zu werfen.«

»Und Sie haben keine Zweifel?«

»Nicht in dem Sinne, dass diese Romanze etwas mit Sophias Verschwinden zu tun hat. Phil liebt seine Tochter über alles. Und seine Alibis sind wasserdicht. Außerdem kenne ich ihn, wie gesagt, ein bisschen. Und mein Bruder kennt ihn sogar sehr gut.«

»Und wenn die Krise dazu geführt hat, dass Sophia von zu Hause abgehauen ist? Würde das den Seitensprung nicht zu einer relevanten Tatsache machen?«

Tim rieb sich das Kinn. Er hatte wieder diesen traurigen Blick.

»Ich werde Ihnen sagen, was ich denke. Sollte Sophia von zu Hause abgehauen sein, dann muss da mehr sein als eine Ehekrise, Seitensprung hin oder her. Soweit ich gehört habe, besitzt sie eine erstaunliche Reife für ihr Alter. Bestimmt würde sie mit einer Scheidung zurechtkommen. Es würde mich nicht einmal überraschen, wenn sie eine Scheidung sogar für die vernünftigste Lösung halten würde. Die Antwort lautet also immer noch: Nein, ich glaube nicht, dass Phils Seitensprung relevant ist.«

»Vielleicht sollte man trotzdem ein bisschen genauer recherchieren«, befand Camila.

Tim war sich bewusst, dass dies kein Vorschlag war.

»Ja, vielleicht.«

»Nehmen Sie es nicht persönlich.«

»Tue ich nicht. Aber ich weiß mit Sicherheit, dass Phil alles unternommen hat, um seine Tochter zu finden.«

Er zog das Notebook zu sich her und begann, nach etwas zu suchen. Ohne den Blick vom Bildschirm zu lösen, fügte er hinzu:

»Ich weiß allerdings auch, dass er gelogen hat.«

19

Tim drehte das Notebook mit dem Bildschirm in Richtung Camila. Zu sehen war ein Foto, auf dem ein Mann aus einem Auto stieg. Aufgenommen war es von der gegenüberliegenden Straßenseite, vermutlich aus einem anderen Fahrzeug. Das Auto war eine dunkle Limousine, und der Mann trug eine Brille, einen markanten Hufeisenbart – einen falschen vermutlich – und eine Mütze. Es konnte jedermann sein. Camila sah Tim fragend an.

»Nach Sophias Verschwinden habe ich Phil von einem unserer Mitarbeiter observieren lassen«, erklärte Tim und deutete in Richtung Redaktion. »Die Polizei hatte eine Beteiligung von ihm allzu schnell verworfen, also wollte ich herausfinden, ob er sich irgendwie verdächtig verhält. Er hat sich in einem dubiosen Restaurant in Jacksonville mit diesem Mann getroffen. Es war ein kurzes Treffen, der Mann ging sofort wieder los und nahm einen Zug. Keine Chance, ihm zu folgen.«

Tim drehte das Notebook zu sich hin und suchte noch etwas.

»Das hatte ich schon fast vergessen«, sagte er und glitt mit dem Finger über das Touchpad, »aber dann las ich letzte Woche folgende Meldung … Hier ist sie.«

In einem Artikel des *Minnesota Daily* war das Foto eines Mannes zu sehen, der in Handschellen abgeführt wurde. Er musste um die fünfzig sein, hatte dichtes schwarzes Haar und eine beeindruckende Stirnlocke. Außerdem trug er einen Hufeisenbart.

»›Gregg Stayner, verhaftet wegen Mordes‹«, las Camila. »Den Namen kenne ich irgendwie, aber ich weiß nicht, woher.«

»Vor sieben Jahren wurde seine acht Jahre alte Tochter entführt. Eine Woche lang wurde nach ihr gesucht, schließlich fand man sie zerstückelt auf einem öden Acker. Festgenommen wurde niemand, der Fall blieb ungelöst.«

»Wen hat er getötet?«

»Arliss Tarbuck, einen Mann, der ein siebzehnjähriges Mädchen vergewaltigt haben soll, ebenfalls in Minnesota. Tarbuck wurde in erster Instanz verurteilt, doch er legte Berufung ein, sein Anwalt konnte die Beweiskette in Zweifel ziehen, und so kam Tarbuck frei. Es war ein Skandal, zumindest lokal, die Leute gingen deswegen auf die Straße. Das war vor zwei Jahren. Tarbuck zog an die Westküste. Gregg Stayner hat ihn letzte Woche aufgespürt und in einem Hotelzimmer getötet. Gefasst wurde er, weil er so unvorsichtig war, einen Einkauf mit Kreditkarte zu bezahlen.«

»Er konnte den Mörder seiner Tochter nicht erwischen und hat stellvertretend das Verbrechen an einem anderen Mädchen gerächt.«

»Genau.«

»Und Phil Holmes hatte sich kurz nach Sophias Verschwinden mit diesem Stayner getroffen.«

»So ist es. Meiner Ansicht nach hat Stayner Kontakt mit Phil aufgenommen und ihm seine Geschichte erzählt. Und Phil hat vermutlich gedacht, dass ein Mensch, der eine ähnliche Erfahrung durchgemacht hat wie er, ihm helfen könnte.«

»In so einer Situation klammert man sich an alles«, sagte

Camila. »Und Sie halten es für möglich, dass Phil Holmes Stayner damit beauftragt hat, Dylan Garrett zu töten?«

»Ich glaube nicht, dass Phil zu so etwas fähig wäre. Wenn Dylan etwas mit dem Verschwinden Sophias zu tun hatte, dann hätte der Mord an ihm jegliche Chance, den Fall aufzuklären, endgültig vernichtet.«

Camila überlegte.

»Vielleicht hat er es doch selbst getan, oder er wollte bloß herausfinden, ob Garrett etwas wusste, und die Sache lief dann aus dem Ruder.«

Darüber hatte Tim auch schon nachgedacht, aber Garretts Leiche hatte keine Spuren von Gewaltanwendung aufgewiesen, abgesehen von dem Schlag mit dem Hammer selbst. Vermutlich hatte er diesen Schlag nicht einmal kommen sehen.

»Da ist noch etwas«, sagte Tim. »Phil verhandelt gerade über den Verkauf seines Logistikunternehmens. Laut meiner Quelle scheint er es ziemlich eilig zu haben.«

Camila wusste, dass er sich geradezu zwanghaft in Arbeit gestürzt hatte, um das Verschwinden seiner Tochter irgendwie zu verkraften. Jetzt, wo seine Frau im Koma lag, ergab eine radikale Veränderung seines Verhaltens keinen Sinn.

»Phil Holmes hat etwas zu verbergen«, überlegte Camila.

Tim nickte schweigend.

In diesem Moment klopfte es zweimal leise an der Tür. Hinter dem matten Glas war deutlich Marshas Silhouette zu erkennen. Tim, der sich nicht erinnern konnte, dass Marsha in seiner Zeit als Direktor jemals geklopft hatte, bat sie einzutreten. Marsha steckte den Kopf herein, entschuldigte sich für die Störung und fragte mit äußerster Förmlichkeit, ob er gern noch einen Kaffee oder sonst etwas haben wolle. Sie sah zu Camila und zog dabei leicht die Mundwinkel nach oben. Nicht nötig, sagte er, aber trotzdem vielen Dank. Sie nickte und blieb einen Moment lang schweigend stehen. Dann ging sie wieder.

Camila blickte nachdenklich drein.

»Was überlegen Sie?«

»Ich würde gern so schnell wie möglich mit Holmes sprechen.«

»Phil will die Presse nie wieder sehen. Und wenn er sich mal etwas in den Kopf setzt …«

»Mit mir wird er sprechen«, unterbrach ihn Camila. »Darauf können Sie Gift nehmen.«

Tim starrte sie an.

»Versuchen wir's.«

Camila blätterte in ihrem Notizbuch.

»Gehen wir noch mal durch, was an dem Tag geschah, an dem Caroline Holmes diese festgenagelte Nachricht erhielt.«

»Gern.«

»Caroline Holmes stand später auf als sonst und entdeckte gegen elf Uhr vormittags die Nachricht an der Tür. Außer ihr hat niemand sie lesen können. Der Inhalt dieser Nachricht hat Caroline so verstört, dass sie zu ihrer direkten Nachbarin ging, Marlene Johnson, die ihr beistand und sie beruhigte. Dann ging Caroline wieder nach Hause, allerdings hinten herum.«

»Genau. Offenbar hatte sie sich ausgesperrt.«

»Eine Stunde und vierzig Minuten später hat Marlene Caroline eine Nachricht geschickt und gefragt, ob alles okay sei. Als sie nach zwanzig Minuten noch keine Antwort erhalten hatte, beschloss sie, nach ihr zu sehen, und fand sie leblos im Garten liegen. Das war um zwei nach eins, denn sie wählte sofort die 911. Genau in diesem Moment kam Phil Holmes von der

Arbeit nach Hause. War es üblich, dass er um die Mittagszeit heimfuhr?«

»Nein. Er sagte aus, er habe seine Frau wegen eines Streits am Vormittag sprechen wollen. Übrigens traf die Polizei vor dem Krankenwagen ein.«

»Steckte der Nagel noch in der Tür, als die Polizei kam?«

Die Frage überraschte Tim.

»Ja.«

»Auf welcher Höhe?«

Tim lächelte. Das war eine ausgezeichnete Frage.

»Ein Meter fünfzig.«

Camila hielt dieses Detail in ihrem Notizbuch fest. Ein Meter fünfzig sprach eindeutig gegen einen Erwachsenen.

»Was ist mit dem Zettel passiert?«

»Phil hat der Polizei versichert, dass er keinen Zettel gefunden habe, also ging man davon aus, dass Caroline ihn verbrannt, weggeworfen oder irgendwo versteckt hat.«

»Ich will auf jeden Fall so bald wie möglich mit Phil Holmes sprechen.«

20

Camila wollte unbedingt den Ort sehen, an dem Dylan Garrett erschlagen worden war, und außerdem, wie sie dem erschrockenen Tim erklärte, Sophias Zimmer, wo das Mädchen den Großteil des Tages verbracht hatte. Tim hielt Letzteres für einen Scherz, aber als sich im Gesicht seiner Kollegin nicht der Hauch eines Lächelns abzeichnete, begriff er, dass sie es ernst meinte. Keinem Journalisten war es gelungen, in Sophias Zimmer vorzudringen, folglich war auch kein Foto davon an die Öffentlichkeit gelangt. Tim konnte sich nicht vorstellen, dass Camilas Bekanntheitsgrad genügte, um den eisernen Vorsatz von Phil Holmes ins Wanken zu bringen, aber er hielt lieber den Mund.

Kaum hatten sie die Büros des *Overfly* verlassen, verkündete Camila, dass sie mit ihrem Auto fahren würden. Einige Meter entfernt wartete das Mercedes-Cabrio C-Klasse, das in der McGuiness Street etwa so wenig auffiel wie ein Raumschiff. Sie hatten den Wagen noch nicht erreicht, da begann sich das Verdeck wie von Zauberhand zu öffnen. Es war ein grauer Nachmittag im Herbst und höchstens fünfzehn Grad warm, was Tim zu der Annahme verleitete, dass Camila das Verdeck versehentlich geöffnet hatte. Aber als sie sich in den Wagen setzte, ließ sie das Verdeck so.

Mit sichtlichem Widerstreben blieb Tim an der Beifahrertür stehen.

»Kommen Sie, Tim, Sie haben mein Haus ja gesehen, ich wohne praktisch in einem transparenten Kasten. Sie wissen doch bestimmt, warum.« Camila zeigte nach oben, wo eigentlich das Verdeck sein sollte.

Schweigend stieg er ein. Der Mercedes fuhr los.

An der nächsten Kreuzung sah Camila ihn an.

»Wussten Sie es wirklich nicht? Sogar in Wikipedia steht, dass ich an Klaustrophobie leide.«

»Ich wusste nicht, ob es noch aktuell war.«

»Das ist es. Aber es stimmt schon, seit ich auf Queen Island lebe, hat es sich gebessert. Ich muss seit fünfundzwanzig mit dieser Störung zurechtkommen, also weiß ich nicht, ob ich sie allmählich überwinde oder ob ich meinen Frieden mit ihr geschlossen habe.«

Camila lächelte und fuhr wieder an.

»Manchmal holt es mich noch ein«, erklärte sie, ernst geworden. Sie fuhren auf der Main Street Richtung Norden. Im Fahrtwind sank die gefühlte Temperatur noch einmal um zwei oder drei Grad. »Tut mir leid, aber geschlossene Autos sind ein absolutes No-Go für mich.«

»Und Flugzeuge?«

»Zum letzten Mal in ein Flugzeug gestiegen bin ich vor über zehn Jahren. Es ging nach Los Angeles, und ich war voll wie ein Eimer.«

Tim lächelte unbehaglich. Er tat so, als nähme er das beeindruckende Armaturenbrett in Augenschein, dabei konnte er mit Autos so viel anfangen wie Camila mit Fahrstühlen. Für ihn war ein Auto bloß ein Fortbewegungsmittel, abgesehen davon, dass seine Frau und seine Tochter in einem Auto ums Leben gekommen waren.

Kurz darauf erreichten sie einen Aussichtspunkt in der Nähe der Catenary-Brücke. Dort gab es einen Rastplatz mit einigen schäbigen Holztischen, einer öffentlichen Toilette und ein paar Schaukeln, die wie durch ein Wunder noch nicht umgekippt waren. Während das Verdeck sich schloss, betrachteten sie Lake Gordon, der zwischen den Bäumen auf dem Hang durchschimmerte. Tim zog es vor, zu Fuß zu der Stelle zu gehen, an der Garrett aufgefunden worden war. Camila hatte die Catenary-Brücke noch nie besucht und wusste auch nichts von den vielen Selbstmordgeschichten, die sich um sie rankten. Tim hatte einmal einen Artikel über dieses Thema geschrieben, über Mythos und Wahrheit der Brücke. Wie er zeigen konnte, gehörten die meisten der Storys ins Reich des Mythos.

Sie gingen den Hang hinunter zum Fluss, dem Douglas, der an dieser Stelle breit war und wenig Wasser führte. Felsen ragten daraus hervor wie abgenutzte Zähne. Über ihnen, in fast fünfzig Metern Höhe, war das Stahlgerüst der Brücke.

Begleitet vom Rauschen des Wassers hüpfte Camila von Felsen zu Felsen, ein Stück ins Flussbett hinein, und blickte dann nach oben. Sie stellte sich vor, wie Sophia dort gestanden hatte, eine winzige Gestalt, die sich vor dem grauen Himmel abzeichnete. Allein der Gedanke schien absurd zu sein.

Camila drehte sich um. Tim schüttelte den Kopf.

»Es ergibt keinen Sinn, stimmt's?«

»Gar keinen.«

»Freut mich, dass wir uns da einig sind.«

Mit prüfendem Blick auf jeden Stein, auf den sie trat, kehrte Camila ans Ufer zurück.

Eine halbe Stunde später standen sie genau an der Stelle, an der jemand Dylan Garrett den Schädel eingeschlagen hatte.

Dieser Teil des Sees bot nichts Besonderes, außer vielleicht, dass sich selten Leute hierher verirrten. Die Vegetation war dicht und reichte bis fast ans Ufer. Vermutlich deshalb hatte Dylan dort so oft geangelt. Praktisch jeden Sonntag hatte er seine Ausrüstung in den Pick-up gepackt und war hierhergefahren, immer allein, fast immer, ohne etwas zu fangen. Camila fand diese Facette dieses extrovertierten und großkotzigen Jugendlichen interessant. Normalerweise umgaben sich die Dylan Garretts dieser Welt eher mit Leuten, die ihnen ihre Herrlichkeit bestätigten. Das Alleinsein scheuten sie wie der Teufel das Weihwasser. Dylan Garrett hingegen hatte immer wieder die Einsamkeit weitab von allem gesucht. Camila fragte sich, was er in diesen endlos langen Stunden wohl gedacht hatte. Oder was er in dem Moment gedacht hatte, als sich ihm der Angreifer von hinten näherte und brutal mit dem Hammer zuschlug.

Garretts Tod war das letzte Glied in einer langen Kette, die nicht weit von dort ihren Ursprung hatte, im alten Autokino, als der Siebzehnjährige Sex mit der damals vierzehnjährigen Janice Hobson gehabt hatte.

Knapp acht Monate später war Dylan Garrett hinterrücks ermordet worden. Die Polizei hatte Keith Hobson, Janice' älteren Bruder, als Mörder identifiziert und verhaftet. Der Kommissar von Hawkmoon hatte erklärt, es sei ein relativ einfacher Fall gewesen, er hege keinen Zweifel daran, dass Keith Hobson wegen Mordes an Dylan Garrett verurteilt werden würde. Hobson habe Garrett schon einmal angegriffen, ihn in aller Öffentlichkeit verprügelt und mit den Worten bedroht: »Wenn du dich meiner Schwester noch mal näherst, dann bringe ich dich um.« Eine Drohung, die von zwei Zeugen bestätigt worden sei.

Ein Mann namens David Frye, der Besitzer eines Musikstudios, hatte angegeben, Hobson habe ihm gesagt, er werde sich Garrett noch einmal vorknöpfen und ein bisschen weiter gehen als beim letzten Mal. Frye gab auch an, dass Hobson betrunken gewesen sei, aber nicht betrunken genug, um nicht zu wissen, was er tue.

Ein guter Anwalt hätte betonen können, dass nichts davon vor Gericht standhalten werde. Ohne direkten Beweis, dass Hobson am Tatort gewesen sei, werde es keine Verurteilung geben. Doch dann wurde Hobsons Haus durchsucht und eine versteckte Jacke mit Blutresten gefunden. Blut von Dylan Garrett.

Niemand bezweifelte, dass Keith Hobson der Täter war. Manche rechtfertigten sogar seine Selbstjustiz. Man musste sich nur die Fotos in den Medien ansehen: Totenschädeltattoos, ungepflegte Haare, bedrohlicher Blick. Der perfekte Schuldige.

»Glaubst du, er war's?«

»Ganz ehrlich: Ich weiß es nicht. Wenn er es war, dann hätte er damit rechnen müssen, dass man ihn verdächtigt. Und dann zu sagen, er sei zu Hause gewesen, ohne dass jemand es bezeugen kann, ist total bescheuert. Nur ein Trottel würde so etwas tun.«

Camila drehte sich um.

»Und die blutige Jacke?«

Tim zuckte mit den Schultern.

»Seiner Aussage nach stammten die Spuren von der Rauferei mit Garrett einige Monate zuvor. Er habe sie seither nicht wieder angehabt.«

»Ziemlich auffällig …« Camila hielt mitten in ihrem Satz inne. Ihre Augen wanderten nach rechts.

Tim sah ebenfalls dorthin.

Auf dem Pfad stand ein Junge und beobachtete sie. Er war korpulent und trug eine Sporttasche über der Schulter. Tim erkannte ihn sofort, obwohl er noch nie persönlich mit ihm gesprochen hatte. Schnell fiel ihm der Name wieder ein.

»Du bist Steve, oder? Dylans bester Freund.«

Steve Camp sagte nichts. Er sah mehrmals zwischen beiden hin und her, als suchte er einen Sinn in ihrer Anwesenheit.

»Sie sind die Frau aus dem Fernsehen«, sagte er dann.

Camila spürte, wie durcheinander Camp war, und machte einen Schritt auf ihn zu. Sie glaubte nicht an Zufälle, und sie würde nicht zulassen, dass er einfach wieder wegging, ohne ihr gesagt zu haben, was er hier zu suchen hatte, an dem Ort, an dem vor acht Monaten sein bester Freund ermordet worden war.

»Ich bin Camila Jones. Und das ist Tim Doherty, der Direktor des *Hawkmoon Overfly*. Wir sind Journalisten.«

Wenn ihn das beruhigen sollte, hatte sie ihr Ziel jedenfalls verfehlt. Camp starrte sie weiterhin an wie zwei Außerirdische.

»Ich versuche herauszufinden, was mit Dylan passiert ist«, sagte Camila. Sie trat noch näher an ihn heran. »Darf ich dich fragen, warum du hier bist, Steve?«

Noch mehr ungläubige Blicke.

»Und Sie?«

»Wie gesagt, wir untersuchen den Mord an Dylan. Und das Verschwinden von Sophia Holmes.«

Da war wieder dieser verräterische Glanz in den Augen des jungen Mannes. Steve Camp wäre ein miserabler Pokerspieler.

»Ich wohne da oben«, sagte Steve und zeigte Richtung Westen. »Und ich komme jeden Tag hierher.« Sein Tonfall verriet einen gewissen Groll. »Als Dylan getötet wurde, tat es allen Leuten leid, und jetzt ist es so, als hätte er nie existiert.«

Tim ging im Stillen durch, was er über Steve Camp wusste. Viel war es nicht. Steve war der typische Adlatus, immer in der zweiten Reihe, aber zufrieden damit, weil ein Freund von Dylan Garrett zu sein ihm in der Schule einen gewissen Status verliehen hatte. Durch dessen Tod war er in der Schule wieder zu einer blassen Figur geworden. Und außerhalb der Schule vermutlich auch.

»Dann kommst du also her, um ihm zu gedenken?«, fragte Camila.

»So in etwa.«

Camila blickte zum See. Steve sah fragend Tim an. Nach einer Weile schüttelte er den Kopf und ging los.

»Steve«, sagte Camila und drehte sich zu ihm um. »Glaubst du, dass Sophia etwas mit dem Mord an Dylan zu tun hatte?«

Steve blieb abrupt stehen. Die Tasche rutschte ihm von der Schulter, und er tat so, als würde er sie absichtlich abstellen.

»Ich habe doch schon alles Kommissar Holt gesagt.«

»Was hast du ihm gesagt?«

Steve schüttelte erneut den Kopf.

»Vergessen Sie's.« Er nahm seine Tasche und setzte seinen Weg fort.

»Meinst du das Gespräch in der Turnhalle?«, fragte Tim.

Wieder blieb Steve abrupt stehen. Er drehte seinen Kopf in Richtung Tim. Langsam. Fast roboterartig.

»Das Gespräch zwischen Dylan und Sophia in der Turnhalle, das du mitbekommen hast«, fügte Tim hinzu.

Steve nickte unmerklich.

Camila sah zu Tim. Sie hatte keine Ahnung, von welchem Gespräch ihr Kollege da redete, aber sie würde es ihn jetzt auch nicht fragen.

»Kommissar Holt hat mir von dem Streit erzählt. Viel hast du ihm ja nicht gesagt.«

»Ich kam ja auch erst am Ende dazu! Und ich wusste nicht, worum es ging. Jedenfalls war Dylan stinksauer auf sie.«

»Weißt du, wieso?«

»Nein. Es hatte vermutlich mit Hobson zu tun.«

»Keith Hobson?«

»Nein. Janice Hobson, seiner Schwester. Sophia und sie waren befreundet, also haben sie wohl über all das gesprochen, was mit Janice passiert war. Dylan war seitdem sehr merkwürdig. Er war ständig nervös, hatte zu nichts mehr richtig Lust.«

Camila schaltete sich ein:

»Meinst du, Sophia war der Grund für seine Nervosität?«

»Natürlich! Sie wollte, dass er von der Schule fliegt. Und das war nur ein Teil des Plans. Dieses Mädchen ist verdammt schlau.«

Ist.

»Sie wollte sich rächen«, fuhr Steve fort. »Es ist alles ihre Schuld. Und jetzt sitzt sie irgendwo und lacht uns aus.«

Der Rachefeldzug einer Jugendlichen: Das war genau die Art von Geschichte, die sich in der Schule wie ein Lauffeuer verbreitete. Für Camila ergab sie nicht den geringsten Sinn.

»Steve, mal sehen, ob ich dir folgen kann«, sagte sie. »Du glaubst nicht, dass Keith Hobson Dylan ermordet hat als Strafe für das, was er seiner Schwester angetan hat, aber du findest es einleuchtend, dass es Sophia war, und zwar aus dem gleichen Grund?«

Steve starrte sie an. Der Junge war nicht gerade eine Leuchte, und Camila empfand Mitleid mit ihm. Schließlich hatte er einen Freund verloren.

»Sie hat ihn hinterrücks erschlagen, mit einem Hammer«, sagte Steve. »Keith hat sich Dylan vorgeknöpft und sich mit ihm geprügelt. Das weiß ich, weil ich dabei war.«

Nicht schlecht für jemanden, der keine Leuchte ist.

»Jeder hätte Dylan von hinten angreifen können. Du meintest, du wohnst hier ganz in der Nähe …«

Steves Nasenflügel weiteten sich. Er war wie ein Stier, der gleich angreifen wird.

»Es war Sophia«, beharrte Steve. »Sie hat alles geplant. Das mit dem Video. Dass Dylan von der Schule geflogen ist. Alles. Sie war's.«

Zornig packte er seine Tasche.

21

2 Monate und 2 Tage vor dem Verschwinden

Bishop war in seinem Zimmer und spielte Gitarre, als er eine WhatsApp-Nachricht erhielt.

Seit die Band sich aufgelöst hatte, spielte er nur noch selten Gitarre, doch an diesem Vormittag hatte er aus irgendeinem Grund das Bedürfnis danach verspürt. Als das Display seines Handys aufleuchtete, ging er davon aus, es sei Tom. Dass er die Rufnummer nicht kannte, irritierte ihn, und seine erste Reaktion war, die Nachricht nicht zu beachten. Doch dann las er die Textzeile unter dem Video, das gerade heruntergeladen wurde, und erstarrte: »Video von Janice Hobson.« Das Herunterladen dauerte eine Ewigkeit, vielleicht ging es aber auch blitzschnell, und nur sein Zeitempfinden war gestört.

Bishop hielt den Atem an. Auf dem Display zu sehen war Janice mit nacktem Oberkörper. Das Video war rund dreißig Sekunden lang.

Bishop legte die Gitarre beiseite und starrte wie hypnotisiert auf das Bild. Er wusste, dass er das Video bis zum Ende ansehen würde, denn so etwas konnte man nicht widerstehen. Außerdem war Janice eine Freundin von ihm, da musste er zumindest prüfen, ob das Video auch echt war und das festgehalten hatte, was er vermutete.

Er drückte auf Play. Wie er es sich schon gedacht hatte, war es auf der Rückbank von Dylan Garretts Pick-up aufgenommen worden. Janice kniete mit nacktem Oberkörper. Sie legte sich die Hände unter die Brüste und lächelte. Dylans Stimme ertönte, sagte *ja, sehr schön, das gefällt mir*. Janice' Mund näherte sich einem Penis, der wegen des Kamerawinkels monströs vergrößert war, dann brach das Video ab.

Bishop war wie gelähmt. Er starrte weiterhin auf das Display, als gäbe es noch mehr zu sehen. Was er fühlte, hatte er noch nie gefühlt.

Er kannte natürlich Blowjob-Videos. Aber das hier war Janice. Soweit er es beurteilen konnte, hatte Dylan Janice nicht zu dem gezwungen, was sie da tat. Was danach passiert war, wusste er nicht, er wusste nur, dass Janice sich seither von ihren Freunden entfernt hatte und sich total merkwürdig verhielt.

Als er sich wieder gefangen hatte und einigermaßen klar denken konnte, schrieb er Tom eine Nachricht: KOMM SOFORT ZU MIR. ALARMSTUFE ROT.

Fünfzehn Minuten später kam Tom auf dem Fahrrad angerast. Alarmstufe Rot war ein Code, den sie nur so zum Scherz eingeführt, aber noch nie ausgelöst hatten. Ohne zu klingeln, trat Tom ein und stürmte in Bishops Zimmer.

»Was ist los?« Tom hatte sofort gewusst, dass es kein Scherz war.

»Eine anonyme Nachricht, mit einem Video von Janice und Dylan.«

Tom schwieg. Dann setzte er sich langsam aufs Bett und sah auf das Handy, das Bishop in der Hand hielt.

»Tut mir leid, Tom, aber ich werd's dir nicht zeigen.«

Tom nickte, beschämt über seinen ersten Impuls.

»Ja, klar. So schlimm?«

Bishop nickte.

»Wenn noch jemand anderes dieses Video erhalten hat, dann ist morgen in der Schule die Hölle los.«

»Was sollen wir tun?«

»Keine Ahnung.« Bishop sprang auf. »Jedenfalls dürfen wir nicht noch mal den Fehler begehen und es Keith zeigen. Diesmal würde er ihn umbringen.«

»Sagen wir es den Mädels?«

»Sollten wir vielleicht.«

Bishop verließ das Zimmer, Tom folgte ihm.

»Warte«, sagte Bishop und drehte sich um. »Ist das eine gute Idee, dass sie davon erfahren? Je weniger Leute es wissen, desto besser, oder nicht?«

Tom überlegte. Alles, was Bishop sagte, hatte Hand und Fuß, auch wenn er sich manchmal widersprach.

»Vielleicht hat Garrett selbst es mir geschickt«, sagte Bishop mehr zu sich selbst als zu Tom. Er starrte die Möbel an, die mit allerlei Krimskrams überladen waren, als läge dort die Antwort verborgen.

»Aus Rache für die Prügel von Keith«, sagte Tom.

»Genau. Er verbreitet das Video, um Janice fertigzumachen.«

Bishop wollte noch etwas sagen, als aus der Küche die Stimme seiner Mutter ertönte.

»Was für ein Video?«

Vor Schreck hätte Bishop fast geschrien. Tom riss die Augen so weit auf, dass sie fast aus den Höhlen sprangen.

»Nichts, Mama. Jungskram.«

Lena hatte den strengen Blick aufgesetzt, den Bishop nur zu gut kannte. Er bedeutete: Hier wird nicht verhandelt. Tom hatte sie noch nie so ernst erlebt.

»Gib mir das Handy.«

»Was?«, krächzte Bishop entrüstet. »Nein, mache ich nicht.«

»Du verschwendest nur meine Zeit. Entweder du gibst es mir, oder du musst es Kommissar Holt geben. Dieser Garrett, das ist doch einer aus der Abschlussklasse, oder? Was er da gemacht hat, ist eine Straftat.«

In diesem Moment begriffen die beiden, dass Bishops Mutter ihr ganzes Gespräch gehört hatte.

»Gib mir das Handy, bitte«, sagte Lena ruhig, aber nachdrücklich.

Bishop wusste, dass seine Mutter es ernst meinte. Wenn es um den Missbrauch von Frauen ging, meinte sie es immer ernst.

Bishop gab ihr das Handy.

»Bringst du es zur Polizei?«

»Zuerst spreche ich mit dem Vater von Janice.«

»Nein!«, riefen Tom und Bishop im Chor.

»Das ist keine gute Idee, Mama. Wenn Janice davon erfährt, versinkt sie vor Scham im Boden. Und ihr Vater und ihr Bruder, na ja, die werden ziemlich heftig reagieren.«

Lena nickte.

»Ihr geht jetzt in sein Zimmer und nehmt mit niemandem Kontakt auf. Ich werde ein paar Leute anrufen und mir Rat einholen.«

»Mama …«

»Hör zu, das hier ist eine ernste Angelegenheit. Ich bin mir nicht ganz sicher, aber wenn Garrett dieses Video verbreitet hat, dann wird er wie ein Erwachsener behandelt werden. Ob Janice wusste, dass sie gefilmt wurde, spielt dabei keine Rolle.«

Bishop nickte. Im Grunde seines Herzens war er froh, dass er nicht selbst diese Situation bewältigen musste. Er hatte das Video nur einmal gesehen, und doch bekam er das Bild von

Janice, wie sie da auf dem Rücksitz des Pick-ups zugange war, nicht mehr aus dem Kopf. Er wünschte sich aus tiefstem Herzen, dass Dylan Garrett seine gerechte Strafe erhielt. Der Typ hatte es nicht nur verursacht, dass Janice aus der Band ausgestiegen war, sondern war auch drauf und dran, ihr Leben zu ruinieren. Er hatte dieses Video aufgenommen, also war er direkt oder indirekt dafür verantwortlich.

Sie blieben in Bishops Zimmer und redeten sich die Köpfe heiß über die Frage, wer dieses Video verbreitet hatte und warum. Aus dem Wohnzimmer drang Lenas gedämpfte Stimme zu ihnen, die gerade telefonierte. Rund eine halbe Stunde später hielt ein Auto vor dem Haus. Bishop und Tom erkannten sofort, wem es gehörte, noch bevor Caroline Holmes ausstieg.

Kurz darauf baten Lena und Caroline die beiden Jungs, ihnen so genau wie möglich zu schildern, was passiert war, alles von dem Treffen zwischen Janice und Dylan bis hin zum Auftauchen des Videos an diesem Vormittag.

22

2 Monate und 1 Tag vor dem Verschwinden

8:15 Uhr

Auf dem Weg zur Schule wechselten sie kein Wort. Sophia bemerkte, dass etwas ihre Mutter sehr beschäftigte, doch sie fragte nicht nach. Wenn es mit ihren Eltern zu tun hatte und der kürzlichen – umstrittenen – Entscheidung, in getrennten Zimmern zu schlafen, wollte sie es lieber nicht so genau wissen. Außerdem hatte Sophia ihre eigenen Probleme. Beim Abschied kündigte Caroline an, dass sie sie nach der Schule abholen würde. Eindeutig, irgendetwas stimmte gewaltig nicht.

Im Rückblick gab es vermutlich jede Menge Anzeichen dafür, dass es kein gewöhnlicher Tag werden würde. Ronald Grunfeld, der für die High School von Hawkmoon zuständige Polizist, war an diesem Tag nicht wie sonst allein, sondern patrouillierte mit einem Kollegen durch den Schulgarten. Schüler hatten sich an ungewöhnlichen Orten versammelt, Lehrer eilten hektisch über das Gelände, obwohl noch eine halbe Stunde Zeit war.

Sophia wollte seitlich um das Gebäude herumgehen, als aus einem Schülerpulk ein Arm ausfuhr und sie packte. Es war Nikki, die sie mit weit aufgerissenen Augen ansah.

»Was ist denn los?«, fragte Sophia, während ihre Freundin sie wegzerrte.

Nikki starrte sie ungläubig an.

»Hast du dein Handy nicht gecheckt?«

Auf dem Parkplatz, abseits von den anderen Schülern, blieben sie stehen.

»Ich bin noch nicht dazu gekommen«, erklärte Sophia.

Nikki sah sie an, als hätte sie gerade die größte Dummheit der Welt gehört.

»Was?«, verteidigte sich Sophia. »Heute hat mich meine Mutter hergefahren. Sagst du mir jetzt endlich, was los ist?«

»Du hast wirklich keine Ahnung?«

»Was soll das, Nikki? Du merkst doch selber, dass ich nicht weiß, worum es geht.«

Nikki nickte so ernst, dass Sophia sich nun noch mehr Sorgen machte als eben, als Nikki sie zu dieser abgelegenen Stelle auf dem Parkplatz gezerrt hatte.

»Es gibt ein Video mit Janice und Dylan im Pick-up. Ich selbst hab's nicht gesehen, aber Murray, der Bruder von Sally O'Donnell, sagt, er schon.«

Sophia verschlug es die Sprache.

»Ist das nicht schrecklich?«, sagte Nikki mit entsetztem Gesicht.

»Ich fasse es nicht.«

»Bishop hat das Video auch bekommen. Ich habe ihm die gleiche Nachricht wie dir geschickt, und er meinte, er wüsste es schon. Seine Mutter hat ihn damit erwischt und ihm verboten, mit jemandem darüber zu sprechen. Sie hat auch deine Mutter informiert, und die beiden kümmern sich um die Sache.«

»Meine Mutter? Sie hat mir nichts gesagt.«

Aber jetzt ergab alles Sinn. Deswegen war ihre Mutter gestern kommentarlos weggefahren, und deswegen hatte sie sie heute in die Schule gebracht und wollte sie nach dem Unterricht wieder abholen.

Genau in diesem Augenblick sah sie Dylans Pick-up am anderen Ende des Parkplatzes auftauchen. Sie packte Nikki an den Schultern.

»Ich muss dringend was erledigen«, sagte sie. »Weißt du sonst noch was über dieses Video?«

»Du musst weg? Jetzt?«, empörte sich Nikki. »Das hier ist doch wohl wichtiger!«

Sophia war schon losgegangen. Sie blickte nur noch einmal zurück, um sich zu vergewissern, dass Nikki ihr nicht folgte. Als sie bei Dylan ankam, parkte er gerade sein monströses Gefährt ein. Dann stieg er aus und zog sich im Seitenspiegel den Kragen seiner Jacke zurecht. In diesem Moment erblickte er Sophia und zuckte vor Schreck zusammen.

»Hallo, Dylan.«

»Wer bist du?«, blaffte er sie an.

Sophia lächelte.

»Du weißt genau, wer ich bin, schließlich hast du mir vor vier Tagen einen Zettel an den Spind gesteckt.«

Ein Zweifel huschte über Dylans Gesicht. Schließlich holte er die Autoschlüssel aus der Hosentasche, drückte den Knopf, und der Pick-up gab ein piependes Geräusch von sich.

»Keine Ahnung, was du meinst«, sagte Dylan, bevor er sich umdrehte und mit den Händen in den Hosentaschen in Richtung Schule davonging.

Sophia folgte ihm.

»›In dem Pick-up ist nicht das passiert, was du denkst‹«, zitierte sie die Nachricht auf dem Zettel. »›Es ist alles viel komplizierter. Halte dich da raus.‹«

Dylan blieb nicht stehen.

»Ich habe dich auf den Überwachungskameras der Schule gesehen«, erhöhte Sophia den Druck.

Ein kurzes Zögern.

Sophia holte ihn ein und ging neben ihm her.

»Lass mich in Ruhe«, sagte er und blieb immer noch nicht stehen.

Sie hatten den halben Weg zwischen Parkplatz und Hauptgebäude zurückgelegt.

»Was für einen Sinn soll es haben, alles abzustreiten?«, fragte ihn Sophia. »Ich habe auf den Bildern der Kameras gesehen, wie du den Zettel an den Spind gesteckt hast. Du wiederum hast dein Video an jede Menge Leute geschickt, und darüber werden wir jetzt reden.«

Plötzlich blieb Dylan abrupt stehen.

»Was sagst du da, Kleine?«

Instinktiv blickte Sophia sich um.

»Warum suchen wir uns nicht einen diskreteren Ort, um uns zu unterhalten? Hier ziehen wir nur die Blicke auf uns.«

Tatsächlich sahen einige Jungs zu ihnen her und tuschelten miteinander. Dylan war es gewohnt, im Mittelpunkt zu stehen, doch selbst er bemerkte, dass man ihn anders anstarrte als sonst. In den Blicken lag so etwas wie Bestürzung.

Unschlüssig stand Dylan da.

»Die Turnhalle«, schlug Sophia vor.

»Ich hoffe, es stimmt nicht, dass …« Dylan beendete den Satz nicht.

Jetzt war Sophia diejenige, die vorausging.

»Dass was? Dass ich gesehen habe, wie du den Zettel an den Spind gesteckt hast?«

»Vergiss den blöden Zettel«, blaffte er. »Das war eine saublöde Idee. Ich meine das mit dem Video.«

Sophia versuchte zu erkennen, ob Dylan tatsächlich überrascht war oder nur so tat, aber es gelang ihr nicht.

»Du sagst also, du warst es nicht?«

»Es reicht. Reden wir woanders weiter.«

Sie gingen um das Hauptgebäude herum. Die Turnhalle lag etwa dreißig Meter entfernt.

»Lass uns nach ganz hinten gehen«, sagte Dylan. »Ich habe keine Lust, mich vor irgendjemandem zu rechtfertigen.«

Keiner von beiden bemerkte, dass Steve Camp gegenüber dem Hauptgebäude stand und sie beobachtete.

Durch eine Seitentür betraten sie die Basketballhalle. Es war keiner da. Licht fiel nur spärlich über die Dachluken ein, zumal es ein bewölkter Tag war.

Sie stellten sich unter die Ränge, nur wenige Meter von der Tür entfernt. Sophia hielt sich selbst für ziemlich mutig, aber dass sie jetzt hier allein mit Dylan Garrett war, kam selbst ihr ein wenig zu gewagt vor.

»Was meinst du damit, dass jede Menge Leute das Video gesehen haben?«

Sophia analysierte jedes Wort von ihm. Dylan hatte gerade zu erkennen gegeben, dass es dieses Video tatsächlich gab. Nikki hatte es ihr zwar ebenfalls versichert, doch Sophia konnte es trotzdem kaum fassen.

»Du hast es wirklich nicht verschickt?«, fragte sie noch einmal.

»Natürlich nicht!«

»Aber aufgenommen hast du es?«

»Na und? Hör zu, vor ein paar Tagen wurde mir das Handy

geklaut, wenn also jemand dieses Video verschickt hat, dann dieser verdammte Dieb.«

»Was für ein Zufall.«

»Ja, was für ein Zufall. Ist mir scheißegal.«

»Janice ist meine Freundin. Und sie ist diejenige auf dem Video.«

Dylan zuckte mit den Schultern.

»Deine Freundin ist ein Flittchen. Sie hat diesem Video zugestimmt und mir mit ihrem hübschen kleinen Mund den Schwanz gelutscht. Ist also nicht mein Problem.«

Sophia atmete zweimal tief durch.

»Warum hast du mir den Zettel an den Spind gesteckt?«

Dylan sah sie mit leicht zusammengekniffenen Augen an.

»Du sollst megaschlau sein«, sagte er. »Und bestimmt hältst du dich auch selbst dafür, weil du an diese Scheißüberwachungskameras rankommst. Im Grunde wusste ich ja, dass es nicht funktionieren würde.«

»Ich kann dir nicht folgen.«

»Siehst du? Du bist gar nicht so schlau, wie du denkst.« Dylan nahm Platz auf einer Stange des Gerüsts, das die Ränge trug. »Setz dich.«

Sophia schüttelte den Kopf und blieb stehen, wo sie war, rund drei Meter von Dylan und zwei Meter vom Ausgang entfernt.

»Du hast zu viele Fragen gestellt«, sagte Dylan, »zu deiner Freundin und überhaupt. Capisci?«

»Glaub ich dir nicht.«

»Ist mir schnuppe.«

»Du hast das Video also wirklich nicht verschickt?«

»Habe ich dir doch gesagt. Mir wurde das Handy geklaut.«

Dylan zog eine Schachtel Zigaretten und ein Zippo aus der Hosentasche.

»Spinnst du?«

Eine bläuliche Flamme schoss aus dem Feuerzeug. Dylan hielt sie an die Zigarette, die ihm zwischen den Lippen hing. Er verdrehte die Augen und nahm einen tiefen Zug.

»Entspann dich, schlaues Mädchen. Wir sind hier ganz unter uns.«

Sophia sah ihn entsetzt an.

»Ich will, dass du zwei Dinge für mich tust«, sagte Dylan, umhüllt von einer grauen Wolke. »Erstens: Zisch ab, wenn du nicht das Gleiche erleben willst wie deine Freundin. Zweitens: Steck deine Nase nicht länger in Sachen, die dich nichts angehen.«

Sophia machte auf dem Absatz kehrt und ging.

23

2 Monate und 1 Tag vor dem Verschwinden

8:20 Uhr

Janice konnte nicht ahnen, dass dies der schlimmste Tag ihres Lebens werden würde. Sie ging wie üblich zu Fuß zur Schule, doch an diesem Montag blieb sie allein. Molly, die sonst auf halber Strecke dazustieß, gab ihr vom Fenster ihres Zimmers aus zu verstehen, dass sie ohne sie weitergehen solle. Molly war eine ihrer neuen Freundinnen und stammte aus einer verwahrlosten Familie. Manchmal blieb sie die ganze Nacht auf, rauchte und sah fern, ohne dass jemand etwas sagte. Janice machte es nicht viel aus, dass sie allein weitergehen musste. Schon seit einiger Zeit fühlte sie sich in Mollys Gesellschaft eher unwohl. Im Grunde vermisste Janice ihre alten Freunde, sogar Nikki, auch wenn sie das niemals zugeben würde.

Bei ihr zu Hause lief es auch nicht gerade gut. Ihr Vater war auf Tour mit einer unbekannten Band aus den Neunzigern, und am schlimmsten war, dass er nicht einmal mitspielte, sondern sich nur um die Instrumente kümmerte. Harlan war ein optimistischer Mensch und hatte den Job klaglos akzeptiert. Bevor er aufgebrochen war, hatte er zu Janice gesagt, im Musikbusiness gehe es manchmal eben unfair zu. Janice war also schon seit drei Wochen mit ihrem Bruder Keith allein, der aber tagsüber arbeitete und abends meist mit seiner Freundin ausging.

Zwei Blocks von der Schule entfernt starrten einige Jungs von der anderen Straßenseite neugierig zu ihr herüber. Es waren insgesamt fünf. Der Einzige, den Janice kannte, war Austin Preston. Er war so alt wie sie und mit einer sprachlichen Kreativität gesegnet, die er allerdings in den Dienst des Bösen stellte. Die fünf Jungs waren der erste Hinweis, dass etwas nicht stimmte. Von Männern angestarrt zu werden – und zwar nicht nur von Schülern ihrer Schule –, war leider nichts Neues für sie. Doch statt sich zu grämen, hielt sie diesen Blicken normalerweise stand. Dabei war es eher eine Sache des Prinzips als echter Mut, denn fast immer zitterte sie vor Angst oder brach beinahe in Tränen aus.

Diesmal beschränkte sie sich darauf, einfach weiterzugehen, den Blick nach vorne gerichtet, das Kinn erhoben. Aus den Augenwinkeln erkannte sie, wie die fünf Affen herumhüpften und Grimassen zogen, sich halb totlachten und miteinander tuschelten. Was genau sie sagten, konnte sie nicht verstehen, bis ein Satz klar und deutlich an ihr Ohr drang.

»Lutschen ist also dein Hobby?«, rief einer von ihnen mit spöttisch säuselnder Stimme.

Janice' Beine wurden bleischwer.

Das Gelächter vervielfältigte sich zu endlosen Kaskaden.

Mit bleichem Gesicht schielte sie hinüber zur anderen Straßenseite und sah, dass Austin sich die Hände auf die Brust legte und umhergockelte und die anderen es ihm nachtaten, wenn sie sich nicht zu sehr vor Lachen krümmten.

Wenigstens zogen sie bald Leine. Janice stand da wie angenagelt und sah ihnen hinterher. In ihrem Kopf hallte immer wieder dieser eine Satz, obwohl es sie Überwindung kostete, ihn auch nur innerlich auszusprechen.

Dylan hatte ihr versichert, dass das Video nur für ihn bestimmt sei. Er hatte bei seinem kleinen Bruder geschworen – und sein kleiner Bruder war ihm das Liebste auf der Welt –, er würde es nie jemandem zeigen.

Allerdings hatte Dylan auch gesagt, dass sie ihm gefiel, und hatte sie trotzdem in den Tagen danach vollkommen ignoriert.

Die letzten Wochen spulten sich in Lichtgeschwindigkeit in ihrem Kopf ab. Jetzt ergab alles einen Sinn.

Nach dem Treffen im 4Runner war Dylan nicht mehr der Gleiche gewesen. Er hatte sich ihr gegenüber distanziert gezeigt, hatte sogar gesagt, das zwischen ihnen sei nur ein Moment der Geilheit gewesen, er habe eine Freundin, sie solle ihn also nicht weiter nerven. Über das Video sprachen sie nicht, und eine Zeit lang plagte sie die Horrorvorstellung, jemand könnte es sehen. Doch Dylan hatte sein Versprechen gehalten. Vielleicht war das, was er über seine Gefühle für seinen kleinen Bruder gesagt hatte, das einzig Wahre gewesen, was er an jenem Tag im Autokino überhaupt gesagt hatte.

Janice hatte schon gedacht, es würde alles gut werden, dass niemand dieses Video je sehen würde. Doch dann hatten sich ihre dämlichen Ex-Freunde eingemischt und alles Keith erzählt. Diese Idioten! Janice beschlich der Gedanke, Dylan könnte sich für diese Prügel rächen wollen. Was wäre da geeigneter als dieses Video.

Tagelang konnte Janice kaum schlafen. Sie träumte von Dylans Pick-up. Sie wachte schreiend auf, und am schlimmsten war, dass die Bilder ihres Albtraums sich kaum von dem unterschieden, was Dylan und sie an jenem Tag gemacht hatten. Anders war nur, dass in ihrem Traum auch noch unzählige Gesichter durch die Scheiben hereinglotzten. Ihr Vater, ihr

Bruder, ihre Freunde, Tante Patricia, sogar ihre Mutter, die sie allein von Fotos kannte.

Drei Monate vergingen, und Janice war inzwischen zuversichtlich, dass von dem Video keine Gefahr mehr drohte.

Bis zum heutigen Tag.

Dass sie ihren Weg zur Schule fortsetzte, war reine Gewohnheit. Außerdem versuchte sie, sich einzureden, dass der Satz und das Gespött eben nichts mit dem Video zu tun hatten, sondern nur ein sonderbarer Zufall waren. Doch wirklich überzeugen konnte sie sich nicht, zumal die Blicke immer eindeutiger wurden, je näher sie dem Gebäude kam. Manche starrten sie dreist an, andere waren diskreter. Meist waren es Schüler aus anderen Kursen, aber es waren auch Mitschüler darunter. Jetzt gab es kein Zurück mehr. Oder wenn, dann um nie mehr wiederzukommen.

Officer Grunfeld erblickte sie und benachrichtigte Direktor Lenderman, so wie man es ihm aufgetragen hatte. Lenderman kam persönlich aus dem Gebäude, eskortiert von Dorothy Morgan, der Verwaltungsdirektorin, und Dina Whitmore, der Studienberaterin. Die drei eilten durch den Garten, um Janice abzufangen. Bei Lenderman, sonst ein Ausbund an Eleganz, saß der Krawattenknoten schief, und sein grau meliertes Haar war nicht so perfekt frisiert wie üblich. Es war ein hektischer Morgen gewesen für den Direktor der Hawkmoon High School, und die Gesichter der beiden Frauen unterstrichen dies noch.

Der Direktor bat Janice, sie in sein Büro zu begleiten. Sie solle sich keine Sorgen machen, er müsse lediglich mit ihr reden. Janice stellte keine Fragen. In diesem Moment waren alle, wirklich alle Augen auf sie gerichtet. Der Empfang bewies, dass ihre Ängste in Sachen Video gerechtfertigt waren.

Sie gingen direkt in Lendermans Büro. Janice war noch nie dort gewesen, aber es war so gediegen, wie sie es sich vorgestellt hatte. Überall Holz, Regale mit alten Büchern, Schwarz-Weiß-Fotos. Ms. Morgan kam nicht mit herein. Dina Whitmore, mit der Janice sehr selten gesprochen hatte, führte sie zu einem grünen Samtsofa und setzte sich neben sie. Lenderman nahm hinter seinem präsidialen Schreibtisch Platz.

»Janice«, sagte der Direktor mit freundlicher Stimme, »wir haben bei dir angerufen, um mit deinem Vater zu sprechen, aber wir hatten kein Glück.«

»Er ist auf Tour.«

Lenderman schien nicht zu verstehen.

»Er ist Musiker«, erklärte Janice. »Im Moment ist er in Colorado, glaube ich.«

»Können wir ihn irgendwie erreichen?«

»Sicher, per Handy.«

Lenderman rutschte unbehaglich auf seinem Stuhl hin und her.

Dina schaltete sich zum ersten Mal ein.

»Wer kümmert sich denn um dich, meine Liebe?«

»Mein Bruder Keith. Er arbeitet in der Tankstelle und hat heute Frühschicht.«

»Wir müssen auf jeden Fall mit deinem Vater sprechen«, sagte Lenderman. »Und dann auch mit deinem Bruder.«

»Was ist passiert?«

Lenderman und Dina sahen sich an.

»Sie müssen es mir sagen«, sagte Janice ruhig, obwohl ihre Welt gerade zusammenbrach.

24

2 Monate und 1 Tag vor dem Verschwinden

10:05 Uhr

Im Büro von Direktor Lenderman hätte man die Luft mit dem Messer schneiden können.

Frank und Dylan Garrett saßen vor dem Schreibtisch. Frank Garrett trug einen teuren grauen Mantel und schien eine ganze Flasche Parfüm über sich ausgekippt zu haben. Der Rechtsanwalt hatte sich leicht zurückgelehnt, die Beine überkreuzt und lächelte selbstgefällig. Auch bei Dylan flackerte die Arroganz seines Vaters auf, doch meist vermittelte er, ihm sei einfach alles egal.

Direktor Lenderman bot einen kläglichen Anblick, so verschanzt hinter seinem Schreibtisch wie ein in die Ecke gedrängtes Tier. Eine Haarsträhne rutschte ihm immer wieder in die Stirn, und er strich sie jedes Mal hektisch weg.

Dina Whitmore saß auf einem der Sofas und bedauerte zutiefst, sich nicht einfach unsichtbar machen zu können.

»Ich kann später wiederkommen«, hatte Whitmore gesagt, sobald ihr klar geworden war, in welchem Ton dieses Gespräch verlaufen würde. Sie musste sich Garretts überhebliche Art nicht antun.

»Frank«, sagte Lenderman, »ich hoffe, du verstehst, wie heikel die Situation für uns ist.«

Dina seufzte. Dass Lenderman Garrett mit dem Vornamen ansprach, war zum Haareraufen. Die beiden Männer hatten dieselbe Schule besucht, doch soweit sie wusste, waren sie nicht befreundet. Warum also so defensiv? Es war erbärmlich.

»Für mich ist die *Situation* ziemlich klar«, ging Frank ihn sofort an.

»Versetz dich doch mal in meine Lage. Von uns wird erwartet, dass wir erziehungsbildende Maßnahmen ergreifen, und nicht, dass wir ein Auge zudrücken.«

»Und dafür, dass ihr tut, was man von euch erwartet, soll mein Sohn bezahlen?« Frank sah abwechselnd zu Lenderman und zu Whitmore. »Das ist lächerlich! Mein Sohn hat nichts Unrechtes getan.«

»Meine Herren, ich finde, wir sollten diese Themen nicht in Anwesenheit von Dylan erörtern. Er kann gern draußen warten, wir rufen ihn dann rein, wenn wir ihn brauchen.«

»Mein Sohn bleibt hier«, sagte Frank wie aus der Pistole geschossen. »Sagen Sie, was Sie zu sagen haben, Ms. Whitmore.«

Dina schien sich unschlüssig zu sein.

»Mr. Garrett«, begann sie, »Ihr Sohn trägt eine gewisse Verantwortung. Schließlich war er derjenige, der dieses Video aufgenommen hat und …«

»Beide«, fiel Frank ihr ins Wort. »Beide haben das Video aufgenommen. Dylan und dieses Mädchen. Es war Teil der intimen Begegnung, bei der sie beide Spaß haben wollten und sich dabei *in beiderseitigem Einverständnis* gefilmt haben. Wie wir bereits erklärt haben, wurde Dylan das Handy gestohlen, so ist es in der entsprechenden Anzeige festgehalten. Meine Kanzlei wird Ihnen eine Kopie zukommen lassen, aber ich gehe davon aus, dass Sie meine Angaben nicht bezweifeln.«

»Das ist nicht die Frage«, sagte Lenderman alles andere als bestimmt.

»Natürlich ist das die Frage.« Frank Garrett setzte sich auf und deutete auf Lenderman. »Es liegt hier keinerlei Verbrechen vor. Mein Sohn hatte dieses Video einige Wochen lang auf seinem Handy gespeichert und es nicht weiterverbreitet. Das dürfte als Beweis seiner guten Absichten genügen. Der Diebstahl des Handys ist der bedauerliche Umstand, der zu dieser Situation geführt hat. Mein Sohn trägt also keinerlei Verantwortung.«

»Dylan hätte uns von dem Diebstahl informieren können«, wandte Lenderman ein.

Frank Garrett lachte. Dina verdrehte diskret die Augen in Richtung Decke.

»Hör zu, Lenderman, ich lasse nicht zu, dass mein Sohn für etwas bestraft wird, das er nicht begangen hat. Dylan wird für das hier nicht sanktioniert, ist das klar?«

»Unsere Anwälte ...«

»Die Anwälte der Schule können sich jederzeit an mich wenden, aber ich versichere euch, dass sie mit eingezogenem Schwanz zurückkommen werden, um euch genau das zu sagen, was ich euch gerade gesagt habe. Wenn ihr schlau seid, spart ihr euch das Honorar.«

Dann wurde Frank Garrett todernst.

»Nur damit das wirklich klar ist: Keine Sanktion. Gar keine.«

Dylan schien dem Gespräch schon länger nicht mehr zu folgen. Gedankenverloren starrte er nach draußen zu den Baumwipfeln.

Frank hingegen war hundertprozentig konzentriert und bereitete den letzten, entscheidenden Stoß vor.

»Und noch etwas«, erklärte er. »Ich will, dass die Schule allen

Eltern eine E-Mail schickt, in der erläutert wird, was passiert ist und dass mein Sohn, so wie das Mädchen auch, nur ein Opfer ist.«

Dina Whitman konnte es nicht länger ertragen.

»Das passierte nicht zum ersten Mal«, sagte sie scharf. Es war kein Schrei, aber doch laut genug, um Dylan aus seiner Verträumtheit zu reißen. Er sah sie nun interessiert an.

»Was?«, rief Frank.

»Dina, bitte«, mischte Lenderman sich ein.

Dina ignorierte den Direktor. Für sie wurde es Zeit, dass jemand Garrett mit einigen Wahrheiten konfrontierte.

»Dylan hat das nicht zum ersten Mal gemacht. Er und andere treffen sich am verlassenen Autokino und nehmen dort Videos auf. Das haben mir schon mehrere Schüler erzählt.«

»Vorsicht, Ms. Whitmore!«, sagte Frank. »Sie sprechen hier über das Privatleben meines minderjährigen Sohns, dessen außerschulische Aktivitäten Sie nicht das Geringste angehen. Sie begeben sich gerade auf ganz dünnes Eis.«

»Aber es stimmt«, beharrte Dina. »Die Videos zeigen sie dann in der Schule herum. Es war nur eine Frage der Zeit, bis eines davon viral geht.«

»Dina!«, sagte Lenderman.

Frank Garrett sah die Studienberaterin an wie ein Velociraptor, der sich gleich auf seine Beute stürzen wird.

»Haben Sie Beweise für diese Behauptungen, Ms. Whitmore?«

»Wie gesagt, mehrere Schüler haben es mir erzählt.«

»Ich frage Sie noch einmal«, ließ Frank nicht locker, »haben Sie dafür Beweise? Jugendliche erzählen viel, wenn der Tag lang ist. Sie schnappen irgendwas auf und plappern es nach wie Papageien.«

Lenderman flehte Dina mit Blicken an, die daraufhin verstummte.

Frank Garrett grinste.

»Besser so«, sagte der Anwalt. »Freut mich, dass wir alle einer Meinung sind. Los, Junge, wir gehen.«

Er stand auf, zog sich das Jackett zurecht und schritt schweigend zur Tür. Dylan folgte ihm.

Bevor sie das Büro verließen, legte Frank Garrett seinem Sohn liebevoll die Hand auf den Nacken.

»Ich habe dir doch gesagt, dass du nichts zu befürchten hast«, flüsterte er ihm ins Ohr. »Ich bin stolz auf dich.«

Frank machte sich nicht die Mühe, die Tür hinter sich zu schließen.

Dina platzte fast vor Wut. Sie konnte nicht fassen, was gerade geschehen war.

Lenderman kam hinter seinem Schreibtisch hervor und ging zu ihr.

»Manchmal bleibt einem nichts anderes übrig, als nachzugeben«, sagte der Direktor.

Dina sah ihn mit zornfunkelnden Augen an.

»Wieso haben Sie mich in Ihr Büro bestellt? Sie haben vor diesem Menschen meine Autorität untergraben.«

»Ich habe Sie hergebeten, weil jemand bezeugen muss, dass uns die Hände gebunden sind. Ich habe Ihre Autorität nicht untergraben, Dina, ganz im Gegenteil. Ich habe verhindert, dass Sie sich auf einen Kampf einlassen, den Sie nicht gewinnen können.«

»Es ist traurig, dass wir das alles einfach so hinnehmen müssen«, sagte Dina kopfschüttelnd.

Direktor Lenderman nickte bekümmert.

25

Ein gutes Interview ist wie ein Bankraub: Man geht rein, nimmt etwas, was einem nicht gehört, und geht schnell wieder raus.

Damit es gelingt, muss man den Interviewten kennen, so wie ein Bankräuber den Grundriss der Bank kennen muss, um den perfekten Plan auszuhecken.

Camilas ehemaliger Chef sagte immer: Wenn man das Wesen des Interviewten in einem Satz zusammenfassen kann, dann ist man bereit für den Raub des Jahrhunderts. Diese innere Wahrheit ist wie ein Etikett, und die Kunst eines guten Journalisten besteht darin, dieses Etikett zu finden.

Im Fall von Adam Lenderman stand auf diesem Etikett: *Die Hawkmoon High School ist mein Leben.*

Lenderman war seit fünfunddreißig Jahren verheiratet, hatte zwei Kinder und drei Enkel. Zwei Artikel und einige Interviews auf YouTube genügten, damit Camila diesen Mann genau zu kennen meinte.

»Entschuldigen Sie, dass ich so unangekündigt hier auftauche«, sagte Camila und nahm vor Lendermans Schreibtisch Platz.

Wie in Zeitlupe ging der Direktor um diesen Schreibtisch herum, der so groß war, dass er etwas Zeit hatte, um sich auf die Situation einzustellen. Die Entschuldigung nahm er mit einem resignierten Nicken an. Beide wussten, dass Camila sich nur deshalb nicht angekündigt hatte, weil sie die Überraschung auf ihrer Seite haben wollte.

Lenderman setzte sich auf einen Stuhl. Er legte seine Arme auf den Tisch und zupfte an den Ärmeln seines grauen Jacketts. Als die Manschetten nicht mehr zu sehen waren, verschränkte er die Hände wie ein Prediger.

»Ich dachte, Sie hätten sich zur Ruhe gesetzt, Ms. Jones?«

»Sie dürfen nicht alles glauben, was in der Presse steht«, sagte Camila mit einem Lächeln.

Ein schüchternes Klopfen an der Tür unterbrach ihr Duell der Blicke.

»Kommen Sie rein, Dina. Ms. Jones ist hier, um uns zu Sophia Holmes zu befragen.«

Lenderman stellte die Studienberaterin vor, die sich mit ausdrucksloser Miene auf einen der Sessel setzte.

»Eigentlich«, sagte Camila und zog ihr Notizbuch aus der Tasche, »würde ich am liebsten zuerst über Janice Hobson reden.«

Lenderman legte die Stirn in Falten, als hätte Camila eine ihm unbekannte Sprache verwendet.

Camila erläuterte ihm, was offensichtlich war.

»Janice Hobson. Dylan Garrett. Das Video, das bei den Schülern die Runde gemacht hat …«

»Ich weiß, wer Janice Hobson ist. Ich hatte nur gedacht, Sie wollten über den Tod von Sophia …«

Lenderman wurde rot. Dina Whitmore legte sich die Hand auf den Mund.

»Über das Verschwinden von Sophia Holmes sprechen«, verbesserte sich Lenderman.

»Schon gut«, sagte Camila. »Ich weiß, dass viele Sophia für

tot halten. Und vielleicht ist sie das ja. Bei Dylan Garrett hingegen steht fest, dass er ermordet wurde. Er und Janice Hobson waren an dem Video beteiligt, und Janice ist eine der besten Freundinnen von Sophia. Da liegt doch die Vermutung nahe, dass dieses Video der Ausgangspunkt der ganzen Geschichte ist, oder nicht?«

»Das höre ich zum ersten Mal. Ehrlich gesagt sehe ich keine Verbindung, und ich würde sogar behaupten, dass auch die Polizei keine Verbindung sieht. Hören Sie, Ms. Jones, die Hawkmoon High School hat aktiv an der Suche nach Sophia mitgewirkt. Wir haben Suchaktionen mit Eltern und Schülern der oberen Klassenstufen organisiert, und wir haben ausführlich Freunde und Bekannte befragt. Das hätten wir nicht tun müssen, aber es kam uns richtig vor. Wir sind hier wie eine große Familie. Glauben Sie mir, das Verschwinden des Mädchens hat mich so erschüttert, als wäre es eine Enkelin von mir.«

Lenderman blickte zu einem Porträtrahmen, der auf seinem Schreibtisch stand. Auf dem Foto zu sehen waren Lenderman und seine Frau, umringt von einem Jungen und zwei lächelnden Mädchen.

»Was wollen Sie über Janice Hobson wissen?«, fragte er mit einem resignierten Unterton.

»Mr. Lenderman«, mischte sich Dina Whitmore zum ersten Mal ein. »Wäre es nicht besser, wir ziehen den Rechtsberater der Schule hinzu?«

Lendermans Hände wanderten nervös über den Tisch, umklammerten den Rand und glitten dann zurück über die Oberfläche.

»Das wird nicht nötig sein«, sagte Camila. »Mich interessiert nur eines: Wie hat die Schule reagiert auf einen so ernsten Vorfall wie die Verbreitung eines Videos, an dem zwei Minderjährige beteiligt waren? Niemand könnte mir das besser erklären als Sie.«

Dina wollte etwas sagen, doch Lenderman gebot ihr mit einer Geste Einhalt.

»Die Schule hat sich vorbildlich verhalten«, verteidigte er sich.

»Sie waren der Erste, der mit Janice über das Video gesprochen hat, richtig?«

Lenderman nickte bekümmert.

»So ist es. Janice saß dort, wo Sie jetzt sitzen. Das Video war an einem Wochenende in Umlauf gebracht worden, und einige Eltern hatten mich früh am Montagmorgen benachrichtigt. Wir konnten die Familie nicht erreichen, also haben wir beschlossen, Janice vor der Schule abzufangen.«

»Zu diesen Eltern gehörte auch Caroline Holmes, richtig?«

Lenderman nickte. Noch eine Verbindung zwischen beiden Geschichten.

»Wie hat Janice reagiert?«

Dina Whitmore massierte sich den Kopf. Camila fragte sich, ob diese Frau noch lange abwarten würde, bevor sie erneut darauf bestand, einen Anwalt hinzuzuziehen. Ihr blieb nicht viel Zeit, also kam sie direkt zum Punkt.

»Wieso haben Sie Dylan Garrett nicht der Schule verwiesen?«

Lenderman tat überrascht, obwohl es eine naheliegende Frage war. Seine wandernden Arme zogen sich unter den Schreibtisch zurück.

»Dylan Garrett hatte mit der Verbreitung des Videos nichts zu tun. Man hatte ihm das Handy gestohlen, das bestätigte eine

Anzeige, die er einige Tage zuvor bei der Polizei gestellt hatte. Garrett war also ebenfalls ein Opfer.«

Dina Whitmore ließ die Schultern sinken und hielt den Atem an.

»Direktor Lenderman …«, begann sie.

»Nein, Dina, ich möchte Ms. Jones darlegen, wie ich die Sache sehe, denn ich mag es ganz und gar nicht, dass man mir vorwirft, ich hätte nicht angemessen reagiert.«

Camila freute sich. Sie hatte erreicht, dass der Direktor sein Korsett der politischen Korrektheit gelockert hatte.

»Dieses Video wurde in beiderseitigem Einverständnis aufgenommen«, erklärte Lenderman. »Rund vier Monate später hat jemand das Handy gestohlen und das Video verbreitet.«

»Janice war vierzehn. Haben Sie das Video gesehen?«

»O Gott«, flüsterte Dina kaum hörbar.

Lenderman erhob sich. Er schritt zum Fenster und blieb dort stehen, mit verlorenem Blick, den Rücken den beiden Frauen zugewandt, die feindselige Blicke tauschten. Camila wusste genau, dass dieses Gespräch, wenn es nach der Studienberaterin ginge, längst beendet wäre.

»Wir haben uns mit der Familie von Janice in Verbindung gesetzt«, sagte Lenderman, »zuerst mit ihrem Bruder, dann mit ihrem Vater, der mit einer Band auf Tour und schwer erreichbar war. Wir haben dafür gesorgt, dass Janice jede erdenkliche Hilfe erhielt. Dina war die ganze Zeit bei ihr. Wir haben die Schüler mehrmals zusammengerufen, ihnen wieder und wieder erklärt, wie sie handeln sollten, wenn sie das Video zugeschickt bekämen. Und ich habe persönlich alle Maßnahmen der Schule koordiniert.«

Lenderman drehte sich um, sah Camila an und fügte hinzu:

»Die Antwort auf Ihre Frage ist also Ja. Ich habe das Video einmal gesehen, denn ich musste wissen, womit wir es zu tun hatten.«

»Und womit genau hatten Sie es zu tun?«

Lenderman schluckte.

»Mit einer intimen Begegnung zweier junger Menschen, die nie an die Öffentlichkeit hätte gelangen dürfen.«

»Haben Sie eine Kopie des Videos?«

»Natürlich nicht!«

Camila machte sich noch einige Notizen und klappte ihr Büchlein zu.

»Was gedenken Sie jetzt zu tun?«, fragte Dina Whitmore, während sie aufstand.

Camila blieb sitzen.

»Kommt drauf an, was ich entdecken werde«, erwiderte sie.

Diese Antwort stellte niemanden zufrieden, aber der Wunsch, das Gespräch zu beenden, war stärker als die Neugier.

»Es war mir ein Vergnügen, Ms. Jones«, sagte Lenderman wieder so förmlich wie zu Beginn. »Ich hoffe, wir konnten Ihnen weiterhelfen.«

Camila hatte nichts Neues im eigentlichen Sinne herausgefunden, doch ihr Ziel war es gewesen, Lenderman persönlich kennenzulernen, und dieses Ziel hatte sie erreicht.

Etwas an dem Direktor war nicht ganz geheuer.

Camila dankte den beiden für ihre Zeit und verabschiedete sich. Whitmore bot an, sie hinauszubegleiten, doch sie lehnte dankend ab.

»Wir sehen uns bestimmt wieder«, sagte sie, bevor die Tür zum Büro sich schloss.

In Gedanken versunken machte sich Camila auf den Weg zum

Parkplatz. Sie ging noch einmal das Gespräch mit dem Direktor durch, versuchte zu ergründen, was genau ihr merkwürdig erschienen war. Vielleicht lag es nicht so sehr in seinen Worten, sondern eher in seiner Haltung allgemein. Camila zog den Autoschlüssel aus der Tasche, das Verdeck begann, sich aufzufalten.

Als sie schon die Tür öffnen wollte, hörte sie hinter sich jemanden weinen und anschließend einen Zischlaut, der ihre Aufmerksamkeit erregen sollte. Sie drehte sich um und sah, verborgen hinter Büschen, eine Frau.

»Ich muss mit Ihnen sprechen«, sagte die Frau mit zitternder Stimme und kam aus ihrem Versteck hervor. Sie nahm die Brille ab und sah Camila mit verweinten Augen an.

»Wer sind Sie?«

»Ich bin Dorothy Morgan, die Verwaltungsdirektorin der Schule.«

Camila nickte.

»Ich höre.«

»Nicht hier.«

»Worum geht es?«

»Um Sophia Holmes und Dylan Garrett«, sagte Dorothy Morgan, die kurz vor einem Nervenzusammenbruch zu stehen schien. »Alles, was ich sage, wird doch vertraulich behandelt, oder?«

»Selbstverständlich.«

»Können wir uns nachher im Morleigh-Park treffen? Um fünf? In der Nähe des Brunnens gibt es einen Picknickbereich.«

»Sagen Sie mir, worum genau es geht.«

»Nicht hier in der Schule.«

Dorothy Morgan trat den Rückzug an und verschwand wieder im Gebüsch.

26

In der Mitte des Morleigh-Parks lag ein riesiger Brunnen, um den mehrere Leute saßen, einige in Gruppen, andere allein, mit einem Buch oder einfach dem beruhigenden Murmeln des Wassers lauschend. Camila kam an einer Schar Kinder vorbei, die begeistert ein Miniatursegelboot beobachteten. Sie blieb stehen und folgte ebenfalls dem hypnotisierenden Zickzack des Spielzeugs. Gesteuert wurde es von einem Mann mit grau meliertem Haar und verspiegelter Sonnenbrille.

Camila fand den Picknickbereich ebenso problemlos wie Dorothy Morgan, die als Einzige an einem der Tische saß. Die Verwaltungsdirektorin trug dieselbe Kleidung wie am Vormittag.

Dorothy Morgan nahm ihre dunkle Sonnenbrille ab. Sie war gertenschlank. Wären da nicht die unmerklichen Falten um die Augen und ihre kugelförmige Frisur gewesen, hätte man sie gut und gern für zwanzig Jahre jünger gehalten. So schätzte Camila die Frau, die ihr gegenübersaß, auf Anfang fünfzig.

»Haben Sie Kinder, Ms. Jones?«, fragte Dorothy Morgan überraschend.

»Ja, einen Sohn. Er geht auf die Uni.«

Dorothy Morgan nickte traurig. Immer wieder blickte sie in Richtung Brunnen, wo der Trubel zunahm.

»Mein Mann und ich haben keine Kinder. Es war eine bewusste Entscheidung. Zumindest anfangs.«

Camila rätselte, was das mit Sophia und Dylan zu tun haben könnte, aber sie wusste, dass man manche Menschen reden lassen musste, also ließ sie die Frau reden.

»Ich ging schon auf die vierzig zu, als ich plötzlich den Wunsch nach einem Kind verspürte. Es war mir unerklärlich. Ich liebe Kinder, ich habe mein ganzes Leben lang an Schulen gearbeitet, und ich habe Neffen und Nichten, die ich von Herzen liebe, aber was eigene Kinder anging, da dachte ich immer, es wäre nichts für mich.«

Zum ersten Mal lächelte Dorothy, ein breites, strahlendes Lächeln.

»Ich war es gewohnt zu begründen, warum ich nicht Mutter werden wollte, eine Art Mantra, das ich einfach nur aufsagen musste. Und das tat ich auch bei allen, die es hören wollten. Für mich selbst wurde es zu einer unumstößlichen Wahrheit, so wie man das, was einem anerzogen wird, nie wieder infrage stellt. Bis, ja, mein Gott, es ist so lächerlich, bis ich eines Tages zu Hause das Weinen eines Babys hörte. Ich war allein und bin fast zu Tode erschrocken. Ich sah in allen Zimmern nach, aber natürlich war da niemand, schon gar kein weinendes Baby. Das Weinen musste also von draußen kommen. Doch seit diesem Tag …«

Dorothy führte den Satz nicht zu Ende.

»… haben Sie dieses Weinen noch öfter gehört«, ergänzte Camila.

Dorothys Augen wurden feucht. Sie sah zum Himmel und konnte ihre Tränen kaum zurückhalten.

»Anfangs nur sporadisch. Doch mit der Zeit wurde es unerträglich. Bei der Arbeit, im Kino, überall hörte ich plötzlich Babygeschrei, lautes Babygeschrei. Irgendwann musste ich mich dem stellen. Ich habe mir eine Therapeutin gesucht und eine Auszeit genommen. Tatsächlich wurde es etwas besser. Das war vor sieben Jahren.«

»Haben Sie mit Ihrem Mann darüber gesprochen?«

»Ja, er war mir eine große Stütze. Er war erschrocken, aber er tat sein Bestes, um es sich nicht anmerken zu lassen. Es ist bestimmt schwer, wenn die eigene Frau Babys schreien hört, die es gar nicht gibt.«

»Haben Sie es dann probiert?«

Wieder lächelte Dorothy, diesmal traurig.

»Es wäre ein schönes Ende für die Geschichte gewesen, nicht wahr? Ja, wir haben es probiert, aber es hat nicht geklappt. Vielleicht hatten wir zu lange gewartet. Ich weiß es nicht. Wir werden es nie erfahren.«

»Das tut mir leid.«

Dorothy zuckte mit den Schultern.

»Sie fragen sich vermutlich, warum ich Ihnen das alles erzähle. Sagen wir so: Für einige Schüler habe ich eine besondere Zuneigung entwickelt, darunter Sophia. Verstehen Sie mich nicht falsch, Ms. Jones, ich bin nie aus der Rolle gefallen, weder in der Schule noch außerhalb. Sophia ist ein besonderes Mädchen, eine Überfliegerin und ein Freigeist, was so manche High School vor Herausforderungen stellt. Ich habe einige pädagogische Erfahrung, also habe ich mich angeboten, sie auf ihrem Weg zu begleiten. Wie Schulen es bei hochbegabten Kindern eben so machen.«

Camila schielte unauffällig zu ihrem Handy. Das Gespräch dauerte schon eine halbe Stunde. Der Besitzer des Segelboots war bereits gegangen, und auch die Kinderschar hatte sich zerstreut. Abgesehen vom Vogelgezwitscher war es im Morleigh-Park ziemlich still.

»Was können Sie mir über Sophia und Dylan Garrett sagen?«

Dorothy rutschte unruhig hin und her, als wollte sie sich bequemer hinsetzen. Die Unruhe hatte nicht nur damit zu tun, dass die Bänke aus Beton waren.

»Rund zwei Monate vor ihrem Verschwinden war Sophia früher als gewöhnlich in der Schule. Sie sagte, sie habe sich mit einer Freundin verabredet, die aber nicht gekommen sei. Es war sehr kalt, also nahm ich sie mit rein. Sie wollte in die kleine Bibliothek gehen, die gleich neben dem Verwaltungsbüro liegt. Nach einer Weile habe ich entdeckt, dass sie gar nicht in der Bibliothek war, sondern in unserer Überwachungszentrale, und dass sie Aufzeichnungen der Kameras durchsah. Es war nicht das erste Mal, Sophia ist ein neugieriges Mädchen und sehr technikaffin. Trotzdem kam es mir verdächtig vor.«

»Konnten Sie irgendwie erkennen, wonach genau sie gesucht hat?«

»Ja. In dem kleinen Raum ist eine Sicherheitskamera auf die Konsole ausgerichtet. Ich bin die Aufnahmen durchgegangen, nachdem Sophia weg war.«

»Und was war darauf zu sehen?«

»Jemand hatte Sophia einen Zettel an den Spind geklemmt«, erklärte Dorothy, »und sie wollte herausfinden, wer das war.«

»Dylan Garrett.«

Dorothy nickte. Camila erkannte die mögliche Tragweite dieser Entdeckung und fragte sich vage, ob Kommissar Holt von dieser Verbindung zwischen Sophia und Dylan wusste.

»Noch in der gleichen Woche kam Sophia zu mir ins Büro«, sagte Dorothy Morgan. »In der Schule herrschte großer Aufruhr. Alle redeten nur noch über das Video. Janice Hobson und Dylan Garrett blieben vorsorglich zu Hause.«

»Darüber habe ich heute mit Direktor Lenderman gesprochen«, erklärte Camila. »Es ist mir unverständlich, wieso die Schule keine Maßnahmen gegen Garrett ergriffen hat.«

Dorothy Morgan machte aus ihrer Empörung keinen Hehl.

»Was soll ich sagen? Männer.«

Camila schwieg.

»Bestimmt rede ich mich gerade um Kopf und Kragen, aber das ist mir egal. Lenderman interessiert nur eines: der Ruf der Schule. Frank Garrett ist ein respektierter Anwalt, der in Hawkmoon großen Einfluss hat. Und was Kommissar Holt angeht … Der war mitten im Wahlkampf für seine Wiederwahl. Wie Sie sehen, kam allen dreien ein Skandal höchst ungelegen.«

»Trotzdem haben sie ihn letztlich bekommen«, hielt Camila entgegen.

»Richtig.« Kurz blitzte ein gewisser Triumph in Dorothys Augen auf, erlosch aber schnell wieder. »Und jetzt ist Dylan tot. Und Sophia wahrscheinlich auch.«

»Dann haben Sie also Sophia geholfen?«

»Natürlich. Als sie zu mir ins Büro kam und erzählt hat, was sie vorhat, habe ich sie beglückwünscht. Wenn ich mir etwas vorzuwerfen habe, dann vielleicht, mit dazu beigetragen zu haben, dass es so geendet hat, wie es geendet hat. Ich weiß nicht, warum ich das denke, es ist nur so ein Gefühl.«

Dorothy brach in Tränen aus. Das war also der Stachel, der ihr im Fleisch steckte und den sie sich in all der Zeit nicht hatte ziehen können.

»Bin ich der erste Mensch, dem Sie sich öffnen?«

Dorothy wischte sich immer wieder die Tränen aus dem Gesicht.

»Nicht ganz«, sagte sie schluchzend. »Als Sophia verschwand, habe ich Kommissar Holt von dem Zettel am Spind erzählt. Ich dachte, vielleicht hat Dylan sie ja bedroht oder so.«

»Und was hat Kommissar Holt daraufhin unternommen?«

»Ich weiß es nicht, er wollte es im Hinterkopf behalten. Aber dann wurde das Kleid am Fluss gefunden, und es hieß plötzlich, es sei Selbstmord gewesen.«

In den vergangenen Minuten hatte Camila bei Dorothy ein gewisses Zaudern wahrgenommen. Jetzt schwieg sie und sah weg. Noch immer konnte sie ihre Tränen nicht zurückhalten.

»Und dann ist da etwas«, sagte sie kaum hörbar, »was ich nie jemandem erzählt habe.«

Die beiden Frauen sahen sich an.

»Nachdem Sophia verschwunden war, bin ich zu den Garrets gefahren«, sagte Dorothy. »Die Sache mit dem Zettel an dem Spind ließ mir keine Ruhe. Nicht dass ich dachte, Dylan hätte etwas zu tun mit …«

Ihre Augen verrieten das Gegenteil.

»Dylan war nicht zu Hause«, fuhr sie fort. »Sein jüngerer Bruder sagte, er sei bestimmt am See, also bin ich hingefahren.«

»Wann genau war das?«

»Am einundzwanzigsten Juli. Zehn Tage, bevor er genau dort ermordet wurde.«

Camila nickte.

»Konnten Sie mit ihm sprechen?«

Dorothy schüttelte den Kopf.

»Nein, es war jemand bei ihm. Ein Mann. Ich habe die beiden nur von hinten gesehen, sie saßen am Flussufer. Ehrlich gesagt war ich erleichtert, dass ich Dylan in dem Moment nicht zur Rede stellen musste. Ich bin wieder losgefahren und habe erst einmal ein paar Tage vergehen lassen. Aber seit ich von dem

Mord weiß, denke ich die ganze Zeit, dass dieser Mann …« Dorothy hielt sich die Hand vor den Mund.

»Es vielleicht getan hat?«

»Bevor Sie mich danach fragen, sage ich es Ihnen lieber gleich: Den Mann könnte ich nicht einmal dann identifizieren, wenn er direkt vor mir stünde. Ich habe ihn nur von Weitem gesehen und außerdem von hinten. Es könnte jeder gewesen sein.«

»Auch sein Vater?«

Dorothy lächelte.

»Nein, eher nicht«, sagte sie. »Frank Garrett hat eine Glatze, wohingegen der Mann sein Haar länger trug.«

Camilas Herz blieb fast stehen, weil ihr klar wurde, wer dieser Mann vermutlich war. Lange Haare. Das konnte kein Zufall sein.

Sie schwiegen. Dorothy fing sich wieder einigermaßen. Schließlich sah sie auf ihre Uhr.

»Tut mir leid, Ms. Jones, ich muss los.«

»Gehen wir zusammen zum Auto.«

Auch auf dem Weg dorthin schwiegen sie, was Camila die Gelegenheit verschaffte, die ganze Geschichte noch einmal innerlich Revue passieren zu lassen, um zu prüfen, ob sie etwas übersehen hatte.

»Was stand auf dem Zettel am Spind?«, fragte sie plötzlich.

»Das wollte Sophia mir nicht sagen. Sie hat mir versprochen, dass sie noch einmal darüber sprechen würde, aber dazu kam es dann nicht mehr.«

Dorothy verabschiedete sich und ging los.

Camila schlenderte noch eine ganze Weile ziellos im Park umher.

Sicher war Tim der Mann, der an jenem Tag bei Dylan gewesen war.

Warum hatte Tim ihr verschwiegen, dass er sich zehn Tage vor Dylans Tod mit ihm getroffen hatte?

27

1 Monat und 28 Tage vor dem Verschwinden

Harlan Hobson hatte das Video von Dylan und seiner Tochter nicht gesehen, aber das hieß natürlich nicht, dass er Garrett nicht am liebsten den Hals umgedreht hätte.

»Ich ziehe wieder los«, sagte er an diesem späten Abend zu Keith.

Sie standen hinter dem Tankstellengebäude. Außer nach Öl stinkender Erde, gelblichen Grasbüscheln und verrosteten Fässern gab es dort nicht viel. An einem schiefen Baum hing eine Glühbirne, die so schwach war, dass sich Vater und Sohn nur als Umrisse erkennen konnten.

»Los wohin?«, fragte Keith säuerlich.

»Auf Tour.«

Keith verschlug es die Sprache. Sein Vater war mitten in der Nacht aufgetaucht, hatte gesagt, er wolle irgendwo reden, wo sie ungestört seien, und dann war alles, was er ihm zu sagen hatte, dass er mit einer belanglosen Band touren wollte?

»Das ist ein Scherz, oder?«

»Nein.«

Keith schüttelte den Kopf. Er drehte sich um und stapfte davon.

»Warte, Keith, bitte.«

Keith blieb stehen und drehte sich um. Harlan sah ihn mit flehendem Blick an. Aber da war noch etwas, etwas, das Keith nicht einschätzen konnte.

»Ich will dich doch nur bitten, in meiner Abwesenheit keine Dummheit zu begehen.«

»Ich fasse es nicht, Papa. Ich dachte, du bist hier, um mir zu sagen, dass wir uns diesen Dreckskerl vorknöpfen werden. Der Typ behauptet, das Handy wäre ihm gestohlen worden und er hätte nichts damit zu tun, dass das Video gestreut wurde. Nicht mal von der Schule ist er geflogen. Der lacht sich doch kaputt über uns! Geh du ruhig auf Tour, und hör diesen Versagern zu, wie sie ihre dreiakkordigen Balladen singen, aber ich werde diesem Schwein geben, was es verdient.«

Harlan lächelte. Er ging zu seinem Sohn und legte ihm eine Hand auf die Schulter.

»Setzen wir uns einen Moment.«

Keith zögerte. Dann folgte er ihm zu einem Backsteinmäuerchen. Von dort konnte man die Landstraße einsehen. Weil sich ein Lastwagen näherte, nahmen sie das Gespräch nicht sofort wieder auf. Keith wartete erst ab, ob das riesige Fahrzeug anhielt oder weiterfuhr.

»Was Janice jetzt am wenigsten gebrauchen kann, ist ein weiterer Skandal«, sagte Harlan ruhig. »Und schon gar nicht gebrauchen kann sie einen Vater oder einen Bruder, die ausrasten und dieses Arschloch umnieten.«

»Ach ja? Glaubst du, es macht Janice glücklicher, wenn du auf Tour gehst und ich weiter Benzin verkaufe, als wäre nichts passiert?«

»Leider wissen weder du noch ich, wie es ihr gerade geht.«

Keith hob den Blick und sah zum dunklen Nachthimmel.

Was Harlan gesagt hatte, stimmte. Keiner von beiden hatte sich wirklich mit Janice unterhalten können. Janice hatte sich vollkommen in sich selbst zurückgezogen und ihnen nur gesagt, sie müsse weg aus Hawkmoon und wolle für ein paar Tage zu ihrer Tante Patricia. Im Grunde wussten weder Harlan noch Keith, wie sie mit der Situation umgehen sollten.

»Hör zu, Junge, ich finde es großartig, dass du diesem Scheißkerl eine Abreibung verpassen willst, und wenn ich du wäre, hätte ich das Gleiche vor. Aber Janice braucht uns jetzt. Nicht jetzt gleich, aber sie wird bald zurückkehren. Und dann müssen wir für sie da sein.«

»Und Garrett soll einfach so davonkommen? Das ist total ungerecht.« Keith sah seinen Vater ernst an. »Es ist nicht das erste Mal, weißt du? Ich habe ein bisschen herumgefragt. Dieses Schwein schleppt immer mal wieder junge Mädchen ab und vergnügt sich mit ihnen in seinem Pick-up.«

Harlan musste schlucken.

»Eines kannst du mir glauben: Ich würde alles stehen und liegen lassen und ihn zu Tode prügeln, das meine ich wortwörtlich. Und danach würde ich mich der Polizei stellen. Wenn er Janice etwas angetan hätte, was …«, Harlan suchte nach dem richtigen Wort, »… *unumkehrbar* ist, würde nichts mich davon abhalten. Nichts.«

»Fällt mir schwer, dir zu glauben.«

»Warum will ich wohl weg? Weil so die Chance am größten ist, dass ich keinen Scheiß baue.«

Keith schüttelte den Kopf.

»Papa, wir können nicht einfach die Hände in den Schoß legen.«

»Ich werde Janice sagen, dass ich ihr ein bisschen Luft verschaffen will. Wenn sie mich braucht, nehme ich den ersten Flieger zurück oder setze mich ins Auto und fahre die ganze Nacht durch, um bei ihr zu sein. Außerdem weiß meine Schwester viel besser als wir, was jetzt zu tun ist. Als Vater komme ich mir vor wie ein Versager, wenn ich das sage, aber es ist so. Janice hat mit Patricia über Dinge geredet, die ich mich nicht mal anzusprechen gewagt hätte. Und mit dir ist es letztlich genauso.«

Keith lächelte gezwungen. Der Altersunterschied zwischen ihm und Janice war so groß, dass er sich ihr gegenüber eher wie ein zweiter Vater verhalten hatte. Ein etwas besserer Vater als das Original, aber nicht viel besser.

»Dann werden wir also nichts tun?«

»Das habe ich nicht gesagt.«

Keith sah ihn an.

»Wir werden *vorerst* nichts tun«, erklärte Harlan ernst. »Wenn dir ab jetzt irgendeine dumme Idee in den Sinn kommt, denk an Janice: Sie muss es ausbaden, wenn wir Garrett fertigmachen. Die Leute werden sich darüber das Maul zerreißen, und das ist das genaue Gegenteil von dem, was Janice gerade braucht.«

Sie sahen einander an, in ihrem Blick lag Einverständnis.

»Immer wenn ich daran denke, dass die halbe Schule dieses Video kennt, drehe ich schier durch.«

In diesem Augenblick bog ein Lastwagen in die Tankstelle ein.

»Geh schon«, sagte Harlan. »Wir haben besprochen, was wir zu besprechen hatten.«

Dann tat Harlan etwas, was er noch nie getan hatte. Er hielt seinem Sohn die Hand hin, damit er einschlug. Keith starrte die Hand lange an, bevor er einschlug.

»Keine Dummheiten.«

»Okay.«

Keith ging los, und Harlan sah noch eine Weile zu den Sternen.

28

1 Monat und 27 Tage vor dem Verschwinden

Nikki und Sophia waren im Lagerraum des Molly's. An drei Wänden standen Regale, die bis obenhin gefüllt waren mit Konserven, und an der vierten Wand ein Gastrokühlschrank. Es war so wenig Platz, dass die Mädchen ein paar Kisten in die Mitte gestellt hatten, um sich wenigstens hinsetzen zu können. Beide waren gerade mit ihrem Handy beschäftigt.

Als sich die Tür öffnete, sahen sie hoffnungsvoll auf.

Enttäuschung machte sich auf ihren Gesichtern breit, sobald sie erkannten, wer es war.

»Mama!«, meckerte Nikki. »Ich habe dir doch gesagt, dass wir ein bisschen Privatsphäre brauchen.«

Wendy stand auf der Schwelle und sah in alle Richtungen, während sie sich die Hände an ihrer abgetragenen Schürze abwischte. Der aufgedruckte Name des Restaurants war kaum noch sichtbar.

»Ich wollte euch nicht stören«, entschuldigte sie sich. »Sophia, Liebes, deine Mutter hat gerade angerufen.«

Sophia schnaubte.

»Was wollte sie?«

»Oh, nur wissen, ob du hier bist.« Wendy kehrte ihnen den Rücken zu und holte etwas aus dem Regal. Sie schien zu zögern. »Wir machen uns eben alle Sorgen.«

Ohne eine Antwort abzuwarten, ging sie wieder. Sophia und

Nikki sahen sich an. Sie verstanden zwar, dass die Sache mit dem Video eine ernste Angelegenheit war, aber sie fanden auch, dass ihre Eltern ziemlich nervten. In der Schule war es noch schlimmer. Seit einer Woche verbrachten sie mehr Zeit in der Aula als im Klassenzimmer, weil ein Diskussionsforum und Hilfsangebot auf das andere folgte.

»Haben sie mit dir gesprochen?«, fragte Sophia.

»Ja, gestern. Beide.«

»Beide?« Sophia riss die Augen weit auf. Allein die Vorstellung, dass Mr. Campbell mit Nikki ein so heikles Thema behandelt hatte, kam ihr surreal vor.

Joseph Campbell hatte noch nie mit seiner Tochter über Sex gesprochen. Einmal war Sophia bei Nikki zu Besuch gewesen, und Mr. Campbell war knallrot angelaufen, als er ein Päckchen Damenbinden erblickt hatte, das seine Frau zusammen mit anderen Einkäufen auf den Tisch gelegt hatte. Peinlich berührt hatte er in alle Richtungen geblickt, als hätte er gerade einen riesigen Vibrator entdeckt.

»Meine Mutter hat ihn dazu gezwungen«, erklärte Nikki. »Gesagt hat er fast nichts. Er hat meiner Mutter das Wort überlassen und sich, sobald es ging, wieder vor den Fernseher gesetzt.«

Auch Sophia hatte sich viel mit ihrer Mutter unterhalten, doch es waren tiefe Gespräche gewesen, bei denen sie viel gelernt hatte.

Nikki wechselte das Thema.

»Wirst du mir jetzt endlich erzählen, was du vorhast?«

»Ich würde lieber noch warten, bis …«

Wieder ging die Tür auf.

Diesmal waren es Bishop und Tom. Bishop ließ seinen Blick durch den Lagerraum schweifen.

»Als deine Mutter meinte, ihr seid hier, dachte ich, es wäre ein Scherz. Nächstes Mal können wir uns ja in einem Schrank treffen oder in einer Nussschale.«

Bishop lachte über seinen eigenen Witz, während Tom, der hinter ihm stand, nur die Hand zum Gruß hob.

»Mach's dir bequem«, sagte Nikki.

Tom zog eine der Kisten zu sich heran, die Bishop misstrauisch beäugte.

»Da sind Erbsendosen drin«, erklärte Nikki mit spöttischem Unterton. »Die hält euch beide locker aus.«

Tom setzte sich auf seine Hälfte der Kiste und knickte dafür die Beine wie eine Heuschrecke, doch er beschwerte sich nicht.

»Warum müssen wir uns eine Kiste teilen?«, meckerte Bishop.

»Weil ihr zu spät kommt«, erwiderte Sophia.

Nun setzte sich auch Bishop. Im Grunde war er froh, dass sie endlich wieder vereint waren.

Sie hatten sich im Molly's verabredet, weil sie wussten, dass Nikkis Mutter arbeiten musste und sie ungestört sein würden. Sophia hatte angekündigt, dass sie ihnen etwas Wichtiges mitzuteilen habe und es besser sei, wenn keine Eltern in der Nähe seien. Unter normalen Umständen hätten sie sich bei Janice getroffen, doch die Umstände waren eben alles andere als normal.

»Rückst du jetzt endlich damit raus?«, drängte Nikki ungeduldig.

Sophia hatte ihren Rucksack zwischen den Beinen stehen. Sie beugte sich vor, öffnete ihn und holte eine dünne Mappe hervor.

»Dylan muss für das bezahlen, was er Janice angetan hat«, sagte sie.

Die anderen drei sahen sich an. Es lag ein solcher Ernst in der Luft, dass Bishop sogar fragte:

»Werden wir ihn töten?«

»Natürlich nicht!«

Bishop zuckte mit den Achseln.

»Wir werden dafür sorgen, dass alle Welt erfährt, was er getan hat«, fuhr Sophia fort, »und dass er nie wieder einen Fuß in die Schule setzen darf.«

Bishop und Tom waren sofort einverstanden. Nikki, die noch immer auf Janice sauer war – wenn auch weniger, als sie sagte –, zeigte sich verhaltener.

»Raus mit der Sprache, Holmes«, forderte Bishop.

»Wie ich da drangekommen bin, werde ich euch nicht verraten, aber das hier sind die E-Mail-Adressen und Handynummern aller Eltern der Schule. Am Wochenende wird eine E-Mail rausgehen, in der steht, was wirklich passiert ist, und für den Montagmorgen rufen wir zu einer Demonstration gegen Garrett vor dem Schuleingang auf.«

Die Hawkmoon High School hatte offiziell verlautbart, dass ein privates Video von zwei Schülern gestohlen und anonym verbreitet worden sei. Die Schule gebe den Schülern Anleitungen, wie sie sich zu verhalten hätten, wenn man ihnen dieses Video zuschicke. Gleichzeitig hielten Experten täglich Vorträge mit Ratschlägen zu einer verantwortungsvollen Intimität.

Lächerlich.

»Folgendes wird in der E-Mail stehen«, erklärte Sophia. »›An der Hawkmoon High School treibt ein Vergewaltiger sein Unwesen. Unsere Kinder sind nicht sicher, solange keine Maßnahmen gegen Dylan Garrett ergriffen werden.‹«

»Finde ich super!«, rief Bishop und schlug sich mit der Faust auf die flache Hand.

Tom und Nikki schwiegen, wenn auch aus unterschiedlichen Gründen. Tom war mulmig zumute.

»Niemand wird erfahren, dass wir das waren, Tom«, beruhigte ihn Sophia. »Wir gehen anonym vor. Und schnell. Das ist das Wichtigste. Deshalb muss es gleich am Montag passieren. Es ist die einzige Chance, Lenderman kalt zu erwischen.«

»Wir könnten auch einige Medien informieren«, schlug Bishop vor, dem die Idee immer besser gefiel.

»Genau«, stimmte Sophia ihm zu. »Die lokalen Medien wie der *Overfly* werden die Geschichte bringen, wenn wir ihnen eine entsprechende Nachricht schicken. Außerdem werden die Leute zig Videos in den sozialen Netzwerken posten. Keine Chance, die Sache geheim zu halten.«

Nikki ergriff zum ersten Mal das Wort.

»Aber Garrett hat Janice doch gar nicht vergewaltigt, oder?«

Sie hatten Nikki noch nie so erlebt. Sie war nicht einfach nur besorgt, sie war kreidebleich.

»Natürlich hat er das«, sagte Sophia. »Und es ist nicht das erste Mal.«

Nikki verstummte.

»So werden wir es machen«, sagte Sophia. »Nikki, du und ich, wir verschicken die E-Mails an die Eltern. Dafür müssen wir einige Fake-Accounts eröffnen, aber das ist kein Problem. Außerdem starten wir Aufrufe in den sozialen Medien.«

Nikki nickte.

»Unter den Schülern wird sich die Nachricht sowieso blitzschnell verbreiten.«

»Lenderman wird keine Zeit haben, um zu reagieren«, sagte Bishop. »Und wir? Was machen wir?«

»Ihr habt eine wichtige Aufgabe. In einer Druckerei werden gerade Pamphlete und Banner gedruckt, die werden am späten Nachmittag fertig sein. Jemand muss sie in die Schule bringen.«

Die beiden Jungs machten ein erstauntes Gesicht.

»Moment«, sagte Bishop. »Und wer bezahlt das alles?«

»Meine Mutter«, sagte Sophia trocken.

»Deine Mutter ist eingeweiht?« Tom konnte es nicht glauben. Wenn seine Eltern mitbekämen, dass er sich an so einer Aktion beteiligte, würden sie ihm nie wieder vertrauen.

»Ich musste es ihr sagen. Die Besitzer der Druckerei sind Freunde von ihr und haben ihr absolute Diskretion zugesichert. Außerdem arbeiten sie das ganze Wochenende durch.«

»Und wie bringen wir das alles in die Schule?«, fragte Tom. »Mit dem Fahrrad brauchen wir ewig, und gefährlich ist es auch. Was, wenn man uns mit so einem Banner sieht? Dann fliegen wir auf.«

»Ganz ruhig, Tom.« Sophia legte ihm eine Hand aufs Knie, und er erstarrte. »Ihr müsst einfach nur die richtige Person darum bitten. Keith Hobson wird euch liebend gern helfen.«

29

1 Monat und 25 Tage vor dem Verschwinden

Es lief alles wie geschmiert, bis der erste Stein flog.

Ein Mädchen aus der elften Klasse namens Keisha Wilson erlitt eine kleinere Platzwunde, die aber stark blutete. Ab da geriet alles außer Kontrolle.

Eine Stunde zuvor hatten Nikki und Sophia den Erfolg des anonymen Aufrufs gefeiert. Die versammelte Menschenmenge hatte skandiert: »Vergewaltiger raus aus Hawkmoon High!«

»Ich kann kaum glauben, dass wir das waren«, sagte Nikki.

Sophia schätzte, dass sich rund zweihundertfünfzig Schüler und Eltern vor der Schultreppe versammelt hatten. Einige davon hatten sich dermaßen in den Vordergrund gespielt, dass keiner sie mit den Protesten in Verbindung bringen würde. Besonders hervor tat sich eine Frau namens Meredith Flynn vom Christlichen Frauenbund, die außerdem ein Megafon mitgebracht hatte. Sie hatte wie alle anderen eine E-Mail erhalten, in der genau geschildert war, was Dylan Garrett getan hatte, und Direktor Lenderman beschuldigt wurde, keinerlei Maßnahmen gegen ihn ergriffen zu haben. Flynn hatte sich neben der Treppe postiert und schrie plärrend in ihr Megafon, es sei vollkommen inakzeptabel, dass die Behörden wegsähen, und forderte Erklärungen. Die Plakate wurden immer heftiger geschwenkt.

Bishop und Tom hielten sich etwas abseits. Vielleicht war es übertriebene Vorsicht, doch die vier hatten vereinbart, sich nicht zusammen zu zeigen. Ihnen war bewusst, dass die Schulleitung die Menschenmenge vom Fenster aus beobachtete, und da sie Janice' beste Freunde waren, würde man auf sie ein besonders scharfes Auge werfen. Gar nicht an den Protesten teilzunehmen, wäre verdächtig gewesen, also hatten sie beschlossen, sich so normal wie möglich zu verhalten.

Die große Anzahl von Dylan-Garrett-Hassern war eine Überraschung. Schüler aller Klassenstufen hielten Plakate in die Luft und stimmten lautstark ein in die Parolen von Meredith Flynn.

Anfangs war Officer Grunfeld der einzige Polizist. Er hielt vorsorglich Abstand und hatte offenbar Verstärkung angefordert, die aber noch nicht eingetroffen war. Dann kam ein Streifenwagen, zwei Beamte stiegen aus und gesellten sich zu ihrem Kollegen. Niemand beachtete sie, außer Sophia und Nikki, die in der Nähe standen und die Polizisten genau beobachteten. Verwundert stellten sie fest, dass sie keine Anstalten machten, in das Geschehen einzugreifen. Entweder warteten sie auf Anweisungen, oder die Anweisung lautete, sich vorerst zurückzuhalten.

»Garrett ist ein Vergewaltiger! Und Lenderman sein Komplize!«, schrie jemand.

Die Menge kreischte begeistert auf und skandierte die Parole mehrmals.

Sophia ließ die Polizisten nicht aus den Augen und hielt in der Menge nach Dylans Freunden Ausschau. Von Casey oder Steve war nichts zu sehen, von Maggie Gill oder Sally O'Donnell ebenso wenig.

Jemand sprach sie von der Seite an.

»Du bist Sophia Holmes, stimmt's?«

Vor ihr stand ein Mädchen, das etwa ein Jahr älter war als sie und das sie nur vom Sehen kannte.

»Ja«, sagte Sophia.

»Ich bin Allison. Mein Vater ist Journalist bei Channel 10«, sagte sie mit leicht gesenktem Blick. Sophia nickte.

»Er würde sich gern mal mit dir unterhalten«, erklärte Allison. »Du bist doch die beste Freundin von Janice Hobson, oder?«

Sophias Kopf arbeitete auf Hochtouren.

Genau in diesem Moment tauchte der Van von Channel 10 auf und verursachte einen kleinen Aufruhr. Die Plakate wurden noch heftiger geschwenkt, und auch das Geschrei nahm zu.

»Die Wahrheit muss ans Licht!«, rief Meredith Flynn.

»Einverstanden?«, fragte Allison.

»Bring mich zu ihm«, sagte Sophia.

Sie gingen einen Umweg, um zu dem Van zu gelangen. Ein schlanker Mann mit dreieckigem Gesicht und runder Brille kam aus dem Fahrzeug und zog sich das Jackett zurecht. Ein Mitarbeiter mit einer gigantischen Kamera auf der Schulter erwartete ihn schon.

Alles folgte rasend schnell. Allisons Vater hieß Peter Knepper. Knepper kündigte Sophia an, dass sie in einigen Minuten live auf Sendung gehen würden – natürlich nur, wenn sie einverstanden sei –, doch zuerst würde er kurz mit seinen Kollegen im Studio sprechen.

Kaum hatte Knepper seine Erklärung beendet, kam schon eine junge Frau angeschossen und gestikulierte wild. Sie hatte ein Handy am Ohr und sah Knepper ungeduldig an.

»Noch dreißig Sekunden.«

Die Kamera richtete sich auf ihn. Knepper rückte den Krawattenknoten gerade und hob das Mikrofon genau in dem Moment an den Mund, als der Kameramann ihm anzeigte, dass sie auf Sendung waren.

»Guten Morgen, Lisa und Robert. Ich stehe hier vor der Hawkmoon High School. Wie ihr seht, haben sich Bürger versammelt, die in einem Fall einer angeblichen Vergewaltigung durch einen Schüler dieser Schule Maßnahmen vonseiten der Leitung und der Behörden einfordern.«

Knepper hielt kurz inne und nickte mehrmals.

»So ist es, Lisa«, fuhr Knepper fort. »Der beschuldigte Schüler ist minderjährig, weshalb wir seinen Namen selbstverständlich nicht nennen. Zu den Protesten aufgerufen wurde über eine Kettenmail und Posts in den sozialen Medien.«

Unterdessen hatten mehrere Demonstranten einen Halbkreis um den Journalisten gebildet. Auf den Spruchbändern, die sie hochhielten, war zu lesen: *Garrett ist ein Vergewaltiger!*

Knepper schilderte noch eine Weile die Geschehnisse. Es war das erste Mal, dass Sophia einen Journalisten live berichten sah, und sie bewunderte, wie schnell sich dieser Mann an die Situation angepasst hatte. Er war gerade erst eingetroffen, und doch wirkte es so, als wäre er schon seit Stunden da!

»Bei mir ist jetzt die beste Freundin des Opfers. Sie heißt Sophia. Guten Morgen, Sophia. Wie fühlst du dich bei alldem hier?«

»Ich bin überrascht, dass so viele Leute da sind«, sagte Sophia. »Als ich die E-Mail bekommen habe, empfand ich es als meine Pflicht, an der Demo teilzunehmen. Meine Freundin leidet sehr unter der Situation. Die Schule muss reagieren.«

»Was sollte die Leitung deiner Meinung nach tun?«

»Garrett von der Schule verweisen. Das ist doch das Mindeste, oder?«

Knepper nickte ernst.

»Wie geht es deiner Freundin?«

»Ich weiß es nicht.« Sophia machte eine Pause. Sie war nicht inszeniert, sie musste sich tatsächlich erst einmal fassen. »Seit dem … Vorfall hat sie sich von mir und ihren anderen Freunden distanziert.«

»Möchtest du ihr etwas sagen?«

»Ja, dass wir sie lieben und sie vermissen.«

Knepper bedankte sich bei Sophia und sah schweigend in die Kamera. Sein Gespür für das richtige Timing war beeindruckend. Er wartete einen Moment, nickte zweimal und ergriff erst dann wieder das Wort.

»Wir befinden uns weiterhin an der Hawkmoon High School und warten darauf, dass die Schulleitung eine Erklärung abgibt. Jedenfalls gehen die Leute hier fest davon aus, dass es jeden Moment so weit sein wird.«

Die Kamera schwenkte weg, und auch Knepper senkte das Mikrofon.

»Das hast du gut gemacht, Sophia.«

»Danke.«

Nikki kam zu Sophia, die sofort bemerkte, dass ihre Freundin geweint hatte. Knepper begrüßte jemanden, der gerade aus einer Schrottkarre gestiegen war, bestimmt ein Kollege, dem kleinen Aufnahmegerät nach zu urteilen.

Einige Minuten später kam Unruhe auf, und die beiden Journalisten waren sofort voll konzentriert. Wer sich entfernt hatte, näherte sich wieder der Treppe, wo gerade Adam Lenderman vor die Menge getreten war. Der Direktor wirkte bestürzt.

Knepper eilte zu ihm, dicht gefolgt von seinem Kameramann und dem Kollegen.

Eine Zeit lang war das Geschrei ohrenbetäubend.

Als die Gemüter sich etwas beruhigt hatten, ergriff Lenderman das Wort. Keiner konnte hören, was er sagte, zumindest Sophia und Nikki nicht, die sich weiterhin etwas abseits hielten. Außerdem schien sich der Direktor mehr an die Kameras zu richten als an die Leute.

»Die Schule ... Maßnahmen ... endgültig ...«

Da flog der erste Stein. Wenige nur sahen ihn durch die Luft segeln. Hinterher waren sich alle mehr oder weniger einig, dass jemand ihn vom Parkplatz her geschleudert hatte.

Keisha Wilson brach zusammen. Blut floss ihr aus der Nase und erschreckte alle, die um sie herumstanden. Viele von ihnen wussten nicht, dass sie von einem Stein getroffen worden war. Geschrei brandete auf, Angst ging um, ein Heckenschütze könnte das Feuer eröffnet haben – obwohl kein Schuss zu hören gewesen war –, und sie rannten in alle Richtungen davon. Lenderman zog sich ins Schulgebäude zurück, und auch Flynn flüchtete, allerdings nicht, ohne weiterhin in ihr Megafon zu brüllen.

Die Polizei schritt ein und holte Keisha Wilson heraus. Sie legten sie auf den Boden und warteten auf den Krankenwagen.

Der Kameramann von Channel 10 hatte reaktionsschnell den Moment eingefangen, bevor Keisha Wilson von dem Stein getroffen worden war. Die Bilder, die es in die Hauptmedien der Gegend schafften, zeigten einen gediegenen Direktor Lenderman, der vor dem Eingang zur Schule einige Worte ins Mikrofon sprach, dann Geschrei, einen schwindelerregenden Schwenk der Kamera, alles unscharf, und schließlich Keisha Wilson, wie sie taumelte und mit blutüberströmtem Gesicht aufschrie.

30

Camila kam unangekündigt in die Redaktion des *Overfly*. Drei Gesichter wandten sich ihr zu, darunter das der Frau, die sie beim letzten Mal gesehen hatte. Ohne anzuklopfen, stürmte sie direkt in Tims Büro.

Tim erschrak so sehr, dass er beinahe seinen Kaffee verschüttet hätte. Als er sah, dass es Camila war, stand er schnell auf und wich zurück wie ein Kind, das etwas angestellt hat. Camila war zu wütend, um darüber zu lachen, so komisch es auch war.

»Camila! Was für eine Überraschung!« Tim kam um den Schreibtisch herum, als wäre es von Anfang an seine Absicht gewesen, sie so zu begrüßen. »Setz dich doch.«

Camila sah ihn argwöhnisch an und nahm auf dem Stuhl vor dem Schreibtisch Platz. Das vertrauensvolle Verhältnis, das sie inzwischen aufgebaut hatten, war wie weggeblasen.

»Hast du Lenderman aufgesucht?«, fragte Tim.

»Ja.«

Camila musterte ihn.

»War was in der Schule?«

»Ehrlich gesagt ja.«

Tim war beunruhigt. Camila war ihm gegenüber noch nie so unterkühlt gewesen. Nicht einmal bei ihrer ersten Begegnung.

»Lenderman hat so reagiert, wie ich es erwartet habe«, sagte Camila. »Interessant wurde es erst hinterher. Dorothy Morgan, die Verwaltungsdirektorin, hat mich auf dem Parkplatz abgefangen. Sie wollte nicht in der Schule mit mir reden, also haben wir uns später im Morleigh-Park getroffen. Von dort komme ich gerade.«

»Ich erinnere mich nicht an sie.« Tim überlegte. »Ich war mehrmals in der High School, aber außer mit Lenderman habe ich nur mit Dina Whitmore gesprochen.«

Camilas Blick blieb an dem gerahmten Satz hängen: *DIE WAHRHEIT IST KOSTBAR, DESHALB SETZEN WIR SIE HIER DOSIERT EIN.*

»Es gibt eine Verbindung zwischen Dylan Garrett und Sophia«, sagte Camila.

Tim zog die Augenbrauen hoch.

»Eine Verbindung, die über die Demonstration gegen ihn hinausgeht?«

»Eine frühere Verbindung.«

Tim sah sie schweigend an und rieb sich das Kinn.

»Eine frühere?«

»Dylan Garrett hat Sophia anonym einen Zettel an den Spind gesteckt. Sie ist ihm auf die Schliche gekommen. Einige Tage später wird Garrett das Handy gestohlen, und das Video taucht auf.«

Verwirrt warf Tim die Hände in die Luft.

»Moment … Woher weiß diese Ms. Morgan das alles? Und was stand auf dem Zettel?«

»Sophia hat sich die Videos der Überwachungskameras angesehen, und Ms. Morgan hat das auch getan.« Camila beugte sich vor und setzte einen Zeigefinger auf den Tisch. »Das ist die Verbindung zwischen Dylan und Sophia: Zwischen den beiden ist etwas vorgefallen. Morgan weiß nicht, was auf dem Zettel stand. Weißt du es, Tim?«

»Ich? Woher sollte ich das wissen?«

»Nachdem Sophia verschwunden war«, erklärte Camila, »fuhr Morgan zu Dylan Garrett, um mit ihm zu sprechen. Etwa zehn Tage vor seinem Tod.«

Tim war nun sichtlich nervös. Er legte sich die Hand auf den Mund.

»Konnte sie mit ihm sprechen?«, fragte er.

Camila machte eine Pause.

»Dylan war nicht zu Hause. Sein Bruder sagte Dorothy Morgan, er sei vermutlich am Lake Gordon. Sie fuhr hin. Dylan war tatsächlich dort, aber er war nicht allein. Neben ihm saß ein Mann. Deshalb ging sie lieber wieder.«

Camila sah ihm direkt in die Augen.

Tim schwieg und rieb sich erneut das Kinn.

»Dieser Mann, das warst du, Tim«, sagte sie schließlich.

Tim reagierte immer noch nicht. Dann schloss er die Augen und kniff sich mit Daumen und Zeigefinger sanft am Nasenansatz.

Camila sah ihn mit funkelndem Blick an.

»Hat die Frau mich erkannt?«

»Darüber machst du dir also Sorgen? Nein, hat sie nicht.«

Tim nickte. Er stand auf, ging zum Fenster und schaute nach draußen.

»Ich wollte es dir sagen, Camila, wirklich. Es war Teil des Plans. Ich hätte nie gedacht, dass du dich so schnell bereit erklären und so sehr engagieren würdest.«

Er drehte sich um.

»Niemand weiß, dass ich Dylan an dem Tag gesehen habe«, erklärte Tim. »Oder zumindest habe ich das bis heute gedacht.«

»Nicht einmal die Polizei?«

Tim schüttelte den Kopf.

»Warum nicht?«

»Du hast es ja selbst gesagt. Zehn Tage später wurde Dylan genau dort ermordet. Hätte man von unserem Treffen gewusst, wäre ich automatisch unter Verdacht geraten. Danach wurde Hobson verhaftet, und es hätte keinen Sinn mehr gemacht.«

»Aber Dylan hat dir etwas gesagt, was dich veranlasst hat, gründlicher zu recherchieren, stimmt's?«

»Stimmt.«

»Und was hat er dir gesagt?«

31

1 Monat und 25 Tage nach dem Verschwinden

Dylan saß mit verlorenem Blick am Ufer des Lake Gordon. An diesem Vormittag angelte er nicht.

Tim machte einen Bogen und näherte sich ihm von der Seite, um ihn nicht zu erschrecken. Als er noch etwa fünf Meter entfernt war, wandte Dylan langsam den Kopf in seine Richtung.

»Ich heiße Tim Doherty und bin der Chef des *Hawkmoon Overfly*. Können wir uns kurz unterhalten?«

»Nein.«

Tim hatte sich bereits zu ihm auf den Boden gesetzt. Dylan beäugte ihn mit einer gewissen Neugier und richtete den Blick dann wieder zum Horizont, wo die Silhouette der Catenary-Brücke im Dunst lag.

»Ich recherchiere im Fall der verschwundenen Sophia Holmes und habe dazu einige Artikel geschrieben.«

»Und?«

»Ich würde gern mit dir über Sophia sprechen.«

»Ich habe nichts zu sagen. Verschwinden Sie.«

»Wenn du mir erlaubst …«

»Ich erlaube Ihnen gar nichts. Wenn Sie nicht sofort verschwinden, hören Sie morgen von meinem Vater.«

Tim stand nicht auf. Er wartete einige Sekunden ab, bevor er wieder das Wort ergriff. Diesmal ging er die Sache anders an.

»Mein Vater war ein begeisterter Angler. Wollte das an mich weitergeben. Eine komplette Ausrüstung hat er mir gekauft, aber es ist ihm nicht gelungen. Mir waren andere Sachen wichtiger. Er ist immer zur Mündung des Douglas gefahren und hat dort stundenlang geangelt. Manchmal bin ich ihm mit dem Fahrrad hinterhergefahren und habe ihm nachspioniert. Warum, weiß ich nicht so genau. Er war ein guter Vater, zu dem ich aufgesehen habe. Als ich elf war, ging es bei ihm geschäftlich bergab. Er häufte Schulden an, wurde verklagt, steckte wirklich in der Klemme. Allerdings hat er es keinem gesagt, nicht meiner Mutter und auch nicht seinen Freunden. Keinem. Wir haben einfach weitergelebt wie immer. Eines Tages ist die Blase geplatzt, und alles kam ans Tageslicht. Es war eine Tragödie, meine Mutter hat diesen Verrat nie verwunden. Aber weißt du was?«

Dylan antwortete nicht, doch immerhin hörte er zu.

»Ich hätte bemerken müssen, dass etwas nicht in Ordnung war«, sagte Tim. »In all den Monaten, in denen ich ihm hinterherspioniert habe, hat mein Vater kein einziges Mal geangelt. Er hat immer nur am Ufer gesessen und auf den Fluss gestarrt.«

Dylan sah ihn herausfordernd an.

»Nette Geschichte.«

»Ich gehe hier oft mit meinem Hund spazieren, oben auf dem Hügel. Menschen, die Angeln zu ihrem Hobby gemacht haben, interessieren mich von Haus aus, wie du dir denken kannst. Du angelst seit Wochen nicht mehr, du sitzt einfach nur da, so wie mein Vater damals. Und ich werde den gleichen Fehler nicht noch einmal begehen.«

Dylan lächelte müde. Er holte eine Zigarette hervor und zündete sie in aller Bedächtigkeit an.

»Ich habe die Nase voll von Erwachsenen, die meinen, sie wüssten alles«, sagte Dylan und blies den Rauch zur Seite.

»Ich weiß bestimmt nicht alles. Aber eines schon: Dir liegt etwas auf der Seele, und es hat mit Sophia zu tun.«

»Ich habe nichts zu sagen.«

»Ich bin Journalist, Dylan, du kannst mit mir off the record sprechen. Ich darf nichts veröffentlichen, was du nicht willst. Andererseits kann ich alles schreiben, was immer auch nötig ist, und niemand kann mich zwingen, meine Quelle preiszugeben.«

Seine Argumentation zeigte Wirkung. Dylan sog jedes Wort in sich auf und wog die Möglichkeit ab, die Last, die ihn so quälte, endlich abzuwerfen.

»Nehmen wir mal an, ich hätte etwas zu sagen. Warum sollte ich Ihnen trauen?«

»Wem sonst?«, hielt Tim sofort dagegen. »Ich wohne in dieser Stadt, hier ganz in der Nähe, und ich werde nirgendwohin gehen. Wenn du etwas weißt und nicht genannt werden möchtest, musst du mit einem Journalisten oder mit einem Anwalt reden. Mein Rat wäre, nie einem Anwalt zu vertrauen.«

Dylan lächelte.

»Mein Vater ist der beste Anwalt in dieser Scheißstadt. Warum sollte ich mit einem Journalisten reden?«

»Vielleicht, weil deine Familie lieber nichts davon erfahren sollte«, sagte Tim. »Wenn du mit einem anderen Anwalt sprichst, dann könnte es durchaus deinem Vater zu Ohren kommen.«

Dylan drückte seine Zigarette an einem Felsen aus.

»Hör zu, Dylan, ich will offen zu dir sein. Wir sind eine kleine Zeitung, aber in Hawkmoon werden wir von allen gelesen. Wir haben, wie gesagt, schon mehrere Artikel über Sophia veröffentlicht, und in keinem dieser Artikel wird dein Name erwähnt. Die Leute reden und spekulieren, aber wir arbeiten mit Tatsachen. Lass uns rekapitulieren, was wir wirklich wissen. Du hast dieses Video mit Janice Hobson aufgenommen. Es war privat, aber dann wird dein Handy gestohlen, und das Video gelangt an die Öffentlichkeit. Eine Tragödie. Die Schule unternimmt nichts. Die wütende Sophia Holmes organisiert eine Demo und erzählt alles im Fernsehen. Du gehst nicht mehr in die Schule. Und Sophia ist verschwunden.«

»Ist von der Brücke gesprungen«, sagte Dylan provozierend.

Tim ignorierte ihn.

»Wie lange kann ich deiner Meinung nach das Offensichtliche zurückhalten, nämlich dass es eine Verbindung gibt zwischen dir und Sophia? Ich brauche nur noch einen Beweis.«

Dylan zuckte mit den Schultern.

»Dylan, du musst es mir nicht jetzt sagen. Aber ich weiß, dass du etwas verschweigst, was im Zusammenhang mit Sophia Holmes steht. Ich werde herausfinden, was.«

»Und woher wissen Sie das? Ach, ja, klar, weil mir die Lust am Angeln vergangen ist.«

Tim sah ihn ernst an.

»Ich kann dir nicht sagen, woher ich es weiß«, erklärte er, »weil ich nämlich die Pflicht habe, meine Quelle zu schützen.«

Dylan war verstummt, in seinem Gesicht stand Panik.

»Das dürfen Sie nicht veröffentlichen«, murmelte er wütend. »Das wäre eine Katastrophe.«

»Was wäre eine Katastrophe?«

Dylan schüttelte den Kopf.

»Ich kann jetzt nicht. Lassen Sie uns nächste Woche noch mal reden.«

Tim nickte.

»Okay, aber du musst mir etwas geben als Beweis dafür, dass ich nicht umsonst warte. So läuft es nun mal.«

»Ich traue Ihnen nicht.«

»Irgendjemandem musst du trauen. Soweit ich sehe, hast du nicht viele Optionen. Wenn jemand versucht hat, dir zu schaden oder …«

»Es reicht.« Dylan fasste sich an den Kopf und starrte auf den Boden. »Mir geht das alles so was von auf den Sack.«

»Was immer du sagt, bleibt unter uns. Das weißt du.«

Dylan überlegte lange. Dann hob er den Kopf und blickte hinaus auf den See.

»Lassen Sie mir Zeit, ein oder zwei Wochen«, sagte er, ohne Tim anzusehen. »Und ja, es stimmt: Zwischen Sophia und mir gab es etwas zu klären.«

Tim spürte, wie ihm das Adrenalin ins Blut schoss. Sein Verdacht hatte sich bestätigt.

»Ich muss erst noch einige Dinge erledigen«, sagte Dylan.

»Glaubst du, dass Sophia lebt?«

»Ich weiß nur eines: An dem Tag, an dem sie verschwand, wollte sie sich bestimmt nicht von dieser Brücke werfen.«

Dylan neigte den Kopf zur Seite und klopfte auf den Boden. Tim begriff nicht, was er mit dieser Geste zum Ausdruck bringen wollte.

»Sie wollte sich mit mir treffen, genau hier«, erklärte Dylan. »Aber ist nicht gekommen.«

»Warum wolltest du dich mit ihr treffen?«

Dylan hob abwehrend die Hand. Er war nicht bereit, noch mehr zu erzählen.

»Sie wollten etwas, das haben Sie jetzt«, sagte Dylan trocken.

»Ihnen bleibt nichts anderes übrig, als zu warten, bis ich Ihnen den Rest erzähle.«

Zehn Tage später wurde Dylan Garrett hinterrücks ermordet. Tim würde wieder und wieder davon träumen, wie Dylan mit der Hand auf den Boden geklopft hatte. »Genau hier …«

32

Mit vielen Fragen und nur wenigen Gewissheiten fuhr Camila nach Queen Island zurück.

Unterwegs hielt sie es nicht länger aus und drückte auf die Drei, unter der immer noch die Nummer von Annie Delacroix gespeichert war. Ihre ehemalige Assistentin in New York ging sofort dran. Nach dem Ende ihrer beruflichen Zusammenarbeit hatten sie ihren guten Kontakt gepflegt und regelmäßig miteinander telefoniert. Daher lag auch keinerlei Überraschung in Annies Stimme.

Sie brachten sich kurz gegenseitig auf den neuesten Stand, dann schlug Camila den professionellen Ton an, den Annie so gut kannte.

»Du musst etwas für mich recherchieren.«

Schweigen.

»Annie? Bist du noch dran?«

»Ja, bin ich.« Offensichtlich hätte Annie am liebsten gefragt, ob ihre Ex-Chefin an einem neuen Fall arbeitete, doch sie traute sich nicht. »Sag mir, was ich für dich tun kann.«

»Zwei Dinge. Du musst für mich alles herausfinden über Conrad Holt, den Polizeichef von Hawkmoon. Das schaffst du nicht allein, also bitte Moore um Hilfe, aber ohne zu verraten, dass es für mich ist. Zumindest so lange nicht, bis ich dir grünes Licht gebe.«

»Verstanden. Für wann brauchst du die Informationen?«

»Was glaubst du?«

Beide lachten. Camila hielt an, stieg, das Handy zwischen Wange und Schulter geklemmt, aus dem Auto und drückte auf den Knopf der Fernbedienung für das Garagentor.

»Was brummt denn da?«

»Das Garagentor. Ich bin gerade zu Hause angekommen.«

»Und das zweite Ding?«

»Das ist ein Kinderspiel und wird dich nicht viel Zeit kosten. Du musst für mich eine Telefonnummer heraussuchen. Ich schicke dir gleich eine SMS mit dem Namen.«

»Okay. Sonst noch was?«

»Vorerst nicht.«

»Camila …«

»Frag nicht. Wie reden später.«

»Roger«, sagte Annie.

Camila war noch nicht bereit, Annie zu sagen, dass sie zurück im Ring war, doch es war so. Seit sie im Fall von Sophia Holmes recherchierte, fühlte sie sich anders. Als wären bestimmte Areale ihres Gehirns plötzlich reaktiviert worden.

Sie beschloss, ein Bad zu nehmen. Sie musste über vieles nachdenken, vor allem über das Treffen zwischen Tim und Garrett. Sie verstand, warum Tim es ihr nicht hatte sagen wollen, aber es störte sie trotzdem.

Während die Wanne volllief, schüttete sie Badesalz dazu und zündete drei Duftkerzen an. Dann ging sie in die Küche und schenkte sich ein Glas Wein ein. Zurück im Badezimmer, zog sie sich aus und ließ sich ins heiße Wasser gleiten.

Sie griff zu ihrem Handy, das sie extra an den Rand der Wanne gelegt hatte, und wollte entspannende Musik einstellen.

Genau in diesem Moment klingelte es. Vor Schreck ließ sie das Handy fallen. Schnell zog sie es aus dem Wasser und sah auf dem Display, dass es Richard Ambrose war. Was wollte ihr Ex-Chef um diese Uhrzeit von ihr? Hatte Annie womöglich geplaudert?

Sie strich über das Display und ging ran.

»Hallo, Richard.«

»Bist du zu Hause?«

»Ja, ich wollte gerade ein Bad nehmen.«

»Entschuldige, aber es ist dringend«, sagte Richard mit Grabesstimme. »Ich habe dich doch ausdrücklich gebeten, es sein zu lassen.«

Er musste nicht erläutern, was er meinte.

»Du bist nicht mehr mein Chef, Richard. Was soll das also?«

»Vince hat mich gerade angerufen. Er schäumt vor Wut. Ich hatte dich inständig gebeten, Camila. Es ist *sein* Fall. Er ist seit Monaten an ihm dran und soll ihm beim Sender zum Durchbruch verhelfen. Ich verstehe ja, dass ihr euch nicht grün seid, aber der professionelle Anstand gebietet, dass du ihm nicht dazwischengrätschst.«

»Naroditsky und professioneller Anstand in ein und demselben Satz, das ist schon urkomisch.«

Camila fiel nichts ein, was ihr die Lust an einem Vollbad gründlicher ruinieren würde als ein Gespräch über Vince Naroditsky.

»Er meinte, du hast mit dem Direktor der Schule gesprochen?«

»Ich werde mich bestimmt nicht dafür rechtfertigen, was ich tue oder nicht tue.«

»Ich bitte dich, Camila, wir sind doch Freunde. Bring mich

nicht in die Bredouille. Wir können gern deine Rückkehr arrangieren und dir eine neue Aufgabe im Sender suchen, aber halte dich von diesem Fall fern. Überlass Naroditsky das Rampenlicht.«

»Hat er dir gesagt, dass er was hat?«

»Ja, hat er.«

»Wenn dem so ist, gut für ihn. Was mich angeht, ist mir Naroditsky herzlich egal.«

»Das ist mir klar. Aber ich hoffe doch, dass du ein bisschen an diesen alten Recken denkst, der bald in Rente gehen wird. Bitte sei nicht diejenige, die mir am Ende noch das Leben schwer macht.«

»Diese Karte auszuspielen ist unfair, Richard.«

»Ich hab's trotzdem gerade getan. Hab dich lieb!«

Camila legte auf. Sie schloss die Augen und ließ sich so tief in die Wanne gleiten, dass das Wasser ihr Kinn bedeckte. Sie schlief nicht ein, aber viel hätte nicht gefehlt. Das Wasser war kalt geworden. Sie trank ihren Wein aus, stieg aus der Wanne und legte den Bademantel an. Mit dem Handy ging sie ins Schlafzimmer, um sich anzuziehen.

Sie hatte einen verpassten Anruf und eine Nachricht von Annie:

ICH BIN DRAN AN CONRAD HOLT. IN EIN, ZWEI TAGEN HABE ICH ALLES ZUSAMMEN, ABER HIER SCHON MAL DIE HANDYNUMMER, UM DIE DU MICH GEBETEN HAST.

Es folgte die Handynummer, die Sophia Holmes mit einer Vergangenheit verknüpfte, die Camila lieber vergessen hätte.

33

Es war noch nicht ganz dunkel, als Bobby zu bellen begann.

Bobby bellte sonst nie.

Camila lag auf dem Sofa im Wohnzimmer und las *La invención de Morel.* Sie blickte auf und wartete. Bobby bellte erneut, dann klingelte es unhöflich lange.

Zähneknirschend erhob sie sich und ging zur Tür, überzeugt, es werde Tim sein, der ihr noch einmal sagen wollte, wie leid es ihm tue, ihr nichts von seinem Treffen mit Dylan Garrett erzählt zu haben. Durch das Glasfensterchen sah sie, dass draußen ein Streifenwagen stand. Kurz setzte ihr Herz aus.

Es waren zwei Männer. Camila hatte keine Mühe zu erkennen, dass einer Kommissar Holt war. Sie öffnete die Tür.

»Guten Abend, Ms. Jones«, grüßte der Kommissar und nahm den Hut ab.

Holt war einer dieser Menschen, deren Alter sich nur schwer einschätzen ließ. Mit seinem durchtrainierten Körper, dem gebräunten Gesicht und seiner sorgfältigen Frisur könnte er auf die vierzig zugehen oder sie schon längst überschritten haben. Camila bedauerte, dass sie praktisch noch nichts über den Mann wusste, der da vor ihr stand.

Der andere Besucher war groß und trug einen teuren grauen Anzug. Er nahm seine verspiegelte Sonnenbrille ab, als Camila ihn ansah.

»Ich bin Conrad Holt, das hier ist Frank Garrett. Dürfen wir einen Moment reinkommen?«

Camila musterte sie. Es lag nicht einmal ein Hauch von Freundlichkeit in ihren Gesichtern.

»Worum geht's?«

Holt lächelte unbehaglich.

»Ms. Jones, verzeihen Sie, dass wir einfach so auftauchen. Wir wollten uns ankündigen, aber wir wussten nicht, wie wir Sie erreichen sollten.«

Camila nickte.

»Ist was passiert?«

Holt setzte sich den Hut wieder auf.

»Also …«

»Ms. Jones«, mischte sich Garrett ein, »es war meine Idee, Sie aufzusuchen, daher sollte ich es Ihnen auch erklären. Conrad war so freundlich, mich zu begleiten, damit … wie soll ich sagen, mein Besuch nicht missverstanden wird.«

»Ich verstehe nicht.«

»Ich weiß, dass Sie zu Sophia Holmes recherchieren«, erklärte Frank Garrett, »und dass der Tod meines Sohnes Teil dieser Recherche ist.«

Camila betrachtete ihn näher. Kurz war sie versucht, ihn zu fragen, woher er das wusste, aber sie kannte die Antwort bereits. Wenn Direktor Lenderman mit Naroditsky gesprochen hatte, dann konnte er gut und gern auch Garrett oder den Kommissar informiert haben.

»Ich dachte, das wäre Sache der Polizei«, sagte Camila, die sich nun wieder an Holt wandte. »Sind Sie extra hergekommen, um mir Fragen zu meiner Arbeit zu stellen?«

»In diesem besonderen Fall«, erklärte Frank Garrett, »hat

Ihre Arbeit direkt mit Dylans Tod zu tun, und deswegen müssen wir unbedingt miteinander sprechen.«

»Müssen wir nicht. Und schon gar nicht so.«

Holt legte eine Hand auf Garretts Arm. Garrett schob sie weg. Wenn er sich bislang Mühe gegeben hatte, einigermaßen höflich aufzutreten, dann ließ er in dieser Mühe nun rapide nach.

»Sie bestätigen also, dass Sie die Leute zu Dylans Tod befragen? Ich dachte, Sie hätten sich zur Ruhe gesetzt.«

»Stopp«, griff Holt ein. »Würden Sie uns bitte einen Augenblick entschuldigen, Ms. Jones.«

Er packte Garrett bei den Schultern und schob ihn weg. Dann flüsterte er ihm etwas ins Ohr und bugsierte ihn zum Streifenwagen. Erst als Garrett sich auf den Beifahrersitz gesetzt hatte, kam Holt in aller Ruhe zurück.

Er nahm erneut den Hut ab und war nun näher an Camila herangetreten. Sie konnte die feinen Falten auf seiner Stirn erkennen.

»Es tut mir leid«, sagte der Kommissar. »Ich hatte schon befürchtet, dass so etwas passiert.«

»Warum haben Sie ihn dann hergebracht?«

»Frank Garrett ist ein guter Freund, der in letzter Zeit viel gelitten hat. Er wäre sowieso gekommen. Also habe ich darauf bestanden, ihn zu begleiten, um Ihnen beiden Unannehmlichkeiten zu ersparen.«

»Ich habe nichts zu sagen, Kommissar Holt.«

»Versetzen Sie sich doch einen Moment lang in Franks Lage. Sie haben einen Sohn, der etwa so alt ist wie Dylan, richtig?«

Camila antwortete nicht. Dass es Alex gab, ließ sich leicht im Internet recherchieren, trotzdem passte es ihr ganz und gar nicht, dass Holt ihn erwähnte.

»Ich habe ebenfalls einen Sohn«, fuhr Holt fort. »Connor heißt er, und er geht nächstes Jahr zur Uni. Dylan Garrett wird sich diesen Traum nie erfüllen können, weil irgendein Dreckskerl ihn erschlagen hat.« Holt machte eine Pause und sah in Richtung Streifenwagen. Frank Garrett saß ruhig da und stierte vor sich hin. »Dieser Mann ist einfach am Boden zerstört.«

Camila kaufte ihnen die Feierlichkeit nicht ab. Der Auftritt der beiden war oscarreif.

»Kommissar Holt, diese kleine Nummer habe ich schon oft erlebt. Gar nicht witzig finde ich, dass sie in meinem Garten aufgeführt wird.«

Holt setzte sich seinen Hut ein zweites Mal auf und rückte die Krempe zurecht.

»Ich bitte Sie im Guten: Lassen Sie die Sache ruhen«, sagte er in freundlichem Ton. »Ich gebe Ihnen mein Wort, dass wir den Richtigen gefasst haben. Keith Hobson hat Dylan auf die feigste Art und Weise getötet, die man sich vorstellen kann: von hinten. Die Beweise sind erdrückend und werden ihn lebenslänglich hinter Gitter bringen.«

»Was ist dann das Problem, wenn ich oder sonst ein Journalist darüber schreiben will?«

»Wie gesagt, Frank Garrett ist ein alter Freund von mir. Ich will gar nicht leugnen, dass er ein arroganter Anwalt ist, der manchmal wie ein Rambo auftritt. Wenn man mit ihm diskutiert, will er immer recht haben. Er ist ein harter Hund. Ich habe ihn noch nie schwach gesehen, außer bei Dylans Tod. Weder er noch seine Frau ertragen es, in der Zeitung lesen zu müssen, dass es schon wieder eine neue Theorie gibt, warum ihr Sohn sterben musste. Sie wollen einfach, dass das alles aufhört.«

»Wollen wir das nicht alle?«

»Sie können gern zu mir aufs Revier kommen, wann immer Sie wünschen. Wir haben unermüdlich nach Sophia gesucht und tun es noch immer, obwohl wir Beweise dafür haben, dass sie von der Catenary-Brücke gesprungen ist.«

»Keine abschließenden Beweise.«

»Mag sein«, gestand Holt ein. »Deshalb ist der Fall auch noch nicht zu den Akten gelegt. Eines kann ich Ihnen aber versichern: Dylans Tod hat nichts damit zu tun.«

»Wenn Sie das sagen.«

Holt hatte Frank Garrett als einen arroganten Anwalt beschrieben, was garantiert stimmte. Es stimmte aber auch, dass er selbst eine gehörige Portion Arroganz besaß. Und in seinem Fall war es schlimmer, weil er diese Arroganz mit gemäßigtem Auftreten und versöhnlichem Habitus verschleierte.

Camila wusste, dass es kein besseres Mittel gegen einen Arroganzling gab, als anzuzweifeln, was er sagte, und ihm dann das Wort zu überlassen.

»Hören Sie, Ms. Jones, das dürfte ich Ihnen eigentlich gar nicht sagen, aber wenn es dazu beiträgt, dass Sie aufhören, in der falschen Richtung zu suchen, ist es mir die Sache wert. Es ist noch nicht spruchreif, aber der Anwalt von Hobson und die Staatsanwaltschaft arbeiten derzeit an einem Vergleich. Hobson wird sich des Mordes an Dylan Garrett für schuldig erklären.«

Holt lächelte selbstgefällig. Camila betrachtete ihn schweigend.

»Sie sind eine berühmte Journalistin, und ich bin der Letzte, der Ihnen sagen wird, wie Sie Ihren Job zu erledigen haben«, fügte Holt hinzu, »aber das hier ist mein Zuständigkeitsbereich, und das hier sind meine Leute.« Er nickte unmerklich in Richtung Frank Garrett. »Es ist meine Pflicht, sie zu beschützen. Daher rate ich Ihnen, Ihre Zeit nicht mit Dylan zu verschwenden.«

Sein Lächeln war gänzlich erloschen.

»Ist das alles, Kommissar Holt?«

»Ja. Danke für Ihre Zeit.«

Als das Auto nur noch in der Ferne zu hören war, stand Camila nach wie vor auf der Türschwelle und dachte über den Vorfall nach.

Sie war gerade subtil bedroht worden.

34

Als Camila in das Glashaus gezogen war, hatte sie gedacht, sie würde so viel Zeit haben, dass sie das Putzen selbst übernehmen könnte, doch wie sich herausstellte, hatte dieses verdammte Haus mehr Scheiben als die Pyramide des Louvre.

So kam Rose ins Spiel. Es war nicht einfach gewesen, jemanden zu finden, der bereit war, mit dem eigenen Auto raus auf die Halbinsel zu fahren, und der vor allem genügend Kraft hatte für diese Mammutaufgabe. Daher hütete Camila die Frau wie einen Goldschatz. Rose war aber nicht nur eine effiziente Putzfrau, sie war auch die personifizierte Neugier. Von Anfang an hatte sie sich gewundert, warum die Kellertür immer verschlossen war, und ähnlich kurios fand sie, dass Camila sie ausdrücklich gebeten hatte, eines der Zimmer im zweiten Stock nicht zu betreten. Sobald Rose die Gelegenheit dazu hatte, tat sie genau dies: Sie öffnete die Tür des Zimmers, warf einen kurzen Blick hinein und sah die Fotos und Zeitungsausschnitte an der Wand.

Noch am selben Tag erzählte Rose ihrer Schwester Angela, dass Camila Jones bald zum Fernsehen zurückkehren würde, mit einem aufsehenerregenden Fall.

Am nächsten Tag erzählte Angela es bei einem Glas Wein brühwarm einem Studenten, an dem sie Interesse hatte. Noch in derselben Nacht erzählte der es seinem Zimmergenossen weiter, einem Journalistikstudenten, der gerade ein Praktikum beim *Charlotte Observer* machte. Der Journalistikstudent wiederum erzählte es gleich am nächsten Morgen bedenkenlos seinem Chef.

Camila wurde von Nachrichten regelrecht überschwemmt. Sie war gerade im Garten und musste ihr Handy auf lautlos stellen, damit ihr das Gepiepe nicht den letzten Nerv raubte. Dass es durchgesickert war, überraschte sie nicht sonderlich. Richard hatte die Information, da war es nur eine Frage der Zeit, bis jemand im Sender mit der falschen Person sprach. In keinem Moment kam ihr der Gedanke, die Quelle der Nachricht könnte in ihrem eigenen Haus sitzen.

Die einzige Anfrage, die sie sofort beantwortete, war die von Alex. Ihm bestätigte sie, dass sie im Fall von Sophia Holmes recherchierte, versicherte ihm aber auch, dass sie nicht ins Fernsehen zurückzukehren gedachte, zumindest vorerst nicht.

Eine weitere Nachricht, die sie sofort las, war die von Annie. Ihre ehemalige Assistentin hatte ihr per E-Mail das Dossier über Kommissar Holt geschickt. »Ziemlich aufschlussreich«, lautete ihr Kommentar.

Camila betrat das Haus und legte das Handy in die Küche. Dann ging sie nach oben ins Büro und druckte Annies Unterlagen aus, ordnete sie chronologisch und begann, sie zu lesen.

Der Aufstieg von Conrad Holt zum Kommissar war eine haarsträubende Geschichte.

Vor gut zehn Jahren war Holt noch ein erfahrener Polizist mit blütenweißer Weste und großem Ehrgeiz gewesen. Tatsächlich hätte er zum jüngsten Kommissar des ganzen Bezirks werden können, wäre da nicht ein anderer, ebenfalls außergewöhnlicher Polizist namens Bill Mercer gewesen, der ihm an

Erfahrung einige Jahre voraushatte. Bill Mercer und Conrad Holt waren Freunde, und das Schicksal wollte es, dass sie sich um dieselbe Stelle bewarben. Bill genoss allerdings die Unterstützung vom örtlichen Staatsanwalt, und dies erwies sich als entscheidend.

Niemand war von dem Ergebnis wirklich überrascht. Bill Mercer verfügte nicht nur über mehr Praxis, er besaß auch mehr Charisma und hatte nach der heldenhaften Rettung eines Mädchens bei einem Brand eine gewisse Popularität gewonnen. Man musste ihn nur in seiner Uniform sehen, um zu erkennen, dass der Posten ihm wie auf den Leib geschneidert war.

Und so löste sich Holts Traum, es zum Kommissar zu bringen, praktisch in Luft auf. Die Pensionierung des alten Levinson abzuwarten, um eine Chance zu erhalten, war das eine, aber sich ewig hinter Bill Mercer einordnen zu müssen, etwas ganz anderes. Er konnte es schlicht nicht ertragen. In den folgenden Monaten ging das gute Verhältnis zwischen den beiden immer mehr in die Brüche. Mehrere Beamte wurden Zeuge des ständigen Streits. Holt behandelte Mercer weiterhin wie einen einfachen Kollegen und stellte dessen Entscheidungen offen infrage. Freunde und Bekannte versicherten, dass er sich sehr verändert hatte. Und auch seine Frau und seine beiden Kinder bemerkten es. Mit seinem Traum schien sich zugleich der Mensch Conrad Holt in Luft aufgelöst zu haben.

Doch knapp ein Jahr nach der verpassten Chance geschah eine Tragödie. Nichts würde mehr so sein, wie es war.

Mercer und Holt waren unterwegs zum Büro des Distriktstaatsanwalts, als über Funk die konfuse Meldung über einen Vorfall in einem Autohaus hereinkam. Die Leitstelle sprach von einer *möglichen* Geiselnahme. Sie befanden sich ganz in der

Nähe des Schauplatzes, also trafen sie als Erste dort ein. Das Autohaus lag in einem unbewohnten Außenbezirk der Stadt.

Der Wachmann, ein verschwitzter höflicher Mensch namens Norris, teilte ihnen mit, was er wusste: Das Autohaus sei schon seit Monaten geschlossen, der Besitzer gestorben, und die Kinder wüssten nicht, was sie damit anfangen sollten. Da sie sich einen Rund-um-die-Uhr-Sicherheitsdienst nicht leisten könnten, hätten sie ihn als Teilzeitwachmann engagiert.

Als Norris an diesem Tag seinen üblichen Rundgang antreten wollte, fiel ihm ein Auto auf, das direkt vor dem Eingang geparkt war. Das Schloss am Tor war aufgebrochen worden. Norris suchte so unauffällig wie möglich das Gelände ab. In einer der Hallen glaubte er, die Stimmen eines Mannes und einer Frau zu hören. Was sie sagten, konnte er nicht verstehen, bis der Mann seine Stimme erhob und der Frau androhte, sie umzubringen, wenn sie nicht sofort still sei. Norris wurde die Sache zu gefährlich, und er rief die Polizei.

Nachdem der Wachmann sie ins Bild gesetzt hatte, sahen Bill und Conrad sich an. Sie waren zwar so vorsichtig gewesen, kein Blaulicht einzuschalten, aber der Mann konnte sie trotzdem gesehen haben. Sie fragten Norris, ob es einen Hinterausgang gebe, und er meinte, er glaube nicht. Bill informierte die Zentrale über die Situation und forderte Verstärkung an, dann sagte er zu Conrad, er solle sich bereit machen, sie würden reingehen, die Frau sei womöglich in Gefahr.

Sie bemerkten, dass auch das Schloss der Eingangstür aufgebrochen war. Bevor sie eintraten, warteten sie ab, bis sich ihre Augen an die Dunkelheit gewöhnt hatten. Es herrschte Totenstille.

Sie zogen ihre Waffen und schlichen auf unterschiedlichen

Wegen hinein. Im Showroom standen noch einige Podeste für Autos und ein paar ausrangierte Möbel, mehr nicht. Holt wandte sich nach rechts, wo die Büros lagen, Mercer nach links, wo ein dunkler Flur abging.

Nachdem Holt die Büros durchsucht und festgestellt hatte, dass dort keiner war, machte er sich auf den Weg zu Mercer. Als er gerade den dunklen Flur betreten wollte, hörte er den ersten Schuss. Eine Frau schrie: ein entsetztes Kreischen, das nicht enden wollte. Mercer gab sich laut als Polizist zu erkennen, dann war es kurz still. Holt ging indessen weiter den Flur entlang.

Wieder kreischte die Frau, flehte verzweifelt um Hilfe, da ertönte ein weiterer Schuss. Ein dröhnender Schuss. Die Frau hörte so schlagartig auf zu kreischen, dass nicht viel Raum für Spekulationen blieb: Entweder war sie schwer verletzt oder tot.

Holt rannte den Flur entlang und stürmte in den Raum, der gut und gern auch das Wohnzimmer eines kleinen Häuschens hätte sein können. Er war verwirrt. Norris hatte ihnen nicht erzählt, dass im hinteren Teil eine Art Wohnung lag. Er fragte sich, ob der Mann und die Frau heimlich dort wohnten.

Was dann folgte, würde mehrere Zeitungsartikel füllen.

Die Frau, die Francine Riley hieß, war von Reginald Cooper, einem Mann mit gewalttätiger Vorgeschichte, tödlich in die Brust getroffen worden. Cooper hatte sie vermutlich gegen ihren Willen dorthin verschleppt. Anschließend gab es eine wilde Schießerei, die etwa eine Minute andauerte. Dann rannte Cooper von einem Zimmer ins andere, um die beiden Polizisten zu verwirren. Mercer und Holt wollten ihn einkreisen und trennten sich.

Cooper versuchte, aus dem Fenster zu klettern, aber er warf

dabei eine Lampe um, was ihn verriet. Mercer, der sich am anderen Ende des Raums aufhielt, und Holt, der in der Mitte des Zimmers stand, blickten beide in Richtung des Geräuschs, sahen eine Silhouette und schossen. Eine Kugel riss Cooper das halbe Gesicht weg, aber er konnte seinerseits noch schießen, bevor er zusammenbrach.

Als Holt das Licht anschaltete, sah er Mercer auf dem Boden liegen. Eine von Coopers Kugeln hatte ihn am Rücken erwischt.

Bill Mercer kam ins Krankenhaus. Am folgenden Tag berichteten die Zeitungen, dass der erst jüngst zum Kommissar beförderte Polizist außer Lebensgefahr sei. Er wurde gefeiert für seinen Mut. Die Euphorie verflog schnell. Wie sich herausstellte, hatte Mercer Verletzungen am Rückenmark erlitten. Der Eingriff am selben Nachmittag dauerte drei Stunden. Trotzdem trat ein, was viele befürchtet hatten: Bill Mercer würde nie wieder gehen können.

Camila hielt mit der Lektüre inne, erschüttert von dem Ereignis, das fast ein Jahrzehnt zurücklag. In ihrem Beruf hatte sie es oft mit Fällen zu tun gehabt, in denen das Schicksal im Bruchteil einer Sekunde zugeschlagen und alles verändert hatte, und jedes Mal war sie erschaudert angesichts der Fragilität des Lebens.

Bill Mercer schied aus dem Dienst aus, Conrad Holt nahm seinen Platz ein.

Einige Tage danach beschuldigte Mercer Holt, an jenem schicksalhaften Abend unverantwortlich gehandelt zu haben und sogar derjenige gewesen zu sein, der geschossen hatte, ein Vorwurf, den er später wieder zurücknahm.

Wie Mercer in mehreren Interviews zu Protokoll gab, habe er schwer darunter gelitten, nicht mehr gehen zu können, und sich zu Aussagen hinreißen lassen, die er so nicht gemeint habe. Richtig sei einzig und allein, dass sie an jenem Tag einen Mann ausgeschaltet hatten, der noch viel Unheil hätte anrichten können, und darauf sei er stolz. Er habe gelernt, das Leben mit anderen Augen zu betrachten, und vermisse seine Arbeit keineswegs.

Der letzte Artikel, den Camila zu dem Thema las, war aus dem *Overfly*. Geschrieben hatte ihn Tim Doherty.

BILL MERCER GEWINNT MILLIONENKLAGE

Der Artikel war zwei Jahre nach dem Vorfall erschienen und schilderte kurz die Umstände, die zur Querschnittslähmung und zum Jobverlust des Ex-Kommissars geführt hatten. Mercers Verletzung hätte vermieden werden können durch den Gebrauch einer speziellen Schussweste mit doppeltem Schutz, die aber von der örtlichen Polizei, obwohl vom FBI und mehreren Organisationen empfohlen, aus Kostengründen nicht angeschafft worden war. Die genaue Entschädigungssumme war nicht publik geworden, doch sie habe den Erwartungen entsprochen, wie Mercers Anwalt Frank Garrett versicherte.

Camila hob den Blick. Dass Garrett im Zusammenhang mit diesem Fall auftauchte, ließ bei ihr die Alarmglocken schrillen.

35

»Ich bin auf dem Weg zu Bill Mercer«, sagte Camila über die Freisprechfunktion ihres Handys.

»Zu wem?« Tim brauchte einen Moment, um den Namen einzuordnen. »Dem Ex-Kommissar? Wieso denn das?«

Camila kam gleich zum Punkt.

»Wusstest du, dass Frank Garrett damals Mercers Anwalt war?«

Camila hatte die Landstraße 140 für sich allein. Das einzige Geräusch war der Motor ihres Wagens.

»Das ist doch schon eine Ewigkeit her, Camila. Frank Garrett hat praktisch alle größeren Fälle in Hawkmoon vertreten. Und um deine Frage zu beantworten: Ja, wusste ich. Ich glaube, Mercer bekam drei Millionen. Oder waren es fünf? Jedenfalls einen Haufen Geld.«

»Mercer hat da einige widersprüchliche Aussagen gemacht.«

»Was hat das mit Sophia Holmes zu tun?«

Genau das hatte sich Camila auch gefragt.

»Garrett und Holt verbindet etwas Besonderes«, erklärte Camila und stockte dann, um sich zu überlegen, wie sie es formulieren sollte. »Ich weiß natürlich, dass sie befreundet sind, aber so wie sie bei mir aufgetreten sind, das war … als würden sie sich gegenseitig beschützen.«

»Und Mercer?«

»Weiß nicht. Nenn es eine Eingebung. Ich hatte einfach den Eindruck, dass es auch da eine Verbundenheit gibt, die nicht über Nacht entstanden ist.«

»Wo lebt Mercer jetzt? Ich habe schon seit Längerem seine Spur verloren.«

»In Fayetteville.«

»Camila, das sind über hundert Kilometer!«

»Ich rufe dich an, sobald ich zurück bin.«

Camila wusste, dass sie vielleicht einer fixen Idee nachjagte. Trotzdem musste sie wissen, in welcher Beziehung Holt und Garrett zueinander standen. Der Schusswechsel war das entscheidende Element. Mercer hatte Millionen erhalten, aber er hatte auch seine Arbeit verloren. Vielleicht war er nach all den Jahren gewillt, darüber zu reden.

Mercers Haus, Ellerslie Street 171, lag am Stadtrand von Fayetteville. Soweit Camila wusste, war der Ex-Kommissar nicht verheiratet und hatte auch keine Kinder, wodurch das große Haus überdimensioniert wirkte. Während sie darauf zuging, zählte sie die Fenster und kam auf neunzehn, die der angebauten Garage eingerechnet, in der fünf oder sechs Autos Platz hatten.

Eine Frau Mitte sechzig öffnete die Tür und sah Camila mit einem fragenden Lächeln an. Offenbar kam Camila ihr bekannt vor, und sie versuchte, ihr Gesicht einzuordnen. Die Frau, die etwas zu alt war, um Mercers Frau, und noch zu jung, um seine Mutter zu sein – wobei sie theoretisch natürlich beides sein konnte –, trat sehr nah an Camila heran und sagte unnötig laut:

»Wie kann ich Ihnen helfen?«

»Ich heiße Camila Jones. Ich bin Journalistin und würde gern mit Mr. Mercer sprechen. Er wohnt doch hier, oder?«

»Journalistin?«

»Ja, Camila Jones. Könnte ich bitte mit Mr. Mercer sprechen?«

»Warten Sie hier, bitte.«

Die Tür ging zu, und Camila musste eine Ewigkeit warten. Sie wollte schon erneut klingeln, als die Frau zurückkam und sie hereinbat in einen Flur, der dem ihres Glashauses in nichts nachstand.

»Hier entlang, bitte.«

Das Wohnzimmer war riesig und geschmackvoll eingerichtet, aber etwas unpersönlich. Camila suchte nach Anhaltspunkten, die Rückschlüsse auf Mercer zuließen, aber sie entdeckte keine. Als sie an der Küche vorbeikamen, steckte die Frau kurz den Kopf hinein und gab Bescheid, dass Mr. Mercer seinen Tee heute später trinken würde.

Sie betraten einen Wintergarten, in dem neben vielen Pflanzen einige Käfige mit bunten Vögeln standen. Dahinter erstreckte sich ein Garten mit einem Pavillon in der Mitte und einem betonierten Pfad. Camila hatte Mühe, dieses Prachthaus und einen pensionierten Polizisten zusammenzudenken, unabhängig davon, ob er sich einen solchen Luxus leisten konnte oder nicht.

»Mr. Mercer erwartet Sie in der Werkstatt.« Die Frau deutete auf ein zweistöckiges Gebäude am Ende des Pfads.

Unterwegs stellte sich Camila vor, dass Mercer sein Rentnerdasein der Malerei oder einer der anderen Künste gewidmet hatte.

Drinnen wartete eine Überraschung auf sie. Die Werkstatt hatte nichts von einem Atelier. Ihr Blick fiel auf einige Maschinen und Werkbänke mit kleineren Werkzeugen. Der Raum war groß und vollstopft mit Dingen. In der Mitte stand ein zwei mal drei Meter großer Tisch, auf dem Mercer eine Miniaturstadt errichtet hatte. Camila trat näher heran. Als sie den See auf der einen Seite und die winzige Catenary-Brücke auf der anderen Seite erkannt hatte, begriff sie, dass es sich um eine maßstabsgetreue Nachbildung von Hawkmoon handelte.

»Ich fürchte, Ihr Haus liegt nicht in diesem Teil der Stadt, Ms. Jones.«

Camila hob den Kopf und sah sich suchend um, bis sie Mercer hinter einem Tisch am anderen Ende des Raums entdeckte.

»Oh, ich wusste nicht, dass Sie hier sind«, entschuldigte sich Camila.

Mercers lächelndes Gesicht, auf dem eine Brille mit runden Vergrößerungsgläsern saß, schien erst nach hinten und dann nach rechts zu schweben, bis der Mann seinen Rollstuhl hinter dem Tisch hervorgesteuert hatte. Mühsam kurvte er zwischen all den Kisten hindurch, die zwischen ihm und Camila standen.

»Bill Mercer«, sagte er schließlich und reichte ihr die Hand.

Camila schüttelte sie.

»Gefällt es Ihnen?« Mercer nahm die Brille ab und steckte sie in seine Hemdtasche. »Das ist nur ein Teil. Der Rest ist weggepackt.«

»Weggepackt?«

»Sicher, damit nichts kaputtgeht. Wenn ich fertig bin, werde ich das Modell einer Einrichtung schenken, vielleicht der Stadtbücherei oder dem Rathaus.«

»Beeindruckend«, sagte Camila, die nun wieder die Miniaturstadt betrachtete. Sie suchte nach dem Rathauspark und erkannte das Backsteingebäude, in dem der *Overfly* untergebracht war. Sie war gerade erst dort gewesen, es sah genauso aus, wie sie es erinnerte.

»Ich gebe mein Bestes, damit jedes Detail dem Original entspricht.«

Camila musterte ihn, diesmal mit einer Mischung aus Neugier und Befremden. Sie dachte an all die Zeit, die es den Mann gekostet haben musste, diese maßstabsgetreuen Modelle zu erstellen. Was sie da vor sich hatte, war die Arbeit von vielen Jahren. Ein Leben schien kaum auszureichen für so eine Mammutaufgabe. Kurz vergaß Camila, warum sie überhaupt hier war. Sie wollte alles wissen über diesen Mann und sein verrücktes Projekt, seine Geburtsstadt in klein zu errichten.

»Machen Sie das ganz allein?«

»Ja«, sagte Mercer mit einem gewissen Stolz. »Ich will nicht die ganze Stadt nachbauen, aber doch einen großen Teil. Kommen Sie.«

Mit raschen Armbewegungen wendete Mercer und rollte sich zu dem Tisch, an dem er gearbeitet hatte.

Gerade bastelte er ein zweistöckiges Haus im Kolonialstil. Die Hälfte war bemalt, überall verteilt lagen kleine Pinsel und Farbdöschen.

»Ich schaffe ein Gebäude pro Tag. Manchmal zwei. Wissen Sie, wie viele es insgesamt in Hawkmoon gibt?«

Camila hatte natürlich nicht die leiseste Ahnung.

»Über fünftausend«, erklärte Mercer und kicherte. »Genug, um sich eine Weile die Zeit zu vertreiben. Das ist auch genau das, was ich brauche.« Er hob den Blick und fügte sichtlich begeistert hinzu: »Vor fünf oder sechs Jahren hat *Star-News* mal eine Reportage über mich gemacht, aber inzwischen bin ich schon viel weiter mit meiner Arbeit.«

»Mr. Mercer«, sagte Camila in entschuldigendem Tonfall, »Ihre Arbeit hat zweifellos jede Aufmerksamkeit verdient, aber ich bin wegen etwas anderem hier. Ehrlich gesagt wusste ich auch gar nichts von Ihrem Hobby.«

Im Bruchteil einer Sekunde wechselte Mercers Gesichtsausdruck von Begeisterung zu Enttäuschung.

»Verstehe. Was ist dann der Grund für Ihren Besuch?«

Er sagte es in dem matten Tonfall dessen, der schon wusste, was jetzt kommen würde.

»Ich wollte mit Ihnen über den Schusswechsel in dem Autohaus sprechen.«

Mercer verzog das Gesicht. Er rollte in Richtung Ausgang, diesmal wesentlich weniger dynamisch als vorhin. Dann machte er auf einmal kehrt.

»Ich habe alles dazu gesagt«, erklärte er ruhig. »Es steht alles in den Zeitungen von damals. Wirklich alles.«

»Wenn Sie mir ein paar Minuten geben, kann ich es Ihnen erklären.«

»Ms. Jones, es ehrt mich, dass Sie extra zu mir gekommen sind, und ich bitte um Entschuldigung dafür, dass ich auch nur kurz gedacht hatte, Sie könnten an dem Hobby eines Rentners interessiert sein …«

»Oh, darum geht es nicht«, begann Camila.

Mercer fiel ihr ins Wort.

»Sie schulden mir keine Erklärung, ich verstehe Sie durchaus. Aber glauben Sie mir, was damals passiert ist, war ein Unglück, und mehr habe ich dazu nicht zu sagen.«

Mercer war schon an der Tür. Camila hatte sich nicht von der Stelle gerührt.

»Ich bin zu Ihnen gekommen«, erklärte sie, »weil ich im Fall eines Mädchens recherchiere, das in Hawkmoon verschwunden ist. Bei diesen Recherchen sind zwei Männer relevant: Conrad Holt und Frank Garrett. Der Schusswechsel interessiert mich, weil beide darin eine Hauptrolle spielen, der eine als direkt Beteiligter, der andere als Ihr Anwalt. Ich vermute, dass die Beziehung zwischen Ihnen danach enger wurde, und daher hätte ich gern gewusst, was für eine Art Beziehung das ist.«

Mercer hörte sich alles reglos an. Sein Gesicht war undurchschaubar. Nach einer Weile sah er zur Decke, und es hatte den Anschein, als hätte er dort die Antwort gefunden, nach der er gesucht hatte.

»Gehen wir nach nebenan, da haben Sie es etwas gemütlicher«, sagte er.

Kurz darauf betraten sie eines der Wohnzimmer des Hauses, das weit entfernt lag von der Haushälterin und dem restlichen Personal. Camila setzte sich in einen der Samtsessel.

»Wer ist das Mädchen, das verschwunden ist?«

»Sophia Holmes. Vielleicht haben Sie von dem Fall gehört?«

Mercer wirkte überrascht.

»Abgesehen von dem Modell habe ich keine Verbindung mehr zu Hawkmoon. Das war überhaupt einer der Gründe, warum ich weggezogen bin. Aber trotzdem, ich habe von dem Fall des Mädchens gehört. Allerdings dachte ich, er sei abgeschlossen.«

»Holt glaubt, es war Selbstmord. Der Vater auch, wenn ich das richtig verstanden habe. Nur die Mutter ist nicht überzeugt. Vor einigen Tagen hatte sie einen Unfall. Sie liegt im Koma.«

Mercer nickte bekümmert.

»Und was hat Frank Garrett mit alldem zu tun?«

»Zwei Monate nach Sophias Verschwinden wurde Frank Garretts Sohn Dylan brutal ermordet. Dylan und Sophia sind auf dieselbe Schule gegangen, und zwischen beiden kam es zu Reibereien wegen eines Sexvideos, das Dylan mit Sophias bester Freundin aufgenommen hatte. Das Video wurde verbreitet, der Skandal mündete in einer Demonstration und der Aufforderung, Dylan von der Schule zu verweisen.«

»Davon wusste ich nichts«, sagte Mercer. »Dylan habe ich vielleicht einmal gesehen, als Frank mich vertreten hat, damals muss der Junge um die sieben gewesen sein. Mit Frank habe ich schon ewig nicht mehr gesprochen. Wir haben zwar noch einige Jahre lang Kontakt gehalten, aber richtige Freunde sind wir nicht geworden.«

»Trotzdem interessiert mich Ihre Meinung. Als ehemaliger Kommissar haben Sie einen ganz besonderen Blick auf die Dinge, außerdem kennen Sie Holt und Garrett persönlich.«

Mercer seufzte.

»Ms. Jones, ich war nur sehr kurz Kommissar. In Sachen Polizeiarbeit kenne ich mich natürlich aus. Schon mein Großvater und mein Vater waren bei der Polizei, man könnte also sagen, es liegt mir im Blut. Sie glauben, dass dieses Mädchen sich nicht umgebracht hat und mit dem Mord an Franks Jungen zusammenhängt?«

»Ich bin mir nicht sicher. Darf ich Ihnen etwas anvertrauen?«

»Natürlich.«

»Ich bin heute hier, weil ich glaube, dass Holt und Garrett etwas zu verbergen haben. Die beiden zeigen ein allzu großes Interesse daran, den Fall so schnell wie möglich abzuschließen.«

»Ist das nicht vernünftig?«

»Nicht, wenn dabei die Wahrheit auf der Strecke bleibt«, sagte Camila.

Mercer sah sie an.

»Was halten Sie von den beiden?«, fragte Camila. »Was halten Sie *wirklich* von den beiden, Mr. Mercer?«

»Der eine ist ein guter Polizist. Der andere ein brillanter Anwalt.«

»Wie wurde Garrett eigentlich Ihr Anwalt? Hatte Holt ihn empfohlen?«

»Ja. Conrad und er waren schon immer enge Freunde.« Mercer schien sich seine Worte sorgfältig zu überlegen. »Ich will ganz offen zu Ihnen sein. Es gab eine Zeit, da habe ich Conrad zutiefst gehasst. Damals habe ich mich aus Wut zu einigen schlimmen Bemerkungen hinreißen lassen. Heute sehe ich die Dinge klarer, und ich glaube, dass Sie auf die Falschen abzielen, Ms. Jones.«

Camila meinte, etwas aufblitzen zu sehen in Mercers Augen. Den Anflug eines Zweifels? Sie erhob sich.

»Mr. Mercer, ich will auch ganz offen zu Ihnen sein. Ich glaube, dass Frank Garrett einen Nichtangriffspakt zwischen Conrad Holt und Ihnen ausgehandelt hat und Sie so Ihre beiden Versionen aufeinander abstimmen konnten, um den Prozess gegen den Staat zu Ihren Gunsten zu entscheiden. Eine Win-win-Situation. Aber das interessiert mich dabei nicht. Seit über zehn Jahren sitzen Sie in diesem Rollstuhl, haben außerdem Ihre Arbeit verloren, daher haben Sie, was mich angeht, dieses Geld mehr als verdient. Jeden Cent.«

Mercer sah sie resigniert an. Camila fuhr fort:

»Aber alles hat seine Grenze. Ein junger Mann wurde ermordet, und ein junges Mädchen ist verschwunden. Wenn Sie mich fragen, ist das ein guter Grund, um zu reden. Zehn Jahre sind eine lange Zeit. Sie sind den beiden nichts mehr schuldig.«

Zum ersten Mal schien Bill Mercer zu zweifeln.

36

Die Haushälterin stellte zwei Tassen Kaffee auf den Tisch. Mercer bedankte sich mit lauter Stimme bei ihr, und die Frau nickte und ging.

»Ich hoffe, ich trete Ihnen nicht zu nahe, wenn ich Sie das jetzt frage, Ms. Jones«, begann Mercer. »Haben Sie vor, Ihre berufliche Tätigkeit wieder aufzunehmen? Ich dachte, Sie hätten sich zurückgezogen.«

Camila hatte diese Frage schon so oft gehört, dass sie praktisch auf Autopilot schalten konnte. Sie hatte gelernt, ihren anfänglichen Ärger zu ignorieren und dann lächelnd eine kurze Antwort zu geben.

»Sie wissen doch, wie wir Menschen sind: Es fällt uns schwer, etwas aufzugeben, was uns im Innersten ausmacht. Dieser Fall hat mein Interesse geweckt. Mehr ist es nicht.«

Mercer nickte verständnisvoll.

»Gut gesagt. Da staune ich immer noch darüber, dass Sie extra zu mir gefahren sind, und jetzt sitze ich hier und bin derjenige, der Sie ausfragt.«

»Dabei habe ich gar nicht viel zu erzählen. Ich recherchiere ja erst seit einigen Tagen.«

»Bei allem Respekt, Sie haben den weiten Weg von Hawkmoon hierher auf sich genommen, da haben Sie doch sicher etwas entdeckt, das diese Mühe rechtfertigt. Keine Sorge, ich werde Sie nicht fragen, was dieses Etwas ist. Trotzdem werden Sie verstehen, dass ich verwirrt bin. Warum glauben Sie, dass Conrad und Garrett in dem Fall von Sophia drinstecken?«

Mercer mochte schon seit Jahren kein Polizist mehr sein, aber er würde trotzdem nichts herausrücken, ohne dafür eine Gegenleistung erhalten zu haben.

»Nennen Sie es eine Eingebung.«

Mercer lachte, als würde er sich köstlich amüsieren. Dann beugte er sich vor, nahm die Tasse Kaffee und trank einen Schluck.

»Sie sind also hergekommen, weil Sie zwei Dinge glauben. Erstens, dass ich etwas zu sagen habe. Und zweitens, dass ich nicht zum Telefon greife, sobald Sie gegangen sind, um Conrad oder Garrett zu informieren. Wenn Sie damit recht haben, haben Sie vielleicht auch mit allem anderen recht.«

Der Ex-Kommissar musterte sie schweigend. Ihre jeweiligen Blicke sagten, was sie nicht in Worte fassen wollten.

»Irgendwie haben die beiden erfahren, dass ich mich für den Fall interessiere, und haben mich aufgesucht«, sagte Camila. »Holt hat mir versichert, es bestehe nicht der geringste Zweifel, dass Keith Hobson, der Bruder des Mädchens aus dem Video, der Mörder von Dylan Garrett sei. Er riet mir, meine Zeit nicht damit zu verschwenden, etwas anderes zu beweisen.«

»Und Sie empfanden das als eine … Einschüchterung?«

»Die beiden wirkten so, als hätte Tony Soprano sie geschickt.«

Mercer lächelte.

»Verstehe. Hören Sie, so wie ich Conrad kenne, ist das, was er sagt, vermutlich wahr, und dass er Sie zu Hause aufgesucht hat, war einfach nur eine dumme Aktion. Andererseits glaube ich, dass Sie Ihrem Instinkt folgen sollten.«

»Freut mich, dass wir da einer Meinung sind«, sagte Camila. »Wie ist Ihr derzeitiges Verhältnis zu den beiden?«

»Gut, würde ich sagen. Ich habe schon länger nicht mehr mit ihnen gesprochen, aber davor war alles in Ordnung. Ich erzähle Ihnen jetzt was: Als Frank Garrett mein Anwalt wurde, hatte ich nicht die geringste Hoffnung, den Prozess zu gewinnen. Ich kannte natürlich den Ruf, der ihm vorauseilte, und trotzdem wollte es mir nicht einleuchten. Wie gesagt, ich war wütend auf die ganze Welt, auf Conrad, auf Garrett, auf alle. Anfangs dachte ich, Garretts Zuversicht sei reiner Fake und dass Conrad und er sich gegen mich verschworen hätten.«

»Damit Sie ihm keine Steine in den Weg legen bei seiner Kandidatur zum Kommissar.«

»Genau. Garrett bat mich ausdrücklich, Conrads Ernennung zu unterstützen. Währenddessen kam mein Fall nur im Schneckentempo voran. Wir bräuchten einen Verbündeten in der Abteilung, sagte er, also sprach ich mit dem Polizeichef und all meinen Kontakten.«

»Und in dieser Zeit fühlten Sie sich betrogen.«

»Ich war damals in meinen dunklen Gedanken gefangen«, sagte Mercer mit einer gewissen Traurigkeit. »Seit dem Schusswechsel war fast ein Jahr vergangen, ich saß deprimiert zu Hause herum und war überzeugt, dass Garrett bloß mit mir spielte.«

»Hatten Sie keine Partnerin? Familienangehörige?«

»Ach, Beziehungen, da hatte ich nie viel Glück. Ich habe einen Halbbruder, der mich nur anruft, wenn er Geld braucht. Jedenfalls hatte ich auf einmal eine Menge Zeit, und die habe ich genutzt, um Garrett zu durchleuchten. Ich wollte etwas in der Hand haben, um ihn unter Druck zu setzen, falls mein

Fall ins Stocken geraten sollte. Ich hatte noch Freunde bei der Polizei, die mir geholfen haben, ihn zu observieren und … na ja, bei noch ein paar anderen Sachen.«

»Verstehe.«

»Gebraucht habe ich es dann nicht, denn alles, was Garrett mir versprochen hatte, erfüllte sich auch. Ich war nur ein bisschen ungeduldig, diese Dinge brauchen einfach Zeit.«

Mercer machte eine Geste, um das Gesagte zu unterstreichen.

»Bei Ihren Nachforschungen sind Sie tatsächlich fündig geworden«, sagte Camila, die unbeirrt ihr Ziel verfolgte, »und zwar sowohl bei Garrett als auch bei Conrad Holt.«

Mercer lächelte.

»Sie bringen mich in eine schwierige Lage, Ms. Jones. Conrad ist weiterhin der Kommissar in meiner Stadt und Teil des Korps, dem auch ich lange angehört habe. Frank Garrett wiederum hat seinen Job glänzend erledigt und erreicht, dass der Staat zahlte, was mir zustand. Sie sind eine intelligente Frau und verstehen das sicherlich.«

Camila verstand es. Sie trank ihren Kaffee aus.

»Ich bin gekommen, weil ich herausfinden wollte, ob es sich lohnt, in eine bestimmte Richtung zu recherchieren, und meine Antwort habe ich jetzt.«

Mercer nickte, und Camila erhob sich.

»Ja, die haben Sie«, sagte er feierlich. Dann drückte er auf einen Knopf, der sich an der Armlehne seines Rollstuhls befand. Er tat es ganz unverhohlen. »Edna begleitet Sie hinaus. Ich bleibe noch ein bisschen hier sitzen und trinke meinen Kaffee zu Ende, bevor ich mich wieder an die Arbeit mache.«

»Vielen Dank für Ihre Zeit, Mr. Mercer.«

Camila hätte nicht gedacht, dass Mercer noch eine letzte Bemerkung hinzufügen würde.

»Sie sagten, Sophias Vater glaubt, dass seine Tochter tot ist, richtig?«

»Ja. Gesprochen habe ich nicht mit ihm, aber so habe ich es gehört.«

Mercer nickte.

»Sie wissen vermutlich, dass Conrad, Garrett und Philip Holmes seit ihrer Kindheit befreundet sind, oder?«

Sein Tonfall verriet, dass er es nicht einfach so dahinsagte, sondern ihr eine wichtige Information zuspielte.

37

5 Tage vor dem Verschwinden

Bei Sophia standen die Dinge nicht allzu gut. Seit ihre Eltern in getrennten Zimmern schliefen, fassten sie sich gegenseitig mit Samthandschuhen an, was in gewisser Weise viel schlimmer war, als sich aus dem Weg zu gehen oder wegen jeder Kleinigkeit zu streiten. Letzteres war wenigstens echt. Jetzt wollten sie die ganze Zeit beweisen, dass ihre Maßnahme erfolgreich war, mit der Folge, dass ihre Gespräche künstlich und gezwungen wirkten, als stammten sie aus der Ratgeberspalte eines Frauenmagazins. *Fünf Sätze, die Ihre Beziehung retten.*

Hinzu kam, dass die Band nach Janice' Ausscheiden noch nicht wieder zusammengefunden hatte. Die Organisation der Demo hatte sie nur vorübergehend einander angenähert. Seither nahmen die Dinge wieder ihren natürlichen Verlauf: sie und Nikki auf der einen Seite, Bishop und Tom auf der anderen.

Es war so ungerecht. Sophia war geradezu besessen von dem Wunsch, es Dylan Garrett heimzuzahlen. Die Demo war ein Schritt in die richtige Richtung gewesen. Auch wenn die Hawkmoon High School an ihrer Politik festhielt, Dylan nicht der Schule zu verweisen, führte die öffentliche Bloßstellung dazu, dass er dem Unterricht fernblieb. Aber das reichte Sophia nicht.

Wenn sie sich etwas in den Kopf gesetzt hatte, war ihr Gedankenkarussell kaum zu stoppen. Außerdem war da noch etwas, was nicht zu dem Dylan passte, den sie kannte.

IN DEM PICK-UP IST NICHT DAS PASSIERT, WAS DU DENKST. ES IST ALLES VIEL KOMPLIZIERTER. HALTE DICH RAUS.

Die Nachricht an ihrem Spind war das, was nicht passte.

IN DEM PICK-UP IST NICHT DAS PASSIERT, WAS DU DENKST.

Sophia hatte sich alle möglichen Ausreden ausgedacht, um das Video mit Janice nicht ansehen zu müssen, aber jetzt musste sie es tun, wenn sie eine Antwort auf Dylans Zettel finden wollte. An das Video heranzukommen, war kein Problem. Als ihre Mutter ihr Handy auf den Tisch legte, schnappte sie es sich heimlich, bevor die Sperre aktiv wurde. Sie fand das Video unter den Nachrichten an Lena und schickte es an sich selbst weiter.

Sie ging in ihr Zimmer und setzte sich erst einmal aufs Bett, das Handy auf ihrem Schoß. Was sie gleich sehen würde, würde sie sehr verstören, da war sie sich sicher, und die Chance, dass sie auf dem Video etwas entdeckte, war minimal. Hunderte hatten es bereits gesehen, einschließlich der Polizei.

Sie gab sich einen Ruck, öffnete die Konversation mit ihrer Mutter und starrte erst mal eine Weile auf das kleine Quadrat des Videos. Das eingefrorene Bild zeigte den Innenraum von Dylans Pick-up oder genauer gesagt das Autodach. Das Video dauerte dreizehn Minuten und sieben Sekunden.

Sie drückte auf Start. Es folgte ein schwindelerregender Schwenk vom Dach zu Janice, die auf der Rückbank hockte. Die Sitze waren umgelegt, also gab es viel Platz. Langsam zog Janice sich das T-Shirt aus.

Beim ersten Abspielen dachte Sophia die ganze Zeit nur an den Schaden, den das Video bei ihrer Freundin angerichtet hatte. Sie so entblößt zu sehen, sichtlich nervös, wie sie sich Dylan hingab, nur damit später die halbe Schule und das ganze Polizeirevier sie angaffte, drehte ihr den Magen um.

Janice zog sich langsam weiter aus. Nach jedem Kleidungsstück hielt sie inne, als hoffte ein Teil von ihr, Dylan würde sagen, es sei nicht nötig. »Alles«, sagte er stattdessen mit tiefer Stimme. Und Janice zog sich weiter aus, hielt sich anfangs die Hände vor die Brüste, dann vor ihre Scham, bis sie vollkommen nackt war, noch immer auf Knien. Und Dylan machte unerbittlich weiter: »Spreiz die Beine, zeig mir, wie …«

Als das Video zu Ende war, weinte Sophia. Nach außen hin war Janice stark gewesen wie ein Fels, doch nach innen total verängstigt. Dieser Blick würde Sophia lange nicht aus dem Kopf gehen. Denn sie hatte das Gefühl, dass er ihr galt, weil sie ihrer Freundin nicht hartnäckig genug ausgeredet hatte, sich mit Dylan zu treffen.

Es ist deine Schuld.

Sie nahm all ihren Mut zusammen und sah sich das Video noch einmal an.

Und noch einmal.

Zuerst fiel ihr auf, dass Dylan mit künstlich tiefer Stimme sprach. Vielleicht verstellte er sie, weil er fürchtete, das Video könnte in die falschen Hände gelangen, oder vielleicht gerade weil er wusste, dass es auch für andere gedacht war.

Noch etwas schien ihr bemerkenswert: die Kameraeinstellung am Anfang. Janice war nicht in der Bildmitte, sondern rechts versetzt, was zur Folge hatte, dass man einen Großteil der Pick-up-Kabine sehen konnte.

Erst nach drei Minuten schwenkte die Kamera ganz auf Janice.

Sophia spielte das Video noch einmal ab und versuchte, den genauen Moment dieses Wechsels zu bestimmen. Die entscheidenden Sekunden sah sie sich so oft an, bis es ihr endlich klar wurde. Kurz vor dem Schwenk wurde die Kamera kurz nach oben gerissen, und die Decke kam ins Bild.

Warum?

In dem Pick-up ist nicht das passiert, was du denkst.

Sophias erster Gedanke war, dass eine dritte Person im Fahrzeug gewesen sein könnte. Sie sah sich das Video noch einmal an, entdeckte aber keinen Hinweis darauf. Keinen Schatten, kein Spiegelbild in den Fensterscheiben, nichts.

Sie sprang zurück zum Anfang, weil sie etwas gesehen zu haben meinte. Dann spielte sie das Video erneut ab, diesmal in Zeitlupe. Tatsächlich, als das Bild erst zur Decke und dann zu Janice wanderte, erfasste es einmal fast vollständig den Innenraum des 4Runner.

Sophia hielt das Video an. Es musste gleich kommen. Jetzt ging sie Einzelbild für Einzelbild durch, bis die rechte Seite der Kabine ganz im Blickfeld war.

Sie hielt den Atem an. Da war das, was sie suchte. Keine andere Person, sondern etwas viel Naheliegenderes: Janice' Rucksack. Sophia erkannte ihn sofort an den vielen Buttons, die meisten von ihren Lieblingsbands.

Warum hatte Dylan sich solche Mühe gegeben, dass der Rucksack nicht ins Bild geriet?

Und nicht nur das. Nachdem Dylan den Bildausschnitt korrigiert hatte, war der Rucksack verschwunden. Offensichtlich hatte er ihn mit seiner freien Hand weggenommen.

Warum?

Es musste etwas sein, was auf dem Rucksack war, und den kannte Sophia in- und auswendig. Janice fand immer einen Vorwand, um mit ihren Buttons anzugeben. Sophia dachte nach und kam zu dem Schluss, dass es Dylan nicht darum gegangen war, die Buttons der Bands aus dem Bild zu bekommen, sondern einen anderen, ganz speziellen Button: den mit dem Wappen von Hawkmoon. Die Silhouette einer Kiefer, hinter der der Mond hervorlugte.

Das musste es sein. Zum ersten Mal sah Sophia die Dinge aus einer anderen Perspektive.

38

2 Tage vor dem Verschwinden

Drei Tage später rief Sophia Dylan zu Hause an. Sein Bruder ging ans Telefon, und sie gab sich als Sally aus.

Keine Minute später hörte sie Dylans Stimme.

»Warum rufst du mich denn auf dem Fest…?«

»Hier ist nicht Sally, hier ist Sophia Holmes. Nicht auflegen. Ich weiß, wer das Video verbreitet hat.«

Schweigen.

Sophia telefonierte nicht oft übers Festnetz, aber sie wusste noch, welcher Ton erklang, wenn jemand aufgelegt hatte. Dylan war also noch dran.

»Wer?«, fragte er nach einigen Sekunden mit kehliger Stimme.

»Du selbst.«

»Das ist doch Un…«

»Ich weiß auch, warum du es getan hast.«

»Das interessiert mich nicht.«

»Halt den Mund, und hör mir zu«, sagte Sophia gelassen. »Ich werde dir nie verzeihen, was du Janice angetan hast. Nie. Du hast es verdient, von der Schule zu fliegen. Aber das reicht mir nicht. Du wirst dafür bezahlen, sie dermaßen bloßgestellt zu haben, und das nur, um deine eigene Haut zu retten.«

»Du kannst mich mal, Holmes. Alles Bluff. Du weißt rein gar nichts.«

Da packte Sophia aus.

39

1 Tag vor dem Verschwinden

11:00 Uhr

Etwas zwischen Bishop und Tom zerbrach nach der Demo an der Schule. Die Demo selbst hatte nichts damit zu tun, auch wenn Bishop behauptete, sie sei der Wendepunkt gewesen. Sie hatten keinen Streit oder so was, es verschärfte sich einfach nur etwas, was sich bereits seit Längerem angebahnt hatte. Toms neue Leidenschaft war Basketball, dafür trainierte er jeden Tag. Er war auch wirklich gut, so gut, dass er nach der Schule bei einigen älteren Jungs mitspielen durfte. Tom hatte alles, um ein großer Spieler zu werden. Skaten oder Schlagzeugspielen raubten ihm bloß seine Zeit, die er besser für Freiwürfe oder Dreier nutzen konnte, bis ihm die Arme wehtaten.

Bishop hatte Verständnis dafür. Sein Freund war eben ein geborener Sportler, er selbst spielte lieber Gitarre oder irgendein Videospiel. Trotzdem war er zuversichtlich, dass sich gemeinsame Momente ergeben würden. Er wollte ja nicht ständig mit ihm abhängen, nur ab und zu.

Nach der Demo wurde alles anders. Vorher hatte immer Tom die Initiative ergriffen, um sich zu treffen. Er schickte ihm eine Nachricht oder schaute spontan bei ihm vorbei. Tom war ein großer Fan von Bishop, alles, was Bishop sagte, kam ihm genial vor, und er zitierte es, als wären es heilige Worte.

Nun wurden Toms Besuche immer spärlicher. Auch schickte er seltener Nachrichten. Eines Tages, nachdem er lange mit sich gerungen hatte, schrieb Bishop ihm und lud ihn zu sich nach Hause ein, um Fortnite zu spielen. Tom war einverstanden und kam eine halbe Stunde später vorbei: in Sportkleidung. Er sei später noch mit Freunden aus seiner neuen Nachbarschaft verabredet, aber ein, zwei Stunden könne er bleiben. Trotzdem war Tom abwesend. Zum ersten Mal stockte es zwischen ihnen irgendwie. Als Tom sich verabschiedete, wurde Bishop endgültig klar, dass sich etwas grundlegend verändert hatte: Tom wollte schnell weg. Der gleiche Junge, der früher stundenlang in diesem Haus abgehangen hatte, der fast wie ein weiteres Familienmitglied gewesen war, der sich immer beschwert hatte, wenn er sich von seinem besten Freund verabschieden musste, war dieses Mal *aus Pflichtgefühl* vorbeigekommen.

Bishop hätte nie gedacht, dass er Tom so sehr vermissen würde.

Während er noch mit sich rang, ob er ihn anrufen sollte – was er, wie er tief in seinem Herzen wusste, nicht tun würde –, dachte er darüber nach, dass hinter der Lücke, die Tom hinterließ, eine harte Wahrheit lauerte. Bishop hatte sich von Tom immer bewundert gefühlt, war immer ein Vorbild für ihn gewesen, eine Leitfigur, und ein Teil von ihm war einfach davon ausgegangen, dass es ewig so bleiben würde.

Bishop fühlte sich so einsam wie noch nie.

Seit der Demo waren bereits anderthalb Monate vergangen, und er und Tom hatten sich nur zweimal gesehen. Er vermisste ihn mehr, als er zugeben würde, aber er würde ihn nicht noch einmal anrufen. Es war keine Frage des Stolzes, er wollte Tom einfach nicht zu etwas zwingen, worauf er keine Lust hatte. Wenn Tom ihn sehen wollte, wusste er ja, wo er steckte.

Um fünf Uhr nachmittags beschloss er, etwas zu unternehmen, um nicht länger zwanghaft darüber nachzugrübeln, wie sein Leben ohne Tom und die Mädchen sein würde. Die Vorstellung, sich neue Freunde zu suchen, kam ihm absurd vor. Erstens suchte man sich nicht Freunde, als wären sie im Weihnachtsangebot, sondern man fand sie einfach. Und zweitens würde er nie wieder Freunde wie Janice, Nikki, Sophia und Tom finden. Letzteres war das Allerdeprimierendste.

Er schnappte sich sein Fahrrad, um ziellos durch die Gegend zu kurven. So dachte er zumindest. Eine halbe Stunde später fand er sich vor dem Haus der Hobsons wieder. Warum er hierhergefahren war, wusste er selbst nicht, vielleicht die Macht der Gewohnheit. Denn er hatte dort nichts zu tun, außer sich nach einer Vergangenheit zurückzusehnen, die nie mehr wiederkehren würde: das gemeinsame Musizieren mit seinen Freunden.

Als die Klänge einer verstimmten Gitarre ertönten, war er nicht überrascht. Soweit er wusste, wohnte Keith noch da. Aus reiner Neugier stieg er vom Fahrrad und folgte der Melodie bis zum Probenraum.

Die Überraschung stellte sich ein, als sich zu der Gitarre der vorwärtsdrängende Beat von Janice' Bass gesellte. Tum, tum, tum, tum.

Wie vom Blitz getroffen blieb Bishop stehen. Er musste nicht durchs Fenster spähen, um zu wissen, dass es nicht nur ihr Instrument war, sondern dass sie selbst es spielte. Es war Janice.

Und als er schließlich doch hineinschaute, sah er die beiden Geschwister, vertieft in eine komplexe Melodie. Wie lange er so dastand, hätte Bishop nicht bestimmen können, aber irgendwann hob Janice den Kopf, und der Bass verstummte sofort. Tum.

Keith, der ganz in die Bewegung seiner Finger versunken war, blickte zu Janice und begriff, was los war. Er sah zum Fenster und gab Bishop ein Zeichen, dass er reinkommen solle.

Bishop betrat den Probenraum, in dem er schon so oft gewesen war, doch diesmal fühlte er sich merkwürdig.

»Hallo, Bishop«, sagte Keith und erhob sich. Er stellte die Gitarre auf den Ständer und begrüßte Bishop per Faustcheck, als er an ihm vorbeikam. »Ich muss zur Tankstelle. Schön, dass du hier bist. Ihr habt bestimmt viel zu besprechen.«

Bishop las zwischen den Zeilen: »Pass gut auf Janice auf, während ich bei der Arbeit bin.«

»Hallo, Bishop«, sagte Janice mit mattem Lächeln. Sie war dünner geworden und sah müde aus. Letzteres erschreckte ihn besonders.

Es war keine anderthalb Monate her, dass sie sich zuletzt getroffen hatten, und doch hatte sie sich äußerlich sehr verändert.

Bishop setzte sich in den Sessel, der vor seiner Freundin stand. Janice zögerte kurz, dann stellte sie ihren Bass zur Seite.

»Hat Keith dich gebeten herzukommen?«

»Nein, nein«, sagte er schnell. »Ich weiß gar nicht, warum. Ich bin zu Hause losgefahren, und auf einmal war ich hier. Ich schwör's.«

Janice nickte, nicht ganz überzeugt, aber willens, es ihm durchgehen zu lassen.

»Ich bin nur übers Wochenende hier«, sagte Janice, »um ein paar Klamotten zu holen. Am Montag fahre ich zurück zu meiner Tante.«

»Kommst du bald wieder? Richtig wieder, meine ich.«

Janice seufzte. Sie setzte sich auf die Armlehne des Sessels und streckte die Beine aus. Ihr Rock rutschte hoch und gab den Blick auf ihre zerlöcherte Strumpfhose frei.

»Vielleicht nie mehr. Vielleicht ist es am besten, die Schule in Jacksonville fertig zu machen und dann irgendwohin zu gehen.«

»Aber …«

Janice hob die Hand.

»Du verschwendest nur deine Zeit. Ich hab's mir gründlich überlegt. Ich hatte sowieso nicht vor, mein ganzes Leben in Hawkmoon zu verbringen, und vielleicht hat das, was passiert ist, so auch sein Gutes. Mein Vater ist hiergeblieben und konnte sich seinen Traum nie erfüllen. Mein Bruder Keith, na ja, er meint, er hat noch jede Menge Zeit, aber das glaube ich nicht.«

»Du bist besser als die beiden.«

»Es wäre bescheuert, es genauso zu machen wie sie. Ich muss hier weg, schnell. Nach Los Angeles, nach London, was weiß ich, irgendwohin, wo Musik gelebt wird. Vielleicht hat es also auch sein Gutes. Vielleicht war es ein Signal.«

»Janice, jetzt spinn nicht rum«, sagte Bishop. »Du kannst hingehen, wo du willst, und ich finde es super, dass du das für dich so klar weißt. Aber deswegen musst du nicht jetzt schon bei deiner Tante wohnen. Du hast doch gar keine Freunde in Jacksonville! Gar nichts hast du da!«

Janice beugte sich nach vorne und nahm ein zerknittertes Päckchen Zigaretten. Sie fischte die letzte Zigarette heraus und strich sie mit den Fingern gerade. Dann zündete sie sie an und zog kurz daran.

»Die Sache ist längst beschlossen, Bishop. Und mir geht's gut dabei. Ich werde groß rauskommen.«

»Und die Band?«

Janice zuckte mit den Schultern.

»Bishop, seien wir realistisch. Du und ich sind die Einzigen, die wirklich voll bei der Sache sind. In ein paar Jahren ist Sophia Nuklearphysikerin, Schachweltmeisterin oder Präsidentin des Universums, und Nikki wird mit einem Anwalt verheiratet sein und fünf Kinder haben.«

Bishop lächelte.

»Vielleicht eher mit einem Buchhalter«, sagte er, »aber das mit den fünf Kindern sehe ich auch so.«

»Eben. Und was Tom angeht … Es hat seinen Grund, warum du hier bist, stimmt's?«

Bishop wurde wieder ernst und nickte. Ja, Tom hatte seine große Leidenschaft entdeckt: Basketball. Die Band hatte keine Zukunft, da hatte Janice recht.

Janice spielte mit dem Rauch, der ihr aus dem Mund kam.

»Du solltest auch weggehen«, sagte sie mit verträumter Stimme. »Weg aus Hawkmoon.«

Bishop wusste nicht, was er sagen sollte. Schlug sie ihm gerade vor, sie zu begleiten? Die Vertrautheit, die er mit Janice hatte, löste sich vorübergehend in Luft auf und wurde ersetzt durch das Unbehagen, das er immer empfand, wenn es mit einem Mädchen persönlicher wurde.

Janice drückte ihre Zigarette aus und lehnte sich wieder zurück.

»Bishop, ich will nicht undankbar erscheinen. Was ihr in der Schule gemacht habt, war genial.«

Bishop nickte bescheiden.

»Aber ich habe keine Lust, in den nächsten drei Jahren ständig zu denken, dass alle um mich herum dieses Scheißvideo gesehen haben. In der Schule, hier in der Nachbarschaft … Nein, kein Bock.«

»Das ist doch unfair. Dylan kann bleiben, und du musst weggehen.«

Janica sah ihn herausfordernd an.

»Ich wusste, dass er mich gefilmt hat. Dylan hat mich gefragt, und ich habe zugestimmt.«

»Jetzt ist es auch noch deine eigene Schuld, dass alle Welt es gesehen hat?«

»Zum Teil schon.«

Bishop schüttelte den Kopf.

»Das finde ich überhaupt nicht. Es war privat, oder hat er dir vorher gesagt, dass er es verbreiten würde? Dass man ihm sein Handy geklaut hat, kaufe ich ihm nicht ab.«

Jetzt war Janice diejenige, die mit den Schultern zuckte.

»Hast du's dir angeschaut?«

Bishop wurde sofort rot.

»Nur den Anfang«, sagte er kleinlaut. »Bis mir klar wurde, was zu sehen war.«

»Komme ich gut rüber? Ich selbst hab's nämlich nicht gesehen.«

Bishop lachte schallend.

»Wie kannst du so was fragen? Ich fasse es nicht!«

Janice lachte ebenfalls.

»Warum nicht? Du magst Mädchen, da hast du doch sicher eine Meinung.«

Bishop stand auf und ging um den Sessel herum. Plötzlich war er wieder der Alte, fühlte sich wohl mit Janice, genoss die gegenseitige Neckerei.

»Ich weigere mich, eine Meinung dazu zu äußern.«

»Ah, verstehe«, sagte Janice und drehte den Daumen nach unten.

»Das habe ich nicht gesagt.«

»Also?«

»Ich weiß es nicht!«

Janice sah ihn misstrauisch an.

»Okay, okay«, sagte Bishop schließlich. »Du kommst gut rüber. Zufrieden? Du kommst sogar sehr gut rüber. Jetzt kannst du wieder in Ruhe schlafen.«

Janice lachte.

»Danke.«

Noch immer lächelnd schüttelte Bishop den Kopf. Dann erlosch das Lächeln.

»Was ist?«, fragte Janice. »Ich mache doch nur Spaß.«

»Ich weiß. Das ist es ja, Janice. Wir dürfen das nicht verlieren. Du, ich, die anderen. Wir sind Freunde. Ja, irgendwann wird jeder seinen eigenen Weg gehen, schon klar. Wir werden keine Freunde bleiben, bis wir alt und grau sind. Aber jetzt? Wieso hat Dylan Garrett dieses Video aufgenommen? Das ist nicht fair.«

Bishop hatte Janice den Rücken zugewandt, vielleicht weil er den Tränen nahe war.

Eine Weile lang sprach keiner von beiden.

»Du hast recht, es ist nicht fair«, sagte Janice.

»Lass uns zusammen was unternehmen!«, rief Bishop plötzlich und wandte sich um. »Morgen. Um fünf.«

»Morgen?«

»Ja, morgen. Du hast doch gesagt, du fährst am Montag wieder, oder? Lass uns im Saxxon was essen, vielleicht können wir auch ins Kino gehen. Wir haben einen Abschied verdient!«

Bishop war so begeistert, dass Janice fürchtete, sie würde ihm das Herz brechen, wenn sie sich verweigerte.

»Nikki wird die Idee nicht so toll finden«, wandte Janice ein. »Sagen wir, unsere Beziehung erlebt nicht gerade ihre beste Phase.«

»Lass Nikki meine Sorge sein. Ich kümmere mich um alles. Du musst nur zustimmen.«

Janice nickte. Bishop zog sein Handy hervor und ließ seine Finger über das Display tänzeln.

40

1 Tag vor dem Verschwinden

12 Uhr

Dass sich die Band mal wieder traf, würde den natürlichen Lauf der Dinge nicht verändern. Janice würde nicht in Hawkmoon bleiben, und Tom würde nicht wie durch ein Wunder seine Leidenschaft für Basketball verlieren und mehr Zeit mit ihm verbringen. Das sah Bishop ein. Doch er wollte wenigstens, dass alle noch ein letztes Mal zusammenkamen.

Und um das zu schaffen, brauchte er Sophias Segen. Wenn sie einverstanden war – und Bishop dachte, sie würde hellauf begeistert sein –, dann wären auch Nikki und Tom sofort mit dabei. Nikki würde alles tun, was Sophia ihr sagte. Und Tom, na ja … Tom hatte für Sophia die typische Schwäche der unerreichbaren Liebe.

Auf dem Weg nach Hause erhielt Bishop eine Nachricht von Sophia.

TUT MIR LEID. MORGEN GEHT NICHT ☹

Bishop erstarrte. Er antwortete sofort, es müsse aber morgen sein, weil Janice am Montag nach Jacksonville abreisen werde.

Zehn Minuten später hatte sie die Nachricht noch immer nicht gelesen. Bishop beschloss, bei ihr vorbeizufahren.

Er klingelte und wartete. Fünf Minuten, vielleicht auch nur zwei. Danach ging er zur Garage und stellte fest, dass beide Autos der Holmes weg waren. Er würde nicht gehen, bevor er nicht mit Sophia gesprochen hatte, also setzte er sich auf den Bürgersteig und wartete.

Eine halbe Stunde später öffnete seine Freundin ein Fenster im ersten Stock und rief nach ihm.

»Was sitzt du denn da draußen herum?«

Bishop stand auf.

»Ich habe auf dich gewartet!«

Sophia schüttelte den Kopf.

»Komm rein. Meine Eltern sind jeden Moment zurück, und ich habe noch einiges zu erledigen.«

Bishop lehnte sein Fahrrad neben dem Eingang an die Wand und betrat das Wohnzimmer.

»Was soll die Geheimniskrämerei?«, fragte er und sah sich um, als hoffte er, irgendwo einen Hinweis zu entdecken. »Warum hast du nicht auf mein Klingeln reagiert?«

»Bishop, ich will ja nicht unhöflich sein, aber ich habe Dinge zu tun.«

»Mit einem Jungen?«

Sophia sah ihn wütend an.

»Natürlich nicht.«

»Ich will doch nur, dass du mir versprichst, dich morgen mit der Band im Saxxon zu treffen.«

»Deswegen bist du extra hergekommen?« Sophia verdrehte die Augen. »Setz dich einen Moment.«

Die beiden setzten sich ins Wohnzimmer.

»Ich muss dir was sagen«, erklärte sie ernst. »Versprich mir, es keinem zu verraten, bevor ich das Okay gebe.«

»Was ist?«

»Es geht um das Video von Janice und Dylan. Er selbst hat es verbreitet.«

»Das wissen wir doch alle.«

»Wir *vermuten* es alle«, sagte Sophia, »aber ich weiß es jetzt. Und ich glaube auch zu wissen, warum.«

»Weil er ein Idiot ist?«

»Nicht nur. Es gibt noch einen anderen Grund. Und dafür muss ich morgen etwas überprüfen.«

»Welchen anderen Grund?«

»Wenn ich recht habe, sind die Dinge viel komplizierter, als wir denken. Aber ich will es dir erst erzählen, wenn ich mehr weiß. Es ist nämlich eine heikle Angelegenheit.«

Bishop sprang auf.

»Mann, Sophia, ich habe tausend Fragen. Ich dachte, die Sache hätte sich mit der Demo erledigt. Ich war gerade bei Janice, und selbst sie hat das Scheißvideo fast schon vergessen. Also sag mir endlich, worum es geht.«

»Ich sag's dir am Montag, spätestens Dienstag, versprochen.«

Bishop setzte sich wieder. Er hielt sich die Hände vors Gesicht und atmete schwer.

»Sophia«, begann er flehend. »Janice zieht nach Jacksonville. Jeder geht seinen eigenen Weg. Morgen ist wahrscheinlich die letzte Chance, dass wir uns alle noch mal sehen. Du wirst uns doch nicht hängenlassen, oder?«

Sophia stand auf und ging zu Bishop. Sie setzte sich zu ihm und legte einen Arm um ihn. Bishop wurde ganz ruhig.

»Ich weiß genau, wie du dich fühlst«, sagte Sophia. »Und ja, ich werde es mir irgendwie einrichten, morgen mit euch ins Saxxon zu gehen.«

Bishops Gesicht hellte sich auf.

»Super!«

»Wir können ein bisschen rumlaufen, im Shoppingcenter was essen, aber wenn ihr ins Kino geht, werde ich mich unter irgendeinem Vorwand davonschleichen.«

Bishops Lächeln erlosch.

»Nur solange der Film läuft. Ich brauche die zwei Stunden.«

»Was hast du vor?«

»Das kann ich dir noch nicht sagen.«

Bishop sah sie an. Er suchte die Antwort in ihren Augen, die immer größer und immer schöner wurden, oder wenn nicht die Antwort, so doch wenigstens einen Hinweis darauf, dass sie aufrichtig zu ihm war.

Er beschloss, ihr zu glauben. Es war der schlimmste Fehler seines Lebens.

41

HBL, das Logistikunternehmen, das Phil Holmes vor über einem Jahrzehnt gegründet hatte, lag am Stadtrand auf einem riesigen Grundstück, auf dem auch eine Lagerhalle und ein dreistöckiges Bürogebäude standen.

Phil saß am Kopfende des Tisches im Konferenzraum. Der Mann neben ihm hieß Albert Spencer und war wie er Mitte vierzig. Spencer war einer der Eigentümer der Kanzlei, die sich um den Verkauf von HBL kümmerte. Begleitet wurde er von einer Frau namens Katherine, die sich darauf beschränkte, Dokumente aus Mappen zu ziehen, wenn ihr Chef sie darum bat.

Phil bemühte sich, die technischen Details und Spencers Ratschläge zur Kenntnis zu nehmen, doch seine Gedanken schweiften immer wieder ab zu Caroline, die im Koma lag, aber jederzeit aufwachen konnte, und zu Sophia, die er womöglich nie wiedersehen würde. In sich versunken saß er da, bis aus Spencers Mund, der sich unaufhörlich bewegt hatte, wieder Laute kamen, die er verstand. Ab und zu fragte der Anwalt, ob er sich nachvollziehbar genug ausdrücke, was Phil bestätigte.

Spencer erklärte gerade ausführlich die einzelnen Punkte der Vereinbarung, als draußen im Flur Stimmen ertönten.

Alle drei drehten sich gleichzeitig um. Spencer sah Phil fragend an. Die Diskussion war nicht hitzig, doch ziemlich laut.

Phil erkannte nur die Stimme von Louise, seiner Sekretärin, aber da waren mindestens noch zwei andere Personen.

Die Tür schwang auf, und herein kamen ein Mann und eine Frau und nach ihnen Louise, die eine entschuldigende Geste machte.

»Es tut mir leid, Mr. Holmes, ich habe diesen beiden Besuchern gesagt, sie sollen an der Rezeption warten, aber sie ließen sich nicht aufhalten.«

Jetzt erkannte Phil, dass es Tim war. Er wollte gerade etwas zu ihm sagen, als sein Gehirn ihm zurückmeldete, wer die Frau war: Camila Jones.

»Ich heiße Camila Jones, Mr. Holmes, und wir müssen reden.«

Phil sah die beiden an wie zwei Außerirdische.

»Es dauert nur ein paar Minuten«, drängte Camila.

Phil schüttelte den Kopf.

»Worum geht …?«

»Um das Verschwinden Ihrer Tochter und den Unfall Ihrer Frau«, sagte Camila entschlossen. »Wir recherchieren gerade in beiden Fällen und bräuchten Ihre Mithilfe.«

Tim starrte auf den Boden. Er hatte Camila gewarnt: Es wäre ein Fehler, einfach so bei Phil hereinzuplatzen. Er hatte nur ungern recht, aber er wusste, dass Phil Holmes unter diesen Umständen nicht mit ihnen sprechen würde. Äußerlich mochte er ruhig erscheinen, aber wer ihn nur ein bisschen kannte, dem war klar, dass es in ihm brodelte.

»Ms. Jones«, sagte Phil betont gelassen. »Ich will nicht so weit gehen, Ihnen die alleinige Schuld an alldem zu geben, aber meine Frau war geradezu besessen davon, die Allgemeinheit in diesen Fall einzubeziehen, und wollte deswegen ein Exklusivinterview geben. Jetzt liegt sie im Koma. Wissen Sie was? Ich gebe Ihnen doch die Schuld, zumindest teilweise. Sie mögen ja Recherchen durchführen, aber was mich betrifft, sollten das nur diejenigen tun, die der Gesetzgeber dafür vorgesehen hat: die Polizei und das FBI.«

Albert Spencer und Katherine waren wie erstarrt.

Dann richtete Phil sich an Tim.

»Mit dir habe ich gesprochen, weil ich dich schätze und weil ich klarstellen wollte, dass es das jetzt war. Ich rede nicht noch einmal mit der Presse. Punkt.«

»Geben Sie mir fünf Minuten unter vier Augen, und Sie werden Ihre Meinung ändern«, sagte Camila.

Phil wollte etwas sagen, aber Camila war schneller.

»Nur fünf Minuten. Unter vier Augen.«

Phil seufzte. Er bat seine Anwälte, sie kurz allein zu lassen. Spencer stand auf, beugte sich über den Tisch und flüsterte Phil zu, er sollte vielleicht besser bleiben. Phil schüttelte den Kopf.

Tim wusste nicht, was er tun sollte, das alles hier wich zu sehr vom vorgesehenen Drehbuch ab. Camila bat ihn, draußen bei den anderen zu warten.

Vor dem Konferenzraum lag ein kleines Empfangszimmer. Offensichtlich wusste Louise nicht, wie sie sich verhalten sollte, also setzte sie sich einfach wieder an ihren Schreibtisch. Spencer und Katherine blieben stehen. Tim hatte zwar keine Ahnung, was Camila vorhatte, aber er sagte zu den Anwälten, es werde höchstens fünf Minuten dauern, und setzte sich dann in einen der bequemen Sessel. Anschließend versuchte er, sie in ein Gespräch zu verwickeln, und fragte, ob sie wegen des Verkaufs von Phil Holmes' Aktien hier seien, worauf Spencer wie ein Automat erwiderte, er könne mit Dritten nicht über die Angelegenheiten seiner Klienten sprechen, schon gar nicht mit Journalisten.

Fünf Minuten später war die Tür immer noch zu.

Als sie schließlich aufging, waren nach Tims Schätzung rund zehn Minuten vergangen, und der Phil, der zur Tür herauskam, war ein völlig anderer als der, den sie im Konferenzraum zurückgelassen hatten.

»Albert«, sagte Phil zu dem Anwalt, »darf ich dich bitten, morgen wiederzukommen? Die Papiere kannst du gern Louise geben, ich sehe sie durch, sobald ich kann.«

Der Anwalt zögerte.

»Bist du sicher?«

»Ja.«

Sobald die Anwälte weg waren, wandte sich Phil an Tim.

»Los«, sagte er, »bringen wir es hinter uns.«

Tim betrat den Konferenzraum.

Phil Holmes war nur noch ein Schatten des energischen Menschen, der er einmal war. Tim, der ihn seit Jahren kannte – ohne dass er ihn wirklich als Freund betrachten würde –, hatte miterlebt, wie er in den vergangenen Monaten immer mehr in sich zusammengefallen war.

»Das ist der Deal«, sagte Phil. »Mehr werde ich euch nicht anbieten, Tim. Ganz ehrlich, ich kann nicht mehr. Caroline liegt im Koma, die Ärzte wissen nicht, ob sie Schäden davontragen wird. Und meine Tochter sehe ich womöglich nie wieder. Ich werde all Ihre Fragen beantworten, Ms. Holmes, aber zum letzten Mal.«

Tim setzte sich still auf einen Stuhl und fragte sich, wie Camila das angestellt hatte. Gerade noch hatte sich Phil strikt geweigert, auch nur mit ihnen zu sprechen.

»Tut mir leid«, sagte Camila, »aber ich kann Ihnen nicht garantieren, dass dies unser letztes Gespräch sein wird.«

Phil rieb sich mit beiden Händen das Gesicht.

»Egal. Fangen wir an.«

»Werden Sie Ihr Unternehmen verkaufen?«, ging Camila sofort in die Vollen.

Phil nickte, ohne zu zögern.

»Meine Anwälte regeln das gerade.«

»Warum jetzt?«

Phil seufzte.

»Als Sophia verschwand, habe ich mich in meine Arbeit gestürzt. Nach einem Monat war ich schon wieder in der Firma. Die Leute haben sich gefragt, wie ich das machen kann. Manche haben es mich sogar ins Gesicht gefragt. Ich hatte zwei Privatdetektive engagiert und bin jeden Tag ein bis zwei Stunden die Ergebnisse mit ihnen durchgegangen, hier, an diesem Tisch. Auch mit der Polizei habe ich mich regelmäßig getroffen.«

»Mit Kommissar Holt?«

»Ja, mit ihm und seinem Team.«

»Sie kannten sich von früher, oder?«

Phil runzelte kurz die Stirn. Er atmete tief ein und nahm sich Zeit, um seine Worte bewusst zu wählen.

»Conrad und ich sind Freunde. Wir sind zusammen zur Schule gegangen.«

»Frank Garrett gehört auch zu dieser Gruppe.«

»Ja.«

»Fahren Sie fort, bitte«, forderte Camila ihn auf. »Sie waren gerade dabei, mir zu erklären, warum Sie das Unternehmen *jetzt* verkaufen wollen.«

»Ich habe auch deshalb angefangen, wieder zu arbeiten, weil

eine private Ermittlung sehr viel Geld verschlingt. Einer der Detektive hatte ein ganzes Team auf die anonymen Anrufe angesetzt, über zwanzig am Tag in den ersten Monaten. Ich habe meinen Realitätssinn verloren. Das konnte nicht lange gut gehen. Carolines Unfall hat mich wieder auf den Boden der Tatsachen zurückgeholt.«

Phil hielt sich die Hände vors Gesicht.

Camila und Tim warteten, bis sich Phil Holmes gefangen hatte. Der Konferenzraum lag im dritten Stock, von dort aus konnte man den Parkplatz und den Wald überblicken. In der Ferne war die Catenary-Brücke zu erkennen, und Tim fragte sich, wie Phil es ertrug, sie jeden Tag zu sehen.

Am Himmel zogen schwarze Wolken auf.

»Ich kann dieses Unternehmen nicht mehr führen«, sagte Phil. »Deshalb verkaufe ich es. Das hätte ich schon viel früher tun sollen.«

»Und die Privatdetektive?«, fragte Camila.

»Von denen ist nur noch einer aktiv«, erklärte Phil. »In letzter Zeit gibt es kaum noch Fortschritte. Die Polizei ermittelt zwar weiter, glaubt aber, dass meine Tochter von der Catenary-Brücke gestürzt ist.«

Gestürzt ist.

»Sie meinen Ihren Freund, Kommissar Holt?«

Er nickte.

»Mr. Holmes, es scheint, als hätten Sie die Hoffnung aufgegeben, Ihre Tochter wiederzufinden.«

Sogar Tim war bestürzt über diese sehr direkte Frage. Camila entschuldigte sich.

»Verzeihen Sie meine Direktheit, aber ich muss wissen, was Sie denken.«

»Es ist jetzt zehn Monate her. Anfangs fand ich die Hypothese der Polizei vollkommen verrückt, aber inzwischen habe ich mir eingestanden, dass es diese Beweise gibt. Also muss ich mich wohl an die Vorstellung gewöhnen, dass es tatsächlich so war.«

Nachdenklich hielt er inne und ließ den Blick durch den Raum schweifen. Offensichtlich arbeitete etwas in ihm. Schließlich nahm er sein Handy und suchte ein Foto.

»An dem Tag, als Caroline verunglückte«, sagte Phil, »war an unserer Haustür eine Nachricht. Hier ist sie.«

Phil hielt ihnen das Handy hin.

Camilas Herz tat einen Sprung. Sie und Tim sahen sich fragend an. Auf dem Foto war ein einziger Satz zu sehen, den jemand ausgedruckt hatte.

SEHEN SIE UNTER TONYS SCHLOSS NACH

»Was bedeutet das?«

»Tony ist Sophias Clownfisch. Das Aquarium hatte mal ein kleines Schloss, aber das ist Jahre her.«

Camila nickte schweigend.

»Vielleicht ist das Schloss noch irgendwo«, sagte Tim.

»Wenn ja, dann weiß ich nicht, wo. Ich habe auch unter dem Aquarium gesucht und nichts gefunden.«

»Vielleicht bezieht sich die Nachricht nicht auf den Fisch?«, spekulierte Tim.

»Ganz ehrlich, das interessiert mich nicht«, sagte Phil. »Ich habe Dutzende rätselhafte Hinweise bekommen. Lauter Leute, die einen auf Zodiac-Killer machen, ohne sich zu überlegen, was sie anderen damit antun. Wenn jemand einen konkreten

Hinweis hat, bitte schön. Alles andere ist nur Zeitverschwendung.«

Er steckte sein Handy wieder weg.

»Diesen Zettel hat die Polizei?«, fragte Camila.

»Natürlich.«

Der Himmel hinter ihm war jetzt ein aufgewühltes Grau.

»Mr. Holmes, Sie kennen Ihre Frau seit fünfzehn Jahren und damit vermutlich besser als irgendjemand sonst. Halten Sie es für möglich, dass Sie sich absichtlich vom Balkon gestürzt hat?«

Tim konnte nach wie vor kaum glauben, wie direkt Camila vorging.

»Leider lässt sich das nicht klar verneinen«, sagte Phil mit einem Kloß im Hals. »All das hatte sie schrecklich mitgenommen.«

Camila nickte. Dann sah sie zu Tim und gab ihm unmerklich etwas zu verstehen. Er räusperte sich, bevor er sprach.

»Phil, mir ist zugetragen worden, dass du dich vor einigen Monaten mit Gregg Stayner getroffen hast.«

Dass Tim von Stayner wusste, traf Phil unvorbereitet. Sein Gesicht verriet es.

»Von wem hast du das?«

Tim lächelte bitter. »Das darf ich dir nicht sagen. Vor einigen Tagen wurde Stayner wegen Mordes an einem Mann verhaftet, der wegen Vergewaltigung einer Minderjährigen angeklagt war«, erklärte Tim. »Stayner hat ihn in einem Hotelzimmer getötet und wurde später wie durch ein Wunder gefasst.«

»Das wusste ich nicht.«

»Stimmt es, dass Sie sich mit Stayner in einem Restaurant in Jacksonville getroffen haben?«, fragte Camila.

»Das ist doch Schnee von gestern«, beschwerte sich Phil.

»Genau aus diesem Grund will ich auch nicht mehr mit der Presse sprechen. Ich muss nach vorne schauen.«

»Es gab dieses Treffen«, sagte Tim. »Es wäre also gut, deine Version der Dinge zu hören.«

Draußen regnete es nun in Strömen. Phil stand auf.

»Worum geht es hier eigentlich?«, fragte er und starrte überrascht aus dem Fenster, weil er den Wetterumschwung nicht mitbekommen hatte.

»Es geht um die Wahrheit«, erwiderte Camila. »Denn nur wenn die Wahrheit ans Licht kommt, können wir nach vorne schauen.«

»Ich weiß nicht, wie, aber irgendwie hat dieser Typ mich ausfindig gemacht«, erklärte Phil und starrte weiterhin aus dem Fenster, auf dem sich sein Spiegelbild und der aufgewühlte Himmel ineinandergeschoben hatten. »Er hatte offenbar viel Zeit und war extrem hartnäckig. Zwei- oder dreimal hat er mir auf dem Parkplatz aufgelauert und meinte, er könne mir helfen. Ich … also damals dachte ich noch, vielleicht taucht jemand auf mit einem konkreten Hinweis. Meine Tochter konnte ja nicht einfach vom Erdboden verschluckt worden sein. Der Typ sagte, es wäre gefährlich, wenn wir zusammen gesehen würden, also vereinbarten wir ein Treffen außerhalb der Stadt. Damals hatte ich keine Ahnung, wer Stayner war.«

»Wenn ich mich recht erinnere«, schaltete sich Camila ein, »hatte die Polizei zu dem Zeitpunkt Dylan Garrett im Visier.«

Phil drehte sich um.

»Dylan hatte mit Sophias Verschwinden nichts zu tun. Verstehen Sie mich nicht falsch, der Junge hat ein bisschen über die Stränge geschlagen, ein rebellischer Jugendlicher eben, aber mehr nicht.«

»Was macht Sie da so sicher?«

»Weil ich Frank Garrett vertraue, und der hat diesen Tag mit seinem Sohn verbracht.«

»Hat Stayner vorgeschlagen, Garrett zu töten?«

Phil schwieg einen Moment.

»Ja«, sagte er schließlich. »Er hat mir erzählt, seine kleine Tochter sei vergewaltigt worden und den Täter habe man nie gefasst. Er könnte Dylan problemlos töten, niemand würde ihn mit dem Mord in Verbindung bringen. Der Typ hatte sie nicht mehr alle, aber das habe ich erst in dem Moment gemerkt. Seiner Theorie nach kann die Polizei ein Verbrechen nicht lösen, wenn der Täter nicht aus dem engeren Bekanntenkreis stammt. Ich habe Stayner nicht noch einmal getroffen.«

Phil kehrte an den Tisch zurück, setzte sich aber nicht.

»Ist das alles?«, fragte er.

»Nein«, sagte Camila. »Wir würden auch noch gern wissen, wie Sie Ihre Frau mit Tina Curtis betrogen haben.«

42

»Tina habe ich in einem Hotel in New York kennengelernt, vor vier Jahren etwa. Ich war dort, um einen potenziellen Klienten zu treffen. Sie ist Stewardess und hatte einen Zwischenstopp.«

»Tina war dreiundzwanzig, richtig?«

Phil sah Camila wütend an.

»Ja.«

»Wir haben uns etwa zehnmal gesehen. Monatelang hatten wir gar keinen Kontakt, und dann hat sie mich angeschrieben und mir das Hotel genannt, in dem sie absteigen würde. Das soll keine Rechtfertigung sein, aber ich habe mir auf tausend Arten eingeredet, dass meine Affäre mit Tina meine Beziehung zu Caroline nicht beeinträchtigen würde. So ein Unsinn.«

»Wann hat Caroline davon erfahren?«, fragte Tim.

»Im Oktober 2017«, sagte Phil. »Ich musste für ein paar Tage nach Portland. Dort ist eines der größten Lager des Unternehmens, ich war also schon unzählige Male dort. Normalerweise steige ich im Radisson ab, aber weil Tina im Hilton war, habe ich auch im Hilton eingecheckt. Tagsüber hatte ich geschäftlich zu tun, die Abende habe ich mit ihr verbracht. Ich kann mich nicht erinnern, dass irgendetwas Besonderes vorgefallen wäre. Am nächsten Tag fuhr ich mit dem Auto nach Hause und kam gegen Mittag an. Caroline war auf dem Balkon und goss die Pflanzen. Im Rückblick hätte ich merken müssen, dass etwas nicht stimmte. Sie fragte, ob ich wie immer im Radisson übernachtet hätte, was ich automatisch bestätigte. Eigentlich war es merkwürdig für sie, mich das zu fragen, aber dass ich einfach so gedankenlos geantwortet habe, beweist nur, dass es mir nicht gut ging, wie immer, wenn ich mich mit Tina getroffen hatte. Wie sich herausstellte, gab es am Samstagabend einen Notfall zu Hause, und Caroline hatte mich erst auf dem Handy und dann im Hotel angerufen. Dort hatte ich nicht eingecheckt, sagte man ihr.«

Irgendetwas an dieser Geschichte stimmte nicht, da war Camila sich sicher. Phil hatte gerade behauptet, Caroline habe seine Untreue im Oktober 2017 entdeckt, aber zu der Entscheidung, in getrennten Zimmern zu schlafen, kam es erst fünf Monate später.

»Hat Ihre Frau Ihnen verheimlicht, dass sie davon wusste?«

Phil schüttelte den Kopf.

»Caroline ist nicht der Typ dafür. Schon am nächsten Morgen beim Frühstück hat sie mich damit konfrontiert. Sie wisse, dass ich nicht im Radisson abgestiegen sei und dass ich außerdem die Nacht mit einer Frau namens Tina verbracht hätte. Wie sie Letzteres rausgekriegt hat, ist mir nach wie vor schleierhaft. Also habe ich auch die anderen Treffen zugegeben und ihr gesagt, was ich für Tina und für sie empfinde.«

»Eines verstehe ich nicht ganz«, sagte Camila. »Die Entscheidung, in getrennten Zimmern zu schlafen, kam erst fünf Monate später.«

Phil nickte.

»Weil Caroline mir anfangs verziehen hat. Sie fand es natürlich schlimm und war enttäuscht. Sie sagte, das Vertrauen zwischen uns sei die Grundlage für unsere Beziehung, sie könne nicht leben und ständig den Verdacht haben müssen, ich würde sie anlügen. Sie so sehr leiden zu sehen, zerriss mir schier das Herz. Auf Tina eingelassen hatte ich mich nur unter der Voraussetzung, dass Caroline es nie erfahren würde. Danach war es sofort aus mit Tina.«

»Dann fingen die Probleme also erst später an.«

»Caroline zog sich immer mehr zurück. Die Nähe zwischen uns nahm ab, wir verbrachten immer weniger Zeit miteinander. Ich war bereit, die volle Verantwortung zu übernehmen, auch, uns scheiden zu lassen, wenn sie das wollte. Aber Caroline hatte nur die Bitte an mich, dass wir nie wieder über meine Untreue sprechen. Und so haben wir es auch gemacht.«

Phil stand auf. Die Art, wie er sich mit den Händen auf dem Schreibtisch abstützte, stellte unmissverständlich klar, dass er die Unterhaltung für beendet erklärte. Dann wandte er sich ein letztes Mal an Tim und Camila.

»Das alles ist off the record. Wenn Caroline wieder aufwacht, und das wird sie, dann wird sie das hier nie erfahren.«

»Sie haben mein Wort«, sagte Camila.

Tim sagte nichts. Er wunderte sich noch immer darüber, wie Camila es geschafft hatte, dass ein Mann, der sich kategorisch jedem Gespräch verweigert hatte, plötzlich bereit gewesen war, in aller Ausführlichkeit von seiner Untreue zu berichten.

»Eines noch«, sagte Camila. »Ich würde mir gern Sophias Zimmer ansehen.«

Phil war alles anderes als begeistert, doch er fragte nicht einmal nach dem Grund, sondern nickte nur müde. Anschließend brachte er sie zur Tür.

Louise war wie der Rest der Belegschaft von HBL schon gegangen, also durchquerten Camila und Tim das Gebäude allein. Sie wechselten kaum ein Wort bis zum Ausgang, wo ein Wachmann sie mit einem Kopfnicken grüßte und ihnen die Besucherausweise wieder abnahm.

»Was kann es mit diesem Schloss auf sich haben?«, fragte Camila genervt.

»Ich habe nicht die leiseste Ahnung«, sagte Tim.

Nur noch ihre beiden Autos standen auf dem nicht überdachten Parkplatz. Es goss weiterhin in Strömen, und sie beschlossen zu warten, bis der Regen nachließ.

»Sagst du mir jetzt endlich, was du mit Phil unter vier Augen besprochen hast?«

»Noch nicht.«

43

Der Abend war kühl, noch hing die Feuchtigkeit des Gewitters in der Luft. Am Himmel traten die ersten Sterne zum Vorschein. Camila überlegte, ob sie ihr abendliches Ritual vielleicht trotzdem vollziehen konnte, doch es war zu kalt, und der Wind, der oben die Wolken vorwärtstrieb, war auch unten spürbar.

Es war neun, sie beschloss, es bei Alex zu versuchen. Sie schickte ihm eine WhatsApp-Nachricht – peinlich darauf bedacht, nicht übergriffig zu wirken –, und ihr Sohn schrieb zurück, er sei gerade in seinem Zimmer angekommen und könne in fünf Minuten sprechen.

Alex hatte seiner Nachricht ein Smiley beigefügt, was Camila fast die Tränen in die Augen trieb. Alex war kein rebellischer Jugendlicher gewesen, aber er hatte durchaus eine Phase gehabt, in der er sich von seiner Mutter entfernt hatte. Die Scheidung seiner Eltern und die Berühmtheit seiner Mutter hatten es ihm, der von Haus aus nicht der Selbstsicherste war, schwer gemacht. In den letzten beiden Jahren jedoch hatte sich ihr Verhältnis merklich verbessert.

Zur vereinbarten Uhrzeit wählten sich beide ein. Alex war in seinem Zimmer in der UMass, das er mit einem Kommilitonen aus Minnesota namens Christian teilte.

»Ich habe mich heute mit Cassie getroffen«, platzte er sofort mit der Neuigkeit heraus.

Camila wäre vor Freude beinahe vom Sofa aufgesprungen. Sie fand Cassie toll. Es war unmöglich, sie nicht toll zu finden. Manchmal versuchte sie, ihre Begeisterung ein wenig zu mäßigen, vor allem dann, wenn es in ihrer Beziehung mit Alex knirschte, aber es war gar nicht so einfach.

»Das freut mich!«

»Wir haben einen Kaffee zusammen getrunken und ein bisschen geplaudert. Am Sonntag wollen wir uns vielleicht wiedersehen.«

»Das ist doch super. Sag, wie …?«

»Am Sonntag, Mama«, unterbrach Alex sie. »Ich will mir keine falschen Hoffnungen machen.«

»Verstehe. Grüß Cassie von mir.«

»Mach ich. Und du? Immer noch dran an dem Fall dieses Mädchens?«

»Ja. Ich recherchiere zusammen mit einem Lokaljournalisten.«

»Kehrst du zu *Das Gewicht der Wahrheit* zurück? Richard macht vermutlich Luftsprünge vor Freude.«

Camila lächelte gezwungen.

»Kehrst du etwa nicht ins Fernsehen zurück?«

»Eher nicht. Ich habe mit Richard gesprochen, er hat andere Pläne für die Sendung. Wobei ich sowieso nicht zurückkehren wollte.«

Alex war total verwundert.

»Aber …«

»Das überlege ich später. Ich mache mir erst mal ein Bild von dem Fall.«

»Ich habe im Internet den einen oder anderen Artikel gelesen. Glaubst du, das Mädchen lebt noch?«

Camila zögerte.

»Wenn du es mir erzählst«, sagte er, »dann erzähle ich dir auch, wie es mit Cassie gelaufen ist.«

Camila lachte.

»Guter Versuch. Ich weiß es nicht, Alex. Ich weiß es wirklich nicht. Ich weiß nur, dass vieles ziemlich unklar ist.«

Einige Minuten später verabschiedeten sie sich. Camila blieb noch eine Weile auf dem Sofa sitzen. Wenn sie manchmal die Einsamkeit als bedrückend empfand, dann nach einem Videogespräch mit Alex.

Diesmal wurde das Gefühl der Leere abgemildert durch den Stolz, den sie in Alex' Gesicht gesehen hatte. Für ihn war seine Mutter immer die erfolgreiche Fernsehfrau gewesen. Er hatte sich nie an die Frührentnerin gewöhnen können, die Mate trank und alte Fälle aufarbeitete.

Lächelnd und in Kochlaune ging sie in die Küche. Für sie, die das Kochen erst seit ihrem Rückzug lernte, bedurfte es noch immer einer gewissen Willensanstrengung, sich wirklich an den Herd zu stellen. Aus irgendeinem Grund dachte sie schon lange an den Pastel de Papas, den sie als Kind so gern gegessen hatte.

Eine Stunde war sie damit beschäftigt. Als sie fertig war, betrachtete sie den Kartoffelkuchen und fragte sich, was sie sich immer fragte: Lohnte es sich wirklich, so viel Zeit in etwas zu investieren, das so schnell weg war?

Sie tat sich eine großzügige Portion auf und fror den Rest ein. Dann schenkte sie sich ein Glas Wein ein und sah beim Essen *Survivor*.

Anschließend las sie noch etwas auf dem Sofa, bis ihr fast die Augen zufielen.

Sie ging zurück in die Küche und wusch ab. Danach wusste sie, was sie als Nächstes tun würde. Sie öffnete die Kellertür und blieb eine Weile auf der Schwelle stehen, bis sich ihre Augen an die Dunkelheit gewöhnt hatten.

Die Treppe war bis zum Absatz zu sehen. Zwölf Stufen.

Camila holte Luft und setzte den ersten Schritt. Entschlossen ging sie weiter und schaffte es relativ problemlos bis zum Absatz. Hoffnung keimte in ihr auf, es auch noch bis nach ganz unten zu schaffen.

Meistens gab sich Camila damit zufrieden, auf halber Treppe zu verharren und sich so lange wie möglich ihren Ängsten zu stellen. Ihre Ausflüge in den Keller waren normalerweise ein ungleicher Kampf. Die Frage war nicht, ob sie zu Boden gehen würde, sondern wann.

An einigen Tagen jedoch verspürte sie eine zusätzliche Kraft, die das Unmögliche zustande bringen konnte. Am Absatz machte die Treppe eine Kehre um neunzig Grad. Praktisch blind stieg Camila weiter die Stufen hinunter. Wieder zwölf.

Die Kellertür konnte sie nun nicht mehr sehen, doch sie stellte sie sich weiterhin vor. Ebenfalls in ihrer Vorstellung fiel sie zu, und sie war eingesperrt.

Als nur vier Stufen fehlten, fühlte sie ein Stechen in der Brust.

Nein, es war kein Stechen, es war eine unerträgliche Leere. Die Tür fiel diesmal tatsächlich zu, und sie musste sich am Geländer festhalten, um nicht das Gleichgewicht zu verlieren. Ihr Atem ging schneller, war jetzt ein hektisches Pfeifen.

Die Tür ist immer noch offen, wiederholte sie innerlich.

»Die Tür ist immer noch offen«, sagte sie laut.

Wenn sie es überprüfen wollte, müsste sie kehrtmachen. Und

wenn sie kehrtmachte, würde sie nicht noch einmal hinuntersteigen. Zumindest nicht heute Abend.

Als sie einen Fuß auf den Kellerboden setzte, ging es ihr etwas besser. Sie blieb stehen und wartete darauf, dass sich ihr Atem beruhigte. Leicht gekrümmt und mit schmerzverzerrtem Gesicht stand sie da. Ein Teil von ihr dachte nach wie vor an die Tür. Sie musste aufhören, an diese verdammte Tür zu denken.

Dann schaltete sie das Licht ein. Mit einem matten Lächeln trat sie an eines der Regale heran und betrachtete die Holzkiste, in der sie einige Familienandenken aufbewahrte: Fotos, Briefe, Zeitungsartikel. Es waren Sachen ihrer Großmutter, doch es gab auch Fotos ihrer Mutter, als sie jung war. Camila konnte sich an ihre Mutter nicht mehr erinnern, also war alles, was ihr noch von ihr blieb, in dieser Kiste. Sie starrte sie lange an, bevor sie sie schließlich öffnete.

44

Als Camila in die Vereinigten Staaten gezogen war, hatte sie von zwei Dingen geträumt: Sie wollte eine erfolgreiche Journalistin werden, und sie wollte ihren Vater finden.

Der erste Traum ging in Erfüllung, der zweite verwandelte sich in einen Albtraum.

Viele Erinnerungen an diese Jahre waren so weit weg und so konfus, dass sie fast unwirklich erschienen. Ganz anders die Erinnerungen an ihre Kindheit im Haus ihrer Großmutter Nina, die ihr klar und deutlich vor Augen standen, eine unendliche Ansammlung glücklicher Momente. Es war, als wäre ihr Leben in zwei Teile geteilt von einer dunklen Phase, die noch immer die Macht besaß, sie einzusaugen wie ein schwarzes Loch.

In diesen schmerzerfüllten Jahren hatte sie Madeleine Parker kennengelernt, die schon damals eine hervorragende Psychiaterin gewesen war. Sie war zweifellos nicht nur die erste Person gewesen, die Camila in ihrem Exil geholfen hatte, sondern hatte auch entscheidend dazu beigetragen, dass sie später beruflich so erfolgreich geworden war. Camila, die den wichtigsten Menschen in ihrem Leben verloren hatte, hatte diese Unterstützung wahrhaft nötig gehabt, diesen existenziellen Halt.

Die Therapie war kurz, aber intensiv gewesen. Madeleine Parker war äußerst strikt in der Beziehung zu ihren Patienten. Monatelang hatte sie schützend ihre Hände um sie gehalten wie um ein verletztes Vögelchen, aber als Camila bereit gewesen war für die Welt, hatte sie sie losgelassen.

Sie hatten sich nie wiedergesehen. Viele Jahre später war Camila an dem Gebäude vorbeikommen, in dem Madeleine ihre Praxis hatte, im Herzen von Manhattan, und der Concierge hatte ihr gesagt, sie sei einige Monate zuvor in den Ruhestand gegangen. Mehrmals hatte sie überlegt, sich mit ihr in Verbindung zu setzen – Möglichkeiten hätte sie zuhauf gehabt –, doch sie hatte es nie getan. Sie wusste, dass Madeleine sie im Fernsehen gesehen hatte.

Camila hatte nicht gewusst – oder wenn, dann hatte sie es vergessen –, dass Madeleine eine Tochter hatte, die etwas jünger war als sie selbst, und dass diese Tochter Caroline hieß. Sie war erst darauf gestoßen, als sie die Dokumente durchgesehen hatte, die Tim Doherty ihr bei seinem ersten Besuch dagelassen hatte.

Madeleine Parker, die Camilas persönliche und berufliche Entwicklung so entscheidend geprägt hatte, war niemand anders als die Großmutter von Sophia Holmes. In dem Moment dieser Erkenntnis hatte Camila beschlossen, sich dieses Falles anzunehmen.

Tim hatte sie es noch immer nicht gesagt. Sie vertraute ihm – man spürte diesem Lokaljournalisten an, dass er aufrichtig und alles andere als hinterlistig war –, doch hätte sie ihm von Madeleine Parker erzählt, hätte sie ihm auch von einer Vergangenheit erzählen müssen, von der sie bisher nie jemandem erzählt hatte. Nicht einmal ihrem Sohn Alex oder ihrem Ex-Mann, als die Ehe mit ihm sich noch angefühlt hatte wie ein Broadway-Musical. Und schon gar nicht würde sie jemandem davon erzählen, den sie erst seit Kurzem kannte.

45

Um zehn Uhr am Montagmorgen parkte Camila vor dem Haus der Familie Holmes, also zwei Tage nach dem Treffen mit Phil Holmes. Kaum stieg sie aus ihrem Wagen, sah sie schon Tims klapprigen Chevrolet Malibu um die Ecke biegen und langsam heranrollen, bis er mit einem merkwürdigen Klappern und Auspuffknallen zum Stehen kam. Tim öffnete die Tür und trat gleich in eine tiefe Pfütze.

»Entschuldige die Verspätung«, sagte er und schüttelte das Wasser von seinem Schuh. »Mein Auto ist eben nicht so schnell wie deins.«

»Kein Problem, ich bin auch gerade erst gekommen.«

»Na, dann.«

Phil Holmes zog ein griesgrämiges Gesicht. Nicht dass er viele Gründe gehabt hätte, um mit überschäumender Freude durchs Leben zu gehen, aber sein Missmut hatte mit seiner verständlichen Traurigkeit wenig zu tun. Wäre es nach ihm gegangen, dürfte Camila keinen Fuß in sein Haus setzen. Seine Miene machte dies mehr als deutlich.

»Kommen Sie rein«, sagte er. »Aber das ist nun wirklich mein letztes Zugeständnis.«

Tim, der immer noch nicht wusste, warum Phil überhaupt mit ihnen sprach, nickte nur. Camila zuckte nicht einmal mit den Mundwinkeln.

Phil geleitete sie durchs Wohnzimmer zu einem Flur, der zu Sophias Zimmer führte, und öffnete die Tür.

»Lassen Sie bitte alles unverändert. Caroline hat nach der polizeilichen Untersuchung extra alles wieder an seinen Platz zurückgestellt.«

Camila war baff, als sie das Zimmer sah. Es war zwei- oder dreimal größer als das anderer Mädchen in ihrem Alter, und darin befanden sich so viele Dinge, dass es einen schier überwältigte. Es zeugte nicht nur von Sophias unzähligen Interessen, sondern auch davon, dass sie auf der Schwelle zur Jugend stand. An der Wand hing ein Poster von Taylor Swift, genau darunter ein Porträt von Stephen Hawking. Am anderen Ende des Raums war ein Regal mit einer Sammlung Barbies und daneben ein fast schon professionelles Teleskop.

Camila machte einige zögerliche Schritte in das Zimmer hinein und blickte sich überall um. Tim und Phil blieben im Flur stehen, sahen sich kurz an und dann wieder zu der Frau, die weniger eine Journalistin zu sein schien als vielmehr ein Medium auf der Suche nach einer energetischen Erscheinung.

»Sie haben eine erstaunliche Tochter«, sagte Camila, die den beiden nach wie vor den Rücken zugewandt hatte.

Sie ging an einem Tisch vorbei, der bedeckt war mit einem Mikroskop, einem Globus und vollgeschriebenen Heften.

»Darf ich Fotos machen?«

»Natürlich nicht.«

Camila nickte. Sie hatte ihr Handy nicht einmal aus der Tasche genommen. Das Bett war bezogen, der begehbare Schrank geschlossen, ein zweiteiliges Regal mit Hunderten von Büchern. Es war undenkbar, dass ein Mädchen in Sophias Alter all diese Bücher gelesen hatte. Oder auch nur ein Zehntel davon. Camila erkannte sofort die Harry-Potter-Bände und las willkürlich einige andere Titel: *Handbuch für angewandte Statistik, Musiktheorie, Gesammelte Erzählungen von Edgar Allan Poe.*

Am Fenster stand ein Aquarium. Ein einziges kleines Fischlein schwamm nahe der Oberfläche und machte den Mund auf und zu.

»Die Nachricht, die Caroline an jenem Morgen erhalten hat«, fragte Camila, »wo genau haben Sie die gefunden?«

»In dem Buch, das meine Frau gerade gelesen hatte.«

»Die Nachricht lautete: ›Sehen Sie unter Tonys Schloss nach‹, richtig?«

»Ja.«

Unter dem Aquarium befand sich eine zweitürige Kommode. Camila öffnete sie. Darin waren mehrere Mappen und Schulbücher.

»Zufrieden?«, sagte Phil. »Das sind Sophias Schulsachen. Die Polizei hat alles kopiert und nichts gefunden.«

Irgendwann war auch Tim eingetreten und auf halbem Weg zwischen Camila und Phil stehen geblieben, als könne er sich nicht recht entscheiden, auf welcher Seite er stand.

Camila kniete vor der Kommode. Sie streifte mit der Hand innen über die Deckplatte. Ihre Finger stießen auf etwas Raues von der Größe einer Münze. Es fühlte sich an wie harter Kleber. Sie tastete sich weiter und stieß nach etwa fünfzehn Zentimetern auf einen zweiten Fleck.

»Haben Sie etwas entdeckt?«

Wie herbeigezaubert stand Phil plötzlich neben ihr.

»Könnte Kleber sein«, sagte Camila. »Gut möglich, dass dort etwas befestigt war und Caroline es gefunden hat.«

»Das kann nicht sein«, erklärte Phil. »Die Polizei hat das

ganze Zimmer auf den Kopf gestellt. Es ist ihr garantiert nichts entgangen.«

Camila zuckte mit den Schultern und forderte Phil auf, selbst nach den Flecken zu tasten. Er sah sie misstrauisch an. Er kniete sich hin und fuhr selbst mit der flachen Hand die Deckplatte entlang. Schweigend zog er sie wieder zurück.

»Verdammt.«

Anschließend gingen sie in Carolines Zimmer im zweiten Stock. Es hatte einen großen Balkon, und auf diesem Balkon standen Unmengen von Pflanzen – um die fünfzig, schätzte Camila –, dazu ein Metalltisch mit vier Stühlen. Phil blieb auf der Schwelle stehen und erklärte, dass sich in Carolines Abwesenheit die Putzfrau um die Pflanzen kümmere.

Camila trat auf den Balkon und warf einen kurzen Blick auf den hinteren Garten. Fünf oder sechs Meter unter ihr war eine Terrasse mit Holzdielen und sonst nichts, was den Sturz hätte dämpfen können. Es war ein Wunder, dass Caroline Holmes noch lebte.

Der Besuch hatte nur dreißig Minuten gedauert, aber der Ertrag konnte sich sehen lassen.

Als Camila sich ans Steuer ihres Mercedes setzte, dachte sie noch immer an die Kleberflecken an der Kommode unter dem Aquarium. Während das Verdeck sich auffaltete, ging ihr nicht mehr aus dem Kopf, was Phil Holmes nach dem Fund gesagt hatte. »Die Polizei hat das ganze Zimmer auf den Kopf gestellt. Es ist ihr garantiert nichts entgangen.«

Schon wieder die Polizei, dachte Camila. Schon wieder Holt.

Sie wollte gerade den Anlasser drücken, als eine Nachbarin aus ihrem Haus gestürzt kam und zu ihr rannte. Sie musste um die vierzig sein.

»Ms. Jones«, sagte sie. »Ich heiße Marlene Johnson. Ich muss kurz mit Ihnen sprechen.«

Camila erinnerte sich sofort. Es war die Frau, die die leblose Caroline gefunden und die Polizei gerufen hatte.

»Was gibt's?«

»Es geht um den Unfall«, erklärte sie und sah zu den Holmes' hinüber. »Ich würde Ihnen gern etwas sagen.«

Das Wort Unfall hatte sie mit einer gewissen Verächtlichkeit ausgesprochen.

»Ich höre.«

Marlene Johnson blickte sich in alle Richtungen um. Dass Tim in der Nähe war, der sein Auto noch immer nicht hatte starten können, machte sie zweifellos nervös.

»Unterhalten wir uns woanders?«

46

Zwei Querstraßen von den Holmes' entfernt lag ein kleiner Park. Camila saß auf einer Bank und wartete auf Marlene Johnson. Abgesehen von einer Frau mit ihrem kleinen Kind war sie allein. Das Kind war um die drei und jagte Tauben.

Zehn Minuten später kam Marlene Johnson, schnellen Schrittes, die Handtasche fest an ihre Brust gepresst, als wollte sie sich vor etwas schützen. Sie trug eine Sonnenbrille, die sie erst abnahm, nachdem sie sich gesetzt hatte. Sie hatte geweint.

»Was ist los?«, fragte Camila.

»Entschuldigen Sie, Ms. Jones, ich wollte mich eigentlich nicht so präsentieren«, sagte Marlene und wischte sich die Tränen weg. »Vor einigen Monaten hat mein Mann seine Arbeit verloren. Er …«

Camila unterbrach sie mit einer sanften Geste.

»Warten Sie. Hat das irgendwie mit dem Unfall von Caroline Holmes zu tun?«

Die Frau nickte mehrmals.

»Ja, hat es. Er war bei einer Versicherung beschäftigt und wurde vor fünf Monaten entlassen. Davon erfahren habe ich aber erst vor einigen Wochen. Bis dahin hat er einfach seine Routine beibehalten: Er ging um acht aus dem Haus und kam um sechs wieder. Ich habe nichts bemerkt. In all diesen Monaten …«

Marlene sah die Handtasche, die sie nach wie vor an ihre Brust presste, plötzlich an, als wäre sie ein giftiges Insekt. Es war eine Louis-Vuitton-Tasche.

»In all diesen Monaten«, setzte sie noch einmal an, »haben wir uns natürlich nicht eingeschränkt. Mein Mann hat schon immer gern Geld ausgegeben. Sein Motto lautet: Wir können sowieso nichts mit nach drüben nehmen. Und ich, also, ich habe mir auch das eine oder andere gegönnt.«

Camila neigte sich leicht vor und legte Marlene eine Hand auf den Arm.

»Marlene, kürzen wir die Sache doch ab«, sagte sie, nahm nun ihrerseits die Brille ab und sah der Frau in die Augen. »Warum sagen Sie mir nicht einfach, was Sie haben und wie viel Sie dafür wollen?«

Marlene senkte den Blick. Erneut füllten sich ihre Augen mit Tränen.

»Es ist nicht so, wie Sie denken. Caroline kenne ich nicht besonders gut, aber wir hätten durchaus Freundinnen werden können. Was ihr passiert ist, tut mir so leid, und ich will es auf keinen Fall ausnutzen.«

»Ich verstehe nicht.«

Jetzt brach Marlene endgültig in Tränen aus. Schweigend wartete Camila ab. Das Kind, das den Tauben hinterhergerannt war, saß jetzt müde auf einer Bank und sah neugierig zu ihnen herüber. Seine Mutter telefonierte.

»Vor einigen Wochen«, erklärte Marlene, »hat mein Mann unserem Sohn eine Drohne gekauft, ein ziemlich teures Modell, mit HD-Kamera und allem Schnickschnack. An dem Tag des Unfalls habe ich bei Caroline vorbeigeschaut, um zu fragen, ob sie irgendetwas braucht, und da habe ich sie gefunden. Ich habe die 911 gerufen. Sie schien nicht verletzt zu sein, ihre Knochen standen nicht komisch ab oder so, nur ihr Puls war sehr schwach. Ich rief auch meinen Mann an und sagte ihm, ich würde dortbleiben, bis der Krankenwagen da sei.«

»Und Ihr Mann hat alles mit der Drohne gefilmt?«

Marlene schüttelte heftig den Kopf.

»Nein, natürlich nicht. Das war mein Sohn. Er hat mitgehört und spontan die Drohne aufsteigen lassen. Mein Mann hat es erst hinterher entdeckt.«

»Und diese Aufnahmen wollen Sie mir jetzt verkaufen? Ich dachte, Caroline und Sie wären so etwas wie Freundinnen.«

Marlene schwieg und starrte auf ihre Handtasche.

»Ich war schon mehrmals in einer solchen Situation«, sagte Camila. »Meiner Meinung nach rechtfertigt kein Geld der Welt, dass man zu jemandem wird, der man nicht ist. Ich werde Ihnen diese Aufzeichnungen nicht abkaufen.«

»Sie verstehen nicht«, sagte Marlene, die Camila jetzt in die Augen sah. »Nicht ich, mein Mann will sie verkaufen. Er verhandelt schon mit Vince Naroditsky, dem Journalisten, der …«

»Ich weiß, wer Naroditsky ist«, sagte Camila jetzt mit kaltem Ernst. »Welche Vereinbarung hat Ihr Mann denn getroffen?«

»Er hat Naroditsky per Twitter kontaktiert und gesagt, er hätte etwas für ihn. Daraufhin hat Naroditsky ihm eine E-Mail geschickt und erklärt, er verhandle erst nach einer Kostprobe. Mein Mann hat ihm einige Sekunden der Aufnahmen zugeschickt und ihm drei Tage gegeben, um es sich zu überlegen. Diese drei Tage sind morgen vorbei.«

»Naroditsky wird ihm morgen nicht antworten«, sagte Camila.

»Hat er aber so gesagt.«

»Wird er nicht.« Camila sah zu den Baumwipfeln. In Gedanken war sie ganz woanders, in einer anderen Zeit. »Wie viel hat Ihr Mann gefordert?«

»Zehntausend.«

Camila schüttelte den Kopf.

»Das kann er vergessen. Wenn Ihr Sohn den Sturz selbst gefilmt hätte, vielleicht. Aber wenn ich es richtig verstehe, sind nur der leblose Körper und das Eintreffen der Polizei zu sehen. Das ist keine zehntausend wert.«

Marlene sah sie erstaunt an.

»Haben Sie die Aufnahmen dabei?«

Marlene nickte.

»Zeigen Sie sie mir.«

Keine Reaktion.

»Hören Sie, Sie glauben doch wohl nicht, dass ich sonst auch nur eine Sekunde darüber nachdenken werde.«

Marlene öffnete ihre Handtasche und zog ein iPad heraus, das ihrem Mann gehörte, wie sie betonte. Sie gab die PIN ein und öffnete den Ordner mit dem Video. Das Bild war gestochen scharf. Zu sehen war ein Blick von oben auf das Haus der Holmes. Das Video dauerte insgesamt zwanzig Minuten.

»Zeigen Sie mir das Ende.«

Marlene spulte vor. Notfallsanitäter trugen Caroline weg.

Etwas erregte sofort Camilas Aufmerksamkeit.

Das Bild erfasste nun einen größeren Ausschnitt. Offenbar hatte Marlenes Sohn die Drohne aus Furcht, entdeckt zu werden, höher steigen lassen.

»Das reicht«, sagte Camila.

Marlene sah sie verzweifelt an.

»Wir machen Folgendes«, sagte Camila. »Sie geben mir die Nummer eines Bankkontos, über das nur Sie allein verfügen, und ich überweise Ihnen jetzt und sofort zehntausend Dollar. Naroditsky wird sich bei Ihrem Mann melden und ihm ein Gegenangebot für fünftausend Dollar machen, und das wird sein letztes Wort sein, glauben Sie mir. Es kann sogar sein, dass er nicht einmal antwortet und Ihr Mann ihn kontaktieren muss. In diesem Fall wird das Angebot noch niedriger ausfallen. Sobald diese Situation eingetreten ist, sagen Sie Ihrem Mann, dass Sie ein besseres Angebot haben. Aber nur tausend Dollar mehr. Haben Sie verstanden?«

Marlene nickte.

»Den Rest des Geldes werden Sie selbst behalten.«

Camila holte ein Notizbuch und einen Kugelschreiber aus ihrer Handtasche, schrieb ihre E-Mail-Adresse auf, riss das Blatt heraus und gab es Marlene.

»Schicken Sie mir das ganze Video und eine Kontonummer«, wies Camila sie an und stand auf.

Marlene nickte und steckte das iPad zurück in die Tasche.

»Was haben Sie mit dem Video vor?«

»Das lassen Sie mal meine Sorge sein.«

»Und wenn Naroditsky zehntausend Dollar oder sogar noch mehr anbietet?«

Camila lachte.

»Das wird nicht passieren, keine Angst. Und wenn ich Ihnen einen Rat geben darf: Sie sollten sich so schnell wie möglich scheiden lassen.«

Camila verabschiedete sich von Marlene und brach auf. Bevor sie am Auto war, rief sie Tim an.

»Kannst du zu mir rausfahren? Ich habe gerade etwas Wichtiges über Phil Holmes herausgefunden. Er hat uns angelogen, Tim. Und den Beweis dafür habe ich auf Video.«

47

ICH BIN OBEN. AM ENDE DES FLURS.

Tim las die Nachricht, als er gerade klingeln wollte. Die Haustür war offen. Obwohl er gerade die Erlaubnis der Hausherrin erhalten hatte, fühlte es sich merkwürdig an, einfach so das riesige Wohnzimmer zu durchqueren. Bobby kam müde angetrottet und legte sich auf seinen Turnschuh. Offenbar war dies ein Vertrauensbeweis, der von seinem vorigen Besuch herrührte, also kniete sich Tim hin und streichelte ihm die Schnauze und die Ohren. Bobby bewegte sich kein bisschen. Tim schoss ein Foto von seinem Fuß, wie er unter Bobbys mächtigem Leib begraben war, und schickte es Camila.

Als Antwort erhielt er ein Smiley.

Zwei Minuten später stieg Tim die beeindruckende Treppe hinauf und dachte dabei an sein eigenes bescheidenes Haus mit den feuchten Wänden, die mal wieder gestrichen werden müssten, und seinen ausgetretenen Teppichen. Er verglich Camilas Karriere – jahrelang Ankerfrau einer amerikaweiten Sendung – mit seiner: Chef einer Lokalzeitung, die er nur unter Mühen am Leben erhielt. Sogar er, der sich als Idealisten sah und Geld nie für allzu wichtig erachtet hatte, gestattete sich kurz den Gedanken, wie es sich wohl anfühlte, in einem solchen Haus zu wohnen.

Im Arbeitszimmer am Ende des Flurs fiel ihm schier die Kinnlade herunter.

Camila stand mit dem Rücken zu ihm an einer Pinnwand, an der Zeitungsausschnitte, Fotos und Schwarz-Weiß-Ausdrucke hingen. Drei Fotos sprangen ihm besonders ins Auge: von Kommissar Holt in Galauniform, von Frank Garrett und von Phil Holmes. Ein viertes Foto wurde gerade ausgedruckt. Camila holte es und hängte es zu den anderen, wenn auch etwas abseits. Den Mann darauf erkannte Tim sofort. Es war Bill Mercer vor dem Unfall, stehend in Dienstuniform, in die Kamera lächelnd.

Camila drehte sich zu ihm um. Mit ihrer Lesebrille und den zerzausten Haaren wirkte sie wie besessen.

»Diese drei verheimlichen etwas«, sagte sie. »Ob es direkt mit Sophia zu tun hat, weiß ich nicht, aber das werden wir herausfinden. Komm, ich zeige dir das Video der Nachbarin.«

Sie setzten sich zusammen an den Schreibtisch. Camila suchte auf ihrem Notebook nach dem Video und klickte es an. Zu sehen war eine Luftaufnahme des Gartens, auf dem Boden lag die leblose Caroline Holmes.

»Nur kurz zur Erklärung«, sagte Camila. »Der Nachbar hat eine Drohne der neuesten Generation und hat gefilmt, was nach dem Sturz geschah.«

Fassungslos starrte Tim auf den Bildschirm.

»Und er hat es nicht der Polizei übergeben?«

Camila zuckte mit den Schultern.

»Ehrlich gesagt bringt uns das Video in der Sache kaum weiter. Marlene Johnson hat ausgesagt, sie habe sofort die 911 angerufen und anschließend ihren Mann. Der Sohn hat es mitbekommen und ab diesem Moment gefilmt. Vielleicht hat der Vater ihn auch darum gebeten, das weiß ich nicht.«

Camila drückte auf die Leertaste, und das Bild setzte sich in Bewegung. Sichtlich nervös ging Marlene im Garten umher. Sie kniete sich neben Caroline, überprüfte ihre Vitalwerte und stand wieder auf.

»Unglaublich«, sagte Tim und schüttelte den Kopf.

Schon betrat Phil Holmes den Schauplatz. Er rannte zu Caroline und kniete bei ihr nieder. Er wirkte vollkommen aufgelöst. Er ergriff das Handgelenk seiner Frau, beugte sich dann über sie und nahm ihren Kopf in beide Hände. Währenddessen unterhielt er sich die ganze Zeit mit Marlene, was auf dem Video natürlich nicht zu hören war.

Pause.

»Schau mal da«, sagte Camila und zeigte auf eine Ecke des Bildschirms.

Zu sehen war, leicht unscharf, der Balkon. Auf einem Tisch befanden sich drei Dinge: ein Glas, ein Blatt Papier und ein Notizbuch. Das Glas stand auf einer Ecke, damit das Blatt nicht wegflog.

Tim wusste, dass man keinen Abschiedsbrief gefunden hatte. Man hatte überhaupt keine Nachricht gefunden. Auch an ein Notizbuch erinnerte er sich nicht. Er schwieg.

»Ich sage dir jetzt, was ich denke.« Camila deutete auf das Notizbuch. »Das da ist ein Tagebuch, das Sophia in ihrem Zimmer versteckt hatte, unter dem Aquarium. Dieses Tagebuch ist die ganze Zeit dort gewesen. Jemand wusste davon und kannte möglicherweise seinen Inhalt.«

Tim schien nicht überzeugt.

»Vielleicht einer ihrer Freunde?«

»Glaube ich nicht.«

Camila stand auf und ging im Arbeitszimmer umher.

»Caroline Holmes erhält eine Nachricht, in der ihr mitgeteilt wird, wo das Tagebuch versteckt ist. Sie findet es und liest es auf dem Balkon. Was sie dort liest, schockiert sie. Was passiert dann?«

Tim überlegte.

»Tja. Wenn das, was in dem Tagebuch stand, wirklich so schockierend war, dann hat Caroline Holmes sich vielleicht wirklich vom Balkon gestürzt. Allerdings bin ich nicht ganz überzeugt, ob es wirklich um ein Tagebuch geht. Das scheint mir doch ziemlich weit hergeholt.«

»Wenn es dieses Tagebuch gibt, dann hat es jetzt Phil Holmes.« Camila deutete auf das Foto. »Wir müssen also irgendwie aus ihm rauskriegen, was drinsteht.«

Camila ging wieder zum Notebook und spulte zu dem Moment, in dem Phil Holmes auftauchte.

»Es kann aber auch sein«, sagte sie ernst, »dass er seine Frau gestoßen hat.«

»Warum sollte er das tun?«

»Marlene Johnson betrat das Grundstück der Holmes von hinten, so wie immer. Sie dachte, Caroline wäre auf dem Balkon, und sie wollte nur kurz fragen, ob es ihr gut ging. Stattdessen findet sie sie leblos auf dem Boden liegen und ruft die 911. Genau eine Minute später trifft Phil Holmes ein.«

Tim überlegte.

»Willst du damit sagen, dass Phil schon im Haus war?«

»Wenn nicht sogar auf dem Balkon.«

Tim nickte. Es war nicht das erste Mal, dass sie diese Möglichkeit in Betracht zogen. Trotzdem konnte er sich noch immer nicht vorstellen, dass Phil zu so etwas imstande war. Caroline vom Balkon stoßen? Vielleicht im Affekt, vielleicht war es zu

Handgreiflichkeiten gekommen, und sie war gestürzt. Jedenfalls musste es eine Extremsituation gewesen sein. Was würde eine solche Kettenreaktion auslösen?

Dies war die Millionen-Dollar-Frage.

»Was kann in dem Tagebuch stehen – wenn es denn existiert –, damit es so ein schlimmes Ende nimmt?«

»Es gibt jemanden, der das ganz genau weiß. Außer Caroline, meine ich.«

»Merkwürdig finde ich nur, dass jemand zehn Monate gewartet haben soll, um auf dieses Tagebuch hinzuweisen.«

»Ja«, sagte Camila. »In den letzten Tagen muss etwas passiert sein, was denjenigen, der von der Existenz des Tagebuchs wusste, von der Notwendigkeit überzeugt hat, es Caroline zuzuspielen.«

Tim saß nach wie vor auf seinem Stuhl, während Camila unermüdlich im Zimmer umherging.

»Vielleicht war es das Interview, das sie mit Naroditsky vereinbart hatte«, meinte Tim.

»Oder deine Nachforschungen«, sagte Camila. »Meiner Erfahrung nach haben solche Taten eher mit etwas zu tun, was bereits passiert ist, als mit etwas, das noch passieren wird.«

Tim dachte nach.

»Aber«, warf Camila ein, »die Existenz des Tagebuchs und der Hinweis auf das Schloss, das einmal im Aquarium stand: Das sind doch sehr genaue Informationen. Wer wusste das?«

Tim begriff sofort. Entweder es war jemand aus dem engsten Bekanntenkreis, oder es war Sophia selbst.

»Was fangen wir jetzt damit an?«, fragte Tim. »Gehen wir damit zur Polizei? Conrad Holt traust du nicht über den Weg. Und ich auch nicht.«

»Wenn Phil Holmes ahnt, dass wir von dem Tagebuch wissen, könnte er es vernichten, sollte er es nicht schon längst getan haben. Und wenn wir es Holt sagen, gelangt es auch Phil Holmes zu Ohren. Ich habe da so ein paar Ideen, die würde ich gern mit dir besprechen. Kannst du kochen?«

Tim wunderte sich über diese unerwartete Frage.

»Ziemlich gut sogar.«

»Sehr schön, ich nämlich nicht. Ich sage dir jetzt, was wir machen werden: In zehn Minuten skype ich mit meinem Sohn. Du könntest was kochen, während ich mit ihm rede, und beim Abendessen entwerfen wir dann eine Strategie. Was meinst du?«

Tim, dessen Plan für diesen Abend darin bestanden hatte, seine Kochkünste in der Einsamkeit seiner Wohnung unter Beweis zu stellen, war sofort einverstanden.

Zwanzig Minuten später betrat Camila die Küche. Ein köstlicher, leicht süßlicher Duft hing in der Luft. Sie ging zu Tim, der mit dem Rücken zu ihr stand, und blieb rund zwei Meter entfernt stehen, um ihn nicht zu erschrecken. Er wirkte hoch konzentriert.

»Wie das duftet! Darf ich mal sehen?«

Tim drehte sich um. Er hatte sich eine Schürze umgebunden.

»Sicher, das sind Spaghetti mit einer Rote-Bete-Soße und Pilzen. Nicht so kompliziert und geht schnell.«

»Rote Bete?«, sagte Camila leicht beunruhigt.

»Hattest du was anderes damit vor? Die waren im …«

»Nein, nein, alles gut.« Entzückt betrachtete Camila all die Gewürze, die in diesem blubbernden roten Meer schwammen. »Diese Rote Bete ist aus meinem kleinen Garten.«

Tim war erleichtert.

»Ah, gut. Ich wusste gar nicht, dass du dein eigenes Gemüse anbaust.«

Bobby, der unter dem Tisch lag und die Szene von dort aus beobachtete, wuffte.

»Mit sehr mäßigem Erfolg«, sagte Camila. Sie beugte sich über die Pfanne und atmete tief das typische beißende Aroma des Knoblauchs ein. »Diese Rote Bete war mein erster Versuch. Und wahrscheinlich auch mein letzter.« Sie sah Tim an, deutete auf die Schürze und dann auf Pfanne und Topf. »Du hingegen bist ein Profi.«

Er lächelte.

»Mein Vater hat in mehreren Lokalen der Gegend gekocht. Er hat es nie gelernt, sondern ist ein Naturtalent. Als kleines Kind hat er mich manchmal an den Wochenenden mitarbeiten lassen. Ich sei sein Küchengehilfe, hat er zu mir gesagt, und ich habe meine Rolle sehr ernst genommen. So habe ich Kochen gelernt.«

»Ich suche uns einen guten Weißwein.«

»Ich trinke keinen Alkohol.«

Camila sah ihn bestürzt an.

»Es hat keinen besonderen Grund«, erklärte Tim. »Ich mag einfach keinen Alkohol.«

Zehn Minuten später aßen sie. Bobby beobachtete sie weiterhin, mit neu erwachtem Interesse und noch näher am Geschehen.

»Das ist ausgezeichnet«, sagte Camila, als sie ihren zweiten Bissen im Mund hatte.

»Freut mich, dass es dir schmeckt.«

Camila trank einen Schluck Wein und machte ein nachdenkliches Gesicht.

»Ich habe keinen Produzenten, Tim«, sagte sie plötzlich. »Der, den ich immer hatte, macht mir zur Bedingung, dass ich meine Finger von dem Fall lasse, was ich nicht tun werde.«

»Oh, tut mir leid. Die Türen des *Overfly* stehen dir stets offen«, sagte Tim und lachte über seinen eigenen Witz.

Camila lachte nicht.

»Weißt du was? Vielleicht …«

Camila hielt abrupt inne. Über Tims Schulter hinweg sah sie, dass sich draußen im Garten etwas bewegte. Tim drehte sich sofort um.

»Was ist?«

Doch sie hörte ihm nicht zu. Wie hypnotisiert ging sie zum Fenster. Als sie dort war, fand sie bestätigt, was sie zu sehen geglaubt hatte: Mitten im Garten stand jemand und starrte sie an.

Ihr Herz schlug ihr bis zum Hals.

48

Der Tag des Verschwindens

Sie trafen sich ein paar Blocks vom Shoppingcenter entfernt.

Bishop und Tom kamen mit dem Fahrrad, was ein Segen war, weil sie es so vermieden, sich miteinander unbehaglich zu fühlen. Seit ihrem letzten Treffen waren zwar nur sechzehn Tage vergangen, aber im Leben zweier Freunde, die einmal unzertrennlich waren, bedeuteten sechzehn Tage eine Ewigkeit.

Die Mädchen waren schon da. Sophia und Nikki hatten die Röcke ihrer Kleider etwas hochgeschoben und lagen in der glühenden Sonne. Janice, die sich nicht erinnerte, wann sie zuletzt ein Kleid angehabt hatte, hatte sich lieber in den gnädigen Schatten eines Baums gelegt. Die drei schwiegen.

Bishop betrachtete sie, und einen Moment lang erlaubte er sich den Gedanken, alles könnte wieder so sein wie früher. Tom, der gerade vom Fahrrad gestiegen war und verzückt Sophias Beine betrachtete, stand knapp einen Schritt hinter ihm und wartete, dass Bishop die Mädchen zuerst grüßte.

»Ihr Lieben, bereit für die Begegnung mit dem Paranormalen?«, begann er schließlich mit triumphierender Stimme.

Nikki hob den Kopf und versuchte, die Augen zu öffnen, aber die Sonne ließ es nicht zu.

»Muss es wirklich dieser Scheißfilm sein?«, fragte sie und hielt sich schützend eine Hand vors Gesicht.

»Die Wahl war einstimmig«, erwiderte Bishop.

Nikki schüttelte den Kopf und stieß Sophia den Ellenbogen in die Seite.

»Wie konntest du nur für diesen Schund stimmen.«

»Es ist immer das Gleiche«, erklärte Sophia. »Sachen, die sich im Dunkeln bewegen, eine Gestalt, die plötzlich auftaucht. Nichts, wovor du dich fürchten müsstest.«

Nikki deutete mit dem Finger auf sie.

»Wehe, du weichst mir von der Seite«, drohte sie.

Nur Bishop wusste, dass Sophia sich noch vor dem Film davonschleichen würde.

Nun begrüßte auch Tom die Mädchen, mit einer Stimme, die von Tag zu Tag tiefer wurde. Nikki sah ihn an, als wäre er ein Fremder. Ihr Freund trainierte so viel wie nie und hatte beträchtlich an Muskelmasse zugelegt.

»Jetzt, wo wir alle da sind …«, eröffnete Janice. »Ich muss euch was sagen.«

Alle sahen sie an. Janice saß nach wie vor ganz entspannt an den Baum gelehnt.

Die Jungs gingen als Erste zu ihr. Sophia stand auf, zog sich das Kleid zurecht und schloss sich ihnen an, gefolgt von Nikki, die unglücklich darüber war, dass sie ihren Platz an der Sonne aufgeben musste.

Die vier setzten sich im Kreis um Janice.

»Ich kann es nicht so gut mit Worten, also erwartet keine große Rede. Ich wollte nur, dass ihr wisst, wie dankbar ich euch bin für das, was ihr in der Schule für mich getan habt. Bishop hat recht, wir haben es uns verdient, noch einmal zusammen auszugehen.«

»Und wie!«, rief Bishop.

Janice blieb ernst. Bisher hatte sie gesprochen, ohne dabei

jemand Bestimmten anzusehen, doch diesmal richtete sie den Blick auf Nikki.

»Ich bitte dich um Entschuldigung dafür, dass ich dir gegenüber in letzter Zeit so ätzend war. Ich habe viele dumme Sachen gesagt, die ich nicht so gemeint habe.«

»Ich habe auch …«, begann Nikki.

Janice hob die Hand.

»Nicht nötig, wirklich. Diese Sachen habe ich gesagt, weil ich wütend war. Ich habe es an euch ausgelassen, aber im Grunde war ich wütend auf mich selbst. Das ist mir jetzt klar geworden. Ich war eine Idiotin.«

Sophia und Nikki gingen zu Janice und knieten sich hin. Wortlos umarmten sich die drei. Bishop und Tom sahen sich kurz an und wussten nicht recht, was sie tun sollten.

Als sie die Umarmung lösten, war Janice die Einzige, die nicht weinte. Trotzdem war sie sichtlich bewegt.

Weil Bishop bemerkte, dass auch seine Augen feucht wurden, sprang er auf wie eine Sprungfeder.

»Schluss mit der Gefühlsduselei! Ich habe einen Bärenhunger!«

Die Clique schlenderte los in Richtung *Saxxon.*

Es war kurz nach Mittag, die Hitze wurde immer größer. Bishop, der wie Tom sein Fahrrad schob, ließ sich etwas zurückfallen und gab Sophia zu verstehen, dass sie sich zu ihm gesellen solle. Sie begriff sofort.

»Willst du dich immer noch nach dem Essen davonschleichen?«

»Ja«, sagte Sophia kaum hörbar. »Und es wäre mir sehr recht, wenn wir erst nächste Woche darüber reden würden, so wie verabredet.«

»Wirst du Garrett treffen?«

Sophia sah ihn ärgerlich an.

»Ich habe dir doch gesagt, dass ich nicht darüber sprechen kann«, blaffte sie ihn an. »Ich habe meinen Teil der Vereinbarung erfüllt, erfüll du jetzt deinen.«

Sophia wartete seine Antwort nicht ab und ging schneller.

Zehn Minuten später, die ihnen in der glühenden Hitze ewig erschienen, erreichten sie das Shoppingcenter.

Das *Saxxon* hatte seine Glanzzeit in den Achtzigerjahren gehabt und war seitdem immer mehr heruntergekommen. Die Farbe der Wände war verblasst, viele Läden standen leer, und dass es sich überhaupt noch halten konnte, lag an zwei bestimmten Gruppen, die es nach wie vor aufsuchten: Jugendliche und ältere Menschen. Familien waren dort fast nie zu sehen.

Die Klimaanlage hatte gute und schlechte Tage. Entweder man starb fast vor Hitze, oder man starb fast vor Kälte, dazwischen gab es nichts. Dieser Tag gehörte zu den guten, was die fünf Freunde, nachdem sie eingetreten waren, dankbar zur Kenntnis nahmen.

Der Food Court war halb leer, als sie sich setzten. Nach und nach trudelten ähnliche Cliquen wie sie ein, und es wurde etwas belebter. Sie aßen Hamburger – Bishop bestellte als Einziger einen Doppelburger –, unterhielten sich angeregt und vermieden es, über die Ereignisse der letzten Wochen zu sprechen. Trotzdem bemerkten sie, wie die Leute an den Nachbartischen – mal verstohlen, mal ganz offen – zu ihnen herübersahen. Ihr Interesse galt eindeutig Janice, der es aber nichts auszumachen schien.

Sie hatten bereits zu Ende gegessen, als Bishop am anderen Ende des Lokals Austin Preston und Corey Devereaux erblickte und sein Gesicht verzog. Tom bemerkte es, drehte sich um und sah gerade noch, wie die beiden Jungs nach einem freien Tisch suchten.

Bishop konnte sie nicht ausstehen. Die beiden hatten die verfluchte Gabe, den schwachen Punkt bei einem zu entdecken und dann gnadenlos zuzuschlagen. Austin besaß Charisma, hatte viel Witz und war ein begnadeter Imitator. Leider stellte er sein gesamtes Repertoire in den Dienst seiner Boshaftigkeit. Corey war nicht so geistreich wie sein Freund, aber als Team waren die beiden so symbiotisch, dass der eine den Satz des anderen beenden konnte.

Den beiden zu begegnen, war das Letzte, was sie jetzt gebrauchen konnten. Bishop, der sie verstohlen beobachtete, sah, wie Corey Austin anstieß und der sich daraufhin umdrehte. Die Tabletts noch in der Hand, blickten sie streitlustig zu ihnen herüber. Sie machten sogar einige Schritte auf sie zu, setzten sich nach kurzem Zögern aber an einen Tisch in ihrer Nähe. Erleichtert atmete Bishop auf. Er wusste, was sie gerettet hatte: dass Sophia bei ihnen saß. Mädchen wie Sophia waren für Austin Preston und Corey Devereaux wie Kryptonit. Während ihres kurzen Zögerns musste der Instinkt Austin gesagt haben, dass er bei einer Attacke auf sie mit einer Gegenattacke Sophias rechnen musste. Also ließen sie sich lieber ein Stück entfernt nieder. Doch Bishop entging nicht, dass sie immer wieder zu ihnen herübersahen. Janice, Tom und er waren eine allzu verlockende Beute.

Die Kinosäle lagen im ersten Stock. Glücklicherweise mussten sie auf dem Weg zu den Rolltreppen nicht an Austin und Corey vorbei. Während sie hinauffuhren, sah Bishop, dass die beiden sie mit Blicken verfolgten wie zwei Raubtiere.

Sie kauften die Karten und stellten sich an. Es waren noch zehn Minuten bis zum Einlass, als Sophia ein Stück beiseitetrat, um einen Anruf entgegenzunehmen oder wenigstens so zu tun. Der Einzige, der es wirklich bemerkte, war Bishop.

»Ihr werdet es mir nicht glauben …«, sagte Sophia, als sie, das Handy noch in der Hand, wieder zu ihnen kam.

Bishop wollte schon eine sarkastische Bemerkung machen, als er in der Ferne Austin Preston entdeckte. Sein grinsendes Gesicht schwebte wie ein Luftballon über der Menschenmenge, die von der Rolltreppe nach oben transportiert wurde. Corey hielt sich knapp hinter ihm. Lachend und rangelnd stellten sie sich in die Schlange für *Paranormal Activity*. Rund dreißig Leute trennten sie von ihnen, es war nur eine Frage der Zeit, bis sie sie entdecken würden.

Sophia sagte, ihre Mutter habe gerade angerufen, ein Notfall, sie müsse schnell nach Hause. Nichts Schlimmes, aber sie müsse trotzdem sofort los. Nikki protestierte, allerdings nicht sehr nachdrücklich angesichts der Situation. Sophia schien aufrichtig bestürzt.

Bishop reagierte erst, als Sophia schon losgegangen war. Er holte sie ein und bat sie, kurz stehen zu bleiben.

»Du kannst jetzt nicht gehen.«

Sophia musterte ihn.

»Was ich vorhabe, ist wichtig, Bishop, und es kann auch nicht warten. Außerdem bin ich wieder zurück, bevor der Film zu Ende ist, versprochen.«

Bishop nickte, aber dass ihn etwas bedrückte, war mit den Händen zu greifen.

»Ich weiß, was dir Sorgen macht«, sagte Sophia. »Glaub mir, die beiden sind harmlos.«

Sie deutete auf das Ende der Schlange.

Bishop konnte seine Überraschung nicht verhehlen und lief vor Scham rot an.

»Ich habe wohl keine Chance, dich zu überreden.«

»Nein«, sagte Sophia. »Geh zurück zu den anderen, und genieß den Film. Austin und Corey wollen doch genau das, was du gerade tust. Du musst dir Respekt verschaffen, Bishop, das kann dir keiner abnehmen. Finde die Kraft dafür in dir selbst.«

Sophia machte auf dem Absatz kehrt und ging davon.

Ihr Satz tat weh wie ein Messerstich. Bishop wusste zwar, dass Sophia ihn voller Wohlwollen ihm gegenüber gesagt hatte, aber es war trotzdem ein Schlag, dass eine Freundin – in die man womöglich ein bisschen verliebt war – einem versicherte, man brauche sie nicht, um mit zwei Idioten fertigzuwerden.

Dass diese Worte die letzten waren, die Bishop von Sophia hörte, machte alles nur noch schlimmer.

Kurz darauf betraten sie den Kinosaal. Die Sitze waren nicht nummeriert, also suchten sie sich schnell vier Plätze in der Mitte. Janice und Nikki setzten sich zusammen, Tom und Bishop jeweils neben sie.

Das Licht war schummrig, aber nicht schummrig genug, um in der Menge zu verschwinden, schon gar nicht, wenn man so groß gewachsen war wie Tom.

In Bishops Kopf hallten Sophias letzte Worte nach.

Du musst dir Respekt verschaffen, Bishop, das kann dir keiner abnehmen.

Links von Bishop waren noch drei Plätze frei, dann kam der Gang.

»Was ist los?«, fragte Nikki.

»Nichts«, sagte Bishop.

»Du starrst die ganze Zeit auf die freien Plätze.«

»Nein.«

»Doch. Und außerdem zur Tür.«

Nikki stand auf und sah nun selbst zur Tür.

»Ist Sophia wieder zurück?«, fragte Nikki hoffnungsvoll. »War das mit dem Notfall zu Hause nur ein Vorwand? Ich hatte gleich das Gefühl, dass da was faul war.«

»Setz dich hin!«

Nikki sah ihn verständnislos an. Bishop holte tief Luft und zählte bis drei.

»Entschuldige. Es ist nicht wegen Sophia, das mit dem Notfall stimmt.«

»Warum starrst du dann da hin?« Nikki hatte sich immer noch nicht gesetzt und blickte sich neugierig um.

»Nur so. Ich will einfach nicht, dass jemand sich neben mich setzt. Vor allem keiner, der den ganzen Film über was mampft oder quatscht.«

Nikki wirkte nicht ganz überzeugt, schien die Sache aber schnell wieder zu vergessen. Allerdings blieb sie stehen und sah sich unbekümmert um. Sollte es eine Möglichkeit gegeben haben, nicht entdeckt zu werden, war sie hiermit zunichtegemacht, dachte Bishop. Er sank noch tiefer in seinen Sitz und starrte zur weißen Leinwand. Bald würde das Licht ausgehen, vielleicht würde er sogar Sophias Rat beherzigen und den Film genießen können. Unterdessen füllte sich der Saal mit immer mehr Jugendlichen, und mit ihnen stieg auch der Lärmpegel an.

»Das hat uns gerade noch gefehlt«, sagte Nikki plötzlich.

Bishop nahm links von sich etwas wahr und fürchtete das Schlimmste.

Er sah dorthin.

»Hallo, Mädels!«

Austin ließ sich schwer in den Sitz plumpsen und stieß erst einmal Bishop mit dem Ellenbogen in die Seite, damit er seinen Arm von der Lehne nahm.

»Du hast doch nichts dagegen, dass ich mich neben dich setze, Arschgesicht?«, sagte er mit Moderatorenstimme. »Deine schwarze Freundin wird doch hoffentlich nicht eifersüchtig. Wo ist sie überhaupt?«

»Ah, da, war in der Dunkelheit nicht zu sehen«, mischte sich Corey ein.

Die beiden brachen in Gelächter aus.

»Halt die Klappe, Austin«, herrschte Nikki ihn an.

»Hadekappe, Autin«, erwiderte Austin postwendend.

Bishop hatte gelernt, dass man sich auf Austins Spiel nicht einlassen durfte. Andererseits konnte er nicht zulassen, dass Nikki gegen beide antrat. Mit Sophias Worten im Kopf fühlte er sich verpflichtet, etwas zu sagen. Gleichzeitig ging etwas Bedrohliches von Austin und Corey aus, die wesentlich kräftiger gebaut waren als er.

»Warum sehen wir uns den Film nicht einfach in Ruhe an?«, startete Bishop einen ersten Versuch.

»Weil er noch gar nicht angefangen hat, Arschgesicht!«, krächzte Austin lachend.

Der Saal war fast voll, als das Licht erlosch und die Trailer gezeigt wurden. Sollte Bishop die leiseste Hoffnung gehegt haben, die beiden Giftzwerge könnten mit ihren spöttischen Tiraden aufhören, löste sie sich augenblicklich in Luft auf. Bei jedem neuen Trailer, und mochte die Assoziation auch noch so weit hergeholt sein, fiel Austin eine Bemerkung ein, mit der er Bishop piesacken konnte. Er tat es bei *Ant-Man and the Wasp* –

da musste er sich nicht sonderlich anstrengen –, er tat es bei *A Star Is Born* mit Lady Gaga und Bradley Cooper.

»Schau mal, Arschgesicht, eine Nutte, genau wie deine Mutter.«

Bishop fühlte sich noch kleiner als die von Paul Rudd gespielte Figur. Er durfte es ihnen nicht durchgehen lassen, aber er war wie gelähmt. Und nicht nur das: Ihm kamen sogar die Tränen.

Er hoffte inständig, dass niemand es bemerkte.

Bishop wusste nicht, ob Nikki den Spruch über seine Mutter gehört hatte, aber vermutlich schon, denn sie sprang auf und schrie:

»Halt's Maul, du Idiot, halt endlich dein verdammtes Maul!«

Im Saal gab es unterschiedliche Reaktionen: Pfiffe, Gelächter, Bitten um Ruhe. Wundersamerweise entgegnete Austin diesmal nichts. Die Leinwand wurde dunkel, der Film begann.

Austin piesackte Bishop den ganzen Film über. Er stieß ihm den Ellenbogen in die Seite oder erschreckte ihn, wenn er es am wenigsten erwartete. Es war ein Albtraum.

Nach dem Ende der Vorführung jedoch geschah ein kleines Wunder. Als die Leute allmählich aufstanden, um zu gehen, kam von der anderen Seite des Gangs ein Mann, der offenbar alles mitbekommen hatte, auf Austin und Corey zu und sagte, sie sollten verschwinden. Bei ihm war ein Jugendlicher in ihrem Alter. Der Mann strahlte nichts Bedrohliches aus, trotzdem machte etwas an seiner Stimme und an seinem Gesicht deutlich, dass er es ernst meinte. Bishop hatte ihn noch nie gesehen oder glaubte dies zumindest. Er schätzte ihn auf um die dreißig, wobei seine langen Haare ihn jünger machten.

Austin stand langsam auf.

»Das hat noch ein Nachspiel«, sagte er kaum hörbar.

Die beiden mischten sich unter die Flut von Jugendlichen, die dem Ausgang zustrebten. Bishop wollte sich bei dem Mann bedanken, der ihm geholfen hatte, aber er war schon weg.

Sie warteten noch ein bisschen, bevor auch sie hinausgingen. Keiner von ihnen sagte etwas.

49

Vince Naroditsky war in dem dunklen Garten kaum zu sehen. Er hatte seine Hände in den Hosentaschen und grinste wie ein Gespenst. Kurz fragte sich Camila, ob ihr Ex-Liebhaber und Fernsehrivale wirklich da draußen stand oder ob ihr Gehirn ihr einen bösen Streich spielte.

Als Camila nach draußen ging, hob das Gespenst von Naroditsky grüßend die Hand.

»Darf man fragen, was du hier zu suchen hast, Vince?«

»Entschuldige die späte Stunde. Es war ein spontaner Entschluss.«

Naroditsky gehörte zu den Männern, die mit dem Alter attraktiver werden, zumindest äußerlich. Innerlich war er der gleiche nachtragende, ehrgeizige und egozentrische Scheißkerl wie immer. Seit einigen Jahren hatte er seine Ernährung umgestellt und trieb regelmäßig Sport. Außerdem hatte er die glänzende Entscheidung getroffen, sich die Haare nicht mehr zu färben.

»Kann ich reinkommen?«

»Vince, bitte stell mir keine Fragen, deren Antworten du schon kennst. Sag, warum du hier bist, und sag es schnell.«

Naroditsky lächelte. In diese Zahnreihe hatte er viel Geld investiert.

»Ja, sicher. Wie ich sehe, bist du nicht allein.«

Camila tappte in die Falle und drehte sich kurz um. Tim stand am Fenster und beobachtete sie.

»Komm zum Punkt.«

»Natürlich. Du hast mit Richard über eine mögliche Rückkehr zum Sender gesprochen und interessierst dich für Sophia Holmes.«

Camila musterte ihn. Naroditsky stand rund fünf Meter von ihr entfernt, und sie spürte, dass er ihr auf keinen Fall näher kommen durfte, weil er zu viele Dinge in ihr aufwühlte. Als es mit ihrer Karriere steil bergauf gegangen war, war es gleichzeitig mit ihrem Selbstwertgefühl steil bergab gegangen, und die Hauptschuld daran hatte dieser Mann gehabt.

»Du hättest mir eine E-Mail schreiben können«, sagte Camila, »und ich hätte dir das Gleiche gesagt, was ich Richard gesagt habe. Ich recherchiere auf eigene Faust, und was ich tue, geht dich nichts an.«

»Können wir das Private bitte außen vor lassen?«, sagte Naroditsky in dem Ton, den er anschlug, wenn er im Fernsehen ein sensibles Thema behandelte. »Der Grund, der mich zu dir führt, hat nichts zu tun mit unserer … Geschichte. Ich will mit dir von Kollege zu Kollege sprechen.«

»Ich höre.«

»Ich weiß, dass du überall herumfragst. Ich weiß sogar ganz genau, mit wem du gesprochen und was du herausgefunden hast.«

»Ach ja?«

»Ja.«

Camila hielt sich selbst für eine ausgeglichene Person, aber Naroditsky hatte das Talent, ihr in Sekundenschnelle den letzten Nerv zu rauben. Sie spürte den unwiderstehlichen Drang, ihm von Sophias Tagebuch und dem Drohnenvideo zu erzählen, aber sie tat es natürlich nicht. Sie wollte sich keinesfalls vor Naroditsky eine Blöße geben.

»Nehmen wir mal an, du weißt alles, was ich weiß«, provozierte sie ihn, »dann muss ich ja ziemlich viel wissen, wenn du dich extra herbemüht hast.«

Naroditsky schüttelte den Kopf, als müsste er sich mit den Gedankengängen eines Kleinkinds herumplagen.

»Ich bin nicht das erste Mal in Hawkmoon, schließlich recherchiere ich schon seit Monaten. Camila, ich bitte dich, lassen wir unseren Zwist beiseite. Hör dir einfach an, was ich zu sagen habe.«

»Also.«

»Du hast nicht die geringste Ahnung, was hinter diesem Fall noch steckt.«

Camila sagte nichts. Manchmal spielte Naroditsky seine Karten aus wie ein verdammter Pokerprofi.

»Wenn du weiter ins Blaue hineinfragst«, erklärte Naroditsky, »gefährdest du eine große Sache.«

»Du meinst deine eigenen Recherchen?«

»Nein. Es hat weder mit dir noch mit mir zu tun.«

Camila lachte.

»Wirklich, Vince, lass den Quatsch. Wenn dabei nichts für dich rausspringen würde, wärst du nicht hier. Sophia Holmes, ihre Mutter und überhaupt Hawkmoon sind dir doch scheißegal. Gib es zu, dann nehme ich dich vielleicht wieder ernst.«

Naroditsky seufzte.

»Na schön, ich geb's zu, wenn dich das glücklich macht. Natürlich habe ich ein besonderes Interesse an dem Fall, aber darum geht es nicht. Es geht darum, dass gewisse Leute nervös werden könnten, wenn wir nicht unter ihrem Radar fliegen.«

»Dann fliege ich eben unter ihrem Radar.«

»Sie haben dich schon entdeckt, Camila. Du musst dich zurückziehen, es geht nicht anders. Du glaubst, du recherchierst im Fall der verschwundenen Sophia, richtig?«

Camila antwortete nicht, doch es war klar, dass sie es bejaht hätte.

»Sophia Holmes ist tot«, sagte Naroditsky.

Der Satz traf Camila unerwartet hart. Obwohl sie diese Möglichkeit stets in Betracht gezogen hatte, war die Gewissheit wie ein Schlag in die Magengrube.

»Hast du das verifiziert?«

»Sophia Holmes wusste Dinge, die sie nicht hätte wissen dürfen. Belassen wir es dabei.«

Vince Naroditsky grinste schon eine Weile nicht mehr. Er sprach mit einem solchen Ernst, dass Camila geneigt war, ihm zu glauben.

»Zieh dich zurück, Camila. Du bist Lichtjahre von der Wahrheit entfernt.«

Zweiter Teil

1

Sophia hatte seit sechs Tagen nichts mehr gegessen.

Sie hatte sich Folgendes überlegt: Wenn dieser Mann sie am Leben erhielt, dann deshalb, weil er irgendein Interesse an ihr hatte. Wenn sie nichts mehr aß, dann musste er sie zum Essen zwingen, und dies würde ihr eine gewisse Kontrolle über die Situation verschaffen.

Sie saß an die Wand gelehnt, mehr oder weniger in der Mitte des Kellers, genau gegenüber dem einzigen, hoch angebrachten Fenster. Dieses Fenster hatte drei Gitterstangen, aus denen sie in ihrer Vorstellung ein Pentagramm machte, um Musik zu komponieren. Damit verbrachte sie nachmittags ihre Zeit. Sie hatte herausgefunden, dass sie nur dann nicht verrückt wurde, wenn sie ihren Verstand beschäftigte.

In dem Keller gab es nichts, was einem irgendwie die Zeit vertreiben konnte, nicht mal eine armselige Zeitschrift oder Broschüre, nichts. In der einen Ecke lag eine kleine Matratze, in der anderen ein winziges Bad. An die Wand gebaut war eine Holztreppe, die zur Eingangstür führte, und durch diese Tür kam ein- oder zweimal am Tag der Mann.

Es gab noch eine andere Tür aus massivem Holz, die natürlich verschlossen war. Durch das Schlüsselloch und unter dem Schlitz strömte etwas Luft.

Sophia trug Fußfesseln, die wiederum an einer Kette aus

213 Gliedern befestigt waren – sie hatte sie gezählt –, was ihr erlaubte, sich in Keller und Bad zu bewegen. Die Eingangstür hingegen lag außerhalb ihrer Reichweite. Sie konnte bis zur vierten Stufe von oben gehen. Um an das Essen zu gelangen, das der Mann ihr auf den oberen Absatz stellte, musste sie sich maximal strecken.

Aber das war vor ihrem Beschluss, nichts mehr zu essen. Drei Tage lang hatte sie das Essen stehen lassen. Ab da hatte der Mann sich nicht einmal mehr die Mühe gemacht, ihr etwas zu bringen. Für Sophia war es ein kleiner Sieg. Der erste.

Sophia fragte sich immer wieder, wie lange sie es durchhalten würde.

In dem Keller gab es drei Kameras, zwei im Hauptraum und eine weitere im Bad. In den vergangenen Tagen hatte sie, außer dem körperlichen Training, ihr tägliches Programm absolviert, doch inzwischen waren ihr auch geistige Aktivitäten zu anstrengend. Sie starrte die Gitterstäbe an und konnte sich nur schwer konzentrieren. Ihr Magen knurrte wie wild.

Mühsam stand sie auf. Sie trug dasselbe Kleid wie am Tag ihrer Entführung, es war inzwischen schmutzig und roch schlecht. Ihre Unterwäsche wusch sie jeden Tag, aber das Kleid nicht. Sie würde diesem Perversen nicht den Gefallen tun, es auszuziehen.

Langsam ging sie durch den Raum und spürte den rauen Boden unter den Füßen. Sie blickte herausfordernd in die Kamera und ging ins Bad. Dort beugte sie sich über das Waschbecken, öffnete den Wasserhahn und bildete mit den Händen eine Schale. Das Wasser war kühl, was in Anbetracht der höllischen Temperaturen in diesem Keller eine große Erleichterung war. Sie trank viel Wasser und träumte davon, dass dieses Gefühl ewig anhalten würde.

Sophia schloss die Tür so gut, wie es die Kette erlaubte. Die Kamera war über der Tür angebracht. Sie setzte sich gern genau darunter, weil sie wusste, dass es der einzige Ort war, an dem der Mann sie nicht sehen konnte. Nur dort gestattete sie es sich zu weinen, und dies tat sie gerade. Weinen war eine therapeutische Maßnahme und Teil ihres täglichen Programms.

Tatsächlich quälte sie der Hunger schon bald. Das Sättigungsgefühl, das ihr das Wasser verschaffte, hielt immer kürzer vor. Sie versuchte, nicht mehr als gewöhnlich zu trinken, weil sie Angst hatte, ihr Entführer könnte es als Zeichen von Schwäche auslegen.

Seit sie wach war, hatte sie vermieden, in die Ecke hinter der Tür zu schauen, doch jetzt konnte sie nicht mehr anders. Auf einer Serviette lagen fünf trockene Stücke Brot, geformt zu walnussgroßen Kugeln. Sie hatte sich diesen Vorrat angelegt, als der Plan, nichts mehr zu essen, in ihrem Kopf Gestalt angenommen hatte. Ohne diese Reserve hätte sie nicht so lange durchgehalten. Das Problem war nur, dass dieser Schatz allmählich zur Neige ging.

Sie hatte fünfzehn Kugeln gehortet. In den ersten Tagen hatte sie es geschafft, nur eine Kugel zu essen, doch ab dem dritten Tag hatte der Hunger sie überwältigt, und sie hatte zwei Kugeln gebraucht, dann drei.

Das Brot zog sie magisch an. Mit zwei Kugeln könnte sie ihren Appetit stillen und wieder klar denken. Sie streckte den Arm aus und berührte eine der fünf Kugeln aus hartem Brot. Ihr Magen heulte auf, und ehe sie sich versah, hatte sie zugegriffen.

Jetzt gab es kein Zurück mehr. Sie biss die Hälfte ab, befeuchtete sie im Mund und aß sie, als wäre es eine Delikatesse. Dass sie den Rest auch noch verschlang, bemerkte sie kaum.

Anschließend streckte sie die Hand erneut aus, doch im letzten Augenblick setzte ihr Verstand wieder ein. Sie sprang auf, riss die Tür zum Bad auf und stürmte hinaus. Die Kette folgte ihr wie eine Schlange aus Metall. Sie warf sich auf die Matratze, sorgsam darauf bedacht, dass der Rock ihres Kleids nicht mehr enthüllte als nötig. Dort lag sie dann, während ein Schwarm Piranhas sich über das bisschen Nahrung in ihrem Magen hermachte. Sie begann zu lachen wie eine Irre.

In ihrem Kopf schwirrten Bilder ihrer selbst, wie sie bei sich zu Hause in der Küche mit sorglosem Gesicht den Kühlschrank öffnete. Einen Kühlschrank, in dem nicht Essen für drei, sondern für zwanzig Leute war: der Käse in allen Varianten, den ihr Vater mochte, Marmelade in allen Geschmacksrichtungen, Eis, Obst, Chickenwings. So oft hatte Sophia den Inhalt des Kühlschranks voller Verachtung betrachtet, und jetzt brachte sie ein Stück trockenes Brot fast um den Verstand.

Wie lange würde sie durchhalten? Sie wollte Klarheit? Da hatte sie ihre Klarheit: Sie würde diese Schlacht verlieren. Sie war eingesperrt, angekettet, alles, was sie hatte, waren fünf Kugeln Brot. Nein, nicht fünf: vier. Ihr Entführer besaß alle Zeit der Welt. Sie nicht.

Sie hatte aufgehört zu lachen. Die Vorstellung, wie es wäre, tot zu sein, wurde wieder verlockender. Es war natürlich nicht das erste Mal, dass sie daran dachte. In den ersten Tagen ihrer Gefangenschaft hatte sie die ganze Zeit überlegt, wie sie sich am besten das Leben nehmen könnte, sollte es nötig werden. Sie hatte genügend Geschichten über Entführungen gehört, um zu wissen, was man ihr antun konnte.

Ihre erste Idee war, sich mit der Kette aufzuhängen oder zu erwürgen, aber es gab zu viele Probleme dabei. In dem Keller war nichts, woran man die Kette aufhängen konnte. Außerdem würde der Mann es über die Kameras sehen, wenn sie entsprechende Vorbereitungen traf. Aus dem gleichen Grund konnte sie sich auch nicht die Pulsadern aufschneiden.

Es musste etwas sein, das schnell ging.

Dies brachte sie auf die nächste Idee. Sie könnte auf das Waschbecken steigen, sich die Füße mit der Kette fesseln und sich dann kopfüber auf die Kloschüssel fallen lassen. Wenn sie es mit genügend Schwung tat, dürfte der Aufprall so heftig sein wie ein Schlag mit einem Hammer.

Schnell. Effektiv. Brutal.

Die ersten beiden Tage hatte sie praktisch damit zugebracht, sich dieses Szenario auszumalen. Sollte der Mann die Treppe hinunterkommen, um ihr etwas anzutun, wäre das ihr Signal zum Handeln.

Aber er war an diesem Tag nicht hinuntergekommen. Inzwischen war sie seit sechsundvierzig Tagen gefangen.

Plötzlich ging das Deckenlicht an, zwei nackte Glühbirnen, die offenbar von einem Sensor irgendwo draußen aktiviert wurden. Normalerweise brannten sie drei oder vier Stunden lang. Für Sophia begann ein endloses Warten auf die Schlafenszeit. Natürlich könnte sie sich auch gleich schlafen legen, wenn sie das wollte, doch dann riskierte sie, um Mitternacht wieder aufzuwachen. Die Vorstellung, die ganze Nacht wach zu liegen, war ein Horror für sie.

Also hielt sie lieber noch drei Stunden durch, kämpfte so gut wie möglich gegen den Hunger an und überließ sich erst dann, wenn die Müdigkeit sie überkam, dem rettenden Schlund des Schlafs. Wenn Gott gnädig war, würde sie von prall gefüllten Kühlschränken und Fressorgien träumen.

Bis dahin blieb ihr nichts anderes übrig, als ruhig dazusitzen und ihren Kopf zu beschäftigen. Sie war schon immer ein analytischer Mensch gewesen, aber die Gefangenschaft hatte ihre Fähigkeit zur Introspektion auf ein ungeahntes Niveau gehoben. Besonders gern beschwor sie besondere Momente ihrer Vergangenheit herauf. Alltagssituationen wie ein Frühstück mit ihrer Mutter oder eine Fahrt zur Schule mit ihrem Vater waren dafür besonders geeignet. Dann konnte sie aus einem schier endlosen Fundus schöpfen.

Da ging die Eingangstür auf. Sophia neigte leicht den Kopf und sah den Arm des Mannes – nur den Arm –, der etwas auf den Treppenabsatz stellte, um die Tür gleich wieder hinter sich zu schließen.

Der Mann versuchte es also erneut. Für Sophia war es ein weiterer kleiner Sieg. Andererseits läuteten in ihrem Kopf die Alarmglocken. Wenn sie es vorhin kaum geschafft hatte, trockenem Brot zu widerstehen, wie sollte es erst werden, wenn sie es mit einem üppigen Teller warmen Essens zu tun bekam?

Sekunden später begriff sie, dass alles viel schlimmer war als befürchtet. Sie hatte sich noch nicht von der Matratze gerührt, da stieg ihr schon der unverwechselbare Duft von Speck und Pommes in die Nase und traf sie mit voller Wucht. Bisher hatte ihr der Mann nur fades Zeug hingestellt: Reis, Nudeln, Obst, manchmal auch ein Stück Fleisch oder Fisch. Nichts wirklich Leckeres. Sophia erhob sich und ging langsam zur Treppe. Wie ein Zombie stieg sie die ersten Stufen hinauf, hypnotisiert vom köstlichen Duft eines Hamburgers, den sie sich riesengroß vorstellte.

Er war auch riesengroß. Sie starrte den Teller an und konnte es nicht fassen. Der Hamburger lag auf dem Papier, in das er eingepackt gewesen war, umringt von Pommes, die fast zu leuchten schienen. Das Brot sah wunderbar fluffig aus, der Käse tropfte herrlich vom Fleisch, und auf allen Seiten ragten knusprige Speckstreifen hervor.

Kurz war sie überzeugt, dass sie sich sofort auf den Hamburger stürzen würde, und einer ihrer Füße machte auch schon einen langen Schritt in diese Richtung.

Im letzten Moment riss sie sich zusammen. Wahrscheinlich würde sie diesen Hamburger am Ende tatsächlich essen, aber irgendwo tief aus ihrem Hirn kam der Befehl, es sich noch einmal gründlich zu überlegen, unten auf der Matratze, weit weg von dieser Kalorienbombe.

Sie ging zurück zur Matratze. Der Duft war unerträglich. Wie konnte ein elender Hamburger einem nur so die Sinne rauben? Sie legte sich bäuchlings hin und drückte ihr Gesicht in den Bezug. Trotzdem sah sie den Hamburger mit einer erstaunlichen Detailschärfe vor sich. Er hatte sich ihrem Gedächtnis regelrecht eingebrannt.

Iss ihn jetzt, solange er noch warm ist. Du weißt doch, dass du ihn sowieso essen wirst.

Doch ihr Verstand hielt dagegen und sagte ihr, sie müsse mehr denn je widerstehen. Der Mann hatte zu seinem letzten Mittel gegriffen, womöglich hatte er es von Anfang an so geplant: »Ich warte ein paar Tage, dann stelle ich ihr etwas hin, gegen das sie sich nicht wehren kann.«

Es funktioniert.

Sie wusste nicht einmal mehr, was sie sich eigentlich beweisen wollte. Wieso nicht einfach diesen köstlichen Hamburger essen, die warme Mahlzeit in ihrem Magen spüren, mit einem Lächeln auf dem Gesicht einschlafen? Die Idee war zu verlockend. Noch immer bäuchlings auf der Matratze, fasste sie sich an den Kopf und begann zu weinen. Sie wollte nicht, dass der Mann sie sah, aber sie hatte nicht die Kraft, ins Bad zu gehen.

Als sie sich schließlich erhob, fast zehn Minuten später, verrieten sie ihre verquollenen Augen, aber das war ihr egal. Sie wusch sich das Gesicht. Dann trank sie viel Wasser und setzte sich in den toten Winkel unter der Tür. Dort waren auch die letzten Brotkugeln. Sie überlegte nicht lange und aß sie Stück für Stück. Dann stand sie wieder auf und trank noch etwas Wasser.

Sie hob den Blick zur Kamera und starrte mit provokantem Blick in die Linse. Der Mann beobachtete sie vermutlich. Jedenfalls ging sie davon aus. Bestimmt wollte er wissen, ob Sophia den Hamburger doch noch essen würde.

Den kannst du dir sonst wo hinstecken, sagte sie mit Blicken.

Jetzt, wo sie etwas im Magen hatte, konnte sie auch wieder klarer denken. Sie hatte ihren Vorrat aufgebraucht, was bedeutete, dass sie nicht mehr lange durchhalten würde. Doch noch gab sie sich nicht geschlagen, noch würde sie nicht zulassen, dass der Hamburger ihren Willen brach. Der Mann war wahrscheinlich erstaunt. Niemand konnte nach so langem Fasten einem solchen Angebot widerstehen. Vielleicht glaubte er inzwischen, dass Sophia sich einen Vorrat angelegt hatte, aber dass er nichts Genaues wusste, musste ihn wahnsinnig machen.

Sophia legte sich wieder auf die Matratze, diesmal mit dem Vorsatz, tatsächlich zu schlafen. Die Glühbirnen würden noch mindestens zwei Stunden lang brennen, also legte sie sich wieder auf den Bauch und hielt die Hände vors Gesicht.

Sie hatte gerade einmal ein paar Minuten gedöst, als die Tür aufging. Der Mann nahm den Teller mit und schloss die Tür lauter als sonst.

Sophia grinste. Sie hatte gewonnen, der Mann hatte sich geschlagen gegeben. Was wohl der nächste Tag bringen würde?

Zwei Stunden später, noch immer nicht wirklich eingeschlafen, die Arme schon ganz taub, fragte sie sich, warum die Glühbirnen weiterhin brannten.

2

Die Glühbirnen brannten die ganze Nacht.

Sophia stand mehrmals auf, um zu pinkeln und um Wasser zu trinken. Der Duft des Hamburgers hing noch immer in der Luft. Die Brotkugeln hatten den Hunger nur dürftig gestillt, schon in der Nacht kehrte ihr Hauptgegner zurück.

Kurz nach Tagesanbruch war sie endgültig wach. Sonnenstrahlen fielen schräg durchs Fenster ein. Zu Hunger und Müdigkeit kam nun auch noch ein ständiges Pochen im Kopf. Sie konnte kaum aufstehen. Zusammengekauert und mit geschlossenen Augen lag sie da.

So verbrachte sie den ganzen Morgen, bis heftige Bauchschmerzen sie zwangen, auf die Toilette zu gehen, die Kette schleppend, die immer schwerer zu werden schien. Dort gab es im Gegensatz zum Hauptraum einen Lichtschalter, doch sie machte kein Licht, sondern setzte sich im Dunkeln auf die Kloschüssel. Sie vermutete sowieso, dass die Kameras eine Nachtsichtfunktion hatten, und jetzt war es ihr auch egal, dass sie weinte.

Nach zehn Minuten Mühsal hatte sie gerade mal ein paar kleine braune Kügelchen herausgepresst. Sie betätigte die Spülung, und als sie das Bad gerade verlassen wollte, erinnerte sie sich an die Brotstücke in dem versteckten Winkel unter der Tür. Hatte sie sie wirklich alle gegessen? Kurz zweifelte sie daran. Denken und Handeln verschwammen ineinander. Vielleicht *dachte* sie nur, dass sie sie gegessen hatte, hatte es aber gar nicht getan. Ohne Licht einzuschalten, kroch sie hin und tastete hektisch den Boden ab. Sie spürte, wie sich Krumen in ihre Hände bohrten, und leckte sie ab, ohne auch nur einen Gedanken daran zu verschwenden, was sie da tat. Plötzlich hielt sie inne. Ihr Verstand hatte kurz wieder eingesetzt und ihr bewusst gemacht, dass sie gerade in einem verdreckten Kleid auf allen vieren stand und den Boden im Bad ableckte, der seit Monaten nicht mehr geputzt worden war.

Die Krümel, wenn es denn Krümel waren und nicht Dreck, zeigten keine Wirkung. Der Hunger quälte sie nach wie vor. Er war tausendmal stärker als alles, was sie als Mittelschichtsmädchen je erlebt hatte, für das Hunger bedeutete, dass man nicht genügend Pancakes mit Ahornsirup gegessen hatte. Sophia dachte an Katastrophenfilme, in denen ein Atomkraftwerk explodierte und alle in die Flucht trieb oder sich ein Riss auftat in einem Staudamm und alle Alarmsirenen heulten. So fühlte sie sich. Ihr Körper gab unaufhörlich Signale von sich.

Sie öffnete die Tür, ging aber nicht hinaus. Die Sonne schien direkt auf das Waschbecken, und Sophia stellte sich wieder vor, wie sie darauf kletterte und sich fallen ließ. In ihrem Zustand wäre es ein Leichtes, die Schwerkraft ihre Arbeit verrichten zu lassen, damit ihr Schädel gegen die Kloschüssel knallte. Sie stellte sich diesen Sturz als etwas Poetisches vor, wie in Zeitlupe, dazu ein lang gezogener Geigenton, der dem Geschehen zusätzliche Dramatik verlieh. Wenn sie mit dem Kopf richtig aufkam, wäre der Albtraum sekundenschnell vorbei.

Dann hätte sie gewonnen. Es wäre ein Sieg, den sie nicht würde auskosten können. Doch wenn es so etwas wie ein Jenseits gab, dürfte sie vielleicht zusehen, wie der Dreckskerl, der sie entführt hatte, ihr Blut vom Linoleumboden und den Wänden wischen musste.

Sie ging zurück zur Matratze und zog mit aller Kraft an der Kette, als wäre es der Anker der *Titanic*. Sie war sich sicher, dass sie nie wieder würde aufstehen können.

Nur dass sie es trotzdem tat, einen Tag später. Sie machte die Augen so weit auf, dass sich Laserstrahlen, abgefeuert vom Fenster, in ihre Hornhaut brannten. Schmerzen in ihren Augen, Schmerzen in ihrer Schläfe, Schmerzen überall in ihrem Körper.

Wie lange noch?

Als sie das nächste Mal das Bewusstsein wiedererlangte, geschah etwas Schreckliches. Es war, als würde sie in ihren Körper zurückkehren. Ein Schauder durchlief sie, und erst meinte sie, sie wäre aus einer größeren Höhe gefallen, obwohl die Matratze doch auf dem Boden lag. Die Glühbirnen brannten noch immer, Sophia musste sich die Hand vor die Augen halten.

Der Duft erreichte sie nach und nach: die köstlichen Pancakes ihrer Mutter. Sie lächelte, war dankbar für diesen wohltuenden Trick ihres Gehirns. Zu welch fantastischen Dingen der Geist doch fähig war, dachte sie. Sie sah sich selbst zu Hause in der Küche.

»Sophia.«

Die Stimme eines Mannes. Von ganz nah.

Der Mann.

Sie war nicht bei sich zu Hause in der Küche, aber der Duft nach Pancakes blieb.

Unter gewaltiger Kraftanstrengung setzte sie sich auf. Als

ihre Beine über die Matratze glitten, spürte sie, dass sie feucht und schwer war, doch ihre Aufmerksamkeit konzentrierte sich mehr auf die Stimme. Sie drehte sich um. Eine Gestalt zeichnete sich ab, rund zwei Meter entfernt.

Zum ersten Mal stand der Mann direkt vor ihr. Sophia, die immer noch auf der Matratze saß, fühlte sich so klein wie nie.

»Du musst was essen.«

Sophia meinte, ein Flehen herauszuhören, was ihr guttat. Als sie den Blick senkte, sah sie ein Tablett mit einem üppigen Frühstück: Pancakes, aber auch Schokoladenkuchen und ein großes Glas Orangensaft.

»Iss was, bitte«, drängte der Mann, und sein Ton war eindeutig freundlich.

Sophia suchte in ihrem Kopf nach einer provokanten Antwort, nach einer geistreichen Bemerkung, mit der sie ihn auf die Probe stellen konnte, doch sie brachte kein Wort hervor. Das Tablett mit dem Essen beanspruchte alle Geisteskraft, die ihr noch verblieben war.

Der Mann kniete sich nieder. Sein Gesicht war jetzt auf ihrer Höhe. Seit der Entführung hatte sie es nicht mehr von so nah gesehen. Wieder dachte sie das, was sie schon mehrmals gedacht hatte.

Dieses Gesicht kam ihr irgendwie bekannt vor.

3

Auf Knien verschlang sie alles, was auf dem Tablett war. Ab und zu hob sie den Blick und sah zu dem Mann, der einige Meter entfernt an der Wand saß. Wortlos beobachteten sie sich gegenseitig. Zu hören war lediglich Sophias Kauen, die ihre guten Manieren vergessen hatte und das Essen in sich hineinstopfte.

Es dauerte nur ein paar Minuten, dann war nichts mehr zu sehen von den fünf Pancakes und dem Schokokuchen. Mit herausforderndem Blick trank sie noch ihren Orangensaft aus. Sie hatte erreicht, dass der Mann heruntergekommen war und ihr gesagt hatte, sie solle bitte essen. Für sie war es ein Sieg, und sie genoss ihn wie das Essen selbst.

Jetzt, wo sie den Mann näher vor sich hatte, schätzte sie ihn auf etwas jünger als ihren Vater, um die fünfzig. Er trug Jeans und ein kariertes Hemd, das Sophia schon mal gesehen hatte. Er war nicht topfit, aber auch nicht dick, ganz und gar nicht. Vielleicht war er einfach nur einer dieser Menschen, die ihr Leben lang nie auf ihre Ernährung achten mussten, bis es dann eben doch so weit war.

Sophia schob das leere Tablett von sich weg. Sie sagte nichts. In diesem Augenblick bemerkte sie, dass da eine Papiertüte stand. Er übergab sie ihr. Der Mann stand auf, hob das Tablett auf und ging los. Als er an der Treppe war, drehte er sich noch einmal um.

»Da drin ist neue Kleidung. Auch Seife und so. Ich werde die Kamera jetzt fünfzehn Minuten lang ausschalten, damit du dich in Ruhe duschen kannst.« Er hielt kurz inne, schien aus irgendeinem unerklärlichen Grund gerührt. »An der Kamera ist doch ein kleines Licht, wie du sicher schon bemerkt hast.«

Sophia sah ihn an. Beäugte ihn, wäre das bessere Wort. Warum war er auf einmal so nett? Sie antwortete nicht.

»Auch die Kette werde ich dir für ein paar Stunden abnehmen, damit du dich duschen und in Ruhe umziehen kannst.«

Er brach auf. Sophia ging ins Bad. In der Tüte waren tatsächlich T-Shirts, kurze Hosen, billige Unterwäsche und Pflegeprodukte. Mit gefülltem Magen und der Aussicht auf eine schöne Dusche und saubere Kleidung machte sie sich daran, den ersten Punkt auf ihrer Liste abzuhaken. Sie sah zur Kamera, bis, so wie der Mann es versprochen hatte, das rote Licht erlosch.

Sophia hatte fünfzehn Minuten.

Sie drehte das warme Wasser auf und wartete gar nicht ab, bis es die richtige Temperatur hatte, sondern riss sich fast die Kleidung vom Leib und stieg in die Dusche. Es gab natürlich keinen Vorhang, also konnte sie die Kamera zu jeder Zeit sehen. Anfangs spähte sie immer wieder dorthin, doch nach einigen Minuten genoss sie das heiße Wasser und den Seifenschaum, als wäre sie bei sich zu Hause.

Es war ein unvergleichliches Gefühl, sich endlich wieder Shampoo ins Haar zu reiben und sich die Kopfhaut zu massieren. Sie konnte sich nicht erinnern, wann sie sich zum letzten Mal so gut gefühlt hatte.

Als ihrer Schätzung nach zehn Minuten vergangen waren, zwang sie sich dazu, den Hahn zuzudrehen. Dampf hüllte sie ein. In dem Bad hing kein Spiegel, aber es gab Kacheln, auf denen die Feuchtigkeit kondensierte. Sie holte ein mittelgroßes Handtuch aus der Tüte und legte es sich um, ein ganz gewöhnlicher Akt, dem sie in ihrem anderen Leben keine Bedeutung beigemessen hatte, den sie nun aber unendlich genoss. Sollte sie je heil aus diesem Keller herauskommen, würde sie das Duschen nie wieder als lästige Pflicht betrachten. Nie wieder.

Sie gestand es sich ungern ein, aber die Kleidung, die der Mann ihr gebracht hatte, passte wie angegossen. Von ihren alten Sachen musste sie nur ihre Nikes weiter nutzen, und die waren sehr neu. Sie kämmte sich gerade die Haare mit den Fingern, als das Licht an der Kamera wieder aufleuchtete.

Sie verließ das Bad und setzte sich auf die Treppe. Sie wollte sich ihre neuen Sachen nicht gleich dreckig machen, indem sie sich auf den Boden setzte. Andererseits würde ihr der Mann, wenn er ihr das hier besorgt hatte, bestimmt noch andere Dinge besorgen. Zumindest meinte sie, es in seinen Augen gesehen zu haben, ohne dass sie es hätte begründen können.

Seit sie hier eingesperrt war, hatte sie sich gefragt, ob der Mann auf eigene Rechnung handelte oder bloß das Gesicht von etwas Größerem war. Wenn Letzteres zutraf, dann war es nur zu verständlich, dass er sie gut ernähren wollte, schließlich wäre es dann seine Aufgabe, sie am Leben zu erhalten.

Gleichzeitig hatte er es ihr ermöglicht, bei ausgeschalteter Kamera zu duschen, eine Entscheidung, die er ganz persönlich getroffen zu haben schien.

Sie überlegte, was sie von ihm wusste. Vor allem wusste sie *wenig*. Nun, da sie satt war, funktionierte ihr Organismus wieder normal, und dies galt auch für ihr Gehirn. Das musste sie ausnutzen und Pläne entwerfen für alle möglichen Situationen, die entstehen konnten. Noch einmal das Essen zu verweigern, erschien ihr zu gefährlich.

Sophia streichelte sich über die Haut direkt oberhalb der rechten Brust. Inzwischen war nichts mehr zu sehen an der Stelle, an der sie von dem Taser getroffen worden war, doch anfangs hatte sie dort zwei winzige Löcher und einen Bluterguss gehabt. Der Einsatz des Tasers schloss eine spontane Entführung aus. Alles sprach dafür, dass die Aktion bis ins Detail geplant gewesen war, auch das mit dem schallgeschützten Keller. Vermutlich war der Mann ein Profi und führte einen Auftrag aus. Dass er sie im Wald abgefangen hatte, wo im Grunde nichts schiefgehen konnte, war ein Indiz dafür. Abgesehen davon, dass es eine große Dummheit gewesen war, trotz all der Ratschläge, die sie ihr Leben lang von anderen gehört hatte, alleine durch den Wald zu gehen, gab es nur zwei Erklärungen, warum er ihr dort hatte auflauern können: Entweder hatte er sie schon eine Weile beschattet, vielleicht sogar einige Tage lang, bis sich die perfekte Chance aufgetan hatte, oder er hatte gewusst, dass sie zu Dylan wollte.

Der Angriff, perfekt organisiert, schloss eine Zufallstat aus. Der Mann hatte auf sie gewartet, hatte so getan, als würde er mit dem Fernglas Tiere beobachten. Sogar seine Kleidung hatte er der Situation angepasst. Als Sophia an ihm vorbeiging, musterte sie ihn neugierig. Der Mann senkte das Fernglas und schien überrascht, sie zu sehen. Sein Gesicht strahlte vor Freude. Er habe gerade einen Rotflügelstärling gesichtet, eine Seltenheit in dieser Gegend. Bevor Sophia etwas erwidern konnte, hatte er ihr schon das Fernglas angeboten, damit auch sie den seltenen Vogel sehen konnte. Meine Frau wird's mir kaum glauben, wenn ich ihr das erzähle!

Ihre Neugier war ihr Verderben. Neunundneunzig Prozent der Kinder in ihrem Alter hätten sich für einen Rotflügelstärling nicht interessiert, aber sie schon.

Sophia nahm das Fernglas, und der Mann zog die Elektroschockpistole aus der Hosentasche und schoss ihr in die Brust. Sie brach ohnmächtig zusammen. Als sie wieder aufwachte, lag sie mit verhülltem Kopf auf der Rückbank eines Autos.

Sie wusste nicht, wie lange sie schon in dem Fahrzeug war. Vielleicht zehn oder zwanzig Minuten, seit sie aus der Ohnmacht erwacht war, aber das nützte ihr nichts, um die Länge der Strecke einzuschätzen, die sie zurückgelegt hatten. Als sie an ihrem Ziel ankamen, spritzte ihr der Mann etwas in den Arm. Sie wehrte sich nicht einmal, weil sie zu verwirrt und benommen war, um überhaupt Angst zu haben.

Ganz anders in dem Keller. Sie war auf einer Matratze aufgewacht, angekettet, und die ersten Stunden hatte sie nur geweint, an die Wand gelehnt, die Arme um die Knie geschlungen. Ein Jahr zuvor hatten sie und Nikki heimlich den Film *Raum* gesehen, sie wusste also, was sie erwartete.

Doch dann vergingen Tage, Wochen, und der Mann beschränkte sich darauf, ihr das Essen hinzustellen und wieder zu gehen.

Alles war von einer solchen Eintönigkeit, dass Sophia eines Tages beschloss, in den Hungerstreik zu treten. Jetzt hatte sie saubere Kleidung und so gut gegessen wie noch nie. Außerdem hatte sie nun den Beweis dafür, dass der Mann sie am Leben erhalten wollte.

Als er ihr an jenem Abend das Essen brachte – keine Leckerei mehr, sondern der übliche Reis mit etwas Hühnchen –, wartete Sophia am Fuß der Treppe auf ihn.

Der Mann war überrascht und sah sie, das Tablett in der Hand, lange an. Dann bückte er sich, ohne sie aus den Augen zu lassen, und stellte das Tablett zurück auf den Treppenabsatz.

»Ich kann es wieder tun«, sagte Sophia. »In den Hungerstreik treten, meine ich.«

Der Mann sagte nichts. Er blickte kurz zur Kamera.

»Das würde keinem von uns etwas nützen.«

Sophia zuckte mit den Schultern.

»Ich habe nicht viel zu verlieren. Ich brauche noch ein paar Dinge, außer der Kleidung, meine ich.«

»Ich glaube nicht, dass …«

»Ganz einfache Dinge. Zahnpasta und Zahnbürste, Bettwäsche, vielleicht ein spannendes Buch, so dick wie möglich. Ah, und ein Radio.«

Über Letzteres musste der Mann lächeln.

»Ein Radio kriegst du bestimmt nicht.«

»Dann bringen Sie wenigstens alles andere.«

»Ich verspreche gar nichts.«

»Und ich streike, bis Sie mir die Sachen bringen«, sagte Sophia ernst.

Der Mann starrte auf das Tablett, als verstünde er plötzlich nicht mehr, wie es dahingekommen war. Dann sah er Sophia so eindringlich an wie noch nie, drehte sich um und schloss die Tür hinter sich.

Sophia stieg die Treppe hinauf. Manchmal vergaß sie, dass sie eine Kette hinter sich herschleppte, dann wieder hasste sie das Ding aus tiefster Seele. Sie betrachtete das Essen auf dem Tablett: ein Teller Reis mit Hühnchen, ein Stück Brot und ein Glas Orangensaft. Teller wie Glas waren aus Plastik. Als sie das

Tablett ein wenig zu sich herziehen wollte, entdeckte sie unter dem Glas einen Zettel.

Ein Schauder durchlief sie. Ihr erster Impuls war, den Zettel zu lesen, denn darauf war sicher etwas geschrieben, oder etwa nicht? Doch dann spähte sie unauffällig zur Kamera und stellte fest, dass sie all ihren Bewegungen folgte. So beschloss sie, das Glas zusammen mit dem Zettel in die Hand zu nehmen. Sie trank einen Schluck und steckte den Zettel in die Hosentasche.

Sie aß gierig. Ihr Herz pochte stark bei dem Gedanken an die Nachricht.

Kaum war sie fertig, ging sie ins Bad. Wie üblich putzte sie sich die Zähne mit dem Finger und setzte sich dann in den toten Winkel hinter der Tür. Sie holte den Zettel heraus, der in der Mitte gefaltet war. Tatsächlich war darauf etwas geschrieben.

HÖR NICHT NOCH MAL AUF ZU ESSEN. SIE WERDEN ES NICHT DULDEN. HEUTE ABEND WERDE ICH DIE KAMERA ABSCHALTEN. WIR MÜSSEN REDEN.

4

Der Mann öffnete die Tür. Sophia sah ihn neugierig an. Sie hatte sofort bemerkt, dass er ihr diesmal nicht einfach nur das Essen brachte. Er hatte einen Klapptisch dabei, den er auf den Absatz stellte, um noch einmal kurz hinauszugehen und mit zwei Klappstühlen wiederzukommen. Er schloss die Tür mit dem Schlüssel ab, den er sich in die vordere Hemdtasche steckte.

Schweigend trug er den Tisch die Treppe hinunter. Auf dem Rücken trug er einen Rucksack.

»Vorsicht«, sagte Sophia, »sonst stolpern Sie noch, und hier ist keiner, der Ihnen helfen kann.«

Der Mann deutete ein Lächeln an.

»Keine Angst, ich falle nicht die Treppe runter.«

Er platzierte den Tisch vor dem Fenster, holte die Stühle und stellte sie dazu. Sophia, die schon seit Wochen auf keinem Stuhl mehr gesessen hatte, hätte sich am liebsten sofort draufgestürzt. Unglaublich, wie die Gefangenschaft ihr Wertesystem verändert hatte. Ein Stuhl!

»Komm, setz dich«, sagte der Mann, während er selbst auf dem Stuhl Platz nahm, der mit dem Rücken zur Kamera stand.

Sophia erhob sich von der Matratze.

»Ich vermute, die Kette werden Sie mir nicht abnehmen.«

»Da vermutest du richtig. Beeil dich, wir haben nur eine Stunde Zeit.«

Sophia setzte sich. Der Mann schnallte den Rucksack ab und stellte ihn auf den Tisch. Er öffnete ihn und kramte darin herum.

»Warum nur eine Stunde?«

»Ich habe einen Weg gefunden, dass sie es nicht mitkriegen.« Der Mann zeigte zur Kamera. »Aber eben nur für eine Stunde.«

»Wer sind die? Und wie machen Sie das mit der Kamera?«

»Du stellst viele Fragen.«

Sophia nickte.

»Das sagen meine Lehrer auch immer.«

»Weißt du, was meine Lehrer zu mir immer gesagt haben? Alles zu seiner Zeit.«

Der Mann kramte wieder in seinem Rucksack. Er holte ein Schachbrett und ein Holzkästchen mit den Figuren hervor. Er stellte alles auf den Tisch und den Rucksack zurück auf den Boden.

»Wer die sind, ist egal«, sagte der Mann. »Nicht egal ist, dass ich die Aufnahmen der Hauptkamera jeden Tag in die Cloud hochladen muss. Also habe ich mir überlegt, dass ich eine Stunde des Videos lösche und den Rest so verlangsame, dass insgesamt wieder vierundzwanzig Stunden dabei herauskommen. Ich habe es ausprobiert, man bemerkt es nicht.«

Sophia war beeindruckt.

»Und mehr als eine Stunde können Sie nicht löschen, weil das Video sonst zu langsam laufen würde, richtig?«

»Richtig.«

»Das ist schlau.«

Der Mann winkte ab und wechselte das Thema.

»Du spielst doch bestimmt Schach.«

»Ich weiß, wie man die Figuren bewegt. Interessiert hat es mich bisher kaum.«

»Dann wirst du es jetzt lernen. Ich habe dir einige Bücher mitgebracht.«

Sophia sah ihn an. Es tat gut, mit jemandem zu reden, und sei es mit dem eigenen Wächter.

»Mehr haben Sie nicht im Rucksack?«, fragte Sophia enttäuscht. »Nur Schachbücher?«

»O nein. Ich habe dir auch die Sachen mitgebracht, um die du mich gebeten hast. Außerdem noch etwas Kleidung.«

Sophia war sprachlos. Frische Kleidung zu haben, war der Himmel auf Erden für sie. Sie konnte es kaum erwarten, auch die neuen Sachen in Besitz zu nehmen.

»Danke«, sagte sie schließlich.

Der Mann nickte. Er schien sich nicht sicher, was er jetzt tun sollte. Das Schachbrett und die Figuren standen auf dem Tisch.

»Hören Sie, ich will nicht mit Ihnen Schach spielen«, sagte Sophia. »Sie haben gerade gesagt, dass Sie diesen Teil des Videos löschen werden, also können wir frei reden, richtig? Ich muss wissen, was da draußen passiert. Ich muss wissen, ob meine Familie noch nach mir sucht.«

»Bist du sicher, dass du das wissen willst?«

»Absolut.«

Der Mann strich sich durch sein üppiges Haar, das kaum eine graue Strähne aufwies.

»Man sucht dich nicht mehr.«

»Das ist gelogen.«

»Besser gesagt, man sucht nicht mehr mit dem gleichen Eifer nach dir wie zu Beginn.«

Sophia spürte, dass ihr die Tränen in die Augen traten. Sie hatte mit einer solchen Antwort gerechnet und wollte dem Mann nicht die Genugtuung geben, vor seinen Augen zusammenzubrechen. Sie hatte schon genug geweint in diesem elenden Keller.

»Ich will alles wissen.«

»Wieso denkst du eigentlich, dass du Forderungen stellen kannst?«

»Wenn Sie es mir nicht sagen wollen, dann gehen Sie lieber. Und nehmen Sie ihr Scheißspiel gleich mit.«

»Okay, wenn du deine Zeit dafür verwenden willst, dann bitte.« Der Mann sah auf die Uhr. »Wir haben noch einundvierzig Minuten.«

Sophia hatte sich wieder gefangen und stand nicht mehr kurz davor, in Tränen auszubrechen. Ohne es zu wollen, hatte der Mann gerade etwas gesagt, worüber sie nachdenken musste. Sie meinte, etwas entdeckt zu haben, das der Mann vor ihr verbergen wollte. Sie würde diese Karte vorerst nicht ausspielen, aber jetzt wusste sie, dass sie noch mehr herausfinden würde, wenn sie weiterhin mit ihm sprach.

»Anfangs war es eine Riesenaktion«, erklärte er, »eine bundesweite Suche. Damit hatte keiner gerechnet. Schließlich hauen in diesem Land jeden Tag Kinder von zu Hause ab.«

»Ich bin nicht von zu Hause abgehauen«, unterbrach ihn Sophia sofort.

Der Mann schien kurz die Fassung zu verlieren, weil sie ihn bei einer ungeschickten Formulierung ertappt hatte. Er blinzelte und machte eine beschwichtigende Geste.

»Natürlich, da hast du recht. Jedenfalls weiß man nicht, wieso manche Fälle ein solches Medienecho auslösen und andere nicht. Vermutlich liegt es bei dir daran, dass du ein hübsches Mädchen bist. Ziemlich ungerecht, wenn man ein bisschen darüber nachdenkt, findest du nicht?«

»Ungerechter, als eingesperrt zu sein und trockenen Reis zu essen? Eher nicht.«

Der Mann schmunzelte.

»Mein Reis ist nicht besonders gut, der Punkt geht an dich. Jedenfalls war der Aufruhr groß, zu groß für meinen Geschmack. Jeden Tag gab es einen Marsch von deinem Zuhause bis zur Schule. Deine Mutter war immer dabei, deine Freunde auch.«

Sophia spürte einen dicken Kloß im Hals, als sie das hörte. Dass ihre Eltern unermüdlich nach ihr suchten, davon war sie ausgegangen, und dass ihre Freunde die Hände nicht einfach in den Schoß legten, war ihr auch klar, aber jetzt stellte sie sich die vier konkret vor, wie sie in der Schule saßen und auf gute Nachrichten hofften, die aber nie kommen würden. Sie war tief gerührt.

»Welche Freunde meinen Sie?«

Der Mann hob die Augenbrauen.

»Deine Freunde eben, das Mädchen der Campbells und das auf dem Video, Janice Hobson. Und die beiden Jungs. Die vier hängen immer zusammen rum. Die Anführerin ist das Campbell-Mädchen.«

Sophia lächelte. Sie verspürte das Bedürfnis, den Namen laut auszusprechen.

»Nikki.«

»Genau, Nikki. Sie war meistens auch diejenige, die mit dem Fernsehen gesprochen hat. Inzwischen haben die Medien das Interesse verloren. Außerdem glaubt die Polizei, dass du dich von der Catenary-Brücke gestürzt hast und sie deine Leiche nie finden werden.«

»Wie kommt die Polizei darauf?«

Mit sichtlichem Unbehagen rutschte der Mann auf seinem Stuhl hin und her und wölbte die untere Lippe vor.

»Ich weiß es nicht.«

Sophia musterte ihn.

»Das Stück Stoff, das an meinem Kleid fehlte«, sagte Sophia. »Sie haben es unter die Brücke gelegt, damit die Polizei genau das vermutet.«

Der Mann schwieg. Dann dachte er laut nach:

»Vielleicht sollte ich bei dir ein bisschen vorsichtiger sein. Du bist ziemlich intelligent.«

»Solange ich diese Kette nicht mit meiner Geisteskraft sprengen kann, haben Sie nichts zu befürchten.«

Der Mann lächelte erneut.

»Du wolltest hören, was bisher passiert ist.«

»Glauben meine Eltern das auch?«, fragte Sophia. »Das mit der Brücke?«

»Ich weiß es nicht.«

»Natürlich wissen Sie das.«

»Deine Mutter glaubt es nicht. Aber welche Mutter würde so etwas auch hinnehmen?«

»Haben Sie Kinder?«

Schweigen.

Sophia zuckte mit den Schultern. Dann fügte sie hinzu:

»Vermutlich schon, sonst wüssten Sie nicht, was ein Vater oder eine Mutter hinnehmen kann und was nicht.«

Der Mann sah auf seine Uhr und stand auf.

»Die Zeit ist um.«

Sophia lachte.

»Das ist mit das Lustigste, was ich je gehört habe.«

Der Mann ging zur Treppe und stieg sie schleppenden

Schrittes hinauf, als dächte er darüber nach, was gerade geschehen war. Sophia folgte ihm mit Blicken. Sie musste so viel wie möglich herausfinden über diesen Mann. Das Gespräch war ein ausgezeichneter Anfang gewesen.

5

Im Laufe der Tage wuchs die Vertrautheit. Der Mann kam an drei oder vier Abenden herunter und blieb eine Stunde lang bei Sophia, immer eine Stunde. Bei jedem Besuch brachte er einen Rucksack voller Sachen mit. Für Sophia war das Auspacken des Rucksacks der schönste Moment des Tages. Normalerweise erhielt sie Bücher, Kleidung, Pflegeprodukte oder Ähnliches. Eines Tages war auch ein alter MP3-Player mit einer langen Playlist dabei. Sie hätte beinahe geweint vor Glück.

Manchmal spielten sie eine Partie Schach, aber meistens unterhielten sie sich nur, fast immer über die Romane, die der Mann Sophia brachte und die sie in atemberaubender Geschwindigkeit verschlang. Meist waren es alte Bücher, die der Mann seiner eigenen Bibliothek entnahm – und die Sophia überraschten. Der Mann hatte einen guten Geschmack, außerdem wählte er jeden Titel sorgfältig aus. Trotzdem warnte er Sophia: Sollte sie in dem Tempo weiterlesen, wäre sein Fundus an guten Romanen bald erschöpft.

Seit den Besuchen war es ein ganz anderes Leben in dem Keller. Jetzt hatte Sophia eigene Habseligkeiten, über die sie frei verfügen konnte, und viele Aktivitäten erleichterten ihr das Leben in der Gefangenschaft enorm. Sie las wie eine Verrückte, schrieb Songtexte in ihr Notizbuch, übte Schach, nahm Vollbäder mit duftenden Badesalzen, trieb Sport. Am Ende des

Tages war sie manchmal so müde, dass sie ins Bett sank und sofort einschlief.

In dieser Zeit begann Sophia, aus dem Raum nebenan Geräusche zu hören. Sie hatte fast vergessen, dass es diesen anderen Raum gab, und sie hatte schon lange nicht mehr versucht, durchs Schlüsselloch zu spähen. Anfangs waren die Geräusche kaum hörbar gewesen: Schritte auf Holzdielen, ein schwerer Gegenstand, der über den Boden geschleift wurde. Im Laufe der Tage wurde immer klarer, dass in dem Nachbarzimmer etwas umgebaut wurde, denn nun ertönten auch Hammerschläge und das Motorgeräusch von kleinen Maschinen. Sophia klopfte wie wild an die Tür und schrie sich die Lunge aus dem Leib, um auf sich aufmerksam zu machen, aber es gab keine Reaktion.

Als sie den Mann fragte, was in dem Zimmer vor sich ging, sagte er nur, das würde sie schon noch rechtzeitig erfahren.

Es gab so einiges, über das ihr Entführer nicht reden wollte. Wenn Sophia bestimmte Themen ansprach, reagierte er mit Unbehagen und lenkte ab. Das Nachbarzimmer war das beste Beispiel dafür, ebenso alles, was mit seinem Privatleben zu tun hatte. Sophia kannte nicht einmal seinen Namen.

Ein weiteres verbotenes Thema war Sophias Verschwinden. Sie fragte häufig nach, fast immer, wenn sie Schach spielten, aber sie hatte ihm noch nichts Relevantes entlocken können. Eines Abends, bei einer besonders umkämpften Partie, sagte Sophia etwas wie nebenbei, um ihn auf dem falschen Fuß zu erwischen.

Es gelang ihr.

»Sie wussten damals, dass ich mich mit Dylan Garrett treffen wollte, oder?«

Den Blick auf das Schachbrett gerichtet, nickte der Mann unmerklich.

Doch er hatte sich sofort wieder im Griff.

»Du weißt genau, dass ich über diesen Tag nicht gern spreche.«

»An diesem Tag wurde ich mit einem Elektroschocker abgeschossen«, sagte Sophia, »da habe ich doch wohl ein Recht darauf, mehr zu erfahren.«

Der Mann rückte mit einem zentralen Bauern vor.

»Anders ging es nicht.«

»Jetzt sagen Sie schon: Wussten Sie, dass ich mich mit Dylan treffen wollte?«

»Nein.«

Sophia musterte ihn.

»Das glaube ich Ihnen nicht.«

»Du bist dran.«

Sophia sah kaum auf das Brett und schob einen ihrer Türme von einer Seite auf die andere.

»Sollten Sie es nicht gewusst haben, haben Sie es spätestens dann erfahren, als Dylan es öffentlich gemacht hat.«

»Willst du wissen, was dieses Arschloch gesagt hat?«, sagte der Mann sichtlich verärgert. »Nichts. Und ich merke, was du im Schilde führst, also lassen wir das.«

»Früher oder später wird er es tun. Dylan wird gestehen, dass er sich mit mir treffen wollte. Und schon glaubt keiner mehr die Geschichte mit der Brücke.«

Der Mann schnaubte.

»Siehst du, was du machst? Ich hätte dir nie sagen dürfen, was die Leute da draußen denken.«

»Wieso nicht?«

»Weil es nichts ändert!«

Der Mann sprang auf und fegte mit dem Arm übers Schachbrett. Die Figuren flogen weg und prallten gegen die Wand.

»Ich hätte gewonnen«, sagte Sophia.

Der Mann ging schweigend die Treppe hinauf. Oben drehte er sich um und sah sie bekümmert an.

»Garrett wird nie etwas sagen, weil er nämlich tot ist.«

6

Wenn Dylan tot war, überlegte Sophia, kam die Wahrheit womöglich nie ans Licht.

Aber stimmte es auch?

Sophia glaubte, so manches über den Mann gelernt zu haben, und eines war, dass er nur dann etwas preisgab, wenn er die Geduld verlor. Also provozierte sie ihn ab und zu. Tatsächlich hatte sie ihm so die eine oder andere Information entlockt über das, was draußen geschah.

Demnach stimmte es sehr wahrscheinlich.

Sophia hatte tausend Fragen, doch sie wusste, dass sie sich gedulden musste. Ihre einzige Informationsquelle war ein temperamentvoller Mann, der manchmal wütend wurde wie ein Kind. In den folgenden Tagen redete er praktisch nicht mit ihr. Er kam in den Keller, stellte ihr das Essen hin und nahm ihr die Kette ab, damit sie sich duschen und umziehen konnte. Kurz vorm Schlafengehen sammelte er den Abfall ein und ließ ihr noch etwas Proviant da. Sophia versuchte, ihn in ein Gespräch zu verwickeln, bat ihn um Klopapier oder kleine Snacks, aber der Mann war nicht so redselig wie sonst. Mit den einstündigen Besuchen und dem Schachspielen war es vorbei.

Als Sophia ihm sagte, sie habe die Najdorf-Variante der Sizilianischen Verteidigung studiert, meinte sie, den Anflug eines Lächelns zu erkennen, doch es gelang ihr nicht, ihn zu erweichen. Letztlich wusste sie, dass sie einfach nur abwarten musste. Obwohl er sich manchmal aus Wut zu etwas hinreißen ließ, war er eigentlich ein Kopfmensch, der alles unter Kontrolle haben wollte.

So ungern Sophia es sich auch eingestand, vermisste sie die Treffen mit ihm. Anfangs fand sie allein die Vorstellung verstörend, Zeit mit ihrem Entführer zu verbringen, doch inzwischen hatte sie keine Schuldgefühle mehr. Der Mann war nett zu ihr und der einzige menschliche Umgang. Sophia wusste nicht, welche Leute hinter ihrer Entführung steckten und was sie von ihr wollten, doch eines wusste sie: Es könnte alles noch viel, viel schlimmer sein.

In den folgenden Tagen las sie einige Bücher ein zweites Mal, dachte aber vor allem viel nach. Es gab Phasen, in denen sie ihre Eltern und Freunde schrecklich vermisste, und dies war eine. Das Bedürfnis, ihre Mutter zu umarmen, wurde manchmal so stark, dass sie nachts ihr Kissen umklammerte und sich vorstellte, es sei ihre Mutter. Es war ein einfacher – und leicht durchschaubarer – Trick, aber es tröstete sie trotzdem. Sie träumte auch häufig von ihrer Mutter: Sie saßen zusammen auf dem Balkon oder in der Küche und plauderten über dies und das. Es waren diese alltäglichen Momente, die Sophia am meisten vermisste und die sie in ihrem alten Leben nie zu schätzen gewusst hatte.

Häufig dachte sie auch an Bishop, ihren engen Freund. Bishop war der Einzige, der wusste, dass sie sich an jenem Nachmittag mit Dylan treffen wollte. Sie hatte nicht den geringsten Zweifel daran, dass Bishop die Wahrheit allen ins Gesicht geschrien hatte: der Polizei, seinen Eltern, der ganzen Welt. Aber war das genug gewesen? Dylan hatte es womöglich abgestritten, um nicht in die Sache hineingezogen zu werden.

Wenn Dylan ermordet worden war, überlegte Sophia, dann von den gleichen Leuten, die sie hier in diesem Keller festhielten. Woran sich logischerweise die Frage anschloss: Warum hatte man nicht auch sie getötet?

Warum hatte man sie entführt, wo eine Entführung doch alle möglichen Komplikationen mit sich brachte?

Erstens brauchte man einen entsprechend eingerichteten Ort: Sicherheitstür, schalldichter Raum, Kameras. Und vor allem brauchte man eine vertrauenswürdige Person, die die Bewachung übernahm. Sophia ging davon aus, dass ihr Wächter ein Glied in einer langen Kette war. Trotzdem fragte sie sich, wie jemand einen solchen Auftrag übernehmen konnte. Vielleicht wurde der Mann erpresst.

Mit Sicherheit spielte die Zeit gegen sie. Und jetzt, wo sie wusste, dass Dylan tot war, umso mehr. Sie musste aufhören, den Mann zu provozieren, und stattdessen sein Vertrauen zurückgewinnen, damit er sie wieder besuchte, sich mit ihr unterhielt, und sei es beim Schach. Sobald ihr das gelungen war, könnte sie zum entscheidenden Schlag ausholen und flüchten. Denn wenn man sie bisher noch nicht gerettet hatte, würde man sie wahrscheinlich nie retten.

Ihre Gefangenschaft stellte ein kurioses Paradox da. Es gab so wenige Chancen zu entkommen, dass sie alle ziemlich schnell durchdacht hatte. Der Keller besaß drei Ausgänge. Da war zunächst einmal das Fenster, doch es war so schmal und hatte außen dicke Gitterstäbe – Sophia hatte diese Möglichkeit sofort ausgeschlossen. Dann war da die Eingangstür. Abgesehen davon, dass sie außerhalb der Reichweite ihrer Kette lag, handelte es sich um ein Sicherheitsmodell mit kompliziertem Mechanismus, das selbst mit dem richtigen Werkzeug kaum zu knacken war. Die innere Tür hingegen war ein gewöhnliches Modell und nicht einmal in optimalem Zustand. Wenn Sophia fliehen könnte, dann durch diese Tür. Dagegen sprach einzig und allein, dass die Kamera direkt darauf ausgerichtet war. Jeder Versuch, sie aufzubrechen, würde sofort entdeckt werden.

Es gab natürlich noch eine andere Möglichkeit, nämlich den Mann niederzuschlagen, ihm die Schlüssel abzunehmen und zu flüchten. Sophia schloss das nicht aus, aber sie war sich der Risiken bewusst. Wenn ihr nichts anderes übrig blieb, würde sie es versuchen, doch zuerst wollte sie sich auf die Innentür konzentrieren.

Ein Plan nahm auf unerwartete Weise Gestalt an.

Das Verhältnis zu dem Mann besserte sich wieder. Sophia wurde bewusst, dass auch ihr Entführer das Bedürfnis verspürte, Zeit mit ihr zu verbringen.

»Es ist zu kalt hier«, sagte sie eines Abends, als er ihr das Essen brachte.

Er nickte wortlos. Am nächsten Tag brachte er ihr ein elektrisches Heizgerät.

Sie nahmen ihre Schachpartien wieder auf, nur dass Sophia es nun so einrichtete, dass sie nicht immer gewann. Bei einer dieser Partien bat sie ihn, ihr die Kette endgültig abzunehmen.

»Wir müssen einander vertrauen«, sagte sie.

Sie hatte ihn schon öfter darum gebeten, doch nun schien er zum ersten Mal ernsthaft darüber nachzudenken.

Zwei Tage später kam er wie üblich in den Keller und hatte eine Papiertüte mit Sachen dabei, die er auf den Tisch stellte. Er setzte sich jedoch nicht. Sophia lag gerade auf der Matratze und las. Sie legte das Buch beiseite und sah ihn aufmerksam an, denn sie spürte, dass etwas anders war als sonst. Ein Teil von ihr war beunruhigt.

»Ich habe nachgedacht über das, was du neulich gesagt hast. Ich will, dass du mir vertraust.«

Es war keine Frage, trotzdem schien der Mann eine Antwort zu erwarten.

Sophia stand auf.

»Sie haben mir Kleidung und viele andere Sachen gebracht. Dafür bin ich Ihnen sehr dankbar.«

Es stimmte, nur dass sie es gleichzeitig hasste, weil es dazu geführt hatte, dass sie bequem geworden war.

»Aber vertraust du mir?«

»Ja.«

Der Mann lächelte. Ein Lächeln, das Vertrauen einflößte. Er ging zu Sophia, kniete nieder und zog einen Schlüsselbund aus seiner Hemdtasche. Sophia hatte die Schlüssel noch nie von so nah gesehen. Es waren drei.

Einen benutzte der Mann nun, um sie von der Kette zu befreien.

Genau in diesem Moment hatte ihr Plan Gestalt angenommen.

7

Sie hielt einen Dominostein zwischen den Fingern. Es war der mit der Vier und der Eins. Jeder Stein hätte ihrem Zweck gedient, doch sie hatte diesen ausgesucht, weil er für sie eine besondere Bedeutung hatte. Sie ließ ihren Finger über die vier Punkte auf der einen Seite gleiten und hielt bei jedem Punkt kurz inne. Nikki. Janice. Bishop. Tom.

Auf der gegenüberliegenden Seite war sie selbst.

Sie warf einen Blick auf die Dominoschachtel mit den restlichen Steinen. Seit der Mann sie zusammen mit dem Schachspiel gebracht hatte, hatten sie kein einziges Mal gespielt. Dass der Mann das Fehlen eines Steins entdecken könnte, bereitete ihr keine Sorgen. Ihr Verhältnis wurde von Tag zu Tag enger, er hatte keinerlei Grund, an ihr zu zweifeln und diese vergessene Schachtel zu überprüfen.

Sophia betrachtete erneut den Dominostein und musste grinsen. Ihr Plan war so verrückt und lächerlich, dass er aufgehen könnte. Ihr Vater sagte immer: »Das ist so dämlich, dass es schon wieder brillant ist.« Er hatte ihn aus einem Film.

An diesem Abend steckte Sophia, nachdem sie das Licht ausgemacht hatte – schon seit längerem erledigte dies der Mann nicht mehr per Fernbedienung –, den Dominostein unter die Matratze und legte sich schlafen. Zum ersten Mal seit ewigen Zeiten wünschte sie sich den nächsten Morgen herbei wie früher, als sie klein war, am Tag vor ihrem Geburtstag oder vor Weihnachten. Sie hatte alle Vorbereitungen getroffen. Sie hatte zum Beispiel entdeckt, dass das metallene Endstück des Treppengeländers scharf genug war, um Rillen in den Dominostein zu ritzen, und dass eine Stelle an der Wand, an der der Putz mit Zement ausgebessert worden war, rau genug war, um ihn daran abzuschleifen.

In der letzten Woche hatte der Mann ihr die Kette immer abgenommen. Dafür hatte er sich vor ihr hingekniet und den Bund mit den drei Schlüsseln aus der Hosentasche gezogen. Zwei davon waren Sicherheitsschlüssel, klein und mit unzähligen winzigen Vertiefungen. Der eine war für die Eingangstür, der andere für die Kette. Folglich musste der dritte der für die Innentür sein. Ob es wirklich so war, konnte Sophia nicht wissen, aber dieses Risiko würde sie eingehen. Es war ein alter Schlüssel – so wie auch die Tür alt war –, ein Modell mit einem Bart und Zähnen. Eine Form, die sie sich leicht merken konnte.

Sie stand früher auf als sonst, weil sie darauf brannte, endlich loszulegen. Sollte der Dominostein brechen oder sie sich wegen der Form nicht mehr sicher sein, würde sie einfach noch mal von vorne beginnen. Insgesamt hatte sie achtundzwanzig Versuche. Nicht schlecht.

Sie duschte und las, bis der Mann das Frühstück brachte. Sie plauderten ein wenig, aber sie gab sich so wortkarg, dass er bald wieder ging. Als Sophia allein war, aß sie rasch die Cornflakes und die Toastbrote und holte dann den Dominostein.

Zuerst musste sie ihn dünner schleifen, also ging sie zu der ausgebesserten Stelle an der Wand. Die Steine bestanden aus hochwertigem Plastik, was einerseits gut war, denn so würde der fertige Schlüssel stabil sein, und andererseits nicht gut, weil es ziemlich lange dauern würde, bis sie ihn dünn genug geschliffen hatte.

Wie lange, hätte Sophia nie gedacht.

Die Wand wurde von der Kamera nicht erfasst, also konnte Sophia in aller Ruhe arbeiten. Sie stand nur alle zwanzig bis dreißig Minuten auf und ging im Raum umher, damit es keinen Verdacht erregte, dass man sie nicht sah. An diesem ersten Tag war sie so aufgeregt, dass sie über acht Stunden an dem Schlüssel arbeitete. Abends war ihr klar, dass sie dies nicht lange durchhalten würde, nicht nur weil der Mann Verdacht schöpfen könnte, sondern auch, weil das Schleifen so anstrengend war. Selbst wenn sie ihre Haltung ständig veränderte und immer wieder die Hand wechselte, war sie relativ schnell erschöpft.

Im Laufe der Tage lernte sie, wie sie sich am besten hinstellte und die Zeit am besten einteilte. Für den ersten Schlüssel brauchte sie drei Tage, und natürlich passte er nicht. Es war frustrierend, als sie ihn zum ersten Mal ins Schloss steckte und er sich kein kleines bisschen drehen ließ. Sie versuchte, einige Korrekturen vorzunehmen, aber es half nichts.

Dieser erste Schlüssel war für den zweiten trotzdem entscheidend. Der Bart musste breiter sein und die Zähne länger, damit sie den Mechanismus überhaupt auslösen konnten. Es würde ein langer Prozess werden, aber am Ende würde der Schlüssel passen, da war sich Sophia sicher.

Insgesamt würden es acht Versuche werden. Und es würde über einen Monat dauern.

Trotzdem war es der beste Monat, seit der Mann sie entführt und in dem Keller eingesperrt hatte. Sie hatte nun neben dem Lesen und den Gesprächen mit dem Mann eine weitere

Beschäftigung. Es war fast wie in ihrem früheren Leben, wo es praktisch keine Langeweile und Eintönigkeit gegeben hatte.

Es war der Prototyp Nummer sieben, der sie in helle Aufregung versetzte. Der Schlüssel ließ sich tatsächlich ein wenig umdrehen! Sie probierte es so lange weiter, bis er schließlich brach. Trotzdem, sie war noch nie so weit gekommen, und sie wusste jetzt, dass sie es schaffen würde.

Sie legte die Teile von Prototyp Nummer sieben zu den anderen. Der Vergleich mit den Vorgängermodellen zeigte deutlich ihren Fortschritt.

Schlüssel Nummer acht stellte sie fertig in der Überzeugung, dass er der Richtige sein würde. Sie hatte nur wenige Gelegenheiten, ihn auszuprobieren, denn die Tür lag ja im Bereich der Kamera. Wenn der Mann ihr gerade das Essen hingestellt hatte, war ein guter Moment, oder irgendwann nachts. Doch diesmal konnte sie ihre Ungeduld nicht zügeln. Sie stellte sich vor die Innentür, mit dem Rücken zur Kamera, und tat so, als würde sie ihre Rückenmuskeln dehnen, beugte den Oberkörper mal nach links, mal nach rechts, mal nach vorne. Dann hielt sie die Vorbeuge und zog den Schlüssel aus dem Gummizug des Hosenbunds. Eigentlich erwartete sie, dass es wie immer haken würde und sie noch einige allerletzte Korrekturen vornehmen müsste. So war es zumindest bislang gewesen. Zu ihrer großen Überraschung ließ sich der Schlüssel spielend leicht drehen.

Die Tür war offen.

Ihr blieb schier das Herz stehen. Was nun?

Ihr erster Impuls war, die Tür sofort wieder zu schließen und den Schlüssel zurück in den Hosenbund zu stecken. Auf keinen Fall durfte sie jetzt einen Fehler begehen und alles riskieren. Sie musste nachdenken. Sie brannte darauf, endlich herauszufinden, was drüben war, umso mehr, weil der Mann oder jemand anders monatelang dort gewerkelt hatte.

Wenn aber dies die Gelegenheit zur Flucht war und sie sie aus lauter Vorsicht verstreichen ließ?

Schließlich gelangte sie zu dem Schluss, dass sie es am nächsten Morgen angehen sollte. Es in der Nacht zu versuchen, war zu gefährlich, dazu hätte sie das Licht einschalten müssen. Der beste Zeitpunkt war bei Tagesanbruch.

In dieser Nacht tat sie kaum ein Auge zu.

8

Als sie am frühen Morgen aufwachte, war sie überzeugt, dass der Schlüssel nicht passen würde, obwohl sie ihn am Tag zuvor erfolgreich ausprobiert hatte. Sie tastete unter der Matratze nach ihm und hielt ihn dann umklammert wie den größten Schatz der Welt.

Sophia hatte in Sporthose und T-Shirt geschlafen. Die Sonne war bereits aufgegangen, draußen dämmerte es grau.

Sie würde nicht länger warten. Sie ging ins Bad und drehte die Dusche auf. Sollte der Mann aus irgendeinem außergewöhnlichen Grund auftauchen, während sie fort war, wollte sie zumindest eine Chance haben, dass er es nicht gleich bemerkte.

Entschlossen ging sie zur Tür.

Stand sie womöglich kurz davor, in ihr altes Leben zurückzukehren?

Sie steckte den Schlüssel ins Schloss und drehte ihn um.

Klick.

Noch einmal.

Klick.

Die Tür war offen.

Sophia klemmte den Schlüssel wieder in ihren Hosenbund, drehte den Knauf und zog. Die Tür ging auf, und herein wehte frische Luft.

Es dauerte ein wenig, bis sich ihre Augen an das schummrige Licht gewöhnt hatten.

Nicht mal in einer Million von Jahren wäre sie darauf gekommen, was es in diesem Zimmer zu sehen gab.

9

Tim hatte im *Overfly* nie die Namen von Sophias Freunden genannt, die am Tag der Entführung mit ihr im *Saxxon* gewesen waren. Die Polizei hatte natürlich mit ihnen gesprochen, und Tim hatte Zugang zu den Aussagen über die Geschehnisse in den Stunden vor dem Kinobesuch gehabt, aber das hatte ihm genügt. Damals sah er keinen gewichtigen Grund, den journalistischen Ehrenkodex zu verletzen und die Freunde selbst zu befragen. Jetzt schon. Er musste wissen, ob einer von ihnen etwas über Sophias Tagebuch wusste.

Er klopfte leise an die Tür der Bishops und wartete. Ein kleines Mädchen sah zum Fenster heraus und deutete auf ihn. Dann tauchte ihre Mutter auf und hob grüßend die Hand, bevor sie die Tür öffnete.

Tim hatte sie angerufen und seinen Besuch angekündigt.

»Ms. Bishop, danke, dass Sie mich empfangen.«

»Er hat lange Haare!«, rief Tilly, die nach wie vor auf Tim deutete.

»Mein Sohn ist noch nicht da«, sagte Lena. »Ich hatte Ihnen ja gesagt, dass er es vielleicht nicht rechtzeitig schaffen würde. Worüber wollen Sie denn mit ihm sprechen?«

»Ich gehe mit einer Kollegin den Fall noch einmal durch, weil wir ernste Zweifel haben, ob die Polizei mit ihrer Hypothese richtigliegt.«

Lena sah ihn entgeistert an.

»Kommen Sie rein.«

»Kommen Sie rein, Mr.«, sagte Tilly. »Das da ist unsere Katze.«

»Setzen Sie sich, Mr. Doherty, ich bin gleich bei Ihnen.«

Lena Bishop rief schnell jemanden an, und kurz darauf stand eine Frau um die sechzig vor der Haustür.

»Mama, ich will nicht mit Ms. Bowen mitgehen! Ich will bei Mr. Dorothy bleiben.«

Lena flüsterte ihrer Tochter etwas ins Ohr, die sofort in Jubelrufe ausbrach.

»Ja! Ja!«

Plötzlich ging Tilly aus eigenem Antrieb zur Haustür.

Ms. Bowen musterte Tim dreist von oben bis unten und lächelte Lena vielsagend an, bevor sie Tilly bei der Hand nahm.

Als Lena mit Tim allein war, setzte sie sich zu ihm in das bescheidene Wohnzimmer.

Es war nicht zu übersehen, dass sie alles dafür tat, ein gemütliches Zuhause zu schaffen. Die Einrichtung war schlicht, zeugte aber von gutem Geschmack. Tim empfand eine spontane Verbundenheit mit ihr.

Nachdem sie die üblichen Höflichkeiten ausgetauscht hatten, boten sie sich gegenseitig die Vornamen an, schließlich waren sie mehr oder weniger im gleichen Alter.

»Also, Tim, worum geht es? Mein Sohn ist fix und fertig, seit Sophia verschwunden ist. Und jetzt liegt auch noch Caroline im Koma. Als wäre diese Familie verflucht.«

»Ich kann dir nicht viel sagen, aber alle, die Sophia kennen, können sich nicht vorstellen, dass sie sich das Leben genommen hat.«

»Diese Kollegin, die du erwähnt hast, das ist Camila Jones, oder?«

Tim nickte. Es hatte keinen Sinn, es abzustreiten. Im Hawkmoon sprach sich alles in Windeseile herum.

»Auch Caroline war sich sicher, dass Sophia nicht von dieser Brücke gesprungen ist, wir Mütter kennen schließlich unsere Kinder. Mein Sohn glaubt es auch nicht. Komm, ich will dir was zeigen.«

Lena stand auf und führte Tim in die Küche. Von da aus gelangten sie in die Garage. Der Ford Focus, der dort stand, hätte im Wettbewerb um das schrottreifste Auto mit Tims Chevrolet mithalten, wenn nicht gar gewinnen können. Das bisschen Platz, das in der Garage verblieb, nahm ein Tisch ein, auf dem sich Blätter und Hefte stapelten.

»Früher«, sagte Lena, »hat mein Sohn den ganzen Tag Gitarre gespielt. Nach Sophias Verschwinden hat er die Gitarre nicht wieder angerührt. Und einige Monate später hat er sie dann sogar verkauft. Er hat alle Demos organisiert und überhaupt seine ganze Freizeit dafür geopfert.«

Lena deutete auf den Tisch. Tim verstand nicht gleich.

»Zwei oder drei Stunden am Tag fährt er in der Stadt herum«, erklärte Lena. »Er ist besessen von Entführungsfällen. Er liest Bücher dazu, sieht Filme, Dokus, alles. Er sagt, nur wenn er das Profil dieser Monster kennt, findet er das Haus, in dem man Sophia gefangen hält.«

Tim konnte es kaum glauben. Er trat näher an den Tisch heran und betrachtete eine Reihe von Luftaufnahmen der Stadt, auf denen bestimmte Gebiete mit Kugelschreiber markiert waren. Manche waren mit einem Haken versehen, andere mit einem Fragezeichen oder einer Bemerkung am Rand.

»Ich dachte, es wäre eine Phase«, fuhr Lena fort, »aber je mehr Zeit vergeht, desto mehr steigert er sich da hinein. Er hat jeden Kontakt zu seinen Freunden verloren und beschäftigt sich nur noch mit der Suche nach Sophia.«

Lenas Augen waren feucht geworden, sie musste kurz innehalten, um sich wieder zu fassen.

»Ich mache mir große Sorgen. Anfangs ist er mit dem Fahrrad herumgefahren. Jetzt mit dem Bus. Er nimmt sich eine Gegend vor, observiert Eingänge und Ausgänge, und falls nötig klingelt er und verkauft Kekse, um mit den Leuten ins Gespräch zu kommen. Manchmal stößt er dabei auf ein Haus, in dem ein alleinstehender Mann wohnt, die Fenster geschlossen, die Musik voll aufgedreht, dann steigt bei ihm die Hoffnung.«

»Es gibt keinen Hinweis darauf, dass Sophia entführt wurde«, sagte Tim, der sich über so viel Engagement wunderte. Fest stand jedenfalls, dass der Junge mehr für Sophia tat als die Polizei.

»Das sage ich ihm auch immer, und dass, Gott möge mir verzeihen, schon so viel Zeit vergangen ist, seit …«

Tim begriff sofort.

»Ganz ehrlich, Lena, ich halte es für sehr unwahrscheinlich, dass Sophia einem Sexualstraftäter zum Opfer gefallen ist. Und wenn, wäre es viel zu riskant, ein Mädchen in der eigenen Stadt gefangen zu halten.«

»Eben. Und dann ist da auch noch das Video von Janice Hobson …« Lena vollendete den Satz nicht und schlug vor, zurück ins Wohnzimmer zu gehen.

Als sie durch die Küche kamen, hob Lena mehrere Spielzeuge auf, die Tilly auf dem Boden hatte liegen lassen. Sie setzten sich wieder ins Wohnzimmer.

Tim war noch keine Stunde da, aber er fühlte sich bereits wie zu Hause. Lena bot ihm eine Limo an, und er nahm das Angebot gern an.

»Was genau meintest du eben mit dem Video von Janice Hobson?«, fragte Tim.

»Mein Sohn hat mit Sophia über dieses Video gesprochen. Sie hat darauf etwas entdeckt oder glaubt, etwas entdeckt zu haben. Sie wollten später noch einmal darüber sprechen, und dann, tja, dann ist passiert, was passiert ist. Kommissar Holt weiß davon, weil ich es ihm persönlich gesagt habe. Und Caroline auch.«

»Vertraust du Holt?«

»Eigentlich schon.« Lena dachte kurz nach. »Darf ich dich um etwas bitten?«

»Sicher.«

»Wenn gleich mein Sohn kommt, dann lasse ich dich mit ihm allein sprechen«, sagte Lena ernst. »Ich habe nämlich das Gefühl, er verschweigt mir einen Punkt. Ob es für den Fall relevant ist, kann ich nicht beurteilen. Aber irgendetwas hat er, und ich weiß nicht, was. Ich erkenne meinen Sohn kaum wieder.«

Tim nickte nur leicht. Er durfte das Vertrauen des Jungen nicht missbrauchen, aber ihm war klar, dass er einen Weg finden musste, es die Mutter wissen zu lassen, sollte ihm der Junge etwas Wichtiges mitteilen.

Sie unterhielten sich noch ein wenig. Nicht mehr über den Fall. Es war kurios, dass sich ihre Wege noch nie gekreuzt hatten, wo sie doch im gleichen Alter und beide in Hawkmoon aufgewachsen waren. Für Lena, die im *Squeezer* unzählige Männer hatte ein und aus gehen sehen und sich Gesichter außerdem gut merken konnte, war es doppelt kurios. Auch über die Zeitung kannte sie ihn nicht, weil sie kaum einmal Muße für Lektüre hatte. Fast entschuldigend erklärte sie, sie sehe lieber die Nachrichten im Fernsehen, beim Kochen oder sonst einer Tätigkeit.

Bishop kam gegen sechs. Erst war er überrascht, doch Tim meinte, einen gewissen Eifer zu erkennen, als die Mutter ihm erklärte, wer er war und warum er hier war.

Lena hielt Wort und ließ sie allein. Sie gingen in Bishops Zimmer, über das seine Mutter offenbar keine Herrschaftsgewalt hatte, denn die Unordnung war extrem. Kleidung lag auf dem Boden, dazu stapelten sich überall Comics und Zeitschriften. Das Bett war zerwühlt, und an den Wänden sah Tim Klebestreifenreste ohne die dazugehörigen Poster. Offenbar gehörte es zu Bishops Trauerarbeit, sie abzuhängen.

Vor dem einzigen Fenster stand ein kleiner Schreibtisch mit einem Computer.

Bishop setzte sich aufs Bett, Tim auf den einzigen Stuhl.

»Meine Mutter hat Ihnen wahrscheinlich erzählt, womit ich meine Zeit verbringe, oder?«

»Ja. Beeindruckend.«

»Ich habe zwei verdächtige Häuser im Blick, am Stadtrand. Sobald sich die Gelegenheit ergibt, werde ich reingehen.«

Tim zeigte sich überrascht und ließ den Jungen erzählen.

»Normalerweise klingle ich unter irgendeinem Vorwand und sehe mich ein bisschen um. Wenn das nicht klappt, finde ich einen anderen Weg. Die Leute sind sehr unvorsichtig.«

»Bishop … Ist es okay, wenn ich dich Bishop nenne?«

»Klar, alle nennen mich so.«

»Weißt du, ob Sophia ein Tagebuch geführt hat?«

Bishop hob die Augenbrauen.

»Warum fragen Sie mich das?«

»Ich muss wissen, ob du es für möglich hältst.«

Bishop dachte nach.

»Eigentlich nicht«, sagte er schließlich. »Sophia ist kein Mensch, der Sachen aufbewahrt. Eher im Gegenteil. Warum sollte sie ein …?«

Bishop verstummte. Er selbst hatte sich die Antwort gegeben. Sophia könnte aufgeschrieben haben, was sie wusste, für den Fall, dass ihr etwas zustieß.

»Am Tag ihres Unfalls fand Caroline Holmes an ihrer Haustür eine Nachricht vor. Es kann ein Scherz gewesen sein, aber auch ein Hinweis, um in Sophias Zimmer nach einem Tagebuch zu suchen. Deshalb meine Frage.«

»Ich weiß es nicht«, sagte Bishop, der jetzt aufgeregt wirkte.

»Ich dachte, vielleicht hast du ja diese Nachricht hinterlassen. Oder einer deiner Freunde.«

»Ich? Wieso sollte ich das tun?«

Tim zuckte mit den Schultern.

Bishop stand auf, ging zum Fenster und sah hinunter in den Vorgarten.

»Haben ihre Eltern denn nichts gefunden?«, fragte er, ohne sich umzudrehen.

»Caroline Holmes können wir nicht fragen.«

Bishop drehte sich um.

»Ms. Holmes glaubt, dass Sophia noch lebt«, sagte er in einem Ton, als wollte er sich selbst davon überzeugen.

Tim konnte dem Jungen schlecht sagen, was er vermutete: dass Caroline das Tagebuch gefunden hatte und sich womöglich deshalb das Leben nehmen wollte. Er konnte es aus zwei Gründen nicht tun. Zum einen hatte er mit Camila vereinbart, das Video, das sie von der Nachbarin erhalten hatten, vorerst nicht zu erwähnen. Der zweite Grund war ein persönlicher. Er wusste besser als jeder sonst, wie hart es war, die Hoffnung zu verlieren. Bishop mit einer schmerzhaften Wahrheit zu konfrontieren, war das Letzte, was er wollte. Wenn diese Suche, dieses Überprüfen der Häuser, Bishops Weg war, seine Wunde zu heilen, dann war es gut so.

»Sophia wusste etwas«, murmelte Bishop. »Das hat sie mir selbst gesagt. Wenn sie nicht so dickköpfig wäre, hätte sie's mir verraten. Aber sie wollte lieber noch ein paar Tage warten, und dann war es zu spät. Ohne meine Dummheit hätte ich es vielleicht rausgekriegt.«

Bishop schüttelte den Kopf und holte sein Notebook. Er setzte sich wieder aufs Bett, jetzt mit dem Notebook auf dem Schoß.

»Meine Mutter weiß nichts davon«, sagte er ernst und suchte nach etwas. »Arbeiten Sie wirklich mit Camila Jones zusammen?«

Tim nickte.

»Ich würde gern mit ihr reden.«

»Zeig mir, was du hast, dann können wir dir vielleicht helfen.«

Bishop sah ihn an.

»Ich habe alle Ersparnisse ausgegeben«, sagte Bishop. »Ich habe meine Gitarre verkauft, meinen Verstärker, meine wertvollsten Comics, außerdem jobbe ich jedes Wochenende und mähe bei den Leuten in der Gegend den Rasen. Nur, um an das hier ranzukommen.«

Jetzt war Tim wirklich neugierig.

Bishop drehte das Notebook in Tims Richtung. Der Bildschirm zeigte eine lange Reihe mit Videoarchiven, und unter jedem Icon stand der Name eines Mädchens. Insgesamt waren es dreißig.

Tim erstarrte.

»Und auf allen ist Dylan drauf?«

»Nicht auf allen. Manchmal sind es auch andere Jungs aus der Schule.«

Tims Blick wanderte zwischen Notebook und Bishop hin uns her.

»Sophia hat auf dem Video von Janice etwas entdeckt«, sagte Bishop. »Ich hab's mir unzählige Male angesehen und weiß noch immer nicht, was es war. Irgendwann schiebt Dylan Janice' Rucksack weg, aber mir ist nicht klar, warum. Vielleicht war das das Detail, das Sophia aufgefallen ist.«

»Die anderen Videos hast du dir besorgt, um zu prüfen, ob es eine Gemeinsamkeit gibt?«

Bishop nickte.

»Ich habe aber nichts entdeckt«, sagte er. »Es sind bloß stinknormale Videos.«

Tim schluckte. Die Erklärung war so einfach, dass Bishop sie direkt vor seiner Nase hatte und trotzdem nicht sehen konnte.

10

Camila hatte sich mit Madeleine Parker, ihrer ehemaligen Therapeutin und Mutter von Caroline Holmes, im Hilton von Wilmington verabredet, wo diese seit einigen Wochen logierte. Bei einem Telefongespräch hatte Madeleine Parker ihr erzählt, sie sei hier, um ihre Tochter zu pflegen, und gedenke, so lange zu bleiben, wie es eben nötig sei.

Obwohl sie vorher telefoniert hatten, war es noch mal etwas ganz anderes für Camila, Madeleine wiederzusehen. Vor fünfundzwanzig Jahren hatte sie sich in der Praxis von ihr verabschiedet, endlich wieder stark genug, um ihr Leben zu leben und ihre Träume zu verwirklichen. Seither hatten sie nur ein einziges Mal telefoniert, etwa ein Jahr später. Camila hatte eine Stelle als Produktionsassistentin in der Nachrichtenabteilung von NBC gefunden und außerdem jemanden kennengelernt. Mit diesem Jemand war sie zweimal essen gegangen, dann hatte er sie zu sich nach Hause eingeladen. Mit einem Mann alleine sein zu können, ohne dass ihre Welt zusammenbrach, war ein so überwältigendes Gefühl gewesen, dass sie das Bedürfnis verspürt hatte, es ihrer ehemaligen Therapeutin zu erzählen. Das Gespräch verlief anders als erwartet. Madeleine hatte sich für sie gefreut, aber auch distanziert gezeigt. Camila hatte die Botschaft verstanden und nie wieder Kontakt mit ihr aufgenommen.

Als Camila kurz nach elf im Restaurant des Hotels ankam, blieb sie an der Tür stehen und suchte unter den wenigen Gästen, die ein spätes Frühstück einnahmen, nach Madeleine. Sie entdeckte sie an einem der entfernteren Tische am Fenster.

Madeleine sah so aus, wie Camila sie sich vorgestellt hatte. Sie war schon immer sehr auf ihr Äußeres bedacht gewesen, und das hatte sich auch mit siebzig nicht geändert. Ihr weißes Haar trug sie schulterlang. Das Halstuch passte zu den türkisfarbenen Ohrringen. Man musste nur beobachten, wie sie ihre Teetasse an den Mund führte, um zu wissen, dass sie eine äußerst kontrollierte Person war.

Fünf Minuten stand Camila da, bevor sie zu Madeleine ging. Sie konnte sich nicht erinnern, sich seit ihren aufsehenerregendsten Live-Moderationen je so nervös gefühlt zu haben. Einerseits wollte sie diese Frau umarmen und war sich andererseits bewusst, dass es bei diesem Treffen weniger um sie ging als um Madeleine, deren Enkelin vermisst war und deren Tochter im Koma lag. Camila konnte sich nicht einmal vorstellen, wie sich das anfühlte.

Madeleine winkte ihr zu und stand auf, um sie zu begrüßen. Als Camila bei ihr ankam, lösten sich all ihre guten Vorsätze in Luft auf. Sie umarmte sie und begann zu weinen. Was sie empfand, war merkwürdig oder kam zumindest unerwartet. Madeleine zu sehen, beschwor ihre Vergangenheit herauf, ihre Stimme zu hören, versetzte sie schlagartig in die Praxis an der zweiundachtzigsten Straße. Äußerlich hatte Madeleine sich verändert, doch ihre sanfte, hypnotische Stimme war immer noch die gleiche.

Nach einem kurzen Austausch darüber, was in all den Jahren geschehen war, fragte Camila sie nach Caroline. Madeleine war zuversichtlich. Die Ärzte waren es auch. Sie hatte keine größeren Gehirnschäden davongetragen und gut auf die Operation zur Entlastung des Hirndrucks angesprochen.

»Jetzt können wir nur noch abwarten«, sagte Madeleine. »Sehr wahrscheinlich nimmt Caroline wahr, was um sie herum geschieht. Heute habe ich ihr von dir erzählt.«

Madeleine wirkte plötzlich blass oder irgendwie nervös.

»Möchtest du Tee?«

Camila lehnte dankend ab. Sie wollte offen sein zu Madeleine.

»Ich muss dir etwas sagen. Es könnte sein, dass Sophia ein Tagebuch geschrieben und Caroline es am Tag des Unfalls gefunden hat.«

Madeleine stellte die Tasse, die sie schon fast bis zum Mund geführt hatte, langsam zurück auf den Unterteller.

»Davon weiß ich nichts.«

»Caroline hat am Tag des Unfalls eine anonyme Nachricht erhalten. Darin wird ein Aquarium erwähnt, das früher in Sophias Zimmer stand. Ich habe Gründe zu der Annahme, dass dort ein Tagebuch versteckt war und deine Tochter es gefunden hat.«

»Was für Gründe?«

»Es gibt ein Video, gefilmt von einem Nachbarn.«

Madeleine schüttelte den Kopf. Das waren zu viele Informationen auf einmal.

»Wo ist dieses Tagebuch jetzt? Hat Phil es dir gegenüber erwähnt?«

Camilas Schweigen beunruhigte sie.

»Weiß die Polizei davon?«

»Bisher nicht. Ich vertraue Kommissar Holt nicht.«

»Meine Güte, Camila, jetzt mache ich mir noch größere Sorgen als vorher. Ich rede einfach mit Phil. Wenn er etwas von dem Tagebuch weiß, wird er es mir schon sagen.«

»Genau darüber wollte ich mit dir reden. Du musst mir ein paar Tage Zeit geben. Ich glaube nämlich, dass ich ganz nah an was dran bin. Gewisse Leute fühlten sich bei meinen Recherchen auf die Füße getreten.«

Madeleine musterte sie. Dann ließ sie kurz ihren Blick durch den Raum wandern, als könnte sie niemandem um sich herum mehr trauen.

»Camila, meine Enkelin ist nicht der Typ Mädchen, das Tagebuch schreibt. Das passt einfach nicht zu ihr. Vielleicht hat jemand es dort platziert, so wie jemand auch den Fetzen des Kleids platziert haben könnte, den man am Fluss gefunden hat. Meine Tochter glaubt, dass Sophia noch lebt, und das ist kein reines Wunschdenken. Ich möchte, dass das respektiert wird.«

»Verstehe.«

»Sag mir, was du weißt.«

»Sophia hat etwas auf einem intimen Video entdeckt, das ihre Freundin Janice Hobson und Dylan Garrett aufgenommen haben. Und Dylan Garrett wurde später ermordet.«

»Ist mir bekannt. Du meinst also, zwischen Sophias Verschwinden und diesem Mord besteht ein Zusammenhang?«

»Ich habe mit Leuten aus der Schule gesprochen. Sie haben mir bestätigt, dass Sophia und Dylan in den Tagen davor Kontakt hatten.«

Camilas Handy, das auf dem Tisch lag, vibrierte. Normalerweise hätte sie es nicht beachtet, doch jetzt sah sie instinktiv auf das Display. Es war eine Nachricht von Tim: »RUF MICH SOFORT AN«

11

Camila rief Tim vom Hotel aus an.

»Ich habe gerade mit Bishop gesprochen«, sagte Tim, der seine Aufregung nicht verbergen konnte. »Du wirst es nicht glauben. Er ist geradezu besessen von Sophias Fall und hat weitere Videos wie das von Dylan gesammelt. Über dreißig Stück.«

»Dreißig?« Camila suchte sich einen Platz, an dem sie ungestört sprechen konnte. »Alles Schüler der Hawkmoon High School?«

»Ja. Mehrere von Dylan, aber auch von anderen Jungs. Wer weiß, wie viele Videos es noch gibt.«

»Zu viele auf jeden Fall.«

»Ganz deiner Meinung. Bishop findet es normal, dass es diese Videos gibt, als wäre das an der Hawkmoon High absolut üblich. Die meisten davon sind im verlassenen Autokino aufgenommen worden.«

»Die Videos sind nicht für den Eigengebrauch. Die Mädchen werden benutzt, um das Material zu produzieren.«

»Das glaube ich auch.«

Es fiel schwer, die Urheber dieser Videos als Opfer zu sehen, aber in gewissem Sinne waren sie das.

Du gefährdest eine große Sache, hatte Naroditsky im Garten ihres Glashauses zu Camila gesagt. Er hatte außerdem gesagt, Sophia sei tot, weil sie Dinge gewusst habe, die sie nicht hätte wissen sollen. Vielleicht war das Gleiche auch Dylan Garrett passiert.

»Sophia muss es irgendwie herausgefunden haben«, sagte Tim. »Oder sie hat es vermutet und wollte es sich von Dylan bestätigen lassen.«

»Und jemand ist deswegen nervös geworden. Tim, das ist keine lokale Sache. Wenn es so wäre, hätte sich das FBI nicht wenige Wochen später eingeschaltet. Seit Sophias Verschwinden ist fast ein Jahr vergangen. Als Naroditsky mir gesagt hat, dass etwas Großes dahintersteckt, meinte er etwas *wirklich* Großes.«

»Was machen wir jetzt?«

»Wir werden so lange Rauch ins Wespennest blasen, bis die Wespen herauskommen.«

12

Sophia hatte lange spekuliert, was auf der anderen Seite der Tür sein mochte. Sie war nicht naiv und wusste, dass sich auch Abgründe auftun konnten. Jeder hatte schon von Fällen gelesen, in denen Mädchen entführt und eingesperrt wurden.

Jetzt, da Sophia sah, was sich nebenan verbarg, konnte sie es nicht fassen. Es ergab einfach keinen Sinn.

Hinter der Tür verbarg sich nämlich eine Nachbildung ihres Zimmers in der Clayton Street. Noch war sie nicht fertig, was die Kopie eines Teils der Illusion beraubte. Trotzdem war der Effekt verblüffend.

Die Kommode, in der sie ihre Kleidung aufbewahrte, ihr Schreibtisch, der mit allen möglichen Sachen vollgestellt war – darunter auch das digitale Mikroskop –, das Poster von Taylor Swift: Es war alles da. Fragen drängten sich in ihrem Kopf, die darum rangen, als Erste beantwortet zu werden. Wie hatte der Mann ihr Zimmer so detailgetreu nachbilden können? Und warum hatte er es getan?

Die beiden Regale waren fast leer, nur in einem von ihnen standen ein paar Bücher. Sie ging hin. Noch bevor sie die Titel auf den Buchrücken lesen konnte, fand sie ihren Verdacht bestätigt. Das waren nicht irgendwelche Bücher, um eine Illusion zu erzeugen, sondern genau die, die in ihren Regalen standen, zum Beispiel die sieben Harry-Potter-Bände.

Zögernd nahm sie *Harry Potter und der Stein der Weisen* in die Hand. Erleichtert stellte sie fest, dass es zwar die gleiche Hardcover-Version war, aber nicht das Exemplar, das sie schon dreimal gelesen hatte. Was sie in der Hand hielt, war eine neue Ausgabe. Sie stellte das Buch zurück.

Sie untersuchte auch den Globus auf dem Regalbrett. Es war das gleiche Modell, aber nicht der Globus aus ihrem Zimmer. Der war ihr einmal heruntergefallen, und seitdem hatte Australien eine kleine Beule, während die Stelle bei diesem hier glatt und unversehrt war.

Sie hätte gern noch weitere Gegenstände überprüft, aber sie durfte nicht vergessen, dass mit jeder Minute das Risiko wuchs, von dem Mann entdeckt zu werden. Wenn er in den Keller herunterkam, wäre alles umsonst gewesen. Da fiel ihr etwas ein, und sie blickte sich panisch um. Als sie feststellte, dass nirgendwo Kameras waren, beruhigte sie sich wieder.

Sophia wusste, was sie eigentlich als Nächstes tun sollte, nämlich die zweite Tür näher in Augenschein zu nehmen, doch sie konnte den Blick nicht vom Fenster lösen. Nicht von dem *echten* Fenster, durch das spärliches Tageslicht einfiel, sondern von dem *anderen*. Langsam ging sie darauf zu, die Kette hinter sich herschleppend. Die Kette war so sehr Teil ihres Alltags geworden, dass sie sie manchmal vergaß. Sie kam an dem Aquarium vorbei, das jetzt leer war, in dem eines Tages aber ein Fisch namens Tony schwimmen würde.

Alles an diesem Zimmer war verrückt, doch das Fenster schlug dem Fass den Boden aus.

Man erblickte die Clayton Street und den Garten von Ms. Martens gegenüber. Auf deren Briefkasten saß reglos ein Vogel, der nie fliegen würde. Erst als Sophia schon fast vor dem

Fenster stand, konnte sie die Pixelstruktur des Fotos hinter der Scheibe erkennen. Die Illusion war perfekt.

Der Mann – oder jemand anders – musste dieses Foto bei ihr zu Hause gemacht haben. Wie viel Mühe er sich gegeben hatte, ließ sich an jedem Detail ablesen, ganz abgesehen davon, dass manche Gegenstände wie das Mikroskop oder der Verstärker von Marshall Tausende von Dollars gekostet haben mussten.

Sophia ging zur zweiten Tür, einer Sicherheitstür wie die vom Kellereingang. Sie musste sich maximal strecken, um an dem Knauf drehen zu können. Die Tür war verschlossen.

Sie kehrte in den Keller zurück, um ihre Gedanken zu ordnen. Obwohl rein technisch betrachtet sich dieses Zimmer in dem Keller befand, in dem sie gefangen gehalten wurde, kam es ihr trotzdem surreal vor. So würde es auch noch eine ganze Zeit lang bleiben.

Sie schloss die Tür mit ihrem selbst gebastelten Schlüssel ab und steckte ihn zurück in den Hosenbund. Dann ging sie ins Bad und duschte rasch. Nach der Dusche erschien ihr das, was sie auf der anderen Seite der Tür gesehen hatte, noch verrückter als vorher.

13

Sophia tat so, als würde sie lesen, als der Mann das Frühstück brachte.

Er stellte das Tablett auf den Treppenabsatz und fragte, ob sie gut geschlafen habe, was, wie ihre Augenringe bewiesen, offensichtlich nicht der Fall war.

Etwas an dem Ton, mit dem er fragte, kam ihr merkwürdig vor. Vielleicht bildete sie es sich aber auch nur ein, denn seit sie das Zimmer nebenan entdeckt hatte, sah sie alles mit anderen Augen.

Sie habe sehr gut geschlafen, antwortete sie, und würde am liebsten den Tag im Freien verbringen, was dem Mann unter anderen Umständen ein Lächeln entlockt hätte.

Der Mann ging wieder, und Sophia holte sich ihr Frühstück. Sie aß die Toastbrote, trank den Orangensaft und schluckte auch die beiden Pillen, die auf dem Tablett lagen. Es waren Vitamine, die Sophia seit einigen Wochen klaglos einnahm.

Sie legte sich zurück auf die Matratze, griff aber nicht zu ihrem Buch. Das Zimmer – ihr Zimmer – beanspruchte ihre volle Aufmerksamkeit. In ihrem Kopf hatte sie alle möglichen Varianten durchgespielt. Alle Fragen. Die spannendste Frage war: Wozu dieser ganze Aufwand? So viel Zeit und so viel Material, nur um ihr Zimmer bis ins kleinste Detail nachzubauen. Der Mann – wenn er denn selbst Hand angelegt hatte –

hatte Zugang zu ihrem Haus gehabt, und zwar nicht nur, um schnell einen Blick hineinzuwerfen, sondern um sich in aller Ruhe jedes Detail einzuprägen. Die Kommode und die Regale waren so sorgfältig nachgebildet, dass sie beinahe selbst darauf hereingefallen wäre.

Natürlich war es heutzutage ein Kinderspiel, Hunderte von Fotos zu machen und in Minutenschnelle alles zu dokumentieren, und doch war es ein gruseliger Gedanke, dass die Entführer bei ihr zu Hause gewesen waren. Das Foto mit der Straße vor ihrem Fenster und dem Garten von Ms. Martens gegenüber bewies das eindeutig.

Die andere Frage war noch viel spannender. Egal, wie gut man die Arbeit ausgeführt hatte und wie verblüffend das Ergebnis wirkte, es wäre absurd zu glauben, sie selbst könnte es für ihr echtes Zimmer halten. Zu welchem Zweck aber hatte man es dann angefertigt?

Je mehr sie darüber nachdachte, desto absurder wurde es. Wäre es darum gegangen, dass sie sich wohler fühlte, hätte man das Zimmer einfach schön einrichten können, statt sie ständig an ihr altes Leben zu erinnern, das sie manchmal so schmerzlich vermisste, dass es schier nicht auszuhalten war.

Sophia gehörte nicht zu den Menschen, die etwas ohne schlüssige Erklärung hinnahmen. So war sie auch in der Schule, wo sie die Lehrer mit Fragen löcherte, wenn ihr eine Erklärung nicht ganz stimmig erschien.

Jetzt würde sie erst einmal versuchen, ihren Vorteil zu nutzen. Das Zimmer nebenan könnte sich als der so sehnlichst erhoffte Fluchtweg erweisen, falls sie es schaffte, den Mann zu überrumpeln.

14

Der Mann legte die Schachfiguren in das Kästchen zurück. Als er bemerkte, dass Sophia ihm nicht dabei half, hob er den Blick und sah, dass sie mit verschränkten Armen dasaß.

»Verlieren ist nie einfach«, sagte er, »aber du wirst immer besser.«

Für die kampflustige Sophia, die ihren einzigen Rivalen seit geraumer Zeit absichtlich gewinnen ließ, war diese Aufmunterung kaum zu ertragen.

»Darum geht es nicht. Ab morgen werden wir nicht mehr spielen. Weil es ungerecht ist.«

Der Mann schloss den Deckel und stellte das Kästchen weg.

»Was ist ungerecht?«

»Das wissen Sie ganz genau«, sagte Sophia mit einem Ärger, den sie nicht einmal spielen musste. »Ich weiß nichts von Ihnen, nicht einmal Ihren Namen.«

Er ließ sich auf den Stuhl sinken, als hätte er gerade eine schlimme Nachricht erhalten und könnte sich kaum noch auf den Beinen halten.

»Was hat das denn zu tun mit …?«

»Alles«, fiel sie ihm ins Wort. »Sie kommen jeden Tag her, manchmal sogar zweimal am Tag. Dafür bin ich Ihnen auch dankbar, schließlich tun Sie das nur, damit ich nicht die ganze Zeit allein bin. Ich betrachte Sie also als einen Freund.«

Der Mann schwieg. Seine Augen wurden feucht.

Sophia zeigte auf das Schachbrett, das nach wie vor auf dem Tisch lag.

»Ich habe absichtlich schlecht gespielt«, sagte sie dann.

Der Mann sah sie verdutzt an.

»Ich wollte vermeiden, dass Sie nicht mehr kommen«, sagte Sophia. »Jetzt wissen Sie auch das über mich, neben alldem, was Sie im Fernsehen über mich gehört haben.«

Sophia hatte den Mann noch nie so erlebt. Es war, als hätten ihn seine Gefühle überwältigt.

»Mike«, sagte der Mann. »Ich heiße Mike.«

Sophia nickte sanft. Es war nicht wichtig, ob Mike sein wahrer Name war oder nicht. In diesem Keller würde er Mike sein.

»Danke«, sagte sie.

Er lächelte und schüttelte den Kopf.

»Du hast mich also gewinnen lassen?«

Sie zuckte mit den Schultern.

»Nicht immer, nur manchmal.«

Der Mann … Mike stand auf.

»Warte kurz«, sagte er. Er ging zur Treppe, drehte sich aber auf halbem Weg noch einmal um. Sophia sah ihm am Gesicht an, was er dachte.

»Ich gehe nirgendwohin«, sagte sie, die Füße auf dem Stuhl, die Arme um die Knie gelegt.

Mike betrachtete die Kette auf dem Boden, als wäre sie eine tote Schlange. Er nickte und setzte seinen Weg zum Ausgang fort.

Es war das erste Mal, dass Sophia allein war, ohne angekettet zu sein. Instinktiv verspürte sie den Drang, ins Nachbarzimmer zu gehen, doch sie blieb, wo sie war. Die andere Tür *ihres Zim-*

mers war vermutlich sowieso verschlossen. Der Mann, Mike – gar nicht einfach, sich daran zu gewöhnen –, hatte gesagt, er werde gleich zurück sein. Außerdem war Sophia neugierig.

Nach zehn Minuten kam er wieder. Er hatte eine Flasche Coca-Cola und zwei Plastikbecher dabei.

Schweigend schenkte er ein. Wie verzaubert lauschte Sophia dem Geräusch der sprudelnden Flüssigkeit. Sie hatte sich nie viel aus Softdrinks gemacht, doch in diesem Moment konnte sie sich nichts Schöneres vorstellen, als dieses Prickeln auf Zunge und Gaumen zu spüren.

»Die hatte ich für eine besondere Gelegenheit aufbewahrt«, sagte Mike. »Magst du Coca-Cola?«

»Klar.«

Mike lächelte.

»Dann kenne ich dich doch nicht so gut, wie ich dachte.«

Sophia trank die Hälfte des Bechers in einem Zug, bis ihr fast Tränen in die Augen traten.

Mike steckte eine Hand in seine Hemdtasche. Diesmal zog er keine Schlüssel, sondern ein Foto heraus. Er legte es auf den Tisch, damit Sophia es sich in Ruhe ansehen konnte.

Es war ein altes Foto mit verblichenen Farben. Darauf zu sehen war eine lächelnde Frau um die dreißig mit einem Baby. Auch das Baby lächelte, und seine kleinen, etwas eng stehenden Augen verrieten, wer es war.

»Das ist meine Mutter.«

»Eine schöne Frau«, sagte Sophia und meinte es auch so. Die Frau hatte große Augen und ein breites, strahlendes Lächeln. Das Foto fing ein, wie viel Liebe sie für das Kind empfand, das sie im Arm hatte.

»Ja«, sagte Mike mit versonnenem Blick. »Ich könnte dir

nicht erklären, wer ich bin, ohne von ihr zu erzählen. Und natürlich von meinem Vater, auch wenn ich dazu eigentlich keine Lust habe. Aber ich wusste, dass wir früher oder später auf dieses Thema zu sprechen kommen würden.«

Diese Bemerkung verwirrte Sophia, die nur stumm nickte.

»Meine Mutter war irischer Abstammung. Sie hatte sechs Geschwister, drei Brüder und drei Schwestern. Sie ist die Mittlere. Ich hatte kaum Kontakt zu meinen Onkeln und Tanten, Cousins und Cousinen, aber meine Mutter hat immer erzählt, wie gut sie sich als Kinder mit ihren Geschwistern verstanden hat. Sie hatten alles, was sie brauchten, und konnten sich sogar den einen oder anderen Luxus leisten. Ich habe mir das immer wie in *Meine Lieder – meine Träume* vorgestellt. Kennst du den Film?«

»Ja, den habe ich mit meiner Mutter gesehen.«

»Schön. Dann weißt du ja auch, wovon ich spreche. Ich will nicht sagen, dass es genau so war, schließlich lebten sie nicht in den Bergen, sondern in einem Haus am Stadtrand von Boston. Außerdem war mein Großvater beruflich viel unterwegs. Wenn er von seinen Reisen zurückkam, hatte er immer Geschenke dabei und veranstaltete eine Schnitzeljagd im Wald. Meine Mutter hat mir die Geschichten dieser glorreichen Jahre wieder und wieder erzählt. Die Älteren kümmerten sich um die Kleinen und sorgten dafür, dass sie Spaß hatten. Langeweile war für alle ein Fremdwort. Ich hingegen bin ein Einzelkind und ganz anders aufgewachsen.«

Mike beugte sich vor und nahm das Foto, als sähe er es zum ersten Mal. Plötzlich war er wie in einer anderen Welt.

»Wenn Sie wollen, reden wir morgen weiter«, sagte Sophia und zeigte auf die Kamera an der Decke. »Ist die Stunde nicht bald um?«

Mike sah sie verblüfft an.

»Mach dir keine Gedanken, das habe ich im Griff. Sie vertrauen mir.«

»Oh, wie schön.«

Mike lächelte selbstvergessen.

»Meine Mutter war einundzwanzig, als sie meinen Vater heiratete. Er war zehn Jahre älter als sie und brachte es im Vietnamkrieg bis zum Hauptmann. Ein grobschlächtiger Mensch. Sie zogen zusammen. Dann wurde er in eine andere Militärbasis versetzt, weit weg von Boston. Für meine Mutter war es schwer, sich von ihrer großen Familie zu trennen, aber sie folgte dem Mann, den sie liebte. Sie war jung und unerfahren, außerdem waren es andere Zeiten. Wenn damals der Mann beschloss, dass die Familie nach da und da zog, ans andere Ende des Landes oder auf den Mond, dann hatte die Frau zu gehorchen. Die Armee stellte ihnen eine winzige Wohnung zur Verfügung, nur vorübergehend, wie mein Vater meiner Mutter versprach. Es wurden dann insgesamt zehn Jahre. Dort wurde ich geboren. Mein Vater war einer der stolzesten und autoritärsten Menschen, die ich kenne. Und er war ein Spieler, der sich in sein eigenes Lügennetz verstrickt hatte. Ein Kind kann das kaum begreifen, deshalb habe ich erst sehr spät verstanden, was bei mir zu Hause wirklich abging. Mein Vater war nicht nur krank, sondern auch noch ein richtiges Arschloch.«

Sophia riss die Augen auf. Es war nicht der Ausdruck selbst, es war der Hass in Mikes Augen.

»Meine Mutter besuchte ihre Familie vielleicht einmal im Jahr. Sie nahm mich mit, und wir übernachteten bei den Großeltern. Es war der Himmel auf Erden. Hinterher warf ich ihr immer vor, dass wir wieder zurückkehren mussten. Ich konnte es nicht verstehen. Bei meinem Vater gab es nichts zu lachen, keinen Spaß, er war streng und ständig schlecht gelaunt. Und er hatte immer ein Problem oder mehrere. Geld war ein Dauerthema: dass meine Mutter zu verschwenderisch sei, dass ich zu verschwenderisch sei. Er beklagte sich über die Regierung, er beklagte sich über die Nachbarn, er beklagte sich über das schlecht gemachte Bett, über alles. Meine Beziehung zu ihm war miserabel, seit ich begriffen hatte, wie er war. Natürlich hatte ich Angst vor ihm. Er schimpfte mich wegen allem aus, nie konnte ich es ihm recht machen. Zumindest ist es meiner Erinnerung nach so. Meine Mutter und ich wurden ständig kritisiert von dem größten Taugenichts des Universums. Wie absurd.«

Mike lachte und biss sich auf die Unterlippe.

»War Ihr Vater gewalttätig?«

»Meine Mutter hat er nie geschlagen, zumindest soweit ich weiß. Ich selbst habe einige Prügel bekommen, aber auch nicht mehr als meine Freunde. Viel schlimmer war sein Psychoterror. Für ihn machten meine Mutter und ich immer alles falsch. Das hat er uns so oft eingeredet, dass ich es am Ende selbst geglaubt habe. Sogar dieses Muster habe ich übernommen und meine Mutter dafür kritisiert, dass sie ihn nicht verlassen hat. Es ist schon merkwürdig, wie unser Gehirn funktioniert.«

»Tut mir leid. Ich hingegen hatte sehr viel Glück mit meinen Eltern.«

Mike zuckte leicht. Sophia bemerkte das.

»Was?«, fragte sie empört. »Das Geschwätz der Leute im Fernsehen juckt mich nicht. Ich kenne meine Eltern besser, schließlich lebe ich mit ihnen zusammen.«

»Ich habe nichts gesagt.«

»Aber Ihr Gesicht. Die beiden hatten ihre Höhen und Tiefen wie alle anderen auch. Aber als Eltern waren sie super.«

Mike hob beschwichtigend die Hände.

»Tut mir leid, Sophia. Ich wollte das nicht infrage stellen.«

Sie nickte. Dann schenkte sie sich Coca-Cola nach und stellte die Flasche wieder zurück.

»Erzählen Sie weiter, bitte.«

»Meine Kindheit war schon beschissen, aber sie war nichts im Vergleich zu meiner Zeit als Teenager.«

15

Mike erzählte eine Stunde lang ohne Unterbrechung. Sophia hatte noch nie etwas Schmerzlicheres gehört, zumindest nicht aus erster Hand.

»Mein Vater war der ehrgeizigste Mensch der Welt«, sagte Mike. »Er wollte immer gewinnen, ob es eine Partie Basketball unter Freunden war oder ein belangloser Streit zu Hause. Eine solche Mentalität mag gut sein fürs Militär, aber bestimmt nicht im Privatleben. Am traurigsten ist, dass er sie auf mich projiziert hat. Sein Sohn musste natürlich auch der Beste sein. Es war paradox, schließlich brachte er kaum Geld nach Hause, wechselte ständig den Job und war wegen seiner Spielsucht ein notorischer Lügner. Trotzdem schaffte er es irgendwie, sich für den Besten zu halten. Immer waren die anderen das Problem, nie er selbst. Nie. Seine Arbeitgeber, die ganze Welt hatte sich gegen ihn verschworen. Meine Mutter. Ich. Niemand konnte ihm das Wasser reichen. Als ich in die Pubertät kam, begann er, mich als eine jüngere Version seiner selbst zu betrachten, und das wurde mir zu einer zusätzlichen Last. Vermutlich sprach er sich auf die Art selbst frei und verlegte all seine Erwartungen auf mich. Ich sollte erreichen, was er nicht erreicht hatte, sich aber nicht eingestehen wollte. Wie gesagt, der menschliche Geist ist ein wundersames Ding. Ich war in keinem Sport herausragend, aber ziemlich gut im Basketball.

Mein Vater fuhr mich immer zum Training und blieb dann da und gab Anweisungen vom Seitenrand, meistens das Gegenteil von dem, was der Trainer sagte. Es war ein Albtraum. Nach einem Spiel zählte er auf dem Heimweg auf, was ich alles falsch gemacht hatte. Die Mannschaft war ihm absolut egal, sogar die Partie an sich war ihm egal, ihn interessierten nur meine Leistung und meine Technik. Manchmal ließ er mich stundenlang die Würfe üben, die mir nicht gelungen waren. Es sei alles zu meinem Guten, sagte er immer, denn nur die Supertalentierten würden Profis werden und zu einem geringen Anteil die, die hart an sich arbeiteten. Ich gehörte natürlich zur letzteren Gruppe.«

Mike nahm das Foto seiner Mutter in die Hand und betrachtete es, als bäte er sie um Erlaubnis, weitererzählen zu dürfen.

»Dass ich auch noch glaubte, er habe recht und tue das alles für mich und meine Zukunft, war das Schlimmste daran. Das Leben zu Hause war die Hölle. Der Druck, den er auf mich ausübte, war das, was einem Interesse an jemand anderem als ihm selbst noch am nächsten kam. Ich verrate dir nicht jetzt schon, wie die Geschichte meines Vaters ausgeht, was aus seiner fixen Idee wurde, aus mir den nächsten Larry Bird zu machen. Nur so viel: Vielleicht ist das der Grund, warum wir beide hier sind und uns darüber unterhalten. Der Bruch mit meinem Vater ließ noch lange auf sich warten. Jahrelang rieb ich mich an ihm auf und hatte ständig Streit mit ihm. Dabei war ich bloß nicht gut genug, was ja an sich nichts Schlimmes ist. Aber mein Vater wollte sich einfach nicht geschlagen geben. Er ließ mich noch härter trainieren. Ich weiß nicht, wie es ohne meinen Vater gelaufen wäre, denn im Grunde mochte ich Basketball, aber sein Druck war eine zu große Hypothek.

Und je offensichtlicher sein eigenes Scheitern wurde, je mehr Schulden er anhäufte, desto mehr ließ er es an mir aus. Ich war sein Ventil.«

»Seine Rettung«, murmelte Sophia.

»Kann sein. Über Basketball bekam ich ein Stipendium und begann, in der College-Liga zu spielen. Mein Vater kam zu allen Partien. Ich war ihn also nicht losgeworden, aber zumindest musste ich ihn nicht mehr jeden Tag ertragen. Dieser Part fiel meiner Mutter zu.« Mike nahm das Foto und drückte es an seine Brust. »Sie sagte immer, die Dinge hätten sich gebessert. Wenn ich anrief oder sie besuchte, sagte sie es, wieder und wieder, als könnte sie es so herbeireden. Doch ich wusste, dass es nicht stimmte. In meinem zweiten Uni-Jahr hatten wir ein entscheidendes Spiel. Mein Vater kam, um mir zuzusehen, aber er kündigte es nicht an. Manchmal versteckte er sich in der Menge, um mein Spiel nicht zu stören. Der Trick funktionierte eine Zeit lang, bis ich ihn instinktiv unter den Zuschauern zu suchen begann. Ich kann mich an kein Spiel erinnern, bei dem ich nicht irgendwann an ihn gedacht habe.«

»Glauben Sie, Sie hätten es zum Profi gebracht, wenn Ihr Vater nicht gewesen wäre?«

»Wer sagt, dass ich es nicht zum Profi gebracht habe?« Mike zwinkerte ihr zu. »Nein, war ein Scherz. Ich hätte es nie so weit gebracht, mit oder ohne Vater. An der Uni saß ich fast immer auf der Bank, bis ich es schließlich ganz sein ließ.«

»Was ist da passiert?«

Mike nickte traurig.

»Den Tag werde ich nie vergessen. Du bist noch sehr jung, aber wenn man ein gewisses Alter erreicht hat, blickt man zurück und erkennt, dass es im Leben einige Schlüsselmomente gegeben hat, Wendepunkte. Wenn man mittendrin steckt, sieht man es vielleicht noch nicht, aber aus der Distanz schon.«

»Mein Wendepunkt war der Tag, als Sie mich mit dem Elektroschocker bewusstlos gemacht und entführt haben.«

»Tut mir leid. Manchmal vergesse ich, wie intelligent du bist.«

»Erzählen Sie mir, was bei dem entscheidenden Spiel passiert ist.«

»Wir haben verloren. Die Stimmung war am Boden. Es wäre die letzte Chance gewesen, uns für die Play-offs zu qualifizieren. Wenn ich ehrlich bin, hat es mich gar nicht so sehr mitgenommen. Ich hatte meinen Spaß am Spiel schon ziemlich verloren und war nur noch aus Trägheit mit dabei. Wie ich das meinem Vater sagen sollte, darüber hatte ich noch nicht nachgedacht. Ich wusste ja, was er mir vorwerfen würde: dass all die Mühe und Zeit, die er in mich investiert habe, für die Katz gewesen seien. Es gab aber noch einen anderen Grund, warum ich das Basketballspielen nicht aufgeben wollte, und der war viel wichtiger. An jenem Tag hielt unser Trainer eine letzte matte Ansprache, dann zogen sich alle so schnell wie möglich um und gingen ihrer Wege. Ich blieb noch da und stellte mich so lange unter die Dusche, bis alle weg waren. Das Prasseln des Wassers auf den Fliesen beruhigte mich. Die Duschen waren durch Glaswände getrennt, die den Dampf zurückhielten. Kannst du dir denken, was dann passiert ist?«

»Ihr Vater kam rein.«

Mike schüttelte den Kopf und grinste schelmisch.

»Auf der anderen Seite der Glaswand zeichnete sich tatsächlich eine Gestalt ab, aber es war nicht mein Vater. Die schlanke Figur erkannte ich sofort: Dustin, der Star der Mannschaft. Er war nackt, und ich dachte, er hätte vielleicht sein Shampoo vergessen. Ich öffnete also die Glastür, und als ich sein Gesicht sah, wusste ich sofort, was er wollte. Ich ließ ihn eintreten, und wir küssten uns.«

Sophia lächelte.

»Und dann kam er doch«, sagte Mike.

Sophias Lächeln erlosch und wich einer Miene des Entsetzens.

»O nein.«

»O ja. Das ist jetzt viele Jahre her, aber es fällt mir immer noch schwer, darüber zu sprechen. In dem einen Augenblick glaubt man, den Himmel auf Erden zu erleben, und im nächsten schmort man in der Hölle.«

»Ich nehme an, er wusste nichts davon.«

»Natürlich nicht. Ich wusste es ja selbst nicht so genau. Mein Vater hasste Homosexuelle, ich bin damit aufgewachsen, dass er sie durch den Dreck zog. Ich hatte ein paar Erfahrungen mit Mädchen gemacht und habe ziemlich spät begriffen, was ich eigentlich fühle. Was an jenem Tag passiert ist, hat die Sache nur beschleunigt. Ob mein Vater Dustin hatte eintreten sehen oder ob er mich abholen wollte und davon überrascht wurde, weiß ich nicht. Jedenfalls machte er die Glastür auf und sah, wie wir uns küssten. Ich stand mit dem Rücken zu ihm und habe ihn erst nicht bemerkt. Als ich mich schließlich umdrehte und sein Gesicht erblickte, blieb die Welt stehen. Ich hatte noch nie so eine explosive Mischung aus Verblüffung und Wut gesehen. Nicht bei meinem Vater und auch bei sonst niemandem. Hätte mein Vater in diesem Moment eine Waffe gehabt, er hätte sie benutzt, ohne Zweifel. Er stürzte sich auf mich wie ein Raubtier und schlug so brutal zu, dass ich mit dem Kopf gegen die Fliesen krachte und bewusstlos zusammenbrach.«

»Mein Gott!«

»Dustin hat mir später erzählt, mein Vater habe auf dem Absatz kehrtgemacht und sei wutentbrannt davongestampft. Der Campus-Arzt musste die Wunde nähen. Seit damals, seit über dreißig Jahren also, habe ich ihn nicht mehr gesehen. Bis auf ein einziges Mal.«

Sophia riss die Augen auf.

»Und Ihre Mutter? Haben Sie sie auch nie wiedergesehen?«

»Doch, doch«, sagte Mike, als würde ihn allein die Vorstellung empören. »Wir trafen uns immer bei ihrer älteren Schwester, also meiner Tante. Wir tranken Tee, unterhielten uns, spielten Karten, aber ich sprach nie mit ihr über jenen Tag. Ich bin überzeugt, dass sie es wusste, mein Vater wird es ihr vermutlich ständig unter die Nase gerieben haben.«

»Sie hat ihn nicht verlassen?«

»Sie konnte nicht«, sagte Mike. »Entweder hatte sie nicht den Mut dazu, oder sie hatte Angst oder beides.«

Jetzt war Sophia diejenige, die das Foto näher betrachtete. Hinter dem Lächeln dieser Frau verbarg sich viel Schmerz.

»Lebt Ihr Vater noch?«

»Nein. Sieben Jahre später rutschte er in der Dusche aus und brach sich den Schädel. Ist denn das zu fassen?«

Mike zwinkerte ihr zu und erhob sich von seinem Stuhl.

16

Mehrere Dinge veränderten sich, nachdem Mike Sophia von der konfliktreichen Beziehung zu seinem Vater erzählt hatte. Das Vertrauen zwischen ihnen wuchs, Mike kettete sie nicht wieder an.

Die Besuche wurden immer länger. Sie aßen mindestens zweimal am Tag gemeinsam – abends auf jeden Fall –, und Sophia begann, von sich zu erzählen, von ihrer Familie, vor allem aber von ihren Freunden. Mike war in der Schule ein Einzelgänger gewesen und fand die Abenteuer der Clique besonders interessant.

Sophia hatte nicht vergessen, dass Mike einer der Entführer war, doch sie hielt es inzwischen für möglich, ihn auf ihre Seite zu ziehen. Wenn er nur den Teil eines größeren Plans ausführte, könnten sie vielleicht zusammen überlegen, wie sie heil aus der Sache herauskamen. Fluchthilfe gegen Stillschweigen.

Solche Ideen spukten ihr im Kopf herum. Dabei hatte sie noch keine Ahnung, was sie mit dem Zimmer hinter der Tür anfangen sollte. Sie war nicht mehr angekettet und konnte sich frei bewegen. Sollte sie diese Gelegenheit wirklich verstreichen lassen, nur um die Beziehung zu Mike nicht zu gefährden? Vor einigen Monaten hätte sie noch sonst was für eine solche Chance gegeben.

Trotzdem suchte etwas in ihr nach Alternativen, in denen Mike zu ihrem Verbündeten wurde. Warum?

Eines stand fest: Beide Pläne würde sie nicht verwirklichen können. Wenn ihr Fluchtversuch scheiterte, wäre ihre gute Beziehung zu Mike zerstört. Entweder setzte sie alles auf eine gute Beziehung zu Mike, oder sie musste sicherstellen, dass ihre Flucht gelang.

Unterdessen gingen die Umbauten in dem Nachbarzimmer weiter und würden bald beendet sein. Das drängte sie zum Handeln.

Schließlich sagte ihr der Verstand, dass sie die Chance zur Flucht ergreifen musste. Sie hatte zu viel Zeit in den Schlüssel investiert, als dass sie sich diese Gelegenheit entgehen lassen durfte. Ihr Plan stand nun fest: Am nächsten Tag würde sie den Versuch wagen.

Am Vorabend trank sie fast einen Liter Wasser, bevor sie schlafen ging, und sie sagte sich immer wieder, dass sie in aller Frühe aufwachen musste. Die ganze Nacht wach zu bleiben, war zu riskant. Sie musste am nächsten Tag topfit sein.

Der Trick funktionierte. Mitten in der Nacht wachte sie auf, weil ihre Blase fast platzte, und war gleichzeitig ausgeruht genug, weil sie vier oder fünf Stunden geschlafen hatte. Sie schätzte, dass es gegen vier Uhr morgens war.

Sie zog sich an und setzte sich auf die Matratze. Es musste erst dämmern, bevor sie aktiv werden und sich in dem Nachbarzimmer bewegen konnte.

Als es so weit war, zog sie den Schlüssel heraus und öffnete die Tür. Seit Mike ihr die Kette abgenommen hatte, war sie erst einmal in dem Zimmer gewesen. Der Umbau war fast beendet, die Illusion nahezu perfekt. Die Regale waren gefüllt. Sophia konnte der Versuchung nicht widerstehen und sah auch im Kleiderschrank nach. Er war noch leer.

Sie brauchte rund eine Stunde für ihre Vorbereitungen. Danach kehrte sie in den Keller zurück, zog sich die Turnschuhe aus und legte sich angezogen hin. Sie schlief noch eine Weile, bis Mike ihr das Frühstück brachte.

Anschließend würde er ein paar Stunden im Nachbarzimmer werkeln. Das wusste sie deshalb, weil sie ihn schon oft gehört hatte. Sie verschlang ihr Frühstück in Rekordzeit – in weniger als zwei Minuten – und holte dann den Schlüssel. Sie öffnete die Tür und schlüpfte nach nebenan.

Ob Mike sie über die Kamera gesehen hatte, spielte keine Rolle mehr. Ihr Schicksal war besiegelt, ab jetzt konnte jeder Schritt das völlige Scheitern bedeuten.

Sie ging direkt zum Bett und versteckte sich darunter. Von dort aus hatte sie fast einen vollständigen Überblick. In einer Ecke hatte Mike einige Arbeitsmaterialien abgestellt: Farbeimer, Kabel, Holzstücke und andere Dinge, die er am Nachmittag sicher mitzunehmen gedachte. Dort hatte Sophia alles gefunden, was sie brauchte, um die Waffe zu basteln.

Sie streckte den Arm aus und tastete nach dem Holzknüppel. Jetzt hieß es warten.

Eine halbe Stunde später ging die Tür auf.

Sophia erkannte Mikes Stiefel, die sich in Richtung Tür drehten. Dann hörte sie das Klirren der Schlüssel. Anschließend ging Mike los, aber nicht zur anderen Seite des Zimmers, sondern zum Bett. Sophia stockte das Herz, Gedanken wirbelten ihr durch den Kopf: dass sie womöglich etwas auf dem Bett hatte liegen lassen, dass ein Arm oder ein Bein hervorlugte, dass Mike sie über die Kameras gesehen hatte.

Vor dem Bett kamen die Stiefel zum Stehen. Mike trug blaue Jeans. Gleich würde Sophia seinen Kopf auftauchen sehen.

Sekunden vergingen, doch Mike bückte sich nicht.

Plötzlich raschelte eine Plastiktüte, als würde Mike etwas hineinstecken oder herausholen. Ihre Neugier war geweckt. Dann fiel etwas ins Wasser. Sie wusste sofort, was es war. Als Mike wieder zur anderen Seite des Zimmers ging, spähte Sophia unter dem Bett hervor in Richtung Aquarium, wo jetzt ein Clownfisch fröhlich im Wasser schwamm.

Der Clownfisch konnte nur bedeuten, dass das Zimmer fast fertig war. Gutes Timing also.

Mike setzte sich an den Schreibtisch. Sophia sah, wie seine Füße sich zum Takt einer nicht hörbaren Melodie bewegten. Hatte er Kopfhörer auf? Das wäre für Sophia ein entscheidender Vorteil. Sie spitzte die Ohren und meinte zu hören, dass Mike ein Lied summte. Es bewies noch nicht, dass er Kopfhörer trug, aber es genügte ihr, um den Versuch zu wagen.

Sophia betrachtete die Waffe, die sie gebastelt hatte. Der Holzknüppel war relativ dünn und kurz. Damit konnte man keinen erwachsenen Mann niederschlagen – schon gar nicht einen von Mikes Statur –, doch Sophia hatte an einem Ende zwei Nägel angebracht. An einem dieser Nägel hatte sie ein drei Meter langes Kabel befestigt, das sie wiederum mit der Steckdose hinter dem Bett verbunden hatte.

Auge um Auge, hieß das Sprichwort.

Vorsichtig schob sie sich unter dem Bett hervor. Wenn Mike jetzt den Kopf zu ihr drehte, konnte er sie sehen. Glücklicherweise tat er es nicht, und Sophia fand bestätigt, was sie schon vermutet hatte: Er trug tatsächlich Kopfhörer.

Eigentlich sah ihr Plan vor, Mike von hinten anzugreifen,

wenn er zur Tür hinausgehen wollte. Nebenbei konnte sie so die Gelegenheit nutzen und an ihm vorbeischlüpfen. Und sollte der Stromschlag Mike umhauen, konnte sie ihm sogar die Schlüssel entwenden und die Tür von außen abschließen. Damit würde sie Zeit gewinnen, um sich zu orientieren und sich auf Unwägbarkeiten einzustellen. Sie wusste zum Beispiel nicht, ob auch andere Leute im Haus waren.

Doch noch saß er vor ihr, mit Kopfhörern auf den Ohren. Es war ein Kinderspiel, sich von hinten zu nähern und ihn mit einem Stromstoß zu schocken.

Das einzige Problem waren die Schlüssel. Wie sollte sie schnell genug an die Schlüssel herankommen? Sich anzuschleichen, würde einfach sein. Ihm mit den Nägeln eine zu verpassen, ebenfalls. Aber was dann? Mike würde zucken und zu Boden fallen, würde sich so lange winden, bis die Nägel keinen Kontakt mehr zu seinem Körper hatten. Sophia konnte nicht abschätzen, wie kompliziert es werden würde, ihm unter diesen Umständen die Schlüssel zu entwenden.

Es war zu riskant.

Sie beschloss, ihrem ursprünglichen Plan zu folgen, also abzuwarten, bis er die Tür öffnete, und ihn dann zu überraschen.

Sie hatte lange darüber gegrübelt, an welcher Stelle sie ihm die Nägel in den Körper rammen sollte. Sie mussten tief genug eindringen, damit der Strom ihn lang genug außer Gefecht setzte. Wenn sie sich zu früh lösten, würde ihr keine Zeit zur Flucht bleiben. Die naheliegendste Option war der Rücken, doch am Ende hatte sie sich für die Wade entschieden. Dort war das Fleisch weicher, außerdem erhöhte es die Chance, ihn wirklich niederzustrecken.

Nachdem sie den Gedanken, ihn jetzt schon anzugreifen,

verworfen hatte, konnte sie nur noch abwarten, bis Mike das beenden würde, was er sich vorgenommen hatte. Normalerweise arbeitete er ein bis zwei Stunden.

Als Sophia zum ersten Mal unter dem Bett hervorgespäht hatte, hatte sie nicht erkennen können, was Mike am Schreibtisch machte. Von ihrer Neugier getrieben, beschloss sie, einen zweiten Blick zu riskieren. Diesmal konzentrierte sie sich auf das, was auf dem Schreibtisch lag. Was sie anfangs für ein großes Buch gehalten hatte, entpuppte sich als Fotoalbum.

Verwirrt zog sie ihren Kopf wieder zurück. Sie war davon ausgegangen, dass Mike daran arbeitete, das Zimmer fertigzustellen, doch bis jetzt hatte er nur den Fisch ins Aquarium gelassen und ansonsten Fotos betrachtet. Was waren das für Fotos? Wieso sah er sie hier unten an?

Egal. Wichtig war jetzt nur, dass Sophia bald die wichtigste Tat ihres Lebens begehen würde und dass, wenn alles klappte, sie bald ihre Eltern in die Arme schließen und in ihrem eigenen Bett würde schlafen können.

Plötzlich wurde ihr flau. Es war nicht das erste Mal, dass der Gedanke an eine Rückkehr in die Außenwelt ihr Angst machte. Es war natürlich lächerlich, schließlich hatte sie es vierzehn Jahre lang gut bewältigt. Es war *ihre* Welt.

Und trotzdem …

Mike stand auf. Langsam ging er zur Tür. Er kam am Bett vorbei.

Sophias Herz beschleunigte wie eine Lokomotive. Mike war auf halbem Weg zwischen Bett und Tür.

Sophia lugte unter dem Bett hervor und sah, dass Mike noch immer seine Kopfhörer aufhatte. Perfekt.

Der Moment war da.

17

Vince Naroditskys Audi kam mit fünfzig Sachen auf den Parkplatz des verlassenen Autokinos gerauscht. Kurz vor Camilas Mercedes zog er eine leichte Kurve, bremste scharf und wirbelte Staub auf.

Camila lehnte in aller Seelenruhe an ihrem Wagen.

Wutentbrannt stieg Naroditsky aus.

»Was soll dieser Mist, Camila? Wieso diese Geheimnistuerei?«

Weil ein Geheimnis deine Achillesferse ist, dachte Camila.

Die Entscheidung, sich mit Naroditsky im Autokino zu verabreden, hatte sie in letzter Minute getroffen. Ein Hotel oder irgendein anderer Ort, an dem er sich wohlfühlen würde, war nicht infrage gekommen. Bei ihr zu Hause im Glashaus erst recht nicht. Ihren Ex dort im Garten stehen zu sehen, hatte ihr vollauf gereicht.

»Ach, Vince, jetzt sei nicht so. Mit Waze findet man heutzutage doch überallhin«, sagte Camila und machte einen Schwenk mit dem Arm, um die Größe des Ortes noch zu unterstreichen.

Er trug einen Anzug, der an diesem windigen, kalten Apriltag völlig unangemessen war. Mit boshafter Genugtuung sah Camila zu, wie trockene Blätter um Naroditskys sündhaft teure Schuhe herumwirbelten.

»Hier bin ich. Zufrieden?«, blaffte er und machte den gleichen Schwenk mit dem Arm wie sie eben. Er war auf hundertachtzig.

»Danke, dass du gekommen bist«, sagte Camila lächelnd. Naroditsky biss sich auf die Lippe und sah zum grauen Himmel.

»In zwanzig Minuten habe ich einen Termin.«

»Das reicht.«

»Gut.«

»Ich weiß alles«, sagte Camila. »Ich weiß, dass das Video von Dylan Garrett und Janice Hobson nicht das Einzige ist, sondern nur die Spitze des Eisbergs. Es gibt noch viele andere Videos, und die meisten wurden hier gedreht.«

Camila machte eine Pause. Naroditsky musterte sie.

»Es sind auch keine Einzelaktionen«, fuhr sie fort. »Vielmehr steckt eine kriminelle Organisation dahinter. Holt hängt mit drin. Garrett hängt mit drin. Und das Netz ist nicht lokal, sondern viel größer. Das FBI holt gerade zu einem großen Schlag aus, und du sitzt daneben wie ein Hündchen, das darauf hofft, einen Knochen abzubekommen.«

Schweigen.

Bingo, dachte Camila.

Ein Großteil dessen, was sie gerade gesagt hatte, war Spekulation. Doch Camila wusste nur zu gut, dass sie das nicht zeigen durfte, wenn sie wollte, dass Naroditsky es zugab.

»Was hast du jetzt vor?«, fragte er.

»Dazu kommen wir noch. Zuerst musst du mir sagen, warum du dir so sicher bist, dass Sophia Holmes tot ist.«

»Ich bin mir nicht sicher.«

Camila schnaubte empört.

»Neulich bei mir hast du behauptet …«

»Bei dir habe ich gesagt, dass du dich raushalten sollst, sonst würdest du alles vermasseln. Und was machst du, Camila? Du machst einfach weiter wie der Lone Ranger.«

Camila war immun gegen die Kugeln von Vince Naroditsky. Sie konnte ihnen ausweichen wie Neo in *Matrix*.

»Dann weißt du gar nichts über Sophia?«

»Hör zu, Camila, ich weiß, was die Ermittler sagen, nämlich dass alles auf einen Selbstmord hindeutet. Die beiden Fälle haben nichts miteinander zu tun, und wenn doch, dann ist klar, wie das Ganze ausgegangen ist.«

»Warum wolltest du dann die Mutter interviewen?«

Naroditsky sah sie kalt an. Vielleicht hatte er vergessen, dass Camila ihn durchschauen konnte wie niemand sonst.

»Ich werde bestimmt keine beruflichen Angelegenheiten mit dir besprechen. Ich bin aus reiner Höflichkeit hier, Camila, weil ich dich schätze, auch wenn du mir das nicht glaubst. Aus dem gleichen Grund war ich neulich bei dir zu Hause. Ich kenne dich, du spekulierst. Nur weil Holt und Garrett bei dir aufgetaucht sind wie zwei Abgesandte von Tony Soprano, glaubst du, dass sie Teil eines kriminellen Netzwerks sind. Aber das bildest du dir alles bloß ein. Sollte irgendwas dran sein an dem, was du da sagst, dann hast du es nur erraten. Mit seriösem Journalismus hat das nichts zu tun.«

»Jetzt ziehst du auch noch meine Arbeit in den Dreck? Dann sag es mir jetzt ins Gesicht: Es steckt kein pädophiles Netzwerk hinter diesen Videos.«

Naroditsky stand reglos da wie eine Statue.

»Erledige du deinen Job richtig, dann muss ich gar nichts bestätigen.«

»Du bist und bleibst ein Zyniker«, sagte Camila. »Dir geht

es doch bloß um eines: dass man den Fall des Jahres mit deiner Visage verbindet.«

»Für dich bin ich der Bösewicht, stimmt's? Der Journalist, der immer nur an sich selbst denkt. Okay, wenn du meinst … es wäre ja nicht das erste Mal. Mich tröstet, dass alle Männer, die in deinem Leben eine Rolle gespielt haben, Arschlöcher waren, das hast du selbst gesagt. Ich bin also nicht der Einzige. Ich mag meine Fehler haben, ja, aber ich bin nicht der Teufel.«

Camila hielt seinem Blick stand. Was er da sagte, tat weh, das musste sie zugeben.

»Ich will mit dem FBI-Mann sprechen, der diesen Fall leitet«, sagte Camila. »Sag mir, wer es ist, dann ersparen wir uns eine Menge Zeit. Du weißt, dass ich es auch so herausfinde.«

Naroditsky schnaubte und deutete ein Grinsen an. Dann blickte er zum Himmel, als könnte er nicht glauben, was er da hörte.

»Lass die Show, Vince. Nenn mir den Namen. Wenn ich nicht bis morgen mit ihm geredet habe, veröffentliche ich das, was ich bisher habe.«

Wer Camila auch nur ein bisschen kannte, wusste, dass sie keine leeren Drohungen aussprach. Naroditsky sah säuerlich drein.

»Du spinnst.« Er rückte sich das Jackett zurecht, drehte sich um und ging zu seinem Auto.

»Vielleicht lebt Sophia noch!«, rief Camila ihm hinterher. »Schon mal daran gedacht? Könnte doch sein, dass diese Schweine sie gefangen halten.«

Er warf ihr einen letzten eiskalten Blick zu und stieg ein.

Der Audi wendete um hundertachtzig Grad und fuhr wesentlich langsamer davon, als er gekommen war. Das Geräusch des Motors verklang in der Ferne.

Camila war jetzt allein im Autokino. Der Ort hatte etwas Verstörendes, und dieses Gefühl wurde im Laufe der Minuten immer stärker. Bestimmt hatte es mit dem zu tun, was sich hier abgespielt hatte. Sie stellte sich vor, wie begüterte Jungs mit dicken Autos junge Mädchen bezirzten und in ihre Falle lockten.

Camila stieg in ihren Mercedes und öffnete das Verdeck. Sie musste Tim erreichen. Das Treffen mit Naroditsky war verlaufen wie erwartet, bis auf ein Detail, das ihrem Ex unabsichtlich entschlüpft war.

Noch während sie den Motor anließ, rief sie Tim an.

Er ging sofort ran.

»Wie war's?«, fragte er. Die Idee mit dem Autokino hatte ihm überhaupt nicht gefallen.

»Er ist gerade weggefahren. Bestätigt hat er mir nichts, und den Namen des FBI-Beamten hat er mir auch nicht verraten.«

»Na ja, dann versuchen wir eben …«

»Aber er hat einen fatalen Fehler begangen und mir unabsichtlich einen Hinweis darauf geliefert, wer beim FBI die Ermittlungen leitet. Und zu dem bin ich jetzt unterwegs.«

»Du wirst dich mit dem FBI-Mann treffen?«

»Nicht direkt, sondern mit jemandem, der mich zu ihm führt.«

Camila beendete das Gespräch. Während sie aus dem Wald hinausfuhr, tippte sie eine gespeicherte Adresse in ihrem Navi an.

18

Camila brauchte eine Stunde bis Fayetteville, wo Bill Mercer seit seinem unfreiwilligen Ruhestand lebte. Unterwegs war sie im Kopf noch einmal alles durchgegangen, was sie über ihn wusste: aus dem Bericht, den Annie Delacroix für sie angefertigt hatte, und von ihrem Besuch in seinem überdimensionierten Haus.

Mercer war zusammen mit seinem damaligen Kollegen Holt in eine Schießerei geraten. Er war schwer am Rücken verletzt worden und saß seitdem im Rollstuhl. Holt hatte später den Kontakt zu Frank Garrett hergestellt, der den Staat wegen fahrlässigen Verhaltes beim Kauf von Schutzwesten verklagt hatte. Er hatte den Prozess gewonnen, und Mercer war über Nacht zum Millionär geworden.

Mercer führte nun ein zurückgezogenes Leben mit Angestellten, die ihm in seinem Alltag halfen, während er sich der titanischen Aufgabe widmete, Hawkmoon detailgetreu als Modell nachzubauen.

Sie hatte es also mit einem Mann zu tun, der in seiner eigenen Trauer versunken war. Das Geld und das Hobby waren sein Rezept, um ein Leben erträglich zu gestalten, in dem es keinen Platz für Träume gab. Es war Mercer, der Camila zu verstehen gegeben hatte, man solle Holt und Garrett nicht trauen.

Was Camila nicht vorausgesehen hatte: dass er sie auf eine falsche Fährte locken könnte.

Diesmal dauerte es nicht so lange, bis sie eintreten durfte. Haushälterin Edna hatte offenbar Instruktionen erhalten – vermutlich von Mercer selbst –, Camila sofort hereinzulassen und sie direkt in die Werkstatt zu führen.

Mercer stand mit dem Rücken zu ihr an einer Drehmaschine. Wegen des Lärms bemerkte er Camila nicht, die wiederum still stehen blieb, um ihn nicht zu erschrecken. Jetzt auch noch einen Arm zu verlieren, wäre das Letzte, was dieser Mann gebrauchen konnte.

Sie nutzte die Gelegenheit, einen Blick auf das Modell der Stadt und auf das Teil zu werfen, das Mercer gerade an der Drehmaschine bearbeitete. Es sah aus wie ein Obelisk.

Endlich hielt er die Drehmaschine an und betrachtete das Teil, ohne es aus der Halterung zu lösen. Camila räusperte sich.

Er warf den Kopf herum. Sein Rollstuhl folgte ihm wie in einem Reflex.

»Ms. Jones.«

»Guten Tag, Mr. Mercer. Entschuldigen Sie, dass ich einfach so hier reinplatze.«

Mercer umkurvte geschickt einige Hindernisse und rollte auf sie zu.

»Ist was passiert?«, fragte er, hob den Kopf und sah ihr in die Augen.

»Ja, das könnte man sagen. Sie haben mich angelogen.«

Bill Mercer schien aufrichtig verwirrt.

»Das muss ein Missverständnis sein, Ms. Jones. Wollen wir nicht lieber in den Garten gehen? Das Belüftungssystem ist zwar sehr gut, aber es hängt trotzdem immer etwas Staub in der Luft.«

Ohne ihre Antwort abzuwarten, wendete Mercer seinen Rollstuhl und fuhr hinaus in den Garten. Camila folgte ihm auf dem zementierten Weg bis zur kleinen Laube in der Mitte. Es war bereits kühl und würde höchstens noch eine Stunde hell sein.

In der Laube standen ein Tisch und drei Stühle. Mercer schob sich in die Lücke, Camila setzte sich ihm gegenüber.

»Warum glauben Sie, dass ich Sie angelogen habe?«, fragte Mercer.

»Bei unserem letzten Treffen sagten Sie, Sie wüssten nicht allzu viel über den Fall von Sophia Holmes. Das stimmt nicht. Sie haben mit Vince Naroditsky geredet und ihm sogar Dinge erzählt, die wir vertraulich besprochen hatten.«

Bill Mercer runzelte die Stirn und sah bestürzt drein.

»Da muss ein Irrtum vorliegen. Ich habe nie mit Naroditsky oder sonst einem Journalisten gesprochen. Das schwöre ich.«

Camila ließ sich nicht aus der Ruhe bringen. Sie war sich ihrer Sache ganz sicher. Naroditsky hatte vor knapp einer Stunde im Autokino folgenden Satz gesagt: »Holt und Garrett sind bei dir aufgetaucht wie zwei Abgesandte von Tony Soprano.« Camila hatte es so formuliert, als sie das erste Mal mit Mercer gesprochen hatte. Offenbar war ihm diese Formulierung im Gedächtnis geblieben, und er hatte sie Naroditsky gegenüber benutzt. Dass zwei Menschen ein und dasselbe Bild verwendeten, konnte kein Zufall sein.

Camila beobachtete jede Regung in Mercers Gesicht, als sie ihm erklärte, wie sie zu dieser Schlussfolgerung gelangt war.

»Ein bisschen zu viel Zufall, finden Sie nicht?«

Bill Mercer sah jetzt aus wie ein in die Enge getriebenes Tier, das nach einem Fluchtweg sucht.

»Wie gesagt«, beharrte er, »ich habe nicht mit Naroditsky gesprochen.«

»Mit wem dann?«

Mercer seufzte und schloss die Augen. Kurz fürchtete Camila, er könne eingeschlafen sein.

»Was haben Sie herausgefunden, Ms. Jones?«, fragte er schließlich, nachdem er die Augen geöffnet und sie mit einer gewissen Ermattung angesehen hatte.

Camilas Gehirn arbeitete auf Hochtouren. Mit wem hatte Mercer gesprochen? Wie war ihr Soprano-Vergleich Naroditsky zu Ohren gekommen?

»Ich werde meine Quellen bestimmt nicht preisgeben, schon gar nicht jemandem wie Ihnen, der mein Vertrauen missbraucht hat.«

»Das habe ich nicht, glauben Sie mir«, sagte Mercer nachdenklich. »Hören Sie, wir kommen nicht weiter, wenn keiner von uns seine Karten auf den Tisch legt. Mit diesem Naroditsky habe ich nicht gesprochen, dafür aber mit jemand anderem, also glaube ich zu wissen, warum ihm dieser Spruch eingefallen ist.«

»Mit wem haben Sie gesprochen?«

»Mit dem FBI-Agenten, der die Ermittlungen leitet«, sagte er.

Camila erstarrte. Zum ersten Mal bestätigte jemand, dass das FBI seine Hände im Spiel hatte und im Hintergrund die Fäden zog.

»Ich werde hier nicht weggehen, bevor Sie mir nicht den Namen genannt haben.«

Er antwortete nicht.

»Wissen Sie, was ich denke? Das FBI ermittelt fröhlich vor

sich hin, ohne zu überlegen, dass Sophia vielleicht noch lebt. Oder überhaupt zu begreifen, dass ihr Verschwinden mit den Videos zu tun haben könnte. Die Presse, allen voran Vince Naroditsky, spielt genau das gleiche Spiel.«

Camila war zu Mercer gefahren in dem Glauben, jemanden zur Rede zu stellen, der Vertrauliches an andere weitergab, und jetzt kam heraus, dass dieser Mann wesentlich mehr wusste, als sie gedacht hatte. Welches Interesse konnte das FBI an dem Ex-Kommissar haben?

»Sie wissen das mit den Videos, stimmt's?«

Er nickte unmerklich.

»Und Sie wissen auch, dass Garrett und Holt Teil eines kriminellen Netzwerks sind und dass das FBI ihnen auf der Spur ist.«

Mercer riss die Augen auf.

»Sie wollten, dass ich meine Karten auf den Tisch lege?«, sagte Camila. »Voilà, da liegen sie. Jetzt sind Sie dran. Woher wissen Sie von alldem?«

»Vom FBI.«

»Warum?«

»Diese Frage darf ich Ihnen nicht beantworten, aber das können Sie sich doch denken.«

Camila hatte nicht die geringste Ahnung.

»Ms. Jones, ich weiß genau, wie das System funktioniert. Ich bin zwar seit Jahren nicht mehr im Dienst, aber ich stehe noch auf der richtigen Seite.«

»Wieso sagen Sie das?«

»Wenn ich mit Ihnen rede, dann weil Agent Carlson mich vorgewarnt und Anweisungen gegeben hat, was in diesem Fall zu tun ist.«

»Agent Carlson«, wiederholte Camila mehr für sich selbst als für Mercer.

»Da haben Sie den Namen, den Sie wissen wollten. Mir scheint, Sie werden bald von Agent Carlson hören. Jetzt bitte ich Sie zu gehen.«

Sie verabschiedeten sich freundlich, und Mercer wünschte ihr Glück. Camila fand allein hinaus.

Als sie wieder in Hawkmoon war, erhielt sie, wie von Mercer angekündigt, einen Anruf.

19

Es war ein altes, heruntergekommenes Gebäude. Im Erdgeschoss gab es eine Ladenzeile mit drei Geschäften. Zwei davon standen leer, im dritten war ein Yoga-Studio, das ebenfalls geschlossen hatte.

Camila ging zu dem Yogastudio – LILA & ALMA stand auf dem Schild, daneben die Silhouette einer Frau im Lotussitz – und spähte hinein. Viel konnte sie nicht sehen, weil die Scheibe schmutzig war und gleich dahinter ein schlecht angebrachter Vorhang hing. Sie erkannte einige Matten und Korbgefäße, die als Dekoration dienten. Es wirkte fast so, als hätte auch dieses Yogastudio gerade zugemacht und die Betreiber noch nicht alle Sachen abgeholt.

Der zweite Hinweis darauf, dass sie womöglich am falschen Ort suchte, war die nicht verschlossene Tür des Gebäudes. Sie musste sie nur leicht drücken, schon ging sie auf. Es roch so eklig, dass sie unwillkürlich die Nase rümpfte und ihre Hände schüttelte. Sie blickte noch einmal zurück auf den Parkplatz, auf dem einige Autos standen, was als Einziges nicht zu diesem quasi verlassenen Gebäude passte.

Sie ging über einen braunen Teppich, der garantiert der Grund für diesen unerträglichen Gestank war. Am Ende des Gangs, gleich neben dem einzigen Aufzug, gab es ein Belegungsschild. Entweder beherbergte das Gebäude viele Wohnungen, oder die Hälfte der Geschäfte stand leer. Im sechsten Stock – dem letzten – war Byfield und Associates untergebracht, so wie Agent Carlson es ihr am Telefon beschrieben hatte.

Camila warf kurz einen schmunzelnden Blick auf den Aufzug. Nie im Leben würde sie diesen Todeskäfig betreten. Stattdessen ging sie zum Treppenhaus und nahm all ihren Mut zusammen. Schlecht beleuchtete Stufen bis in den sechsten Stock hinaufzusteigen, war für sie nicht gerade ein Spaziergang. Als sie die Tür öffnete, stellte sie lächelnd fest, dass das Treppenhaus Fenster hatte.

Im sechsten Stock suchte sie die einzige Tür, die ein Schild hatte. Sie klingelte, es summte sofort. Sie betrat ein winziges Vorzimmer, in dem ein Schreibtisch und zwei Stühle standen. Eine Frau um die dreißig hob ihren Blick vom Computer und lächelte ihr freundlich zu. Carlson erwarte sie bereits, sagte sie, doch zuerst müsse sie ein Dokument unterzeichnen. Sie zog ein Blatt aus dem Drucker und hielt es ihr hin. Camila betrachtete es, nahm es aber nicht entgegen. Genauso freundlich wie die Frau sagte sie, sie werde gar nichts unterzeichnen. Die Frau bestand nicht darauf, sondern drückte eine Durchwahltaste ihres Telefons. Auf dem Schildchen stand: M. CARLSON.

Die Sekretärin deutete auf eine Tür. Camila folgte einem schmalen Flur mit fünf Türen, drei auf der einen, zwei auf der anderen Seite. Hinter allen Türen waren Gespräche und Tippgeräusche zu hören. Sie gelangte zum Konferenzsaal und trat ein. Carlson saß an einem großen ovalen Tisch. Er war allein. Mit seinen Holzpaneelen und den Deckenplatten wirkte der Raum wie aus den Achtzigerjahren, was einen starken Kontrast bildete zu dem technischen Equipment. Auf dem Tisch standen mehrere Notebooks, an der Wand hing ein riesiger Bildschirm. An den Fenstern waren Vorhänge angebracht, durch die gedämpftes Licht einfiel.

»Willkommen, Ms. Jones.« Carlson erhob sich, und sie gaben einander über den Schreibtisch hinweg die Hand.

Carlson war Mitte vierzig, klein und kompakt. Camila trug Schuhe mit Absätzen und musste etwas den Blick senken, um ihm in die Augen sehen zu können.

»Setzen Sie sich, bitte«, sagte Carlson und deutete auf einen der Stühle. »Sie sind eine hartnäckige Frau.«

Camila setzte sich. Noch hatte sie kein Wort gesagt, auf Carlsons Bemerkung reagierte sie mit einem leichten Zucken der Mundwinkel.

»Wir sind seit über zwei Jahren an diesem Fall dran«, sagte Carlson. »Und wir stehen kurz davor, zum großen Schlag auszuholen. Deshalb brauchen wir Ihre Mithilfe. Nichts von dem, was Sie wissen, und von dem, was wir hier besprechen, darf nach außen dringen.«

»Zwei Jahre sind eine lange Zeit«, sagte Camila nur.

»Was ich Ihnen jetzt erzähle, ist streng vertraulich. Das meiste wissen Sie ja schon, aber ich werde noch einige Details ergänzen, damit Sie verstehen, was hier auf dem Spiel steht.«

Carlson vermittelte seine Botschaft klar und deutlich, aber im Ton war er gemäßigt. Camila hatte sich darauf eingestellt, es mit einem knallharten Agenten zu tun zu bekommen, der auch vor Drohungen nicht zurückschreckte. Carlson war praktisch das Gegenteil davon. Also beschloss sie, erst einmal in Ruhe zuzuhören.

Carlos schilderte ausführlich, wie in Hawkmoon ein Pädophilen-Netzwerk entstanden war und wie es sich übers Internet ausgebreitet hatte.

Begonnen hatte alles mit einer Clique von Freunden, die Material aus verschiedenen Quellen miteinander ausgetauscht hatten, darunter VHS-Kassetten und gedruckte Fotos. Doch damals hatten sie Probleme, an neues Material heranzukommen, die Summen, die sie dafür aufbringen mussten, waren astronomisch gewesen.

Dann kamen Smartphones auf, und damit änderte sich alles. Von da an konnte jeder zu Hause Videos aufnehmen. Die Pornoindustrie organisierte sich um, und auch die Freundesclique überlegte, wie sie die neue Technik für sich nutzen konnte. Alles wollte gut geplant sein, schließlich waren Jugendliche und Kinder beteiligt.

Frank Garrett gehörte zu den Drahtziehern. Die Aufnahmen selbst anzufertigen, war ihm zu riskant, aber die Lösung lag auf der Hand: die eigenen Söhne. Sie hatten natürlichen Zugang zu Mädchen und Jungs in ihrem Alter oder jünger. Garrett musste nur noch dafür sorgen, dass es allgemeine Praxis wurde, sich gegenseitig zu filmen.

Der Schlüssel war, die Söhne nach dem eigenen Abbild zu formen. Dafür entwarf das Netzwerk eine eigene Anleitung mit Erziehungsempfehlungen. Die Vorbereitungen dauerten Jahre.

Das wichtigste Element war die Entwicklung einer Vater-Sohn-Beziehung, bei der Frauen immer als Objekte gesehen wurden, natürlich ohne es die Mütter und Schwestern merken zu lassen. Dadurch entstand eine enge Komplizenschaft. In Phase zwei sollte der Sohn entsprechende Kommentare spontan von sich geben, um die Anerkennung des Vaters zu gewinnen. Danach konnte man zur dritten Phase übergehen und gemeinsam ein entsprechendes Video ansehen, um die Reaktion des Sohnes zu testen. Die Begeisterung des Vaters für das Video musste auf den Sohn übergehen, sodass dieser am Ende das Bedürfnis verspürte, aus eigenem Antrieb solches Material herzustellen.

»Vor ein paar Jahren«, erklärte Carlson, »machte das Netzwerk einen Quantensprung. Was das lokale Tun einiger Väter war, die über Textnachrichten miteinander kommunizierten, wurde auf eine Art professionell, die vorher undenkbar gewesen war. Haben Sie schon mal etwas vom Darknet gehört?«

Viel wusste Camila nicht, nur dass man dafür einen speziellen Browser benötigte und über eine gewöhnliche Suchmaschine keinen Zugriff hatte. Dadurch war man gut nach außen abgeschirmt, ideal für kriminelle Machenschaften.

»Um das Darknet ranken sich viele Mythen«, fuhr Carlson fort. »Die Leute denken, man loggt sich ein und kauft Drogen oder menschliche Organe, als wäre es ein zweites Amazon. So ist es aber nicht. Und es ist auch nicht richtig, dass wir dort keine Spuren verfolgen können. Es ist komplizierter, aber vollkommen blind sind wir nicht.«

»Dann hat dieses Pädophilen-Netzwerk also begonnen, das Darknet zu nutzen, um seine Videos zu vermarkten.«

»Ja. Und nicht nur das. Sie entwarfen auch ein ausgeklügeltes Mitgliedersystem. Es gibt fünf Ebenen. Je länger jemand Mitglied ist und je mehr Material er einspeist, desto höher wird seine Ebene. Zur obersten Ebene erhalten nur wenige Leute Zugang. Diese Administratoren dürfen frei über das komplette Material verfügen und genießen weitere Privilegien. Garrett ist natürlich ein solcher Administrator.«

»Aus wie vielen Personen besteht das Netzwerk?«

»Gut zehntausend schätzungsweise.«

Camila konnte ihre Überraschung nicht verhehlen. Eine solch hohe Zahl hätte sie nicht erwartet.

»Die meisten sind auf Ebene eins, das heißt, sie müssen für die Inhalte bezahlen. Die Preise sind hoch, und der Zugang ist limitiert, schließlich lautet die Grundidee, dass die Mitglieder selbst Material herstellen. Je mehr neues Material ein Mitglied hochlädt, desto umfassender wird sein Zugriff auf das bereits vorhandene Material. Mit diesem Mechanismus wird Wachstum erzeugt.«

»Wie viele Leute stellen neues Material her?«

»Unserer Einschätzung nach rund fünfhundert.«

Es war eine alarmierende Zahl, schließlich beging jede dieser Personen Missbrauch an Minderjährigen.

»Ms. Jones, ich werde Ihnen unnötige Details ersparen. Wir haben natürlich Leute in das Netzwerk eingeschleust, insgesamt fünf, daher kennen wir die Funktionsweise des Systems sehr genau. Unsere Operation steht kurz vor dem Abschluss, und während der nächsten Tage wird es bei einer konzertierten Aktion in drei Bundesstaaten zu Verhaftungen kommen.«

»Einer der Undercover-Agenten ist Bill Mercer, stimmt's?«

»Ja. Wir brauchten jemanden, der Garretts Vertrauen gewinnt. Ein Unbekannter kam nicht infrage, also haben wir Garretts Vergangenheit durchleuchtet und sind auf Bill Mercer gestoßen. Ein Volltreffer. Wir haben uns sechs Monate Zeit gelassen, damit Mercer in seine Rolle schlüpfen konnte.«

Camila glich diese Information mit ihren Besuchen bei dem Ex-Kommissar ab. Es wunderte sie nicht, dass es Mercer gelungen war, Garrett zu täuschen, schließlich hatte er auch sie getäuscht!

»Er war ziemlich überzeugend«, sagte Camila. »Jetzt begreife ich, warum er meine Aufmerksamkeit unbedingt auf Phil Holmes lenken wollte.«

Carlson schwieg.

»Was genau ist Mercers Aufgabe?«

»Ich will Sie nicht mit technischen Details langweilen, aber unser Hauptziel in all dieser Zeit war, eine Kopie des Netzes auf unserem Server anzulegen, und dafür brauchten wir Garretts Passwörter. Nach einem Jahr hatte Mercer es geschafft und wurde zum Administrator.« Carlson lächelte, als beschwöre er eine schöne Erinnerung herauf. »Mercer trat genau im richtigen Moment in Garretts Leben, denn der brauchte eine Atempause. Er übernahm zwar nur noch selten persönlich Fälle seiner Kanzlei, sondern delegierte das meiste, aber er musste stets den Schein wahren, und das ist auf die Dauer anstrengend. Als wir endlich freien Zugang hatten, fuhren wir unser Netz hoch und leiteten allen Traffic dorthin um. Von da an sammelten wir Informationen über die Mitglieder. Es dauerte Monate, weil wir jeden Einzelnen lokalisieren und identifizieren mussten.«

»Wie viele haben Sie bisher?«

»Fast dreihundert.«

Camila schwieg. Sie wusste, wie komplex eine Operation dieses Ausmaßes war. Ein Teil von ihr dachte an Vince Naroditsky, der sich wegen des Aufsehens, das dieser Fall erregen würde, garantiert schon die Hände rieb.

»Was erwarten Sie jetzt von mir, Carlson?«

Carlson stand auf, er wirkte nervös.

»Ich will versuchen, es Ihnen in meinen Worten zu erklären, deshalb habe ich Sie auch hergebeten. Ich meine, Sie ein wenig zu kennen, Ms. Jones. Nur deshalb nehme ich mir heraus, offen und ehrlich zu Ihnen zu sein. Ich habe Sie sehr oft im Fernsehen gesehen, und ich glaube nicht, dass Sie privat ganz anders sind. Schauen Sie, hier liegt keine Akte auf dem Tisch über Sie oder Tim Doherty, kein Material, um Ihnen zu drohen oder Sie zum Schweigen zu bringen. Wir haben Sie natürlich observiert, weil … weil das eben unser Job ist.«

Carlson ging im Raum umher. Manchmal schien er nach den richtigen Ausdrücken zu suchen, bevor er mit seinen Überlegungen fortfahren konnte.

»Die Operation wird von der FBI-Basis in Quantico gesteuert. Wir sind die wichtigste Zelle, aber wir haben nicht das letzte Wort. Was ich gerade mache, habe ich mit niemandem abgesprochen. Ich verstoße also gegen das Protokoll, was mich sogar meinen Kopf kosten könnte. Wissen Sie, warum ich das tue?«

Carlson hatte sich wieder hingesetzt. Es war eine rhetorische Frage, und Camila schwieg.

»*Das hier* ist nicht einfach«, sagte der FBI-Agent. »*Diese* Art von Kriminalität. Wer das gesehen hat, vergisst es nie wieder. Und seit drei Jahren wurde alles noch viel schwieriger für mich. Ich wurde Vater, ein Mädchen, und seither kann ich diesen Job nicht mehr ausüben. Nicht aus Egoismus, nein, ich kann es einfach nicht mehr.«

»Ich verstehe Sie sehr gut, Agent Carlson. Mir ist es einmal ganz ähnlich ergangen.«

Carlson deutete ein Lächeln an.

»Ich versuche nicht, Sie auf Teufel komm raus zu überzeugen«, sagte er. »Ich habe mir auch keine Strategie zurechtgelegt oder so, ich bin einfach nur aufrichtig.«

»Ich weiß Ihre Aufrichtigkeit zu schätzen. Trotzdem ist da etwas, das mich umtreibt: das Verschwinden von Sophia Holmes. Ich bin der absoluten Überzeugung, dass das Mädchen sich nicht von der Brücke gestürzt hat. Meiner Ansicht nach will Holt das Ganze vertuschen. Was also ist mit Sophia passiert?«

Carlson nickte.

»Ich weiß, dass Sie ein besonderes Interesse an der Familie Holmes haben.«

Camilas Gesichtsausdruck wurde hart.

»Beantworten Sie bitte meine Frage.«

»Sophia hat sich nicht umgebracht«, sagte Carlson. »Holt hat seine Ermittlungen absichtlich schlampig geführt, da sind wir uns einig. Ich verstehe, dass Sophia Ihnen besonders am Herzen liegt, uns allen liegt sie am Herzen. Aber hier geht es um Hunderte von Kindern und Jugendlichen, die jetzt in diesem Moment leiden müssen. Wenn uns die Operation gelingt, können wir sehr viel Leid verhindern.«

»Agent Carlson, das brauchen Sie mir nicht extra zu erklären«, sagte Camila. »Ich werde Sophias Leben nicht über das der anderen stellen. Ich will nur sicher sein, dass ihr Leben überhaupt zählt.«

»Natürlich zählt es«, unterbrach Carlson sie. »Umgekehrt würde ich auch nicht zulassen, dass Sophias Unversehrtheit weniger zählt als die der anderen. Darauf gebe ich Ihnen mein Wort.«

Unversehrtheit.

Camila fragte sich erschrocken, was Carlsons Wortwahl zu bedeuten hatte. Sie wollte schon etwas sagen, überlegte es sich aber anders. Ihr ging nur eines durch den Kopf, wieder und wieder.

»Ms. Jones, in zehn Tagen werden wir die Verhaftungen vornehmen. Bis dahin muss das hier unbedingt unter uns bleiben. Wenn etwas durchsickert, kann es den falschen Leuten zu Ohren kommen, dann wäre die Arbeit von Monaten umsonst gewesen.«

Carlson sah Camila so eindringlich an, dass sie das Gefühl hatte, gleich rückwärts durch die Tür zu fliegen. Es war kein feindseliger Blick, sondern ein Blick, in dem Verbundenheit und Verständnis lagen.

20

Wieso hatte sie es nicht geschafft, Mike einen Stromstoß zu versetzen?

Sophia hatte sich nichts sehnlicher gewünscht, als zu entkommen. Und trotzdem war ihr Körper im entscheidenden Moment wie gelähmt gewesen. Mitten auf dem Weg zwischen Bett und Mike hatte sie stehen bleiben müssen, weil ihr Atem so schnell ging, dass sie dachte, sie müsse sterben. Der Stock mit den elektrifizierten Nägeln war ihr aus der Hand geglitten und auf den Boden geprallt. Mike hatte sich umgedreht und gesehen, wie Sophia zusammenbrach.

Der Kopf stieß hart auf dem Boden auf. Sophia sah noch kurz die Zimmerdecke, dann schaltete sich ihr Gehirn ab.

21

Als sie die Augen öffnete und das Poster von Taylor Swift sah, glaubte sie einen winzigen Moment lang, tatsächlich in ihrem Zimmer zu sein.

Dann erinnerte sie sich wieder an ihren gescheiterten Versuch, Mike von hinten anzugreifen, und stellte sich erneut die Fragen, die sie sich auch kurz vor ihrer Ohnmacht gestellt hatte.

Warum hatte sie es nicht tun können?

Sie tastete ihre Stirn ab und bemerkte erschrocken, dass sie eine Beule hatte, die sich so groß anfühlte wie ein Tennisball.

»Nicht bewegen.«

Mikes sanfte Stimme kam von rechts. Sophia, die auf dem Bett lag, drehte sich dorthin. Mike saß auf einem Stuhl.

»Gott sei Dank ist dir nichts Schlimmeres passiert. Ich hatte mir schon Sorgen gemacht.«

Sophia legte sich wieder auf den Rücken. Die Matratze nebenan im Keller war schon ganz gut, aber sie war nichts im Vergleich zu einem Bett wie diesem.

»Ich habe Kopfschmerzen.«

»Kein Wunder. Dein Kopf hat ja auch ziemlich was abbekommen. Weißt du noch, wie ich heiße?«

Sophia schielte zu ihm hin.

»Ryan Gosling?«

Mike lächelte nervös.

»Sag ihn mir, bitte.«

»Keine Angst, *Mike*, ich bin voll da.«

»In welchem Jahr sind wir, und wie heißt der aktuelle Präsident?«

Sophia beantwortete beide Fragen korrekt.

»Am besten unterhalten wir uns noch ein wenig«, sagte Mike. »So bleibt dein Kopf aktiv. Ich bin zwar kein Arzt, aber das klingt vernünftig, oder?«

»Wie lange war ich bewusstlos?«

»Etwa drei Stunden.« Mike beugte sich vor und zog etwas aus seiner hinteren Gesäßtasche. Er hielt es Sophia hin, damit sie es sehen konnte. Es war der Schlüssel, den sie aus dem Dominostein angefertigt hatte. »Das ist wirklich unglaublich.«

Sophia starrte das weiße Ding an, das Mike zwischen den Fingern hielt. Ihr Fluchtplan war krachend gescheitert. Trotzdem war sie nicht sonderlich niedergeschlagen. Vielleicht hatte der Aufprall mit dem Kopf ihren Verstand doch getrübt.

»Das war mal ein Dominostein. Ich wollte wissen, was hinter der Tür war.«

»Ich werfe dir nichts vor, Sophia. Ich an deiner Stelle hätte es auch so gemacht«, sagte Mike feierlich. »Es ist meine Schuld.«

»Ich habe Durst.«

»Sicher.« Mike stand auf und ging zum Schreibtisch, wo ein Tablett mit einem Glas stand. »Hast du auch Hunger?«

»Nein.«

Sophia trank das ganze Glas aus und gab es Mike zurück.

»Tut mir leid, dass ich deine Überraschung ruiniert habe«, sagte sie und deutete auf das Zimmer.

Er zuckte mit den Schultern, konnte seine Traurigkeit aber nicht verhehlen.

»Das hatte ich mir anders gedacht«, sagte er schließlich. »Ich habe wochenlang daran gearbeitet und wollte es dir in den nächsten Tagen zeigen.«

»Das Foto am Fenster ist krass. Und Tony hast du auch hergebracht.«

Sophia wandte den Kopf, um den Clownfisch zu sehen, der munter in seinem Aquarium hin und her schwamm. Die Drehung verstärkte ihre Kopfschmerzen.

»Beweg dich nicht so viel«, sagte Mike. »Du könntest innere Blutungen oder so was haben.«

»Dann sollten Sie mich in ein Krankenhaus bringen.«

»Vielleicht sollte ich das wirklich«, sagte er mit verlorenem Blick und verfiel in Schweigen.

Sophia, die dachte, es käme noch etwas, begann, sich unbehaglich zu fühlen.

»Warum haben Sie das mit dem Zimmer gemacht?«, fragte sie schließlich, um das unangenehme Schweigen zu beenden.

Mike lächelte.

»Das ist eine sehr verständliche Frage. Ich war mir auch nicht sicher, ob es sich lohnt oder Quatsch war. Manchmal denkt man, man hat eine gute Idee, und stürzt sich darauf, und am nächsten Tag findet man sie nur noch lächerlich. Ich hatte mir einfach überlegt, dass du dich in dem Zimmer vielleicht *wie zu Hause* fühlen würdest.«

Sophia sah sich um.

»Klingt merkwürdig, aber in einem guten Sinn. Waren Sie denn bei mir zu Hause?«

»Nein. Ich habe einen Freund bei der Polizei, und der hat mir jede Menge hoch aufgelöster Fotos besorgt. Hat Spaß gemacht, all die Sachen im Internet zu kaufen.«

»Das muss ein Vermögen gekostet haben.«

Mike winkte ab.

»Geld ist dazu da, um es auszugeben.«

»Das stimmt«, sagte Sophia und machte eine Pause. »Kann ich ab jetzt hier wohnen?«

»Natürlich. Es ist dein Zimmer.«

Sophia überlegte sich gut, was sie als Nächstes sagen würde.

»Wir hatten abgemacht, dass wir uns gegenseitig vertrauen. Wenn ich getan habe, was ich getan habe, dann deshalb, weil Sie mich angelogen haben.«

»Sophia, es gibt Dinge, die ich dir nicht gesagt habe, und ich hoffe, dass wir irgendwann mal darüber reden können. Aber das heißt nicht, dass ich dich angelogen habe.«

»Doch, haben Sie«, sagte sie mit Nachdruck.

Sophia fasste sich an die Stirn und machte so lange die Augen zu, bis der Schmerz abgeklungen war.

»Möchtest du mehr Wasser?«

»Nein, ich möchte, dass Sie es zugeben. Ohne zu lügen diesmal. Es gibt keine Komplizen, keine mysteriösen Chefs im Hintergrund, die sich die Kameraaufzeichnungen ansehen. Sie haben das alles allein durchgezogen.«

Im Keller war es immer still – zu hören waren höchstens mal der Wind oder der ferne Schrei eines Vogels –, doch jetzt war die Stille fast mit den Händen zu greifen.

Sophia drehte den Kopf und sah Mike direkt an. Wenn sie noch einen Zweifel an ihrer Behauptung gehabt hatte, dann verflüchtigte er sich jetzt, wo er für Sekunden resigniert die Augen schloss.

»Wie hast du das herausgefunden?«

»Ich habe Verdacht geschöpft, als Sie mir erklärt haben, Sie würden Ihre Besuche rausschneiden. Also habe ich mir überlegt, wie ich überprüfen kann, ob es auch wirklich stimmt. Also habe ich, wenn Sie gegangen waren, etwas im Zimmer verändert: Mal habe ich den Tisch um einen Meter verschoben, mal die Stühle anders hingestellt, mal die Bettdecke weggenommen, solche Sachen. Sie haben nie etwas gesagt. Ihren vermeintlichen Chefs konnte das entgangen sein, aber nicht Ihnen, wenn Sie die beiden Teile zusammenfügen wollten.«

»Du beeindruckst mich immer mehr.«

»Dann wurden Ihre Besuche häufiger und länger. Angeblich haben Ihre Chefs Ihnen mehr vertraut, aber das fand ich eher verdächtig. Und dann war da noch etwas, das Wichtigste von allem.«

»Was?«

»Hätten mich Hintermänner, denen ich gefährlich werden könnte, entführen lassen, dann sähe mein Leben hier drin ganz anders aus.«

Sophia sah Mike triumphierend an. Vielleicht hatte sie ihm deshalb keinen Elektroschock verpasst, damit sie ihm das ins Gesicht sagen konnte.

Mike stand auf.

»Du hast mit allem recht.«

»Ich will wissen, warum«, sagte Sophia.

»Darüber reden wir morgen. Versprochen. Und jetzt ruh dich erst mal aus.«

22

Am nächsten Tag ging es Sophia viel besser. Die Beule am Kopf war kaum noch zu spüren.

Mike kam den ganzen Vormittag nicht herunter, nicht einmal, um ihr das Frühstück zu bringen, was absolut ungewöhnlich war. Sophia konnte sich an keine ähnliche Situation erinnern seit den Tagen ihrer anfänglichen Feindseligkeit.

Zum ersten Mal erwachte sie in *ihrem* Bett. Es war ein merkwürdiges Gefühl, als wollte sich ein Teil von ihr nicht damit abfinden, dass es nur eine Kopie war.

In den vergangenen Monaten hatte sie sich angewöhnt, das Beste aus allem zu machen. Schach war ein gutes Beispiel dafür, aber auch die Bücher, die sie bereits zwei- oder dreimal gelesen hatte. Nachdem sie bislang, selbst nach den Parametern der realen Welt, ein Leben im Überfluss geführt hatte, hatte sie in dem Keller lernen müssen, sich mit einer Handvoll Habseligkeiten zu begnügen. Jetzt, in ihrem neuen Zimmer, eröffneten sich ihr wieder unzählige Möglichkeiten.

Befreit vom Druck der Heimlichkeit, nahm sie alles ausführlich in Augenschein. Dabei entdeckte sie, dass das Kabel des Verstärkers durchtrennt war. Sie fragte sich, ob Mike noch andere Gegenstände als so gefährlich erachtete, dass sie einen rein dekorativen Zweck erfüllten. Im Schrank waren mehrere Kleidungsstücke: Jeans, T-Shirts, einige Hemden. Sie schloss die Augen und atmete tief den herrlichen Geruch nach Neu ein. Sie suchte eine Hose und ein passendes Hemd aus und ging in den Keller, warf einen Blick auf die Matratze, auf der sie bis gestern jede Nacht geschlafen hatte, und betrat dann selig vor Glück das Bad.

Eine halbe Stunde später war sie zurück in ihrem Zimmer, geduscht, frisch angezogen und hungrig. Mike hatte noch kein Lebenszeichen von sich gegeben. Nicht zum ersten Mal fragte sie sich, was aus ihr werden würde, sollte Mike etwas zustoßen. Niemand war gegen einen häuslichen Unfall gefeit.

Sie legte sich aufs Bett und musterte das Poster von Taylor Swift. Es hing nicht genau an derselben Stelle wie in ihrem richtigen Zimmer, aber sie war die Einzige, die so etwas bemerken konnte. Sie dachte nach über ihr Gespräch mit Mike am Vortag, dass er sie allein entführt und in dem Keller eingesperrt hatte. »Du hast mit allem recht«, hatte er gesagt.

Seltsamerweise störte es Sophia nicht, dass sie vielleicht ihre einzige Chance zur Flucht verpasst hatte. Sie begann sogar zu denken, dass der Keller womöglich der sicherere Ort für sie war.

In diesem Moment kam Mike. Seine Augen waren geschwollen, er bewegte sich fast in Zeitlupe. Er hatte eine Tüte mit Essen dabei, die er auf eines der Regale stellte. Als er sich umdrehte, um die Tür zu schließen, fielen ihm die Schlüssel herunter. Er bückte sich, hob sie auf und brauchte eine Ewigkeit, um den richtigen herauszusuchen, obwohl es nur drei Schlüssel waren. Er verhielt sich so ungeschickt, dass Sophia hätte aufspringen und an ihm vorbei nach draußen rennen können.

»Ich habe Hamburger mitgebracht.«

Mike blieb nicht stehen, sondern ging direkt ins Nebenzimmer. Sophia folgte ihm. Sie setzten sich an den Tisch, und er stellte ihr den Hamburger mit Zwiebelringen und eine Coca-Cola hin. Sie packte den Hamburger aus und begann, ihn mit Überschallgeschwindigkeit hinunterzuschlingen.

»Entschuldige, dass ich dir kein Frühstück gebracht habe«, sagte Mike. »Es war ein hektischer Vormittag.«

Sophia nickte leichthin, ohne ihren Blick von dem Hamburger zu lösen. Erst als sie fertig gegessen hatte, trank sie ihren ersten Schluck Coca-Cola und widmete sich den Zwiebelringen.

Nachdem alles verspeist war, packten sie den Müll in die Papiertüte. Sophia und Mike wuschen sich nacheinander die Hände. Es war wie ein Ritual, um etwas Wichtiges vorzubereiten.

Und in gewissem Sinn war es das auch.

Mike setzte sich auf den Stuhl und wartete auf Sophia.

»Sag mir, was du weißt, und ich versuche, die Lücken zu füllen«, sagte er.

Sophia musterte ihn. Sie hätte einwenden können, sie habe schon genug preisgegeben mit ihrer Ansicht, dass Mike auf eigene Rechnung gehandelt habe, doch sie beschloss, ihm trotzdem alles zu erzählen, was sie wusste, auch wenn es in Wahrheit nicht viel war.

»Es begann damit, dass das Video von meiner Freundin Janice viral ging«, sagte Sophia. »Meine Freunde und ich organisierten die Demo in der Schule, um zu erreichen, dass Maßnahmen gegen Dylan Garrett ergriffen wurden, und das hat geklappt. Trotzdem war da etwas, was mich irritierte. Und das entdeckte ich, als ich mir das Video von Janice und ihm noch einmal genau angesehen habe. In einem bestimmten Moment sieht man im hinteren Teil des Pick-ups den Rucksack von Janice. Dann verrutscht das Bild, als hätte Dylan kurz die Kontrolle verloren, und als wieder die Einstellung von vorher zu sehen ist, ist der Rucksack verschwunden. Offenbar hat Dylan ihn mit seiner freien Hand weggeschoben, und ich habe mich gefragt, warum. Janice hatte mehrere Badges auf ihrem Rucksack, aber vor allem einen: den mit dem Wappen der Stadt.«

Mike nickte mit so etwas wie Stolz im Blick.

»Und du meinst, dass man anhand dieses Details bestimmen kann, woher das Video stammt.«

»Ich fand es sehr merkwürdig, dass Dylan sich um den Rucksack gekümmert hat. Wenn das Video für ihn bestimmt war oder von mir aus auch für seine Freunde, warum wollte er dann das Wappen von Hawkmoon verbergen? Janice kannte schließlich jeder. Als ich das einmal begriffen hatte, war der Rest einfach. Offensichtlich würden noch andere Menschen dieses Video sehen, und Dylan wusste das. Kaum war mir das klar, kam es mir so vor, als würde Dylan alles nur spielen. Natürlich war das Video mit Janice nicht das einzige, das viral gegangen war, es gab noch andere, auch wenn ich nie eines gesehen habe. Ich wusste allerdings, dass so einige Mädchen aus der Schule sich im alten Autokino mit Dylan und mit anderen Jungs trafen. Jede Stadt hat ihre Orte, wo Jungs sich mit Mädchen treffen, um bestimmte Dinge zu tun, und jeder kennt sie.«

»Aber du hattest den Verdacht, dass die Videos von dort noch einem ganz anderen Zweck dienten.«

»Ich habe bei den Mädchen herumgefragt, und das ist irgendwie Dylan zu Ohren gekommen. Er hat mir einen Zettel an den Spind gesteckt, um mir zu verklickern, dass ich mich da raushalten solle. Für mich war das wie die Bestätigung meines Verdachts. Als ich ihn darauf ansprach, wurde er aggressiv. Später habe ich ihn zu Hause angerufen und ihm gesagt, was ich vermute. Ich habe noch ein Detail hinzugefügt, um eine Reaktion zu provozieren. Am Telefon hat er mir nichts bestätigt, aber wir haben ein Treffen vereinbart, wozu es dann nicht mehr kam, weil Sie mich entführt haben.«

»Welches Detail hast du denn hinzugefügt?«

»Dass meiner Meinung nach sein Vater dahintersteckt.«

Mike sah sie verblüfft an, als hätte er es mit einem Naturphänomen zu tun.

Sophia grinste.

»Ich dachte mir schon, dass ich recht hatte«, sagte sie und trank ihre Coca-Cola aus. »Meine Logik war folgende: Wenn ich falschlag und Frank Garrett nicht hinter den Videos steckte, die sein Sohn filmte, dann würde er es gar nicht witzig finden, dass ich das glaube und womöglich irgendwer davon hört. Auf die eine oder andere Art wollte Dylan die Dinge mit mir klären.«

Mike nickte und nickte.

»Mein Gott, du überraschst mich immer wieder. Trotzdem war es fahrlässig, sich allein mit Dylan zu treffen.«

»Oh, da sagen Sie was. Es vergeht kein Tag, an dem ich mir das nicht vorwerfe. Aber jetzt sind Sie dran.«

Mike seufzte.

»Du hattest recht. Frank Garrett und weitere Väter aus Hawkmoon haben vor vielen Jahren begonnen, untereinander pornografisches Material auszutauschen. Illegales Material.«

Sophia sah Mike mit kaltem Blick an.

»Sophia, du musst mir vertrauen. Ich bin nicht wie die, und das weißt du. Irgendwann kam jemand auf die Idee, die eigenen

Kinder da mitreinzuziehen und sie dazu zu ermuntern, Videos mit ihren Freundinnen zu drehen. Ein perfekter Plan, denn so waren die Väter fein raus.«

»*Väter* nennen Sie die? Sie sollten lieber Schweine sagen. Oder noch besser: Kinderschänder. Sie sagten, Dylan sei tot. Hat sein Vater mit dem Mord zu tun?«

»Ich fürchte ja.«

»Mein Gott.«

Sophia stand auf und drehte Runden durch den Keller. Ihre Gedanken irrten in einem Labyrinth umher. Dann wurde ihr etwas klar.

»Was Dylan passiert ist, hätte auch mir passieren können.«

»An dem Tag, an dem du verschwunden bist, hat dich eine Gruppe von Base-Jumpern in der Nähe der Brücke über den Douglas gesehen. Ab da machte das Gerücht die Runde, du hättest Selbstmord begangen. Erinnerst du dich noch, dass ich dir wenige Tage nach deiner Ankunft hier ein Stück Stoff aus deinem Kleid gerissen habe? Das habe ich ans Flussufer gelegt, um die Polizei auf die falsche Fährte zu locken. Selbstmord war von da an die überzeugendste Hypothese, die Ermittlungen wurden praktisch eingestellt.«

»Wieso haben Sie das nicht schon früher gesagt?«, empörte sich Sophia.

Mike verschränkte die Hände vor der Brust, als würde er beten.

»Weißt du, welcher Tag heute ist? Der erste Februar. Mit Dylan treffen wolltest du dich am siebenundzwanzigsten Mai letzten Jahres. Rechne selber nach.«

Sophia brauchte keine fünf Sekunden.

»Ich bin seit zweihundertfünfzig Tagen hier.«

»Ich musste dein Vertrauen gewinnen und gleichzeitig dafür sorgen, dass dir die Wartezeit im Keller nicht unerträglich wird.«

Sophia dachte nach. An dem, was Mike gesagt hatte, war etwas Wahres dran.

»Wann darf ich raus?«, fragte sie mit leiser Stimme.

»Siehst du? Was wäre geschehen, wenn du dir diese Frage vom ersten Tag an gestellt hättest? Und du solltest sie noch immer nicht stellen.«

»Warum nicht?«

Mike schwieg.

Sophia schüttelte den Kopf.

»Fangen Sie jetzt wieder damit an, dass ich Ihnen vertrauen soll? Am Anfang wäre ich vor Hunger fast gestorben! Sie haben mich an die Wand gekettet, Sie haben gesagt, sie würden selbst überwacht. Sie haben mich die ganze Zeit angelogen! Ich hätte Sie fast unter Strom gesetzt, um zu entkommen!«

Mike hielt den Kopf gesenkt wie ein gerügtes Kind.

»Es tut mir leid, Sophia. Wirklich. Wenn es dich tröstet: Du hättest mir keinen Stromschlag verpassen können. Bevor ich gestern in dein Zimmer gekommen bin, habe ich die Sicherung rausgedreht.«

Sie verstand sofort, was das bedeutete. Wenn Mike von ihrem Plan gewusst hatte, dann weil er sie von Anfang an beobachtet hatte. Dann war ihm vermutlich auch der selbst angefertigte Schlüssel nicht entgangen.

»Woher wissen Sie so viel?«, fragte Sophia. »Sind Sie Teil des Netzwerks?«

»Natürlich nicht.«

»Wer gehört dann dazu? Außer Garrett?«

»Kommissar Holt«, sagte Mike.

Sophia kannte Holt kaum, doch sie war sich bewusst, wie schwer es wog, dass ein Polizist dabei mitmachte.

»Wer noch?«

Es war nicht leicht, ihr das zu sagen. Mike musste sich innerlich zusammenreißen, bevor er ihr diese schwer zu verdauende Wahrheit offenbarte.

»Dein Vater«, sagte er.

Sophia wurde bleich. Bevor sie etwas sagen konnte, zog Mike ein zusammengefaltetes Blatt aus seiner Hosentasche, entfaltete es und reichte es ihr. Sophia sah Mike misstrauisch an, bevor sie es entgegennahm.

Das Erste, was Sophia auffiel, war der Briefkopf des FBI.

23

Das Dokument, das Mike ihr aushändigte, markierte einen Wendepunkt in Sophias Zeit im Keller. Es bedeutete, dass die Welt, die draußen auf sie wartete, aus den Angeln gehoben war.

Dass sie die Ehe ihrer Eltern nicht mehr verklärte – ein Prozess, der vor zwei oder drei Jahren eingesetzt hatte wegen der vielen Streitereien und schließlich der verzweifelten Entscheidung, in getrennten Zimmern zu schlafen –, war das eine, etwas ganz anderes aber, mit der Tatsache konfrontiert zu werden, dass ihr Vater ein Fremder war. Vielleicht sogar ein Monster.

Ein Monster? Ihr eigener Vater? Sollte sie einem Dokument Glauben schenken, dessen Inhalt sie nicht überprüfen konnte?

Sie dachte so angestrengt nach, dass ihr Kopf zu platzen schien. Warum sollte Mike ihren Vater beschuldigen? Das Dokument schien echt zu sein. Mike sagte ihr, er habe sehr viel riskiert, um es zu besorgen, es sei ihm die Sache aber wert gewesen, Sophia habe es mit eigenen Augen sehen müssen, um es zu glauben.

Sie las eine Anordnung, drei Mitglieder des Netzwerks zu observieren. Einige Stellen waren geschwärzt – von Mike oder jemand anderem –, aber der Inhalt war auch so eindeutig. Natürlich konnte das FBI sich irren. Es wäre nicht das erste Mal. Wenn in dem Dokument schon explizit angeführt wurde, dass Frank Garrett, Conrad Holt und Philip Holmes zum Netzwerk gehörten, wäre das nicht Grund genug, sie rund um die Uhr zu beschatten?

In den folgenden Tagen rief sie sich alle Momente mit ihrem Vater ins Gedächtnis, versuchte, ihn aus einer anderen Perspektive zu betrachten. Es war schmerzhaft, denn Sophia liebte ihren Vater, egal, was in diesem Dokument stand. Gefühle veränderten sich nicht einfach über Nacht. Schon gar nicht, wenn ein Teil von einem sich noch an die Hoffnung klammerte, seine Beteiligung an dem Netzwerk könnte ein großes Missverständnis sein.

Mike war klug genug, sich nicht in diesen Prozess einzumischen. Er ließ Sophia die Information verarbeiten und beschränkte sich darauf, ihr Gesellschaft zu leisten und sie abzulenken. Sie nahmen die Schachpartien wieder auf, ein idealer Zeitvertreib, weil man dabei nicht viel reden musste.

Erst eine Woche später kamen sie auf das Thema zurück. Sophia schnitt es beim Frühstück an.

»Auf welcher Seite stehen Sie, Mike? Auf der der Polizei? Des FBI?«

»Ich stehe auf deiner Seite, Sophia. Mehr musst du nicht wissen.«

»Warum?«

»Wissen ist Macht. Hast du den Spruch schon mal gehört?«

»Ja.«

»Manchmal ist es genau umgekehrt. Es ist besser, so wenig wie möglich zu wissen.«

Sophia sah ihn an, war sich nicht sicher, warum Mike ihr dies ausgerechnet jetzt sagte. Wenn sie etwas gelernt hatte, dann, ihn nicht zu unterschätzen. Mehrmals schon war er ihr einen Schritt voraus gewesen, während sie noch dachte, es wäre umgekehrt. Als bestes Beispiel diente der Schlüssel aus dem Dominostein: Er war die ganze Zeit darüber im Bilde gewesen, was sie vorhatte.

Wenn Sophia erreichen wollte, was sie sich überlegt hatte, musste sie es diesmal vorsichtiger angehen. Zunächst durfte Mike nicht wissen, dass sie Zweifel hegte, ob ihr Vater wirklich Teil des pädophilen Netzwerks war.

»Hast du was, Sophia?«

Sie hörte auf zu essen und schob den Teller mit den Pancakes weg.

»Ja. Ich habe viel nachgedacht in den letzten Tagen. Ich finde, meine Mutter sollte wissen, wer mein Vater wirklich ist.«

Mike überlegte sich genau, was er sagen würde.

»Also, wenn alles gut geht, wird sie es erfahren, sobald sie ...«

»Nein«, fiel Sophia ihm ins Wort. »Ich will, dass sie es jetzt gleich erfährt.«

»Das geht nicht.«

»Natürlich geht das. Ich weiß auch schon, wie.«

Mike seufzte.

»Isst du noch was?«

Ungläubig starrte Sophia auf den Teller und schüttelte den Kopf. Mike räumte die Teller und Gläser auf das Tablett. Es war offensichtlich, dass er die Zeit nutzte, um nachzudenken.

»So ein Plan könnte die ganze Operation gefährden«, sagte Mike. »Es steht viel auf dem Spiel.«

»Das mit meinem Vater war ein Schlag für mich, aber den kann ich verkraften. Nicht verkraften kann ich, dass meine Mutter es nicht weiß. Mike, ich werde mich nie wieder über etwas beschweren, ich werde so lange warten, wie ich eben warten muss, und ich werde mich mit dem begnügen, was Sie mir sagen können. Im Gegenzug verlange ich nur eines von Ihnen: dass meine Mutter es erfährt.«

Mike seufzte erneut.

»Wie sieht dein Plan aus?«

»Ein Tagebuch«, sagte Sophia.

Und dann erläuterte sie ihm, was sie sich in den letzten Wochen ausgedacht hatte: Sie wollte ein Tagebuch schreiben, Mike würde es bei ihr zu Hause verstecken, und sie würde ihrer Mutter einen Hinweis schreiben, den nur sie verstehen würde, damit sie dieses Tagebuch fand. Das Tagebuch bei ihr zu verstecken, wäre kein Problem, sie werde ihm genau erklären, wie er bei ihr eindringen könne, ohne Spuren zu hinterlassen.

»Nehmen wir mal an, der spätere Teil des Plans ließe sich umsetzen«, sagte Mike. »Was schreibst du in dieses Tagebuch?«

»Dass mein Vater auf Mädchen in meinem Alter steht«, sagte Sophia ungerührt. »Ich weiß auch schon, wie ich es schaffe, dass sie mir glaubt. Abgesehen von dem, was Sie mir erzählt haben, gibt es da noch so einiges.«

Mike richtete sich auf.

»Nicht das, was Sie denken«, sagte Sophia sofort. »Er hat mich nie angerührt. Zurück zum Tagebuch: Ich werde darin auch andeuten, dass ich vorhabe, von der Catenary-Brücke zu springen.«

Mike sah sie nachdenklich an.

»Damit schließt sich der Kreis«, sagte Sophia. »Wenn meine Mutter es von mir liest, in meiner Handschrift, wird sie keine Zweifel mehr haben, dann wird auch die Sache mit dem Kleiderfetzen schlüssiger.«

»Willst du das wirklich tun? Deine Mutter hofft noch darauf, dich lebend wiederzusehen.«

Bingo. Mike war in die Falle getappt.

»Nur so kann ich meinen Vater demaskieren.«

»Sie wird ihm die Schuld geben.«

»Genau.«

Er zögerte.

»Ich weiß nicht, Sophia. Mir kommt das nicht besonders klug vor.«

»Lassen Sie mich das Tagebuch erst mal schreiben, die Entscheidung können Sie dann immer noch treffen.«

Schließlich willigte Mike ein.

Sophia war sich mit ihm in einer Sache einig: Die Gewissheit, dass sie tot war, würde ihrer Mutter das Herz brechen. Aber so weit würde Sophia es erst gar nicht kommen lassen. Dafür hatte sie noch ein Ass im Ärmel.

24

Zitternd trat Caroline hinaus auf den Balkon.

In den Händen hielt sie die womöglich letzten Worte ihrer Tochter. Sie setzte sich auf einen Stuhl und begann zu lesen.

Samstag, 14. April

Ich fand es schon immer Zeitverschwendung, ein Tagebuch zu schreiben. Meine Mutter hat mir erzählt, sie habe in meinem Alter jahrelang eines geführt und als Erwachsene habe sie gern darin gelesen, um sich an Dinge zu erinnern, die sie längst vergessen habe. Einmal hat sie sogar gesagt, für sie seien es Zeitreisen gewesen.

Jetzt habe ich aber einen guten Grund. Ich kann mit niemandem reden, zumindest so lange nicht, bis ich allem auf den Grund gegangen bin. Meine Eltern werden sich trennen. Sie selbst wissen es noch nicht, aber früher oder später werden sie es tun. Gerade sind sie in der Phase, in der man versucht, die Ehe zu retten, Dinge ausprobiert, wie in getrennten Zimmern zu schlafen. Ich glaube nicht, dass das etwas bringt, aber ich verstehe, dass sie es versuchen wollen. Sie sind ja schon so lange zusammen. Sie scheinen es gemeinsam beschlossen zu haben, aber wer weiß.

Ich glaube allerdings, dass meine Mutter nicht die ganze

Wahrheit kennt. Sobald ich mir da sicher bin, werde ich sie ihr enthüllen. Bis dahin begnüge ich mich damit, sie auf diesen Seiten festzuhalten. Ich habe gerade mal eine Handvoll Wörter geschrieben, und schon geht es mir besser. Vielleicht ist Tagebuchschreiben doch nicht so sinnlos.

Gestern bin ich früh nach Hause gekommen. Mr. Spencer hatte einen familiären Notfall, und wir durften früher von der Schule los. Nikki, die unter normalen Umständen sofort einen Plan aus dem Hut gezaubert hätte, war mit ihrem Handy beschäftigt und ging los, ohne sich von mir zu verabschieden. Also bin ich allein aufgebrochen. Zu Hause war mein Vater da – absolut ungewöhnlich. Er saß in seinem Arbeitszimmer und telefonierte gerade mit jemandem. Als ich eintrat, klappte er schnell sein Notebook zu.

Mein Verdacht war geweckt. An sich hatte es nichts zu bedeuten, aber ich habe mich gefragt, warum er so hektisch reagiert hat. Ich schlug ihm vor, ein wenig Tennis zu spielen, aber er meinte, ein andermal, er müsse gleich wieder zurück ins Büro.

Ich bin auf mein Zimmer und habe eine Weile gelesen. Irgendwann bin ich los zum Shoppingcenter. Unterwegs schickte ich eine Nachricht an Nikki und ging davon aus, dass sie sich liebend gern mit mir treffen würde. Als ich im Shoppingcenter ankam, hatte sie die Nachricht noch nicht mal gelesen.

Ich wollte meinen obligatorischen Besuch bei Barnes & Noble abstatten und ein bisschen Bücher stöbern, während ich auf Nikkis Antwort wartete.

Auf dem Weg dorthin kam ich bei Baskin-Robbins vorbei und habe einen Blick reingeworfen, einfach so, vermutlich, weil Nikki das Eis dort liebt und mich immer, wenn wir ins Eastview gehen, dahin mitschleppt. Was ich sah, war so unerwartet, dass ich es kaum fassen konnte. Ich brauchte eine Weile, bis ich es begriff, allein deshalb, weil es so absurd war.

Nikki saß an einem der hinteren Tische, im Profil zu mir, ich bin also sicher, dass sie es war. Sie trug die gleichen Sachen wie in der Schule und hatte auch ihren Rucksack noch dabei. Ich fand es merkwürdig, dass sie nicht nach Hause gegangen war.

Nikki streckte den Arm aus, um ein Eis entgegenzunehmen, das ihr jemand hinhielt. Dann sah ich, wer dieser Jemand war: mein Vater.

In diesem Moment setzte mein Verstand aus, mein Kopf war wie leer. Wäre es ein Zeichentrickfilm gewesen, hätte meine Kinnlade bis zum Boden gehangen.

Als ich wieder einigermaßen denken konnte, ergab es plötzlich Sinn, dass Nikki so demonstrativ in ihr Handy gestarrt hatte und mein Vater vorhin so nervös gewesen war. Den Grund hatte ich jetzt direkt vor Augen.

Obwohl es mein Vater und meine beste Freundin waren – die beiden Menschen auf der Welt, denen ich am meisten vertraue –, konnte ich mich nicht entschließen, einfach zu ihnen zu gehen. Und das erschreckte mich. Es war das erste Mal, dass ich so etwas empfand. Denn es war klar, dass sie mich nicht dabeihaben wollten. Beide hätten mir sagen können, dass sie sich treffen würden, und beide hatten es nicht getan. Dass sie sich zufällig begegnet sein könnten, kam mir gar nicht in den Sinn.

Dass ich nicht eintreten würde, wusste ich also schon, bevor passierte, was passierte. Mein Vater aß kein Eis und setzte sich zu Nikki. Für alle anderen war es eine völlig normale Szene: ein Vater, der mit seiner Tochter oder vielleicht auch seiner Nichte ein Eis essen geht. Während sie an ihrem Eis leckte, redete meistens mein Vater. Er wirkte dabei sehr ernst. Ich hatte mich inzwischen an den Rand eines Fensters gestellt, jederzeit bereit, mich wegzuducken, sollte einer von beiden zu mir hersehen. Taten sie aber nicht. Stattdessen legte mein Vater eine Hand auf Nikkis Nacken und streichelte sie. Es war eine liebevolle Geste, kurz, unbedeutend, aber ich kannte sie nur zu gut.

Eilig verließ ich das Shoppingcenter. Bücher wollte ich mir keine mehr anschauen, dafür schwirrte mir die Szene noch zu sehr im Kopf herum. Mein Vater kennt Nikki, seit sie klein war, es ist also nicht verwunderlich, dass er sie ins Herz geschlossen hat. Und das Gleiche gilt umgekehrt: Nikki mag meine Eltern sehr. Warum aber hatte sie mir nichts von dem Treffen erzählt?

Später dann, es war schon fast Schlafenszeit, sah Nikki meine Nachricht und antwortete. Sie entschuldigte sich dafür, dass sie sich nicht früher gemeldet hatte, sie habe einen stressigen Nachmittag gehabt und im Restaurant ihrer Eltern aushelfen müssen.

Sonntag, 15. April

Heute bin ich zu Nikki, um mit ihr zu reden. Ich wollte mich nicht mit kryptischen WhatsApp-Nachrichten abspeisen lassen. Wenn ich Nikki nicht vertrauen und sie alles fragen kann, werde ich irgendwann unsere Freundschaft hinter-

fragen müssen. Ich fuhr mit dem Fahrrad. Als ich ankam, saß die ganze Familie beim Frühstück. Sie sagten, ich solle mich dazusetzen. Ich hätte schon gefrühstückt, sagte ich, also habe ich nur ein Glas Orangensaft getrunken.

Als wir fertig waren, sagte ich zu Nikki, ich müsse mit ihr reden, und wir sind zur hinteren Veranda. Sie setzte sich auf den Schaukelstuhl, ich mich auf einen normalen Stuhl. Ich brauchte sie gar nicht erst nach dem Treffen mit meinem Vater zu fragen, sie hatte den Grund für meinen Besuch schon erahnt. Sie fragte, ob mein Vater mir davon erzählt habe, und ich sagte Nein, ich hätte sie im Eastview gesehen. Sie nickte. Es tue ihr leid, dass sie mir nichts davon gesagt habe. Sie versicherte mir, sie habe sich deswegen die ganze Nacht gequält und nie vorgehabt, mich zu belügen, aber der Grund für das Treffen sei ihr peinlich. Sie flüsterte, weil sie unbedingt vermeiden wollte, dass jemand mithörte.

Wir gingen rauf in ihr Zimmer, wo sie mir den Rest erklärte.

Die Campbells haben Geldprobleme, was an sich nichts Neues ist. Nikki beschwert sich immer mal wieder, dass ihre Eltern ihr Sachen verwehren, weil sie zu teuer seien. Wie groß diese Geldprobleme sind, haben allerdings weder sie noch ich geahnt. Offenbar stehen sie kurz davor, ihr Restaurant aufgeben zu müssen. Das Molly's ist ihre einzige Einnahmequelle, und Nikkis Eltern haben nie etwas anderes gemacht, als ein Restaurant zu führen, also sind sie verzweifelt.

Ich habe Nikki gefragt, wie es sein könne, dass sie so viele Schulden angehäuft hätten. Molly's ist ein bekanntes Restaurant und hat viele Stammkunden. Es ist zwar nie ganz voll, aber ein paar Gäste sind immer da. Nikki hat nur zufällig mitbekommen, wie schlimm die Situation ist. Ihre Eltern sind sehr diskret und streiten nie vor ihren Kindern. Doch einmal waren sie in der Küche und haben nicht bemerkt, dass Nikki sie hören konnte.

Offenbar hat Mr. Campbell, der sich persönlich um die Finanzen der Familie und natürlich auch des Restaurants kümmert, selbst seiner Frau verschwiegen, wie katastrophal die Lage ist. Und er hat es nicht nur über Wochen getan, sondern seit Monaten, vielleicht sogar Jahren. Er hat immer mehr Schulden angehäuft in der Hoffnung, dass alles besser wird und er das Ruder herumreißen kann. Seine Hoffnung hat sich aber nicht erfüllt, und nun sitzt die Familie in der Klemme, ohne Aussicht, da je wieder rauszukommen. Wendy, Nikkis Mutter, hat es auch erst vor einem Monat von ihrem Mann erfahren, als ihm nichts mehr anderes übrig blieb, als ihr die Wahrheit zu gestehen.

Was Nikki an jenem Abend gehört hat, war genug, um sich des Ernstes der Lage bewusst zu werden. Ihre Eltern meinten zwar, das werde schon wieder, doch die Wirklichkeit sieht anders aus. Eine Pleite ist nahezu sicher. Und vielleicht verlieren sie sogar das Haus. Als Nikki es mir erzählte, hat sie fast geweint. Sie hat Angst, dass sich ihr Leben radikal verändern wird, dass sie vielleicht sogar wegziehen und ganz von vorne anfangen müssen.

Nikki wusste sich nicht anders zu helfen, als meinen Vater darauf anzusprechen. Er sei der einzige Mensch in ihrem Umfeld, erklärte sie mir, der seine eigene Firma aus dem Nichts aufgebaut habe und genügend Geld verdiene, um ein sorgenfreies Leben zu führen. Was habe sie schon zu verlie-

ren gehabt. Sie hat niemandem etwas gesagt, nicht einmal ihren Eltern und schon gar nicht mir.

Sie ist zu mir nach Hause gefahren an einem Tag, an dem ich bestimmt nicht da sein würde. So konnte sie in Ruhe mit meinem Vater reden. Sie hat ihm alles erzählt.

Montag, 16. April

Als ich gestern mit Nikki sprach, habe ich ihr nicht erzählt, was mich wirklich verstört. Dass ihre Familie in finanziellen Problemen steckt, ist schon schlimm genug, da will ich sie nicht noch mehr belasten. Nikki braucht mich jetzt als Freundin.

Das Treffen im Baskin-Robbins war schon ihr zweites. Die Initiative ist von meinem Vater ausgegangen, der sich vergewissern wollte, dass es ihr gut ging, und ihr sagen, dass er mit einem befreundeten Anwalt gesprochen habe, einem Experten für Insolvenzen, und er ihnen helfen könne. Nikki ist ein wenig erschrocken bei dem Wort Insolvenz, doch mein Vater hat sie beruhigt, es bedeute nichts Schlimmes, es bedeute vielmehr, nun werde alles unternommen, damit sie wieder auf die Beine kämen.

Was ich an jenem Nachmittag gesehen habe, dass mein Vater seine Hand auf Nikkis Nacken gelegt und sie gestreichelt hat, war deshalb so verstörend, weil ich es oft gesehen habe. Bei meiner Mutter. Nie bei mir. Dieses sanfte Massieren am Nacken war seine Art, meiner Mutter seine Zuneigung zu zeigen. Ich sage bewusst war, denn mit diesen zärtlichen Gesten ist es schon seit Längerem vorbei. Vor einigen

Jahren kam es noch oft vor, dass meine Mutter einen Film ansah oder am Computer saß und mein Vater zu ihr ging und sie zärtlich am Nacken massierte.

Dass er das Gleiche bei meiner Freundin macht, schockiert mich.

Aber das ist nicht alles. Es stellen sich auch einige Fragen. Wieso hat mein Vater nicht angeboten, sofort mit den Campbells zu sprechen? Wäre das in dieser Situation nicht das Vernünftigste? Was weiß Nikki denn schon von den Schulden und von dem Ernst der Lage? Nichts. Trotzdem trifft mein Vater sich lieber privat mit ihr zum Eisessen. Und jetzt kommt auch noch ein Anwalt ins Spiel, von dem Nikkis Familie gar nichts weiß.

Das ist nicht gut.

Zu Nikki habe ich nichts gesagt, ich will es ihr nicht noch schwerer machen – zumal sie tatsächlich große Hoffnungen in diesen Insolvenz-Experten setzt –, vielleicht bin ich aber auch nur zu feige. Etwas zu denken ist das eine, es laut auszusprechen, etwas anderes. Manche Gedanken sind zu erschreckend, um sie in Worte zu fassen. Ich weiß, ich muss da irgendwie durch. Ich werde den Gedanken einfach nicht los, dass mein Vater bei diesen Treffen völlig fremde Absichten hat, dass er Nikki in irgendeiner Form missbraucht.

Ich muss kurz eine Pause machen. Nikki hat mir eine Sprachnachricht geschickt. Sie ist ganz aufgeregt, weil sie morgen diesen Anwalt trifft. Ich habe es irgendwie geschafft, das Gespräch auf die Treffen mit meinem Vater zu lenken, und sie gefragt, ob sie sich dabei wohlgefühlt habe oder ob ihr etwas merkwürdig vorgekommen sei. Sie meinte lachend, natür-

lich habe sie sich wohlgefühlt, mein Vater sei der beste Vater der Welt. Sie hat nicht begriffen, worauf die Frage abzielt.

Morgen trifft sie diesen Anwalt, und das gefällt mir gar nicht. Ich habe ihr vorgeschlagen, sie zu begleiten, aber sie meinte, sie fände das keine gute Idee. Sie werde mich anrufen, sobald sie könne.

Donnerstag, 19. April

Nikki hat mir erzählt, wie das Treffen mit dem Anwalt lief. Sie ist euphorisch, weil der Mann ihr versichert hat, dass er ihrer Familie aus den finanziellen Schwierigkeiten heraushelfen könne. Seine Kanzlei ist genau auf solche Fälle spezialisiert! Da arbeiten nur Experten, die sich bei Insolvenzen auskennen und über gute Kontakte zu Banken verfügen. Die wissen ganz genau, was zu tun ist, das haben sie schon hundertmal gemacht. Das hat sie mir heute Morgen in der Schule erzählt und war total aus dem Häuschen. Und das Beste an allem sei, dass man das Honorar erst dann bezahlen müsse, wenn das Restaurant wieder laufe und Einnahmen habe. Und alles nur, weil der Anwalt meinem Vater viele Gefallen schulde. Nikki hat mich umarmt, als hätte ich die Sache in die Wege geleitet.

Ich konnte nichts sagen, was dieser Euphorie einen Dämpfer versetzen würde. Ich habe ihr nur einige Fragen gestellt, die sie beantwortet hat, ohne zu begreifen, worauf ich hinauswollte. Ja, sie sei mit dem Anwalt allein gewesen. Ja, er sei sehr nett gewesen, habe sich sogar zu ihr gesetzt und ihr alles geduldig erklärt. Einmal, als Nikki fast geweint hätte bei der Aussicht, dass ihre Familie auf der Straße landen könnte, habe er sie sogar in den Arm genommen und sie getröstet, alles werde gut, sie solle ihm vertrauen.

Wenn man verzweifelt ist, sieht man die Dinge manchmal nicht ganz klar.

Ich habe es immer noch vor mir, wie mein Vater Nikki im Baskin-Robbins am Nacken gestreichelt hat. Das tut am meisten weh. Dieser Anwalt kennt Nikki und ihre Familie nicht. Mein Vater schon.

Zu Hause bin ich sofort zu meinem Vater gegangen. Ich wollte keine Sekunde länger warten. Er war in seinem Arbeitszimmer. Ich habe ihm ins Gesicht gesagt, dass Nikki mir von den finanziellen Problemen ihrer Familie erzählt hat und von dem Treffen mit dem Anwalt. Die Treffen zwischen ihm und Nikki habe ich nicht erwähnt, aber das war ja auch nicht nötig.

Man dürfe Nikki doch nicht alleine lassen in solch einer Situation, habe ich meinem Vater vorgeworfen, schon gar nicht mit einem Anwalt, wenn es um Dinge gehe, die sie nicht verstehe. Ich nahm meinem Vater das Versprechen ab, dass er sich bei Nikkis Eltern melden würde. Mein Vater war ganz erstaunt und hat erklärt, das sei von Anfang an der Plan gewesen. Auch er hat nicht begriffen, worauf ich eigentlich hinauswill. Oder er hat zumindest so getan.

Ich sollte erleichtert sein. Aber ich weiß, dass etwas nicht stimmt.

Sonntag, 20. Mai

Ein Monat ist vergangen.

Mein Vater hat inzwischen mit den Campbells gesprochen und ihnen seine Hilfe angeboten. Sollte der Plan des Anwalts wider Erwarten nicht aufgehen, würde er ihnen das Geld leihen, damit sie ihr Restaurant nicht aufgeben müssen. Ein Mitarbeiter seines Büros sei die Bücher des Molly's durchgegangen, hat er mir erklärt, und habe einige Punkte gefunden, die man verbessern müsse, aber alles würde gut. Meine Freundin ist happy, ihre Eltern auch.

Mein Tagebuch habe ich unter Tonys Aquarium versteckt, vielleicht in der Hoffnung, dass ich es so vergessen werde. Es ist nur so, dass ich es gar nicht wegen der Campbells angefangen habe, also kann ein Teil von mir es auch nicht auf sich beruhen lassen.

Ich weiß nicht, ob mein Vater es gespürt hat, aber mein Verhalten ihm gegenüber hat sich verändert. Ich sehe ihn jetzt mit anderen Augen. Die Sache mit Nikki und tausend Kleinigkeiten, an die ich mich wieder erinnert habe, haben dazu geführt, dass nun ein Schleier des Verdachts auf ihm liegt.

Ich schaue genauer hin, und Details, die vorher unbedeutend waren, erscheinen plötzlich in einem anderen Licht. Meine Eltern wissen es nicht, aber ich habe gehört, wie sie über eine Affäre meines Vaters mit einer wesentlich jüngeren Frau gesprochen haben. Warum hat meine Mutter ihm danach noch eine Chance gegeben? So etwas will mir einfach nicht in den Kopf, aber offenbar ist das bei Erwachsenen manchmal so.

Wer ist mein Vater wirklich? Ich wehre mich dagegen, aber alles deutet auf eine bestimmte Sache hin. Wenn man die vielen Dinge, die einzeln keine größere Bedeutung haben, zusammen betrachtet, kann man zu keinem anderen Ergebnis kommen. Wie oft war er auf Reisen, nur um sich mit Frauen zu treffen, die seine Tochter sein könnten? Und warum ist er so nett zu meinen Freundinnen, wie die immer hervorheben? Wenn ich in meinem Gedächtnis krame, fallen mir unzählige Szenen ein, in denen mein Vater jungen Mädchen gegenüber dieses Verhalten an den Tag gelegt hat. Jetzt, wo ich meine Naivität verloren habe, sehe ich sie als das, was sie wirklich sind: Flirts.

Ich habe deshalb etwas getan, worauf ich nicht stolz bin, was ich aber tun musste: Ich habe sein Handy überprüft. Was ich gefunden habe, war für mich ein Schock. Ich habe eine unbekannte Facette von ihm entdeckt, die nichts zu tun hat mit dem Vater, den ich liebe. Auf dem Handy waren Fotos von jungen Mädchen und Nachrichten an seine Freunde, die von jemand Fremdem geschrieben zu sein schienen. Vielleicht übertreibe ich auch, und das ist alles Teil einer Welt, die ich noch nicht verstehe. Aber das glaube ich nicht.

Die Ungewissheit macht mich fertig. Lange halte ich es nicht mehr aus. Entweder ist alles ein großes Missverständnis, und ich bin ihm gegenüber unfair – ein Teil von mir hofft genau das –, oder es ist in Wahrheit noch viel schlimmer, als ich es seit ihrem Treffen im Baskin-Robbins vermute.

Wie oft schon hatte ich das Bedürfnis, meinen Vater damit zu konfrontieren, und jedes Mal bin ich davor zurückgeschreckt. Allein die Vorstellung, mit ihm oder mit meiner

Mutter zu sprechen, lähmt mich. Ich habe keinen richtigen Appetit mehr und verliere mich in grüblerischen Gedanken. Wenn das so weitergeht, werde ich verrückt. Ich weiß nicht, wie lange ich das noch aushalte.

Mittwoch, 23. Mai

Ich musste öfters an das Buch denken, das Mama vor einigen Monaten gelesen hat, über den Jungen, der tot im See gefunden wird. Damals fand ich das Cover interessant, aber als ich ihr sagte, dass ich es gerne lesen will, meinte sie, ich solle damit warten, bis ich fünfzehn sei, dann könne ich es mehr genießen. Ich weiß nicht, ob sie es erwähnt hat oder ob ich mir das nur zusammenfantasiere, aber ich war immer überzeugt, dass dieser Junge sich das Leben genommen hat.

Seither verfolgt mich der Gedanke, dass ich so enden könnte wie dieser Junge. Und es wird immer schlimmer. Ich habe kaum noch die Kraft, dagegen anzukämpfen.

Ich weiß jetzt, dass sich das Böse an Orten verbirgt, an denen man es am wenigsten erwartet, und dass die Orte, an denen man sich am sichersten glaubt, in Wahrheit die gefährlichsten sind.

25

Der Eintrag vom 23. Mai war der letzte. Sophia hatte ihn drei Tage vor ihrem Verschwinden verfasst.

Caroline blätterte weiter, aber es kamen nur noch leere Seiten. Zwei, fünf, zehn Seiten. Sie hatte von Anfang bis Ende geweint. Dass sie eine intelligente Tochter hatte, war keine Neuigkeit, aber wie intelligent sie war, zeigte dieses Tagebuch.

Caroline hatte die Botschaft verstanden. Die eigentliche Botschaft.

Als sie den Kopf hob, stellte sie fest, dass sie nicht allein auf dem Balkon war.

Phil sah sie mit verwirrtem Blick an.

»Was ist das?«, fragte er.

»Sophias Tagebuch«, sagte sie. »Du bist schuld daran, dass sie nicht mehr bei uns ist.«

26

Mike hatte das Tagebuch am 19. März in Sophias Zimmer versteckt, einen Tag, bevor Caroline es fand. Er war durch die Hintertür ins Haus gelangt, mit einem Schlüssel, der unter einem Blumentopf versteckt lag. Sophia hatte ihm einen detaillierten Plan gezeichnet, damit er reagieren konnte, sollte jemand zu Hause sein.

Am nächsten Tag nagelte Mike, nachdem Phil zur Arbeit aufgebrochen war, den Zettel an die Haustür. Er musste dafür sorgen, dass Sophias Mutter ihn bemerkte.

Der Plan ging auf. Sophia konnte kaum schlafen, jetzt, da sie wusste, dass ihre Mutter die Tagebucheinträge lesen würde. Sie hatte darin eine geheime Nachricht versteckt, die nur ihre Mutter verstehen würde, ganz am Ende, als sie das Buch erwähnte, das sie einige Wochen zuvor gelesen hatte. Darin ging es um einen Jungen, den alle für tot hielten, ertrunken in einem nahe gelegenen See, der sich aber in Wirklichkeit auf dem Dachboden versteckte und alles beobachtete.

Caroline würde sofort begreifen und die Geschichte auf Sophias Situation übertragen. Sie war nicht tot. Sie war nur versteckt.

Sophia fragte Mike jeden Tag, ob er schon Neuigkeiten von ihrer Mutter habe. Auch wenn sie sich noch nicht darüber unterhalten hatten, welche Rolle genau Mike bei den Ermittlungen spielte, war doch klar geworden, dass er gute Quellen hatte und über vieles im Bilde war. Wenn etwas in der Ehe der Holmes vor sich ging, dann würde er es wissen.

Sophia drängte Mike, noch einmal zu ihr nach Hause zu fahren und nachzusehen, doch er weigerte sich mit dem Argument, es sei zu gefährlich. Immer wenn sie ihn fragte, sagte er einfach nur, er wisse nichts Neues über ihre Eltern. Sophia glaubte ihm nicht. Sie hatte viel Zeit mit Mike verbracht, hatte bei jedem Schachzug und bei jeder neuen Enthüllung sein Gesicht ganz genau beobachtet. Und jetzt sagte ihr etwas an seiner Körpersprache, dass er nicht aufrichtig zu ihr war.

Tagelang dachte sie darüber nach, warum Mike sich so verhielt. Warum log er sie an? Ihre Eltern konnten unmöglich einfach so weiterleben, als wäre nichts passiert. Wenn aber doch, dann hatte ihre Mutter das Tagebuch nicht gelesen. Hatte ihr Vater es womöglich entdeckt und vernichtet? Jedenfalls musste das, was passiert war, so ernst sein, dass Mike es ihr nicht sagen wollte.

Die Beziehung zu Mike verschlechterte sich. Sie spielten kein Schach mehr, Sophia zog sich in ihr Zimmer zurück, und das Frühstück war der einzige Moment des Tages, den sie noch gemeinsam verbrachten. Zwei oder drei Tage lang wollte Sophia nur über das Tagebuch sprechen, über das, was bei ihr zu Hause vor sich ging. Mike versuchte, sie mit allen Mitteln davon zu überzeugen, dass sie sich keine Sorgen zu machen brauche, dass ihre Mutter sich wahrscheinlich mit Anwälten berate, um die Scheidung einzureichen, dass man in einer solchen Situation äußerst klug vorgehen müsse. Sophia ließ sich aber nicht überzeugen. Eines Abends blieb Mike nichts anderes übrig, als ihr die Wahrheit zu sagen.

»Im Koma?« Sophia begann zu zittern. »Wie kann das sein?«

Sie ließ sich aufs Bett fallen und weinte hemmungslos. Mike stand am Schreibtisch und wusste nicht, was er tun sollte. Es war seine Schuld: Er hätte klüger sein und Sophia die Sache mit dem Tagebuch ausreden sollen.

»Entschuldige, dass ich es dir nicht schon früher gesagt habe«, sagte Mike, »aber ich konnte nicht. Außerdem wusste ich anfangs auch nicht viel.«

Sie hatte ihren Kopf im Kissen vergraben und weinte noch immer. Vielleicht hörte sie ihm nicht einmal zu.

»Im Koma?«, fragte Sophia wieder.

Sie hob den Kopf und sah Mike flehend an: Sagen Sie mir, dass das alles nicht stimmt.

»Die Ärzte sind zuversichtlich«, sagte Mike. »Sie spricht gut auf die Behandlung an. Deine Großmutter ist den ganzen Tag bei ihr.«

Sophia setzte sich auf. Sie weinte nicht mehr so stark und wischte sich die Tränen von den Wangen.

»Und die Polizei glaubt an einen Unfall? Nicht zu fassen. Es ist doch klar, dass es mein Vater war.«

»Das wissen wir nicht, Sophia. Wichtig ist jetzt erst mal, dass deine Mutter die kritische Phase überstanden hat und auf dem Weg der Besserung ist.«

»Es ist ein Albtraum. Und ich bin an allem schuld.«

Sophia wollte sich gar nicht vorstellen, wie ihr Leben aussehen würde, sollte sie ihre Mutter verlieren.

27

Mike versuchte, so viel Zeit wie möglich mit Sophia zu verbringen – und das war nicht viel –, doch er bemerkte, wie sie trotzdem immer mehr in ein Loch fiel. Sie hörte zwar nicht vollständig auf zu essen, aber es war nicht zu übersehen, dass sie sich fast dazu zwingen musste. Nie hatte sie einen Wutanfall oder begehrte gegen ihn auf, was das Ganze noch beunruhigender machte. Mike hätte es viel lieber gesehen, wenn sie ihre Ohnmacht an ihm ausgelassen hätte. Es wäre eine verdiente Strafe dafür, dass er dem Tagebuch zugestimmt hatte.

Mike wusste, dass es sich zu einem ernsthaften Problem auswachsen konnte. Sophia war schon zu lange in dem Keller eingesperrt. Viel länger als geplant. Was drei oder vier Monate hätten sein sollen – schlimmstenfalls fünf –, waren inzwischen bereits elf. Hätte er gewusst, dass es so extrem werden würde, hätte er sich einen anderen Plan überlegt. Aber es war nun mal, wie es war, und es nützte nichts, Fehler aus der Vergangenheit zu bereuen.

Wenn die Operation gegen das Netzwerk nicht bald begann, würde Sophia bald ein Jahr in Gefangenschaft verbracht haben. Es war schön und recht, dass sie jetzt ihr eigenes Zimmer hatte und durch die beiden Fenster mehr Licht einfiel, aber ein Jahr war eine lange Zeit.

Als Mike eintrat, stand Sophia vor dem Schrankspiegel. Sie

trug eine Hose und ein T-Shirt, die er ihr kürzlich mitgebracht hatte, und hatte ihre Haare zu einem Pferdeschwanz zusammengebunden.

»Sie sollten sie mir mal schneiden«, sagte sie. Sie zog sich das Haar über die linke Schulter und prüfte die Länge. Es reichte ihr bis fünf Zentimeter unter die Brust.

»Das können wir sofort machen«, sagte Mike, der sich ans Bett gestellt hatte.

Er wollte noch etwas hinzufügen, verkniff es sich aber. Er musste sich genau überlegen, wann er Sophia die gute Botschaft überbringen sollte, denn die einzige gute Botschaft, auf die sie hoffte, war die Genesung ihrer Mutter.

»Wollten Sie mir was sagen?«

»Ja«, bestätigte Mike. »In zehn Tagen startet die Operation gegen das Netzwerk.«

Sophia hörte auf, an ihrem Haar herumzuspielen, und sah ihn ungläubig an. Sie blinzelte nicht, schien nicht einmal zu atmen. Ihre Augen wurden feucht.

»Was bedeutet das?«

»Dass dein Leben dann nicht mehr in Gefahr sein wird. Garrett, Holt, die anderen. Sie werden alle auf einen Schlag verhaftet. Weitere werden folgen.«

»Und ich werde frei sein«, sagte Sophia, als müsste sie sich selbst überzeugen.

»Genau.«

Dann tat Sophia etwas Überraschendes. Sie ging langsam zu Mike und umarmte ihn.

Er legte die Arme um Sophias zierlichen Rücken und erwiderte die Geste.

So standen sie eine Weile da.

»Danke«, sagte sie weinend.

Mike nickte, was sie aber nicht sehen konnte. Auch er verdrückte einige Tränen, denn er würde Sophia mehr vermissen, als er gedacht hätte.

Schließlich löste sich Sophia aus der Umarmung.

»Dann kann ich mich zusammen mit Oma um meine Mutter kümmern.«

»Natürlich.«

»Sind Sie sicher, dass es nur noch zehn Tage sind?«

»So lautet der Plan. Seien wir zuversichtlich.«

Sie nickte.

Zehn Tage schienen eine Kleinigkeit zu sein im Vergleich zu all der Zeit, die inzwischen verstrichen war, doch in Sophias Zustand konnten auch zehn Tage eine Ewigkeit bedeuten.

»Komm mit.«

Mike drehte sich um und ging zur Tür. Nicht zu der Tür, die zum Nebenraum führte, sondern zur Ausgangstür. Er zog die Schlüssel aus seiner Hemdtasche und schloss sie auf wie so oft zuvor, nur dass er diesmal davor stehen blieb und auf Sophia wartete.

Sie sah ihn an. Nach kurzem Zögern ging sie zu ihm.

Zwischen Tür und Treppe lag ein kleiner Absatz. Für Sophia war es nichts Neues, denn sie hatte Mike schon oft reinkommen und rausgehen sehen.

Zwei Glühbirnen an der Decke leuchteten auf. Die Treppe war aus Beton, ziemlich steil und ziemlich eng. Mike begann, sie Stufe für Stufe hinaufzusteigen. Als er auf dem Zwischenabsatz ankam, vergewisserte er sich, dass Sophia ihm folgte.

Die Tür am oberen Ende hatte kein Schloss und ließ sich geräuschlos öffnen.

Sie kamen in so etwas wie eine Hütte. Der Raum war groß und hatte an drei Seiten Fenster, die den Blick auf eine grüne Landschaft freigaben. Das Schreien der Vögel war hier wesentlich deutlicher zu hören als im Keller.

Eingerichtet war der Raum nur mit dem Nötigsten. Entweder hatte schon länger niemand mehr hier gewohnt, oder die Dekoration war dem Besitzer nicht so wichtig. Auf der einen Seite standen zwei Sessel und ein Sofa, auf der anderen Seite ein Tisch mit Vase und vier Stühlen.

Neugierig sah Sophia sich um. Sie hatte nie wirklich darüber nachgedacht, wie das Gebäude über dem Keller wohl aussah, aber aus irgendeinem Grund hatte sie sich nie eine Hütte vorgestellt.

»Lass uns in die Küche gehen und was trinken.«

Die Küche befand sich gleich nebenan. Sie war riesig und wirkte wie aus einer anderen Zeit. In einer Ecke stand ein alter Kühlschrank, der eine Tonne zu wiegen schien. So etwas hatte Sophia noch nie gesehen. Mike öffnete die Tür, die an die Luke eines U-Boots erinnerte. Innen schimmerte ein gelbliches Licht.

»Coca-Cola?«

»Ja.«

Mike gab ihr eine Dose. Der Kühlschrank mochte eine Antiquität sein, aber seine Funktion erfüllte er perfekt.

Durch eine Seitentür gelangten sie in ein weiteres Zimmer, das länglicher und gemütlicher war als das vorige. Zumindest hingen dort Bilder an der Wand. In einer Ecke, auf einem Tisch, der überhaupt nicht zur Einrichtung passte, stand ein Computer mit zwei Monitoren, beide ausgeschaltet.

»Hier ist es wirklich …« Sophia verstummte, als sie an einem der Fenster vorbeikamen, die nach vorne rausgingen.

Dort war ein großer See. Weil das Fenster offen stand, stieg ihr der betörende Duft nach Pinien in die Nase.

»Gehen wir raus auf die Veranda.« Mike hielt bereits die Tür für sie auf.

Sophia bewegte sich, als hätte sie einen bleischweren Raumanzug an, setzte wie in Zeitlupe einen Fuß vor den anderen und sah dabei in alle Richtungen. Als sie die Tür erreichte, fühlte sie sich wie geschrumpft. All ihre Sinne erwachten aus einer langen Lethargie. Ein feuchter Windhauch streichelte ihr über Gesicht und Arme, und ihr Haar – ihr langes Haar – wehte zum ersten Mal seit ewiger Zeit. Sie lauschte den Vögeln, dem Rauschen der Blätter, dem Glucksen des Wassers am Ufer, einem tausend Kilometer entfernten Moskito. Sie atmete diesen Wald tief in sich ein.

»Es ist wunderschön hier«, sagte sie und trat hinaus auf die Veranda.

Sophia hatte Mühe, die Augen zu öffnen. Als sich auch noch ein Lichtstrahl durch die Baumwipfel stahl, musste sie sie sogar ganz schließen.

Die Veranda war so lang wie das Wohnzimmer. Rechts stand ein Gartentisch mit zwei Sesseln, links ein Schaukelstuhl.

Sie setzten sich in die Sessel. Mike öffnete die Cola-Dosen und stellte sie auf den Tisch.

»Hätte ich das früher gesehen, hätte ich nie wieder weggewollt«, scherzte Sophia.

Mike lächelte.

»In all dieser Zeit hatte ich nicht so sehr Angst, dass du entkommen könntest, sondern eher, dass sie dich finden.«

»Das verstehe ich nicht«, sagte Sophia. »Ich weiß doch gar nicht viel. Ich hatte nur den Verdacht, dass Dylan die Videos noch für jemand anderen filmte. Mir ist nur ein kleines Detail aufgefallen, der Rest war Spekulation.«

»Dylan wollte alles auffliegen lassen«, sagte Mike. »Er hatte sich sogar mit einem Journalisten verabredet. Er plante, seinen Vater zu demaskieren. Du bist genau in dem Moment aufgetaucht, als Frank Garrett den Verdacht schöpfte, sein Sohn könnte ihn verraten. Sie befürchteten das Schlimmste, dass nämlich du schon alles wusstest. Die Demo an der Schule hatte ihnen bewiesen, wozu du fähig warst.«

Sophia trank einen Schluck von ihrer Coca-Cola.

»Die Luft hier draußen ist ganz anders«, sagte Sophia. »So als würde ich die Natur ganz neu entdecken.«

Mike nickte bekümmert.

»Der Keller hat Luftfilter, aber das ist natürlich nicht das Gleiche wie frische Luft.«

Sophia nahm das Gespräch wieder auf, in ihrem Kopf schwirrten die Gedanken.

»Es fällt mir schwer, Dylan für einen Guten zu halten«, erklärte sie. »Was er Janice und den anderen angetan hat ... Ich habe schlimme Dinge gesehen.«

»Ich will Dylan Garrett gar nicht verteidigen«, sagte Mike. »Was er getan hat, lässt sich auch nicht verteidigen. Ich sage nur, dass sein Vater ihn zu dem gemacht hat, der er ist. Wir können nicht wissen, wie Dylan sich entwickelt hätte, wäre er in einem liebevollen und vorbildlichen Elternhaus aufgewachsen. Eines aber steht fest: Er hat dagegen aufbegehrt, er wollte, dass die Täter gefasst werden, und das hat ihn das Leben gekostet.«

»Wie bitte? Frank Garrett hat seinen eigenen Sohn getötet?«

Mike zuckte mit den Schultern.

»Diese Frage kann ich dir nicht beantworten. Allerdings

glaube ich nicht, dass Frank sich selbst die Finger schmutzig machen würde. Dylan war eine Bedrohung für alle geworden.«

Sie sahen eine ganze Weile zum See. Sophia hätte den ganzen Tag dort sitzen können, sich verzaubern lassen von der Landschaft, durchdringen von ihrer Ruhe.

»Siehst du den Feldweg da vorne?«

Mike deutete auf zwei Furchen, die in den Wald hineinführten. Sophia nickte.

»Rund einen Kilometer entfernt liegt die Landstraße. Genau an der Kreuzung wohnt eine Familie, gute Menschen.«

»Warum sagen Sie mir das?«

»Weil du vielleicht irgendwann allein von hier wegmusst«, sagte Mike. »In der Garage steht ein Auto, die Schlüssel sind hinter der Sonnenblende.«

Sophia sah ihn traurig an.

»Es bestand schon immer die Möglichkeit, dass mir etwas zustößt. Deshalb weiß eine Person meines Vertrauens, dass du hier bist, und wird dich abholen, sollte dieser Fall eintreten.«

»Warum sagen Sie dann, ich könnte allein losmüssen?«

»Es wird ziemlich hässlich werden …«

Sophia sah Mike entsetzt an.

»Wenn sie dich hier finden, fliegt die ganze Operation auf. Garrett oder Holt oder beide könnten entkommen. Wenn sie ahnen, dass sich etwas anbahnt, werden sie vielleicht noch paranoider als sonst.«

»Und wieso sollten sie mich ausgerechnet hier suchen?«

»Sie könnten mir folgen. Das ist heutzutage leichter, als man denkt, man braucht dafür bloß eine Drohne der neuesten Generation.«

»Es sind nur noch zehn Tage«, sagte Sophia.

»Ich habe hier was für dich.«

Mike steckte die Hand in seine Hosentasche und holte einen Schlüssel heraus, der an einem langen Band hing.

»Das ist der von deinem Zimmer. Du kannst dich jetzt frei bewegen.«

Sophia starrte den Schlüssel an. Dann nahm sie ihn und hängte sich ihn um den Hals.

»Danke für Ihr Vertrauen.«

»Am besten wäre, du bleibst so viel wie möglich im Keller. Dort ist es am sichersten. Wenn du nach oben gehst, halte dich von den Fenstern fern. Und geh auf gar keinen Fall nach draußen, es sei denn, du musst flüchten.«

»Woher weiß ich, wann es so weit ist?«

»Wenn du achtundvierzig Stunden lang nichts von mir hörst: Das ist das Zeichen.«

28

Abends, wenn Sophia im Bett lag, weinte sie. Sie verzweifelte nur deshalb nicht gänzlich bei dem Gedanken an ihre Mutter, weil sie wusste, dass sie den Kummer, der ihr das Herz brach, nachts für eine Weile vergessen konnte. Mike hatte ihr gesagt, die Ärzte seien zuversichtlich. Was sollte er auch sonst sagen? Sophia umklammerte ihr feuchtes Kopfkissen und fühlte sich so einsam und verletzlich wie noch nie. *Wenn du achtundvierzig Stunden lang nichts von mir hörst: Das ist das Zeichen.*

Sie hatte Mike seit dem Frühstück, bei dem sie ungewöhnlich schweigsam gewesen waren, nicht mehr gesehen. Es waren erst drei der zehn Tage bis zum Beginn der Operation vergangen, Mikes Nervosität war mit den Händen zu greifen. Und wenn er nicht wiederkam?

Sie tastete nach dem Schlüssel, der ihr um den Hals hing, und packte ihn. Sie packte ihn so fest, dass der Bart sich ihr in die Hand grub. Der Schlüssel war ihre Garantie, dass sie aus dem Keller herauskam, sollte Mike etwas zustoßen, aber er verlieh ihr auch ein Gefühl von Sicherheit. Es war schon merkwürdig: Seit sie hier eingesperrt war, hatte sie sich immer nur gefragt, wie sie flüchten konnte, und jetzt war der Keller der einzige Ort, wo sie sich sicher fühlte.

Wenn sie an die riesige Hütte mitten im Wald dachte, fühlte sie sich sehr klein. Ob sie gerade allein war? Wenn sie wüsste, dass Mike sich in einem der Zimmer oben befand, würde sie das beruhigen.

Eine Stunde später – zumindest Sophias Schätzung nach – war sie noch immer nicht eingeschlafen. Von innerer Unruhe geplagt, setzte sie sich auf. Sie brauchte Mike, musste mit ihm reden, und sei es kurz, musste von ihm hören, dass alles gut würde. Doch allein die Vorstellung, jetzt aufzustehen und nach oben zu gehen, verursachte ihr Schwindel.

Da erinnerte sie sich an den Tag im *Saxxon* mit der Band. Bishop war verzweifelt, weil sie loswollte und die beiden Idioten Austin und Corey im Anmarsch waren. Sophia hatte ihn beiseitegenommen und ihm eingeschärft, dass er sich Respekt verschaffen müsse, das könne ihm niemand abnehmen.

Finde die Kraft dafür in dir selbst.

An Bishop, Nikki, Janice und Tom zu denken, war immer schmerzhaft für sie, aber es gab ihr auch Kraft. Sie sprang auf, zog die Hausschuhe an und ging zur Tür. Sie schloss sie auf.

Es war absolut still, auf der Treppe war es stockdunkel. Sie würde trotzdem nicht so dumm sein, Licht anzumachen, sonst würde sie sich nur verraten, sollte jemand ums Haus herumschleichen.

Sie stieg die Treppe hinauf und zählte ihre Freunde auf, ein Name pro Stufe.

Die zweite Tür hatte kein Schloss. Als sie sie öffnete, erschrak sie. Der Vollmond leuchtete so hell, dass sie anfangs dachte, irgendwo würde ein Licht brennen.

Sie spürte einen kalten Luftzug, was bedeutete, dass ein oder mehrere Fenster offen standen. Bevor sie in die Küche ging, wandte sie sich dem alten Schrank zu, der neben dem Eingang stand. Eine der mittleren Schubladen sollte eine geladene Pistole enthalten. Mike hatte sie darauf hingewiesen, weil er fand, sie sollte über alle Optionen verfügen, auch die extremsten. Sophia hatte noch nie eine Waffe abgefeuert und gedachte es auch nie zu tun. Sie zog die Schublade auf, und tatsächlich, da lag die Waffe. Während sie durchs Wohnzimmer geschlichen war, hatte sie kurz überlegt, die Pistole an sich zu nehmen, sich aber dagegen entschieden. Sie hatte sich vorgestellt, wie sie in Pyjama und Plüschpantoffeln dastand und die Waffe umklammert hielt, deren Knall, sollte sie abdrücken, sie zu Tode erschrecken würde. Sie schob die Schublade wieder zu.

Sie ging weiter zur Küche, als plötzlich, auf halber Strecke, der Kühlschrank ansprang. Beinahe hätte sie aufgeschrien. Instinktiv legte sie sich die Hände auf die Brust, und ihr Herz stampfte wie eine Lokomotive. Hätte sie die Waffe in der Hand gehabt, hätte sie sie garantiert fallen lassen oder, schlimmer noch, versehentlich abgefeuert.

Sie folgte Mikes Rat und hielt sich von den Fenstern fern. Als sie am Ende des langen Wohnzimmers ankam, ging sie nicht nach draußen wie tagsüber mit Mike, sondern rechts um die Ecke, wo eine Treppe hinauf in den ersten Stock führte. Sie war sich nicht ganz schlüssig und lauschte erst mal eine Weile. Sie hörte nichts, auch kein leises Schnarchen.

»Mike«, flüsterte sie. Sie beugte sich vor, war aber nicht imstande, auch nur einen Fuß auf die erste Stufe zu setzen.

Sie rief den Namen noch zweimal, ohne sich aus ihrer Starre zu lösen.

Es reicht, sagte sie sich, geh zurück in den Keller! Selbst wenn Mike in einem der Zimmer geschlafen hätte, was dann? Sollte sie ihn wecken, um ihm zu sagen, dass sie nicht schlafen konnte?

Sie setzte doch noch den Fuß auf die erste Stufe und umklammerte das Geländer. Ein letztes Zögern, aber ihr Wunsch, die Treppe hinaufzusteigen, siegte schließlich. Wo sie schon mal hier war, konnte sie auch nachsehen, ob Mike oben schlief. Dann konnte sie immer noch entscheiden, ob sie ihn wecken sollte oder nicht. Vielleicht genügte es ja zu wissen, dass er hier war, um endlich Schlaf zu finden.

Beim Hinaufgehen knarrte die Treppe und kündigte sie an. Erst versuchte sie es ganz rechts, dann ganz links, aber es knarrte überall. Wenn Mike hörte, dass jemand auf der Treppe war, konnte es gefährlich werden.

»Mike, ich bin's, Sophia«, rief sie leise.

Nichts.

Oben stieß sie auf einen langen Flur. Das einzige Fenster war ganz am Ende, sodass sie fast nichts sah. Sophia meinte, viele Türen zu erkennen, die alle geschlossen schienen, bis auf die erste. Sie trat ein und bemerkte sofort, dass es Mikes Zimmer sein musste. Er selbst fehlte.

Es war ein großes Zimmer, spärlich beleuchtet vom Mondlicht. Das Doppelbett war ungemacht, auf einem Stuhl lag Kleidung, die Sophia sofort erkannte.

Auf dem Nachttisch stand ein Bilderrahmen mit einem Foto von Mikes Mutter.

Nun, da sie wusste, dass sie allein war, war ihr noch mulmiger zumute. Es mochte zwar schon oft vorgekommen sein, aber sie hatte es bloß geahnt, nicht gewusst. Auf die Idee, auch die anderen Zimmer zu inspizieren, kam sie nicht. Sie wollte nur noch in den Keller zurück, die Tür hinter sich abschließen und ins Bett gehen.

Plötzlich blieb ihr Blick an etwas hängen. Auf der Kommode

lag eine Mappe, die dort nicht hinzugehören schien. Sie ging hin und schlug sie auf. Es war ein Album mit Zeitungsausschnitten.

29

Camila und Tim saßen auf der Veranda des Glashauses. Camila trank Mate, Tim Eistee.

Camila berichtete ihm von dem Pädophilen-Netzwerk, ihrem Modus operandi und allem anderen, was sie von Carlson erfahren hatte. Es war ihnen eine Genugtuung, dass ihre Spekulationen sich im Großen und Ganzen als zutreffend erwiesen hatten. Garrett und Holt waren die beiden entscheidenden Drahtzieher. Camila ging davon aus, dass Ersterer der Kopf der Organisation war und Zweiterer ihr ausführender Arm. Zu Phil Holmes hatte Carlson nichts gesagt, aber es stand zu vermuten, dass auch er in die Sache verwickelt war. Die enge Verbindung zwischen den dreien, der überhastete Verkauf der Firma, Carolines angeblicher Unfall – alles Hinweise, die in diese Richtung wiesen.

Als Camila Tim gegenüber andeutete, dass Sophia womöglich noch lebte, ließ der Journalist sich in seinen Sessel sinken und sah sie ungläubig an.

»Hat er dir das bestätigt?«

»Nicht explizit«, sagte Camila, »aber er ließ es durchblicken.«

Tim konnte es nicht fassen.

»Das würde das FBI doch nie tun«, sagte er, »nicht mal bei einer Geheimoperation. Das wäre völlig verrückt. Sophias Verschwinden hat so viel Leid verursacht, bei ihrer Familie, ihren

Freunden und überhaupt. Die ganze Welt war Zeuge davon. Wenn rauskommt, dass die Regierung ihre Hände …«

»Ich bin sicher, dass das FBI offiziell gar nicht beteiligt ist«, erklärte Camila.

»Dann hat Carlson das allein durchgezogen?«

Camila nickte.

»Ich denke schon.«

»Ich weiß nicht, Camila. Könnte es nicht sein, dass sie einfach Zeit gewinnen wollten?«

»Mein Instinkt sagt Nein.«

Tim schwieg und rieb sich das Kinn.

»Es ist irre. Wenn das Netzwerk wirklich so groß ist und wenn Sophia lebend wieder auftaucht, geht die Nachricht landesweit durch die Decke.«

»Warum, meinst du, kreist Vince Naroditsky über allem wie ein Aasgeier?«

»Was machen wir jetzt?«

30

Als Mike in den Keller kam, hatte er das Album mit den Zeitungsausschnitten dabei. Sophia tat so, als sähe sie es zum ersten Mal. Sie wollten eine letzte Partie Schach spielen. Fünfzehn Minuten Zeitkontingent jeder. Sophia mit Weiß.

Mike legte ihr das Album hin.

»Darin findest du alles darüber, was da draußen passiert ist.«

»Ich kann kaum glauben, dass ich bald wieder zurückkehre«, sagte sie, die Augen auf das Album gerichtet.

Sie begann zu weinen.

Mike wartete.

»Wenn alles gut geht, darfst du morgen nach Hause. Deine Großmutter und deine Freunde werden für dich da sein.«

»Und Sie?«

Er schüttelte den Kopf. Seine Stimme zitterte.

»Du kennst die Antwort. So ist es nun mal.«

»Ich weiß.«

»Heute Nachmittag schlagen wir endlich zu«, sagte Mike ernst, »ich bin Teil der geplanten Operation. Wenn alles zu Ende ist, komme ich wieder her und hole dich ab. Es sind nur ein paar Stunden.«

Sophia sah ihn entsetzt an. Die Frage musste sie eigentlich nicht aussprechen, sie tat es trotzdem.

»Und wenn dir was passiert?«

»Es wird klappen, vertrau mir«, beruhigte er sie. »Aber falls nicht, weißt du ja, was zu tun ist.«

Sophia griff zu dem Schlüssel, den sie um den Hals trug. Sollte etwas schiefgehen, würde sie Hilfe suchen müssen.

»Das da wird mir ein bisschen die Zeit vertreiben«, sagte sie und deutete auf das Album.

»Du bist nirgendwo sicherer als hier. Solange du die Tür verschlossen hältst, kann dir nichts passieren.«

Sie gingen noch einmal ihre offizielle Geschichte durch. Die Medien würden sich auf sie stürzen, da war es wichtig, dass ihr Bericht hieb- und stichfest war. Mike hatte ihr am Vortag erklärt, was sie sagen sollte, und sie hatte alles wiederholt, ohne auch nur ein Detail zu vergessen.

Dann eröffneten sie die Schachpartie.

31

Der vom FBI vorbereitete Einsatz gegen Conrad Holt durfte nicht schiefgehen. Zwei Beamte, darunter Carlson, leiteten ihn, assistiert von einem Team, das auf schwierige Festnahmen spezialisiert war. Schließlich hatten sie es mit einem Polizisten zu tun.

Stattfinden sollte die Festnahme auf dem Parkplatz des Polizeireviers. Geplant war sie als Blitzaktion. Holt verließ das Gebäude normalerweise zwischen fünf und sechs Uhr nachmittags durch die Hintertür und ging zu dem ihm zugewiesenen Parkplatz, der rund dreißig Meter entfernt lag. Auf diesem Weg zum Auto sollte er abgefangen werden. Ein Team, das in einem verlassenen Gebäude Position bezogen hatte, mit freier Sicht auf den Parkplatz, würde die Aktion absichern. Ein weiteres Eingreifteam stand bereit, sollte Hilfe vonnöten sein.

Um halb sechs hatte Holt das Gebäude noch nicht verlassen. Noch war alles im erwartbaren Rahmen, doch Carlson wurde trotzdem nervös. Holts Festnahme war Teil einer viel größeren Operation, die wenig Spielraum ließ.

Carlson saß auf dem Beifahrersitz. Rosen, der Beamte am Steuer, sah alle dreißig Sekunden zu seinem Vorgesetzten. Carlson stand nicht nur in permanenter Verbindung mit der Überwachungseinheit, sondern auch mit dem zweiten Mann in der

Befehlshierarchie, dem Spezialagenten Rozman, der sich in diesem Moment am anderen Ende der Stadt befand und den Einsatz zur Festnahme von Frank Garrett leitete.

Carlson sprach ins Funkgerät.

»Rozman, irgendwas Neues von Garrett?«

»Ist noch nicht aufgetaucht.«

Carlson seufzte. Er machte sich größere Sorgen um das, was in dem anderen Einsatz vor sich ging. Hier war wenigstens alles unter Kontrolle. Noch hatten sie dreißig Minuten Puffer. Kommissar Holt blieb manchmal etwas länger, als sein Dienst es vorsah, darauf waren sie vorbereitet.

Zwanzig Minuten später hatte sich an der Situation noch immer nichts verändert. Carlson gab den Befehl, zu Plan B überzugehen. Das Einsatzteam teilte sich auf. Vier Beamte drangen auf den Parkplatz vor und bezogen vor dem Hinterausgang Stellung, die drei restlichen Beamten vorne am Haupteingang. Beide Teams hatten Anweisung, Holt nicht aus dem Gebäude zu lassen.

Carlson und Rosen schlichen zum Hinterausgang und hielten sich dabei eng an die Gebäudewand, um nicht von einem der Fenster aus gesehen zu werden. Bevor sie eintraten, wechselten Carlson und einer der Beamten an der Tür Blicke. Beide nickten.

Carlson ging als Erster rein. Er hatte noch nie einen Fuß in dieses Polizeirevier gesetzt, wusste aber trotzdem genau, wo er hinmusste. Rosen hielt sich dicht hinter ihm. Keiner der beiden hatte die Waffe gezückt.

Sie kamen durch einen Aufenthaltsraum, von dem ein Flur zu den Umkleiden führte. Zwei Polizisten standen an einem Kaffeeautomaten und sahen zu ihnen herüber. Einer von ihnen wollte etwas sagen, aber da waren Carlson und Rosen schon im Hauptraum.

Er war fast leer. Zwei Polizisten saßen an ihrem Schreibtisch und blickten auf. Ein weiterer Polizist, der gerade mit einem Kaffee aus der Küche kam, blieb abrupt stehen und verfolgte sie mit Blicken.

Carlson ging direkt zu Holts Büro. Eine Frau trat ihnen aus dem angrenzenden Zimmer entgegen. Sie wollte etwas über den Kommissar sagen …

»Ms. Groff«, unterbrach Carlson sie und zeigte ihr seine Marke, »wir sind von der Polizei und müssten mit Kommissar Holt sprechen.«

Die Frau verstummte und machte ein bestürztes Gesicht, als hinter Carlson und Rosen die vier Beamten in voller Einsatzmontur auftauchten.

Carlson klopfte an die Tür.

»Herein«, sagte Holt.

Carlson ging voran, Rosen folgte ihm und ließ die Tür offen, damit die bewaffneten Beamten ebenfalls eintreten konnten.

Holt stand nicht auf, sondern sah sie nur an. Seine Hände hatte er unter dem Schreibtisch.

»Ich bin Agent Carlson vom FBI, Ihre Sekretärin hat gerade meine Marke überprüft. Ich muss Sie bitten, mit mir zu kommen.«

Holt musterte ihn.

»Ich verstehe nicht. Was soll das?«

»Legen Sie Ihre Hände auf den Tisch«, sagte Carlson.

Holt tat es nicht.

»Erst sagen Sie mir, was das soll.«

»Das klären wir später in unseren Büros.«

Holt schüttelte den Kopf.

»Dann haben wir ein Problem, denn ich werde mich nicht von der Stelle rühren, solange Sie mir nicht sagen, was Sie wollen.«

Seine Schultern bewegten sich leicht, offenbar hantierte er mit etwas unter dem Tisch.

Die Beamten richteten gleichzeitig ihre Waffen auf ihn. Rosen hätte beinahe aufgeschrien.

»Ganz ruhig«, sagte Carlson. »Holt, diese Tür ist der einzige Weg, um hier rauszukommen, und wir gehen hier nicht weg. Tun Sie, was wir Ihnen sagen, dann machen Sie es leichter für alle.«

»Sie irren sich, Agent Carlson, diese Tür ist nicht der einzige Weg, um hier rauszukommen.«

Anfangs begriffen sie es nicht. Sie kannten den Grundriss des Gebäudes, in diesem Büro gab es keinen Hinterausgang.

Holt stand auf. Er hielt eine Handgranate.

»Rückzug!«, rief Carlson sofort.

Das taktische Einsatzkommando wich zurück auf den Flur. Rosen blieb auf der Schwelle stehen.

Carlson rührte sich nicht von der Stelle.

»Wenn Sie auf mich schießen, fliegen wir alle in die Luft«, sagte Holt.

»Rosen, lassen Sie das Gebäude räumen.«

Der Agent protestierte nicht, sondern eilte aus dem Büro. Die bewaffneten Beamten gehorchten widerwillig. Die Sekretärin im Flur stieß einen Schrei aus und drängte die wenigen Polizisten, die noch im Revier waren, sofort nach draußen zu gehen.

Carlson zog seine Waffe und zielte auf Holt, der noch immer

hinter seinem Schreibtisch stand. Der Kommissar hielt den Hebel der Granate nach unten gedrückt. Falls er ihn losließ, gab es keine Rettung mehr für die beiden im Büro.

»Ich werde Sie hier nicht mit einer Handgranate rausspazieren lassen, Holt«, sagte Carlson. »Es bleiben nur zwei Möglichkeiten: Entweder Sie stecken den Sicherungsstift zurück und loten aus, zu welcher Vereinbarung Sie mit uns gelangen können, oder wir gehen beide in die Luft und klären die Sache im Jenseits.«

Holt musterte ihn.

Kurz zweifelte Carlson, ob seine Konfrontationsstrategie der richtige Weg war. In der nächsten Sekunde waren jegliche Zweifel verflogen, denn die Druckwelle schleuderte ihn gegen die Wand.

32

Camila wollte gerade mit Alex sprechen, als Tim überraschend anrief.

»Entschuldige, dass ich dich so spät noch störe«, sagte Tim. »Der FBI-Agent, den du neulich getroffen hast, hieß doch Carlson, oder?«

»Ja.«

»Er ist tot.«

Tim sprach weiter, doch Camila hörte ihm nicht mehr zu.

»Bist du noch dran?«

Camila ließ sich in den Sessel sinken und starrte auf den Bildschirm ihres Notebooks.

»Tot?«

»Ich habe eine Quelle im Krankenhaus, und die hat mich angerufen, weil es sich um einen Bundesbeamten handelte. Eine Handgranate ist explodiert, er starb auf dem Weg in die Klinik.«

»Kein Zweifel, dass es Carlson war?«

»Nein.«

»Scheiße.«

Camila beendete das Gespräch und starrte vor sich hin. Agent Carlson war ein guter Mensch gewesen. Sie erinnerte sich noch, dass er ihr von seiner Familie erzählt hatte, besonders von seiner Tochter. Und dass er den Dienst quittieren wollte, weil er es nicht mehr ausgehalten hatte. Camila war ganz flau im Magen.

Carlson hatte ihr die einzige Verbindung zu Sophia angedeutet. Und jetzt war er tot.

33

Sophia hatte alle Ausschnitte aus dem Album gelesen. Sie war überrascht, wie viel Aufsehen ihr Verschwinden verursacht hatte, besonders in den ersten Monaten.

Sie überlegte, ob sie einige Artikel, die sie nur überflogen hatte, genauer lesen sollte, doch ihr war klar, dass es nur ein Vorwand war, um sich nicht mit der einzigen Frage zu beschäftigen, die sie wirklich interessierte: Wo blieb Mike? Er hatte gesagt, er werde nur zwei Stunden weg sein, und jetzt war mindestens doppelt so viel Zeit verstrichen. Draußen war es bereits dunkel.

Sie lag auf dem Bett, sah zu Taylor Swift, dann zu Stephen Hawking.

»Es wird alles gut, Leute.«

Zwei weitere Stunden vergingen. Jetzt war Sophia wirklich besorgt.

34

Garretts Kanzlei war ein modernes Gebäude im Zentrum. Das FBI hatte Kameras und Mikrofone im Büro des Anwalts und dem angrenzenden Konferenzraum angebracht.

Bill Mercer kam, so wie mit Frank Garrett vereinbart, um sieben Uhr abends, nachdem alle Mitarbeiter schon gegangen waren. Mercer hatte sich vor Monaten in das Netzwerk eingeschleust. Er hatte die Beziehung zu Garrett wieder aufgenommen. Um sein Vertrauen zu gewinnen, hatte er so getan, als interessiere er sich für pornografisches Material mit Minderjährigen, in seinem Falle Mädchen zwischen zwölf und vierzehn. Mercers hohe Entschädigung wegen des Unfalls, der ihn in den Rollstuhl gebracht hatte, war nichts im Vergleich zu den Gewinnen, die er durch kluge Investitionen an der Börse eingestrichen hatte. Innerhalb eines Jahrzehnts hatte er sein Vermögen verfünfzigfacht. Dies hatte ihm ein sehr bequemes Leben ermöglicht und war außerdem der Grund, warum Garrett ihn an sich herangelassen hatte. Er war nicht nur ein solventer Klient, sondern wollte auch investieren. Das Netzwerk wurde gerade massiv ausgeweitet, und mit ihm die Infrastruktur. Die Experten, die dafür sorgten, dass man die Spur im Darknet praktisch nicht zurückverfolgen konnte, verlangten einen Haufen Geld.

Mercer fuhr mit dem Rollstuhl den Hauptflur entlang, vorbei an den im Dunkeln liegenden Büros. Nur im Konferenzraum brannte Licht, dorthin begab er sich. Als er die Tür öffnete, saß Garrett am Kopfende des Tisches. Er war allein.

»Guten Abend, Frank.« Bill suchte sich einen Platz nahe der Tür und blickte sich um. »Alles okay?«

»Ja.«

»Wo ist dein Kompagnon? Ich dachte, wir wären für Punkt sieben verabredet.«

Garrett musterte ihn. Es lag etwas Merkwürdiges in seinem Blick. Bill war beunruhigt. Zusammen mit dem FBI hatte er seit Monaten daran gearbeitet, Garretts Vertrauen zu gewinnen, um so an den eigentlichen Drahtzieher heranzukommen. Manche beim FBI waren der Ansicht, dass dieser mysteriöse Kompagnon im Ausland saß, andere hielten ihn schlicht für Garretts Erfindung.

»Er wird gleich kommen«, sagte Garrett.

Bill Mercer sah ihm direkt in die Augen.

»Ach, ja? Ich fange nämlich an zu glauben, dass es diesen Kompagnon gar nicht gibt.«

»Nennst du mich gerade einen Lügner?«

»Hör zu, Frank. Ich werde viel Geld investieren, und das tue ich nicht nur, weil die Gewinne so fantastisch sind, sondern vor allem, weil ich dir vertraue. Du hast mich damals vor Gericht vertreten und mir versichert, dass du den Fall gewinnst, und so war es auch. Ich vertraue dir, verstehst du?«

»Ja. Und ich vertraue dir, Bill. Aber mein Kompagnon ist … ist ein bisschen vorsichtiger.«

Mercer nickte.

»Und weil wir einander vertrauen, kannst du mir ruhig die Wahrheit sagen. Du musst nicht so tun, als gäbe es da noch jemanden.«

In einem Überwachungswagen in der Nähe saßen Agent Jeremy Rozman und Agent Amanda Fry und beobachteten das Geschehen über die einzige Kamera im Konferenzraum. Sie vermuteten, dass Garretts Kompagnon nicht auftauchen würde, falls es ihn denn gab. Es war nur noch eine Frage von Minuten, bis Rozman den Befehl geben und das Einsatzkommando Garrett festnehmen würde. Wenn alles wie geplant verlief, würde ihr Teil der Operation in Kürze erfolgreich über die Bühne gegangen sein.

Rozman behielt gleichzeitig den Bildschirm und sein Handy im Blick. Er hatte mitbekommen, dass Holt im Polizeirevier eine Handgranate gezündet hatte, doch man hatte ihm noch nicht mitgeteilt, ob Carlson überlebt hatte.

»Er wird es nicht schaffen«, sagte Fry, die spürte, wie besorgt ihr Chef war.

»Mein Gott, Amanda, bitte.«

Fry war am Boden zerstört. Die Nachricht über Carlson hatte sie tief getroffen. Carlson war in der Truppe beliebt und respektiert.

»Es war eine Handgranate, Jeremy. Und er war in dem Raum. Das kann man nicht überleben.«

»Aber er hat auf dem Weg ins Krankenhaus noch gelebt. Wir wissen nichts Genaues. Bleiben wir zuversichtlich.«

Fry sah ihn so traurig und voller Mitgefühl an. Sie wussten beide, dass sie nur deshalb noch nicht von Carlsons Tod unterrichtet worden waren, weil man die Operation nicht gefährden wollte. Die Show musste weitergehen.

Da vibrierte das Handy auf dem Tisch. Rozman ging sofort ran.

»Carlson ist tot«, sagte die Stimme am anderen Ende.

Rozman ließ sich in den Stuhl sinken, während sein Gehirn versuchte, die Worte des FBI-Direktors zu verarbeiten.

»Haben Sie mich verstanden?«

»Ja, Sir.«

»Sie leiten ab jetzt diese Operation. Wie sieht's aus mit Garrett?«

»Alles unter Kontrolle, Sir.« Rozman sprach wie auf Autopilot. »Sein Kompagnon ist nicht aufgetaucht und …«

»Damit war zu rechnen, oder?«, unterbrach ihn der Direktor.

»Ja, Sir. Wir werden Garrett jetzt festnehmen.«

»Sehr schön. Halten Sie mich auf dem Laufenden.«

»Natürlich, Sir.«

Rozman legte das Handy auf die Konsole. Fry hatte den Blick auf den Bildschirm gerichtet und verfolgte aufmerksam das Geschehen im Konferenzraum. Etwas stimmte nicht.

»Versuchen wir auszublenden, was wir gerade erfahren haben«, sagte er.

Fry nickte heftig. Sie hatte feuchte Augen.

Jetzt sahen sie beide auf den Bildschirm. Genau in diesem Moment wanderte Garretts Blick zu seinem Handy, das auf dem Tisch lag. Offenbar hatte er eine Nachricht erhalten.

»Verdammt«, sagte Fry. »Da hat ihm jemand das mit Holt geschrieben.«

Garrett sah zum Handy, ohne es in die Hand zu nehmen.

Bill war sofort in Alarmstimmung. Er wusste um die Festnahmen, die gerade stattfanden, und sicher könnte jemand Garrett warnen. Warum hatte das FBI den Zugriff noch nicht befohlen? Es reizte ihn, unauffällig zur Kamera zu spähen, aber es war zu gefährlich.

»Das war mein Kompagnon«, sagte Garrett. »Er wird nicht kommen.«

»Er existiert also.«

»Natürlich. Es gab eine Planänderung.«

»Will er sich plötzlich nicht mehr mit mir treffen? Frank, das kommt mir langsam verdammt merkwürdig vor. Es gibt noch andere interessante Investitionen. Ich bin derjenige, der sein Kapital riskiert.«

»Immer mit der Ruhe, Bill. Wie gesagt, mein Kompagnon ist sehr misstrauisch. Manchmal misstraut er sogar mir.«

Garrett strahlte absolute Gelassenheit aus. Sollte er tatsächlich über den Einsatz des FBI informiert worden sein, war es ihm nicht anzumerken.

»Was will er denn?«

»Dich woanders treffen. Er weiß auch schon, wo, hat es mir aber noch nicht gesagt.«

»Kommt überhaupt nicht infrage!«, rief Bill in der Hoffnung, dass Rozman und Fry die Botschaft verstanden.

»Er wird uns Anweisungen erteilen, sobald wir das Gebäude verlassen haben.«

Bill schüttelte den Kopf. Er ging davon aus, dass Garrett mit allem, was er sagte, Zeit gewinnen wollte. Warum hatte Rozman noch nicht eingegriffen?

Gerade als Rozman dem Kommando den Befehl erteilte, das Büro zu stürmen und Garrett zu verhaften, klingelte erneut sein Handy. Die Nummer war privat, also nahm er an, dass es noch einmal der Direktor war.

Er wies Fry an, den Einsatz zu überwachen, und zog sich in den hinteren Teil des Vans zurück.

»Agent Rozman, hier ist Camila Jones.«

»Wer?«

»Camila Jones. Ich bin Journalistin.«

Das Gesicht des Polizisten verhärtete sich.

»Woher haben Sie diese Nummer?«

»Agent Rozman. Wir haben wirklich keine Zeit für Spielchen, schon gar nicht nach dem, was mit Carlson passiert ist.«

»Ihr Anruf kommt extrem ungelegen, Ms. Jones.«

»Das kann ich mir vorstellen, aber es ist äußerst wichtig, dass Sie mir kurz zuhören.«

In fast allen denkbaren Szenarien hätte Rozman genau in diesem Augenblick das Gespräch beendet. Er befand sich mitten in einem Einsatz, der das Leben vieler Menschen verändern konnte, einschließlich seines eigenen. Andererseits wusste er, dass eine so bekannte Journalistin wie Camila Jones ihn nicht ohne Grund anrufen würde, und eine innere Stimme sagte ihm, er sollte sie anhören. Er schielte zu Fry hinüber, die alles unter Kontrolle zu haben schien.

»Worum geht es?«

»Vor einigen Tagen habe ich mit Agent Carlson gesprochen. Er hat mir von den geplanten Verhaftungen erzählt und mir einiges über das Netzwerk erklärt, das Sie gerade ausheben wollen.«

»Carlson hat mir aber nichts von Ihnen erzählt«, sagte Rozman vorsichtig. »Warum sollte Carlson Ihnen solch sensible Informationen anvertrauen?«

»Carlson hat durchblicken lassen, dass Sophia Holmes noch lebt. Wenn ich ihn richtig verstanden habe, hält das FBI sie irgendwo versteckt.«

Es folgte ein langes Schweigen.

»Das ist doch Unsinn.«

»Ist es das? Carlson hat mir gegenüber sehr deutlich gemacht, dass Sophia sich nicht umgebracht hat und das FBI sie vor jedem Schaden bewahren will.«

»Ich weiß nicht, wovon Sie reden. Und ich habe auch nicht mit Carlson oder sonst jemandem vom FBI über Sophia Holmes gesprochen. Entschuldigen Sie, ich muss dieses Gespräch jetzt wirklich beenden.«

Das Letzte, was Rozman hörte, war ein resigniertes Seufzen.

Nachdenklich setzte er sich neben Fry. Auf dem Bildschirm war zu sehen, wie drei Beamte ihre Sturmgewehre auf Garrett gerichtet hielten. Der Anwalt schien das SWAT-Team gar nicht zu bemerken, so sehr war er damit beschäftigt, Bill Mercer hasserfüllt anzusehen.

Mercer wiederum saß einfach da und bewegte keinen Muskel.

Ein weiterer Agent kam herein und forderte Garrett auf, die Hände zu heben. Eine Hand war unter dem Tisch versteckt.

»Garrett, es ist vorbei. Zeigen Sie mir beide Hände«, drängte der Beamte.

Garrett war ein Raubtier, der nur noch Augen für seine Beute hatte. Der restliche Raum existierte nicht für ihn.

»Du Dreckskerl«, murmelte er in Richtung Mercer.

Ein Schuss schreckte alle auf. Abgegeben worden war er von unter dem Tisch. Er schlug in Mercers Rollstuhl ein, der leicht zurückgestoßen wurde. Mercer schwang instinktiv den Körper zur Seite, um den Rollstuhl umzukippen, und ließ sich auf den Teppich fallen.

Garrett konnte noch ein zweites Mal schießen, bevor eine Gewehrsalve seine Brust schüttelte. Er sackte zusammen.

Der Schusswechsel hatte keine drei Sekunden gedauert. Rozman fasste sich an die Stirn, schloss die Augen und seufzte. Fry legte ihm eine Hand auf die Schulter.

»Der Hund hatte doch tatsächlich eine Waffe unter dem Tisch«, sagte er, noch immer mit geschlossenen Augen.

»Der Typ war paranoid«, sagte Fry. »Den Kompagnon hat er erfunden.«

Rozman sah sie an und nickte. Dann nahm er über das Funkgerät Kontakt mit dem Leiter des Einsatzkommandos auf.

»Wie geht es Mercer?«

Der Einsatzleiter hob den Daumen und hielt ihn in die Kamera. Zwei Beamte halfen Mercer zurück in seinen Rollstuhl. Keiner der beiden Schüsse hatte ihn getroffen. Dieses Mal hatte er das Glück auf seiner Seite gehabt.

35

Sophia öffnete die Tür des Kellers und wurde überwältigt von einem Gefühl der Gefahr. Als sie im Erdgeschoss ankam, ging sie direkt in die Küche. Im Wohnzimmer war die Waffe, und mit einer Waffe wollte sie auf keinen Fall herumlaufen, denn dies hätte bedeutet, dass sie tatsächlich glaubte, jemand könne ihr auflauern. Außerdem wäre es leichtsinnig, den Keller unnötig zu verlassen. Mike hatte ihr erklärt, sie solle, wenn sie Hilfe brauche, zu dem Haus an der Kreuzung gehen. Und genau dies würde sie jetzt tun. Sie würde sich nicht von eingebildeten Feinden verrückt machen lassen und Clint Eastwood spielen.

Nach Mike würde sie gar nicht erst suchen. Es war zu offensichtlich, dass er nicht in der Hütte war.

In der Küche suchte sie das, was sie wirklich benötigte: eine Taschenlampe. Ohne Taschenlampe würde sie nicht durch den Wald laufen. Sie würde sie nicht ständig benutzen, aber irgendwann würde sie sie brauchen. Sie überprüfte, ob sie funktionierte, und ging nach draußen.

Auf der Veranda blieb sie kurz stehen und sah zu dem Tisch, an dem sie neulich noch mit Mike geplaudert und Coca-Cola getrunken hatte. Sie fragte sich einmal mehr, ob ihm etwas Schlimmes zugestoßen war, und hatte ein flaues Gefühl im Magen.

Kaum hatte sie die Veranda verlassen, bemerkte sie, dass es

wesentlich kälter war als erwartet. Keine zehn Grad, schätzte sie. Sie hatte bloß ein T-Shirt an, und sie fror sofort an den Armen. Der Verstand sagte ihr, dass sie noch mal in den Keller zurückkehren und sich ein Sweatshirt holen sollte, doch sie wusste, dass sie dann nicht wieder den Mut aufbringen würde, sich auf den Weg zu machen. Sie überlegte, ob sie vielleicht in den ersten Stock gehen und unter Mikes Sachen nach etwas suchen sollte, doch auch diese Idee verwarf sie. Im Grunde waren das alles nur Ausreden. Im Schutz des Kellers etwas zu planen, war das eine, es auch wirklich durchzuführen und durch einen dunklen Wald zu gehen, etwas ganz anderes. Sie bereute fast, überhaupt aufgebrochen zu sein, doch sie zwang sich, ihren Weg fortzusetzen.

Als sie zu den beiden Furchen gelangte, war sie froh, dass sie die Taschenlampe dabeihatte. Es war nicht nur ein beruhigendes Gefühl, einen massiven Gegenstand in der Hand zu haben – es war zwar keine Pistole, aber sollte sie jemandem begegnen, war es besser als nichts –, sondern sie konnte damit auch jederzeit die Dunkelheit durchdringen. Nie hatte sie nachts Angst gehabt, nicht einmal ganz früher, doch diesmal stieg eine unbekannte Unruhe in ihr auf, die sie ihrer langen Gefangenschaft zuschrieb.

»Es wird dir gleich besser gehen«, sagte sie laut.

Der Klang ihrer eigenen Stimme beruhigte sie aber nicht, im Gegenteil. Halt lieber den Mund, dachte sie.

Sie hielt sich links des Feldweges. Die Vegetation war dort so dicht, dass sie nur wenige Meter weit sehen konnte. Dazu kam, dass sie ständig den Blick gesenkt halten musste, um zu erkennen, wo sie hintrat.

Wie weit sie vorangekommen war, konnte sie nur schwer

einschätzen, weil sie sehr langsam ging, immer wieder Schlenker machte, um Pflanzen und großen Pfützen auszuweichen. Den eigentlichen Weg wollte sie nicht benutzen, weil ihr dies zu gefährlich erschien. Dort konnte sie leicht gesehen werden, sogar ohne die Taschenlampe einzuschalten. Außerdem war es ihr nur recht, dass sie sich so sehr darauf konzentrieren musste, wo sie hintrat. Die Kälte war kaum noch auszuhalten.

Sie hatte zwei- oder dreihundert Meter zurückgelegt – schwer zu sagen –, als sie ein Geräusch hörte, das vom See kam. Es klang, wie wenn Holz auf Wasser platscht. Sophia dachte an ein kleines Boot oder etwas Ähnliches. Sie wusste, dass der See gleich hinter dem Dickicht zu ihrer Linken lag, und beschloss, der Sache auf den Grund zu gehen. Vielleicht war es Mike, der diesmal mit einem Boot zurückkehrte. Wenn es Mike war, dann würde alles so viel einfacher. Sie würden sich gemeinsam auf die Suche nach einem Auto machen, die Heizung einschalten und nach Hawkmoon fahren, wo sie endlich ihre Mutter wiedersehen würde. Sie war so nah dran. Warum musste sie jetzt auch noch das durchmachen?

Sophia knipste kurz die Taschenlampe an, um einzuschätzen, wie sie am besten zum Ufer gelangte. Es waren keine zehn Meter, aber es war weit genug, als dass im Dickicht eine Schlange oder ein anderes Tier lauern könnte. Und sollte dies tatsächlich so sein, würde sie laut schreien und zum Haus zurückrennen, das wusste sie. Sie entdeckte eine Stelle, wo die Büsche etwas niedriger waren, und kämpfte sich hindurch. Dann machte sie das Licht aus und schob im Dunkeln die letzten Zweige beiseite.

Sie stand nun am See und sah zuerst in Richtung Haus, das von Weitem betrachtet weniger tröstlich wirkte. Wenn in diesem Augenblick in einem der Fenster das Licht angegangen wäre …

»Schluss jetzt!«

Auf dem Wasser lag kein Boot. Allerdings befand sich einige Meter von dort, wo sie stand, ein kleiner Steg. Er war nicht sehr lang – vielleicht fünf oder sechs Meter – und ragte kaum aus dem Wasser. Das Geräusch, das Sophia gehört hatte, war wohl das von Wasser, das gegen Holzpfeiler schwappte. Tatsächlich hörte sie es wieder. Sophia wollte schon den Rückweg antreten, als sie auf dem Steg etwas zu sehen glaubte. Lag dort jemand?

Diesmal grübelte sie nicht lange darüber nach, sondern ging näher an den Steg heran, richtete die Taschenlampe darauf und schaltete sie ein.

Etwas bewegte sich, als es vom Lichtstrahl getroffen wurde: Es war ein riesiges Krokodil. Das Tier hob den Schwanz, wendete sich und kroch so schnell davon, dass das Tapsen der Beine auf dem Holz des Stegs wie ein Trommelwirbel klang. Sophia schrie, zitterte vor Angst und wich instinktiv zurück. Das Krokodil glitt geräuschlos ins Wasser, vielleicht war es aber auch nur so, dass Sophias Angstschrei alles übertönte.

Vor Schreck vergaß sie, die Taschenlampe auszuknipsen, und als sie taumelnd zurückwich, strich der Lichtkegel über das Ufer. Die Felsen dort bewegten sich zuckend, warfen spitze Schatten. Gelbe Augen öffneten sich und starrten sie an. Viele gelbe Augen. Mindestens fünf Krokodile, so groß wie das, das sie gerade auf dem Steg gesehen hatte, wimmelten dort, eines davon keine zwei Meter entfernt. Sophia schrie erneut, nur dass sie diesmal auch zu hüpfen begann, als wäre der Boden so heiß wie in der Hölle. Zwei Krokodile glitten ins Wasser, die anderen legten sich wieder hin und fielen erneut in ihren nächtlichen

Schlaf. Keines der Tiere griff sie an oder machte auch nur Anstalten dazu, doch Sophia bemerkte es nicht. Sie sah nur die zuckenden Bewegungen dieser Bestien und ihre gelben Drachenaugen.

Sie rannte zurück, so schnell sie konnte. Ihr Herz pochte so wild wie nie zuvor.

Diesmal lief sie mitten auf dem Feldweg, Hauptsache fort von dem Dickicht, von den Tieren, von allem. Sie traute sich nicht, die Taschenlampe auszuschalten. Nichts war jetzt wichtiger, als zu überprüfen, ob ein Krokodil ihr gefolgt war. So schnell, wie das erste Krokodil ins Wasser geglitten war, brauchten diese Urzeitviecher keine dreißig Sekunden, um sie einzuholen. Allein der Gedanke, dass gleich eines – oder alle – aus den Büschen hervorbrechen würde, reichte aus, damit sie weiterrannte.

Ob jemand sie hörte oder den Lichtkegel der Taschenlampe sah, war ihr egal. Um nichts in der Welt würde sie sich noch einmal vom Weg entfernen.

Sie gelangte an eine Lichtung. Tatsächlich stand dort ein Haus, in dessen Fenstern Licht brannte. Zum ersten Mal seit vier oder fünf Stunden regte sich in ihrem Gesicht so etwas wie ein Lächeln.

Sie schaltete die Taschenlampe aus und stand, die Hände auf die Knie gestützt, so lange da, bis sie wieder zu Atem gekommen war.

Erst dann näherte sie sich dem Haus, das größer zu sein schien als das ihrer Familie. Wie sie sich den Leuten vorstellen oder was sie sagen sollte, überlegte sie nicht. Sie wusste nicht, in welcher Beziehung die Bewohner zu Mike standen und wie viel er ihnen erzählt hatte. Sie wusste nur eines: Sie brauchte jetzt einen Ort, an dem sie vor den Krokodilen sicher war, und ein weiches Sofa, in das sie sich sinken lassen konnte.

Sie schlich sich an das Haus heran, um hineinzuspähen, bevor sie klingelte. Als sie an eines der erleuchteten Fenster trat, starrte ihr von drinnen ein Mann entgegen.

Sie konnte es nicht fassen: Es war Lenderman, der Schuldirektor. In der Hand hielt er eine Pistole.

36

Gerade eben hatte sich Sophia noch geschworen, dass sie wegen der Krokodile auf gar keinen Fall zurückgehen würde.

Nun tat sie es doch, und zwar so schnell, als wäre der Teufel hinter ihr her.

Die Szene mit Lenderman im Fenster wiederholte sich in ihrem Kopf wie in einer Dauerschleife. Es bestand keine Chance, dass er sie nicht gesehen haben könnte. Er hatte sie nicht nur angestarrt, er war auch sofort zur Tür geeilt, um ihr nachzujagen. Der Ausdruck in seinen Augen hatte nichts mit dem Schuldirektor zu tun, den sie seit Jahren kannte. Gar nichts.

Ein einziges Mal blickte Sophia sich um, um herauszufinden, ob Lenderman ihr folgte. Sie sah niemanden, und die Haustür war weiterhin zu. Ihr war klar, dass er sie sofort entdecken würde, wenn sie auf dem Weg blieb, also drang sie auf der vom See abgewandten Seite ins Dickicht ein, als könnten die Krokodile dort nicht hingelangen.

Nachdem sie sich ein Stück vorangekämpft hatte, blieb sie stehen, um wieder zu Atem zu gelangen. Sie stützte sich auf die Knie, ihre Brust pumpte Luft ein und aus. Sie konnte das Haus sehen und war dankbar, dass Lenderman noch nicht herausgekommen war. Sie hätte nämlich nicht mehr die Kraft, noch einmal so schnell zu rennen. Sie hatte so sehr unter Schock gestanden, dass sie nicht daran gedacht hatte, wie weit es war.

Was hatte Lenderman in diesem Haus zu suchen? Sophia war völlig durcheinander, kein Teil passte mehr zum anderen. Mike hatte ihr gesagt, sie solle zu diesem Haus gehen, wenn sie Hilfe brauche. Das hatte sie getan, und dort hatte ihr der Schuldirektor gegenübergestanden, mit einer Waffe in der Hand. Es ergab keinen Sinn.

Gehörte Lenderman etwa auch zu dem Netzwerk? Warum hatte Mike ihr das nicht gesagt? Wenn sie darüber nachdachte, war dieser Gedanke gar nicht so abwegig. Die Videos waren von Schülern der Schule gefilmt worden. Und Lenderman hatte nie etwas deswegen unternommen, sondern die Sache entweder ignoriert oder die Urheber wie Dylan Garrett geschützt. Sophia und viele andere hatten angenommen, es wäre reine Inkompetenz, aber vielleicht hatte dahinter Absicht gestanden.

Sophia versteckte sich hinter einem Baum, um das Haus zu beobachten. Sie hatte sich dafür auf einen großen Stein gestellt, damit sie gegen Insekten und kleinere Tiere gefeit war. Ihre Hauptsorge galt zwar nach wie vor den Krokodilen, aber sie hatte auch nicht die geringste Lust, es mit einem Nager oder einer Spinne zu tun zu bekommen. Ihr Blick wanderte zwischen dem Haus, ihren Füßen und dem Seeufer mit den Krokodilen hin und her. Drei Gefahren auf einmal.

Nach einigen Minuten ging die Tür auf, und Lenderman trat heraus. Er ging entschlossen, aber auch gebeugt, die Pistole in der linken Hand.

Sophia presste sich so eng an den Baumstamm, dass sich ihr die Rinde in die Wange bohrte.

Zum Glück ging Lenderman nicht in ihre Richtung, sondern seitlich ums Haus herum. Vielleicht war der Direktor seinerseits erschrocken, sie zu sehen, und wollte fliehen. Sofort schämte sie sich für ihre Naivität. Es war erstaunlich, wie sehr man sich in Extremsituationen an die lächerlichsten Gedanken klammerte.

Kurz darauf hörte sie, dass ein Motor gestartet wurde. Ein dunkler, monströser Pick-up fuhr hinter dem Haus hervor und rollte langsam in Richtung Weg.

Sophia war wie gelähmt und drückte sich noch enger an den Baum, geblendet von den Scheinwerfern des Pick-ups, der zwanzig oder dreißig Meter entfernt angehalten hatte.

Mehrere Minuten vergingen. Der Motor des Wagens lief, aber es war unklar, ob Lenderman noch am Steuer saß.

Vielleicht war es nur Taktik, um sie herauszulocken. Wenn dem so war, dann ging die Taktik auf, denn Sophia würde die Ungewissheit nicht mehr lange ertragen können. Sie fror und war erschöpft. Zum ersten Mal bereute sie, Mikes Waffe nicht an sich genommen zu haben.

Weitere Minuten vergingen. Plötzlich war auf der anderen Seite des Wegs ein Krokodil zu hören. Das Tapsen war unverkennbar, das Rascheln im niedrigen Gestrüpp. Auf einmal hörte sie überall Geräusche, und es war nicht das Rauschen der Blätter in den Bäumen, sondern dunkler. Die Tiere kamen aus ihren Bauten.

Sie schüttelte den Kopf und zwang sich, kühl zu überlegen. Lenderman saß vermutlich in seinem Pick-up und wartete nur darauf, dass sie sich bewegte, und sie machte sich Sorgen wegen ein paar Opossums und Mäusen.

Sie musste eine Entscheidung treffen. Und diese Entscheidung konnte nicht lauten, hierzubleiben, halb tot vor Kälte und Hunger. Sie warf sich vor, dass sie sich nicht genug ausgeruht hatte. Vor lauter Aufregung, bald aus dem Keller herauszukommen und in ihr altes Leben zurückzukehren – zu ihrer Mutter –, hatte sie kaum ein paar Stunden geschlafen. Sie hätte wissen müssen, dass auch Probleme auftauchen konnten und sie hellwach sein musste. Eine Entscheidung stand an, aber sie hatte Angst, sich zu irren. Was sollte sie nur tun? Sollte sie bleiben, wo sie war, bis Lenderman wegfuhr oder ausstieg, um sie zu suchen? Nein, sie musste weg von hier. Es gab nur einen Ort, an dem sie sicher war, der Ort nämlich, aus dem sie nicht hatte flüchten können, obwohl sie es so sehr gewollt hatte. Sie musste in den Keller.

Dort würde sie sicher sein, bis Mike zurückkehrte. Der Gedanke, dass Mike vielleicht nicht zurückkehren würde, war zu beängstigend, um ihn auch nur zu denken.

Der Rückweg durch den Wald würde viel länger dauern als der Hinweg, aber sie hatte keine andere Wahl. Sie suchte nach lichteren Stellen im Dickicht, doch letztlich wucherten überall Pflanzen, und ihre Füße waren nicht zu sehen.

Zehn Minuten lang schlug sie sich durch den Wald. Ihrer Schätzung nach musste sie jetzt auf der Höhe der Krokodile sein. Sie stellte sich vor, wie sie friedlich am Seeufer lagen mit ihren gelben Augen und ihren krummen Zähnen. Sophia schlich sich zum Weg. Der Pick-up stand nun weit weg, aber der Motor lief immer noch. Sie ließ sich nicht davon täuschen. Dass der Wagen da noch war, bedeutete nicht, dass auch Lenderman da noch war.

Sie wollte sich gerade wieder ins Dickicht zurückziehen, als sie ihn sah. Er ging auf der anderen Seite des Wegs, die Waffe in der Hand. Der Dreckskerl hatte den Wagen abgestellt und den Motor laufen lassen, um sie in dem Glauben zu wiegen, dass er auf sie wartete. Sophia war wie gelähmt, Lenderman war keine fünf Meter von ihr entfernt. Zum Glück hatte er sie nicht entdeckt. Langsam und ohne ihn aus den Augen zu lassen, wich sie weiter zurück.

Vielleicht war dies die glückliche Fügung, die sie gebraucht hatte. Sie könnte abwarten, bis Lenderman noch ein Stück weitergegangen war, und dann, statt in den Keller zurückzukehren, zum Pick-up schleichen. Sie hatte jetzt Lenderman gegenüber einen Vorteil, nämlich dass er nicht wusste, wo genau sie war.

Gerade hatte sie es noch gedacht, da stolperte sie und stieß mit dem Kopf gegen einen Baum. Unwillkürlich schrie sie auf. Schon war es vorbei mit ihrem Vorteil.

Sie blieb auf dem Boden liegen. Der Schlag war nicht so stark gewesen, der Schock dafür umso größer. Noch ganz benommen hörte sie erst, wie Lenderman schneller ging, und dann, wie er die Zweige auseinanderschob. Kurz darauf stand er neben ihr: eine dunkle, sehr hohe Gestalt. Der Lauf der Pistole erschien ihr dick wie ein Rohr.

»Ich habe alle möglichen Leute hier erwartet«, sagte der Direktor, »aber bestimmt nicht dich.«

Sophia versuchte aufzustehen, doch er stellte ihr einen Fuß auf die Brust und drückte sie zurück gegen den Boden. Sie bemerkte, dass sie die Taschenlampe nicht mehr in der Hand hielt, und tastete wie wild um sich. Doch sie fand sie nicht.

»Mike kommt jeden Moment wieder«, sagte Sophia.

»Mike«, sagte er spöttisch. »Wer zum Teufel ist Mike?«

Erneut versucht Sophia aufzustehen, aber Lenderman drückte sie wieder mit dem Fuß gegen den Boden.

»Wo wolltest du hin?«

»Ich sage gar nichts mehr.«

»Ach, nein? Ich glaube schon, dass du mir sagen wirst, was

ich wissen will. Oder soll deine Mutter aus dem Koma erwachen und erfahren, dass ihre Tochter von Kugeln durchsiebt wurde?«

Sophia antwortete nicht.

»Wie ich sehe, weißt du das mit deiner Mutter«, sagte Lenderman. »Also, ich frage noch einmal: Wo wolltest du hin?«

Sophia seufzte. Sie war halb tot vor Angst.

»Zum Keller.«

Sie war fest davon ausgegangen, dass sie Lenderman nichts sagte, was er noch nicht wusste.

»Dann wollen wir diesen Keller mal aufsuchen.«

Lenderman zerrte sie hoch und packte sie mit der freien Hand. Jetzt, wo er ihr so nah war, konnte sie das fremde und irgendwie irre Gesicht des Direktors viel besser erkennen.

37

Lenderman ließ Sophias Arm nicht los. Sie gingen schweigend und nutzten beide diese Minuten, um sich an die neue Situation zu gewöhnen.

Lenderman hatte in den vergangenen anderthalb Stunden alle möglichen Gemütszustände durchlaufen. Als er von der Operation gegen Holt erfahren hatte, dachte er, es wäre das Ende, nicht nur des Netzwerks, sondern auch sein eigenes. Sein Doppelleben als Schuldirektor und Strippenzieher würde unweigerlich ans Licht kommen. Dass er sich all die Jahre so viel Mühe gegeben hatte, sich vollständig im Hintergrund zu halten, hatte ihm letztlich nichts genützt. Der einzige Mensch, der seine Identität kannte und dem er vertraute, hatte ihn verraten. Garrett war Anwalt, wenn es hart auf hart kam, dachten Anwälte nur daran, ihre eigene Haut zu retten.

Doch dann hatte Lenderman erfahren, dass Garretts Festnahme aus dem Ruder gelaufen war. Wenn es so war, wie seine Quellen ihm versichert hatten, war Garrett gestorben, kurz nachdem die Einsatzkräfte in sein Büro eingedrungen waren. Er hatte keine Zeit gehabt, auch nur ein Wort zu sagen.

Also würde man ihm nicht auf die Spur kommen.

Sophia hatte den anfänglichen Schock überwunden und ihre Gedanken geordnet. Offenbar war etwas bei der Operation schiefgelaufen, deswegen war Mike nicht zurückgekehrt, und deswegen war Lenderman entwischt. Sie konnte nicht wissen, dass das FBI Lenderman nie auf dem Schirm gehabt hatte und dass die viel relevantere Frage war, wie er sie gefunden hatte.

»Warum gehen wir zur Hütte?«, fragte Sophia.

»Um ein Geschenk dazulassen«, sagte Lenderman und lachte über seinen eigenen Witz.

Sophia traute sich nicht, weitere Fragen zu stellen.

Zwischen den Bäumen tauchte die Hütte auf. Lenderman zerrte sie dorthin.

»Bist du sicher, dass niemand da drin ist?« Lenderman drückte Sophias Arm mit aller Kraft. »Denn wenn du mich anlügst, wird dieser Mensch sterben und du auch. Das verstehst du doch, oder, Wunderkind?«

»Da ist niemand.«

»Sehr schön.«

Lenderman forderte Sophia auf, ihm den Weg zum Keller zu zeigen. Unterdessen überlegte sie, wo die Chance auf Flucht am größten wäre. Sie gelangte zu dem Schluss, dass es keinen Sinn ergab, sich von ihm loszureißen. Selbst wenn es ihr glücken sollte, konnte er sie einfach erschießen. Nein, ihre Chancen stiegen, sobald er sie losließ, und das würde erst im Keller passieren.

Nebeneinander stiegen sie die Treppe hinunter.

Lenderman blickte wie irr in alle Richtungen, als könnte er an dem Keller, an dem nichts Besonderes war, etwas ablesen.

»Binde dich an dieser Kette fest«, sagte Lenderman mit roboterhafter Stimme.

Die Kette! Sophia war schon so lange von der Kette befreit, dass sie sie völlig vergessen hatte.

»Was? Nein …«

Lenderman sah auf die Uhr und seufzte.

»Ich habe nicht viel Zeit, also werde ich alles nur einmal sagen.« Lenderman zielte mit der Pistole auf ihren Kopf. »Du gehorchst, oder du machst unliebsame Bekanntschaft mit dem Ding hier.«

Sophia begann zu zittern und brach in Tränen aus. Er stieß sie in Richtung Kette.

»Los, mach schon!«

Sie legte die Fesseln um die Fußknöchel. Das Klicken des Verschlusses bedeutete ihr Todesurteil. Wenn sie erst einmal angekettet war, hatte sie keine Chance, je wieder zu entkommen.

»Zieh dich aus.«

»Was?«

»Sofort!«, polterte Lenderman.

Sophia begann sich auszuziehen, erst die Schuhe, dann das T-Shirt, dann die Hose. Nur noch mit Unterwäsche bekleidet, setzte sie sich auf die Matratze und umklammerte die Beine. Sie fühlte sich schrecklich. Vor Kälte und Scham hatte sie eine Gänsehaut.

Lenderman musterte sie. Sie wich seinem Blick aus.

»Was ist hinter der Tür da?«

»Das Bad.«

»Und hinter der da?«

»Ein weiteres Zimmer.«

Lenderman legte die Pistole auf eine Treppenstufe und holte sein Handy hervor. Er befahl ihr, auch noch die Unterwäsche auszuziehen, und sie gehorchte schweigend. Würde sie sich wehren und er sie noch einmal anbrüllen, würde sie endgültig zusammenbrechen.

»Steh auf«, sagte Lenderman. »Die Arme zur Seite … Zur Seite, habe ich gesagt! Dreh dich um, und sieh mich an.«

Sophia sah Lenderman nur ganz kurz an, aber dieses Gesicht würde sie nie wieder vergessen, diesen leeren Blick, in dem nichts Menschliches mehr lag. Sein *wirklicher* Blick, dachte Sophia. Lenderman spielte in seinem offiziellen Leben einen Schuldirektor, der vor allem um den Ruf der Schule besorgt war. In dieser Rolle hatte er es bis zur Perfektion gebracht.

»Warum tun Sie das?«, flüsterte Sophia.

»Habe ich dir doch gesagt. Ich werde den Verrätern ein Geschenk dalassen.«

»Sie sind ein Monster.«

Lenderman schien ihr nicht zuzuhören, sondern starrte sie nur an. In seinem Blick lag Zorn, aber auch eine krankhafte Begierde.

»Mein Vater hat immer gesagt: Wichtig ist nur das Hier und Jetzt«, erklärte er mit verträumtem Blick. »Das war nur einer der vielen blöden Sprüche dieses Versagers. Ganz falsch lag er damit nicht. Hier und jetzt. Weißt du, was ich damit meine?«

Sophia schüttelte den Kopf.

»Wie alt bist du? Vierzehn?«

»Fünfzehn.«

Lendermans Augen leuchteten auf. Er hob das Handy auf Kopfhöhe und begann, sie zu filmen. Sophia hätte gern die Augen geschlossen, aber sie wusste, dass er es ihr nicht gestatten würde, also ließ sie sie lieber offen und sah zur Decke.

Das Ganze dauerte vielleicht drei oder vier Minuten, aber Sophia kam es vor wie eine Ewigkeit.

Lenderman grinste dümmlich, als er auf dem Handy betrachtete, was er gerade gefilmt hatte. Dann ging er zur Treppe und lehnte das Handy so gegen eine Stufe, dass es auf Sophia ausgerichtet war.

»Nein, bitte«, sagte sie.

»Hier und jetzt«, sagte er.

Zuerst zog Lenderman das Hemd aus, dann die Hose, ein Bein …

»Jetzt!«

Sophia rannte los. Sie war zwar angekettet, doch die Kette war lang, sodass sie sich im Keller fast frei bewegen konnte. Vielleicht war Lenderman dies in seiner Trance entgangen, oder er hatte gedacht, Angst und Wehrlosigkeit würden sein Opfer lähmen. Als sie an ihm vorbeistürmte, fuhr er den Arm aus und versuchte, sie zu packen. Weil eines seiner Beine noch in der Hose steckte, stolperte er und fiel hin.

Sophia reizte die Länge der Kette voll aus und streckte sich, um an die Pistole heranzukommen. Sie hatte wenig Ahnung von Waffen – eigentlich gar keine –, aber sie traute sich zu, die Pistole entsichern und abfeuern zu können. Ohne Vorwarnung, ohne Zaudern. Dafür würde sie keine Zeit haben. Lenderman würde gleich wieder aufstehen und sich auf sie stürzen.

Nimm die Pistole. Entsichere sie. Ziele. Schieße.

Der erste Teil war kein Problem. Sie ergriff die Waffe und sah aus den Augenwinkeln, dass Lenderman noch nicht aufgestanden war. Sie würde es schaffen! Sie wollte die Pistole gerade entsichern, als eine unerklärliche Kraft sie zu Boden riss. Anfangs begriff Sophia nicht, was vor sich ging, bis sie sah, dass die Kette sich straffte und ihr Bein steif wurde. Noch während er am Boden lag, hatte Lenderman mit all seiner Kraft an der Kette gezogen.

»Guter Versuch«, sagte der Direktor, streifte die Hose endgültig ab und stand auf.

Sophia lag auf dem Boden, nackt, wehrlos und frustriert. Außerdem tat ihr das Bein weh. Lenderman stand nun vor ihr wie ein Riese, zog sich die Unterhose aus und war nun nackt.

Er hob die Pistole auf und stieg in aller Ruhe die Treppe hinauf. Es war ein Bild wie aus einem Traum: der Schuldirektor, der nackt eine Treppe hinaufsteigt, in der Hand eine Waffe. Oben angekommen legte er die Waffe nieder, garantiert außerhalb von Sophias Reichweite.

»Hier und jetzt«, sagte er mit Blick zur Kamera. Dann ging er zu Sophia und blieb neben ihr stehen wie ein Totem. »Hoch mit dir.«

Sophia sah Lendermans Hand nach ihr greifen. Wenn das Monster bekam, was es wollte – und es würde nur noch Sekunden dauern, bis es so weit war –, dann würde ihr Leben sich unwiderruflich verändern.

Plötzlich ging die Kellertür auf, ganz langsam, und eine glückliche Fügung wollte, dass Lenderman ihr den Rücken zukehrte. Eine Frau trat ein, die Sophia nicht kannte.

Die Frau hielt sich den Finger an den Mund.

Sophia achtete nicht mehr auf Lenderman. Sie konzentrierte sich voll und ganz auf die Frau, die die Situation sofort zu erfassen schien und sich bückte, um die Waffe aufzuheben. Sophia begann, auf Lenderman einzureden, flehte ihn an, ihr nichts anzutun, sie werde alles machen, was er wolle, sie werde für immer bei ihm bleiben. Die Frau begriff, was Sophia bezweckte, und nickte. Sophia wollte nicht nur Zeit gewinnen, sondern auch jegliches Geräusch übertönen, das die Frau auf der Treppe verursachen könnte.

Als Lenderman die Frau schließlich doch hörte, war sie nur noch zwei Meter entfernt.

Der Direktor packte Sophia und hielt sie als Schutzschild vor sich. Mehr brauchte Camila Jones nicht: Sie schoss ihm in den Kopf.

38

»Nicht hinsehen.«

Sophia starrte auf den bäuchlings daliegenden Körper. Wäre da keine Blutlache gewesen – die immer größer wurde –, hätte man meinen können, dass Lenderman schlief oder ausnüchterte.

Camila packte sie bei den Schultern und führte sie sanft von der Leiche weg. Sophia blinzelte, als erwachte sie aus einem Traum.

»Ich habe einen Summton im Ohr.«

»Ich weiß. Nicht hinsehen.« Camila suchte nach etwas, womit sie Lenderman bedecken konnte, aber sie fand auf die Schnelle nichts. »Ich heiße Camila, bin Journalistin und eine Freundin deiner Großmutter.«

Sophia nickte.

»Würdest du dich anziehen?«

Sophia nickte erneut. Sie nahm die Hose und den Slip, die unter der Kette lagen, und zog sie an, dann ihre restliche Kleidung.

»Wir müssen sofort hier weg«, sagte Camila. Auch wenn es draußen stockdunkel war, sah sie ständig zu dem Fenster, weil nur dies sie einigermaßen beruhigen konnte.

»Ich habe keinen Schlüssel dafür«, sagte Sophia und deutete auf die Fußfessel. »Sie wurde mir schon länger nicht mehr angelegt, aber ich glaube, ich habe den Schlüssel in Mikes Nachttisch gesehen, oben im ersten Stock.«

Camila schloss die Augen und versuchte, ruhig zu atmen. Es gelang ihr nicht. Sie sagte zu Sophia, sie werde kurz hochgehen und die Schlüssel holen. Die Treppe rannte sie fast hinauf, praktisch ohne die Augen zu öffnen. Als sie in der Küche ankam, rang sie nach Luft.

Für Camila war es eine große Herausforderung gewesen, die Treppe zum Keller hinunterzusteigen. Jetzt kam noch hinzu, dass sie gerade einen Menschen erschossen hatte.

Im ersten Stock fand sie den Schlüssel, wie von Sophia beschrieben, in der Schublade. Entschlossen trat sie den Rückweg an. Vor der Kellertür hielt sie inne. Ein unerträglicher Schmerz zwang sie in die Knie. Langsam ließ sie sich zu Boden gleiten, bis sie auf dem Rücken lag. Es fühlte sich so an, als würde ein Löwe ihr in die Brust beißen. Es fühlte sich an wie der Tod.

Camila sagte sich immer wieder, dass es vorbeigehen würde. Doch vorerst konnte sie nichts tun, als wie gelähmt dazuliegen und den größten Schmerz auszuhalten, den sie je erlebt hatte.

»Machen Sie die Tür auf«, sagte Sophia von drinnen.

Mit schmerzverzerrtem Gesicht gelang es Camila, sich hinzuknien. Sie öffnete die Tür und sah, dass Sophia die Treppe so weit heraufgekommen war, wie die Kette es zuließ. Camila war ihr dankbar, holte den Schlüssel aus der Hosentasche und warf ihn Sophia zu, die ihn auffing.

Sophia befreite sich und ging zu Camila. Ohne Fragen zu stellen, legte sie den Arm um sie und half ihr auf. Gemeinsam gingen sie in die Küche. Erst dort, mit Blick auf den See, konnte Camila sich vollständig aufrichten.

Sie traten hinaus auf die Veranda und setzten sich an den Tisch.

»Wir haben uns viel zu erzählen«, sagte Camila. »Aber jetzt müssen wir erst mal genau durchgehen, was du erzählen wirst, wenn du nach Hause kommst.«

»Wie haben Sie mich gefunden?«

»Das werde ich dir gern sagen. Später.«

39

Das Ausheben eines Pädophilen-Netzwerks, bei dem die Täter ihre eigenen Söhne zum Missbrauch angestiftet hatten, war eine Meldung, die landesweite Aufmerksamkeit erregte. Dass dabei der FBI-Agent Carlson, der Leiter des Einsatzes, unter merkwürdigen Umständen gestorben war, verlieh dem Ganzen noch einen zusätzlichen Kick. Zur Nachricht Nummer eins wurde es aber dadurch, dass man Sophia Holmes, ein Mädchen, das dem Netzwerk auf die Spur gekommen und ihm zur Gefahr geworden war, fast ein Jahr lang versteckt gehalten hatte.

Vince Naroditsky war der Erste, der aus einem improvisierten Studio in Hawkmoon von dem Geschehen berichtete, unterstützt von zwei Reportern, die immer wieder in die Stadt ausschwärmten. Die größten Medien des Landes zogen schnell nach, und es dauerte keine achtundvierzig Stunden, bis es in Hawkmoon vor Journalisten und Übertragungswagen nur so wimmelte.

So etwas hatte Hawkmoon noch nie erlebt.

Für das größte Aufsehen sorgte ein junger, unbekannter Journalist. Tim Doherty brachte als Erster die Nachricht, dass Sophia Holmes nach dreihundertvierzig Tagen in Gefangenschaft lebend wieder aufgetaucht war. Er benutzte dafür den YouTube-Kanal des *Hawkmoon Overfly*, wo das Video innerhalb von vierundzwanzig Stunden sechs Millionen Mal angesehen wurde.

Camila hatte entscheidenden Anteil daran, dass Tim die Geschichte vor der Kamera erzählt und nicht einfach nur einen Zeitungsartikel geschrieben hatte. Anfangs war Tim nicht überzeugt gewesen, doch Camila hatte ihm klargemacht, dass die Leute jemanden brauchten, der allen Nachrichten über Sophia ein Gesicht gab.

Also beschaffte Tim mit Hilfe eines befreundeten Fotografen in Rekordzeit eine Kamera und Lichtequipment für den *Overfly*. In dem Video stellte er sich als der Direktor der lokalen Zeitung vor und verkündete die Nachricht, die einschlug wie eine Bombe: Sophia lebte.

Die Geschichte hielt noch weitere Überraschungen bereit.

Die Explosion der Handgranate, bei der Conrad Holt und der FBI-Agent Carlson ums Leben gekommen waren, führte zu einer heftigen Debatte. Einige Polizisten stellten die offizielle Version infrage und behaupteten, das Ganze sei eine Inszenierung gewesen, ihr Ex-Chef habe die Granate gar nicht gezündet. Tatsächlich war auf keiner Sicherheitskamera das Büro zum Zeitpunkt der Explosion zu sehen, doch die Explosion selbst war von mehreren Kameras und aus verschiedenen Blickwinkeln aufgezeichnet worden. Diese Aufnahmen liefen praktisch in Dauerschleife, genauso wie die Aussagen von Holts Frau und seiner Tochter, die den Kommissar vehement verteidigten.

Frank Garrett, der als der Kopf des Netzwerks identifiziert wurde, hatte ebenfalls seine Verhaftung nicht überlebt. Details waren nicht an die Öffentlichkeit gedrungen, doch angeblich hatte der Anwalt sich mit einer Waffe gewehrt und war daraufhin erschossen worden. Garretts Familie, die schon Dylans Tod hatte verkraften müssen, wurde von der Enthüllung seiner monströsen Taten noch einmal schwer getroffen und beschloss, Hawkmoon mit unbekanntem Ziel zu verlassen.

Als Sophia Holmes wieder auftauchte, rückte auch ihr Vater Phil Holmes in den Mittelpunkt des Interesses. Seine Beteiligung an dem Pädophilen-Netzwerk war noch unklar, doch irgendwie war es ihm gelungen, das FBI an der Nase herumzuführen. Holmes hatte offenbar gewusst, was kommen würde, und seine Flucht organisiert. Sein Unternehmen hatte er nicht mehr verkaufen können, aber es geschafft, spurlos unterzutauchen.

Um das mysteriöse Verschwinden von Schuldirektor Lenderman rankten sich einige Theorien, doch letztlich erregte es keine große Aufmerksamkeit. Dies lag einerseits daran, dass es über die restlichen Mitglieder des Netzwerks genügend zu berichten gab, und andererseits an Tim Doherty, der im Laufe der Tage so etwas wie der offizielle Sprecher des Falls geworden war und dieses Thema bewusst nur am Rand behandelte. Die stärkste Hypothese, die auch von Lendermans Familie vertreten wurde, lautete, der Direktor habe mit dem FBI kooperiert und dies habe ihn das Leben gekostet.

Naroditsky blieb nichts anderes übrig, als sich auf Holt, Holmes und Garrett zu konzentrieren, da er über Sophias Geschichte nicht genügend wusste. Um weiterhin der Wortführer zu sein, schreckte er nicht davor zurück, exklusiv einige der Videos zu zeigen, die die Hintermänner des Netzwerks ihre eigenen Söhne hatten filmen lassen. Natürlich waren die Videos verpixelt und die Stimmen verzerrt, um die Identität der beteiligten Minderjährigen zu schützen, doch die Veröffentlichung bedeutete einen Wendepunkt in der Berichterstattung. Die Sache schlug hohe Wellen und führte dazu, dass die sozialen Netzwerke weitere Videos verbreiteten, diesmal ohne gebührenden Schutz für die Opfer. Naroditsky verteidigte seine Haltung und ging noch einen Schritt weiter: Er berichtete live von dem verlassenen Autokino, wo viele dieser Videos aufgenommen worden waren.

Einige Tage lang konnte Naroditsky das Interesse hochhalten, indem er immer wieder neue Details ans Licht brachte, darunter viele geschmacklose und moralisch fragwürdige. In der gleichen Zeit erarbeitete sich Tim Doherty einen guten Ruf durch präzise Informationen und einen respektvollen Umgang mit Sophia, die beschlossen hatte, sich dem Medienrummel vorerst nicht auszusetzen.

Als Tim ankündigte, er werde ein zweites Video mit Neuigkeiten zu Sophia hochladen, waren die Erwartungen riesig. Er enthüllte nicht nur bislang unbekannte Einzelheiten, sondern präsentierte auch ein Statement der Hauptbeteiligten, also von Sophia selbst. Das Audio war nur wenige Minuten lang, aber es waren ihre ersten Worte an die Welt.

»Mein Name ist Sophia Holmes. Es geht mir gut. Ich weiß, dass viele Menschen wissen wollen, was passiert ist und wo ich in all diesen Monaten war. Dazu kann ich Ihnen nur sagen, dass ich es Ihnen berichten werde, sobald ich so weit bin. Es wird nicht mehr lange dauern, denn es gibt Personen, die meine Geschichte unbedingt hören müssen. Ich bin bei meiner Oma und umgeben von Menschen, die mich lieben, und es ist mein sehnlichster Wunsch, meine Mutter im Krankenhaus zu besuchen. Ich bitte Sie um etwas Geduld und vor allem darum, meine Privatsphäre und die meiner Familie zu achten. Vielen Dank.«

Es gab zwar Stimmen, die die Echtheit der Nachricht bezweifelten, doch sie waren in der Minderheit. Tim sagte, er werde Sophias Wunsch, ihre Geschichte zum gegebenen Zeitpunkt zu erzählen, respektieren, aber er könne schon einmal vorwegschicken, dass die Behauptung, Sophia sei Opfer des Pädophilen-Netzwerks geworden, nicht stimme. Weiterhin versicherte er, Sophias Enthüllungen würden in vielerlei Hinsicht Aufsehen erregen.

Tim Doherty wurde immer mehr zum Medienstar. Dass er über die besten Informationen verfügte, war nicht der eigentliche Grund dafür. Sondern dass er bei den Leuten immer besser ankam.

40

Sie brauchten einen Ort, an dem Sophia vor den Medien sicher war. Camila spielte mit dem Gedanken, sie bei sich unterzubringen, aber das war zu offensichtlich. Sobald die Nachricht sich verbreiten würde, dass Sophia lebend wiederaufgetaucht war, drohte ein Run nach dem ersten Foto und dem ersten Exklusivinterview. Sie mussten Zeit gewinnen und alles so organisieren, wie es für Sophia am besten war.

Es war Sophia selbst, die die Idee hatte, bei Dorothy Morgan unterzuschlüpfen, der Verwaltungsdirektorin der Schule. Camila war sofort einverstanden. Sie erinnerte sich noch an das Treffen mit ihr im Morleigh-Park. Damals hatte Dorothy Morgan von Sophia gesprochen wie von der Tochter, die sie nie hatte.

Camila fuhr Sophia mit geschlossenem Verdeck zu Ms. Morgan, eine Leistung, für die sich Camila innerlich auf die Schulter klopfte. Kurz vor ihrer Ankunft rief Camila Ms. Morgan an. Es war nach ein Uhr morgens, sie wollte sie vorwarnen und das Nötigste erklären. Bei ihrem Eintreffen hatte Ms. Morgan bereits das Garagentor geöffnet, sie selbst stand an der inneren Tür. Als sie sah, dass tatsächlich Sophia im Auto saß, traten ihr Tränen in die Augen.

Das Garagentor schloss sich automatisch, Sophia stieg aus. Sie trug einen Mantel, den Camila für Notfälle immer im Auto hatte. Schweigend ging sie zu Ms. Morgan, und die beiden umarmten sich eine kleine Ewigkeit lang. Camila hielt sich zurück. Mit gebührendem Abstand beobachtete sie Harold Morgan, der etwas älter war als Dorothy und dessen Hose und Hemd wie aus einer anderen Zeit zu stammen schienen.

Sie redeten praktisch nichts. Sophia war erschöpft. Alle waren sich einig, dass sie am besten sofort schlafen ging. Camila würde nach Hause fahren und gleich am nächsten Morgen Madeleine darüber informieren, dass ihre Enkelin lebte und auf sie wartete. Es war keine leichte Entscheidung gewesen, ihr nicht sofort Bescheid zu geben, aber in den nächsten Stunden standen noch viele schwere Entscheidungen an.

Camila erinnerte die Morgans daran, mit niemandem über Sophia zu sprechen. Sie betonte das Wort *niemandem* und stellte klar, dass damit auch die engsten Vertrauten gemeint waren. Nur diejenigen, die sich gerade in diesem Zimmer befanden, durften von Sophia wissen. Nachdem die Morgans ihr versichert hatten, dass sie mit keiner Menschenseele sprechen würden, brach Camila auf.

Sophia würde im Gästezimmer im ersten Stock schlafen. Harold Morgan hatte es, so gut es ging, hergerichtet in der Kürze der Zeit.

»Möchtest du was essen, meine Liebe?«, fragte Ms. Morgan.

Sophia saß auf dem Bett. Sie war in ihrem ganzen Leben noch nie so müde gewesen.

»Nein, vielen Dank.«

Ms. Morgan musterte sie. Camila hatte mehr als deutlich gemacht, dass sie die Gespräche auf ein Minimum beschränken solle, vor allem was die Geschehnisse im vergangenen Jahr betraf.

»Das mit deiner Mutter tut mir sehr leid«, sagte Ms. Morgan. »Ich bete jeden Tag für sie. Das wird schon wieder.«

»Danke. Ich freue mich so darauf, sie zu sehen.« Sophia zögerte kurz. »Wissen Sie Neues von meinem Vater?«

Ms. Morgan schüttelte den Kopf. Sie hatte die Nachrichten sehr genau verfolgt, aber Philip Holmes war nicht erwähnt worden.

Sophia dachte, sie würde einschlafen, sobald sie ihren Kopf auf das Kissen legte, aber dem war nicht so. Fast eine Stunde lang starrte sie die grauen Formen in diesem unbekannten Zimmer an, roch die Gerüche, lauschte den Geräuschen. Was sie zu Ms. Morgan gesagt hatte, dass sie ihre Mutter vermisste, stimmte natürlich, aber in dieser Nacht hatte sie eigentlich nur einen Wunsch: mit Mike zu Abend zu essen und eine Partie Schach zu spielen.

41

Es folgte eine sehr intensive Zeit. Sophia fühlte sich erneut eingesperrt, weil sie nicht mit ihren Freunden sprechen oder ihre Mutter besuchen durfte. Trotzdem protestierte sie nicht. Mit Camila verstand sie sich auf Anhieb gut, mit Tim Doherty ebenso, der sie zweimal bei Ms. Morgan besuchte. Er war es auch, der ihre Rettung öffentlich machte.

Das Wiedersehen mit Oma Madeleine war das Beste, was ihr seit langem passiert war. Die Morgans ließen sie auf der hinteren Terrasse allein, und sie hatten über zwei Stunden füreinander. Die meiste Zeit redete Sophia. Sie erzählte von Mike, von dem Zwillingszimmer im Keller, von allem. Madeleine war eine gute Zuhörerin und Ratgeberin, was nicht verwunderlich war angesichts ihres Berufs. Die beiden sahen sich wegen der Entfernung nicht sehr häufig, unterhielten sich aber drei- oder viermal im Monat über FaceTime. Sophia bewunderte ihre Großmutter und fand, dass sie sich ähnlich waren. Noch nie war sie so herzlich zu ihr gewesen.

Madeleine zog zwar nicht bei den Morgans ein, besuchte Sophia aber fast jeden Tag, trotz des Risikos. Ein Journalist könnte ihr folgen und so herausfinden, wo Sophia war. Um dies zu verhindern, folgte Madeleine einem ausgeklügelten Plan: Sie nahm immer zwei Busse und legte mehrere Zwischenhalte ein. Hatte sie auch nur den geringsten Verdacht, jemand sei hinter ihr her, kehrte sie ins Hotel zurück und versuchte es später noch einmal. Sophias Schutz hatte absoluten Vorrang.

Zwei Tage nachdem Sophia sich zum ersten Mal per Audio an die Öffentlichkeit gewandt hatte, richteten Tom und Camila in der Garage der Morgans ein improvisiertes Studio ein. Für dieses erste Interview hatten sie lange an den Fragen gefeilt und die Antworten einstudiert, um genau das Gewünschte zu vermitteln. Es war kein festgelegter Dialog, aber bei einigen Fragen wollten sie keinen Spielraum für Spekulationen geben. Sophia verstand sofort.

»Eigentlich solltest du die Fragen stellen«, sagte Tim zu Camila.

Sie sah ihn grinsend an.

»Ich bin im Ruhestand, schon vergessen? Glaub mir, es ist besser so.«

Tim starrte sie an, als versuchte er, eine Hieroglyphentafel zu entschlüsseln.

»Was ist?«, fragte Camila.

»Ich habe das Gefühl, dass du das von Anfang an so geplant hast. Du hattest nie vor, das Gesicht der Story zu werden.«

»Möglich«, sagte Camila, aber ihr Gesicht verriet mehr als ihre Worte.

Tim fand es unfair, dass er die ganzen Lorbeeren einheimste. Er verstand natürlich, dass es einen guten Grund dafür gab, dass Camila sich im Hintergrund hielt. Sie war seit dem Vorfall im Keller tief in die Geschichte verwickelt. Nicht einmal Tim wusste, was genau Camila und Sophia in jener Nacht erlebt hatten.

Neben den beiden Stühlen, auf denen Tim und Sophia sitzen würden, hatten sie zwei Scheinwerfer aufgebaut, die Tim sich von dem befreundeten Fotografen geliehen hatte. Dahinter hatten sie ein weißes Laken gespannt, damit es keinerlei Anhaltspunkte gab, um den Ort zu identifizieren.

Um zehn Uhr vormittags begannen sie mit der Aufzeichnung. Nur sie drei waren anwesend.

»Sophia, vielen Dank, dass du dich bereit erklärt hast, mit mir zu sprechen«, sagte Tim. »Du warst dreihundertvierzig Tage lang verschwunden. Die Polizei und viele andere Menschen dachten, du wärst tot. Insgesamt gab es zehn Suchaktionen, um dich zu finden. Jetzt bist du hier. Erzähl uns doch, was an jenem 27. Mai passiert ist, dem Tag deines Verschwindens. Es fing damit an, dass du mit deinen Freunden ins Kino gegangen bist.«

Sophia begann, die Ereignisse zu schildern. Es war einfach, denn sie musste nichts erfinden. Sie erzählte, wie sie vom Kino aufgebrochen war, um sich mit Dylan Garrett zu treffen, dass sie aber nie dort angekommen war, weil sie unterwegs abgefangen wurde.

»Warum wolltest du dich mit Dylan treffen?«

»Er hatte eine Freundin von mir ohne deren Einwilligung gefilmt. Das Video ging viral. Als ich es mir ansah, fiel mir auf, dass Dylan versuchte, den Rucksack meiner Freundin zu verstecken, der einen Badge mit dem Stadtwappen hatte. Dadurch kam ich auf den Gedanken, dass dieses Video vielleicht noch für jemand anderen gedacht war. Dass es sich dabei um ein Pornografie-Netzwerk handeln könnte, habe ich zu diesem Zeitpunkt nicht vermutet, aber ich wollte einfach mehr herausfinden.«

»Hast du das auch Dylan so gesagt?«

»Ja, oder es ihm wenigstens zu verstehen gegeben. Er hatte mir einen Zettel an den Spind gesteckt, um mich davon abzuhalten, weitere Fragen zu stellen. Als ich ihn darauf ansprach, reagierte er ausweichend. Da wusste ich, dass er etwas zu verbergen hatte.«

Camila war erstaunt, wie gut sich Sophia schlug. Sie hatten sich Sorgen gemacht, sie könnte vielleicht als arrogante Besserwisserin rüberkommen, aber durch ihre Art, die Ereignisse zu schildern, bestand nicht die geringste Gefahr. Andererseits sollte sie auch nicht als Opfer erscheinen, was sie natürlich trotzdem war.

»Obwohl du zu diesem Zeitpunkt nur Indizien dafür hattest, dass hinter dem Video noch mehr steckte, war Dylan einverstanden, sich an diesem Nachmittag mit dir zu treffen. Es gibt also guten Grund zur Annahme, dass er dir die Wahrheit sagen wollte.«

»Ich werde nie erfahren, was Dylan vorhatte. Aber ja, schon möglich.«

»Hätte Dylan dir an jenem Tag gestanden, dass es sein eigener Vater war, der ihn systematisch zu diesen Videos animierte und der sie an andere weiterreichte«, sagte Tim, »was hättest du dann getan?«

»Ich hätte vermutlich dafür gesorgt, dass alle Welt davon erfährt. Zuerst hätte ich es wohl meinen Eltern erzählt.«

Tim nickte und machte eine Pause.

»Dann hättest du unwillentlich eine Operation des FBI gefährdet, das seit Monaten gegen ein Pädophilen-Netzwerk ermittelt hatte.«

Sophia nickte.

»Ja, aber davon wusste ich nichts.«

»Nein, natürlich nicht. Der Mann, der dich später entführt hat …«

»Er hat mich nicht entführt«, unterbrach ihn Sophia. »Er hat mich beschützt.«

Alles verlief wie geplant. Camila nickte zufrieden. Ihre Rolle als einzige Zuschauerin war es, darüber zu wachen, dass das Interview möglichst natürlich wirkte.

»Er hat dich beschützt, weil er wusste, dass du die Sache öffentlich machen wolltest und dadurch dein Leben in Gefahr geraten würde. Hat er dir das auch so gesagt?«

»Ja.«

»Sophia, kannst du uns sagen, wie dieser Mann hieß?«

»Agent Carlson.«

Tim machte bewusst eine Pause.

»Du weißt, dass Agent Carlson bei einer der Festnahmen ums Leben gekommen ist?«

»Ja, das weiß ich. Es war eine sehr, sehr traurige Nachricht für mich.«

»Hat Agent Carlson dir jemals gesagt«, fragte Tim, »dass er im Auftrag des FBI handelt?«

»Nein, das hat er nicht. In dieser Hinsicht war er sehr zurückhaltend. Das erste Mal von dem Netzwerk erzählt hat er mir erst nach mehreren Monaten. Ich glaube, er hat alles auf eigene Initiative getan.«

»Sophia, jetzt, wo wir wissen, wer dich … beschützt hat, stellen wir uns natürlich die Frage, wo du warst.«

»Ich war im Keller eines Hauses, aber wo genau das war, weiß ich nicht.«

»Warum nicht?«

»Ich wurde versteckt hingebracht. Und auch versteckt wieder weggebracht. Agent Carlson wollte mir nicht verraten, wo ich war.«

»Wann hast du ihn zum letzten Mal gesehen?«

»Am Tag des Zugriffs. Er hat mich am Stadtrand abgesetzt.«

Zum ersten Mal war Sophia von der Wahrheit abgewichen. Was in jener Nacht in der Hütte wirklich passiert war, würde sie um keinen Preis enthüllen.

»Wie waren die Tage der Gefangenschaft in diesem Keller?«

»Gut, sehr gut«, sagte Sophia bestimmt. »Agent Carlson hat mich gut behandelt und dafür gesorgt, dass mein Aufenthalt möglichst angenehm war. Ich weiß, er hat es für mich getan, und dafür werde ich ihm ewig dankbar sein.«

Tim wartete. Sophia war nun aufrichtig bewegt.

»Dein Verschwinden hat viel Schmerz verursacht«, sagte Tim, »besonders natürlich bei deiner Familie und deinen Freunden. Findest du nicht, dass Agent Carlson damit zu weit gegangen ist, dass ihm die Ermittlung wichtiger war als dein Wohlergehen?«

»Nein, das finde ich nicht. Für meine Familie und meine Freunde wäre es noch viel schmerzhafter gewesen, wenn mir etwas zugestoßen wäre«, erklärte Sophia. »Außerdem stand viel mehr auf dem Spiel als mein Wohlergehen: das Leben vieler anderer Kinder. In meinen Augen hat Agent Carlson die richtige Entscheidung getroffen.«

»Möchtest du unseren Zuschauern noch etwas sagen?«

»Ja, bitte respektieren Sie die Privatsphäre von mir und meiner Familie. Was passiert ist, habe ich Ihnen gerade erzählt. Agent Carlson war ein ehrenwerter Mensch und am Ende sogar ein Freund. Sein Tod hat mich sehr getroffen. Ich und wir alle schulden ihm eine Menge.«

»Vielen Dank, Sophia.«

Camila stoppte die Aufnahme und hob beide Daumen.

»Mach bitte diese Scheinwerfer aus, sonst zerfließe ich noch.«
Tim ging zu Sophia und legte ihr eine Hand auf die Schulter.
»Alles okay?«
Sophia nickte.
»Wann laden Sie das Video hoch?«
»Heute noch.«

42

Das Video wurde innerhalb weniger Stunden von Millionen Menschen gesehen. Der Fall war in aller Munde, jeder hatte dazu seine eigene Meinung.

So gab es auch Stimmen, die Sophias Geschichte der glücklichen Gefangenschaft anzweifelten. Abartige Vorfälle in diesem Keller seien ausgeblendet worden, hieß es, und manche gingen sogar noch weiter und spekulierten, Sophia habe Carlsons Tod genutzt und sich eine Version ausgedacht, um die wahren Erlebnisse nicht schildern zu müssen.

Natürlich rankten sich um einen solchen Fall die abenteuerlichsten Gerüchte. Die meisten Menschen und vor allem die seriösen Journalisten glaubten Sophia. Was sie gesagt hatte, entsprach ja auch, von kleineren Details abgesehen, der Wahrheit.

Agent Carlson, der durch die von Conrad Holt gezündete Handgranate ums Leben gekommen war, wurde postum zum Helden. Das FBI hatte sich noch nicht öffentlich erklärt, was darauf schließen ließ, dass er auf eigene Faust gehandelt hatte, aber dies erhöhte sein Ansehen sogar. Der FBI-Mann war nicht nur maßgeblich daran beteiligt gewesen, eines der größten Pädophilen-Netzwerke des Landes auszuheben, sondern er hatte außerdem dafür gesorgt, dass ein vierzehn Jahre altes Mädchen, das die ganze Ermittlung in Gefahr hätte bringen können – aber auch sein eigenes Leben –, während dieser

Zeit in Sicherheit gewesen war. Carlsons Witwe, eine Frau mit freundlichem Auftreten noch in der Tragödie, hatte in den Medien nur lobende Worte für ihren verstorbenen Mann. Sie habe zwar nicht Bescheid gewusst über Sophia Holmes, sagte sie, aber es wundere sie nicht, dass ihr Mann sich anderen gegenüber so fürsorglich verhalten habe. Es werde sein letzter Fall sein, habe Carlson ihr gesagt, der Kampf gegen all das Böse in der Welt habe ihn ausgelaugt.

Von dem Ort, an dem Sophia gefangen gehalten worden war, wusste man nichts. Wenn das Mädchen nichts dazu beitragen konnte, um ihn zu finden, würde Carlson das Geheimnis mit ins Grab nehmen. Früher oder später jedoch würde irgendjemand zufällig darauf stoßen, oder irgendein Beteiligter würde das Geheimnis lüften. Fest stand nur, dass derzeit niemandem etwas darüber bekannt war.

Die Berichterstattung hatte Tim Doherty ins Rampenlicht gerückt. Wer war dieser Journalist, der aussah wie Hugh Jackman? In den sozialen Netzwerken wimmelte es von frivolen Kommentaren über sein Äußeres, aber es gab auch viele, die ihn für seine Arbeit lobten. Tim selbst war überrascht und hatte sogar Angebote erhalten, von denen er nicht wusste, ob er sie ernst nehmen sollte. Vorerst wollte er einfach nur weiterhin so gut wie möglich über den Fall berichten.

Camila hielt sich vollständig im Hintergrund. Einige Kollegen nahmen Kontakt mit ihr auf, doch sie lehnte jegliche Erklärung ab. Es gab nur einen Menschen, dem Camila nicht ausweichen konnte.

Ein Wagen holte sie zur vereinbarten Uhrzeit im Glashaus ab. Sie stieg hinten ein, wo der FBI-Direktor sie erwartete. Es war das erste Mal, dass Camila ihm persönlich begegnete. Ihr ganzes Leben lang hatte sie zu Fällen recherchiert, in die das FBI verwickelt gewesen war, doch nie war sie bis zu jenem Mann vorgedrungen, der immer einen Mitarbeiter vorschickte, wenn es Anfragen der Presse gab.

»Ms. Jones, unsere Spazierfahrt wird nicht lange dauern«, sagte der Direktor mit freundlicher Stimme. »Schließlich will ich Ihre Zeit nicht unnötig verschwenden.«

»Ich höre.«

»Es stimmt, was über Agent Carlson gesagt wird«, begann er. »Er war ein engagierter Mitarbeiter und sensibler Mensch, manchmal sogar etwas zu sensibel für diesen Job. Ich will nicht sagen, dass ich Sophia Holmes' Version anzweifele. Es ist nur merkwürdig, dass er es ganz allein durchgezogen haben soll.«

»Und warum erzählen Sie mir das?«

Der Direktor sah nach vorne. Zwischen der Fahrerkabine und dem Rücksitz war eine Trennscheibe, sie konnten also offen sprechen.

»Nehmen Sie es mir bitte nicht übel, was ich Ihnen jetzt sage. Es mag wie eine Drohung klingen, aber es ist nicht so gemeint. Vielleicht wissen Sie es, vielleicht auch nicht, aber es ist einfach nicht mein Stil. Für mich ist das Wort heilig, so wurde ich erzogen. Es ist ein heiliger Pakt zwischen zwei Parteien.«

Der Direktor machte eine Geste, um diese Gegenseitigkeit zu veranschaulichen.

»Wir wissen, in welcher Beziehung Sie zu Madeleine Parker stehen. Und wir wissen von Ihrem Interesse an diesem Fall. Tim Doherty mag nach außen hin das Gesicht sein, doch im Hintergrund ziehen Sie die Fäden.«

»Tim Doherty hat mich erst hinzugezogen, als die Ermittlungen praktisch abgeschlossen waren«, erwiderte Camila.

Der Direktor machte eine beschwichtigende Geste.

»Schon gut, es geht mich auch nichts an, wie Sie ihre Geschichte präsentieren. Ich will mit Ihnen nur über Sophias Version sprechen. Wie gesagt, es wundert mich sehr, dass Agent Carlson das alles allein durchgezogen haben soll. Sie können sich ja vorstellen, wie beschäftigt er in letzter Zeit gewesen war. Entweder war dieses Mädchen überwiegend allein, oder es gab einen Helfer.«

Camila verstand noch immer nicht.

»Sie glauben doch wohl nicht, dass ich dieser Helfer war?«

»O nein, natürlich nicht. Ich will nur wissen, ob Sophias Geschichte Lücken aufweist, denn falls ja, sollten wir beide diese Lücken schließen.«

Der Direktor wandte sich ihr zu und sah ihr in die Augen. Sein Blick sagte, was er mit Worten nicht sagen konnte – oder wollte.

»Sie weist keine Lücken auf«, sagte Camila.

Der Direktor nickte sanft.

»Was Agent Carlson getan hat, hat ihn zum Helden gemacht, und damit auch uns. Die Operation war also ein voller Erfolg für das FBI. Phil Holmes ist zwar noch flüchtig, aber früher oder später werden wir ihn schnappen, das versichere ich Ihnen.«

»Daran habe ich nicht den geringsten Zweifel.«

»Schön, dass wir miteinander sprechen konnten. Sehen Sie, unsere Spazierfahrt hat nicht lange gedauert.«

Camila sah nach draußen, sie näherte sich wieder ihrem Haus.

Bevor der Wagen anhielt, beugte sich der Direktor leicht zu ihr hinüber und flüsterte ihr vertraulich ins Ohr.

»Lassen wir alles, wie es ist, Ms. Jones, das ist das Beste für alle. Ich muss nur sicher sein, dass die Geschichte hieb- und stichfest ist.« Der Direktor klopfte zwei Mal sanft an die Trennscheibe. »Einer meiner Mitarbeiter wird sich mit Ihnen in Verbindung setzen. Sollte doch eine Lücke auftauchen …«

»Das wird nicht passieren«, sagte sie bestimmt.

»Sehr gut. Es war mir ein Vergnügen, Ms. Jones.«

Der Wagen hielt endgültig an, aber Camila stieg noch nicht aus.

»In zwei Tagen wird Agent Carlson beerdigt«, sagte sie. »Sophia würde ihm gern die letzte Ehre erweisen, aber es wäre ihr erster öffentlicher Auftritt …«

»Ich arrangiere das.«

Camila öffnete die Tür und drehte sich noch einmal um, bevor sie ausstieg.

»Danke«, sagte sie.

»Sie müssen mir nicht danken. Und ich beglückwünsche Sie hierfür.« Der Direktor machte eine Armbewegung, die das Auto umfasste. »Diese kugelsicheren Kabinen sind manchmal ziemlich beängstigend. Wie ich sehe, hat es Ihnen nichts ausgemacht. Auf Wiedersehen.«

Camila machte die Tür zu und ging langsam den Hang zum Glashaus hinauf.

43

Sophia war in guten Händen. Die Morgans gingen sehr fürsorglich mit ihr um, respektierten ihre Privatsphäre und ihr Tempo. Der Übergang von dem Leben mit Mike im Keller und der Umgang mit mehreren Menschen jeden Tag erwies sich als ziemlich schwierig. Madeleine besuchte sie, so oft sie konnte, ebenso Camila und Tim. Zu Camila hatte sie innerhalb kurzer Zeit eine besondere Beziehung aufgebaut, und dies lag nicht nur an dem Geheimnis, das sie seit jener Nacht teilten, sondern an echter Zuneigung. Sophia fühlte sich so wohl mit Camila, dass sie ihr vieles von dem anvertraute, was sie im Keller erlebt hatte. Camila wiederum erzählte Sophia von ihrer Vergangenheit und den Problemen, mit denen sie noch immer zu kämpfen gehabt hatte.

Auf Madeleines Anraten hin hielt Sophia sich vom Fernsehen und den sozialen Netzwerken fern. Bis auf weiteres sei es besser, sie vor gewissen Dingen zu schützen, die ihr schaden könnten, zumindest so lange, bis etwas Gras über die Sache gewachsen sei. Zur Außenwelt hielt Sophia allein per E-Mail Kontakt. Sie schrieb ihren Freunden eine Nachricht, schilderte kurz, wie es ihr ging und wie sehr sie sich darauf freute, sie zu sehen. Viel mehr erzählte sie nicht, und ihre Freunde respektierten es und schrieben ihrerseits nur von sich selbst. Die Band traf sich nicht mehr so oft wie früher, jeder führte sein eigenes Leben.

Eines Tages, als sie ihre E-Mails noch einmal durchging, stieß sie auf die Nachricht eines gewissen Amaduque Queriudú. Sie erstarrte, denn sie wusste sofort, wer sich dahinter verbarg. Als sie klein war, hatte ihr Vater ihr immer Fantasy-Geschichten erzählt, und eine hatte von einem Soldaten namens Amaduque Queriudú gehandelt.

Die E-Mail enthielt eine Telefonnummer und nur einen einzigen Satz.

RUF MICH AN, BITTE.

Sophia lernte die Nummer auswendig und löschte die E-Mail. Dann saß sie lange da und überlegte.

An ihren Vater hatte sie in diesen Tagen kaum gedacht, aber nicht, weil die Sache für sie abgeschlossen war, sondern ganz im Gegenteil. Alles, was mit ihm zu tun hatte, war überaus schmerzhaft. Sophia vermutete, dass er der eigentliche Grund war, warum Madeleine sie vor Nachrichten und sozialen Netzwerken abschirmte. Sie sollte nicht Kommentare über ihn oder seine angebliche Beteiligung an dem Netzwerk lesen müssen.

Angebliche.

Das war das Problem. Ein Teil von ihr wollte nicht akzeptieren, dass ihr Vater so war wie Holt oder Garrett.

Oder Lenderman.

Hier und jetzt.

Sie sprang auf und machte das Licht an. Sie hatte zwar kein Handy, aber sie meinte, im Erdgeschoss ein Festnetztelefon gesehen zu haben, das niemand benutzte. Sie schlich sich nach unten, wo Dorothy Morgan gerade das Mittagessen kochte, nahm das drahtlose Telefon und kehrte zurück in ihr Zimmer. Dann wählte sie Zahl für Zahl die Nummer aus der E-Mail.

Es tutete ewig lange, bis am anderen Ende der Leitung die Stimme ihres Vaters ertönte.

»Hallo.«

Sophia brachte kein Wort hervor.

»Hallo. Sophia? Bist du das?«

Sie begann zu weinen.

»Ja«, sagte sie mit brüchiger Stimme.

»Oh, Sophia, du bist es wirklich«, sagte Philip Holmes. »Ich vermisse dich so sehr.«

Sophia atmete tief durch. Ihre Gefühle spielten verrückt, aber sie musste jetzt einen kühlen Kopf bewahren.

»Was ist mit Mama passiert?«, fragte Sophia. »Hattest du damit zu tun?«

»Natürlich nicht. Du kennst mich doch. Es gibt für alles eine Erklärung, das schwöre ich dir. Nichts von dem, was die Leute behaupten, ist wahr. Du musst mich einfach nur anhören.«

»Ich höre.«

»Jetzt kann ich nicht. Es ist alles ein bisschen kompliziert hier.«

»Wo bist du?«

»Pass auf, Sophia«, sagte Philip Holmes mit dringlicher Stimme. »Ich muss dich um einen großen Gefallen bitten. Und dafür müssen wir uns treffen.«

»Einen Gefallen?«

»Ja. Ich habe zu Hause Dokumente, die sehr wichtig für mich sind. Wie du weißt, kann ich sie nicht selbst holen, solange dieses Missverständnis nicht aufgeklärt ist. Diese Dokumente sind viel Geld wert und würden mir die Mittel an die Hand geben, meine Unschuld zu beweisen. Du musst sie unbedingt für mich holen. Danach treffen wir uns, und ich erkläre dir alles.«

»Ich kann hier nicht weg.«

»Du wirst schon einen Weg finden.«

»Warum sollte ich das tun? Können wir nicht zuerst miteinander reden?«

»Sophia, ich bin dein Vater. Du kennst mich besser als jeder andere. Lass nicht zu, dass das Gerede der Leute unser gutes Verhältnis zerstört. Bring mir diese Dokumente. Wenn wir uns treffen, wirst du die Erste sein, die froh darüber ist, dass ich sie habe.«

»Wirst du dich stellen?«

»Natürlich werde ich das«, sagte Philip Holmes in einem Ton, als wäre er tief bewegt, »aber nicht unter diesen Bedingungen. Ich muss sicher sein, dass ich fair behandelt werde.«

»Und wenn diese Dokumente nicht zu Hause sind? Die Polizei hat doch wohl alles auf den Kopf gestellt.«

»Keine Angst, sie sind gut versteckt. In meinem Arbeitszimmer, gleich neben dem Regal, ist eine abnehmbare Fußleiste. Dahinter liegen die Dokumente.«

»Ich überlege es mir.«

»Bitte, Sophia. Du musst das für mich tun. Und du hast mein Wort, dass ich dir alles erklären werde, wenn wir uns sehen.«

»Ich verstehe nicht, warum du es mir nicht jetzt erklären kannst.«

»Wie gesagt, das ist kein guter Zeitpunkt. Außerdem ist es persönlich viel besser. Ich sehne mich so sehr danach, dich zu umarmen.«

»Ich schaue, was ich tun kann.«

»Danke, Sophia. Ich schicke dir eine Mail mit einem Treffpunkt, der für uns beide sicher ist. Ich liebe dich, Sophia.«

Sophia antwortete nicht.

44

Sophia fand, dass ihr Vater um Jahre gealtert war. Sie wartete auf einem der vielen Spazierwege im Wald auf ihn. Es wurde gerade dunkel, eine Straßenlaterne warf Licht auf Phil Holmes' Gesicht, der die Kapuze seines Sweatshirts abnahm, als er noch rund fünf Meter entfernt war. Er hatte sein Haar raspelkurz geschnitten und ließ sich einen Bart wachsen. Doch es waren nicht diese kosmetischen Veränderungen, sondern die Falten auf der Stirn und rund um die Augen, die ihn älter machten, als er war. Sophia hatte sich darauf eingestellt, dass sie widersprüchliche Gefühle haben würde. Einerseits verspürte sie den Drang, zu ihrem Vater zu laufen und ihn zu umarmen, andererseits war sie gehemmt wegen alldem, was sie inzwischen über ihn erfahren hatte. *Die Wahrheit.*

»Bleib bitte stehen, wo du bist, Papa.«

»Aber Sophia …« Tränen traten ihm ihn die Augen. »Du weißt gar nicht, wie sehr ich mich nach diesem Moment gesehnt habe.«

Phil Holmes stellte den Rucksack, den er dabeihatte, auf der kleinen Mauer ab.

»Gut so. Wir haben eine halbe Stunde.«

»Eine halbe Stunde?«, sagte Phil, der plötzlich besorgt wirkte und in alle Richtungen blickte. »Wie meinst du das? Hast du die Dokumente?«

Sophia starrte auf den Umschlag in ihrer Hand, als wäre sie überrascht, ihn mitgebracht zu haben.

»Sie waren genau dort, wo du gesagt hast.«

Sophia ging ein paar Meter auf ihren Vater zu und streckte den Arm aus. Phil Holmes, der erwartet hatte, dass sie ganz bis zu ihm kommen würde, ging ihr entgegen und nahm den Umschlag. Anschließend kehrten beide an ihren Ausgangspunkt zurück. Phil Holmes öffnete den Umschlag und überprüfte den Inhalt.

»Das ist alles, was in dem Versteck war«, sagte Sophia.

Phil Holmes nickte und blätterte weiter die Dokumente durch.

»Das hast du gut gemacht, Sophia. Damit kann ich meine Unschuld beweisen, und dann wird alles wieder so, wie es war.«

»Dafür muss es Mama erst mal besser gehen.«

Phil steckte die Dokumente in seinen Rucksack.

»Das wird schon. Hast du sie besucht?«

»Nein.«

Sophia machte sich nicht die Mühe, ihm zu erklären, dass sie nicht nur ihre Mutter nicht besucht hatte, sondern auch keinen ihrer Freunde. Sie hatte sich aus dem Haus der Morgans geschlichen und die Dokumente geholt, um die ihr Vater sie gebeten hatte. Aber das war jetzt nicht so wichtig. Wichtig war, aus dem Mund ihres Vaters zu hören, was er ihr zu sagen hatte.

»Danke noch mal, Sophia. Ich habe so viele Fragen an dich. Stimmt es, dass dieser FBI-Agent dich gut behandelt hat?«

»Ja.«

»Ich kann dir gar nicht sagen, wie froh ich darüber bin. Das mit mir, das ist alles ein großes Missverständnis.«

»Dann solltest du dich der Polizei stellen.«

»Das ist nicht so einfach«, sagte Philip Holmes. Er setzte sich neben seinen Rucksack auf die Mauer und starrte in den Wald. »In unserem Rechtssystem dürfte so was nicht passieren. Eigentlich müsste man mir die Schuld nachweisen. Aber es ist alles verrottet, und jetzt muss ich plötzlich meine Unschuld beweisen. Ich wurde vorverurteilt. Alle glauben, dass ich ein Teil des Netzwerks bin.«

»Und das stimmt nicht?«

»Natürlich nicht«, empörte sich Philip Holmes. »Ja, ich kannte Frank und Conrad. Ich kannte sie sogar sehr gut. Wir sind zusammen zur Schule gegangen und haben uns oft getroffen. Habe ich etwas davon gewusst? Ja, habe ich. Aber nicht, dass sie Teil eines organisierten Netzwerks waren, sondern nur, dass sie auf junge Mädchen standen. Sie haben mir ab und zu eine Mail oder ein Video geschickt, aber ich selbst gehörte nicht zum Netzwerk und habe auch keine Videos gefilmt. Das schwöre ich bei Mama und bei dir.«

Sophia schloss die Augen und seufzte.

»Sophia, das musst du mir glauben«, sagte Philip. »Das kommt oft vor unter Männern. Man kriegt ein Video zugeschickt, weiß nicht recht was damit anzufangen, nimmt es auch nicht ernst. Ich bin nicht wie sie. Ich habe nie jemanden aufgefordert, ein Video für mich zu drehen oder so. Es macht mich ganz krank, dass alle Welt jetzt denkt, ich wäre wie sie. Das musst du mir glauben.«

»Du hattest eine Affäre mit einer Frau, die viel jünger ist als du.«

»Ja, deine Mutter und ich hatten Probleme, da habe ich diesen Fehler begangen. Das macht mich noch lange nicht zum Pädophilen.«

»Aber zum Lügner.«

Phil fuhr sich mit der Hand über sein raspelkurzes Haar.

»Wenn ich die Zeit zurückdrehen könnte, würde ich vieles anders machen. Ich habe dich angelogen, ja. Ich habe viele Fehler begangen, ja. Darunter auch schwere. Aber ein Verbrechen begangen habe ich nicht, und das werde ich beweisen. Dank dir kann ich es jetzt auch.«

Sophia wusste nicht, wie sie es geschafft hatte, ihre Tränen zurückzuhalten. Vermutlich lag es daran, dass sie jedes einzelne Wort, das ihr Vater sagen würde, vorausgesehen hatte.

»Du glaubst mir doch, oder?«

Sophia ignorierte die Frage.

»Bei Mamas Unfall, was genau ist da passiert?«

»Beim Unfall?« Phil Holmes schien dieser plötzliche Themenwechsel zu stören. »Das weiß ich nicht, ich war ja nicht zu Hause. Vermutlich hat deine Mutter kurz nicht aufgepasst.«

»Aber als die Polizei eintraf, warst du da. Ich will wissen, was passiert ist.«

»Ja, das verstehe ich. Ich kam nach Hause und bin sofort rauf in den ersten Stock. Aus reiner Gewohnheit bin ich ins Schlafzimmer deiner Mutter gegangen, ich habe mich nämlich nie an die getrennten Zimmer gewöhnt. Als ich auf den Balkon trat, sah ich unten deine Mutter liegen und Marlene, die gerade die Polizei rief.«

»Sonst war nichts auf dem Balkon?«

Sichtlich verunsichert schüttelte Phil Holmes den Kopf.

»Hat Tim Doherty gesagt, dass da noch was war? Er und diese Journalistin sind mir auch schon damit gekommen. Du darfst nicht alles glauben, was die sich so zurechtfantasieren.«

»Da war wirklich nichts?«

»Nichts Ungewöhnliches jedenfalls. Später habe ich dann einen Zettel entdeckt, in einem Buch. Darauf stand …«

»Ich weiß, was darauf stand. Er kam von mir.«

Überrascht sah Philip Holmes sie an.

»Unter Tonys Aquarium war ein Tagebuch versteckt«, sagte Sophia. »Und Mama hat es an dem Tag gefunden.«

»Das kann nicht sein, Sophia. Die Polizei hat dein Zimmer durchsucht und wir auch. Wenn du wirklich ein Tagebuch dort versteckt hast, dann hat es jemand gefunden und mitgenommen.«

»Ich glaube eher, dass Mama es gefunden hat«, sagte Sophia. »Und dass sie dich damit konfrontiert hat, als du von der Arbeit nach Hause kamst.«

»Nein, so war das nicht.«

»Ich hatte gehofft, dass du wenigstens das zugeben würdest.«

Sophia zog etwas aus ihrer Hosentasche, ging zu ihm und gab es ihm.

»Was ist das?«

Sophia kehrte an ihren Platz zurück.

»Schau's dir an.«

Philip Holmes entfaltete das Blatt. Darauf zu sehen war ein Foto des Gartens aus der Luft. Es stammte aus dem Video, das der Sohn der Johnsons mit der Drohne gefilmt hatte.

»Das hat unser Nachbar aufgenommen«, erklärte Sophia. »Du warst unten bei Mama, und das da auf dem Balkontisch ist das Tagebuch. Mama hat es gelesen. Und du auch.«

Philip starrte auf das Foto und wusste nicht, was er antworten sollte.

»Es stimmt«, sagte er kaum hörbar. »Ich habe das Tagebuch gelesen.«

Sophia sah ihn an. Es war die zweite Lüge, die er unfreiwillig eingestand.

»Was hätte ich denn tun sollen, Sophia?«, verteidigte er sich. »Hätte ich es der Polizei übergeben sollen?«

»Es waren deine Freunde.«

»Du weißt, was ich meine. In dem Tagebuch wirfst du mir schreckliche Dinge vor. Dinge, die gar nicht stimmen.«

Sophia trug eine Armbanduhr, die Dorothy Morgan ihr geliehen hatte. Sie warf einen Blick darauf und stellte fest, dass die halbe Stunde vorbei war.

Drei Beamte des FBI traten aus dem Schatten der Bäume, umstellten Phil Holmes und zielten mit den Laserpointern ihrer Gewehre auf ihn. Er konnte sich nur noch Richtung Fluss umdrehen, aber auch dort hatten sich FBI-Beamte postiert.

»Nicht bewegen! Hände auf den Kopf!«

Phil tat, wie ihm befohlen. Er starrte nach vorne ins Nirgendwo. Plötzlich drehte er ganz leicht den Kopf und sah mit entsetztem Blick zu Sophia.

»Was hast du getan?«

»Ich werde nicht zulassen, dass der Mann, der dafür verantwortlich ist, dass meine Mutter im Koma liegt, frei herumläuft. Leider bist dieser Mann du.«

45

Die Band verabredete sich für ihr Wiedersehen im Probenraum der Hobsons. Bishop und Tom trafen zuerst ein. Janice war natürlich schon da. Nikki kam zehn Minuten zu spät, fragte mit panischem Gesicht, ob Sophia schon da sei, und blickte sich hektisch um.

Sophia würde erst in einer halben Stunde dazustoßen, also hatten sie Zeit, ein bisschen Musik zu machen und so zu tun, als wären sie nicht aufgeregt.

Der Moment, in dem Sophia die Tür öffnete, würde sich allen ins Gedächtnis brennen. Mehrere Sekunden lang schwiegen sie, oder vielleicht dehnte sich auch die Zeit. Wie oft hatten sie davon geträumt, während ihr Verstand sie daran erinnert hatte, dass es immer unwahrscheinlicher wurde. Sie waren alle größer geworden – ein Jahr in diesem Alter war viel Zeit – und wie im Zeitraffer gereift.

Sie hatten sich verändert und waren doch die Gleichen geblieben.

Nikki hatte sich diesen Augenblick wieder und wieder ausgemalt, seit Bishop ihr die gute Neuigkeit überbracht hatte. In allen Versionen hatte sie sich auf ihre Freundin gestürzt und sie umarmt, doch jetzt, wo es so weit war, hatte sie feuchte Augen und war wie gelähmt. Die anderen sahen sie an, denn es gab ein stillschweigendes Einverständnis, dass Nikki die Erste sein würde, die Sophia in die Arme nahm. Tom, der im vergangenen Jahr immer noch größer geworden war und Nikki gerade am nächsten stand, legte zur Beruhigung seine Hand auf ihre Schulter. Sanft schob er Nikki in Sophias Richtung. Nikki wiederum starrte die ganze Zeit ihre Freundin an, als könne sie es nicht fassen.

»Deine Haut sieht total beschissen aus«, sagte sie weinend.

Sophia musste gleichzeitig lachen und weinen und nahm Nikki in die Arme. Nikki war wie eine Läuferin, die mit allerletzter Kraft das Ziel erreicht und erste Hilfe benötigt. Keuchend sagte sie immer wieder Danke.

Tom stand neben ihr und betrachtete das Geschehen von oben. Schließlich löste sich Nikki und sah, noch immer tief bewegt, nach hinten zu den anderen, um sich zu vergewissern, dass sie nicht träumte. Nun ging Tom zu Sophia und schloss sie ebenfalls in die Arme. Diesmal war sie diejenige, die sich benommen fühlte. Tom war derjenige, der sich rein physisch am stärksten verändert hatte.

Janice war so tough wie eh und je. Manche Dinge änderten sich nie. Immerhin war diese Version von Janice imstande, ihren schützenden Panzer kurz abzulegen und warmherzig zu lächeln. Sophia und sie verschmolzen regelrecht in ihrer Umarmung und flüsterten sich Dinge ins Ohr, die die anderen nicht hören konnten.

Als Bishop an der Reihe war, bildeten die anderen instinktiv einen Halbkreis um die beiden, als spürten sie, dass etwas Besonderes geschehen würde. In gewisser Weise war es auch so, denn vor allem Bishop hatte dafür gearbeitet, dass die Hoffnung auf ein gutes Ende nie ganz erloschen war. Manchmal nüchtern, manchmal fast schon obsessiv, hatte er an dem

Glauben festgehalten, Sophia würde eines Tages zurückkehren.

Jemand hat einmal gesagt, dass wir zwar nicht die Herren über unser Schicksal sind, aber sehr wohl die Herren über unsere Wünsche. Bishop und Sophia umarmten sich lange, bis Bishop einen Witz riss, um die Gefühlsduselei zu beenden. Alle lachten und entspannten sich.

Dann machten sie es sich auf den Sofas bequem.

»Es gibt Limonade und Kekse«, sagte Janice und zeigte auf ein Tablett, das auf einem der Verstärker stand.

Tom nahm einen Turm Plastikbecher und schenkte allen ein. Nur Janice lehnte dankend ab.

Anfangs verlief die Unterhaltung schleppend. Sie waren zwar so vertraut wie eh und eh – äußerlich verändert, innerlich die Gleichen –, aber sie hatten sich so viel zu erzählen, dass sie nicht wussten, wo sie anfangen sollten. Außerdem wollten alle vermeiden, dass Sophia sich unwohl fühlte, wenn sie sie zu sehr bestürmten.

Schließlich war Bishop derjenige, der die Frage stellte, die keiner sich zu stellen traute.

»Stimmt es eigentlich, was du über diesen Carlson gesagt hast? Stimmt es *wirklich*?«

»Uns kannst du ruhig die Wahrheit sagen«, ergänzte Nikki.

»Ja, es stimmt«, sagte Sophia. »Er hat mir nichts getan, im Gegenteil, er hat mich gut behandelt. Anfangs war es hart, aber dann habe ich mich daran gewöhnt. Ich hatte meine tägliche Routine, meine Sachen.«

»Deine Sachen?«, fragte Janice.

Sophia seufzte. Sie hatte mit Camila vereinbart, dass sie nichts von dem enthüllen würde, was im Keller passiert war, damit die Geschichte stimmig blieb. Aber es würde schon nichts schaden, wenn sie ein *bisschen was* herausließ.

»Viel kann ich euch nicht erzählen, aber Mike …«

»Mike?«, fragte Bishop. »So hast du Agent Carlson genannt?«

Sophia nickte.

»Er hat gut für mich gesorgt. Monatelang hat er eine Kopie meines Zimmers gebaut. All meine Sachen waren da … alle.«

Niemand sagte etwas.

»Klingt merkwürdig, ich weiß«, sagte Sophia.

»Das heißt, geschlafen hast du die ganze Zeit in … deinem Zimmer?«

Sophia lächelte.

»Irgendwie schon.«

»Und dieser Typ, dieser Mike«, hakte Bishop nach, »hat dir wirklich nichts getan? Es gibt da so ein Syndrom …«

»Leute, er hat mir wirklich nichts getan. Es klingt vielleicht lächerlich, aber nicht alle Männer sind Schweine. Wer hätte das gedacht?«

Alle lachten nervös. Die Vorstellung, Sophia könnte systematisch missbraucht worden sein, hatte sie die ganze Zeit über gequält.

»Sophia, wir wollen dir nicht zu nahetreten, aber …«, sagte Bishop, »wir fragen uns, was mit deinen Eltern ist.«

»Mein Vater sitzt im Gefängnis. Für mich ist er gestorben. Es tut weh, weil ich in ihm noch immer denjenigen sehen will, der er für mich war. Aber dieses Bild ist eine Konstruktion, die auf Lügen beruht.«

»Hast du mit ihm gesprochen?«, fragte Tom.

»Ja. Ich dachte, es würde was bringen, aber es war nicht so. Und was meine Mutter angeht …«

»Sie wird bestimmt wieder gesund«, sagte Nikki.

Die anderen pflichteten ihr sofort bei und sagten aufmunternde Worte.

»Vielen Dank, Leute, schon gut. Was ist denn jetzt mit der angekündigten Überraschung?«

»Okay, Holmes«, sagte Bishop. »Mach dich auf was gefasst, so was hast du in deinem ganzen Leben noch nicht gehört.«

Er nahm die Gitarre von Keith Hobson.

»Meine musste ich verkaufen«, erklärte er und hängte sich die Gitarre um. »Eine lange Geschichte.«

Seltsamerweise stellte sich Janice mit ihrem Bass ans Leadmikrofon. Nikki bückte sich, öffnete einen Geigenkasten und holte das Instrument heraus. Dabei konnte sie gar nicht Geige spielen!

Sophia starrte sie an wie die verblüffte Jurorin einer Talentshow. Was war da los?

Tom hatte sich hinters Schlagzeug gesetzt. Alles war bereit.

»Wir mussten ein bisschen vielseitiger werden«, sagte Bishop, »aber als du weg warst, haben wir einander versprochen, dass wir dir bei deiner Rückkehr diesen Song vorspielen. Seither haben wir ihn geprobt, und jetzt bist du wieder da.«

Bishop konnte nicht weitersprechen. Seine Augen füllten sich mit Tränen.

Allmählich begriff Sophia. Die Geige war der entscheidende Hinweis.

»Leute, lasst uns das mit Gefühlen auf später verschieben«, sagte Janice, »schließlich muss ich noch singen.«

Alle lachten.

Janice fuhr fort:

»Schau dir an, was du mit mir gemacht hast, Sophia Holmes. Wenn das keine Liebe ist …«

Bishop spielte auf der Gitarre die ersten Akkorde von *Breathe*, Sophias Lieblingssong.

Sekunden später setzte Janice ein mit einer sanften, melodischen Stimme, die Sophia noch nie gehört hatte. Nikki sang dazu die Zweitstimme. Es klang perfekt.

Rund eine Minute später hatte das Schlagzeug seinen Einsatz, ein Kontrapunkt, um dem Song seine herzzerreißende Kraft zu geben.

Der Refrain erreichte seinen emotionalen Höhepunkt mit den lang gezogenen Tönen der Geige. Sophia hatte in letzter Zeit so einiges erlebt, manches davon wie aus einem Fiebertraum. Trotzdem war das hier real: Janice (Janice!) sang wie Taylor Swift, und Nikki spielte Geige. Abgefahren!

Als sie das Lied zu Ende gespielt hatten – wahrscheinlich der beste Auftritt, den die Band je hingelegt hatte –, hätte Sophia am liebsten geschrien, sie sollten es noch einmal spielen.

Die vier sahen sie an.

»Es war fantastisch«, sagte Sophia und wischte sich die Tränen weg. »Ich weiß nicht, was ich sagen soll. Danke. Natürlich will ich den Song noch einmal hören, bevor ich aufbreche.«

Tom und Nikki setzten sich aufs Sofa.

»Ich kann nicht glauben, dass du Geige spielst!«, sagte Sophia.

»Ich auch nicht! Eigentlich wollte ich nur diesen Song lernen, aber dann habe ich Gefallen daran gefunden.«

Bishop lachte laut, Janice stimmte mit ein.

»Was?«, fragte Sophia.

»Nikki hat jetzt einen Freund, der Geige spielt!«, sagte Bishop.

Sie setzten sich wieder auf das Sofa und plauderten eine

Weile über Nikki und ihren Freund, über Tom und seine phänomenalen Leistungen in der Basketball-Liga und über die Band, die Janice in Jacksonville gegründet hatte. Als das Gespräch auf Bishop kam, sagte der, er habe die Lust am Gitarrespielen verloren und im letzten Jahr nicht viel gemacht.

»Das stimmt nicht«, sagte Nikki. »Wenn jemand in all der Zeit dafür gesorgt hat, dass dein Verschwinden nicht in Vergessenheit gerät, dann er.«

Bishop sagte nichts.

»Da du es nicht von dir aus sagen wirst«, fuhr Nikki fort, »übernehme ich das. Von uns allen warst du derjenige, der immer fest daran geglaubt hat, dass Sophia noch am Leben ist, der unermüdlich nach einer Spur gesucht hat.«

Sophia durfte es nicht sagen, weil es Teil des Pakts war, den sie mit Camila und Tim geschlossen hatte, aber die Informationen, die Bishop im Laufe des vergangenen Jahres gesammelt hatte, waren entscheidend für sie gewesen. Sie hatten dazu geführt, dass Camila sie überhaupt hatte finden und Lenderman hatte aufhalten können, bevor er seine Schandtat beging.

Bishop hatte ihr also das Leben gerettet. Vorerst durfte sie ihm das nicht sagen, und vielleicht war es besser so. Doch eines konnte sie sehr wohl tun, nämlich ihn umarmen.

»Danke«, flüsterte sie ihm ins Ohr.

46

Die Abschiedszeremonie für Agent Carlson fand im Kenan-Stadion von Chapel Hill statt. Es war ein Großereignis. Es kamen Leute aus der Gegend, aber auch aus anderen Bundesstaaten. Allein auf den Rängen des Stadions drängten sich fünftausend Menschen, und noch viele mehr verfolgten die Zeremonie live im Fernsehen. Carlson war ein Held. Nicht nur weil er das Pornografie-Netzwerk ausgehoben hatte, sondern auch, weil er sich so fürsorglich um Sophia Holmes gekümmert hatte.

Auf dem Spielfeld standen Stühle für die Ehrengäste, aufgeteilt in zwei Blöcke zu je fünfzig Sitzen. Außerdem hatte man eine Bühne mit einer riesigen Leinwand aufgebaut. In der Gruppe der Ehrengäste auf der rechten Seite saßen Sophia und Madeleine und all die FBI-Agenten, die an der Operation beteiligt gewesen waren. In der einzigen Lücke zwischen den Stühlen saß Bill Mercer in seinem Rollstuhl.

In der anderen Gruppe waren die Angehörigen und Freunde von Carlson. In der ersten Reihe saß seine Frau, deren Trauer schon von weitem erkennbar war. Neben ihr saß ihre drei Jahre alte Tochter, die noch nicht begriff, was vor sich ging. Trotzdem war sie ihrer Mutter eine Stütze, die fest ihr Händchen hielt und ihr immer wieder übers Gesicht streichelte.

Die Zeremonie begann. Der Sarg, der mit der US-amerikanischen Flagge bedeckt war, wurde hereingetragen und vor der

Bühne platziert. Einundzwanzig Böllerschüsse ertönten, und aus den Stadionlautsprechern erschallte die Nationalhymne.

Der erste Redner war der Gouverneur, es folgte der FBI-Direktor. Er ließ in seiner Rede Carlsons berufliche Laufbahn Revue passieren, hob seine integre Haltung und Einsatzbereitschaft hervor. Carlson habe sehr hartnäckig sein können, wenn er geglaubt habe, die Dinge würden nicht so gehandhabt, wie sie sollten. Seine Vorgesetzten hätten gelernt, ihm zuzuhören, denn er habe einen außerordentlich guten Instinkt für die Einschätzung von Situationen gehabt. Sein Verlust hinterlasse eine große Lücke. Seine Lebensleistung sei gewaltig. Tausenden Menschen habe er viel Leid erspart. Sophia Holmes sei das beste Beispiel, erklärte der FBI-Direktor, wozu Agent Carlson fähig gewesen sei, wenn ihn seine Überzeugung gepackt habe.

Der emotionale Höhepunkt der Zeremonie war der Auftritt von Carlsons Bruder. Er sei fünf Jahre jünger, sagte er in seiner Rede, und habe in seinem Bruder immer eine Art von Gott gesehen. Anfangs hätte man denken können, es sei ein Ausdruck ihres innigen Verhältnisses gewesen, doch habe er im Laufe der Zeit begriffen, dass noch etwas anderes eine große Rolle spielte: Sein Bruder sei einfach ein außergewöhnlicher Mensch gewesen, außergewöhnlich fähig, außergewöhnlich gut ausgebildet, aber auch außergewöhnlich sensibel. Vor einigen Monaten, fuhr er fort, habe er mit ihm ein offenes Gespräch über seine berufliche Zukunft geführt. Carlson habe ihm gestanden, er sei sehr verstört wegen der Dinge, die er täglich zu sehen bekomme, und überlege deshalb, aus dem Dienst auszuscheiden. Er habe ihm zugehört, aber auch gewusst, dass sein Bruder nicht nachlassen würde in seinem Wunsch, anderen zu helfen, denn dies habe er immer getan, schon als Kind, auch wenn er dafür manchmal gegen die Regeln habe verstoßen müssen.

Sophia hörte mal hin, mal schweiften ihre Gedanken ab. Sie wusste, dass die Kameras auf sie gerichtet waren und ihr Gesicht ein fantastisches Motiv abgab, während vorne die Reden gehalten wurden. Es war ihr unangenehm, so sehr im Mittelpunkt zu stehen. Ihre Großmutter hatte recht, wenn sie sagte, es wäre am besten, eine Zeit lang von Hawkmoon wegzuziehen. Es war bereits ausgemacht, dass sie in zwei Tagen mit nach New York kommen und eine Weile dort leben würde. Sophia hatte nur eine Bedingung gestellt, dass nämlich ihre Mutter auch dorthin verlegt würde, womit Madeleine natürlich sofort einverstanden gewesen war. Caroline würde in einer der besten Pflegeeinrichtungen der Stadt untergebracht werden, und Sophia und Madeleine würden sie besuchen können, wann immer sie wollten.

Nur einmal drehte Sophia sich um und schaute nach hinten. Sie wusste, dass sie sich die Aufnahmen der Zeremonie nie ansehen würde, also würde das Bild, das sich ihr bot, die einzige Erinnerung an die Menschenmenge sein. Die vielen Leute auf der Tribüne regten sich nicht und wirkten wie ein Vorhang. Ihr Blick begegnete kurz dem von Bill Mercer, der ihr unmerklich zunickte. Dann sah sie wieder nach vorne und versuchte, sich auf die Rede zu konzentrieren.

Sie bedauerte, dass Camila Jones nicht bei ihr war, aber sie verstand, warum sie nicht hatte kommen wollen. Camila war die Einzige, die sie wirklich verstehen konnte. Während am Himmel zwei Flugzeuge mit akrobatischen Kunststücken den Abschluss der Zeremonie einleiteten, dachte Sophia an ihren

Vater und die Dinge, die er hinter der Fassade einer scheinbar perfekten Familie getrieben hatte.

Sophia fragte sich, ob auch sie mit der Angst würde leben müssen, dass ihr eigenes Geheimnis eines Tages doch noch ans Licht gelangte. Vielleicht gab es im Universum eine Kraft, die genau dies bewirkte. Sie hoffte darauf, dass diese universelle Gerechtigkeit, wenn sie denn existierte, dem Guten diente und Camila und sie dem Guten auf die Sprünge geholfen hatten, auch wenn sie dafür einige Regeln gebrochen hatten. In dieser Hinsicht waren sie und Agent Carlson einer Meinung gewesen.

47

Camila saß auf der Veranda und trank einen Mate, als Tim kam. Seit Carlsons Beerdigung waren drei Wochen vergangen, und der Fall hatte an öffentlichem Interesse verloren. Tim stieg die drei Stufen zur Veranda hinauf und achtete darauf, sich nicht den Kopf an einem der hängenden Blumentöpfe zu stoßen. Er setzte sich auf einen der Sessel.

»Möchtest du?«, fragte Camila und hielt ihm den Mate hin.

Das Angebot war zu einer Art Ritual zwischen ihnen geworden, bei dem er sich systematisch weigerte, von dem Getränk zu kosten.

»Es wird Zeit, dass ich dem Gebräu eine Chance gebe«, sagte Tim und nahm das Gefäß.

Er steckte den Trinkhalm in den Mund und schlürfte daran so, wie er es bei Camila gesehen hatte. Das heiße bittere Wasser rann ihm die Kehle hinunter, und er verzog das Gesicht. Er hatte noch nie so etwas getrunken und musste zugeben, dass es nicht so schlecht schmeckte, wie er gedacht hatte. Er zog noch einmal an dem Trinkhalm, diesmal so oft, bis keine Flüssigkeit mehr im Mategefäß war.

»Könnte mich dran gewöhnen«, sagte er.

Camila lächelte und erhob sich.

»Ich mache dir einen Kaffee.«

Tim erhob sich ebenfalls und hielt sie zurück.

»Nicht nötig, wirklich.«

Beide setzten sich wieder.

»Was gibt's?«, fragte Camila.

»Ich würde gern zwei Sachen mit dir besprechen. Das eine hat mit dem Fall zu tun. Das andere ist etwas Persönliches.«

In diesem Moment kam Bobby um die Ecke. Als er Tim sah, stieg er zur Veranda hinauf und legte sich ihm zu Füßen.

»Bobby spürt, dass es gute Nachrichten gibt«, scherzte Camila. »Dann schieß mal los.«

Tim rieb sich am Kinn.

»Man hat mir offiziell das Angebot gemacht, für die NBC zu arbeiten«, sagte Tim, »zunächst als Meinungskommentator in den Nachrichten, später mit der Möglichkeit, eine eigene Sendung zu moderieren. Und dann will mich eine Produzentin als Moderator für eine Serie über aufsehenerregende Polizeifälle engagieren, von denen manche gelöst, einige aber auch ungelöst sind. Ausgestrahlt würde sie über eine Streaming-Plattform. Geplant ist erst einmal eine Staffel, aber es könnten durchaus mehrere werden. In beiden Fällen müsste ich nach New York ziehen.«

Camila sah ihn an.

»Und deine Frage?«

Tim lachte.

»Was soll ich tun? Beide Angebote sind beängstigend, Camila. Ich bin ein Zeitungsmann durch und durch. Videos gedreht habe ich exakt zwei, nämlich die in diesem Fall. Ich verstehe nicht, was die Leute in mir sehen.«

»Okay, stopp. Das ist schon mal der falsche Ansatz. Wenn du nicht davon überzeugt bist, dass du gut bist, machst du dich zu deinem eigenen Feind. Was diese Leute in dir sehen, ist genau das, was auch ich in dir sehe, was Millionen Menschen in dir gesehen haben. Und du kannst dir sicher sein: In dieser Welt wird einem nichts geschenkt.«

»Daran muss ich arbeiten. Mein schwaches Selbstbewusstsein war schon immer ein Problem für mich.«

»Weißt du, was die Senderchefs vor allem in dir gesehen haben?«

Tim schüttelte den Kopf.

»Dass du authentisch bist«, sagte Camila. »Jemand, der das rüberbringt, ist nicht so leicht zu finden. Es ist eine Gabe. Und ich sage dir noch was: Man kann sie auch verlieren, dann nämlich, wenn man nicht mit beiden Beinen auf dem Boden bleibt.«

»Das ist ein guter Ratschlag, danke.«

Camila beugte sich über den Tisch und goss heißes Wasser aus der Mate-Thermosflasche nach. Sie zog zweimal mit dem typischen Schlürfgeräusch an dem Trinkhalm.

Tim beobachtete sie und kam aus dem Staunen nicht heraus. Er fragte sich, ob es auf der Welt noch ein anderes Getränk gab, bei dem man ein solches Geräusch machen durfte, ohne dass es als schlechte Manieren galt. Mate schien sich dermaßen über die Regeln des Anstands hinwegzusetzen, dass es fast schon lächerlich war.

»Was die Frage angeht, was du tun sollst«, sagte Camila, »ob lieber NBC oder diese Reihe, da ist die Antwort ganz einfach.«

Tim sah sie verblüfft an, schließlich hatte er deswegen zwei Tage lang kaum geschlafen.

»Mach beides«, sagte Camila. »Du solltest nichts ausschließen, zumindest nicht am Anfang. Probier einfach alles aus.«

»Aber …«

»Ich weiß schon, was du sagen willst. Der Sender will dich exklusiv, bla, bla, bla.« Camila deutete mit dem Finger auf Tim. »Sprich mit Ralph. Ralph ist dein Agent, sag ihm ganz genau, was er zu tun hat. Er soll das mit denen klären.«

Tim sah sie an. Ralph war Ralph O'Malley, ein Agent, den Camila ihm empfohlen hatte.

»Dafür hast du jetzt einen Agenten«, legte sie nach. »Sein Job ist es, deine Interessen zu wahren. Also soll er mit ihnen sprechen und die Termine koordinieren. Manchmal scheint es unmöglich, alles unter einen Hut zu bringen, und dann geht es doch. Konzentrier du dich auf deine Arbeit. Das ist der beste Ratschlag, den ich dir geben kann, wenn du in der obersten Liga mitspielen willst.«

»Verstanden.«

»Und noch etwas. Es heißt ja immer, man soll sich selbst treu bleiben. Nur was genau bedeutet das? Ich sag's dir: Es bedeutet, dass du nichts tun solltest, woran du nicht glaubst. Nie. Wenn die Produzenten die Kontrolle über deine Karriere übernehmen, bist du verloren.«

Tim merkte sich alles. Dies war seine Gelegenheit, von der Erfahrung einer Frau zu profitieren, die den Weg, den er beschreiten wollte, schon gegangen war.

»Ich habe auch noch etwas«, sagte Tim. »Ich treffe mich neuerdings mit Lena, Bishops Mutter. Es ist noch nichts Offizielles. Wir haben ein paarmal zu Abend gegessen, meist bei mir zu Hause. Mein Gefühl sagt mir, dass es etwas Ernstes werden könnte.«

»Das freut mich sehr. Allerdings bin ich in Sachen Liebe die falsche Adresse. Jedem beruflichen Erfolg steht bei mir ein privater Misserfolg gegenüber. Oder zwei. Ihr könnt es ja mit einer

Fernbeziehung versuchen, bis ihr euch besser kennengelernt habt.«

»Und was hast du jetzt vor?«

»Das ist eine sehr gute Frage. Weißt du, warum ich hier eingezogen bin?« Camila zeigte hinter sich.

»Du meintest, du hättest eine Auszeit gebraucht und wolltest deine Probleme lösen.«

»Das hast du elegant formuliert«, sagte Camila. »Eigentlich bin ich hierherzogen, um mich vor meinen Problemen zu *verstecken*. Ich habe Fortschritte gemacht, besonders in den letzten Tagen, und das hat mir zu denken gegeben. Warum jetzt? Vielleicht ist der Zeitpunkt gekommen, mich tatsächlich diesen Problemen zu stellen. Während du nach New York ziehst, um für deine Zukunft zu kämpfen, bleibe ich hier und kämpfe mit meiner Vergangenheit.«

Tim kannte Camila gut genug: Es hatte keinen Sinn, sie nach diesen Problemen zu fragen.

»Du meintest, du wolltest mir noch etwas sagen. Zu dem Fall.«

»Ja, stimmt. Hast du das von Lendermans Frau gehört?«, sagte Tim.

Camila sah ihn fragend an.

»Nein.«

»Wir haben es im *Overfly* nicht berichtet. Sie hat vor zwei Tagen versucht, sich das Leben zu nehmen. Mit Tabletten. Ihre Tochter hat sie bewusstlos im Bett vorgefunden und den Krankenwagen gerufen. Sie liegt jetzt im Krankenhaus.«

Camila schloss die Augen und rieb sich die Stirn. Sie atmete mehrmals tief ein und aus.

»Die arme Familie«, murmelte sie.

»Ja. Ich habe mit der Schwester gesprochen. Anständige Leute, wie es scheint. Wenn sie aus dem Krankenhaus entlassen wird, nehmen sie sie mit zur Familie nach Georgia. Damit sie noch mal ganz von vorne anfangen kann.«

»Sehr gute Idee.«

»Finde ich auch. Diese Frau kommt einfach nicht über das Verschwinden ihres Mannes hinweg und ist am Boden zerstört. Ich habe mit einer Quelle beim FBI gesprochen. Wenn man berühmt ist, öffnen sich einem die Türen. Dort hält man Lenderman für tot. Das werde ich aber nicht veröffentlichen, solange ich es nicht verifizieren kann.«

Camila seufzte. Es verging kein Tag, an dem sie nicht an den Tod des Direktors dachte.

»Lenderman ist tatsächlich tot«, sagte sie schließlich. »Und ich habe ihn getötet.«

Kurz dachte Tim, es handle sich um einen Scherz. Er wollte schon lachen, als er begriff, dass Camila meinte, was sie sagte.

»Wie bitte?«

»Es war eine spontane Entscheidung«, erklärte Camila. »Er hatte Sophia als menschlichen Schutzschild benutzt und nichts mehr zu verlieren.«

Tim war fassungslos.

»Dann weiß es Sophia.«

»Ja. Und jetzt weißt es auch du.«

»Und das FBI?«

»Vor ein paar Tagen hatte ich ein interessantes Gespräch mit dem FBI-Direktor. Sagen wir so: Sie wissen nicht, was genau passiert ist, aber sie haben doch eine ziemlich korrekte Vorstellung. Jedenfalls werden sie es dabei bewenden lassen, weil es so, wie es ist, gut ist, auch für sie.«

»Na ja, es war doch ohnehin Notwehr …«

»Nicht wirklich. Lenderman hat in dem Moment nicht auf mich gezielt. Und hätte ich mich gestellt und angegeben, wo das Ganze passiert ist, hätte es viele Fragen aufgeworfen, die lieber unbeantwortet bleiben sollten.«

Tim begriff sofort, worauf Camila hinauswollte.

»Ich habe dich das nie gefragt, aber woher wusstest du eigentlich, wo Agent Carlson Sophia versteckt hielt?«

»Es war ein Glückstreffer. Als Carlson tot war, also der Einzige, der wusste, wo Sophia war, ging ich noch mal alle meine Notizen und Dokumente durch. Dabei fiel mir etwas auf, das ich vorher nicht bemerkt hatte, ein Foto, das in Sophias Zimmer auf dem Regal stand. Das war der Schlüssel. Schade nur, dass ich nicht früher darauf gekommen bin.«

Er zog die Augenbrauen hoch.

»Was meinst du?«

»Tim, ich wollte es dir sowieso irgendwann sagen, und der Moment ist jetzt gekommen. Der Mann, der sich in dem Keller um Sophia gekümmert hat, war nicht Agent Carlson.«

»Dann hatte Carlson gar nichts damit zu tun?«

»Doch, schon. Carlson wusste, dass Sophia in Gefahr war, und er hat entscheidend dazu beigetragen, dass sie in einem sicheren Versteck untergebracht war. Aber er konnte sich nicht um sie kümmern und gleichzeitig die Operation leiten.«

»Das heißt ja, dass der Mann, der sich Mike nennt, noch lebt. Wer ist es?«

Camila sah auf ihrem Handy nach der Uhrzeit.

»Kannst du dir das nicht denken?«

Tim wusste nicht, wie er reagieren sollte. Diese Neuigkeit hatte ihn völlig überraschend getroffen.

»Es ist schon spät«, sagte Camila und erhob sich. »Wollen wir reingehen? Ich muss gleich mit Alex sprechen, und du kannst solange in der Küche zaubern. Was meinst du?«

»Du willst mich einfach so hängen lassen?«

Die beiden machten sich auf den Weg nach drinnen, gefolgt von Bobby.

»Komm«, sagte Camila, »es wird Zeit, dass du erfährst, was in jener Nacht wirklich passiert ist.«

Epilog

Vier Monate später

Camila holte Sophia vom Flughafen ab. Obwohl sie regelmäßig miteinander sprachen, hatten sie sich auf der Fahrt viel zu erzählen. Als sie in Fayetteville ankamen, hatten sie sich gegenseitig auf den neuesten Stand gebracht.

Die Voraussetzung für diese Reise war, dass niemand davon erfuhr. Deshalb trafen sie sich auch nicht in Hawkmoon und würden jede Öffentlichkeit meiden. Der Fall von Sophia Holmes war in vielerlei Hinsicht spektakulär gewesen, aber er hatte ein perfektes Ende gefunden. Dadurch hatten die Leute ihn vergessen und waren zum nächsten Aufreger übergegangen. Sophia führte in New York ein relativ normales Leben. Dort kannte sie fast niemand, und wenn doch jemand sie ansprach und Fragen stellte, dann immer die gleichen, auf die sie fast automatisch antworten konnte.

Der Besuch bei Bill Mercer barg ein gewisses Risiko, das sie aber gerne eingingen. Schließlich hatte Mercer entscheidend dazu beigetragen, das Netzwerk zu zerschlagen. Außerdem wollte Sophia ihn wiedersehen und ihm danken.

Sie klingelten und mussten fast fünf Minuten warten. Als die Tür endlich geöffnet wurde, begrüßte sie keine Angestellte, sondern Mercer selbst. Er musterte sie, die eine Hand an der Tür, die andere auf seinem Rollstuhl.

Bill sah leicht nach links und rechts und bat sie dann herein.

Es war das dritte Mal, dass Camila den Ex-Kommissar besuchte, und diesmal würde sie nicht bleiben. Sophia verabschiedete sich von Camila und trat alleine ein. Mercer machte die Tür zu und wendete den Rollstuhl geschickt um hundertachtzig Grad.

Erst dann stand er auf und ging auf Sophia zu. Sie lief ihm entgegen, und sie fielen sich in die Arme.

»Hallo, Sophia.«

»Hallo, Mike. Ich darf Sie doch weiterhin Mike nennen, oder?«

»Natürlich. Schließlich ist das mein zweiter Vorname. Meine Mutter war allerdings die Einzige, die mich je so genannt hat.«

Als sie sich aus der Umarmung lösten, weinte Sophia.

»Danke«, sagte sie.

»Du hast mir doch schon …«

»Ich weiß. Aber jetzt weiß ich erst wirklich, was Sie für mich getan haben.«

Sie redeten nicht viel, als sie durchs Haus gingen. Mike erklärte, dass er dem Personal freigegeben habe, damit niemand sie zusammen sehe, und sie kehrte in Gedanken zu der Nacht zurück, in der sie es mit Lenderman zu tun bekommen hatte. Das glückliche Ende hatte die beängstigende Erfahrung nicht ganz ausgelöscht. Als sie hinter dem Haus waren, sah Sophia zu dem Fenster, hinter dem sie Lenderman damals gesehen hatte.

Sie gingen in die Werkstatt und betrachteten eine Weile das Modell von Hawkmoon und die Werkzeuge, die Mike dafür benutzte. Viele davon waren auch beim Nachbau ihres Zimmers zum Einsatz gekommen.

»Als Camila mich zum zweiten Mal besucht hat«, sagte Mike, »habe ich gerade hier an dieser Drehbank ein Seitenteil für dein Regal angefertigt. Es war ein böser Schnitzer von mir.«

»Eher eine glückliche Fügung«, erwiderte Sophia.

»Da hast du auch wieder recht. Nur deswegen ist Camila in dieser Nacht überhaupt hierhergekommen. Ich habe sie nie gefragt, wie sie das Haus am Ende des Wegs gefunden hat.«

»Lenderman hatte seinen Pick-up mitten auf dem Weg stehen lassen«, erklärte Sophia, »mit eingeschalteten Scheinwerfern, die in Richtung des Hauses zeigten.«

Mike nickte.

»Übrigens: Meine Mutter ist aus dem Koma erwacht«, sagte sie strahlend. »Es geht ihr langsam besser.«

Mike stieß einen Jubelschrei aus. Dann schlug er ein-, zwei-, dreimal mit der Faust in die Luft. Sein Gesicht wurde ganz rot.

»Ja! Ja! Ja!«, rief er und unterstrich jedes Ja mit einem Faustschlag.

Anschließend atmete er die Luft aus, die er gefühlt all die Monate zurückgehalten hatte, und jubelte erneut.

Sophia war gerührt. Sie wusste, dass Mike sich für den Sturz ihrer Mutter verantwortlich fühlte.

»Du weißt nicht, was mir das bedeutet!«, rief er und umarmte sie so heftig, dass sie sich fast dagegen wehren musste.

»Ich weiß«, konnte sie mit dem bisschen Luft, das ihr verblieben war, gerade noch sagen.

»Ich habe dir erlaubt, dieses Tagebuch zu schreiben«, sagte Mike. »Das war ein Fehler. Hat deine Mutter noch viele Beschwerden?«

»Vom Kopf her ist sie wieder ganz da. Jetzt muss sie sich nur noch körperlich erholen, aber die Ärzte glauben, dass sie vollständig genesen wird. Entschuldigen Sie, dass ich es Ihnen nicht schon früher gesagt habe, aber ich wollte Ihnen die gute Nachricht persönlich überbringen.«

»Eine größere Freude hättest du mir gar nicht machen können.« Mike setzte sich auf einen Stuhl, erschöpft von seinen überschäumenden Emotionen. »Das muss gefeiert werden!«

An einer Wand der Werkstatt war ein kleiner Kühlschrank. Mike holte zwei Dosen Coca-Cola heraus. Sie setzten sich an den Tisch, auf dem einige unfertige Miniaturmodelle standen.

»Erinnert sich deine Mutter an das, was an jenem Tag passiert ist?«, fragte Mike.

»Ja, aber sie will nicht wirklich darüber sprechen. Die Ärzte haben mich gebeten, sie nicht zu drängen. Sie sagen, sie wird sich schneller erholen, wenn man der Heilung Zeit gibt.«

»Ich stelle mir gerade vor, wie es für sie gewesen sein muss, als sie dich gesehen hat«, sagte Mike.

»Na ja, es war nicht gerade wie im Film. Sie ist einfach aufgewacht und hat meine Hand ergriffen. Es hat dann zwei Tage gedauert, bis sie sich erinnern konnte.«

Mike lächelte.

»Dann war das Tagebuch vielleicht doch zu etwas gut.«

»Es hat ihr die Kraft gegeben, wieder aufzuwachen«, pflichtete Sophia ihm bei.

»Im Keller ist alles vorbereitet. Lust auf einen kleinen Spaziergang?«

»Aber sicher.«

Bei Tageslicht wirkte der Weg um einiges weniger bedrohlich, dachte Sophia.

»Haben Sie keine Angst, dass jemand Sie sehen könnte?«

»Das gehört alles zu meinem Grundstück. Insgesamt zweitausend Hektar. Es ist sehr unwahrscheinlich, dass sich jemand hierher verirrt.«

Sophia sah zu den Baumreihen links und rechts.

»Haben Sie das alles von dem Geld aus dem Prozess gekauft?«

Mike lachte.

»Natürlich nicht. Ich habe zwar eine hohe Entschädigung bekommen, aber die habe ich dann investiert und hatte Glück. Eigentlich war es eine Mischung aus Glück und Gleichgültigkeit.«

»Gleichgültigkeit?«

»Wenn einem alles egal ist, geht man Risiken ein. Nach der Schießerei war ich in einem tiefen Loch. Nur deshalb habe ich mich auf Garretts Angebot eingelassen. Eine Verletzung, die mich mein Leben lang berufsunfähig machte, bedeutete wesentlich mehr Geld. Und er hat sich darum gekümmert, das Ganze zu inszenieren.«

»Aber es hat auch bedeutet, dass Sie für den Rest Ihres Lebens im Rollstuhl sitzen mussten.«

»Der ursprüngliche Plan sah vor, dass ich mich ein paar Jahre später zum Schein operieren lasse und wie durch ein Wunder wieder gehen kann. Aber das wollte ich nie. Der Rollstuhl war eine Art Strafe. Außerdem bin ich sowieso die meiste Zeit allein.«

Sie näherten sich der Stelle mit dem Steg und den Krokodilen.

Sophia hatte keine Angst. Sie hätte Mike sogar beinahe vorgeschlagen, den Krokodilen einen Besuch abzustatten. Absurderweise war sie sich sicher, dass die Tiere sie wiedererkennen würden. Krokodile waren intelligent und würden sich daran erinnern, dass sie und Camila sie in jener Nacht gefüttert hatten.

Kurz darauf waren sie an der Hütte.

Die Zimmer oben sahen noch genauso aus, wie sie sie im Gedächtnis behalten hatte. Im Keller hingegen erkannte sie praktisch nichts wieder. Enttäuscht stellte Sophia fest, dass der Raum fast leer war. Sogar die Wände hatte Mike weiß gestrichen.

Der Tisch mit dem Schachbrett, der in der Mitte des Raums stand, war das einzige Überbleibsel.

Sophia sah natürlich ein, dass alle Spuren beseitigt werden mussten. Trotzdem empfand sie es als schmerzhaft, dass nichts mehr in diesem Keller auf sie hinwies. Warum das so war, war ihr schleierhaft.

Sophia ging direkt zur Tür in den Nachbarraum. Sie stand offen, und sie warf einen Blick hinein. Wie erwartet war auch dieser Raum vollkommen leer. Sie fragte sich, was Mike wohl mit all den Sachen gemacht hatte, und schloss die Tür.

Es gab keine Spuren mehr, die bewiesen, dass sie in diesem Keller gewesen war. Sie konnte den Raum also nur in der Erinnerung betreten, so wie sie es auch manchmal vor dem Einschlafen tat.

»Was ich hier sehe, macht mich ein bisschen traurig«, sagte Sophia und ging zum Tisch. »Ich weiß allerdings nicht, warum.«

Mike hatte sich bereits gesetzt. Mit Zeigefinger und Daumen rückte er die Figuren minimal zurecht.

»Kann ich Sie noch etwas fragen, bevor wir anfangen?«

»Sicher.«

»Erinnern Sie sich, dass Sie mir mal von Ihren Eltern erzählt haben?«

»Sicher.«

»Sie meinten, Ihr Vater hätte Sie und Ihre Mutter schrecklich behandelt. Sie hätten den Kontakt mit ihm abgebrochen, während Ihre Mutter bis an sein Lebensende an seiner Seite geblieben sei, stimmt's?«

Mike nickte bekümmert.

»Meine Mutter musste am meisten aushalten.«

»Ich verstehe nicht, wie man mit jemandem zusammenbleiben kann, der einem so viel angetan hat.«

Mike nickte erneut.

»Ich habe dir doch mal erzählt, dass du deine Rettung letztlich meiner Mutter zu verdanken hast, erinnerst du dich? Wie du weißt, ging es der Familie meiner Mutter materiell gut. Mein Großvater hatte ein riesiges Haus, wo wir ihn ab und zu besucht haben.«

»Ich erinnere mich. Sie sagten, Ihre Mutter habe viele Geschwister gehabt, und in Ihrer Erinnerung sei es so gewesen wie in *Meine Lieder – meine Träume*.«

»Genau. Allerdings sind wir nicht oft hingefahren, vielleicht ein- oder zweimal im Jahr. Ich habe meiner Mutter immer vorgeworfen, dass wir nicht dort hingezogen sind. Mehrere von meinen Tanten und Cousins haben es so gemacht und sogar immer wieder länger dort gewohnt. Als ich an die Uni gegangen bin, habe ich oft mit meiner Mutter gestritten, weil ich nicht verstehen konnte, warum sie bei meinem Vater blieb, obwohl er sie doch so schlecht behandelte. Ich habe sie regelrecht angefleht, zu meinem Großvater zu ziehen, dort müsse sie sich um nichts mehr Sorgen machen. Aber sie hat es nie getan.«

»Vielleicht hat sie Ihren Vater auf eine krankhafte Weise geliebt.«

»Bestimmt sogar, obwohl es unbegreiflich ist, zumindest mir. Immer wenn ich mit ihr über dieses Thema reden wollte, hat sie abgewiegelt. Ich würde übertreiben, hat sie gesagt, es gehe schon ein bisschen besser mit meinem Vater. Immer die gleiche Leier. Die Jahre vergingen, beide sind gestorben, und ich hatte meine Berufung bei der Polizei gefunden. Aus dem Schlamassel meiner Familie hatte ich mich also ganz gut befreit. Für die Polizei zu arbeiten, verlieh meinem Leben einen Sinn. Und ich war ein guter Polizist. Es machte mich glücklich, die Uniform anzuziehen und anderen Menschen zu helfen. Irgendwann, ohne dass ich es angestrebt hätte, sollte ich zum Kommissar ernannt werden.«

Mike hielt inne, als erwachte er aus einem Traum.

»Bist du sicher, dass du das alles wissen willst? Das ist doch Schnee von gestern.«

»Ich will wissen, was das mit mir zu tun hat.«

»Okay«, sagte Mike. »Einige Monate vor der berüchtigten Schießerei besuchte mich die einzige Schwester meiner Mutter, die noch lebte. Mein Großvater war einige Jahre zuvor gestorben, im gesegneten Alter von achtundneunzig Jahren. Meine Tante kam zu mir aufs Revier und sagte, sie müsse unbedingt mit mir sprechen. Wir zogen uns in einen Konferenzraum zurück. Nach einer Stunde war ich so angeekelt von dem, was ich erfahren hatte, dass ich nicht wusste, ob es ein Fluch oder ein Segen war.«

»Ihr Großvater hatte Ihre Mutter missbraucht? Und deswegen wollte sie nicht zu ihm ziehen?«

»Nicht nur meine Mutter, auch ihre drei Schwestern. Meine Mutter war die Einzige, die sich gewehrt hat, die anderen hatte er sich vollständig unterworfen und gezwungen, weiterhin bei ihm zu wohnen. Am schlimmsten war, dass sie es zwar verabscheuten, es aber nicht einmal als Missbrauch empfunden haben. Der Dreckskerl hat es ihnen als einen Akt der Liebe verkauft, als wären sie es ihm schuldig, wo er ihnen doch ein so bequemes und luxuriöses Leben ermöglichte. Soweit ich weiß, wussten meine drei Onkel und meine Großmutter, was vor sich ging, aber auch sie taten so, als wäre es normal.«

»Das ist ja schrecklich.«

»Ja. Meine Mutter blieb also lieber bei meinem furchtbaren Vater, dem arrogantesten Versager, der je auf dieser Erde wandelte, denn wenigstens wurde er ihr gegenüber nie handgreiflich. Was muss sie unter meinem Großvater gelitten habe, wenn das Leben mit meinem Vater für sie die bessere Option war.«

Mike schüttelte den Kopf.

»Ihre Mutter muss eine starke Frau gewesen sein, wenn sie sich gegen all das aufgelehnt hat.«

»Da hast du wohl recht.« Mike war jetzt den Tränen nahe. »Erfahren habe ich das alles aber erst nach ihrem Tod. Ich musste mir erst unser Leben, unsere Gespräche, ihre Gegenargumente in Erinnerung rufen, um zu verstehen, wie stark sie war. Es gab sogar eine Zeit, da meinte ich, ihr sagen zu müssen, was sie zu tun hatte. Dabei hatte ich keine Ahnung.«

»Jetzt sind Sie aber ungerecht zu sich selbst«, sagte Sophia sofort. »Erstens: Sie waren noch nicht erwachsen, als das alles passiert ist. Und zweitens: Sie haben sie nicht so schlecht behandelt wie Ihr Großvater oder Ihr Vater.«

»Ich wollte damit auch nicht sagen, dass ich wie die beiden war. Trotzdem hätte ich der Mann sein sollen, der sie unterstützt in ihren Entscheidungen, der sie versteht. Meine Mutter musste ihr Leben lang Demütigungen ertragen, also hatte sie es verdient, dass jemand sie endlich einmal so behandelt, wie es sich gehört, der das in ihr sah, was sie war: eine außergewöhnliche Frau. Ich habe versagt, Sophia. Ich meine damit nicht das Kind, ich meine damit den jungen Mann, der zur Uni ging und es hätte durchschauen können.«

»Es tut mir so leid, Mike, aber in gewisser Weise waren auch Sie ein Opfer.«

»Sicher. Jedenfalls hat mich das, was meine Tante mir an jenem Tag erzählt hat, in eine tiefe Depression gestürzt. Ich fing an zu trinken, habe meine Arbeit vernachlässigt, meine Freunde, mein Leben überhaupt. Genau in dieser Phase kam es zu der Schießerei. Für mich war sie ein Ausweg, denn ich hatte nicht die Kraft, um weiterzumachen wie bisher. Unbewusst dachte ich wohl auch, ich müsse dafür bezahlen. Deswegen meine Bemerkung vorhin, dass ich in dem Rollstuhl eine Art Strafe sah.«

Mike starrte auf das Schachbrett. Er blinzelte nicht, war in einer Art Trance.

»Danach folgte mein Leben einem gewissen Muster. Ich investierte Geld ohne Rücksicht auf Verluste, eigentlich das Rezept für eine Katastrophe, die aber nie eintrat. Ich stürzte mich in einsame Projekte, die nie ein Ende fanden, wie das Modell der Stadt. Bis eines Tages das FBI bei mir auftauchte. Plötzlich stand Agent Carlson vor der Tür und fragte, ob ich bereit wäre, mich in ein kriminelles Netzwerk einzuschleusen. Ich kannte Garrett, war Millionär, Einzelgänger. Es musste nur noch ein glaubwürdiges Profil erstellt werden. Alles ging gut, Garrett biss an, und dann kamst du ins Spiel. Ich habe dich im Fernsehen gesehen, als du die Demo gegen Dylan organisiert hast. Carlson hat mir erzählt, sie würden Dylan observieren und du hättest Kontakt mit ihm aufgenommen.«

Sophia seufzte. Es war unfassbar. Während sie ihre Nachforschungen angestellt und mit Dylan gesprochen hatte, war sie vom FBI überwacht worden.

»Das FBI wollte nicht eingreifen, stimmt's?«

»Carlson wollte abwarten, aber wir wussten beide, dass bis zum Zugriff noch viel Zeit vergehen würde. Und dann, eines Nachts, als ich wieder mal nicht einschlafen konnte, wusste ich plötzlich, was ich zu tun hatte. Ich würde den gleichen Fehler nicht noch einmal begehen.«

»Sie haben Carlson überredet.«

»Ja. Aber denk nicht, er hätte nicht gewollt. Er war nur besorgt wegen der Folgen. Schließlich würden wir dich aus deiner Familie reißen, Sophia. Seine Argumente waren durchaus schlüssig. Ich wiederum habe ihm erklärt, ich hätte den perfekten Ort dafür, er müsse sich um nichts kümmern. Geradezu angefleht habe ich ihn. Wir dürften es nicht so weit kommen lassen, dass dir etwas passiert. Es war fast schon eine Drohung.«

»Ich hatte zu keinem Zeitpunkt das Gefühl, mein Leben könnte in Gefahr sein.«

»Es war aber so. Dylan hat seinem Vater gesagt, du wüsstest alles und würdest sie auffliegen lassen. Garrett hätte nicht tatenlos zugesehen.«

Sophia fiel die Kinnlade herunter.

»Dann haben Sie mir an jenem Tag ja tatsächlich das Leben gerettet.«

»Nein, Sophia. Jetzt, wo du meine Geschichte kennst, wirst du verstehen, dass es genau umgekehrt war. Du hast mir das Leben gerettet.«

Mike nahm den Damenbauern und rückte zwei Felder vor. Dann drückte er auf die Uhr. Die Partie war eröffnet.

Dank

An Sole, meine Liebe, meine Freundin, mein Team. Danke für zwei unglaubliche Kinder und für deinen täglichen Einsatz, damit unsere Träume wahr werden. Als ich dich Tage nach der Geburt unseres Kindes den ersten Entwurf dieses Buches habe lesen sehen, praktisch ohne dir eine Atempause zu gönnen, war ich mir sicher, dass mir etwas Gutes gelungen war.

An María Cardona, meine Agentin, meine literarische Weggefährtin. Unsere beiden Leben haben sich auf wundersame Weise synchronisiert. More to come …

An Anna Soler-Pont und das Team von Pontas. Ich werde euch immer in meinem Herzen tragen. Was ihr für meine Karriere getan habt, werde ich nie vergessen.

An Anna Soldevila und das gesamte Team von Destino. Ich kann kaum glauben, dass wir schon vier Bücher zusammen veröffentlicht haben! Ihr werdet mich so leicht nicht los.

An Ariel Bosi, meinen lieben Freund. Auf noch mehr unfassbare Begegnungen, noch mehr Reisen, noch mehr Freundschaft. Danke für dein unermüdliches Drängen bei jedem Buch, es auch wirklich zu Ende zu schreiben und es dir zu lesen zu geben. Ohne dich würde ich immer noch an *Mysterium* sitzen.

An Paul Pen, meinen bewunderten Kollegen. Unsere Karriere hat sich immer im Gleichschritt entwickelt. Deine Kommentare zu diesem Buch waren unschätzbar wertvoll.

An meinen Vater Raúl Axat, der nicht mehr unter uns ist, mir aber stets ein Vorbild bleiben wird. Ich schließe meine Augen und höre deine Stimme.

An meine Mutter Luz Di Pirro, die noch da ist und jeden Tag immer noch weiser wird. Vielleicht warst du aber auch schon immer weise, und ich habe es erst mit der Zeit bemerkt.

An meine Geschwister Ana Laura Axat und Gerónimo Axat, die besten Geschwister der Welt. Lasst uns so weitermachen und den wichtigen Dingen stets den Vorrang einräumen.